大
方
sight

"愚人二部曲"

愚人沙利
NOBODY'S FOOL

[美] 理查德·拉索 著

高静 译

刘海波 大方 校译

中信出版集团 | 北京

图书在版编目（CIP）数据

愚人沙利 /（美）理查德·拉索著；高静译 . -- 北京：中信出版社，2020.4
（愚人二部曲）
书名原文：Nobody's Fool
ISBN 978-7-5217-1396-1

Ⅰ.①愚… Ⅱ.①理… ②高… Ⅲ.①长篇小说-美国-现代 Ⅳ.①I712.45

中国版本图书馆 CIP 数据核字（2020）第 029485 号

Nobody's Fool Copyright ©1993 by Richard Russo
This edition arranged with Sobel Weber Associates, Inc.
through Andrew Nurnberg Associates International Limited
Simplified Chinese translation copyright ©2020 by CITIC Press Corporation
ALL RIGHTS RESERVED
本书仅限中国大陆地区发行销售

愚人沙利

著　者：[美]理查德·拉索
译　者：高静
校　译：刘海波　大方
出版发行：中信出版集团股份有限公司
　　　　（北京市朝阳区惠新东街甲4号富盛大厦2座　邮编　100029）
　　　　（CITIC Publishing Group）
承　印　者：浙江新华数码印务有限公司

开　本：880mm×1230mm　1/32		印　张：20.625　字　数：531千字	
版　次：2020年4月第1版		印　次：2020年4月第1次印刷	
京权图字：01-2019-3175		广告经营许可证：京朝工商广字第8087号	
书　号：978-7-5217-1396-1			
定　价：68.00元			

版权所有·侵权必究
凡购本社图书，如有缺页、倒页、脱页，由销售部门负责退换。
服务热线：400-600-8099
投稿邮箱：author@citicpub.com

第一部分

星期三

在北巴斯镇的主路上，一排排住宅区映入眼帘，绵延三条街之长，那里僻静宜居，北边还紧邻着长达两个街区的商业区。沿着27A这条老旧的公路走下去，便是越加僻静的乡下地段。只见这条双车道柏油公路蜿蜒穿过纽约州北部的阿第伦达克山脉，途经之处破旧的度假村点缀其间，一路蜿蜒直达加拿大的蒙特利尔和那里的蓬勃繁华。北巴斯这条所谓的"主路"，虽从 IGA 连锁超市和太妃冰激凌店一直延伸到位于上端的无忧宫酒店，其实连四百米都不到。主街两边的房子大多是些颇有年代的庞然大物，不是木板外墙的维多利亚式的老房子，就是乱糟糟的希腊复兴风格的建筑。如果这些房子处于州界那边的佛蒙特州，或者它们当初没有盖成或改建成两家甚至三家合住的单元房，或是它们未经历几十年的租客之手被逐渐糟蹋损坏的，或许还能值几个钱。然而，在这条上主街上，最令人肃然起敬的地方倒也不是房子，而是那一棵棵古老的榆树。榆树顶上茂密的枝叶，像少女的刘海一样平分开来，形成拱形的模样，笼罩着老房子的屋顶和下面的街道，如同绿色教堂的穹顶一般。树荫之下，微风吹过，树影摇曳，它巧妙掩盖起脱落的墙皮，这时再看倾斜的门廊、歪歪扭扭的屋檐反倒显得古朴雅致起来。往北去的城里人为找寻饭馆或给车加油，常在车子驶出州际高速公路穿过镇子时，放慢车速，带着怀旧的心绪望向车窗外的老房子。他们会随意猜猜老房子的价格，想象着里面的模样；还会幻想着住在老房子里，在树荫下散步的感觉。当然，那样的生活肯定更惬意吧！过完长周末返城时，始终对此地念念不忘的一些人，还会想着要不要再次驶出州际高速公路重温小镇风情，也许还可以趁机去房产商那儿打听打听市场行情。不过，之后思绪就会回到现实，一来小镇距这高速公路的出口也着实不近，加上回到城里的时间也已经比预计的晚了，除此之外，还要颇费口舌地和坐在后座的孩子们解释为什么要特意绕道，专门去体验从那只有三个街区的绿荫道驶过的感觉，然后再返回到高速公路。他们心里明白，这些镇子就好像是漂亮的绿色墓地，充满诱惑却又不敢轻易靠近。因此，想要再看它第二眼的冲动，还没有说出口，就无疾而终了。于是，这些车没有减速，而是飞快地驶过了北巴斯镇的出口。

也许，他们这样做是明智之举。因为最吸引他们的那延展三个街区的上主街，还有那粗壮的榆树形成的绵延的拱门，大多是骗人的，住在树下的居民就可以证明这点。这些榆树神奇般地躲过了荷兰榆树病的厄运，好长一段时间当地人都引以为傲。只是最近，这些榆树都毫无征兆地开始暗藏祸端。1979年的冬天，一场可怕的暴风雪席卷而来，到了第二年的夏天，三伏天的八月，将近一半的树叶一反常态，都奄奄一息地耷拉在树杈上，枯黄颓败，纷纷掉落——往常可是十月中旬才开始落叶呢。治树专家乘坐三辆面包车应邀而来，每辆车的车身都有醒目的"快乐树"商标。只见车上下来的年轻人都身穿白大褂，好像还真把自己当成医生了。他们神气活现地绕着树踱步，并用手指戳戳树皮，用锤子敲敲树干，好像在怀疑这些树里藏有什么暗室似的。他们还从排水沟里取了一些腐烂的叶子，举起来对着午后渐渐暗淡的日光，仔细地观察着。

一位身穿白大褂的年轻人在贝丽尔·皮普尔斯家前院的榆树上凿了一个洞，只见他把戴着手套的食指伸进洞里，沾了汁液，然后用舌头尝了尝味道，随即露出一脸苦相。自打面包车停下来，皮普尔斯太太——这位退休的八年级教师就一直躲在起居室的百叶窗后面观察着他，看见这人脸色变了，老太太哼了一声。"他以为会是什么味儿？"她大声地说着，"草莓蛋糕味儿吗？"贝丽尔·皮普尔斯，也就是"贝丽尔小姐"——在北巴斯镇几乎所有人都这么叫她。长期独居的她，已经习惯了听自己的声音，她也不大能区分这声音到底是她说话时听到的，还是她想事儿时脑袋里发出的。在她看来，既然说话和思考的是同一个人，那么自言自语就没那么尴尬了，因为这和独自思考是一回事。她十分确信，如果自己憋住了一个声音，那么另外一个也就没了。所以即便只有她自己一人在听，她也不想憋着，她还有好多话要说呢。

比如，她很想给那位揉摸着手套上的汁液，脸上露出苦相的年轻人一点忠告，在她看来，他正是这个荒谬时代的典型。如果说这个时代有什么主题反复出现的话，那就是思想太过开放。八十岁的贝丽尔小姐已然不知自己还能否跟得上如今这个世界的节奏。"你还没尝试过，怎么知道是什么样？"很多年轻人会这么问。而素以自由思想为傲的贝丽尔小姐的想法，只要你稍加留意，就能知道。那个刚刚尝了榆树汁液并且尝到苦头的年轻人，没有必要和她的朋友格鲁伯太太一样，因为尝到了怪味道就感到失望。那天，在诺斯伍兹汽车旅馆的主餐厅里，格鲁伯夫人大声嚷嚷，说她不喜欢刚刚吃的那个蜗牛的味道和质感，并一口把它吐到了餐巾里。贝丽尔小姐对她朋友扭曲的表情无动于衷。"你怎么会觉得蜗牛好吃呢？"

格鲁伯太太没有回答她的问题，因为她正想着，该怎么处理那块包着蜗牛的餐巾。

"这东西灰不溜秋，黏糊糊的，看着就恶心。"贝丽尔小姐向她的朋友提醒道。

格鲁伯太太承认她说得没错，但还是立即解释道："吸引她的并非蜗牛本身，而是它的名字。""它专门有一个法国名字，Escargot。"她一边告诉贝丽尔小姐，一边悄悄地把弄脏了的餐巾跟邻桌的新餐巾对调了一下。

贝丽尔小姐指出，蜗牛还有一个英文名字呢，Snail。很有可能马粪也有一个法国名字，但这并不表示上帝想要你吃马粪吧？然而私下里，她为朋友敢试吃蜗牛而感到骄傲，而且她不得不承认，格鲁伯太太比任何人都敢于冒险，包括那两个名叫克莱福的人——她嫁给了其中一个，另一个则是由她带到这世界上的。冒险和理智的中间地带在哪里？这就是一个有关人性的问题了。至于那个尝榆树汁液的人，贝丽尔小姐断定：他一定比格鲁伯太太更愚蠢，因为他脸上刚刚露出苦相，就马上摘了手套，又把手指塞进树洞里沾了沾，然后尝了一下，也许他这样做是为了确定这难吃的味道是树汁液的还是手套的。不过，从他脸上的表情来看，一定是汁液的味道。

过了几分钟，这些穿白大褂的人开始把工具搬回"快乐树"面包车。出于好奇，贝丽尔小姐走到前廊上，凶巴巴地盯着这些人看，直到有个人走过来，向她招呼道："您好哇。"

"你好。"贝丽尔小姐回答。

年轻人面无表情。

"你们有结论了吗？"她问道。

年轻人耸了耸肩，向后仰着腰，抬头看着错落交叠的黑色树杈解释道："这些树就是年纪大了，没别的。"他一边回答，一边平视了一眼，此刻他站在贝丽尔小姐家门廊的最下面一个台阶，而贝丽尔小姐正站在最上面的台阶。"天啊，这棵树，"他指了指贝丽尔小姐家前的榆树说道，"如果是人的话，它可得有八十岁喽。"

这小年轻发表意见的时候并没有什么顾虑，照他的说法，面前的这位瘦小、佝偻着背的老妇人，显然和这棵树是同龄人。"也许我们可以给它添加一些维生素，让它精神点儿，但是——"他有意只说了一半就打住了，显然他知道贝丽尔小姐足够聪明，能够理解他欲言又止的后半句话。"祝您今天愉快。"他边走边说，然后回到"快乐树"面包车上离开了。

就贝丽尔小姐看来，如果说维生素有什么效果的话，对树而言也是副作用。还是这个冬天，一根巨大的树杈不堪积雪和冰碴儿的重负，就像脆生生的骨头一样咔嚓断掉了，从鲍迪克太太门口的榆树上轰然掉落下来。树杈并没有砸到鲍迪克太太的屋顶,而是砸在了邻居梅里韦瑟太太的屋顶上,把她家砖砌的烟囱给削了下来。烟囱落地的时候,又把格鲁伯太太院子里摆的石头鸟浴盆砸得粉碎——就是那个不喜欢吃蜗牛的格鲁伯太太。自从这第一次事故之后,小镇每个冬天都逃脱不了这厄运。最近,上主街的居民们与以往不同,他们抬着头,眯着眼睛,恐惧地盯着拱形的大树冠,之前对大树的虔诚与喜爱不复存在,仿佛是感觉到上帝开始亲自整他们了。仔细检验了这好似迷宫的黑色树杈丛后,他们从邻居家的大树里找出了那些看上去尤其危险的枝杈,并建议他们开展昂贵的修剪工作。可事实上,这些树那么大,树顶的枝杈那么高,想要看清楚实属不易。所以,要判断哪些树杈属于哪棵树,谁都说不准,万一树杈从天而降,是谁的错,谁也说不准。

老榆树的事儿,正是又一桩坏运气。北巴斯镇的居民们喜欢这么自我解嘲:如果连点坏运气都没有,他们就真的一无所有了。严格来讲,这倒也不尽然。因为这个社区之所以存在,还得归功于它优越的地理位置带来的好运气——它拥有几个极好的富含矿物质的温泉;而且在殖民时期,它还是个避暑胜地,说不定还是北美地区头一个呢,那时候就连欧洲的游客都会慕名而来。到了1800年,一位颇有魄力的商人——杰迪戴亚·哈尔西,在这里建了一栋大型度假旅馆,取名无忧宫酒店,内有将近三百间客房。不过,当地人把这旅馆称作"装饰性建筑"。因为人人都知道,不久前这里还只是蛮荒之地,怎么可能有人住满三百间客房,但是杰迪戴亚还真做到了。到了十九世纪二十年代,几个稍小的旅馆也开张了,专门接待无忧宫容纳不下的客人。前来北巴斯镇泡温泉的人络绎不绝,漂亮的马车将镇上的土路挤得水泄不通(那时候这个地方叫作巴斯,"北"是一个世纪以后才添上去的,以区分本州西部另一个同名大镇,不过固执的北巴斯镇居民一直拒绝使用这个前缀)。其实那个时候,客人们来此,绝非只因那可治病的、富含矿物质的温泉,还在于教徒杰迪戴亚将无忧宫转手后,新东家把蒸馏水市场也垄断了,所以,夏季的漫漫长夜里,无忧宫酒店的舞厅和起居室挤满了寻欢作乐的人。如此繁盛的巴斯小镇一时间聚焦了所有人的目光,以至于北边几英里外的一个小镇又发现了几个优质的矿物温泉,人们都无暇顾及。而这个小镇(就是后来的斯凯勒温泉镇)最终成为巴斯温泉的终极竞争对手。当时,不管是无忧宫酒店老板,还是巴斯镇的居民,都对斯凯勒温泉镇的出现不以为然,直到1868年,不可思议的事情发生了。巴斯镇所有的温泉,和他们的运气一样就这么毫无征兆、毫无理由地一个接一个地渐渐干涸了。随之一起干涸的,是这个镇子的财富和未来。

不得不说,对于一跃而起的斯凯勒温泉镇而言,除了用运气好形容外,再想不出其他词汇。因为虽然两者的泉眼属于同一断层,但是斯凯勒的温泉却依旧在欢快地流淌着,它最终成了巴斯镇温泉干枯的直接受益者。因此,那些一直以来停在无忧宫酒店门口环形车道上的漂亮马车,现在便都多行几里路,停在了更豪华、更典雅的斯凯勒温泉镇旅馆的门口。而这家旅馆还刚好就是在巴斯镇温泉干涸的那年开业的(这运气!)。这也许不完全是运气的事儿。因为这些年来,斯凯勒温泉镇一直都在投资促进发展,来自下州的投资商和本地的商人一直在推销无忧宫酒店没有的服务。在斯凯勒温泉镇,整个夏季都有拳击赛、赌博,更令人兴奋的是,他们正在建一条属于纯种马的赛马跑道。而巴斯镇的居民对他们这些创新项目当然了如指掌,只是刚开始时,他们还在扬扬得意地看着,幸灾乐祸地等着它们失败,因为他们觉得,斯凯勒温泉镇的这些把戏比当初的"装饰性建筑"还要蠢。毕竟,在这么小的一块土地上根本没必要弄两个度假胜地、两个豪华旅馆出来。所以,这一切都证明斯凯勒温泉镇将是昙花一现,必死无疑了。但蠢也要看蠢到什么程度了。说实话,杰迪戴亚·哈尔西的无忧宫可能不是蠢,而是"有远见",这不就是人们说的弄巧成拙嘛。而当温泉干枯,游客离开后,大家也很快意识到，昙花一现的无忧宫掩盖不住他的蠢，就跟人们当初预料的一模一样，旅馆的近五百个房间（在温泉干枯前不到三年里，旅馆进行了大规模扩建）现在基本都空着。于是，人们开始庆幸自己当初是多么明智。他们就这样在这个曾经走运、现在背运的地方，坐等着好运再度光临。然而，并没有。

到了1900年，斯凯勒温泉镇已经击败了这个行业的所有竞争对手。而1903年，无忧宫酒店的那场大火为这场战役画上了象征性的句号，当然，巴斯早就输掉了。而且大家一致认为，无忧宫大火并不能算是走霉运。因为几乎可以肯定，火是旅馆老板为了获取保险赔偿金自己放的，而他自己最终也葬身火海。显然，他当时意识到风向已变，除非采取点儿机灵的措施，否则着火的就只是最古老的木质结构的房子，而不是那些更新更豪华的房子，于是他试着重新点了火。但当"运气"这两个字用到人类以及人类的奋斗上时，总是很难定义。当你不想风向改变的时候它改变了，这可能就是坏运气吧。但是如果一个人疯狂地把油桶滚到靠近自己放的火，一点火花就能终结他的一生，这还是因为运气不好吗？

无论如何，在1984年的深秋，也就是现在，北巴斯小镇还在等待着转运。也确实还有些令人重拾信心的迹象出现：一个装修一新的无忧宫预计在明年夏天重新开业。在酒店宽敞的庭院中，还成功钻出了一眼新温泉。真的就像老话常说的那样：风水轮流转。

五年前的冬天，在缅因州北巴斯镇的上主街上，第一个不速之客从天而降——一根榆树杈，它劈开了梅里韦瑟太太的屋顶，砸碎了格鲁伯太太院子里的鸟浴盆。那是感恩节的前一天，清晨时分，略感不安的贝丽尔小姐比平日醒得更早。她靠在床边，试图找寻这不安的源头，鼻子却毫无防备地喷出血来。所幸鼻血来得凶，去得也快。她用摆放在床头柜上的纸巾堵住了大部分的鼻血，等血止住了，她就猛地把染红的纸巾扔进了抽水马桶。那一刹那，她感觉浑身轻松了很多，不知是迅速销毁证据让她有如此感觉，还是流鼻血本身给她这种感觉。于是她去冲了澡，穿好了衣服，此时的她身心俱爽，想到起居室去喝茶。这时候，她惊喜地发现，头一天夜里居然下了雪。没有人料到今天会下雪，但雪就是下了。院子里的栏杆、树杈裹上了厚厚湿湿的白雪，整个街道都是银装素裹。在黎明前的灰暗中，外面的世界看上去和现实世界那么不同。她一口口抿着杯中的茶，看着窗外昏暗的街道。一辆车子歪歪扭扭地经过，悄无声息，只在初雪的雪地上留下车辙。这时，那种不安感再次造访，虽并不那么强烈，却再一次使她警醒起来。这样的寒冬里，到底是谁会驾车在外呢？她一边思索着，一边用手指撑开百叶窗的缝隙，以便可以望到树林深处。

被生活洗礼和磨炼过的贝丽尔小姐，还不至于会相信神将彰显正义这回事儿，但有那么几次，她几乎真的看见上帝的旨意在自己看不见的什么地方盘旋着。到目前为止，她算是走运的，因为上帝只默许树杈掉落在邻居家的屋顶上，而不是自家的屋顶上。但她想：在这场天降树杈的事件上，上帝是否依旧会将她忽略掉，这仍旧是个谜。可能今年冬天，上帝就会垂青于她，降下厄运。

"今年大概要轮到我了，"她大声地对丈夫老莱克福说道，而他的照片正放在电视机上，正睿智地对着她微笑。老克莱福可以称得上性情温和，至今为止，他已经离开尘世二十年了。他从镜框后的有利位置洞察着一切，但无论多大的事儿都无法使他动容、焦急，所以即使他真的担心这个冬天对于太太而言绝非寻常，也没有表现出丝毫异常。"你听见我的话了吗，我天上的明星？"贝丽尔小姐催促了他一下，但老克莱福一脸无可奉告的样子。她生气地冲他皱起眉头并说道："我还是和艾德去说吧！""那就去吧。"老克莱福好像在回答她似的，但依然躲在镜框玻璃后，一副置身事外的样子。

"艾德，你觉得呢？"贝丽尔小姐问到。"今年该我遭殃了吧？"

艾德是贝丽尔小姐从非洲买来的面具,只见墙上的他神情严肃,正居高临下地盯着贝丽尔小姐看,再加上头上的羚羊角、锯齿状的嘴,使得他显出一脸的窘态。二十几年前,因觉得这副面具的表情像极了当时的老克莱福,所以贝利尔小姐买下了它。那时候,老克莱福是学校的橄榄球队教练,可之后的生活却与他的计划大相径庭。最初校橄榄球队开始输球的时候,学校要他去教德育课。后来橄榄球队还在继续输球,学校又安排他去教驾驶课。再后来由于战后①入学人数的不断减少,加上人口的流动,又逢巴斯受到主要竞争对手"斯凯勒温泉镇球队"持续的羞辱,最终橄榄球课夭折了。也因为此,老克莱福感到无所适从,整日神情恍惚,紧接着驾驶培训课成了他走向断头台的刽子手。那天早上,在崭新的教练车上,奥德丽·皮奇坐在驾驶位置上,而坐在副驾驶上的正是老克莱福,正当他睡眼惺忪时,突然,一个急刹车将他甩出了座位,直接撞在了前挡风玻璃上,一切都是那样的毫无防备。老克莱福从不系安全带,因为他不喜欢那种被束缚的感觉,但在车子开动前,他会确保学生和乘客系好安全带。于他而言,一旦挤进逼仄的汽车里,就如同带上了枷锁一般,动弹不得。而身材魁梧的他,确实和学校申请过自己需要一辆宽敞的车。因此,他怀疑教育局购买这辆窄小的破教练车,是在惩罚他现在带的橄榄球队又在输球,可笑的是,他压根儿就不喜欢橄榄球。只要他一进到这辆小汽车里,他就觉得自己患了幽闭恐惧症,很难把注意力集中在教学上。车顶那么低,他得向前弓着身子才能看到奥德丽·皮奇所指的地方。当她把脚猛地踩到全新的刹车上时,这辆小车骤然间就停下了,但是老克莱福仍像离弦的箭一样射了出去,只见他那子弹形状的脑袋正中前挡风玻璃,头卡在了里面,这一幕像极了过去戴着枷锁的囚犯。然后车子猛烈地前后摇晃,

---

① 指越南战争。

把他扔回了座位上，脖子就这么咔嚓断了。这是一个血淋淋的教训，是纽约州唯一一个在工作岗位上送命的驾驶课老师。

"看见了吗？"贝丽尔小姐对着她丈夫的照片说道，"艾德也这么觉得。"

不过她安慰自己，当神突然降下树权的厄运时，她完全可以承受得起，因为与邻居相比，她的经济状况更为优渥。她庆幸自己不仅有丰厚的保险，而且财务状况也相当稳定。和住在上主街的许多房主一样，贝丽尔小姐是位寡妇，所以理论上来讲，并不能称她为"小姐"。她丈夫临终时给她留下了一份退役军人养老金、一份退休金，再加上她自己的退休金和社保，她清楚地知道自己的经济状况远比格鲁伯夫人以及其他人好多了。仔细盘算后，贝丽尔小姐感慨：虽然生活总是往残酷的一方倾斜，但至少使她免受经济拮据之苦，对此，她心存感激。

不过在其他方面，生活就没有那么仁慈了。她之所以在北巴斯镇被人称为贝丽尔小姐，是因为她教的那群顽皮好斗、没有长进的八年级学生，他们都认为她长相畸形古怪，根本就嫁不出去。实际上，哪怕摆出无可辩驳的证据，他们仍然不肯相信她嫁得出去。所以，出于本能，他们在开学第一天就称呼她为皮普尔斯小姐或者贝丽尔小姐，即使被她纠正也毫不在意。照老克莱福看来，这是孩子的天性使然，他们只不过是天生就以为老师都是老处女，而且他觉得这事儿挺好玩，所以自己也常常喊她贝丽尔小姐。虽然老克莱福并没傻到不可救药，但他对于贝丽尔小姐所指出生活中的微妙之处，都不甚了了。其中一点就是，当他把妻子也唤作贝丽尔小姐时，无意之中对她造成的伤害。这么叫她，就表明他也和那些人一样看她。在贝丽尔小姐心里，这样做似乎是不可原谅的，因为老克莱福是这世上唯一一个觉得她有魅力的男人，但他竟然想都不想地就把本已送给她的这份爱一次又一次地收了回去，而且每次都咧嘴大笑。

但是他真的爱过她，这一点，她心知肚明。正因为了解这一点，她就又找到自己比大多数邻居优越的地方了：她们的丈夫去世时，留她们独自在这世上，余下的一二十年里，她们将毫无准备、孤苦伶仃地生活。譬如格鲁伯太太，一辈子都未曾出去工作过，对这个社会的所有了解，只停留在样样东西都在涨价的表面上。实际上，在这些胆小怕事的寡妇中间，贝丽尔小姐是唯一的职业女性。她们的丈夫活着的时候，可以呵护着她们免受生活中出现的"落魄"之扰。但是现在，作为老兵家属的她们，领到的福利和那点少得可怜的社保根本入不敷出，为了生计，她们只得把房子的二楼租赁出去，可收到的租金常常还不足以支付必要的维修费：一会儿是上百年的水管断了，一会儿是陈年的电路超负荷了，现在连树杈都往下掉了。更糟糕的是，下州的那些炒房的投机商哄抬房价，使得房产税也在飞涨。大多数投机商似乎都认定了，巴斯镇以及位于纽约市和蒙特利尔两地之间的每一个小镇子，都会在八九十年代大幅增值。也许看上去不太可能，但是巴斯镇确有升值空间。不单单是老无忧宫被装饰一新，计划明年夏天重新开业，而且位于高速路和镇子之间的那一大片沼泽地，也有人考虑要开发成主题公园，取名"终极逃亡"。贝丽尔小姐的儿子小克莱福在北巴斯储蓄信贷社已经做了十年的董事长，正带着当地的一群投资客，竭力促成主题公园的建成。他发自内心地相信这个观点：正因土地有限，所以未来无限。"二十年以后，"他总是喜欢这么说，"就再也没有地段不好这回事儿了。"

对此，贝丽尔小姐没有同他争执，但也从未持有相同的乐观态度。在她看来，世界上一定会有地段不好的地方，而且她坚信，儿子投资失败之日就是他明白此道理之时。小克莱福是个市侩的乐观主义者，他坚信人们破产不外乎两个理由：愚蠢和目光短浅。他说："别人的愚蠢是好事儿，因为这样才能从中牟利；而他人的投资失败则是机遇，而非使人谨慎的原因。"他喜欢在事后分析失败的原因，结论终归是目光短浅、志向局限、缺乏胆魄。他为自己从这种不健康的观念中挽救了北巴斯储蓄信贷社而感到自豪。多年来，储蓄信贷社一点点一步步地走向倒闭的边缘，这正是他的前任干的好事。这个来自缅因州的家伙极度多疑、极度悲观，他就是讨厌给人贷款。一个人因为真的需要钱而跑到他那里贷款这件事本身，就会被他看成是他们很可能无力偿还的原因。他看得到这些人眼里的渴求，因此也就无法想象他们能有不再渴求的那天。他深信，银行的钱在金库里躺着远比在这些人的口袋里揣着更安全。这个人后来还真就死在银行里了。那是个周日，他坐在皮椅上，办公室的门和往常一样紧闭着，好像他怀疑在银行大门锁着的周末晚上，依然会有人来求他借钱似的。人们在星期一早上发现他时，他的尸体已经变得硬邦邦了，后来有人说，这倒和他管理的这家机构并无二致。

小克莱福一接管，所有的事一下子就放开了。他做的第一件事，就是给银行的大厅换上了一块新地毯。旧地毯早已磨得毛都没了，只有从走廊通往总裁办公室的地方还保存完好，因为这里少有人走动。小克莱福未来的十年计划是将储蓄信贷社的资产增长十倍。他放出话，要把银行现有的钱都大胆地投资出去，而且如果形势需要，还可以把钱贷出去。小克莱福认为，悲观了这么多年，是时候乐观一点了。再说了，现在全国上下整体形势都很乐观。

小克莱福和他死去的前任唯一的共同点，就是他们打心眼儿里不信任北巴斯镇的居民，因为他们都认为这里的居民没出息。在小克莱福眼里，他的中学同学就都是些没出息的人，他们长大了也还是没出息。他更乐意与下州的那些投资商和贷款人打交道，甚至是跟外州人、最好是像德州那么远的外州人打交道。他相信，这些人才是巴斯镇的未来，就如同他们拯救了克利夫顿公园和郊区的奥尔巴尼那几个最近富起来的地方那样。"下州的钱已经顺着北方公路流进来啦。"他告诉母亲。说这话的时候，他母亲总会从老花眼镜的边框上头瞥他一眼。于贝丽尔小姐而言，钱在州际高速公路上流动的画面怪可怕的。"妈，"他紧接着说，"记住我这句话，当时机成熟，把这房子卖掉，你一定能大赚一笔。"

正是"时机成熟"这样的用词让贝丽尔小姐深感不安。从小克莱福口里说出来，这些词语就有了一种威胁性质的弦外之音。她想知道他脑子里在想些什么。是谁来判定"时机成熟"呢？是她自己，还是小克莱福？他每次来看望她时，都会带着房产经纪人那种特有的目光上下打量这栋房子，还会找些理由跑到地下室瞅瞅，或者爬到阁楼上转转，就好像他要确保，他继承这套房子的"时机"到来时，这房子必须要保养得完好无损似的。他反对把二楼租给唐纳德·沙利文，对这个人，小克莱福一直以来都心存敌意。每次小克莱福来看望母亲时，哪怕是很短的时间，他都要旧话重提，劝母亲把沙利也赶出去，免得他哪天点着一根烟就睡着了。小克莱福表达担心的那种语气，让贝丽尔小姐确信，她儿子担心这房子会在火灾中灰飞烟灭，更甚于担心他老妈会葬身火海。

贝丽尔小姐对自己唯一的孩子心怀如此无情的念头，她自己也觉得不光彩。有时候，她甚至试图说服自己摒弃这种想法，而用天然的母爱来度量这个孩子。唯一的难处在于，到了小克莱福身上，那种天然的母爱就是没法儿纯粹起来。电视机上父亲对面的小克莱福，倒是一脸欢快的表情。照相机捕捉到的那张脸，与忧愁焦虑的中年银行家的脸截然不同。相反，他的脸上还带着些许孩子气，似乎生活里还充满了可能，而与他年龄相仿的其他男人，脸上大多已经烙下了这辈子诸事已定的印记。小克莱福（至少是这个摆在电视机上的小克莱福）尽管就要五十六岁了，但给贝丽尔小姐的印象依然是他人生的路还很漫长，而真实生活中的小克莱福却完全是另外一个样子。每次他来探望母亲，在母亲的额头上冷冰冰、干巴巴地亲一口，然后就四处检查起居室的天花板有无水渍。他的性格，如果性格这个词用在这里合适的话，就跟连任五届的保守派政客一样顽固不化。贝丽尔小姐忍受着儿子的拜访，忍受着他喋喋不休的理财建议，尽最大努力做出开心的样子。他会告诉她做什么，给她分析这样做的原因，而她则尽可能有礼貌地、耐心地倾听着，最后再婉言谢绝他的建议。在她看来，小克莱福脑子里满是各种各样莫名其妙的鬼点子。他对这些计谋信以为真的架势，就好像它们都是上帝的旨意，而不是他自己异想天开。"妈，"在她坚定地拒绝听从他的建议时，他通常会说，"你这个样子，简直好像是不信任我。"

"我就是不信任你。"贝丽尔小姐大声说道，对着电视机上她儿子的照片。然后她又对着丈夫的照片说道："对不起，我就是忍不住，我不信任他，你是理解我的，对不对？"

老克莱福只是朝她微笑，在她看来，有那么点无奈。自他过世后，在她和儿子有矛盾的时候，他似乎越来越多地站在儿子那边了。"相信他，贝丽尔，"他对她窃窃私语道，好像怕艾德偷听似的，"他是我们的儿子，他现在就是你的依靠了。"

"我正努力呢。"贝丽尔小姐向丈夫保证，而且她确实努力了。这五年里，她总共借给小克莱福两次钱，连他要钱干什么都没问。第一次是五千块钱，第二次是一万块钱。如果这些钱没了，她自然不会高兴，但说实话，她也能承受得起。可是这两次，小克莱福都按时把钱还回来了。贝丽尔小姐本来一直在寻找不信任儿子的缘由，所以发现这些钱重归原主的时候，她还有些小小的失望。说实话，她感到有些羞耻，因为脑海里一直有个声音在重复——小克莱福根本不需要这两笔钱，他之所以向她借钱，只是为了向她证明他是可信的。她甚至开始疑心，他的目的不是为了得到这点很快就会到他名下的钱，而是为了能够控制全部的财产。但最终又是为了什么呢？贝丽尔小姐不得不承认，她的这些怀疑在逻辑上是有漏洞的。毕竟，她的钱，上主街上的这栋房子，还有房子里的绝大部分物品，这一切最终——正如他所说的，等"时机成熟"的时候——都会属于小克莱福。

贝丽尔小姐猜测，她的儿子之所以如此烦心，其中一个原因就是他并不知道这"全部的财产"到底值多少钱，当然了，他知道有这栋房子，还有她曾经借给他过的那一万块钱，但是到底还有多少呢，他不清楚。而这些财产信息正是贝丽尔小姐不敢交给儿子的东西。她在斯凯勒温泉镇雇了一名会计每年为她报税，并且要求他千万不要把她的任何信息透漏给小克莱福。至于法律上的建议，她委托了一位名叫亚伯拉罕·维尔夫的本地律师。而小克莱福却不断地警告她，这人根本不称职，还是个酒鬼。对于这一点，贝丽尔小姐心知肚明，与其说他不够称职，不如说他没有野心，没有野心的律师可谓天下难寻。更重要的是，她认为这人绝对忠诚，当他向她保证绝不向小克莱福透漏半点她的财务和法律信息的时候，她相信了他。虽然从来没有明说，但亚伯拉罕·维尔夫似乎对小克莱福也心存疑虑，因此，贝丽尔小姐就更加信任他了。小克莱福越来越恼火，这就又证明了贝丽尔小姐的判断完全正确。"妈，"他可怜兮兮地祈求她，在她的前厅踱来踱去，"如果你不许我帮你，我怎么能照管好你的财产呢？要是你生病了怎么办？你难道想把所有钱统统都交给医院吗？这就是你的计划？还是等你中风动弹不得的时候，让医院每天拿走几千块，一直等到你的钱全都被花完，一贫如洗吗？"

她儿子的逻辑确实难以辩驳，他的理由也并不前后矛盾，尽管如此，贝丽尔小姐还是忍不住觉得小克莱福有自己的密谋。她对儿子的经济状况也知之甚少，但是据她估计，儿子正在稳步迈向富裕。她还知道，虽然他带着房产经纪人的眼光盯着这栋房子，但是他对这栋房子本身没有任何兴趣，如果他明天继承了这栋房子，那么后天就会卖了它。他最近在位于北巴斯和斯凯勒温泉镇之间的新斯凯勒温泉乡村俱乐部刚买了一套豪华的联排别墅。贝丽尔的这栋房子也许会带给他十五万美元的收入，也许更多，这么一大笔钱没人会小觑，哪怕小克莱福并不"缺"这笔钱。但她还是无法相信，这点流于表面的东西就是儿子的全部计划。他的视线从房间的一个角落扫到另一个角落，他的样子就好像在找魂儿似的，这确实让贝丽尔小姐相信他能看见她看不见的东西。只要她还没搞清楚那是什么，她才不会完全相信他。

在贝丽尔小姐房子的前窗外，一团厚厚的雪悄无声息地落在地上，虽然雪团很大，但不一会儿就会融化的。别看现在这冰天雪地的景象，但这还不是真正的冬天，真正的冬天还没来呢。尽管如此，贝丽尔小姐还是走到后厅，拿出了去年四月收在楼梯下面的雪铲，把它靠在了门上，这样谁出门都能看到，包括沙利。回到屋里，她听到了轻微的嗡嗡声，这是她房客的闹钟响了。自从沙利的膝盖受了伤，他睡得比贝丽尔小姐还要少。贝丽尔小姐靠每晚五个小时的睡眠过活，白天她还会打三四次盹，不过她坚决不承认那一刻钟自己是睡着的。沙利每晚都会醒来好几次，贝丽尔小姐能听到他从楼上的卧室里轻手轻脚地走到卫生间，耐心地等着小便出来。老房子里的声响泄漏了很多秘密，比如，贝丽尔小姐知道，沙利最近开始坐下小便了，因为马桶总是在他的体重下发出嘎吱嘎吱的声音。有时候，根据他从卫生间返回卧室的时间上判断，他有几次肯定是在卫生间里睡着了。如果不是睡着了，就是前列腺有毛病。贝丽尔小姐记下一段小时候学的顺口溜，想要和沙利分享：

　　老琼斯太太有糖尿病，
　　怎么尿也尿不出，
　　两瓶皮肯牌药水灌下肚，
　　一便通畅到大海里。

她不知道沙利会不会被逗笑，这也许还得看他晓不晓得莉迪亚·皮肯牌药水是个什么东西。人到八十，就会积累大量的令人印象深刻的典故，这也是困扰老人的问题之一，因为其他人往往听不懂你的隐喻，而且还会说这是你的错。不知是从历史上哪个时期开始，贝丽尔小姐猜大概是殖民时期吧，老年人的知识就被大打了折扣，到了现在简直分文不值。如果贝丽尔小姐再年轻一些，追溯老一辈的智慧是怎么被贬到今天这个地位，也许会是一个有趣的课题。曾几何时，老年人是备受尊重的文化历史的宝库，如今竟成了布满灰尘、积着晦涩无用信息的博物馆。没关系，反正她还是会和沙利讲这段顺口溜，给他的生活增添点诗意没什么不好。

楼上，闹钟还在嗡嗡作响。沙利说，他现在仅剩的一点儿深度睡眠就是在闹钟响起前的那一个多小时里。他最近刚买了一个新闹钟，因为那个旧闹钟总也叫不醒他。不过现在这个新的也一样叫不醒他。贝丽尔小姐第一次听到那遥远、奇怪的嗡嗡声时，错以为是自己的大限将至。她在什么地方读到过，说人脑只不过是一个由电波脉冲组成的迷宫，尽职地在脑壳里传递电流。她断定自己听到的那些嗡嗡声一定是脑子里哪儿出错了。哪怕这个嗡嗡声每天早上都在同一时间响起，也并没有让她意识到这声音其实来自外界。她以为，小克莱福总是暗指的那个时机真的要到来了。后来她发现，嗡嗡声每次突然停止后紧接着就是沙利沉重的脚步声，这才让贝丽尔小姐就此解开了这个谜团，对此她心存感激。因为她终于不用再忧心忡忡地摇晃着脑袋，到处寻找大脑短路的地方，自己给自己平添烦恼了。

也许是因为最初的错误判断，楼上轻微的嗡嗡声依旧令她有些不安。因此，今天早上，她做了基本上每天早上都会做的事情。首先她去厨房拿了扫帚，然后回到卧室，用扫帚柄对着天花板狠狠戳了一两下，等听到沙利呼噜着醒来，稀里糊涂地大声咕哝着，她才收了手。她怀疑沙利压根就不晓得这么多个早晨到底是什么把他叫醒的——可不是他的新闹钟。

贝丽尔小姐承认，也许她儿子要把沙利赶出去的想法是对的。有一点不可否认：沙利的确粗心大意。他对烟头总粗心大意，对人对事也是如此，虽然他不是存心这样，但这的确意味着他这人很危险。贝丽尔小姐转身走向前窗，探头望向那黑黢黢的纵横交错的树杈，这时她突然意识到，也许沙利就是那个冥冥中会掉下来砸中她的树杈。她知道，人老了就是不免会心生疑虑。和那些独居的寡妇邻居们相比，疑神疑鬼还未导致太多困扰，这是因为她坚持勤动脑筋，并时刻保持警觉。到目前为止，她依旧很相信自己的判断，这很大程度上得益于她严厉地质疑他人的判断。在这方面，有小克莱福在身边倒是帮了不少忙。贝丽尔小姐总是告诉自己，如果有一天她儿子的建议开始变得有道理，就说明她在走下坡路了。也害怕小克莱福对沙利的判断成为现实，这就是开端。

不过，一旦她下定决心，便不会轻易认输。毕竟在关键时刻沙利还是一个很重要的盟友，比如一个月前，她绊了一跤，扭伤了手腕，痛得不行的时候，是沙利伸出了援手。她怕手腕骨折，就让沙利开车带她去斯凯勒温泉镇的医院，给手腕照了 X 光片并缠了绷带，整个过程花了不到两个小时。医生给她开了泰诺止痛片，就打发她回家。药片让她昏昏欲睡，她只吃了两片，而且在她知道了伤情以后就不那么介意疼痛了。一旦知道手腕没有骨折，她便感觉神清气爽。沙利受伤后一直都在四处买止痛药，所以第二天，她把剩下的泰诺当作礼物送给了沙利。

她知道，沙利值得信赖，而且能替她保守秘密。她希望也能同样信赖格鲁伯太太，但是贝丽尔小姐怀疑，小克莱福在利用格鲁伯太太监视她。格鲁伯太太当然否认自己会给小克莱福通风报信，毕竟贝丽尔小姐明确禁止过她的朋友向小克莱福通报任何有关她的个人信息。但她敢肯定，格鲁伯太太还是一样会去打小报告的。要知道格鲁伯太太一生中主要的乐趣就是在背后议论他人的生老病死，小克莱福大可以借此讨好她。贝丽尔小姐不相信她的朋友能抵制住像小克莱福这样油嘴滑舌的人来跟她套话。

贝丽尔小姐仍站在前厅的窗边,透过百叶窗,朝上主街格鲁伯太太家的方向张望着。六点三刻,街道依然寂静一片,初雪像崭新的地毯一样白茫茫地铺满大地,两道黑色的车辙分外醒目。贝丽尔小姐叹了口气,抬头盯着交叠的树杈,光秃秃的黑色枝丫映衬着清晨苍白的天空。"掉下来呗,"她说,听到自己斩钉截铁的声音,她总是愉快又振奋,"倒要看看,我在乎不在乎。"

"如果我真从楼梯上掉下来,你肯定不会在乎,"身后一个声音说,"我赌你还会笑呢。"

贝丽尔小姐沉浸在自己的思考中,都没有听到起居室的门打开了,也没有听到她的房客走进来的声音。离听到他在楼上的卧室咕哝着醒来,似乎才过去几秒钟,他肯定来不及起身、穿衣、干完所有文明人在早上该做的事。但是当然了,男人是奇怪的动物,严格来说,大多数男人并不是文明人。这位站在她面前的男人,脚上穿着袜子,手里拎着工作靴的皮质鞋带,靴子还在空中晃来晃去。毫无疑问,他就是那种刚刚一骨碌爬起来,就马上钻进衣服里的人。她估计他睡觉也不穿睡衣,也许和老克莱福一样,穿着短裤睡觉,早上随便抓起视线内的第一条裤子就套上,这裤子要么是挂在椅背上的,要么是摊在床尾的。照沙利的作风,也许他为了节省时间连袜子也不脱。

倒不是说,她的房客比其他男人更邋遢。他有着工人的习惯:不是每天早上洗澡,而是干完一天的活之后才洗澡。这就意味着,他醒来以后只需要做两件事:一是解手,二是喝杯咖啡。他通常在两个街区以外的海蒂之家喝咖啡,他到餐馆时还没有完全睡醒。他总把工作靴搁在楼下门厅的后门边。出于某种原因,他喜欢在贝丽尔小姐楼下的房间穿靴子,而不愿在自己的房间穿。靴子总会在地上留下脏脏的鞋印,冬天在硬木地板上留下的是泥印,夏天是一摊干土粒。贝丽尔小姐总会在他走了以后把干土粒扫进簸箕。贝丽尔小姐发现:男人一般总是很少会注意到他们在身后留下了什么,不过这位沙利先生尤其健忘,留下的痕迹尤其脏乱不堪。但贝丽尔小姐也不喜欢挑剔讲究的男人,她不介意每天早上跟在沙利的后面收拾。因为她的生活就是缺少类似的琐事来消磨时间,而他正好让她有事可做。"老天,"贝丽尔小姐说,"你怎么跟在一个老太太后面鬼鬼祟祟的。"

"我还以为你在和我说话呢,皮普尔斯太太。"沙利附和道。沙利是她认识的人里唯一一个称呼她为"太太"的人,这一举动使他在贝丽尔小姐心里留下了特殊的位置。"我就想过来看看你是不是一觉睡过去了。"

"还没呢。"她告诉他。

"不过你在自言自语呐,"他指出,"估计日子不远了。"

"我没在自言自语,我是在跟教练说话呢。"贝丽尔小姐和她的房客说道,并向他示意挂在墙上的面具。

"哦,"沙利说道,假装松了一口气,"我还以为你脑子出问题了呢。"

他重重地坐在贝丽尔小姐的安妮皇后椅上,贝丽尔小姐本能地皱了下眉头。这椅子是老克莱福送她的礼物,挺脆弱的,是在斯凯勒温泉镇的一家古董商店买的。其实,是她说服他买的。老克莱福觉得这椅子不太结实,椅子的腿和扶手都太细。他说,他身材高大,肯定会把这家伙坐塌的,身上还会给戳个窟窿。"我又没叫你坐,想都别想,"贝丽尔小姐说,"其实,这椅子谁也不能坐。"听她这么说,老克莱福皱起了眉头,开口准备说出显而易见的事实——买一把不让人坐的椅子没什么意义啊——但当他看到爱人的表情,就闭嘴了。和很多沉迷于运动的男人一样,老克莱福也是一个虔诚的教徒，从小就学会包容生活中的神秘事物。比如，神圣的圣父、圣子、圣灵，三位一体，又比如，女人的推理逻辑。还有，他正好想到，那个冬天，贝丽尔小姐刚刚送了一件礼物给他，是他一直很心仪但被她称作世上最丑的椅子——一把灯芯绒沙发椅。老克莱福一点儿都没觉得那把椅子丑，它比这堆细细的桃木棍子结实多了，实心结构，泡沫填充，布料也结实。不过他知道自己八成逃不掉了，还是签了支票。

贝丽尔小姐现在回想起来，两个人都没错。那把灯芯绒椅子的确是世上最丑的椅子，现在躺在闲置的卧室里，眼不见心不烦；安妮皇后也的确太易损坏了，她不喜欢任何人坐上去，更何况是沙利。有许多最基本的概念，她这位房客永远也搞不明白，其中之一就是拥有某些东西带来的优越感。沙利没有一样他珍惜的东西，所以他往往无法理解为什么东西坏了主人会心疼。生活中充斥着破铜烂铁是常态，所以他觉得这和天气一样，没什么好担心的。好些年前，贝丽尔小姐曾经跟沙利谈起过这个敏感的话题，想要沙利明白她是不愿看到她的某些物件受到半点损坏的。但这段谈话似乎不是让他感到无聊，就是惹恼了他，所以她还是放弃了。当然，她可以单单要求他不要坐在这一把椅子上，但是这个要求同样会惹恼他，他会有一阵子不进来看她，直到他忘了他到底在生她什么气。等他再回这间房间的时候，又会径直走向这把椅子。

所以，贝丽尔小姐决定豁出去了，不管这椅子了。她喜欢她的房客每早顺道过来"看看她是不是死了"，因为她一直都喜欢沙利，也知道沙利喜欢她。喜欢一个人这样的事，像沙利这样的男人是不会轻易承认的。当然，他也没有告诉贝丽尔小姐他喜欢她，但是贝丽尔小姐就是知道。有些方面，沙利和小克莱福有着天壤之别。小克莱福很肯定地坚持说他来拜访母亲是出于爱和关心，但是他慢腾腾地踏上她门廊台阶的那一瞬间，就显得极不耐烦，贝丽尔小姐全都看在眼里。他总是在去别处的时候顺道过来，好像看上他母亲一眼他就满意了；在电话里也是，只要听到他母亲的声音就行。所以，贝丽尔小姐止不住怀疑，每次打来不讲话就挂断电话的人就是小克莱福，他只是想确定他母亲还活在世上而已。

"我这儿有热茶，你想喝吗？"贝丽尔小姐问，边说边紧张地盯着安妮皇后，这把椅子正在沙利扭动的身躯下嘎吱抗议着。

"我才不喝茶呢。"沙利回应道，他的前额正淌着汗。穿靴子、脱靴子是他一天当中最艰巨的任务之一。那条好腿还不那么费劲，但是另外那条，自从摔坏了膝盖骨，每天中午之前腿都十分僵硬，疼痛难忍。早上这个时候，他能做的就只是解开鞋带，努力想法子把脚塞进鞋口，至于鞋舌和鞋带就之后再说。"不过我要和往常一样去喝杯咖啡。"

鉴于他和靴子还要较一阵子劲，贝丽尔小姐说："我想，我倒也可以煮一壶咖啡。"

他停下歇了一会儿，咧嘴向她笑笑："不了，贝丽尔，谢谢。"

"你怎么还穿这笨重的工作靴啊？"贝丽尔小姐感到好奇。实际上，沙利穿的是事故发生前的衣服——灰色的工装裤、褪了色的牛仔布衬衫，里面是一件保暖内衣，衬衫外面是一件无袖的棉马甲，头上还戴着一顶鸭舌帽。从九月以来，他穿的是另外一套行头，是为了去附近的社区大学上转岗培训课程，学习的是修理冰箱和空调，这是他能得到部分丧失劳动能力赔偿的条件。

沙利站起身——贝丽尔小姐又担心地皱起了眉头，因为沙利把整个身体都压在了安妮皇后的扶手上——他已把脚趾头塞进了松开鞋带的工作靴里，然后拖着鞋在硬木地板上一直走到墙脚，抵着墙，才强行把整只脚都塞了进去。"我该回去上班了，你觉得呢？"他说。

"如果他们发现了怎么办？"

他朝她咧嘴笑笑。"你不会出卖我的，是吧？"

"我该出卖你，"她说，"也许把你这样的人交出去，会有什么奖励呢。这笔钱我倒可以用上一用。"

沙利盯着她看了一会儿，点点头说："教练死得早确实是件好事，要不然他会看到上了年纪的你变坏了。"

贝丽尔小姐叹了口气。"我实在不知道，指出显而易见的问题，会有什么好处。"

沙利摇了摇头。"也许有用呢，到底是什么事情呢？"

"你现在打工会伤着自己，到那时他们也不会再给你付学费了，最后你会比现在还要惨。"

沙利耸了耸肩。"也许你说得对，贝丽尔，但是我想试一试，反正现在我的腿站着和坐着一样疼，所以还不如站着呢。而且我很确定，我不想我的后半生一直修空调。"

他又在地上跺了几下脚，以确保整只脚都塞进了靴子里，身上的小物件儿随之发出叮叮当当的响声。"不过，我发誓，如果你每天早上能帮我把这鞋子套上，我就娶了你，还陪你喝茶。"

当沙利耗光了体力，又一次瘫倒在安妮皇后椅上，拿出香烟时，贝丽尔小姐转身走到厨房，拿来她家里仅有的一只烟灰缸。贝丽尔小姐不许别人在她家里抽烟，沙利是个例外，但这主要是因为他实在不记得有不许抽烟这回事，而且他也从来没注意到过房间里没有烟灰缸。事实上，他向来想不起要用一个烟灰缸，每次都是等香烟要燃尽了，长长的烟灰马上就要掉下来了，他才意识到该找个烟灰缸。甚至到了这时候，他也是不慌不忙，只是把烟竖起来举着，好像烟垂直于地面以后就掉不下去一样。有时，当烟灰最终掉下来时，他反应很快，能用腿接住。然后烟灰就会一直停留在那里，直到他站起身来，又全然忘了烟灰这码事。

当贝丽尔小姐拿着那只五年前在伦敦买的水晶烟灰缸返回时，燃尽的烟灰已经相当惊人。"话说，"沙利说，"今年你定下来去哪了吗？"

这二十年来，每到冬天，贝丽尔小姐都会"出征"，这是她对旅行的叫法。她在每年的元旦左右离家,在三月也就是冬天接近尾声时回来。她的房子里堆满了她出门远行带回来的纪念品,墙上装饰着一支埃及长矛、一片罗马胸甲、一只铜制的龙、一支提基火把,桌面上堆满了韦奇伍德的陶瓷、伊特鲁里亚的神船、长着两个脑袋的中国福犬,地板上有柳条编的大象、陶瓦罐,还有一只木质的航海水手箱。在启航之前的几个月,她会阅读有关目的地的旅游攻略。今年,她已经查阅了一些有关非洲的书籍,想着能给教练找个伴儿。教练艾德其实是她在佛蒙特买的,也不知道是不是正宗的非洲货。佛蒙特是她能劝动老克莱福一起出征的最远的地方。对老克莱福来说,如果走在街上不能被认出是北巴斯镇中学的橄榄球教练的地方,他都不想去。这样,他们能去的地方就很有限了。

"今年冬天我哪儿也不去。"她告诉沙利。她惊讶地发现,就在几分钟前,抬头望向那些树的时候,她就下定了决心。

"这么说来你一定已经哪儿都去过了。"沙利说。

"这场雪下得比以往早,我感觉今年该轮到我们了。上帝就要降下厄运了。有一根树杈要掉下来砸在我们身上了。"

"听起来是个去刚果的好时机。"沙利提议。

"刚果已经没了[①]。"

"没了?"

"没了,再说了,"贝丽尔小姐提醒他,"上帝甚至能在鲸鱼的肚子里找到约拿,神意是逃不掉的。"

沙利点点头。"上帝和警察都是这样。所以我哪儿也不去,就待在家附近。这样他们就知道上哪儿找我了,说不定还会对我网开一面呢。"

贝丽尔小姐朝他皱了皱眉头。"你不会又招惹警察了吧,唐纳

[①] 指1971年刚果(金)改名为扎伊尔,后于1997年改回。

德?"的确,她的房客偶尔会沦落到看守所里,大多是因为在公共场所喝多了,不过他年轻的时候倒是爱打架生事儿。

沙利咧嘴朝她笑笑。"据我所知还没有,皮普尔斯太太。我现在老实着呢。已经不再是年轻人喽!"

"嗯,"她说,"不过跟大多数人比,你不老实的时间比较多。"

"这我知道,"他说着又吸了一口烟,头一次发现烟灰已经积累到了危险的程度。"你至少会出去过感恩节吧?"

贝丽尔小姐拿走了他的烟,放进了烟灰缸,然后把烟灰缸放到桌边上。对于沙利而言,只把烟灰缸放在他边上,指望他自己能识别出烟灰缸的功能是不可能的。"格鲁伯太太和我会去诺斯伍兹汽车旅馆,那里有自助餐。只要十块钱,所有的火鸡和配料任你吃。"

沙利呼出一口烟。"听上去对诺斯伍兹来说可真是桩好买卖。你和爱丽丝一个周末也吃不完十块钱的火鸡。"

贝丽尔小姐也承认这没错。"格鲁伯太太喜欢那里的气氛,那里都是我们这样的老家伙,他们放的音乐也不闹腾。还有一个很大的色拉吧,格鲁伯太太喜欢把所有东西都试吃一遍,甚至还有蜗牛呢。"

"蜗牛其实挺好吃的啊。"沙利说,这让她有点吃惊。

"你什么时候还吃过蜗牛?"

沙利挠了挠胡子拉碴的脸颊,仔细回想着。"我可是解放过法国的人呢,你记不记得。那时候从诺曼底一路打到柏林,我倒宁愿蜗牛是我吃过的最难吃的东西。"

"那人们真没说错,"贝丽尔小姐点评道,"战争确实可怕。千万别告诉我比蜗牛更难吃的东西是啥。"

"好的。"沙利同意。

"我就只吃几片胡萝卜卷吧,要留点胃口吃晚餐。如果吃得太多,我会胃胀气。"

沙利捻灭香烟。"嗯，这样的话，悠着点儿，"他说着，再次吃力地站了起来，"记着，你楼上住着人呢，别把窗户打开，太冷了。"

贝丽尔小姐送他走到门厅，他散乱的鞋带踢踢踏踏地敲着地板。

"等我喝完了咖啡再回来给你铲雪。"他注意到了靠墙的雪铲，"你急着出门吗？"

贝丽尔小姐说："不急。"

在沙利的膝盖受伤之前，上主街上的其他寡妇都特别羡慕贝丽尔小姐有沙利这样的房客。她们好些人都想着法子把房间减价租给单身汉，好以此叫他们铲雪、割草、耙掉枯叶。但要找到合适的单身汉并不容易。年轻点儿的总是丢三落四，喜欢搞聚会，还带年轻女人回家。年纪大点儿的又总是因为老腰老腿等各种疾病而难以胜任。在北巴斯镇，年龄在四十五至六十岁之间，既是单身又能干活的男人真是太稀有了，因此贝丽尔小姐被人们羡慕嫉妒了有十多年之久。现在沙利瘸了，她怀疑，她的某些邻居怕是都在私下里幸灾乐祸呢。没多久他就会毫无用处，贝丽尔小姐到时就要负担一个做不了事情的房客了，多年来的好运都该还回去了。没错，贝丽尔小姐几乎每天都能见到沙利，她确实发现自从出事以后，沙利的状况大不如前了。她担心，如果有一天他不再探进头来查看她是否还活着，可能是因为他自己先死了。贝丽尔小姐比很多人都命长，有些应该活得比她长的人也都先走一步了。而沙利，不管他曾经有多么结实、硬朗，最近看着却有点病恹恹的，提不起精神。

"别把我忘了就行。"她告诉他，想起自己过会儿要去趟市场。

"我忘过你吗？"

"忘过。"她说，但他也不是经常忘。

"嗯，我今天不会忘的，"他向她保证，"你怎么不和'大银行'

出去吃晚饭呢?"

贝丽尔小姐笑了,每次沙利这么叫小克莱福,她都会笑。这让她又一次想到,那些以为笨人都不懂修辞的人真是大错特错。她班上那些最愚钝的八年级学生一直都有一种天赋:善用比喻,且形象生动,他们无法真正理解的其实是文字的字面意思,沙利就是这样。他是北巴斯镇上她教过的第一拨学生。智商测试明明显示这孩子有的是潜力,但他好像较着劲似的要证明这测试是错的。他的人生就是一事无成的典型案例,沙利——人们现在还是这么评价他——他这人可不好糊弄。沙利自然乐得接受这个评价,却从没感觉到话里话外所暗指的含义——六十岁的人了,和老婆离了婚,和别人的老婆将就在一起,与自己的儿子形同陌路,对自己毫无自知之明,还严重瘸腿,几乎无法工作,他却固执地把这些状况和独立自主混为一谈。

"'大银行'邀请了我,但我宁愿自己出去,想干什么就干什么。"贝丽尔小姐撒了个小小的谎。其实,小克莱福上个礼拜打了电话来,说这个感恩节不在家过,神秘兮兮地提出假期要出门,似乎是想激起贝丽尔小姐的好奇心。这种小伎俩,估计他自己也知道会失败的。贝丽尔小姐不是没有好奇心,但他竟想如此明目张胆地加以利用,真是让她生气。既然小克莱福要诱她上钩,那她自然得做出与此相反的回应。"和一个金融机构吃饭多没意思。"她又加了一句。

沙利低头看着她笑了。"老小孩啊,我们都戴着自己锻造的锁链生活。①"

贝丽尔小姐眨了眨眼睛。"我的天呐!从唐纳德·沙利文口中也能说出名人名言了,我估计你不记得这是谁说的了吧。"

"你说的,"沙利提醒她,"整个八年级你一直在说。"

---

① 出自查尔斯·狄更斯的《圣诞颂歌》。

沙利一走到和房东合用的宽敞的前廊，就一眼看见罗布·斯奎尔斯拖着沉重的脚步走在雪地上。虽然他身高刚过五英尺，体格却很魁梧。他一边走一边盯着自己的脚尖，沙利假装这次相遇纯属巧合。沙利认识罗布的时间太久了，他才不会相信这是巧合呢。这小子耷拉着脑袋的样子，就好像是厚实的肩膀上架了个摇摇欲坠的健身球一般。沙利一看就知道，他是借看望之名来借钱的。其实，只要看看他，沙利就知道罗布想要多少钱（二十美元），他最少能接受多少（十美元），还有讨价还价要花多少时间（三十分钟）。

"早啊，傻蛋，"沙利说，"你难道就没双靴子吗？"

罗布抬起头来，装出吃惊的样子。"不知道放哪儿了，"他说着低头看看自己破旧的黑皮鞋，"我怎么知道感恩节前一天会下雪呢？"

"那你也该做好准备啊。"沙利说。尽管他自己也是那种不会未雨绸缪的人。他把一只穿着工作靴的脚搭在前廊的扶手上，系上了鞋带。"哎，你来得正好，"他接着说，"帮我把这只系上。"

罗布爬上台阶，跪在雪里，把沙利左脚的鞋带也系上了。

"别系太紧，勒得慌。"沙利说，"我的膝盖已经肿到原来的两个那么大了。"

罗布解开鞋带，又重系了一遍。"你穿的是工作服，不是去学校的衣服，"他注意到，"你要回去上班了？"

"是这么打算来着。"沙利说。

"那你还雇我吗？"

"如果我还用你，你能不再管我借钱吗？"

"好啊。"罗布说，不过发现借钱二字遭到否定，他不免有些失望。他的膝盖处此刻已经湿光了。"我好怀念我们一起工作的日子，"罗布说，"我希望还能再像以前一样。"

"那我看看能不能给咱俩找个活。"沙利告诉他。

罗布皱起了眉头,"老皮普尔斯夫人又在偷看我们了。"他看到起居室的窗帘晃了一下。罗布脾气温和,但他就是对贝丽尔小姐怀有很深的敌意。这还要追溯到几十年前,他八年级的时候,贝丽尔小姐在她退休的前一年教过他。所以现在每次看到贝丽尔小姐的时候,罗布的眼睛就会眯起来,变得犀利,声音也变得尖锐而惊恐,好像贝丽尔小姐依旧有能力对他行使生杀大权似的。没错,她依旧在用心关注着他,而他并不喜欢太用心的人。因为他自己对所有事情都漠不关心,他认为不用心才是正常的人类行为。八年级那会儿,贝丽尔小姐每天都在英语课上拿尺子用力敲着桌子,大声喊道:"走点心!"而那时他往往刚吃过午饭,正是犯困的时候。有时候贝丽尔小姐还会盯着罗布,加一句:"那样说不定你们还能学到点儿东西。"如今的罗布仍然憎恶太过走心的人,他觉得这是费神费力、有悖常理的事情。而在巴斯镇,既然没有比贝丽尔小姐更走心的人,那也就没有比贝丽尔小姐更讨厌的人。

沙利忍不住笑了起来。"趁她还没有出来说我交友不慎之前,我们赶紧去喝杯咖啡吧。"

他们穿过街道走向海蒂之家,此时地上的雪已经融化,与泥土混在一起,黏糊糊的。沙利没来由地觉得神清气爽,这种感觉又十分强烈,于是他告诉自己,人生得意须尽欢,至于是不是福兮祸之所倚那都是之后的事儿。因为他这辈子每当感觉幸福无比时,常常之后就会有灾难降临。久而久之,他已经总结出规律:自己就是个蠢货,在这种状态下,他做的每件事都是错的;而且还会错上加错;有时候,甚至聪明的举动在某些特殊情况下也会变得笨拙无比。这时候,无论你是粗心大意还是小心谨慎,最终都会得到一样的结果——灾难。

通常来说,每年他大概会碰到一次这样的连环霉运,他还以为今年的已经过去了,不过也有可能还没有吧。再或者,也许今年他会被上帝垂青,凑个双数。也许带着受伤的膝盖去干活,就会开启这重量级的连环霉运。他已经预料到今天遇到的所有人都会说他傻，说他最好待在学校里，拿着丧失部分劳动能力的赔偿，等待着膝盖完全康复；或者既然这膝盖看上去不可能完全愈合，那么就该让他的律师维尔夫帮他争取获得完全丧失劳动能力的赔付。像他这样瘸着腿，还伴有关节炎就回去干活，这怎么行啊？

虽然沙利觉得这是可以的，否则他也不会自我感觉良好地去做。当然，也许辛苦工作一天后，他就不会这么觉得了。但此时此刻，当他一瘸一拐地沿着上主街走向海蒂之家去喝咖啡，当他心不在焉地听着罗布抱怨贝丽尔小姐时，他觉得回去打工远比开车去斯凯勒温泉镇北面的社区大学有意思得多。这几个月来，他在社区大学里和二十来岁的小孩子一起上课，觉得自己像个傻瓜一样。他唯一喜欢的是哲学课，但上那门课纯属被逼无奈，因为另外一门必修课满员了。讽刺的是，正是这门哲学课最让他觉得自己像个傻瓜。教授这门课的老师是一位年轻的教授，身材不高，有颗硕大的脑袋，要不是那头乱糟糟的短短的黑发，他长得和罗布还真挺像的。这位年轻的教授似乎以驳斥这个世界上的所有事物为己任，一次否定一件。他先是否定了具体的物品，如椅子和森林里伐下的树木，然后他否定了概念，如因果，最近他否定了自由意志。沙利沉醉其中，眼看着世间万物一件件地消失；但面对考试，他和同班同学一起全军覆灭。如果回去打工进展顺利的话，哲学课将是他唯一想念的一门课。实际上，他已经开始后悔了——毕竟这个学期只剩下三个礼拜就要结束，目前只剩下上帝和爱情这几件事还没有被否定。他不确定在接下来的日子里，年轻的教授如何让上帝和爱情也像和其他东西一样一起消失，不过沙利确定，他肯定能找到办法。

比哲学课上的树木消失得更快的是沙利微薄的积蓄。此外，他也很想知道自己是否还能工作。连鞋带都系不上可不是什么好兆头。而且最近，坐在教室里听课的时候，膝盖比走来走去的时候更疼。因为教室里的桌子固定在地面上,桌子与桌子之间距离太近,他怎么坐都不舒服。如果他把腿伸到走廊上,可能会被别人撞到,那样会更疼,如果他把腿老老实实收回到桌子底下,膝盖就会伴随着教授低沉的嗓音而无情地抽痛。

去他妈的吧。最好还是回去打工,赚取微薄的收入,这才是他的生活。只要他当心点,会没事的,无论如何撑一段时间还是没问题的。就目前的状况,能有这么一段时间也就够了。能在这条他出生成长的大街上,悠闲地走向海蒂之家这么一个温暖的所在,这就足够了。那里有他认识的朋友,他们能一起畅所欲言。

"我可没法儿在他妈的皮普尔斯老太太的监视下过日子,"罗布在一旁说着,他还在生着气,"你都没法儿好好泡个妞。"

沙利像往常一样满脸惊讶地摇了摇头。罗布就算是到了妓院,戴着万元大钞做的套套,也找不到愿意和他上床的姑娘。罗布曾经向沙利承认:他和老婆布茨也已经有名无实了。"唉,兄弟啊,"沙利告诉他,"反正我现在也不怎么和人上床了。我倒也希望这是因为贝丽尔·皮普尔斯在一旁碍事呢。"

罗布显然接受了这个臆想,慢慢平静下来一点。"你反正还有露丝呢。"他思量后说道。

沙利在考虑怎么回应他。今天他要向好几个人解释自己的想法,露丝是其中之一。也许,如果运气好的话,他会碰到所有会说他蠢的人,那样一次说完就结了。"实际上,露丝是别人的老婆。她丈夫才是和露丝在一起的那个人,不是我。"

罗布慢慢地领会着他这话的意思,也许还相信了,如果真是这样,那他就是镇上仅有的两位相信这话的人了,另一位是露丝的丈夫,虽然很多人对这事儿倒也没有百分百的把握。"就是有人一直在议论……"罗布向沙利解释。

"我才不管人家说什么呢,"沙利打断了罗布的话,"我只信自己说的。"

"连布茨都说……"罗布说着又停了下来,心想要挨打了,"我就是希望你约炮的时候,不用被皮普尔斯那老娘们监视。"

"好好,我知道你是什么意思,"沙利说,又补充道,"但是,如果露丝听到你说她是炮友,她会伤心的。"

想到露丝也许会听到他刚刚说的话,罗布害怕了。因为他对女人一般都有几分惧怕,对露丝尤其惧怕。他老婆布茨就够他受的了,但是露丝更令人惧怕。他很佩服沙利敢跟露丝这样的女人有染。她那张嘴伶牙俐齿,天不怕地不怕,任何人都不放过。"我可没有这么叫她。"他马上说。

"咦?"沙利说,"我刚才好像还听到你说了。"

罗布皱了皱眉头,设法把刚才的对话在脑子里过了一遍,但最终还是放弃了。"我不是那个意思。"他怯生生地说,希望自己的解释会有效果。在沙利这里有时倒是会奏效,在老家伙皮普尔斯那里可是从来也不管用,一次也没有。

海蒂之家是北巴斯镇上最老的店铺之一,现在由海蒂的女儿卡斯经营。她觉得这家店正在严格地按照边际收益递减的规律运作。她打算母亲一去世就把店盘了,搬到西部去。尽管老太太很想长生不死,但她毕竟已经挨到了将近九十岁的高龄了,在世上肯定活不了多久了。本来,母亲中风的时候,卡斯就以为这一切就能了结了,但从那以后已经过去五年了,老太太居然奇迹般地康复了。"奇迹"一词是医生说的,无论这事儿有多么不可思议,卡斯自己才不会用这个字眼来描述她母亲复原的状况。看到海蒂这把年纪的女人猛然又硬朗起来,医生们都惊呆了,她对生命的顽强、执着和不向死亡妥协的毅力,更让医生们心中充满了敬佩。他们如是说:"这是人类精神的典范。"

而卡斯管这叫顽固不化。她爱母亲,但对母亲的长寿并没有医生那么激动。"其实她就是习惯了要什么有什么。"她这么和别人说。但是除了和老朋友沙利聊聊琐事外，她心里的怨恨对谁也不讲，她知道这怨恨既无人理解，也无人想听。而沙利则不同，她确信他在走出店门之前就会把一切都忘得一干二净。海蒂在北巴斯可是个人物，再说了，人们总把老年人想象得太过浪漫，在他们身上仿佛总能找寻到自己已逝父母或祖父母的影子。大部分人过世后，给后辈留下的是名为愧疚的遗产，附赠选择性记忆这一礼物。大多数父母在自己不能自理之前就撒手人寰，可真是帮了孩子们一个大忙，那时，孩子们还没来得及把父母和尿液浸湿的内衣裤以及其他年老体弱的残酷现实联系起来。卡斯很清楚不会有人理解她，她也理解人们执迷于将老人看作纯洁无辜的化身，哪怕反驳的证据就摆在边上。有时候，比如今天，她就很想告诉店里的所有顾客一些有关她和她母亲的事，大多数是她自己的事。她想让人知道，每次给老海蒂换长筒袜的时候，她都感到自己的生命也在消逝，她还想让人知道，每当这个老女人提出一个接一个不合理要求时，她都想给她一巴掌，把她打回现实。或许，卡斯可以承认她心中的恐惧，也许等她母亲去世的时候，她自己也到了需要人照顾的年纪，毕竟，她可不像母亲那样有强劲的毅力，可以不惜任何代价地活下去。真的，她特别庆幸自己没有孩子，等她的生命到了最后时刻，她就不会成为让人讨厌的负担。以后不管是谁来照顾她，至少有钱可以拿。

今天早上，店里和往常一样忙碌。在每个工作日早上的六点三十分到九点三十分，店里的黑人厨师鲁夫都忙得不可开交，都来不及给所有点了特色套餐的客人煎蛋。特色套餐卖一美元四十九美分，包括两个鸡蛋、吐司、炸薯条和咖啡。沙利和罗布到店里的时候，都已经没位子了。就连吧台的六只吧凳都坐满了，十几个"富美家"卡座也是人满为患，不过最远的座位那里有四个建筑工人好像要走了。老海蒂自己占着一个离门最近的只有一半大小的小卡座。令罗布沮丧的是,沙利自己小心翼翼地溜到老人对面的座位坐下了,扔下罗布一人在拥挤的门口。"你好吗?老太太?"沙利问道,海蒂混浊的双眸循声望向了沙利,"你还盯着店里的生意呐?"

"还盯着生意呢,"海蒂重复了一遍,使劲地点着头,"还盯着……"和往常一样,收银机开关抽屉的叮当声将她的注意力吸引了过去,因为这是老太太最喜欢听的声音。这部收银机她操作了六十年有余,每次听到它叮当作响,她都想象着自己还在它边上。"啊,"她叫道,"啊……"

"那里有座位了。"罗布说。那些修路工正站起身,拿着账单向收银台走过来。

"不错,"沙利说,"坐进去,去啊。"

罗布不喜欢这么被人打发,不过他怕位子被别人占走,还是照做了。事实上,这个座位可太好了:位于店铺最后一排,远离拥挤嘈杂的人流,这样他们被打扰的概率就小多了,他就可以在相对私密的环境里求沙利借给他一点钱了。

"我们找个晚上去跳舞怎么样?"沙利大声地向海蒂建议道。一来是因为老太太的听力有问题,二来是为了逗乐这里的常客,他们里面有几个已经转动转椅望过来了。

"跳舞?"海蒂问,然后又大吼了一声,"跳舞?!"

这会儿,所有人都转过身来看着他们了。

"怎么不行?"沙利说,"就我和你两个人。我俩先跳舞,跳完舞就去我家。"

老太太脸上露出了狡猾的笑容。"我们去你家就行了,还跳啥舞啊。"

"行。"沙利说着,向卡斯挤了挤眼,卡斯这会儿也在看着,脸上挂着一如既往的不满。

"就告诉我一件事儿,"海蒂大声嚷着,她兴奋起来的时候,声音总让沙利想起动物园里的海象,"你是谁?"

"你什么意思?我是谁?"沙利假装生气地回答,"你怎么了?看不清了吗?"

"你听着好像那个该死的沙利。"

"我就是沙利。"沙利告诉她。

"唉,我太老了,跳不了舞了,"海蒂说,"我年纪大了,也不合适去你家了,你可住在二楼呢。"

"我知道啊,"沙利说,他边说边揉着膝盖,"我自己这样子也很难上楼下楼的。"

"你多大了?"海蒂问。

"六十了,"沙利说,"不过我感觉要老多了。"

"我八十九了。"海蒂骄傲地咯咯笑着。

"我知道,你不准备去见见圣彼得吗?给别人挪点儿空出来?"

"才不!"

沙利溜出了卡座,他先把那条腿直勾勾地向前伸,再慢慢地把它安全地收回来,然后一点一点站起来。"悠着点,老太太,"他一边说一边拍了拍海蒂布满老年斑的那只手,"你还能听见收银机的声音吗?"

"当然了。"海蒂向他保证。

"不错,"沙利说,"如果有一天早上醒来你听不着了,你就知道自己在睡梦中走掉了。"

实际上,听着旧收银机的叮当声,的确让海蒂倍感安慰。碟子碰在一起的咣当声,男人们放荡大笑的嘈杂声,再加上这台古老的收银机丁零当啷的声音,这些声音共同开启了海蒂的记忆之门,她从打开的时光隧道穿梭回去,和那些已经逝去二十年的老伙计一起度过一个个美好的早晨。而当最后一位用完午餐的顾客离开后,她的女儿关上店门,把母亲领回她们共同居住的狭窄小公寓的时候,老妇人已经精疲力竭了,不知道的还以为是她工作了一整天呢。

吧台的尽头有一只吧凳空了出来,沙利坐了上去,欣然接受卡斯责怪的目光。"人怎么知道自己已经死了?"卡斯问。

"我猜可能是啥事儿都不再他妈有趣的时候吧。"沙利回答道。

"你这穿戴不像是要去上学的样子啊,"她看着沙利,"今天没有课吗?"

"是,没课。"

她看了一会儿沙利。"那么,你想放弃了?"

"如果你指的是学校的话,对,我不打算回去上课了。"

"还剩下多长时间来着?不是还有三个礼拜学期就结束了吗?"

沙利承认她说的没错。"你知道学校是什么样子。"

卡斯扮了个鬼脸。"不知道,你说说看,沙利。"

沙利不想和卡斯解释学校是个什么样子。年届六十,又是单身,对世上的任何人都没有不得不履行的义务,这其中一个好处就是:你不需要和任何人解释什么。"反正我不知道你有啥好操心的。"

卡斯举起双手,假装投降。"我倒没有操心这个,其实,我可能已经赌赢了呢。你在学校里坚持了三个月,猜到的人可不多,所以不是露丝赢就是我赢。"

沙利忍不住笑了,因为她确实看上去挺紧张的。"那我希望是你赢。"

"你还在和露丝约会吗?"

"据我所知没有。我尽量不和有夫之妇走得太近,卡珊德拉。"

"我听说,你有时候不够尽力啊。"

"最近我很努力了,但这是我的事儿,跟别人也没什么关系。"

卡斯不再纠缠,过了一会儿,她向罗布坐的地方点了点头,"你有没有注意到,有人快晕过去了。"

沙利笑了笑。"这才是我回去工作的真正理由,没有我这个好榜样,罗布简直要完蛋了。"

自从沙利溜到吧台的吧凳这边坐下,罗布就一直在朝他挥手,想引起他的注意。沙利这会儿朝罗布摆了摆手,喊道:"嗨,罗布。"

罗布皱着眉，疑惑着，弄不明白是不是要离开那个卡座。本来，沙利让他去抢那个卡座的时候，他以为沙利的意思是他和那老太太聊完就会过来找他的。可是现在沙利坐在吧台这里和卡斯聊得正欢，好像完全忘了罗布和那个卡座。更糟糕的是，有几个人正进到店里来，站在门边等着座位空出来。他们不停地看着罗布，因为他自己一个人占着这么大的一张桌子。如果沙利边上的吧凳空着，他当然会坐到他旁边，但是那张凳子有人坐着。这就是说，要么他一个人占着六张座位的卡座，要么他就得站着。他紧蹙着眉头，这个难解的谜题恐怕会让他引发脑血栓。

"他今年秋天比以往还要惨，"卡斯也承认这一点，"就在刚才，他还来找过你。"

"我猜到了。"

"他已经张口问过你了？"

沙利摇了摇头。"总有事情打断他，再过一会儿，他就要哭出来了。"

真的，罗布看上去眼泪马上就要溢出来了。沙利最后心软了，他向罗布挥手让他过来，他麻利地从座位上跳起，向沙利和卡斯一路小跑过来，就像只解开了困难指令的狗狗。

"没有凳子了。"他一到沙利跟前，便对沙利说道。

坐在座椅上转了一整圈的沙利面对着罗布，说："真的哎，你说得没错。"

等在门边的客人向罗布腾出来的空座位走去，罗布眼睁睁看着这些人占了那个卡座，他深深地叹了口气。"卡座有什么不好吗？"

"没什么，"沙利说，"他妈的没一点儿不好，说实话，卡座真是棒极了。"

罗布气恼地举起双手，脸上写满了愤怒。

"你花一分钟想想，"沙利提醒他，"刚刚在家那边你替我做了什么？"

罗布想了想。"替你系鞋带了。"他突然记起来了。

"这说明？"沙利提示他。

卡斯在沙利面前放了一杯冒着热气的咖啡，问罗布要不要也来一杯。

"别打断他，"沙利对卡斯说，"他在思考。"

"我不在意帮你系鞋带的，"罗布说，"我知道你的膝盖疼。我可没忘。"最后这句话说得实在太勉强，沙利和卡斯不由得交换了一下眼神。

"你要不要来杯咖啡？"沙利问。

"要，"罗布丧气地说，"我就是不明白为啥你能坐在海蒂的卡座里，却不能坐在我那边的卡座里。"此时，他的脸上泛红，努力想要理解。"我也不明白你既然能坐在这张吧凳上，为啥就不能坐在卡座里。"

沙利忍不住朝他笑了。"我真希望能把我这个膝盖换给你，让你感受那么十五分钟。"他说。

"好啊，我愿意。"罗布很真诚地说。罗布这惯有的真诚让沙利感到有些惭愧。"我只希望吧台这边能有空位子，没别的。我俩原本可以一起坐在那边的卡座里的。"

沙利和卡斯都对他笑了。被他们笑了几秒钟以后，罗布只能低头盯着地面。他对沙利绝对忠诚，但是只有一件事让他难过。和沙利在一起，每当有三个人在场的时候，最后总是两个人针对一个人，而他就是那个落单的。而且沙利可以就这么一直直勾勾地盯着他，脸上还挂着笑，这个时候，罗布就只好害羞地盯着地面。最后，为了说点什么，他问："我们会回去工作吗？"

沙利耸了耸肩。"你觉得呢？我们该不该回去工作？"

罗布热切地点头。

"好吧，"沙利说，"只是你不要太担心。"

罗布皱了皱眉头，"担心什么？"

"我的膝盖啊,你不是从来都没忘吗。我还以为你会担心我把膝盖再伤了呢。"

罗布真不知该如何回答,他能想到的就是两种答案:一是,不,他不担心;二是,是的,他很担心。但是这两种回答看着好像都不对。他知道他应该担心,但如果是这样,他就该说希望他们不要回去工作了,可这不是罗布心里真心希望的。因为今年秋天,他一直都很怀念和沙利一起工作的场景,他一点也不喜欢和堂兄弟一起干收垃圾的活,何况他们也不喜欢他。最近,北巴斯镇不再把垃圾清理的工作交给市政,在这之前他们家几代人都在清洁部门工作,这经历让罗布的亲戚们有勇气去大胆创业。去年,他们买下了这个镇子上车龄最老、车况最差的三辆垃圾大卡车,在车门上印了**斯奎尔斯垃圾清理**的字样,做好了在自由市场上竞争的准备。垃圾车摇摇晃晃地穿梭于巴斯镇,除了司机之外,总有至少两个斯奎尔斯家的小伙子挂在卡车的后部。车一停,他们就像蜘蛛一样从卡车上跳下来,快步地跑向放在马路边的垃圾箱。垃圾车后部可以让人安全站立的地方总共就这么点,都已经给斯奎尔斯家的男孩子占了,所以他们答应罗布可以跟着他们混的时候,罗布只得尽力抓着卡车侧面,每次车转弯时都特别惊险。有时候他甚至觉得他的表兄弟们正等着他被抛下车,这样,他们就用不着把原本就不丰厚的利润分给他这个多出来的工人了。因为他们是一家人,所以他们也不能拒绝他来干这活,但是如果是他自己在车子急转弯的时候掉下去,那就是他自己的错了。

"累活可以都让我干。"罗布说。

"你必须干啊。"沙利回答。

"我不在乎的。"罗布说,这倒是真的。

"我看看能不能给我们找点明天的活。"沙利告诉他。

"明天是感恩节啊。"罗布提醒他。

"所以感恩吧。"沙利说。

"如果我感恩节出去干活，布茨会杀了我的。"

"她这两天可能是会杀了你，"沙利承认，"但不会是因为工作。"

"我在想……"罗布嗫嚅着。

"哦呦？"沙利说，"想什么？"

罗布又低头盯着地面了。"我在想既然我们都要回去工作了，那能不能借二十块钱？"

沙利喝光了咖啡，把杯子向吧台里面推了推，说不定能免费续个杯。"我很担心你，罗布，你知道吗？"

罗布抬起头来，脸上满是希望。

"因为如果你觉得我现在有二十块钱可以借给你，那你也太不走心了。"

罗布又低下了头。有时候，沙利和贝丽尔小姐一样，就是能把罗布逼到低头盯着地面。整个八年级，他敢抬起头来的次数总共不超过六次。他脑海中又浮现出了教室地面的几何图案。"我有走心啊，"他说话的声音，就如同贝丽尔小姐催他交作业的时候一样。"只是明天是感恩节，还有……"

沙利举手示意。"停一下，我们谈明天之前，先谈谈昨天吧。你记得昨天吗？"

"当然。"罗布说，虽然这个问题听着又有点像沙利在设套。

"昨天我在哪儿？"

罗布一下就蔫了，他记得昨天。"奥尔巴尼。"

"我为啥会在奥尔巴尼？"

"因为伤残级别的事儿。"

"那么他们怎么和我说的？"

罗布不吱声了。

"说啊，罗布。就是昨天的事儿，在白马酒吧，我一回来就和你说了。"

"沙利，我知道他们拒绝你了。天啊，我记得的。"

"那么今天早上你做的第一件事是什么?"

"你怎么就不能直接说不呢?"罗布说。他鼓起勇气抬起头来。他们的谈话果然令某些人投来好奇的目光,这也正是罗布一开始想坐得远一点的原因。坐在吧台这里的每一个人似乎都饶有兴趣地看着他难为情的样子。"又不是我把你的膝盖弄坏的。"

沙利拿出钱包,从中取出一张十块的纸币。"我知道不是你,"沙利的语气柔和了下来,"你就是不停地要人为你担心。"

"布茨让我买一只火鸡回去,没别的。"他解释着。

卡斯走过来,给沙利的咖啡续满,又倒满了罗布的杯子。"我觉得你听错了。她说的可能是你就是一只蠢火鸡。"

罗布把十块收进口袋里。店里所有人的脸上都写满笑意,乐呵呵地看他如此艰难地从他最要好的朋友那里借十块钱。他认得其中一两张脸,他们是在八年级的时候,同样笑着看他拿不出作业给皮普尔斯老太太的人。"你们合起伙来整我。"他怯生生地笑了。总算不用再煎熬了,他可算松了一口气,可以走了。"出去工作挣钱可比在这里向人借钱轻松多了。"

"昨天那些人有没有看一下你的膝盖啊?"卡斯问。罗布离开后五分钟,小饭店就空了。现在,就只有沙利一人还坐在吧台这里。他现在总算有空间伸展一下膝盖了。很难说,不过肿的地方好像消下去了一点。每天早上起床的时候最难受,走一走就好一些。他并没有真的要责备罗布。罗布不理解他为何不能站太久,为何不能坐太久,也不明白如果他坐着,膝盖就会一抽一抽地疼,他不得不站起来缓解一下,但是站起来只消停一小会儿,就又开始一抽一抽地疼,然后他又得坐下,每过这么几分钟就反反复复,一直到膝盖完全活络,抽痛缓解成一大片区域的酸痛为止。接下来的一天里,疼痛就会像背景音乐一样,偶尔会有一阵灼痛的电流,就像连续敲击鼓边那样,然后往下辐射到他的脚跟,再直窜到大腿根,这时候就又该扭动扭动了。

"他们不会看我的膝盖的。"沙利告诉她。他将第二杯咖啡一饮而尽,摆手示意不用再续了。"他们看报告,看X光片。他们不会费时去看膝盖的。"

实际上,沙利提议过要给法官看一下他的膝盖,干脆走上前去,脱下裤子,让法官看看他鲜红烂透、肿得像垒球一样大的膝盖。但是他那一条腿的醉鬼律师——维尔夫劝他这个计策行不通。维尔夫说,法官,绝大多数法官,对于当庭脱裤子这样的事情,无论其目的如何,都不会有好印象。"而且,"维尔夫给他解释道,"膝盖长什么样无关紧要,有些东西也能让我的假腿肿得像个气球。打上一针,就能让你的腿看着像是生了坏疽,过个二十四小时肿就又消了。所以保险公司不大会相信肿胀这回事。"

"我去,"沙利说,"他们可以把我留下来观察啊,留我一个礼拜,如果我的肿胀消失了,我请他们喝酒。"

"才没人想把你留下来呢,法庭也不想,"维尔夫向他保证,"而且那些家伙自己也都买得起酒。这事我来处理吧。轮到我们的时候,你他妈一个字都不要说。"

因此,昨天沙利一直都闭着嘴。他们等了整整一上午,案子的听审却只花了不到五分钟。"我不想再看你们的申诉材料了,"法官告诉维尔夫,"你的当事人是部分伤残,给他转了岗,再说培训的费用也已经支付了。这是他有权得到的所有赔偿,这事儿还要再重复几遍啊?"

"我们认为,我当事人的膝盖在恶化……"维尔夫又说道。

"我们知道你们的想法,维尔夫利先生,"法官说,他像交通警察那样做了个停止的手势,"学校还顺利吗?沙利文先生?"

"挺好的,"沙利说,"确切地说特别好。我需要上的课都满员了,所以我现在在上哲学课。九月的时候,我买书的那一百块钱还没给报销呢,止痛药的钱他们也不想给。"

法官耐着性子听完，很快就给了答复。"下个学期早些去注册，"他建议道，"不要把事情总怪到别人头上去。你老是抱怨，最后就会变成维尔夫利律师先生这样的人了。到时候你可怎么办？"

是啊，那可怎么办？沙利也想知道。说实话，他还真不愿意变成维尔夫那样。

"那你以后还要继续找他们吗？"卡斯问。

沙利站起来，试着给膝盖增加了点重量，摇晃了一下。"维尔夫想继续。"

"你想怎么样？"

沙利想了想。"能美美地睡一晚就好了。"

他开始往门口走的时候，卡斯用食指悄悄给他做了个手势，叫他回来，他们移到吧台里面，"你来我店里干活怎么样？"她压低了声音说。

"那不行，"沙利说，"不过谢了。"

"怎么不行了？"她坚持道，"这里暖和、安稳，反正你一半时间都在这里。"

这倒是真的。尽管沙利有一堆不想在海蒂之家干活的原因，但他不确定卡斯是不是能理解其中任何一条。比方说，如果他来海蒂之家上班，就不能在他想溜达进来的时候就进来，因为他已经在店里了。还有，他更喜欢现在坐的吧台的这一边，这里远胜于卡斯的那一边，"首先，你不需要我。"他指出。

"鲁夫提起过要搬回北卡罗来纳。"她说话的时候没往厨师那儿看，这会儿，厨师正坐在吧台另一边的一只吧凳上，享受着店里暂时的平静，同时观察着他俩。

"他这么说有二十年了。"沙利提醒她。

"我想这次他是认真的。"

"他一直说是认真的。这镇上有一半的人想要搬走呢，但是没人走，大部分都没有。"

"我知道有个人肯定要走的,"卡斯说,她这话听着像是认真的,"葬礼第二天就走。"

两个人都望向老海蒂,老太太脸上挂着笑容,正专心地把身体向前倾,好像正在和死神本人——这个她随随便便就能搞定的对手掰手腕一样。"也许葬礼前一天就走。"

卡斯声音里透出的那种绝望触动了沙利,他说:"听着,如果你哪天晚上要出去,告诉我,我来帮你照看她。"

卡斯迟疑地笑了下:"我能去哪呢?"

沙利耸了耸肩。"我他妈哪知道?看场电影?这也要我帮你想?"

卡斯笑了,没有立即回应。"我该让你帮着看一看,正好可以看看如果她尿湿了裤子要你帮她换,你会怎么办。"

沙利没能忍住,打了个寒战。

"就是嘛。"卡斯会意地点点头。

"我最好还是去给我的房东铲雪去吧,"他说,"真搞不懂这个镇上怎么到处都是老太太。"

"明天店关门,别忘了。"

"为什么?"沙利说。

"感恩节啊,沙利。"

"哦,对。"

在门口,沙利看到海蒂的身体往右边歪斜了一点儿,他抓着她的肩膀把她扶正了。"坐直了,"他说,"坐姿不正确,会驼背的。"

海蒂冲着没人的方向不停地点着头,沙利心里暗想:我要在变成这样之前就开枪崩了自己。

海蒂之家南边的一个街区外,有两名市政工人正在取一条横幅。自九月以来,这条一直悬挂在主路上的横幅招来了不少人的议论和嘲笑。横幅上写着"**巴斯在走↑坡路**"。镇上的一些居民抱怨说，这条横幅真是莫名其妙。画个箭头，是漏了一个字吗？漏掉的这个字是不是在箭头顶上的半空中盘旋着呢？想出这个口号的克莱福·皮普尔斯被人们的嘲笑惹火了，他公开说，如果这里的人连向上的箭头代表"上"都不明白，这个镇就是世界上最愚蠢的镇子。他说，"**我 ❤ 纽约**"用的是一样的思路，而且每个人都知道这是营销史上最成功的案例，把一个无人问津的地方变成了人人趋之若鹜的地方。是个人都能明白，这个口号应该读成"我爱纽约"，而不是"我心纽约"，心形只是个象征，是个简写。

但巴斯的市民可不买账。在大多数人看来，"上"根本不需要用一个象征符号简写，因为首先，简洁本身就是"上"这个字最明显的特点。其次，这条横幅横跨了整个大街，把这么一个只有三画的字放在中间绰绰有余。甚至，很多反对小克莱福这条横幅的人表示，他们对"我心纽约"这口号也是不以为然，因为他们至今也没看到这口号给上州带来了什么好处。再说，现在横幅已经挂了三个月了，主路上的商人亦未看到有什么证据能证明巴斯在走↑坡路。他们在等待着具体的行动，比如无忧宫重新开张，或者"终极逃亡"破土动工。

新的横幅"**前进，剑齿虎！痛打斯凯勒温泉！**"比之前显得还要乐观。选用"痛打"这个词，与其说表明了什么实际的目标，倒不如说体现了巴斯镇对斯凯勒温泉镇的积怨之深，因为巴斯镇中学的橄榄球队已经连着输给他们很久了。要是用更平常的"击败"一词，又显得太平庸，不够抓人眼球。真正的争论是围绕着"痛打"和"斩尽杀绝"两个词之间展开的。最终，支持"斩尽杀绝"一词的人投降了，因为这个词有四个字，而巴斯镇可是一个连"上"这个只有三笔的字都要简写的地方。新横幅还成功地重启了另一场关于语法的争论。在大概三十年前，因战后该地人口数量下降，橄榄球队被解散，之后，巴斯镇中学的其他体育运动项目也显示出难与死对头斯凯勒温泉镇的中学抗衡之迹象。当时，巴斯中学的校长认为是时候把学校的队名"羚羊"改得更凶猛一点了,并希望以此激励小运动员们也变得更加勇猛。毕竟在巴斯方圆一千五百英里内本来也没有羚羊,而且这种动物最著名的特点就是会跑而已。于是就举办了征集队名活动,"剑齿虎"这个名字由此诞生,之后镇政府掏钱,把所有的羚羊标志粉刷一新。可以预见,这整件事的结果并不尽如人意。球迷们先是把队名简化成了"虎队",而校长认为简化后的名字太过普通,不够激励人,违背了竞赛的原则。剑齿虎身上最了不起的地方不就是它的剑齿吗,普通的老虎可没有这个。校长坚持不能毁了这名字,甚至平日聊天也不许人用简称。他为了重新粉刷标志可花了大价钱,虽然那剑齿看着跟海象牙似的。

这还没完。《北巴斯周刊》的社论版刊登了一篇文章,使得争论又爆发了:剑齿虎(sabortooth)的复数形式是sabortooths还是saborteeth呢?啦啦队队员们在喊口号时,应该怎么喊呢?校长认为,saborteeth听上去太自命不凡,特别迂腐,还让人联想到牙医。学校的英语学部主任可不这么想,他认为校长的暴行就是对英语语言的又一次戕害;如果非要他和他部门的教师认可tooths是tooth的复数形式,他就辞职。为什么不行呢?——公共图书馆的管理员在下一封给周刊编辑的信中写道。毕竟,这同一个英语学部不是也认可了羚羊(antelope)的复数是antelopes吗?① 这样的信件在之后的几个星期里源源不断地涌入报社,贝丽尔·皮普尔斯的社论成了终结篇——她可是因为校长当年迫于压力把初高中历史课改成了"社会科学课"而对他怀恨二十年——她提醒读者:剑齿虎是业已灭绝的动物。这一点,她写道,值得我们深思。

无论如何,新的横幅"**前进,剑齿虎!痛打斯凯勒温泉!**"写上了sabortooths。绑横幅的工人也更关心这条新横幅,旧的已经被

---

① 羚羊的复数有antelope和antelopes两种,但antelope更为常见。

风吹得破破烂烂，黯然失色了，等周末的比赛结束后，也不可能再把这条旧横幅重新挂在街上了，因为感恩节过后的星期一向来都要开始挂圣诞节的彩灯。因此当旁观的路人和工人相互呼喊着指令，确保横幅端端正正地挂在正中间，似乎如果歪了会直接影响到比赛的输赢时，被取下来的旧横幅随即就被扔到了街上的烂泥里。看着横幅稳稳地牢挂在正中间，工人们满意地从梯子上爬下来，其中一个工人正要将地上旧横幅的一头捡起来，此时，一辆车驶过，后轮勾住了横幅的绳子，拖着横幅一直穿过主路，消失不见了。这时候沙利正在按照事先的约定为贝丽尔小姐铲雪，他直起身来正好看到了这一幕，半天摸不着头脑那是啥。

无论沙利有多不情愿去找卡尔·罗巴克——这个欠了他钱不还的人，但他还是得去。他也很清楚此行最终还是会让自己沦落到给他干活的地步。尴尬的是，早在八月时，他才当着卡尔的面发过誓，再也不替他干活了。那时的卡尔就一脸鄙夷地看着他，笑笑说："我们走着瞧。"

卡尔·罗巴克今年三十五岁，在沙利看来，恐怕他独自一人把这个倒霉的镇子上所有的好运全都揽用尽了。就今年一年，他已经中了两次教堂抽彩和一张"今日号码"彩票（在三个不同的场次）。五年前，正当巴斯的房地产开始升值的时候，卡尔用父亲撒手人寰时留下的一部分钱，在格兰岱尔街上买了一栋三层楼的维多利亚式房子。原房主死的时候既没有遗嘱也没有亲戚，所以卡尔只要补上税金，再偿付一笔以1940年的利率计算的小额房贷，就能将其据为己有。这还没算完呢。卡尔拿到房子后做的第一件事，就是爬上阁楼，他在那儿找到了一箱古币，价值四万多美元。这家伙真是走了狗屎运，躺着钱就来了。

卡尔在市中心有一个三层楼的办公楼，他那辆红色科迈罗轿车就停在办公楼下的马路边,后面停着他公司的埃尔卡米诺皮卡[①]。沙利把他的皮卡停在卡尔两辆车的外侧,正好把这两辆车堵在里面。每当看到不想见的人从前门进来,卡尔就会从后门溜走,这是他的作风。沙利上到楼梯的最顶层,打开写着"**顶尖建筑:C. I. 罗巴克**"的大门,大喊道:"你什么时候能破费装部电梯啊?你个铁公鸡。"

卡尔的新秘书鲁比是他今年夏天才雇的,虽比不上前任,倒也长得漂亮。她一见到沙利就拉长了脸,没见他的三个月,她可舒心了。她说:"现在有三个理由见不到卡尔,你自己选一个吧。他打电话来说生病了;他正在打电话;他去巴哈马度假了。"

沙利拖过一把椅子坐下,揉着他的膝盖。因为刚刚爬了楼梯,它又开始抽痛了。他可以听见卡尔就在里间的办公室里打电话。

"去巴哈马度假听着不错,"他说,"拿上他的支票本,我们这就去。"

"你前面可有一千个人排队呢,轮不到你。"鲁比告诉他。

"别那么刻薄嘛。"沙利说,"这个镇子那么小,排在我前面的人一两百都不到吧。"

"只要还有一个人,就没你的份儿。"她皮笑肉不笑地说。

沙利耸了耸肩。"无所谓,不过你现在追求的这位可不合适你。"

鲁比脸上的假笑消失了,表情更加不悦。"你认为我在追求谁呢?"

沙利意识到要闯祸了,鲁比和卡尔这个有妇之夫搞在一起已是人尽皆知的事实了,可从鲁比脸上的表情来看,她还不知道。

还好,在沙利还没有把事情弄得更糟前,他听到卡尔·罗巴克在里间的办公室里挂了电话。"那是久违的唐纳德·沙利文的动人

[①] El Camino,雪佛兰出品的经典"肌肉车",这款车结合了皮卡的实用性与"肌肉车"的速度。

嗓音吗？"他喊道，"请他进来吧。告诉他我这里有份他轻而易举就能胜任的工作。"

鲁比的脸上重新挂上了虚情假意的微笑。"进去吧，"她柔声说道，"罗巴克先生现在可以见你了。"

沙利打开门，卡尔·罗巴克正懒散地坐在转椅上，露出扬扬得意的表情，这个表情和他八月听沙利发誓再也不给他干活的时候一模一样。"我亲爱的瘸子，你好吗？"他问道。

沙利一屁股坐到一把人造革椅上。"我他妈的不爽到家了，"他说，"我真想把你从这扇窗户扔出去，看你怎么着地。"

卡尔笑了。"我当然是用脚着地了。"

沙利心想恐怕还真是如此。"我们哪天试试，不就都清楚了？"

卡尔慢吞吞地在转椅上转着，咧嘴笑了。"沙利啊，沙利。"

不管有多不爽，沙利禁不住也笑了。卡尔·罗巴克就是这种让你没法儿一直生他气的人。他的父亲肯尼·罗巴克做不到，他的妻子托比虽然有一千条理由应该生气，但她显然也做不到。没人能一直生他的气，也许这就是卡尔的运气所在。难怪他与人往来有一手，尤其是对女人。他成功地让所有人都感觉到：只有他们才能让他的生活充满意义。

"我该拿你怎么办呢？"卡尔大声说，仿佛真轮得到他做决定似的。

"把钱还我，我就不再烦你了。"沙利提议。

卡尔没有理会。"你的卡车还能开吗？"

"目前还可以。"

"那我有个活儿给你做。"

"你得先把上次欠我的工钱结清了。"

卡尔站起来。"这件事情我们已经讨论过了。就你们干的那破活儿，我是不会付钱给你和那个傻瓜罗布·斯奎尔斯的。你们他妈的挖了个坑，在坑里待了一下午，喝了一箱啤酒，又把坑填上，我的草坪全被挖开了,可是结果呢,和之前的相比,我们连一盎司水都没多出来。"

"我可没说过你会。"沙利提醒他。卡尔的脸一下就红了,这让沙利很高兴。"用不着这么恼羞成怒。"他又说。他完全明白,被他沙利指教一番,比世上任何东西都更易让卡尔恼羞成怒。卡尔在继承顶尖建筑公司的同时,还遗传了他父亲的心脏病,年纪轻轻就已经要做心脏搭桥手术了。

"你知道你这种人的问题在哪儿吗?"卡尔站起来,脸涨得通红,却没有提高嗓音,"你们都觉得不管谁手里有几个钱,自己都有权从人家那里偷一点。就因为你的膝盖碎了,就因为你前途渺茫,我就活该做这个冤大头,好像这周的主题就应该是'同情同情沙利',呵,不是这么回事儿,我的朋友,这周的主题是'你活该倒霉'。"

卡尔说话的时候,不停地在办公桌后面来回踱步,不知为何他的这番演讲让沙利觉得心里有些舒坦,他把脚搭在了卡尔的办公桌上。"其实不是这周,是上周,还有上上周。"

"那你快滚吧,你的活干得乱七八糟,我才不会付你工钱。你以为我是靠着粗制滥造的活才混到今天这个位置的吗?"

听到这话,沙利不禁笑了。也许今天晚些时候,他再想起卡尔这番混账话会很生气,但是眼下,看着卡尔·罗巴克的脸红得像甜菜根,还装出一副正义的嘴脸,这简直顶得上一部分欠款了。因此,当沙利终于张口说话时,他的声音比卡尔还要轻。

"不是的,卡尔,"他承认,"你不是靠粗制滥造的活才爬上今天这个位置的,你是根本啥活也没干过。你之所以有今天,是因为你老爸累死累活地干,早早就躺进了棺材,所以你才有机会把他挣的钱浪费在滑雪和跑车上。"

沙利说完话,顿了顿,好让卡尔有时间回味这番话的意思,然后他接着说:"现在呢,我个人对你的滑雪和跑车并不感兴趣,你会不会破产我也无所谓,反正你很有可能会破产。但在那之前,你要把你欠我的那三百块钱还我。因为我顶着三十二度的高温在你的露台底下给你挖了一条一百五十米长的沟,费了老大劲才拽出你家上百年的水管,每隔半米那破水管还会在我手里断开。就为这你也要付我钱。"

说完沙利站起身来,隔着大桌子,与卡尔面对面。"我还要告诉你,啤酒的钱你也得付,这是我刚刚决定的。虽然当时我们只喝了半打啤酒,但是既然你认定是一箱,那你就付一箱的钱,算是要无赖必须要付的税。"

这段话听着像是不错的离场词,于是沙利砰的一声摔门而出。不过,门上的玻璃还没有停止震动,他就想出来一个更高明的离场方式,所以他又返回了办公室。卡尔还在办公桌后面站着,因此沙利就从刚刚谈话停止的地方接着开始说了起来。"你必须要付钱给我,还有另一个原因。总有一天你会碰上心情糟糕透了的我,我的膝盖会疼到连'同情同情沙利'这样安慰都起不到任何作用的程度。到那时,只有看到你这个混蛋从窗户飞出去,才能解我心头之恨。到那时,你在落地前两秒钟才会恍然大悟,敢情我没在和你开玩笑。"

沙利这回没有摔门而出,而是站在门口,等着看他言语攻击的效果。不过没一会儿他就后悔了,刚才应该摔门扭头就走的。卡尔的脸色非但没有继续变红,反而开始恢复了正常的颜色。随着脸色的恢复,卡尔脸上露出了常见的笑容,那个让人没法儿接着生气的笑容。卡尔没有从办公桌后面冲出来把沙利狠揍一顿——不过沙利倒是有点希望他这么干——而是转身回到转椅坐下,把一双穿着乐福鞋的脚翘到桌子上。"沙利,"他最后说,"你说得对。我不会付你钱,但是你的话没错,我的确运气好。这一点我心里知道,不过偶尔也会忘记。不管怎么说,既然我们是朋友,我就给你一个建议。你走的时候,下楼前,在外面的楼梯转角等五分钟,这样就省得等你想起什么的时候还得再爬上楼来找我。"

"什么时候?想起来什么?"

卡尔·罗巴克让人气恼地摇着食指说:"如果我告诉你,就不会有惊喜了,笨蛋。"

鲁比在沙利离开的时候,也对着沙利坏笑。不管这个惊喜是什么,鲁比很有可能已经猜出来了。在门外的楼梯拐角处,沙利按照吩咐等了一会儿,外面的冷风从街上钻了进来,沙利还是想不出到底会有什么惊喜。但他还是站在那里,系上了扣子,看着走廊里自己呼出的白气陷入沉思。事情基本上都是按照沙利设想的那样发展的。自然,他们就卡尔拒绝支付的那笔钱争吵不休,他也告诉了卡尔会从哪里把他扔出去,然后就冲出办公室。只消一会儿,卡尔就会在白马酒吧找到他,给他一份下贱的活儿干,算是重修旧好,而沙利则会让他滚蛋。卡尔然后会再给他别的什么活儿干,也许是一样的下贱,但是沙利会接受这份工作,因为他叫卡尔滚蛋的时候已经不止一次得到了满足,这个周末,他和罗布就会重新回到顶尖建筑公司的薪水簿上。

只不过,卡尔这次的行为有点出乎意料,他已经给了他一份活儿,这样一来,他在盛怒之下冲出卡尔办公室的同时,也弄丢了一份他正要找的活儿。可话说回来,卡尔这次也没有太得意忘形。沙利最怕看到的正是他一脸坏笑地说"我早就告诉过你,你还会回来的"。沙利以往的经验告诉他,英语里最让人满足的一句话就是"我早就告诉过你",在他的记忆里,自己从来都不会错过说出这几个字的机会。他不得不承认,卡尔没有幸灾乐祸,已经算是很好了。而且,卡尔对于楼梯的判断一点儿也没错。

沙利折返回来时,卡尔·罗巴克正带着笑容坐在转椅上,悠悠地转着。

"我要先拿到钱,"沙利说,"因为我正在给一个毫无信用的人干活。"

"先拿一半,等我验收了,再付另一半,"卡尔要求道,这是他们向来的做法,"因为我雇用的是唐纳德·沙利文。"

沙利拿了钱，边数边听卡尔介绍新工作。听着听着，他突然觉得自己解脱了。他太开心了：他很开心能回来继续为卡尔工作，即便有一半的时间他都想杀了他；他很开心以后不用每天开车去社区大学上课，他觉得自己并不属于那个地方；他很开心自己接受了法官的意见，不怨天尤人；他很开心自己没有把希望放在律师和法庭上。之前在哲学课上他还一度担心，卡尔给的活儿也已经跟着其他现实中的事物一起消失了呢。

"我本来该找我这儿的老手来干这活儿，"卡尔说，"但是我知道你缺钱用，再说了，我们是朋友，对吧？"

"朋友，你该庆幸我缺钱用。"沙利说。

"你一直都缺钱用，"卡尔指出来，"这就是你的软肋。"

又是那种笑容！对这种人你怎么能恨得起来呢？

"这是不是说明，你的高等教育结束了？"沙利准备离开的时候，卡尔问他。

沙利说大概是的。

"我想知道是谁赢了。"卡尔心不在焉地说。

"鲁比。"沙利穿过外间办公室的时候，头也不回地对卡尔的秘书说。

"干吗？"女孩子用她最无精打采的声音回答。

"别把你的情人带到镇子上。"[①]

有一点可以确定：和卡尔·罗巴克雇的那些人比起来，沙利简直是一个天才。事情是这样的：卡尔手下的一个家伙把差不多十吨重的混凝土空心砖装上了公司的平板卡车，结果居然卸错了地方。在一间建了一半的两居室边上，沙利找到了这堆砖块，像小山丘似

[①]《鲁比，别把你的情人带到镇子上》，肯尼·罗杰斯的一首歌曲。

的随意堆着。显然，因为这场突如其来的雪，再加上明天是节假日，这些盖房子的家伙都已经回家了。实际上，很有可能这些人今早根本就没出过家门。卡尔是能不雇佣长工就不雇佣长工，可现在哪怕是给顶尖建筑公司卖命的工人也不愿意在雪地里干活。

前晚下的雪已经融化，坑坑洼洼的地面和着团团褐色融雪，形成了一大片泥沼。沙利开车经过银行的时候，看到那里的温度计显示的是四十二华氏度，就感觉更冷了。

要办好这事儿，可行的办法只有一个，就是去叫上罗布。罗布这人干活踏实，从不挑剔干活的环境，泡在泥泞的地方也无妨。而且沙利认为罗布的鼻子一定有问题，因为就算让他站在裂开的化粪池里，粪水齐腰深，他也是一副怡然自得的样子，就好像站在雏菊花丛里一般。沙利正好利用了罗布这一点，把他看作宝贝。因为沙利虽然自己不讲究，但还是能分辨出粪便和雏菊的气味的。不过问题是，对于自己身上的气味，罗布自己也闻不到。他要是捂久了，闻起来就跟那个粪水池子差不了多少。不管怎样，聪明的做法就是叫上罗布，让他站在污泥里。这样，沙利自己就可以站在皮卡干燥的车斗上，然后让罗布把混凝土砖块递给他，他再接过砖块摆上去。他估摸着装四五车就能完事儿。有罗布帮忙，他们下午两三点就能搞定了。

虽说这是唯一行得通的做法，但沙利就决定偏不这么干。罗布不会期待这么快就要干活的，如果他不在家，也不在海蒂之家或者甜甜圈店或者赛马场里的话，沙利恐怕得花上一个小时才能找到他。然后他还得听罗布絮絮叨叨一整天，再然后他还得和罗布分钱。他倒不介意和罗布分钱，但是他自己有三个月没干活了，他想先看看情况再说。如果自己单干，他就可以按照自己的节奏来，如果他的膝盖坚持不了，停下来便是，倒也省得和任何人解释。如果是那样的话，下个礼拜他就乖乖地回学校去。

因此，他把皮卡倒到混凝土砖块旁边，下了车，放下车尾的挡板，试着踩了踩地面，确实挺糟。他想：我真应该去把罗布叫上。不过想归想，他还是在砖块堆和卡车之间摆了十几块砖，算作一条临时通道。然后他开始搬砖，刚开始是一手拿一块，后来一次四块摞起来抵在胸前，然后再在卡车斗上把砖块排好。这些都好办，难的是爬上卡车，他只能先坐在车尾的后挡板上，然后把两条腿甩上来，接着收起好腿，再收起受伤的那条腿。奇怪的是，他的膝盖没有那么疼了。甚至可以说，感觉还真不错。如果腿能撑住，他会用今天赚来的钱给卡车换上一对新的子午线轮胎。现在的轮胎，在他每天去斯凯勒温泉镇上哲学课的路上来回跑期间，都磨得差不多了。好像是年轻的教授在否定一切的时候，把沙利轮胎的胎面也一起否定掉了。

思索着卡车上需要更换的各种各样的配件时，他想到卡尔·罗巴克还没有还钱，火就更大了。当初他买这皮卡时，它就已经一把年纪了。一个月前轮胎就该换了，化油器、阀门也需要翻新。一个月后，这些部件的维修就会变得更加迫切。再过一个月，卡车就无法正常运转了，那时候就非修不可了。卡车在混凝土砖块的重压之下发出了呻吟，沙利心想：还得装新的减震器。卡尔·罗巴克欠他的三百块钱可以换一对新轮胎，或者阀门，或者减震器，沙利想先换哪个都行。只不过倘若他口袋里真的有钱，估计也不一定会花在卡车上。有时候他会交一些钱给贝丽尔小姐，算是预付的房租，以免冬天不好找活，无法支付。有时候他会给卡斯一百块钱，这样如果哪天没钱了，他也能靠着这一百块吃喝不愁一段时日。再或者，他会把钱交给露丝代为保管，免得赌马场或者牌桌把钱圈走。不过让露丝保管也有坏处，一旦沙利告诉她，除非自己真的需要钱，否则不要把钱还回来，那他的需求是否合理就全由露丝说了算，而有时候露丝的判断太过严苛了。有一次，她那一无是处的丈夫扎克偶尔发现了她藏钱的地方，以为这是他老婆的钱就全花光了。沙利越这么想，就越觉得被别人欠三百块钱也不错。让卡尔替他保管一阵子也许是最安全的办法。每次沙利最需要钱用的时候,那些钞票总能先化成水,再化成烟,最后只在记忆中留下点朦胧的印记。

由此,当沙利有条不紊地进入工作节奏中时,他很清楚自己的钱很安全,但对于卡尔欠薪这件事,他还是感到愤怒,这种愤怒就像音乐一样在他的胸口膨胀,和着膝盖抽痛的节拍一起跳动。他微笑着想象卡尔·罗巴克被自己从办公室的窗户扔出去的样子,卡尔在空中双手乱挥,双腿狂蹬,好像踩着自行车踏板似的往下坠落。沙利不想让卡尔落地,而是把他从窗户一遍又一遍地扔出去,让他不停地翻腾、蹬腿、尖叫。

把卡尔·罗巴克从办公室的窗户扔出去实在太有意思了,结果卡车装到一半时,沙利才注意到车子有些倾斜,就像卡座里的老海蒂一样。起初,他以为是他的错觉,所以又退后几步看了看。卡车根本没有倾斜的理由啊。走到车子的侧面,他看到几片胶合板,要是早点看到它们就好了,这样他好垫在卡车的车斗上,起到缓冲作用。虽说胶合板对重量的分配也不会有什么影响,但要是每隔一层砖块就铺一块胶合板,也不失为一个好主意。无论如何,现在说什么都太迟了。这是坏消息。好消息是,他已经努力干了一个小时,他的膝盖却并没有恶化。实际上,边干着活边想着卡尔·罗巴克怎么被他从办公室的窗户扔出去,他完全忘记了膝盖的伤。这听上去不太符合逻辑,但他这受伤的膝盖好像是在鼓励他回来工作。要不然,它会告诉他去杀了卡尔·罗巴克。

有一件事他很清楚,和卡尔比,更让他不爽的是法庭。过去的九个月里,维尔夫一直都在努力帮他得到完全丧失劳动能力的判决。在此期间,沙利慢慢明白,他往奥尔巴尼跑了那么多趟,甚至听证会本身,其实都和他不断恶化的膝盖没多大关系。也许膝盖没有维尔夫描述得那么糟,也许吧。但是沙利越来越觉得,这些法律程序和现实本来也八竿子打不着。问题不在于他的伤情,也不在于他是否还能回去继续工作，更不在于受伤的人如何得到公平的补偿。问题的关键在于，保险公司和州政府是不是一定要补偿他。沙利每次见到的保险公司的律师都不一样，但他们个个都很犀利。单单是来访的律师数量，就说明他和维尔夫在打一场必输的战争（维尔夫管这些律师叫堂吉诃德的风车），坚持说就是要不停地攻打他们。你都没法儿好好生气，更没法儿安慰自己说，下次见到那狗娘养的律师就把他扔出窗外，因为下一次你见到的就是另外一个人了。甚至连法官也在不停地更换，可换来换去，所有的法官好像对沙利的诉求都是差不多的态度。他们会先把维尔夫教训一顿，然后在听证会后和保险公司的律师聊天打趣。基本上没有人理会沙利本人。后来，他渐渐明白，哪怕他的腿进一步恶化到完全断掉，这种（对他而言）十分重要的事件也不会改变任何情况。没人会承认他们错了，他们还是会用旧的 X 光片证明他的腿还在。然后这就成为一场和哲学一样复杂、相持不下的辩论。

沙利知道，这些事儿都够让人恼火，有时候想起来也确实生气，可一到法庭上他就被吓住了。他庆幸有一位律师来替自己打官司，哪怕是像维尔夫这么差劲的律师——在法庭上，维尔夫看起来和沙利一样迷茫无措。沙利突然想到，也许这就是人们花钱请律师来代表自己的原因。如果没有维尔夫，法官就会直接和你讲话，而不是冲着维尔夫，维尔夫唯一的专业技能好像就是能淡定地做一个受气包。维尔夫连穿戴都和保险公司的律师不一样，他似乎也没有觉察出那些律师看他时的神态。沙利替维尔夫感到难过，因为他俩是老交情了；但他觉得，让维尔夫受气还是比让自己受气好一点儿，因为自己的承受能力有限，当他受的气够多了，他就会觉得该让别人分担一点儿。而维尔夫似乎觉得，他就该一直受气。他俩是朋友，因此维尔夫走的是风险代理。如果他代表沙利提起的好几个诉讼有哪个能打赢的话，他们就共享所得。但近来沙利越发明白，他们不会收到一毛钱的。他开始有些内疚，不该让维尔夫一个接一个地提出上诉。要想打赢官司，就得把这些狗杂种们都从窗户扔出去，可律师和法官加起来比窗户还多。

卡车装到四分之三的时候，车身倾斜得更危险了。沙利用绳子绑好车上的砖块，满腹狐疑地看着它。卡车右边的砖块没道理比左边的重，但是右边肯定比左边重，因为卡车在向右歪。沙利站在那里，脚踝深陷在污泥里，意识到他正面临着一个真真正正的抉择：他要么把这辆失去平衡的车开到高速路上，祈祷不要有事儿（他明知这不大可能）；要么卸下一半货物，第一车少装一些，卸掉后就去找罗布来帮他。

自由意志，这是在哲学课上经常讨论的题目，也是最早的几个被否定掉的东西之一。哲学教授在沙利眼中是个年轻人，他居然认为世上根本没有选择这回事儿，自由意志只是一种幻觉。在来上这堂大课的人中，沙利是为数不多的年纪较大的一个，他在课上从来不怎么说话，但他真希望这位教授现在就在这里，好让他解释解释为什么自己现在碰到的不是选择。教授也许会先否定这辆卡车。但对沙利来说，无论如何，这就是选择，而且是他的选择。去他妈的吧，他做出了决定。

沙利爬进驾驶室，点火，挂挡，松开刹车，犹豫了一下，然后踩下了油门。他听见也感觉到轮胎在泥地里空转，这时候他本来应该停下，但他没有，尽管他知道这意味着什么。相反，他开足了引擎，把油门一脚踩到底，几个月来压抑的愤怒在这个时候突然发泄了出来，卡车引擎持续不断的刺耳声简直就是他自己的呐喊。卡车后轮的泥浆直接溅到了卡尔·罗巴克建了一半的房子上。然后，车子既没前进也没后退，而是开始猛烈地晃动，沙利几乎握不住方向盘，最后引擎发出嗝嗝两声，抖了一抖，熄火了。这也好，因为后轮的螺栓已经陷到地下去了。真蠢啊，他想。就在一个小时前，他还在想今年会不会遇上第二次连环霉运。他还没来得及细细思量概率有多大，就已经身处其中了。沙利爬出卡车，检查了一下情势。风越刮越大，从附近的松树林呼啸而出,听上去就像是有人在哈哈大笑。

不喜欢蜗牛的格鲁伯太太在上午九十点钟打电话过来,问贝丽尔小姐有没有收到今天的报纸,里面有一份传单,说是州际高速公路出口那边有一家新超市隆重开业。可正如格鲁伯太太担心的那样,贝丽尔小姐看都没看,就把传单直接扔进垃圾桶了。

"他们真的有很多优惠呢。"格鲁伯太太说,她不愿错过任何商店的开业典礼。她仔细研读了这份传单,越看越高兴,又越看越懊悔,懊悔是因为她不会开车,而这家超市在五英里开外的地方。传单共有六页,每页都是全彩印刷,从上面可以看到深红色的牛肉块儿,绿油油的蔬菜,就连厕纸和洗衣粉这样最普通的商品,看着也那么迷人,那么让人激动,而且每样东西都便宜得不可思议。格鲁伯太太想亲自去看看这家新超市是不是真如传单上描绘得那般神奇。她知道,虚假广告属于违法行为,所以她满心期待。看都不看就把传单扔了,可真是贝丽尔小姐的作风啊,她真心厌烦朋友这种固执的脾气,任何让人兴奋的事情都不能使她兴奋。"去把它找回来,"她催促贝丽尔小姐,"看一看嘛。"

"那东西在垃圾桶里呢,"贝丽尔小姐说,"我把湿的茶包扔在上面了。"

"你不会相信真有那么便宜的东西!"格鲁伯太太说,几乎直接引述了广告上的信息。

贝丽尔小姐朝着起居室窗口的方向望去,希望能用下雪作为借口拒绝她的朋友。她今天的确应该去商店一趟,但北巴斯镇的IGA超市就够了。路不远,而且店里有无特价商品她也毫不在乎。她认为:任何能让贪便宜的人蜂拥而至的东西,都不会真的便宜。但现在大部分的雪都融化了,街道的有些地方甚至已经干了。

"出去走走也挺好的,"格鲁伯太太说,"我们去吧,我们出征吧。"她故意挑了一个她朋友最喜欢说的词。

"半小时后我来接你。"贝丽尔小姐告诉她。

"到时候我在门口等你。"格鲁伯太太说。她觉得站在门廊边，免去她朋友把车停进车道上的麻烦，就算是回报了朋友答应带她去新超市的好意。

"别出来，"贝丽尔小姐说，"我会按喇叭的。"

"我没关系的，"格鲁伯太太说，"我会站在门廊上等你。"

"半小时后见。"贝丽尔小姐说。

"好嘞。"格鲁伯太太说完挂上了电话。

贝丽尔小姐正在读特罗洛普①，这个章节还剩下半页，读完后，她站了起来。从前厅的侧窗望出去，整条大街都能映入眼帘。当她放下书，看向主路上格鲁伯太太家的方向时，发现她已经等在了门廊处，向贝丽尔小姐这里张望着，一副翘首以待的模样，正期待着看到贝丽尔小姐把车倒出来。这会儿离她们挂上电话刚刚过去两分钟。

贝丽尔小姐叹了口气。当她正要去取外套时，一辆她从未见过的大轿车轰然驶来，停在了前窗外面的马路边。从车上下来一位年轻女孩，核对着手里的一张纸条。这女孩看起来约莫二十出头，身穿一件毛衣，没有穿外套，贝丽尔小姐离她这么远也不禁注意到，这女人的胸部很是丰满。

"这人是谁呀？"老妇人大声喊道，"看那一对大胸。"她又对电视机上的老克莱福照片说道。虽然他面朝的方向根本看不到，但老克莱福仍微笑着，脸上写满感激之情。"还有你，教练，快看。"她指引着教练。

关上车门前，年轻女人又探身进车内，一开始，看起来像是在车座上寻找着什么东西，但后来，贝丽尔小姐发现一个小脑袋在副

---

① 安东尼·特罗洛普，十九世纪英国著名作家。

驾驶位置上晃动。

年轻女人穿过积雪的人行道走上门廊时，车门开了，一个幼小的孩子费力地爬了出来。年轻女人（孩子的母亲？）显然是听见了开门声，因为她立刻转过身，几乎是飞一般地跑回到马路边，把孩子粗暴地塞进车内，再重重地按下门锁，然后砰的一声把门关上了。贝丽尔小姐在屋子里都能听见年轻女人的叫喊声。"你他妈的坐下，"她教训孩子，"我马上就回来了。听见了没有？他妈的，在车里坐好，看你的杂志去。听见了没有？如果你再从车里跑出来，我就揍你一顿。听见了吗？"

"该有人揍你一顿。"贝丽尔小姐说。年轻的女人转过身又穿过人行道，她还没走到门廊，门就又开了，小孩又爬了出来。这次，她站在原地，抬头望向榆树交错的树杈，似乎在从那里寻求答案，也许松鼠会叽叽喳喳地告诉她怎么办吧。"你他妈至少把车门关上啊。"她向孩子吼着。孩子本来正要跟上她，这时候站住了。贝丽尔小姐分辨不出这孩子是男孩还是女孩，总之她用一只小小的肩膀抵住沉重的车门，用力推上了。门合上的时候，孩子失去平衡滑倒了，跪在了地上。年轻女人再次抬头望向天空寻找答案。"你要过来那就赶紧的。"她喊着。这孩子照办了，她的膝盖都湿了，可眼睛却还是干的，没有泪水，真是不可思议。孩子的动作不知怎么有点儿像机器人，怪吓人的。此刻，贝丽尔小姐想起了好多年前她在电视上看了一眼、就很快换台的那部僵尸小孩的电影。

"这孩子是什么毛病？"她问老克莱福，她从前窗移到侧窗，好看见他们爬上门廊台阶的样子。贝丽尔小姐看清楚了，是个小女孩，她上身只穿了一件薄薄的T恤。

贝丽尔小姐听见外面的大门吱扭一声打开了，她赶紧开了房门去跟年轻女人打个照面。很显然，年轻女人打算上楼去沙利的房间。"动作快点儿，白痴。"她说，这话明显是对小孩子说的，可她在说话的时候眼睛瞟着贝丽尔小姐。

"需要帮忙吗?"贝丽尔小姐说,但并没有特别表现出想帮忙的诚意。

"他在楼上吗?"年轻女人问。这女人近看隐约有点熟悉,她以前可能是贝丽尔小姐教的八年级的一个学生。

"谁?"贝丽尔小姐说。沙利的访客不多,大部分客人贝丽尔小姐看一眼就能认出,虽然叫不上名字。

"住在楼上的那家伙。"年轻女人说,并没有掩饰内心的不爽。

"他不在。"贝丽尔小姐说。

"好啊,"年轻女人说,"我就等着,今天总有事情得顺心一次。"

贝丽尔小姐没注意她在说什么,她正看着那个孩子。小女孩一动不动地站在她妈妈的身边,盯着贝丽尔小姐看。或者应该说,如果她的那一只眼睛没毛病的话,那就应该是在盯着看。她的那只眼斜视,感觉什么都没在看。贝丽尔小姐觉得心里一颤,但只好说了一句:"这孩子应该穿一件外套呀,她在发抖呢。"

"是啊,我让她待在车里她不听,"年轻的女人说,"这算谁的错呢?"

"你的错。"贝丽尔小姐毫不迟疑地说。

"好,我的错。"年轻女人说,好像她之前也听到过有人这么说她,"听着,请你帮我个大忙,别多管闲事儿,行吗?"

真是岂有此理!贝丽尔小姐一时被噎得讲不出话来。自从退休不再教书以来,她还没有被人这么顶撞过,现在都忘了以前是怎么对付得了。此刻的贝丽儿小姐目瞪口呆,沉默不语。年轻女人借此机会,重新考虑了一下自己的应对策略。

"听着,"她说着沉下肩膀,"你不用管我,行吗?现在所有事情都一团乱。通常情况下,我是不会这么对待老人的。"

还只是个孩子,贝丽尔小姐差点就这么说了出来,但她把话憋了回去。她记起来,通常她就是用这种方法来对付顶撞她的人的:什么都不说,就用眼睛瞪着面前的恶人,直到这个人恍然大悟,明白过来是他犯了严重的错误,而不是贝丽尔小姐。

"就是这个小白痴,"她解释道,"我想让她和你待上个一小时,就当给你找个乐子?"

两个人现在都看着这个一言不发的孩子。从她的神态来看,就好像她一直是独自一人站在这里似的,根本没有任何迹象表明她知道身旁有其他人类。

"你好,小宝贝。"贝丽尔小姐说。她希望自己没有像她母亲那样怒视着这个孩子。她不止一次被别人说别把小孩子吓坏了,只是从来没有人和她认真解释过,她到底干了什么把孩子吓着了。

"这主意好啊,"年轻女人说,"和这位和蔼可亲的老婆婆交个朋友吧,妈妈打个电话。"然后她转向贝丽尔小姐:"他楼上有电话吗?"

"用我的吧。"贝丽尔小姐说,她还不确定是否该让年轻女人进沙利的房间。她倒不是担心沙利怪罪她或者有什么理由反对,因为沙利走的时候从来不锁门。

"随便吧,"她脱了鞋,"我可没打算要偷什么。把鞋脱了,小傻瓜。看来我们得进屋待一会儿了。"

这孩子穿了一双廉价的蓝色帆布网球鞋,贝丽尔小姐发现鞋子湿了,孩子的袜子也湿了。

"什么东西也别碰,"年轻女人警告小孩,"这些东西不是我们的,妈妈可没钱赔你弄碎的东西。"

贝丽尔小姐带年轻女人走到起居室的电话机前,年轻女人拿起听筒,看向贝丽尔小姐。"谢谢,"她说,"有段时间没见过这种电话机了。"看到拨号盘,她又说了一句。的确,这部电话机有三十来年了。"你这儿简直是博物馆啊。"她边说边四下环顾着。

贝丽尔小姐还没来得及回她,年轻女人就已经在讲电话了。"妈,他来了吗?"一阵沉默。"没有,我在楼下的老太太这里。我觉得她不大愿意让我们上去。"

贝丽尔小姐能听见电话那头什么人说话的声音，但是听不清说的是什么。她眼睛一直盯着那孩子，而女孩则耐心地站在她妈妈的身边，面朝贝丽尔小姐。贝丽尔小姐觉得，她那只好的眼睛正看着她。

"我越想越觉得他根本不会来，妈。他就是在逗你玩儿。见鬼的我怎么会知道。他大概会这么想。说不定他威胁了每个人，他一直就是这副德行，威胁每个人，这点你很清楚。你问我是怎么知道的？因为如果他按说好的来，就得放弃一天猎鹿的时间。他才不会呢。你不如我了解他。而且，如果他真的来，才不会事先警告我们，他会直接来了。"又是一阵沉默。"不对，你弄错了。他现在肯定在林子里呢。他正在那里嘲笑你居然相信他呢。相信我，他就在林子里。说不定我运气好，他最好迷路冻死在那里，这样一切都了了，对吧？"

照贝丽尔小姐看来，这通令人讨厌的电话中最令人讨厌的部分，就是孩子一直都在边上听着。因为小女孩还在盯着她看，贝丽尔小姐就从咖啡桌上拿起长着两个脑袋的红色中国福犬给她看。这只玩具狗身体的前后都有一个带着笑脸的头。

"看我的福犬？"她说着把玩偶递给小女孩，她没有接。贝丽尔小姐转动了一下福犬，好让孩子看到它的两个脑袋。也许小女孩看见了这个不寻常的特征，但她依旧无动于衷，不过她还是呆呆地盯着这玩具。

"你知道福犬会说什么吗？"贝丽尔小姐问。

孩子的眼睛回到她身上。

"福气到。"贝丽尔小姐说，期盼对方笑一笑。

小女孩的眼睛又转回到小狗身上，严肃地看着它，似乎在判定这只狗会不会真这么说话。

"我叫它沙利，"贝丽尔小姐说，"因为它找不着北。"

她又一次把福犬递给孩子，小女孩接着了，并没有欢喜的样子，似乎只是为了帮贝丽尔小姐一个忙。

"对……对……对……"孩子妈妈说,"好的,如果能说动她我就上楼去,半小时后给楼上打电话。你真该看看我现在用的这部电话机,估计是内战的时候生产的……好的,去干活吧……嗯,好的。"

年轻女人挂了电话,抱起孩子,蹭了蹭她的鼻子。"虚惊一场,小傻瓜。爸爸在跟外婆捣鬼,他肯定觉得自己很厉害,爸爸很少糊弄得了别人呢。"然后,她对贝丽尔小姐说:"你总得让我们上楼吧,要不然呢?"

"我想,如果你认识沙利文先生,他不会介意的。"贝丽尔小姐说。

"呃,我并不认识他,"年轻女人边说边走向门口,"但是他睡了我妈将近二十年。我妈认识他。"

再一次,贝丽尔小姐无言以对。她看着访客离开,看着房门关上,看着门又重新打开。"还你的狗。"年轻女人说着把福犬放回到桌上。"再次感谢你借我电话用。"她用新奇又鄙夷的眼光扫了一眼贝丽尔小姐的房间。"你这儿真是可惜,应该收钱卖门票的呀。"

等这女人再次离开,孩子和妈妈的脚步声沿着楼梯走进了楼上的房间,贝丽尔小姐才出声。"呵,"她对老克莱福说,"你说这是什么事儿啊?"

她已逝的丈夫还没来得及说话,电话铃就响了。"又怎么了?"贝丽尔小姐问。

这次是格鲁伯太太,贝丽尔小姐把这茬全忘了。

"我这就来,"贝丽尔小姐告诉她,"少安毋躁。"

◼ ◼ ◼

进出北巴斯镇的马路只有六条,除了27A公路——就是那条连接城里（有上下两头的）主路的双车道柏油路，还有另外五条狭窄的双车道公路，连接巴斯和周边的镇子——如北面的斯凯勒温泉镇就是一个，还有其他几个较小的社区：谢克海茨、道斯威尔、威浦福特、格兰。然后就是这条新修的四个车道的支线，连接巴斯和通向奥尔巴尼及蒙特利尔的州际高速公路。这条新修的公路支线只有三英里长，贯穿巴斯和州际高速公路之间的那一大片沼泽地。紧挨路边竖着的广告牌上写着，这片沼泽地将变成占地五百英亩的"终极逃亡"主题乐园，它将是"一场集水上滑梯、过山车、西部狂野小镇、奇幻村庄于一体的狂欢盛会"，"一个栩栩如生的童话世界"。这个巨大广告牌最打眼的莫过于一张艳俗的小丑的脸，不知为何这张脸让人感觉不是有趣，而是恐怖，可能是因为它那个猥琐的笑容吧。当一家子坐在车里飞驰而过，妈妈指给小孩看这张小丑的广告牌时，孩子们每次都会被吓哭。大人们也心有不安，因为他们注意到广告牌的不远处，也就是北巴斯镇的镇外，有一块新修的墓地——一块光秃秃、没有树，几乎全是卧式墓碑的墓地。很多人都在猜测，一旦乐园开工，这个墓地一定会被搬掉。两种"终极逃亡"的对比已经成了当地的黑色笑话。

这个上午，州际高速公路出口边上的新超市正在举办开业典礼，驶下支线开往邪恶小丑广告牌的车子比往日要多。开车的大多是家庭主妇，她们正急着开车返回镇子，面包车、旅行车的后备厢塞满了日用品和食物。她们有点儿被商店新开张的节日气氛冲昏了头脑，买的东西比平常多了一倍，采购了一堆在北巴斯 IGA 超市买不到的商品。主妇们一个个都飞驰回家，油门比往常踩得稍稍重一些，思忖着自己花了比预期更多的时间和金钱，就在这时，她们会看到一个以搭车人的形象出现的惊悚鬼影，竖着大拇指指望能搭车回城。这些家庭主妇中的大部分还带着吵闹的小孩子，哪怕是外表正派的搭车人她们也不会载，所以为这个浑身沾满泥浆的家伙停车她们想也不会想。虽然方圆百里都没有监狱，但主妇们断定这人一定是逃犯,而且是杀人犯,他绝对是在沼泽地里藏了一夜,以躲避搜查犬。要不然他就是还没死透就被埋到了旁边的坟地里,从棺材里扒着黑色的泥土爬出来,刚刚重见天日。一般来说,搭车的人至少会尝试做出友好的表情,如果做不到,那也得留下可怜兮兮的印象,可这家伙给人的感觉就是他很危险。他伸出大拇指的动作,就好像是拳头里藏着一枚快要爆炸的手榴弹。一个开着装满杂货的旅行车的年轻女人在靠近他的时候,甚至特意变道到了左边的车道,好像怕他在车子急速驶过的时候会突然扑过来抓车门把手。

这实在是与沙利的初衷相去甚远。就算他看着危险,也不是年轻女人所害怕的那种危险。他之所以脸上透着凶相,只是因为他拖着伤残的膝盖,花了一个上午干了吃力不讨好的活,然后还把卡车陷在了泥地里,接着又徒劳地费了半小时想把卡车拖出来,再加上这段时间里他突然想到卡尔·罗巴克——那个他发誓再也不给他干活的人——如果知道沙利做的蠢事,会说出什么话来。卡尔·罗布克会说自己错了——这活儿到底还是能被沙利搞砸的。这话在沙利心里想想还行,要真被别人说出来,他可受不了。每次卡尔说这话的时候,哪怕只是表现在脸上,沙利都会想把他从窗户扔出去。更糟的是,他还能听见年轻的哲学教授正窃笑着:"自由意志这东西啊,我早就告诉过你……"

还有他的父亲,他那现在正躺在半英里外公路边的墓地里的父亲,沙利至今对他依旧怀恨在心。实际上,他清早去卡尔·罗巴克的建筑工地路过墓地时,还做了每次经过墓地都会做的事——哪怕冷得要死,也要摇下车窗,给大个子吉姆·沙利文竖个中指。和镇上的大多数居民不同,沙利无所谓"终极逃亡"乐园能否建起来,只不过,如果真的建起来了,他们就很有可能会把墓地迁走。这就意味着,他们将会打扰他父亲的长眠。一想到父亲得到了安息,沙利心里就恨。如果有什么路子,并且沙利也有那个钱的话,他便会叫人每隔十年就把他父亲从坟里挖出来,让他没法儿舒舒服服地躺着。因此现在,他希望能搭上个便车,这样他路过墓地的时候,他父亲就不能清楚地看到他的现状。每当他遇上连环霉运的时候,他都会听到从遥远的地方传来父亲哈哈大笑的声音。他上上次接连倒霉是一年多前,从他从梯子上掉下来摔伤了膝盖的时候开始的。当然了,从梯子上摔下来不是什么稀罕事儿,这不是他觉得蠢的地方。蠢的是他从梯子上摔下来的原因。他当时正爬到梯子半中央的地方,听到有人在纵声大笑,而在工地对面铁丝网的外面,沙利看见一个大个子男人,从远处看来简直就是他父亲的翻版。那人也只能是个翻版,因为大个子吉姆已经死了好多年了。总之,不管这个狂笑的人是谁,沙利的注意力全都在他那里,没有顾及脚底下。他从二十英尺高的地方跌了下来,一路上听着父亲的大笑声被送进了医院。现在,他离墓地更近了,那笑声也越来越近,在沙利的耳朵里头嗡嗡作响。

他看到变道的年轻女人的表情时,沙利有意识地试着让自己看起来不要太像是个连环杀手。过了一阵子他放弃了,搭便车和做出无辜状都放弃了。回镇子的路只有一英里,他走到这个地方已经走了差不多一英里了。他甚至开始往好的方面想:只要他的卡车还陷在泥地里,它也就不可能翻车了;另一件好事是,他现在要去找罗布来帮忙,谢天谢地是个完全没有幽默感的人,因此他向来都无法从别人干的蠢事中获得一丝丝快感。如果是罗布把卡车倒进了一个泥坑里,并装上了一吨重的混凝土砖块,然后怎么也开不出来,那沙利的第一个反应肯定是罗布干了什么蠢事。但是他人的愚蠢只会引起罗布的同情,他对愚笨有如此深切而迅速的认同感,这让他毫无优越感可言。沙利知道,罗布只会问他为什么没有一开始就叫上自己一起来干活,这活儿明显就是两个人干的,哪怕是两个人紧赶慢赶也得在天黑前才能干完,因为现在已经浪费了一上午。

沙利沉浸在罗布有限的智商可给他带来的宽慰之中,也打消了会有车为他停下来的念头,因此他起先没有注意到有一辆小型的橄榄绿的格雷姆林两厢车,打着转向灯在前面约五十码的地方靠边停了下来。直到汽车响起了嘟嘟的喇叭声,沙利才意识到这车是为他停下的。这辆格雷姆林又老又旧,伤痕累累,他恍惚觉着这车是他认识的某个人的,就是想不起来是谁。沙利不认识镇上开格雷姆林的人,这就更神秘了,因为他并不认识多少巴斯镇外的人。格雷姆林又响了一次喇叭,沙利才意识到他刚才停住了脚步,僵在了路肩,似乎必须得解开格雷姆林车主之谜,才能搭这个便车。坐在副驾驶位置的人摇下了车窗,不耐烦地向他挥舞手臂,沙利才又迈步向前。

格雷姆林是外州的牌照,但车牌太脏,辨认不出是哪个州。倾斜的后车窗里高高地堆着衣服、毯子和玩具,所以也看不清车内的情况,沙利顾虑重重地靠近车子,这时一个面熟的年轻女子从副驾驶的车窗探出了脑袋,叫沙利越发疑惧。她看着火气挺大的,似乎看了一眼沙利,就想起了好多本来已抛诸脑后的关于他的烦心事。不知怎的,沙利突然有种想要逃走的冲动,好像这女人是从业已遗忘的过去汹汹而来,铁了心要来讨债的。

"嗨,小妞。"他走近了以后说,决心先糊弄过去。这六十年来他忘了的人多了去了,已经知道处理这种情况最好的方法就是先假装认识他们,然后再等他们给出一点线索。不论这位面带不悦的女人是谁,他最终都会想起来的。他这辈子自打成年之后,就一直把年轻女人称作"小妞",所以如果这个女人认识他,也就不足为奇了。他走到车边时,发现狭窄的后座上有三个孩子挤在枕头和毛绒玩具中间,这些孩子他好像在什么地方见过,只是现在年龄大了一些。年轻女人从车里出来,把一只座位往前拉,好让沙利爬到后面。当沙利前倾着身子瞥见司机时,他才终于恍然大悟,知道了这一帮人到底是谁了。

"挪过去一点,小不点儿们,"他说着给孩子们做了个鬼脸,"给爷爷挪出点儿位置。"

"把安迪给我，"夏洛特说，这是他儿子的老婆，"这样你们能稍微多点地方。"她懒洋洋地说。

沙利原本很乐意把安迪递给她的，但这一时半刻他有些糊涂。此时他半个身子在格雷姆林的后座上，另一半还在车子外面。他能猜出哪个孙子是安迪，但没有十足的信心。他几乎可以肯定安迪是那个婴儿，可如果是他，那夏洛特的要求就不合常理。这孩子被捆在婴儿座椅上，即使沙利能把他的安全带解开——考虑到这个装置的复杂性，估计难——最终也就是空出了一个婴儿座椅的位置，对一个成年人来说这点空间并不够。

"威尔，把弟弟解开，"沙利的儿子彼得说，"别干坐着，好像在看戏。"

年龄最大的那个男孩照办了，这孩子长得跟他爸小时候简直一模一样，但他脸上带着幽怨的神情，似乎被迫承担了太多责任。如果老大是威尔，老小是安迪，那么就只剩下老二了，这孩子正满脸疑惑地盯着沙利，他的一只鼻孔冒着鼻涕泡，随着呼吸变大变小。沙利承认，自己在孩子眼里一定很奇怪，浑身都是厚厚的泥巴。

当安迪被递到前面时，夏洛特疲倦地看向老二。"捣蛋鬼，坐到弟弟的椅子里，你还等着爷爷坐进去吗？"

"那是宝宝椅。"孩子不满地说。

"我坐进去吧。"老大叹了口气说，解开了他自己的安全带。

这时，老二反而急了。"妈妈说的是我！妈妈说的是我！"他大声嚷嚷着，正当威尔试图要爬进他明显坐不进去的婴儿座椅时，老二一拳打过去，正好打在哥哥的鼻梁上。有那么一刹那，威尔的眼睛溢出了眼泪，就这样弟弟爬进了婴儿座椅，还向受伤的哥哥恶毒地笑着。让沙利吃惊的是，老大并没有还手。

既然空出来了一点，沙利就挪了进去，小心翼翼地在有限的空间中挪动他的腿，慢慢地把膝盖弯起来。捣蛋鬼的真名叫什么来着？他脑子里想着，大概是什么听起来和捣蛋鬼差不多的名字？他在回忆里搜索着发音近似捣蛋鬼的男孩名。

"捣蛋鬼又打我了。"威尔自言自语道。他在检查鼻子是不是有血迹,发现没有以后似乎很失望。如果有血迹,也许就会有人相信他的话了。捣蛋鬼向哥哥挥了挥瘦小的拳头,眼睛眯起来,似乎在暗示他再打一拳,就能给他提供证据了。

"打回去呀。"沙利的儿子一边说,一边把格雷姆林重新开上路。他既没有转身,又没有和沙利握手,也没有表现出见到父亲后的喜悦。不过自从彼得离家去读大学以来——那是十五年前?还是二十年前?——这对父子俩就一直是这样。也许彼得是在用这样的态度报复他,就当这是因果报应吧。如果他真是这么想的,沙利也不会反对。在这孩子成长的过程中,沙利从来也没有故意忽略他。如果彼得在人生的高速路上需要搭便车,沙利也绝不会把他扔在一旁。只不过,彼得妈妈的照顾太无微不至,使得他从来也没有需要搭便车的时候。她和沙利离婚大约一年后嫁给了拉尔夫,两口子把彼得照料得很好,从来没有让这孩子缺少什么,沙利承认,拉尔夫作为父亲要比他称职得多。因此他尽量远离儿子的生活,这是为了孩子好,或者说这成了他不管孩子的理由。哪怕在现在看来,这也不失为明智之举。的确,彼得如今沉默寡言,没什么自己的抱负,不过他被薇拉寄于厚望,又中和了继父善良宽容的本性;反正,彼得成功变成了一名大学教授,教的是什么沙利不记得了。

"你该狠狠揍他一顿,"彼得说,但说得不怎么坚决,"人若犯我,我必犯人。"

"一个拒服兵役的人说这话。"夏洛特冷笑了一下,似乎她丈夫的话是她需要的最后的佐证,证明他是彻头彻尾的伪君子——如果说她真的还需要证据的话。虽然沙利很少会在意这种事,但此刻也禁不住注意到前座的紧张气氛,他想知道起因。是不是他俩中的一个人不愿意停下来让他搭车?如果是这样,那坚持要停车的估计是夏洛特，不是彼得。他很少见到儿媳妇，但是他一直都挺喜欢她。她是个大个头，动作笨拙，面目开朗，一贯不大在意人家开她的玩笑，而开玩笑是沙利擅长的少数几件事情之一。这是一点，再加上他们都不讨薇拉喜欢，所以自然而然地产生了革命友情。薇拉从来没有试图掩饰她对彼得婚姻的不满。她认为彼得娶错了人，夏洛特不是那种可以使彼得事业进步的妻子。薇拉也不赞成他们婚前同居。因为他们在夏洛特怀了威尔之后才奉子成婚的，薇拉便认定她儿子是被诓了。有一次，夏洛特把这些都倾吐给了沙利，沙利很为她难过。他对儿子生活知道的那一星半点儿，都是从夏洛特唠唠叨叨的圣诞卡片上来的。

"你跑到这儿来干什么呢？"彼得问道。他调整了一下后视镜，好看到坐在后座上的沙利。

"我还想问你这个问题呢。"沙利说，并不急于解释。

"我们是奉命过来吃感恩节晚餐的，"夏洛特说，"我们可不敢得罪'皇室'呀。"

这显然是指薇拉。薇拉一旦有机会，就必定要掌控一切。她到头来并没能成功掌控沙利，但并不见得没有努力过。她在选第二任丈夫的时候就谨慎多了。"打你们上次走后，我还没见过薇拉呢。"沙利说，在有关薇拉的话题上，他打算采取中立立场。"这已经是多久以前的事儿了？"他问道，可话一出口他就意识到这个问题不简单。他儿子一家回来看望薇拉和拉尔夫的时候，往往是悄悄地来悄悄地走，并不会去看他。

"住在巴斯这么巴掌大点儿的地方，怎么可能不天天见面呢？"夏洛特问道。

"嗯，小妞，薇拉和我不在一个圈子混，"沙利解释道，"实际上，薇拉不在圈子里转，她基本上是径直向前走。"

"确实啊。"夏洛特闷闷不乐地表示同意。

"总得有人这么做啊。"彼得说。

沙利瞥了一眼后视镜，但是彼得正盯着前面的路。从车窗望出去，沙利看到他们正好开过了埋着大个子吉姆·沙利文的墓地。沙利忍住了向他父亲竖中指的冲动，免得还要向孙子们解释这个手势的含义。他在想，当彼得看见站在路边的沙利，他是不是也有一瞬间想摇下车窗，打着喇叭向父亲竖起中指？报应啊。

"我倒是想让你抱抱孙子的，"夏洛特说，"不过他正在忙着拉粑粑呢。"安迪趴在他妈妈的肩上，从座椅背上方盯着沙利。孩子神情严肃，却紧紧盯着他的鼻子和爷爷之间的某个空白处。那是努力运作直肠的眼神。

"谢谢，"沙利说，"我还真不想把我这身好衣服弄脏了。"

这话把威尔吓了一跳。他不再摸自己的鼻子，而是看向了沙利这边，显然是在怀疑爷爷的这一身"好衣服"。他圆睁的双眼充满了恐惧和同情。

"嗨，莫迪凯。"沙利向捣蛋鬼打招呼，这孩子一直盯着沙利，一秒钟都没有离开过，不过他看起来不像哥哥那样担心沙利的好衣服。

"我不叫莫迪凯，"孩子生气地说，"我叫捣蛋鬼！"

"他们为什么要叫你捣蛋鬼？"沙利问。他隔着捣蛋鬼向威尔眨了眨眼睛。

捣蛋鬼的神情立刻激动起来，沙利还来不及阻止，这小孩就一把抓起一本大开本精装的童书《苏斯博士》猛砸在了沙利的膝盖上，惹得沙利大骂了一连串发自内心的脏话，沙利可从来没想当着儿子一家的面说出这样的词汇。威尔先前在捣蛋鬼打他的时候还勇敢地噙住了泪水，这时候却因深切的惊恐与怜悯，放声大哭起来。

沙利能喘口气的时候，马上叫儿子靠边停车，彼得不情不愿地照做，把车停在了IGA连锁超市的停车场里。沙利从格雷姆林一下来，就径直穿过停车场，一瘸一拐地向几百码外的一间废弃的照相棚走去,不知为什么,他走得越快,膝盖就疼得轻一些,走了差不多五十码的时候,彼得从后面追了上来。

"天啊,爸爸。"他说。在沙利看来,彼得的脸上满是恼怒,并无关心。沙利没想到,自己会在乎儿子的关心,哪怕只有一点点,他也会心感宽慰吧。彼得问:"那小兔崽子干什么了?"

沙利慢下脚步,一阵阵袭来的疼痛和眩晕稍微平息了一点。他深吸了一口气,然后说:"哇。"

"天呐,他还是个孩子。"彼得说。他这么说显然是意欲指明捣蛋鬼的力气小,不可能打得人太疼。他不明白为什么他的父亲——一辈子都是个硬汉的父亲,挨了一下打就这么吵吵嚷嚷的。

沙利用最简洁明了的办法来解释,他拉起了他的裤腿给彼得看。彼得看到了父亲的膝盖,惊恐的眼睛瞪得和威尔一样圆。"这是捣蛋鬼干的?"他难以置信地问道,"用《苏斯博士》砸的?"

"别傻了,"沙利告诉他,心里却为儿子的反应而感到满足,"我从梯子上摔下来了,这是一年前的事儿了。"

彼得听到此话似乎很是松了一口气。"天呐,"他重复着,"你该去看医生的。"

沙利冷笑了一声。"我看了不下二十个了。"

他把裤腿放下了,彼得却仍然盯着那地方看,似乎他能透过布料看到那极为可怕的紫色肿胀的膝盖。他们走回车上,彼得问:"医生他们怎么说?"

"二十种不同的说法,"沙利说,不过这不全然是真话,"他们要给我换个新膝盖,在当初刚出事儿的时候,我要是让他们换了就好了。"

在那个时候看来,换膝盖不是个好主意。膝盖受伤之后,虽然疼痛剧烈,但也不是无法忍受。沙利以为,假以时日,疼痛会慢慢减退,因为一般总是这样的。如果他同意做手术,误工的时间就会更久,他对自己说这可等不起,说实话这原因也没错。但他不想动手术的真正原因是,"换个新膝盖"这想法实在太蠢了。实际上,医生第一次建议时他都笑了,以为是在和他开玩笑。坏了就想换新的,这种想法本身就与沙利从小到大受到的教育背道而驰。"要是你看不好自己已经有的,就不要哭哭啼啼地再来要一个新的。"他父亲总喜欢这么说。在他父亲当家做主时,如果你吃晚饭时弄洒了牛奶,那么那晚你就没有牛奶喝了;如果你的球卡在了屋顶上,那么,太糟了,你本就不应该把球扔到屋顶上去;如果你把手表摘下来弄丢了,那你想知道时间的时候,就只能进城去看看第一国民银行大楼上的钟是几点。沙利的父亲说,那儿挂的钟就是给那些看不住自己手表的傻瓜们准备的。

小的时候,沙利痛恨父亲不能容忍常人的过错,尤其是他宽于律己却严于律人。但是这种态度在沙利心里扎了根,他长大以后,慢慢学会了如果东西坏了就将就着过。

"为什么不让他们现在给你做手术呢?"彼得问。

"听着,"沙利说,"不用担心我。"他是想让彼得了解他的伤情,但他不太想给他解释细节。他摔下来的一年里,这摔坏的膝盖恶化成了关节炎,据保险公司的医生说,这才是他疼得越来越厉害的原因。他们坚持认为:是沙利自己把事情搞砸的,因为他们想给他动手术的时候他不让。这句其实是维尔夫翻译给沙利的。

"肿胀的地方都是积液,"沙利告诉他,"我大概应该再去抽一次。就是太贵了,并且疼得要命,而且就算抽干净了也还是一样会疼。"

慢慢地,他们向车子走去。沙利注意到,安迪又被放回到了婴儿座椅上,威尔也不哭了,这会儿正隔着车窗忧心忡忡地审视着爷爷。捣蛋鬼正看着《苏斯博士》,在沙利看来,他现在似乎对文字平添了一份前所未有的敬畏之情。夏洛特没有从车里出来,她直视前方,按摩着自己的太阳穴。

"我没做错什么惹到你的妻子吧?"沙利想起来该问这么一句。他的确常常不经意地就冒犯到女士,自己还不晓得是什么原因导致的。也许她不想让这么脏的人上她的车。也许他之前想错了,是彼得坚持把车停下来,而夏洛特并不想。

但是彼得摇了摇头。"是我的问题,不是你。"他坦诚地说道。

沙利等着他进一步解释,但彼得没有再说什么。沙利说:"我理解。"

"她有她的原因吧,我想。"

沙利仔细审视着儿子,而彼得此时正仔细审视着家人,那样子就好像在看别人家的老婆孩子。彼得这话虽是随口一说,但是沙利有一瞬间以为彼得是在向他吐露心事。如果真是这样,这还是头一回,沙利还没来得及考虑他是不是喜欢听别人吐露心里话,彼得紧接着又说了第二句。

"我猜妈妈没告诉你,我的终身教职被拒了。"

一听到这话,是否喜欢听人家心事的问题就有答案了。沙利已经知道他不会因为得知这些东西而更加高兴。"没有,"沙利说,"我没开玩笑,我一直都没见过你妈,我俩连招呼都不打的。"

"这其实是今年春天的事了,"彼得说,"他们会给你留一年时间去找别的工作。"

沙利点了点头。"有好运光临吗?"

"哈,"彼得说,"都是坏运气。"

"听到这些我很难过,儿子。"沙利说,这是真心话,但他也只能说这些了。

彼得依然没有看向父亲,还在审视着被紧紧塞在破旧的格雷姆林里的家人。"有时候我在想,你那么做才是聪明的,干脆逃跑。"

这话当然还带着以往的那种怨恨,但是彼得的语气里似乎伤感的成分要比愤怒更多。现在唯一能做的只能是不再计较,于是沙利说:"你还记不记得,我只逃出了五个街区。"

彼得点点头。"可感觉像是逃到了加利福尼亚。"

"你想让我说对不起吗?"沙利说。

"不是,"彼得说,"如果你没有真觉得对不起,就不要说。"

沙利点点头。"替我向你妈妈问好,谢谢你让我搭车。"

彼得低头看着鞋子,突然面带愧色,沙利可没想要儿子难堪。"你明天过来怎么样?"

沙利笑了。"你最好先问你妈是不是要邀请我。"

"感恩节请自己的父亲过来有什么好请示的?"他说。

沙利没有反驳他。"这么说,她变了。"

"留你一个人在这里,没问题吗?"

沙利说他没问题。IGA 的外面有一部公共电话,沙利保证他会给罗布打电话,叫他来接。他还保证会考虑第二天去薇拉家过感恩节。据彼得说,他继父拉尔夫身体不太好,已经有一阵子了,他最近刚刚从医院回来,情况不容乐观。沙利说他会尽量过去,逗大家开心开心。他告诉彼得,只要大家看他一眼就都会笑逐颜开的。彼得误以为沙利的意思是要以现在这副面貌出现在家人面前,赶紧反对。最终,他俩成功地握了手,所有这些都发生在距离车子几英尺之遥的地方,而车子的车窗自始至终都紧闭着。

沙利敲了敲车窗,惊到了夏洛特,她看上去似乎身在别处,全然忘记了他的存在。当她摇下车窗时,只见她的眼睛又红又肿。"小妞,很高兴看到你还是这么美。"他赞美着,但实际上他看得出来她胖了。他的赞美没能让她高兴起来。

"这是少数人的看法。"她说。

"我的看法通常都是少数人的看法。"沙利承认,但马上意识到:这么一来自己把刚给出的赞美又收回了。为了缓解尴尬,他敲了敲后面捣蛋鬼的窗户。"下次你要再磕我的话,磕我的右腿,"他告诉孙子,"这条腿是好腿,如果你还磕我的左腿,我就追着你算账,一直追到你西弗吉尼亚的家里。"

面对这样的威胁,捣蛋鬼无动于衷,他甚至又把《苏斯博士》举过头顶,意在邀请。那白色的小鼻涕泡依然在鼻孔下方随着呼吸跳动。相反,威尔看着像是吓得要尿裤子了。当沙利冲他笑了笑,表示他是在开玩笑时,这孩子才明显安下心来。车子开始启动时,威尔害羞地向爷爷笑笑。

卡尔·罗巴克的家,也就是那幢他在阁楼上找到一箱子古币的房子,就在一个街区以外的格兰岱尔街上,差不多是沙利返回城里的必经之路,所以沙利决定破罐子破摔。反正一整个上午都已经快被浪费完了,再说了,能见到卡尔的妻子托比也不错。

在沙利看来,托比·罗巴克是巴斯镇上最漂亮的女人,远远超出其他女人一大截。他觉得她的长相就是能上电视的那种。她身材有致,自信向上,打扮时髦,像是从偶像剧里走出的女主角一般。沙利很确定:如果他年轻个三十岁,就一定会深深地爱上这样的女子。其实就在去年,五十九岁的他已经深深爱上了她,只不过都这个年龄了,他倒是知道没什么希望。自从八月他不再给卡尔打工以后,他已经很长时间没去找她说过话了。其实除了他那已经膨胀的膝盖以外,他对托比不断膨胀的迷恋是他放弃打工的另一个原因。

除了卡尔·罗巴克这个小混球,谁会拥有这样一个女人还不知足呢?沙利边想边一瘸一拐地走向罗巴克家的门口。唉,他不得不承认,大部分男人都不会知足的,因为大多数男人从来就没有知足过。只不过他还是忍不住会想,如果自己拥有如此美女,一定是会知足的,毕竟他已经六十岁了。当然,他的年龄差不多是卡尔的两倍了,而且这些年来,面对女人他变得越来越多愁善感,渐渐有了老人才有的自信,知道如何对待像托比这样的女人,而他自信的来源则是：这辈子他再也不会有机会有女人了。

托比·罗巴克的福特烈马越野车正停在罗巴克家的敞开式的车库里，这车和它的主人一样，也已经被沙利觊觎很久了。通常停放卡尔的红色科迈罗的那个车位空着，沙利暗喜。因为有时候卡尔会在午饭时分回家来，享受一下午后的二人时光，但大多数时候，他会另觅他处。沙利盼着今天也是如此，因为他还不想和卡尔撞上。房子后面的门廊边上，摆着一部亮闪闪的崭新的吹雪机。这部机器的价钱看起来和卡尔欠他钱的数目差不多，说不定还更贵——很有可能更贵。沙利心里暗暗记下，要去问问价格。

因为后门没有上锁，他敲了敲门就走进去了，边走边喊："嗨，妞，你穿着衣服吧？"去年夏天有一次，他撞见托比·罗巴克在后院裸着上身晒日光浴，就那一刹那，沙利明显比托比更为尴尬。托比迅速地扣上了比基尼胸罩，然后看着沙利哈哈大笑，而此时的沙利满脸通红，惶恐得不知如何是好。

"穿着呢，不过我可以两分钟就脱光。"她的声音从楼上传来，轻快仿若少女。

"你慢慢来。"沙利大声喊道。他从餐桌边抓过一把椅子，一屁股瘫倒在椅子上，被捣蛋鬼袭击的膝盖还在隐隐作痛。他意识到，这是他四个月以来所想念的几件事之一——几乎没有什么地方比托比·罗巴克的厨房更让沙利喜欢的了。沙利嗅到了香气，发现厨房的操作台上竟奇迹般地煮着一壶滴滤咖啡。"等我一有力气站起来，我就先去拿杯咖啡喝喝。"

这时候，沙利才看到还有个穿灰色工作服的男人单膝跪在前门边上，和他隔着两个房间的距离。"霍勒斯？是你吗？"沙利眯着眼睛，记起来刚刚看到霍勒斯·扬西的绿色面包车停在屋外的马路边，但他当时没想太多。

"嗨，沙利，"霍勒斯回头大声招呼，"我也穿着衣服呢。"

"真得感谢上帝，"沙利说，"你在干吗呢？"

"我在拧螺丝,"霍勒斯嘟囔着,转着螺丝刀,"马上就完事儿了。"

咖啡壶咕噜了两下,不再滤出咖啡了,于是沙利站起来,在橱柜里找到了那只杯身上写有诗句的马克杯,那可是他最喜欢的。

> 为你干杯,为你的善,
> 为我干杯,为我的恶,
> 有心为善,无心为恶,
> 善善恶恶,本无高下。

沙利不是那种刻意追求物质财富的男人,他也不大羡慕别人拥有的东西。他想,可真是奇怪,他所觊觎的这么多东西偏偏都属于卡尔·罗巴克。先是卡尔的妻子和她的烈马越野车,这都是些大件儿,现在又添了那部新的吹雪机。但也有小物件,有一天他进来的时候托比在洗衣服,她当时正在桌上叠卡尔的内裤和袜子,沙利数了数,有二十五条内裤和同等数量的袜子。沙利平时都是去自助洗衣店洗衣服的,对于因为袜子内裤动不动就全脏了而不得不频繁跑洗衣店的他来说,拥有二十五套内衣裤简直就是穷奢极欲。卡尔·罗巴克竟能拥有那么多套内衣,这好像不太公平。他还有全镇最漂亮的女孩子给他洗内衣,这连公平的边儿也沾不上。沙利尽了最大努力不去想这些事情。他很明白,觊觎别人的东西一般来说都是不对的;觊觎另一个男人的内裤肯定也是错的。至于觊觎另一个男人的妻子,那条禁令可是刻在了石头上的①。但他最喜欢的这只马克杯呢?如果托比·罗巴克知道他这么喜欢这只杯子,也许会直接送给他的。可是话说回来,他也不是很确定自己是不是真的想要。如果他真把杯子带回了家,他就会把它忘到一边儿,再也不会用了。但在这里,在托比的橱柜里,沙利至少偶尔还能用一下,然后

---

① 指摩西十诫。

叹息自己没有一只这样的杯子。

他坐回去时,霍勒斯正扣上了工具箱,挣扎着站起来。他比沙利大几岁,站起蹲下也同样有困难。此时,托比·罗巴克一蹦一跳地从楼上下来,和往常一样,她下身穿着褪色的紧身牛仔裤、运动鞋,上身是一件卫衣。在大学里她可是参加了两三个项目的运动员。在天气暖和的时候,她依然会每天慢跑,她金色的马尾辫会在巴斯绿树成荫的街道上跳跃摆动,充满活力。不过,沙利注意到和上次见她不一样的是,她把头发剪短了。沙利觉得这发型看起来有点像男的,想到来年春天街道上就再没有跳跃的马尾辫了,他有点伤心。幸运的是,当托比·罗巴克走到楼梯底时,沙利注意到还有其他东西依然在欢快地跳跃着。

"都弄完了?扬西先生?"她轻快地问道。

"都弄完了,罗巴克太太。"霍勒斯叹了口气,递给她账单,"我真希望当初没被你说服。"

"我给你写张支票。"她说着拿了账单走进书房。

"到时候,让他恼火的是我,不会是你。"霍勒斯说。他放下工具箱等着,还瞥了一眼沙利,好像在说即使这位疯狂的漂亮小姐不理解他的处境,至少沙利能理解。

"男人都是懦夫。"托比·罗巴克的声音从书房传来。过了一会儿她回来了,手里拿着一张支票,递给了这位愁容满面的锁匠。霍勒斯盯着支票,表情好像在说一个人因为三十年前选错了职业,如今分分钟都会面临破产的样子。沙利懂这种感觉。

"如果是我的话,马上就会兑了这张支票。"托比建议他。

"好的,"霍勒斯把支票塞进衬衫口袋里,"这是备用的钥匙。"

她接过钥匙,塞进了她的牛仔裤兜里。沙利看着,钥匙的轮廓在口袋里清晰可见。

等霍勒斯走了,托比·罗巴克才转过身来看着沙利。"你说,"她说,"一个男人——即便是你这种男人,是经历了什么会弄得这么脏?"

"给你丈夫干活啊。"沙利告诉她,反正这是实情。

"哦!"她点点头,似乎这完美地解释了一切,"他把你弄成了他的翻版。"

"他真是个大好人,"沙利附和,"听着,趁你手里还拿着支票簿,替他写张支票付我夏天的工钱怎么样?我和那家伙已经讲清楚了,但是他办公室里只有公司的支票簿。"

托比·罗巴克向沙利笑了笑。"想得美,沙利。"

"你什么意思?"

"他早上来电话说你可能会过来,还提醒我你会说什么,几乎一字不差。"

沙利尴尬地笑了笑。"他真欠我钱,你知道的。"

"先排队吧,"她建议,"他欠所有人的钱。"

"幸好他有这么多钱。"沙利指出。

"有这么多钱?"

"别糊弄我了。"沙利说。

"要不这样吧,沙利,你拿上一大笔钱,去做个心脏搭桥手术,看看你回来的时候还剩下多少。"

沙利决定不和托比争这个,他也不信托比的话。他这辈子见得多了,像卡尔这么有钱的人都没啥正事儿要做,他们唯一要认真做的,大概就是让别人相信他们没有别人认为的那么有钱吧。托比·罗巴克看上去很真诚,沙利也并非怀疑医疗费会很贵,但他怀疑她并不真正了解丈夫的财务情况。卡尔是很狡猾的,他很有可能把钱藏在了没人知道的地方。说不定藏得太好了,如果卡尔在午休娱乐活动的当口突然死翘翘了,这钱可能就再也没人知道了。"那么,你打算说说这个新锁是怎么回事吗?"

"我还以为你不会问呢,"她说,"我今天早上刚刚决定的,我丈夫不再住这儿了。实际上,我觉得他近期也不会回来了。"

沙利点点头。"嗯，这一招儿挺大胆的，虽不一定奏效，但一定会引起他的注意。"

"我们走着瞧吧。"托比·罗巴克欢快地说，听着倒不是很担忧的样子，"说起来……你现在不是大学生了？老狗学不了新把戏了。"

"我倒是希望有什么新把戏能让我这老狗学一学，小妞。"

"所以，你就回来给卡尔打工了？"

"暂时是的，"沙利坦白，他不太愿意承认这是长久的打算，"走着瞧吧。"

有一阵子两人都没说话，他们显然都不想承认自己的生活竟和卡尔·罗巴克这种人有千丝万缕的联系。"你想不想看看我们的温泉浴缸？"托比终于开口问道。

"在哪里？"

"在楼上。"

"那我还是算了。"沙利说，心里暗想，他可不愿在已经一长串的觊觎清单中再添一项。

托比给自己倒了一杯咖啡，去厨房的台子那边往里加了点糖和奶。"还是只有膝盖不好吗？还是打上次见你以后你又糟践自己了？"

"没有，小妞，还是老样子，小可爱，"他一边说着一边盯着她剪短了的头发，"不过说到糟践自己……"

"我在斯凯勒得到一个演戏的机会，"她高兴地向他解释道，"莎士比亚的戏，不过是现代版的。我女扮男装。"

沙利不怀好意地笑着瞅她。"祝你好运。"

托比·罗巴克没理他。她走回桌边和他一起坐下，把脚翘在另一把椅子上。"这么说来你要回去打工了。你和卡尔还真挺般配，都爱作践自己，只不过他享受了更多乐趣罢了。你呢，带着摔坏的膝盖回家，他呢，带着淋病回家。"

沙利弯了弯膝盖。"老实说,我倒乐意和他交换一阵子位置。"

托比笑了。"我也希望你能和他换一换。反正膝盖坏了不会传染给别人。"

沙利皱起眉头,愣了一下,他不确定托比这么说是在引诱他,还是希望她丈夫的膝盖也如他一般疼痛难忍。最后他认定应该是后者,这样更合理些。"他把淋病传染给你了?"

"只有三次而已。"她说。

"天啊。"沙利说,真心地感到诧异。他一直都难以理解,托比·罗巴克竟能对丈夫婚内出轨的行为如此泰然自若,连刚才这种骇人听闻的事情,她说起来也是云淡风轻的,似乎她嫁给卡尔·罗巴克的时候就明白,或者说就该明白,性病是结婚协议的一部分。好像直到被传染了第三次淋病,她才开始觉得有些忍无可忍了。沙利觉得这太怪异了。在沙利见识过的所有女性身上,都没有任何迹象显示她们有容忍男人犯错的可能,实际上,她们对男人的任何不端行为,都可以立即发现、当机立断、施以惩罚,这过程一气呵成且迅速高效,丝毫不含糊。沙利觉得,一个只要张张口就可以拥有镇上任何男人的女子,竟愿意跟这个一再传染淋病给她的人一起过,实在是不合常理。

"上个礼拜我警告过他,叫他把办公室里那小婊子开掉,她就是个细菌繁殖器。"

"谢谢提醒。"沙利说,尽管他也没什么好担心的,因为这个细菌繁殖器从来都不正眼瞧他。

"你说说,沙利,"她一本正经地看着他,"卡尔不愿意辞掉她,这是什么意思呢?"

沙利耸了耸肩。"我觉得他没有真的爱上她,你想问的是这个吗。"

托比想了一想,似乎也不确定自己到底是什么意思。

"老实说,"沙利坦白,"我也不知道他为什么这么干。大多数时候我自己也不知道为什么我要做那些事儿,更别说其他人了。"他喝完了咖啡,把杯子往桌子中间推了推。"谢谢你的咖啡。再坚持一下吧。"

"这就是您老对这事的见解?"她假作愤怒的样子说道,"再坚持一下?"

"我也不想这么说,但是小妞,我对所有事情都是这个见解。既然你现在在报复他,你确定不想给我写张支票吗?"

"那样的话他永远都不会原谅我的。"

沙利站起来,弯了弯膝盖。"好吧,"他说,"那让我搭个车进城也行。"

"你那破卡车呢?"

"陷在泥里了。"他不情愿地承认。

"陷在泥里的老沙利。"她朝他莞尔一笑,让他又开始思忖她先前到底是不是在引诱他。"有一点倒是不得不说,"她边说边从门边的挂衣钩上取下大衣,"卡尔,他永远也不能被满足。"

后面半句"连我也不能",她没接着往下说。

沙利让托比把他放在了赌马场外,这是个找人的好地方,尤其是那人不在场外。"如果有人问起来,你就说今天没见过我。"他下车的时候提醒她。

"见过谁?"托比说。

沙利刚要回答,就突然明白了她是在开玩笑。

"来看我演戏吧?"她提议。

"你有裸戏吗?"

"告诉我,"趁着他还没关上门,她说,"你年轻的时候是个什么样子?"

"就现在这样子,还要再恶劣一点。"

赌马场与往日一样繁忙,不过他快速地扫视了一圈,罗布并不在其中。每个工作日的十一点到十二点之间,北巴斯镇的赌马场都会被一帮身穿鹅黄色和浅蓝色冲锋衣的退休男人占领,一到中午他们便撤退回家,吃白面包夹金枪鱼的三明治,外加一碗热气腾腾的金宝罐头番茄汤。接下来阵地就交给了比他们更穷、更无望、赌瘾更大的一群人,他们给州政府带来了不少利润。年关将近,这群穿戴整洁、彬彬有礼的冲锋衣男人们都在外套里面穿上了毛衣,还有不少在妻子的执意要求下戴上了围巾。自从退休后,他们的妻子就把他们当作小学生一样看待,出门前要保证他们的围巾一圈圈围好,以遮住皮肉已经松弛的脖子;外套的拉链能拉多高就得拉多高,这样才会暖暖的。是的,暖暖的,这是他们妻子的用词。既然被当成了孩子,这些冲锋衣男人们索性就用小孩子一样的行为来反击,一旦确定离开了妻子的视线,就赶紧拉开拉链、扯开围巾。如同小孩子天生就厌恶厚重的冬衣一般,他们也是如此,在下雪,或者积雪前,他们才不愿乖乖地披上那肥厚的外套。今天确实下了雪,但雪都融化了。

"沙利!"他走进去时,大家全都摘下了棒球帽欢呼致意。沙利认识他们中的大多数人,也挺喜欢他们,尽管他们的运道都比他好。凭什么他们不能在十一月底只穿件薄薄的冲锋衣呢?上午太阳高照时他们才离开暖和的家,坐进有暖气的小轿车里,而小轿车整个晚上都停在暖和甚至是热烘烘的车库里。然后他们开车五分钟就到了甜甜圈店,冲进暖和的店铺里,一边喝着一杯又一杯热咖啡,一边闲聊,一直待到该去赌马场的时候,去赌上一局双响炮,然后再回家。如果他们想换换口味,就去保险公司坐坐,或者五金电器行,或者邮局,或者药店,总之是他们退休之前工作了三十年的地方。他们从来也不会在户外待很久,所以感知气温是不可能的,感冒就更不可能了,所以他们看着都是精神矍铄、身体健壮,哪怕是穿着薄薄的反季衣服,身体也不会因此而受到影响。

经济气候的寒冷同样也影响不到他们。在北巴斯工作了一辈子，他们虽不是大富大贵，但确实安逸。他们还扬扬自得地想着，如果巴斯的房地产业真能像所有人预计的那样（或者说像所有巴斯人预计的那样）蓬勃发展，那他们就更安逸了。奥尔巴尼的繁华已经在向北蔓延，因此房产经纪人激动地预估，整个州际高速公路一带都会一起繁荣起来。格兰岱尔大街上那些老旧的维多利亚式建筑中维护好的，就像罗巴克家的那种，已经被在奥尔巴尼上班的年轻人买下囤了起来。他们早上奔上州际高速公路，晚上回家，单程也就二十五分钟。那些赌马场的男人捶胸顿足，后悔自己当初把老式维多利亚式建筑错当成老古董。三十年前，要买下这些房子不费吹灰之力，他们却造了一幢幢结实不漏风、错层式、有着大大落地窗的新房子。这些房子的估值和税金也在水涨船高，只是上升的速度要慢得多。他们现在很是懊悔，如果早能预知他们这一代穿着破洞牛仔裤反战的年轻人到头来会这么有钱，还都把钱花在了复兴衰败的老房子上，他们早就已经大赚一笔了。现在，他们只能坐看自己房子的价值一点一点往上爬，担忧着时机问题。越来越高的房产税在蚕食着他们的养老金、社保和存款，但他们也不想太早卖掉错层的房子之后才意识到房地产的繁荣还远未到来。大家现在普遍的看法似乎是，事情才刚开始有了起色。随着无忧宫计划在夏天重新开业，以及乐园即将破土动工，好事儿就快来临了。

可是当然，等待也有风险。如果"终极逃亡"乐园在最后一刻黄了呢？他们可不想等了半天，结果却还是被困在三十年前梦想的老房子里。现在他们有了新的梦想：幻想着在气候温暖适宜的地方有一间自己的公寓。他们整个上午讨论的就是这些公寓。最招人喜爱的是位于佛罗里达湾区的房子，只是它的价钱在不停地上涨，还有新闻报道说那里有短吻鳄出没在草木之间，能一口吞掉小孩子，实在是令人心慌。虽然这些冲锋衣男人家里没有小孩，但是短吻鳄的故事还是让他们心神不安。就这么一件轶事被人们不断传播，简直让人以为从佛罗里达湿地公园一路到圣彼得堡，都有一大批短吻鳄正在向一排排毫无防御的公寓进军。据传言，就连高尔夫球场上都满是短吻鳄，住在那里的风险真是不小。出于这个原因，越来越多的赌马场晨间访客开始倾心于亚利桑那州。据说，那里的公寓更便宜，也无鳄鱼出没。虽有响尾蛇、蝎子、狼蛛、蜘蛛和毒蜥蜴，但是这些体格都不够大，不会把人拖到沼泽地里吃掉。毕竟沙漠里压根就没有沼泽地。

这一系列话题沙利已经零零星星听了好几年了，但他怀疑即使自己退休了也不会有机会参与讨论。他没有房子，自然也不必琢磨房价的上涨，除非他把他父亲位于鲍登街紧邻无忧宫的房子算上，但是房子的法定归属已经搞不清楚了（至少沙利搞不清楚）。维尔夫在他父亲去世时曾经告诉他，他继承了这房子，但是沙利告诉维尔夫，他不想要，也不会要。因为沙利十七岁参军入伍时告诉父亲，今后他们不会再有任何瓜葛，不管活着还是死了都没有。要不是父亲死前不久的一天下午，露丝说动他去养老院看望了一次，他就真的信守诺言了。父亲留下的房子因长期无人照管，已是一片颓败，窗户都用木板封着，地上杂草丛生。如果沙利猜得没错，逾期未交的房产税累计下来，怕是比房价还高。总之，即使他想参与佛罗里达或者亚利桑那公寓的讨论，这房子也绝对不会给他机会，实际上他也并不想参与其中。

沙利唯一羡慕那些人的是，他们这辈子算过得圆满。就像是老资格的球赛选手，大功已立，可以忆往昔峥嵘岁月，接下来可以步入人生另一个阶段了。在他们的生活中处处都值得纪念，他们会告诉人们他们结婚的日子，孩子们出生的日子，他们退休的日子。而在沙利的生命中，每一年（更别说具体日子了）都慢慢悠悠、波澜不惊地流逝着，没有任何分割线。他总是不能理解别人是怎么看到（或者以为自己看到）生命中一个个篇章的起始与终结的。三十多年前的一天，他在街上碰到薇拉，她惋惜地笑笑，说至少一切都结束了,生命中的一章翻篇了。沙利茫然地看着她,想她到底在说什么。后来他才明白,她指的是他们离婚了,几天前手续都办完了,而他却没得到通知。要么是没收到,要么就是他把告知信和其他不感兴趣的信件一起扔进了垃圾桶。他知道,薇拉一定会因为不再是他的妻子而感到解脱(不到一年之后她就会嫁给第二任丈夫拉尔夫),但是离婚这事儿终于板上钉钉,还是让她感触良多。沙利看得出,两人婚姻的失败使她略为感伤。对她来说,离婚在她的生命中画了一条分界线,而沙利完全错过了这条线。

沙利的日子慢慢悠悠、毫无起伏,这一点时而让他难过,时而让他庆幸,一切随他的心情而变。哪怕是现在——六十岁的人了,他也不敢想象自己能像赌马场的那些老男人一样觉得活得圆满,或者觉得自己新的人生即将开始了,也许这才是去社区大学上课或是换个新工作让他感到难受的地方。他现在才明白过来哲学课的问题在哪儿:那个年轻的哲学教授试图让事物一件接着一件消失,最后用全新的东西、全新的思想或者全新的存在代替那些业已消失的东西,这就是所谓的辞旧迎新。如果是对二十来岁的年轻人聊这些,也许不是个坏主意。是的,他二十岁的时候也能抛弃一切重新开始。但是现在,他已经六十岁了,对于还能修修补补再用几个月的东西,他可不太想就这么扔了。他只是想继续前行,而不是停下来转过头去分析当初做的决定是不是正确,定下的路线是不是可行。他甚至也不确定是不是真的希望维尔夫能替他打赢那一堆官司。如果维尔夫帮沙利争取到完全丧失劳动能力的判决,这就意味着他所了解的生活结束了,新的生活就要开始了。但于他而言,这并不一定是什么好事。他宁愿相信自己有机会换上新膝盖,也不愿相信自己的人生会有什么新的开端。

"你今天看着特别精神。"奥蒂斯·威尔森看着他说,很明显,他在指沙利身上成块的泥巴。奥蒂斯·威尔森每年夏天都宣布,到了冬天他要去佛罗里达。

沙利原地转了个圈，好让所有身穿冲锋衣的男人都看到他。"这个国家总要有人干活吧，"他说，"如果不是有我这样的人，你们这些人偶尔也得弄脏手呢。"

"我们一直想谢谢你来着。"奥蒂斯说。

"新闻上说一只短吻鳄鱼和另外一只一起逃走了。"沙利说。奥蒂斯身材高大，语气柔和，面色红润，对短吻鳄鱼的故事尤为敏感。而沙利不停地讲着这笑话，多年来他一直告诫奥蒂斯，不带一位强壮的、富有经验、不怕和鳄鱼搏斗的向导，比如像他沙利这样的人，就不要去佛罗里达这样荒凉的地方。让沙利欣慰的是，他提到鳄鱼时，奥蒂斯的脸色变了。"如果我是你的话，就买个二楼的公寓，因为鳄鱼爬不上去。"

"走开。"奥蒂斯说。沙利用两只胳膊肘做出一个鳄鱼张大嘴的样子。"走开，讨厌的家伙。"奥蒂斯紧张地避开了沙利的推搡。"去玩你该死的三重彩①去，离聪明的家伙远点。"

"这整个街区就没有一个聪明人，"沙利告诉他，"赌马场就是你们这些蠢人缴的智商税。"

"除了给你自己，你还在给多少蠢人缴税呢？"有人问。

"我聪明，才不会搬到一个会被短嘴鳄鱼吞下去的地方。"沙利说。

"去赌你愚蠢的三重彩吧。"奥蒂斯说。

"好吧。我这就去。"沙利说着向窗边走去。这一年来，他一直在玩三重彩，不管是哪匹马，也不管是哪位骑手。沙利并不是预测赛马结果的老手，早已放弃了比赛结果。他总得出以下结论：有人发明出三重彩这种形式，目的就是为了把人逼疯。他又选了三匹马下注，如果有人问他为什么这么选，他会解释说，跑在里圈的马要比跑在外圈的马少跑路——如果真有跑道的话，这倒也不假。"如

---

① 赌马时的一种下注方式，按顺序押中某一场前三名马匹便能中奖。

果我下注的三匹马赢了,我就给希尔达买一台摄像机,让你们带着去佛罗里达,"他对身后的奥蒂斯喊道,"这样,她就可以把实况录下来,在白马酒吧给大家展示一下,奥蒂斯是如何被拖到沼泽地里的,还可以收费啊。"

沙利选好了他的三匹马,正准备离开时,透过前窗看到了在马路对面的卡尔·罗巴克,离他有一个街区的距离,此刻的卡尔正迈着轻松的步伐朝他的方向走过来。看到这儿沙利忍不住笑了,心想:如果他知道他妻子刚刚换了家里的门锁,就不会这么轻松愉快了。

在储蓄信贷社的门口,克莱福·皮尔普斯刚走出门,满意地审视着主街上刚刚挂起来的横幅。小克莱福是一个自以为是的典范,是沙利认识的人当中,少数没有遗传父亲基因的人。虽然两人长得倒是很像。的确,老克莱福以自己校橄榄球队教练的身份为傲,把自己看成是当地的名人,但是他对人也很和善,因为当他太过于自满的时候,贝丽尔小姐委婉的嘲弄会让他无地自容。但小克莱福可不是这样的。在沙利看来,他缺少幽默感——当然还缺别的东西,把自己太当回事儿恰恰就充分证明了这一点。实际上,沙利一点儿也不喜欢他房东太太的这个儿子,要不是因为贝丽尔小姐,沙利早就明目张胆地表现出对小克莱福的厌恶了。沙利感觉得到,尽管小克莱福已经成了镇上的大人物,但于贝丽尔小姐而言,她还是失望的。

如往常一样,小克莱福那辆加长型的亮黑色轿车依然停在银行门口,但他还没来得及钻进车里,就被卡尔·罗巴克拉住了,他动不动就要跟小克莱福聊上半分钟。虽并未参与其间,沙利猜都能猜到他们谈了些什么。"快告诉我,没出什么问题吧?"卡尔·罗巴克鬼鬼祟祟地问道。小克莱福会向他保证没什么问题。然后卡尔就会说:"如果事情搞砸了,千万别告诉我。你直接来我家,朝我脑袋开一枪。"这种谈话使原本就忧心忡忡的小克莱福更加紧张了,他恨不能立即上车逃离卡尔。当卡尔过了马路径直走向赌马场时,沙利准备趁机从后门溜走。但是卡尔没进来,往不知道哪里走了。卡尔嗜赌成性,但是他很少在赌马场赌,他更喜欢找那些不抽税的庄家,他们夜以继日地在电话里下注。实际上,和赌马相比,卡尔更喜欢赌体育比赛。沙利看着卡尔在视线中消失了,才大着胆子走出来,这时候他才注意到罗布就站在他旁边。

"我在找你呢。"沙利说。

"你没有那么用心找,"罗布指出来。"我在你边上站了五分钟了。"

"你买好火鸡了吗?"

罗布一脸迷茫。

"我以为你来赌马场买火鸡呢。"沙利说。

还是没明白。

"我们走吧,"沙利说,"有活干了。"

"给谁干活?"

"卡尔·罗巴克。"

"不就是你刚才要躲的人吗?"

沙利承认了,也没有再解释什么。

"你说过你再也不为卡尔干活了。"

"你到底想不想干活?"

"我讨厌那个卡尔。"

"你讨厌他的钱吗?"

"不,"罗布承认,"就讨厌他那人。"

走到大街上,感到天更冷了。沙利注意到银行门口的大钟上显示的温度,比早上又下降了几度。

"不过,他那个老婆,我喜欢。"他们走出去一个街区后,罗布说道,"我希望她能对我感兴趣。我会让她为所欲为地玩个尽兴的。"

谈到女人的话题时，罗布是不会有更高雅的评价的。

"她这样的女人怎么就是对我们这种人没兴趣呢？"罗布很严肃地问。对于女人，他可以说是全然无知。所以他真的不明白，为什么托比·罗巴克会对能让她"性奋"的男人没有兴趣。

"我只知道她们为什么不喜欢你，"沙利说，"她们为什么不喜欢我倒是个未解之谜。"

"她们怎么会不喜欢我呢？"

"她们就是不喜欢你。"

罗布不接这茬。"你的卡车呢？"

"在干活的地方。"沙利告诉他。通常情况下，解释一半就能让罗布不再追问下去。他是不会想起来问为什么卡车和沙利不在一起的。"你的车呢？"

"布茨拿去开了，"罗布说，"她总会把车停在沃尔沃斯超市后的停车场里。"

他俩一前一后转身走向通往沃尔沃斯停车场的狭窄巷子。早晨的落雪在这个黑暗狭窄的巷子里延伸，地上没有人的足迹。罗布倒退着走，这样他就能看到自己留下的脚印了。

"我希望她看见车子不见了，不会太生气。"沙利说。他盘算着，等他们一把卡车拖出来，就回来把车还给布茨。这样罗布就不会挨揍了。

"她已经生了十年的气了。"罗布说。他妻子不在的时候，他总是表现得很勇敢。

"你们结婚多久了？"

"十年。"

沙利点点头。"你发现了其中的关联性吗？"

"靠，"罗布骂道，在停车场上转了一圈，"车不在这里。"

"我们试试这辆车，"沙利建议，因为他们就站在罗布和布茨的那辆旧庞蒂克旁边，"你连自己的车都不认识了？"

罗布开了车门,钻进车里。他倾过身给沙利开了副驾驶座位上的门。"至少,我最好的朋友站在我旁边的时候,我能认出来。"他边说边把车开出了停车场。

他们只花了十分钟就开到了工地上。这段时间里,沙利在思考,罗布是怎么认为他们是最好的朋友的。

"你知道我有什么愿望吗?"罗布问。

在他们离开赌马场后,罗布就已经许了很多愿望。他希望有一辆新车,希望他和布茨都能加薪,毕竟在沃尔沃斯当收银员的布茨已经有一年没加过薪了。他希望有个大型的老牌公司能在巴斯建个大工厂,让他去当工头,每小时拿十五块的薪水。他希望现在已经是春天了而不是刚到感恩节,那样的话,气候变暖就意味着加州被淹,意味着纽约上州的气候会更湿热,意味着有人会因气候变化而死掉,说不定会能留给他一艘大船,让他一路开到墨西哥。他希望皇家棕榈公司能再生产那种红色汽水。他希望老托比·罗巴克能和他面对面地来一次肌肤相亲,哪怕就一次。

罗布在大约一小时内,许下了这么些愿望。从一个愿望自然地过渡到下一个愿望,根本不会因为其不合理而中断。自从九月以来,沙利已经忘记了罗布许下的各种各样的愿望。沙利的哲学教授让事物一件又一件地消失,罗布以同样的速度,让其他事物一件又一件地出现在自己的愿望里。他把"你知道我有什么愿望吗"时刻挂在嘴边,一天能说上五十次,最糟糕的是,如果沙利不回答他一句"什么?看在仁慈的上帝的份上,你的愿望是什么",罗布就要一直重复问同一个问题。罗布许了这么多愿望,让沙利感到惊奇的是,他所有的愿望都很适度。他许愿变出一家大公司,但他期望的只是在公司里做一份每周工作四十小时的工作,并且和工会签署最低工资保证的合约,那样他就满足了。似乎如果他的愿望太过于宏大，冥冥中就会得到报应。沙利时常试图给罗布解释，如果他许愿变出一家大公司，就同样可以许愿让自己拥有这家公司，让别人去干活，但罗布不是这么看的。他喜欢许些小心愿，一次一个愿望，还喜欢把这些愿望大声地说出口。

罗布此刻的愿望是："我希望我们已经收工，此刻正坐在白马酒吧吃芝士巨无霸汉堡。"此刻的他和沙利一样浑身溅满了泥，幻想着现在身处暖和的地方吃芝士汉堡，这就像幻想着有人死后会留给他一艘大大的古老的船一样遥不可及。"下次你再找到活儿，我希望你先让我吃了午饭再说，"他又说。

现在他们在装第二车了。这次他们装车用对了方法：在车斗上垫了一块胶合板来缓冲压力。装第一车时，最下面两层的砖块有一半颠碎了。因为轻而易举就找到了罗布，沙利决定重新装车，但是命运似乎在和他们作对：当他们回到工地时，气温又下降了，泥泞的地面开始变硬，这对他们是不利的。一个小时前，看着陷在泥地里的卡车无计可施，这次他们试着一次就把它拖了出来。沙利把这看作是一种征兆，所以他说不要固定了，这就走吧。他的想法是：凭两人的速度，幸运的话七点前能干完活，这就意味着他们要摸黑再装几车。他要在还能看清地面的时候尽快装车，以避免灾难。

于是，他们把沙利陷到坑里时撞碎的那些砖块留在了车里。他们把其他的砖块小心翼翼地摆在了新工地上，紧邻着的就是卡尔·罗巴克名下在建的简陋的两居室房子，这个项目还享受着政府补助。如果天气好的话，大约一个星期后就能开工。就如同每个合同都会延迟开工一样，这次卡尔也没有按合同规定的工期正常开工。这样一来，他的工人有可能整个圣诞节都要加班，甚至更有可能拖到地面结冰。在返程去装下趟车的路上，他们停了车，把摔碎的砖块扔到了小丑广告牌的后面。"如果有人发现怎么办？"罗布问。

"你没在上面写上你的名字,是吧?"沙利说。

他们马上就要装完第二车了,这时候他们听到车开过来的声音,印有**顶尖建筑公司:C. I. 罗巴克**标识的埃尔卡米诺急速冲进视野。车子横冲直撞地冲向他们,这只能说明开车的正是卡尔·罗巴克。卡尔平常很小心,绝不会把他的科迈罗开到工地上,但是他觉得以时速五十迈行驶在凹凸不平没有铺砌的路上,一年至少损坏一辆公司的车,是他的特权。

"呃喔,"罗布说,"我打赌他已经发现了那些砖。"

沙利只是看他。"注意力集中一分钟。"他说。

罗布是在集中注意力,没错,但是没集中在沙利身上。他正恐惧地看着不断逼近的埃尔卡米诺。

沙利从站着的车斗上下来,轻轻拍了拍站在下面泥地里的罗布,"我不想你说一个字,明白吗?如果你真开口说话,我就用那些砖块打破你的脑袋,把你埋在树林里,然后把那些砖块都盖在你身上。"

"我希望你不要这么说话,"罗布说,"听着好像你会来真的。"

"真的什么?"卡尔·罗巴克说,他从埃尔卡米诺上下来。

罗布正要开口回答,沙利又拍了拍他。罗布一下就把嘴闭上了,还能听到牙齿碰在一起时发出的声音。

卡尔检查了一下还剩下的砖块堆,高度没有明显下降。"我应该申请州政府的拨款,"他一边摇头一边说道,"雇用残疾人也应该有资质的。"

沙利坐在皮卡的后挡板上,摘下工作手套,点上根烟。"你可以帮忙申请的,这样我们能干得快点。不过就是你会出一身臭汗,你的女朋友们会都皱起鼻子的。"

"我们不要谈论女人。"卡尔建议,的确,只要提到这个话题他就闷闷不乐。"你知道我名字里的 C. I. 代表什么吗?"

"什么?"罗布饶有兴致地问道。

"体外射精(Coitus Interruptus)。"卡尔悲伤地说。

"什么?"罗布皱起了眉头。

"这是拉丁文,罗布,"卡尔让他放宽心,"别担心,先学好英语吧。"

"如果你吃中饭的时间没有去干别的话,这些就不会发生了,"沙利说。"这个镇子过去是个美丽安静的小镇。现在所有人都要在十二点到一点之间回家,就是为了确保你的车没有停在他们家的车道上。"

"我希望他们只在十二点到一点之间检查,"卡尔说,"我想什么时候午休就什么时候午休。"

"回家看看托比吧,"沙利建议着,同时也很好奇,不知道他是否已经知道了换锁的事。"你这个混蛋,你娶了这镇上长得最好看的女人。"

卡尔抓了抓面颊,思索了一番。"一个人总要不断超越自我①,"他说道,"你记得这是谁说的?"

沙利不记得。

"哪个地方讲拉丁语?"罗布问。

有一瞬间谁也没开口说话。不过,听到罗布的问题,卡尔笑了起来。似乎和罗布说话让他心情变好了。沙利理解这种感觉,有罗布在边上,就很难感到难过。

"我在想着设立一个大学的奖学金项目,"卡尔对他说,"你应该申请。"

"我连该死的高中都没有毕业。"罗布说。他的神情有些许恼怒,些许懊悔。

"那么,你想想,你有哪项优势可以使你有资格获得这份奖学金?"卡尔问他。

---

① 出自罗伯特·布朗宁的诗歌。

这个问题难住了罗布,他看向沙利寻求援助。"别听他胡扯。"沙利告诉他。

"我不相信这活才干了这么点?"卡尔说。他看着还剩下的巨大的、堆成金字塔型的砖块说道。

"我不相信有人会先把这堆砖卸到这里,"沙利回答,"卸在已经盖好的地下室边上。"

相比昨天的蠢事,卡尔·罗巴克更关心今天的蠢事。他似乎没听见沙利的话。"以这样的速度,你们圣诞节也干不完。"

"那么,你就知道把我的圣诞节礼物送到哪了,"沙利说,"不要太麻烦,把欠我的钱还我,就够了。"

卡尔似乎没有听到,他的注意力转移到他脚下的一个细节上。泥地里有两块砖,是三个小时前沙利放在车尾的。两块砖放的位置,好像就是要人弯下腰捡起来似的。只是,当卡尔·罗巴克试着搬动砖块的时候,他发现这砖已经冻在地上了,不可撼动,就像头一天在几尺外的地下室铺的水泥砖块一样结实。卡尔看了看沙利。沙利正对着他笑呢。

"继续,"沙利说,"搬起来。"

"你想看我心脏病再发作一次,是不是?"

沙利对他的这个说法嗤之以鼻:"别担心,你就没有死在工作岗位上的命。"

卡尔显然同意沙利的判断,或者他不大想和沙利争论这个,但他向后倚靠着埃尔卡米诺,借着力,继续用平底鞋的后跟踢着砖块,想要移动它。从他们站立的地方,只能看到高速公路对面的"终极逃亡"广告牌的顶端,它位于进城的方向高速路的旁边,离他们八百多米远。"等他们开始盖那狗娘养的东西了,我就会感到舒坦许多。"

沙利顺着他看的方向,穿过卡尔的住宅建筑工地,穿过四个车道的公路支线,一直望到了那个小丑的头。"告诉我,"沙利说,

"街对面就是乐园,谁会买这些房子?你应该祈祷他们永远也别开工。"

"沙利,沙利,沙利,"卡尔说,"你就是看不懂这个世界。"

沙利不得不承认,卡尔说的也许是对的。

"他们一旦在那边动工了,就会需要到路这边购买各种商品,就需要把车停放在停车场,那里的停车费可不会便宜。"

"那么,你为什么要盖房子?"

"他们会花更多的钱。"

沙利仔细想了想。当然了,这是典型的卡尔·罗巴克的推理方式,沙利可以感觉到,卡尔的父亲——肯尼·罗巴克一定气得在坟墓中翻了个身。那时,肯尼·罗巴克每天工作十八个小时,勤勤恳恳地建立了这家公司,如今却落在了这么一个挥金如土的无赖儿子手里。"如果他们不盖那个乐园,会发生什么呢?"

"别乌鸦嘴!"卡尔说。

"嗯,"沙利说,"我相信你会同往常一样走运的。"

卡尔看着似乎在仔细思量沙利这话,确定是不是可信。克莱福·皮尔普斯信誓旦旦地和我发誓说:"这事快有眉目了。"

"那么你相信克莱福·皮尔普斯?"

"他陷得比任何人都深。找他的投资人能从这里排队一直排到得克萨斯州,"卡尔说,"有麻烦的倒是无忧宫,去年夏天他们钻出的温泉已经要干枯了,所以他们应该把那地方叫作无脑宫。"

罗布皱起眉头。

"这是法语,罗布,"卡尔解释说,"你可以学完英语和拉丁语之后,马上就学法语。"然后转向沙利说:"你想明天给纳尔逊街上的房子安装灰胶板吗?如果你想要这活儿,我可以让兰迪明天早上把材料带过去。"

"明天是感恩节。"罗布说。

"没人在和你说话。"沙利告诉他。实际上,对于明天要不要干活，沙利举棋不定。一方面，如果干活，他不仅可以挣钱，还可以有借口不去那个不欢迎他的地方——薇拉家。还有，在节日期间干活，能让时间过得快点。另一方面，他不喜欢安装灰胶板，况且，他还不知道，今天的劳动会不会让他的膝盖有什么不良反应。

"我不在感恩节干活，我就想说这个。"罗布坚持说。

"没人请你干活，"沙利提醒他，"如果有人请你了，你才可以说不。"

他转向卡尔。"感恩节干活要给双倍工资吗？"

"做梦吧。"

"那么你走开，别烦我们，"沙利说，"他妈的你自己去装吧。"

卡尔按摩了一下太阳穴。"为什么每一次小小的对话你都要这么盛气凌人呢？我为什么要付你双倍工资？"

"明天是什么日子，罗布？"沙利问。

罗布看着更困惑了。他以为，刚刚已经说过了。"是他妈的感恩节。"他说。

"闭嘴，罗布，"卡尔说，"没人在和你说话。"

"沙利刚刚和我说话了。"

"什么时候？"卡尔说。

"刚刚。"

"刚刚什么时候？"

罗布一脸委屈看着要哭的样子。

"让我生气的是，沙利，"卡尔说，"之前你都不知道这是感恩节。看在上帝的份上，你没有家。我主动帮你的忙，使你二十四小时内免得惹麻烦。结果你呢？你居然勒索我。"

沙利犹豫了下，整理着思绪，他要告诉卡尔几件事。比方说，他儿子回来了，令人惊奇的是：尽管各方人等都希望他不能出席，但他的确收到了一份感恩节邀请。他还想告诉卡尔·罗巴克一件他自己也许都不知道的事：是他，卡尔·罗巴克，在这个特殊的感恩节当天没有地方可去,因为现在挂在埃尔卡米诺点火开关上的那串钥匙中,没有一把钥匙能打开他家的大门。

卡尔返回到埃尔卡米诺,发动引擎。"妈的,"他骂道,"好吧,一点五倍的工资。就当是圣诞节的奖金。"

"把欠我的钱还给我,这是诚信问题。"沙利建议他。

卡尔假装没听到。"一点五倍怎么样?"

"我会考虑考虑的。"沙利说,虽然他知道自己会接受这份工作,而且也知道卡尔知道他会接受。

"这是两个人的活。"卡尔说,不由得朝罗布的方向点了点头。

"在感恩节这天我可不工作。"罗布固执地说。他这个样子,让不明就里的旁观者觉得,劝他改变主意只是浪费时间。

"如果我请他工作,他会的,"沙利向卡尔·罗巴克保证,"是吧,罗布?"

"好吧。"罗布回答。

卡尔悲伤地摇了摇头,似乎是在表示,在这个差强人意的世上活着,是对人性永久的考验。"我看到你们还是用了胶合板,"他边换挡边说,"按照我对你们的了解,我还发誓你俩根本想不到这点子呢。我猜你们肯定是颠碎了第一车,我过来就是想看看我能不能救出余下的。"

沙利没有看罗布,他根本看都不用看,他看到过太多罗布差点吓得屁滚尿流的表情了。幸好卡尔·罗巴克没有注意他。沙利和罗布看着埃尔卡米诺拐过弯,一路砰砰砰砰地回到黑色的柏油马路上,就在这时,他们注意到有一辆黑色的轿车停在路边。有一阵,沙利曾模糊地察觉到那辆轿车停在那里,但是不确定它停了多长时间。当埃尔卡米诺蹦跳着上了柏油路,向城里开去时,那辆黑色轿车也起步,尾随而去。

"你猜,那车上是谁?"罗布问。

"有可能是哪个人的丈夫。"

他俩返回去继续干活，直到皮卡装满货物准备运走前，两人沉默着，一言不发。也不管天冷不冷，当罗布爬上车坐到沙利旁边时，沙利摇下了驾驶室的车窗。罗布一到天冷的时候就会变得勇敢。"我希望他真能颁给我那个奖学金。"罗布说。

残月悬空，月亮时而钻进云朵时而露出，寻找着光亮，寻求着夜的伙伴。伴着夜色，他们装了最后两车。等他们总算把活干完，已经快七点了。为了自娱自乐，罗布继续许着愿。从五点开始他就希望天不要黑下来。他希望他们能停下来吃吃晚餐，因为他们到目前为止连午餐都没有吃过。他希望能吃到白马酒吧的芝士巨无霸汉堡，就是那种夹了好多好多洋葱、一大片芝士，还有生菜和番茄的汉堡，这种汉堡大到必须要把嘴张到最大才能咬上一口。他还希望能吃到凉拌卷心菜，还有薯条——刚刚出锅的薯条，上面粘着盐，吃起来不咸不淡，正正好的那种。他希望没有答应在感恩节这天工作。他希望他们之前能考虑到在他妻子下班之前就把车还回沃尔沃斯的停车场上，要不然她就只好走回家了，到时她肯定会非常生气的，她一生气，就不会让他的"下面"好受。这所有的愿望中，只有这最后一个还值得许许。

"我们在白马酒吧停一下。"在卸掉了最后一车砖块，沙利付了他钱后，罗布说道。罗布不喜欢钱就躺在那里，他喜欢钱能动起来，能运转起来，比如去买个双层芝士巨无霸汉堡和生啤。他喜欢在妻子发现他有钱之前就将之花掉。

"我不去了，罗布，"沙利说，"我累了，身上脏得要命，闻着几乎和你一样臭了。"

"那又怎样？"罗布说。他身上的臭味并不会让他感到自惭形秽。"就是去下白马酒吧而已，你不饿吗？"

"实际上，我累得连吃饭的力气都没有了。"沙利起初回来工作的热情，被他现在疲惫不堪的身体状态打败了。当初他居然还那么乐观地认为没有罗布，自己一个人也能干完这活，现在想想那种场面简直难以想象。

"人怎么会没力气吃饭呢？"罗布说。

"也许过一会儿我会想的，"沙利说，"替我问布茨好。告诉她，她嫁给了这么个笨蛋，我为她感到难过。"

"我真希望我不必回家见她，"罗布说着钻进了妻子的庞蒂克轿车，"她会狠狠打我那里的。"

"躲一躲嘛，"沙利给他建议，"反正她攻击的目标也不大。"

沙利楼上的房间和楼下贝丽尔小姐的房间结构完全一样，不过这也是他们唯一的相似之处了。楼下的公寓挤满了贝丽尔小姐沉重的橡木家具、陶瓦罐、柳条编的大象，墙壁是新糊的壁纸，墙上挂着镶着印刷品和博物馆海报的相框，桌上摆着幽灵船模型和华丽的花瓶，还有从旅游中带回来的无数的纪念品。而楼上沙利的房间，却空空荡荡、朴实无华。实际上，现在这房间与他很多年前带着家具搬进来的时候大同小异。那天早上，一小时不到他就搬完了家。随他一起搬来的，只有为数不多的几样东西，这更凸显出房间的天花板之高，空间之大，他在硬木地板上走来走去，还能有回声。那时候他已经四十八岁了，他成年后住的几乎都是又黑又窄、布满家具的地方，这正对他的胃口。露丝一直都催他找一个体面的地方住，说是这病态的环境会让沙利际遇不佳。他没有与她争论，不过也没有搬家。无论是那时，还是现在，他都没弄清楚是什么使他际遇不佳，但他怀疑并不是他的居住环境使然。实际上，导致他搬家的唯一原因是发生的那场事故。一天下午他出门去买烟时，把自己的最后一支烟点燃后，抽了一半放在了烟灰缸里，而烟灰缸就摆在破旧的沙发扶手上，结果可想而知。

街角的小店只有两个街区远,所以沙利步行去买烟,在路上碰到几个熟人,就停下闲扯了一会儿。自上一个活干完后,他还没有找到新的活,所以没什么特别急的事。他在商店里买了一包烟,和在收银台边上消磨时间的警察聊了一会儿。当火警报警器响起来时,警察走了,因此沙利趁机和雷赌了一局双重赌。对雷这个听天由命的悲哀的小店主来说,这是他最后一年与IGA连锁超市竞争了,因为明年赌马场就要开张了,这就意味着巴斯街上的三个社区杂货店将正式关门。当消防车呼啸而过时,雷说:"这大白天的,看上去有什么刺激的事情发生了。"

"也许我们再站一会儿就知道了。"心不在焉的沙利边说边点着一根烟,此刻他能感到在他意识的尽头,有一种危险感袭来,他努力想弄明白他这遥远而又模糊的不安源于何处。随后,他和雷道别,往家里走去。当他走到家附近时,发现救火车歪歪斜斜地停在自己住的街角处,不知为何,警报声已经停了。人们奔跑着穿过十字路口,沙利看见屋顶上一股黑烟升起,远处又传来火警声,一辆警车飞驰而过。

等沙利走到的时候,一大群人已经聚集在那里看燃烧着的房子。只见火焰蹿出窗户,射向低沉的黑色天空。消防员们已然放弃了,他们只用水龙头浇着两边的房子,以防止这些房子也被零星的火焰点燃。损失一套房子是一回事,但是他们不想整个街区都被烧毁。沙利觉得除了加入人群中观看,似乎没有别的事可做,因此也就这么看着。

他在那里站了一会儿以后,有个他认识的人注意到了他并向他问好。"你住在这附近,是吗?"这人又问。"我就住在那里,"沙利指着着火的地方,"或者说,我曾经住那儿。"这话引得很多围观者注意到了沙利。"喂!"有人喊着,"那是沙利,他没有死,他就在这儿呢。"每个人都满腹狐疑地看着沙利。因为沙利被火烧死的谣言已经传播开了,人们已经很快接受了这个事实,感叹着人世间又发生了一场悲剧。沙利看得出,人们不情愿放弃这个想法,他抱歉地朝人群笑了笑。

房子的主人——肯尼·罗巴克,就是卡尔的父亲,终于来了。他走到沙利站的地方说:"我听说你死了,活活烧死了。"

"我希望他们不会登到报纸上。"沙利说。

肯尼·罗巴克同意道:"我想知道这他妈的是怎么发生的。"

"谣言还是火?"

"火。"

"可能是我干的。"沙利承认道。他告诉他的房东兼雇主(有时候他会为肯尼工作)香烟的事情,他模糊地记得他把香烟留在烟灰缸里,就出去买烟了。"上帝,我希望里面没有人。"他说。这房子被隔成了三个单间。下午的时候,也许屋里没有人,但是他不太确定。

"我想没人在里面,"肯尼说着又补充道,"据刚和我谈话的一名警察说,你是唯一被烧死的人。"

这时候屋顶掉了下来,把烧得通红的木板弹向午后的天空,然后又落在人群中。

"你很淡定嘛。"沙利看着他说。

肯尼·罗巴克向他靠近了一点,秘密地低声说:"这话就咱俩知道。我一直在想把这狗娘养的房子烧掉。每月花那么多钱维修这房子,要比我收的房租多多了。我就不是在这贫民窟当包租公的那块料。"

两人一直看着,直到大火把整个房子烧光。

"好吧,"肯尼·罗巴克说,"就这样了。我该回去工作了。我不知道该怎么感谢你。"

他琢磨着房东的话,又想到露丝反复让他换个体面的住所的事儿。"我从来也没把这地方当作贫民窟。"沙利说。

"那么,就只有你一个人不把这儿当贫民窟,"肯尼·罗巴克说,"听说老贝丽尔·皮尔普斯在主路上有间公寓要出租。"

这谣言后来证明是真的。肯尼·罗巴克说要感谢他,也不是随便说说的。第二天,他送给沙利五百块钱,用以买一些新衣服和家具,因为贝丽尔小姐的公寓不带家具。这所有的事情就好像天上掉下的馅饼一样不可思议,至少沙利是这么觉得的。他去了很远的一家陆海军商店——商店的后面有一家旧衣折扣店。他花了两百块钱买了内衣、袜子、衬衫、裤子和鞋子,又花了两百块钱买了一些破烂家具——一张双人床、一只快要散架的床头柜、一台裸体女性造型的落地灯、一个不大的五斗橱、一套配有塑料椅的金属餐桌、放在起居室的大沙发,还有一张只有三条腿的咖啡桌。另外那条腿大概在其他什么地方,卖二手家具的人如是说。买了这么些东西,店主为了表示感激,还赠送了他一台二手的烤面包机。当沙利把这所有财物搬到贝丽尔小姐公寓里后,他就把面包机插上看看是否能用,结果大失所望。面包机的内层线圈异常发红,因此他又拔了。从那以后,他再也没有用过那面包机。沙利只会去海蒂之家吃吐司面包,这是早饭特供的一部分。

很具讽刺意味的是,在这么一个敞亮的公寓里,沙利却把自己紧紧地局限在厨房里。就像大多数老房子一样,这房子里有间正式的餐厅,厨房却很小,放不下那套餐桌椅。不过,沙利还是想办法把它塞进了厨房的角落,所以他走路的时候总碰到桌子,一碰到他就会骂骂咧咧的。一开始他把餐桌椅摆在了餐厅里,但是这又小又变了形的金属玩意儿,摆在这么大的一间餐厅的正中央,看着太可笑了。他无法想象坐在那里吃东西的样子,连一碗麦片都不行。他还索性关掉了地上的出风口,以节省供热的开销,然后把房门关上了。他把第二间卧室——这间屋子里也空无一物,也关上了。

他很高兴买的沙发很大,因为至少这沙发占据了这空荡荡的起居室里的一些空间。他把沙发和那只摇摇晃晃的三条腿的咖啡桌靠墙放,正对着电视机,他计划一有钱就买一台。他铭记着:买电视机要买大一点的，这样他坐在这么远的沙发上才能看清楚。他又思索着：得把这粉色的花墙纸改动一下。还要有一两块地毯，这样他走在硬木地板上的嗒嗒声就可以不那么响了，因为每次家里发出嗒嗒声就好像是在提醒楼下的人他在家似的。肯尼·罗巴克给他的钱还剩一百块，所以他就出门去找便宜的地毯了。

可巧的是，他正好碰到了正要去赌马场的肯尼·罗巴克，问沙利想不想一起去，其实是强迫沙利陪他走到那儿。回来的路上，沙利决定他不再需要地毯了。他们在雷的街角商店停下来，买了一包六瓶装的啤酒，一起回到新的公寓，肯尼要看看沙利的进展。沙利把啤酒放进冰箱，肯尼·罗巴克开始哈哈大笑起来。肯尼站在空空荡荡的起居室的中间，放声狂笑，他停不下来，他从一个房间走到另一个房间，越笑越大声。在两间紧闭的、空着的房间里，笑得他的面颊上滚下了大颗的眼泪。最后，他和沙利一起挤在小厨房里，他一屁股坐在了一把塑料椅子上，因为用力过猛面孔涨得通红。"要花多久你才能把这地方填满？"

沙利从冰箱里取出两瓶啤酒，摸了一下冰箱的金属架，然后递给肯尼·罗巴克一瓶。沙利说："我不确定这冰箱是不是好用。"这话又让肯尼一通狂笑。

离肯尼·罗巴克第一次看到沙利的新公寓，已经过去整整十二年了，他离开人世差不多这么多年了，这对沙利来说一切过得似乎太快了，有点难以置信。但有一点是确定无疑的：如果肯尼现在还在这间公寓里，他还是会这么狂笑一阵子。因为这间公寓里，除了一小块地毯和一台装在白色电视柜里的尺寸很小的电视机外，其他都一如沙利刚搬进来的样子。至于那粉色的花壁纸，沙利也只是任由其自由剥落。

今晚亦如往日，沙利精疲力竭，无暇顾及其他。他把水温调节到自己能承受的最热的程度，然后脱了衣服，爬进淋浴间，任凭热水在肩膀和腰部流淌。片刻之间，热腾腾的蒸汽将他拉回尘封了四十年的童年时代。那是一个星期六的下午,沙利的父亲带着他和哥哥帕特里克,去斯凯勒温泉镇新开的基督教青年旅社游泳。他们每个月去一次,目的是要争取到会员卡。沙利的父亲原本没有想让儿子们参加,不过既然是免费的,那么就……除此之外,他还发现星期六下午,旅社后面有组织打扑克。所以,当沙利和哥哥在楼下泳池里玩得不亦乐乎时,他们的父亲就留在楼上玩扑克牌。更衣室里很冷,地面光秃秃的没有铺地毯,泳池的救生员先让每个孩子淋浴,然后让他们站浴池边接受检查,只见孩子们哆哆嗦嗦地等待着,等待着被检查头上有没有长虱子。检查过后再让他们宣读泳池的规则:如不许奔跑,不许推搡,不许在浅水处跳水。有些孩子被发现身上还是没洗干净,又被勒令回去再洗一次澡。干净的孩子,包括沙利和他哥哥,就得等着他们。

那时候的沙利才八岁,他不停地哆嗦着,到最后他们被允许跳进泳池里时,他都一直在哆嗦。水很冷,他是年龄最小的孩子之一。所有这些规则都让他感到害怕,他怕无意间就违法了哪项规定会被赶出去,而比他大四岁的哥哥却可以继续留下来。大楼地下室的过道像迷宫一样,沙利怕再一次找不到他的储物柜,找不到父亲。还有,有两个年纪大的旅社住客被允许和孩子们一起体验这免费游泳,这两个人都没有穿泳衣,这也让沙利感到害怕。即便哥哥给他解释说这没关系,这里都是男人,没有女孩子,所以没人看你,但沙利仍战战兢兢的。他想尽办法想要尽情玩耍,可是他的嘴唇发青,身体不停地哆嗦,有个救生员看到他这个状态,命令他去冲一个热水澡,让自己暖和起来。

在铺了瓷砖的淋浴房里,他站在强力淋浴花洒下,让热水冲洗身体,直到水变冷,他才换到对面的淋浴房里。每次热水变冷了,他就换一间,不一会儿工夫,浴室里就升起了厚厚的蒸汽,舒服极了。沙利让自己在温暖潮湿的蒸汽中徜徉,不去在意时间的流逝,只有当热水变冷了以后,他才从想入非非的幻想中抽离出来,换到另一间淋浴房里。沙利把两个小时的游泳时间都花在淋浴房里,此时耳边回荡着泳池里孩子们的尖叫声,他不想从淋浴房里出来,不想回到冰冷的水池里,也不想冒险踩着冰冷的水泥地,去找锁着他们衣服的更衣室。

回巴斯的路上,沙利坐在车后座上,还在哆嗦不停。父亲坐在前排,开着专门为了这趟行程借的车,当帕特里克向父亲告状时,父亲说道:"倒要看看以后我还带不带你来?"说话的时候,他嘴里的酒味扑鼻而来。回家后,沙利就病倒了,病了整整一个星期。

沙利公寓的热水没有浴池那里持续的时间长,不一会儿就没热水了。他从浴室里走出来的时候,感觉好像要生病了,这可能是他为什么又想起留在记忆深处这么多年的事的原因吧。他怀疑,这有可能是他需要的另一个憎恨父亲的理由吧。也不知是为什么,从他从梯子上摔下来那一刻开始,父亲的魂灵就越来越频繁、越来越清晰地造访于他。

好消息是,他的膝盖并没有感觉那么糟,他无数次地思考着是不是他的身体异于常人。因为每当刚干完活时,他都感觉膝盖的状况还不错。但从他的经验来看,第二天早上就要遭殃了。

这就意味着他要马上去找乔可了,因为他的止痛药泰诺或者别的什么药,不剩多少了。有时候乔可会将给病人开的止痛药装进贴有标签的瓶子里,但并不经常这样做,至少对沙利他没有。如果沙利需要什么药来缓解疼痛,乔可并不会像其他医生那样按照手续来开处方药。如果他手里有药,他认为沙利会有兴趣试吃一二,他会把一只装满药片的亮晶晶的塑料试管偷偷塞进沙利的外套口袋里。然后把医嘱口头悄悄告诉沙利:"拿着,吃这些药。"

在楼下,贝丽尔小姐穿着睡袍和拖鞋正在走廊上等候着他。原本身材就娇小的她,站在宽敞的房门通道处,就更像小矮人一般了。她的手里攥了满把的信件,沙利一眼就能看出,大多数都是垃圾邮件。他经常几个星期才查一次邮箱，然后，粗略地瞥上一眼，不管这些积攒的邮件是什么，就都统统扔进垃圾桶里。因为他知道想要找他的人会在白马酒吧给他留个信息，那些和他不熟的人不知道有这种方式，所以写信的大多是些他不想见的人。沙利没有信用卡，而且他的公共缴费都包含在了贝丽尔小姐的房租里，所以他也不用操心费用账单。以他的观点，他和地方邮政没有半毛钱关系。连他的名字也不在邮箱上，实际上，他不乐意把名字贴到上面，因为他压根就不鼓励邮递员送信。时不时地，贝丽尔小姐会替他把堆积起来的信件收起来，然后一起塞给他，就如她现在正在做的一样，她把在她看来最重要的放在最上面。她手里这沓信件里，放在最上面的是北巴斯镇寄来的税务文件，毫无疑问，这是在提醒他有责任承担父亲死后留给他的那套房产的所有税务。沙利懒得打开信件搞清楚这件事。他匆匆翻过一遍，确定他的残疾人支票有没有藏匿其中。有一次，他在匆忙中扔掉所有垃圾邮件的时候，一张支票也随之不翼而飞了。

"你手边有笔吗？皮尔普斯太太。"沙利问，他十分清楚，门边的玻璃杯里放了好几支笔。实际上，贝丽尔小姐已经事先预料到了他会如此，于是不满意地把一支笔递到他面前，然后他在税收那个信封上，用大写字母写了"**退回原址**"的字样，并把剩下的垃圾邮件扔进了贝丽尔小姐门边上的装饰垃圾桶里。

"你是这个宇宙中最没有好奇心的人。"贝丽尔小姐评价说。在这种场合，她总是这么说。"难道没人告诉过你要挖掘事情背后的真相吗？"

"可能在收信这件事上，你运气比我好，"他说，"到目前为止，我收到的邮件有入伍通知书、离婚文件、陪审团义务函，还有我可以想起的好几封恐吓信。而我所知道的好消息都是从别人口中得知的。"

贝丽尔小姐摇了摇头，认真看了看她的房客。"不管怎样，你看上去好多了。"她说。

"比什么好多了?"

"比你刚进门的时候。"一直站在窗户那里看着他的贝丽尔小姐说道。

"真是漫长的一天,贝丽尔。"沙利承认着。

"会越来越长,"她告诫他,"我一个礼拜读了五本书来打发时间。当然了,有的书我只读了一半,我发现这书以前读过的时候,就不再读了。"

"谁说的'一个人总要不断超越自我'?"沙利突然想起了卡尔引用的那句话。

"我说的,"她说,"整个八年级都在说。在我之前,是罗伯特·布朗宁。他只说了一遍,不过他的听众要比我的强多了。"

"他教几年级?"沙利笑了。

"我打赌你说不全这句诗。小伙子。"

"我以为已经全了。"沙利认真地说。

"今天下午你有访客。"贝丽尔小姐说。

"真的吗?"沙利说。几乎没有人找他。认识他的人都知道在海蒂之家、白马酒吧、赌马场更有可能找到他。

"是个顶着一对大胸的年轻女人和一个小女孩。"

沙利刚想说他不知道这是谁,但突然又想到了什么。"那小女孩是不是有一只眼睛不好?"

"是的,可怜的孩子,"贝丽尔小姐证实道,"她妈有一张大嘴和一对大胸。"

虽然沙利觉得这评价对露丝的女儿来说不够可观,但这确实是她给人留下的第一印象。

"我一定是对我的人类伙伴失去耐心了,"贝丽尔小姐继续说,"我完全赞成把对孩子严苛的人都处以绞刑,过去我会倾向于只把他们的脚砍下来,现在我想让这些人从世界上消失。如果这事儿还继续发生,我就马上转投共和党。"

"你真是越老越刻薄了,皮尔普斯太太。"尽管沙利觉察出下午的会面让她不悦,但仍试着和她开着玩笑。"她没说想干什么?"沙利问,有些怕怕的,他不觉得露丝的女儿会和贝丽尔小姐透漏什么。

"我觉得你不在家她很高兴,"贝丽尔小姐告诉他,"她给我的印象是她刚从人渣丈夫那里逃出来。"

"这倒能对得上。"沙利承认,他想起来,夏天的时候,当简第一次离家出走时,沙利告诉过露丝,如果她女儿和孩子需要一个她丈夫找不到的地方,就到他家来。"她嫁给了斯凯勒温泉的一个混蛋,那可是个拘留所的常客。"

"那么,"贝丽尔小姐说,"如果是这样,那我就放心了。我一开始还以为是你把这年轻人的肚子搞大了。"

"贝丽尔啊,年轻人都看不上我了。"沙利告诉她。说着说着,脑子里就闪现出托比·罗巴克来,今天下午一直都这样。"我倒希望一两个年轻人能看上我。"

"这位先生,你是个混蛋,"贝丽尔小姐对他说,"我一直都想对一个男人这么说。"

沙利点了点头,接受了对他的控诉。"我认为你的确是共和党。"他说。

"我不是,"贝丽尔小姐告诉他,"小克莱福才是,他父亲过去也是。老克莱福在很多方面都很固执。"

"但他人不坏。"沙利回忆着。

"不坏,"贝丽尔小姐若有所思地承认,"我很怀念和他争辩的日子,我花了一辈子的时间说服他接受我的思维方式,有时候我在想,他死了就不必承认我是对的了。"

沙利走了以后,贝丽尔小姐回到起居室的椅子上坐下。她刚才在读书,椅子正对着她很少打开的电视机。电视机上是大小两个克莱福,一个是她过去的最重要的人,一个是现在的。"你的确是个老顽固。"她告诉丈夫。老克莱福是一个不善言辞的人,从来也不是。所以与贝丽尔小姐辩论,他从来就没赢过。贝丽尔小姐则不同,她聪颖伶俐、巧舌如簧,总是把他逼入困境,然后迅速结束争辩。因此,老克莱福在他们婚后没多久,就学会了不与一个对别人吹毛求疵、逻辑能力极强的女人一般见识。"我有我的理由。"他学会了这么说,同时脸上还伴以一种讳莫如深的表情。

他死的时候,脸上就带着这种表情。贝丽尔小姐赶到出事现场的时候,他的脸上依然带着这种表情。奥德丽·皮奇一个急刹车把老克莱福甩到前挡风玻璃上,然后又甩回来,撞在了座椅上。因为脖子折断了,他的头弯成了一个奇怪的角度,似乎是在思考,似乎仍在说着"我有我的理由"。这二十五年间,贝丽尔小姐一个人留在这世上,揣测着他的理由。

"而你……"她对儿子说,她说话的声音越来越轻。

贝丽尔小姐手里还拿着那封沙利写了"退回原址"的信。不需要打开她就知道信里写了些什么。在她卧室里有一只金属盒子,盒子里有一只标有"沙利"字样的牛皮纸文件夹,回屋睡觉时,她会把这封信和其他信放在一起。"我做的是对的,"她对两个克莱福大声地说,"你俩就别说了。"

沙利喜欢白马酒吧,原因之一是它有一扇黑不溜秋的窗户,窗外带有"黑方啤酒"字样的灯箱已经不亮好多年了。进去之前,沙利可以从这扇窗户外面窥到酒吧里都有谁。有些晚上——比如今晚——他想一个人待着,不太想和人交流。他只想吃饱了上床睡一觉,或许再喝一瓶啤酒也不赖,但如果喝了一瓶,那么最终就会半箱进肚。今晚,他快速地向屋里一扫而过,一切都尽收眼底。不出所料,维尔夫在里面,他一定准备着要给沙利讲一通道理,劝他不要退学,如果他回来工作,一切就全搞砸了之类的话。他没想到卡尔·罗巴克正稳稳地坐在吧台的一个角落里,这不是个好兆头。卡尔一般都去斯凯勒温泉喝酒,只有他要找人的时候才会跑到白马酒吧来,通常他要找的人就是沙利。而且沙利知道,如果卡尔要找他,那么他最好是马上消失。当然了,卡尔还欠他今天一半的工钱,不过这可不是卡尔要找他的理由。肯尼,卡尔的父亲,是那种会到处找人去还债的人,而卡尔只会到处找欠他钱的人。或许他来这里是因为他被锁在了门外,但是沙利不准备去冒这个险。

卡尔从吧凳上下来,起身去上卫生间,沙利躲开了。他又探头往里看,正巧看到卡尔进了男卫生间。以前沙利没有注意,现在他突然意识到,看到卡尔,总让他想起他的父亲肯尼,尽管体型只有肯尼的一半,而且肯尼十足是个顾家的男人,可不是个花花公子。他发现自己希望往卫生间的小便池里小便的那个人是肯尼,而不是他儿子。如果是肯尼,沙利会很乐意和他聊天。你把他的房子烧成了平地,他一点儿也不怪你,这种人一定有不少可圈可点的地方。

这个时候,另一个还没打烊的地方,就只有隔了几家门店的杰里比萨店了,不过平时在那里混的都是半大的孩子。平时,沙利更喜欢在白马酒吧来只油腻腻的汉堡,不过沙利这时候看见杰里的门口没有小孩子的身影,所以他想去那里碰碰运气。毕竟,今天晚上是感恩节前夜,也许小孩子都回家了,自动点歌台发出的刺耳的重金属声终于可以消停一次了。此外,露丝可能还没下班,无论如何,他终归要见她一面的。也许他正好赶上她心情愉悦,也许他看见露丝就不会总惦记着托比·罗巴克了,这还是有可能的。也许去打听一下为什么简下午会到他的住处来,也不失为一个好主意。

可喜的是,杰里店里空无一人。沙利选了一个从大街上看不到他且远离自动点歌台的座位坐下。自动点歌台此刻寂静无声,但依然闪着耀眼的红光,似乎在从它不习惯的安静的环境里积累能量和恶意。"沙利!"厨房里传来一声大叫,"感谢上帝我们还没关门!"

声音来自文斯，杰里的老板。文斯的哥哥在斯凯勒温泉有一家一模一样的比萨店，叫文斯比萨店。斯凯勒温泉店的生意更兴旺，哥俩打赌谁赢了巴斯和斯凯勒的篮球赛的赌注，谁就在下一年经营斯凯勒温泉比萨店。文斯赌他的母校巴斯赢，结果连续十年都输了，把旺店输给他的哥哥经营了十年。杰里总是在给文斯让分，但总也不够。哥俩都是大块头，身体结实，胸脯的毛发比头上还多。两人长得很像，这些年来，人们开始分不清他们谁是谁，一个是因为他们的体型相似，另一个原因是他们在这十年里经营着对方的店。与打赌而失去旺店相比，文斯似乎对于失去自己的身份要更介怀。因此，沙利感觉到了这点，喜欢上了用他哥哥的名字称呼他。

"有人吗？"沙利喊着，用胡椒瓶敲着座位的后背。

厨房门开了，露丝出现了。她看着不像是很开心。她花了一分钟才在店的尽头找到沙利，"不知道把一个不识字的人送去大学读书有什么意义。"她边说边指着放在店中间的"**区域关闭**"的牌子。

实际上，沙利没看到这个牌子。他只是想找个地方，避免熟人从街上看到他过来搭讪。"对不起，"他说，"我只是想远离自动点歌台，仅此而已，"露丝走过来的时候他又说了句，"我不再去大学上课了。"

"我听说了，"露丝说，"早些时候，维尔夫在找你。"她就站在那里，很明显，不像以前他们是朋友的时候，那时她会一下就钻进卡座里。沙利知道，他们最终会就回来工作的事情吵上一架，不过不是现在。这是其中一个沙利喜欢露丝的地方：她知道时机不合适，就不会说。他不喜欢她的地方是，她有一个本事，她能够什么也不说，就把心里怎么想的都表现在脸上。比如现在，她就在想他回去工作并非明智之举。事实上，也可能并非如此。但令人遗憾的是，对他来说事实就是如此。她就是这么认为的。

"不管怎样，你身上的气味不错。"她说，最后还是钻进了卡座。

"你也不错,"沙利说,对她一笑,"我一直都喜欢比萨的气味。"

露丝坐着,点点头,笑了一下,她这心知肚明、不悦的笑容,从来不是什么好兆头,但沙利依然觉得她挺好看的。沙利发现自己心里暗自希望着两人越早开吵越好,因为早吵早完事儿。毕竟他想她了。

"青春,"她现在告诉他,"是你喜欢的味道。"

这话听着奇怪,哪怕按照露丝的标准也是奇怪的。沙利意识到自己眯起了眼睛,想摸出个门道来。的确,露丝比沙利小十二岁,但是他很清楚,从她的语调里,他听得出她不是在指自己。

"那么,"尴尬地沉默了片刻,她说,"今天工作怎么样?"

"不轻松啊。"

"今天你那地方也硬了吧?"露丝脸上会意的笑此刻已经变成了恶意的笑。看着沙利窘迫不安地眯着眼睛的样子,露丝很开心。

"有没有办法让我加入这场谈话中呢?"沙利问,"你在和哪个小子聊天,不带我呢。"

"喂,"露丝说,"我就是想知道你今天怎么样了。我想也许你和你的老相识又碰面了,哦,不对,是一个年轻的新相识。"

现在就有头绪了。有人看到托比·罗巴克开车送沙利回城里,告诉了露丝。就在八月沙利不再给卡尔干活,准备去大学上课之前,露丝就指责沙利迷恋卡尔的妻子。这倒是不假,但露丝的指责还是太出人意料了。沙利有时候会想,也许露丝有超能力。有那么一两次,他曾指责过她这超能力,但是露丝说想要弄明白沙利的想法,根本不需要特异功能。

"你有没有意识到?"沙利问,"我俩在一起时间那么久了,镇上的人都把我俩当作一对了。他们以前把我俩的事讲给扎克听,现在他们把我的行踪报告给你,只是我很好奇,你都听到些什么?"

"很显然,这是一种变态的关系,"她继续说,"眉目传情、相互挑逗是进行鱼水之欢的前奏。"

沙利笑了。"我累得连前戏都干不了，露丝。"

"我很高兴，"露丝严肃地说，"如果你背弃我去爱上一个啦啦队队员，我可受不了。你要吃点什么吗？"

"海鲜意大利面，"文斯的声音从厨房间传来，文斯拥有常人没有的听觉。听说他能在一群尖叫的孩子还没有开打之前，就从热烘烘的厨房出来，昂首阔步地走过喧闹的饭店，在打架的人挥出第一拳前，就把两边的架劝开。后来他解释说，其实他一直在听他们说话。"他想吃意大利面加蛤蜊。我每个星期会扔掉两打该死的小蛤蜊，就是为了等他一个月来一次的时候，能让他吃到海鲜意大利面。"

"你想没想过，我也许想换点别的口味呢？"沙利向厨房门喊着，"五年前我买了你半打坏掉的蛤蜊，之后你也不能让我每次来都要点一份海鲜意大利面来将功赎过吧？！"

"如果不是为了你，我连一只蛤蜊都不会买，你这个忘恩负义的家伙，"文斯大声喊着，"随便，你想点什么就点什么吧，这还省我事儿了呢。你要点海鲜意大利面，我还得去翻垃圾桶把蛤蜊给你找出来呢。"

"那我就吃这个吧，"沙利说，"如果吃这玩意儿会让你多费劲多干活，那我就吃。"

"一言以蔽之，这就是唐纳德·沙利文的生活……你吃完了别跑。"露丝说，脸上又严肃起来。

"没事吧？"

"有事。"露丝向关闭的厨房方向点点头，意思是，她并不想当着文斯的面说这事。沙利有些担心，因为基本上没什么事是不能当着文斯的面说的。

沙利的海鲜面吃到一半时，维尔夫走了进来。他站在饭店的中央，用他那条假腿转了个圈，要走的时候，他一眼看见沙利独自一人坐在黑暗里，那是饭店已经关闭的区域。"你在那后面干吗呢？"

他疑惑地走上前坐了下来，问沙利。从他的样子可以看出，维尔夫已经喝得半醉了。

"我就想安安静静地吃顿饭。"沙利说。

维尔夫同情地点点头，很明显，丝毫不觉得，沙利的这个说法和他有什么关系。他摘掉手套，取下围巾，放在窗台上的塑料植物边。"我看见你在白马酒吧探头探脑的，转眼你就不见了。我大概已经在这条街来来回回走了好几趟了，想知道你到底去哪了。"

沙利用叉子卷了一卷面条，"你应该放弃的，维尔夫。"

"昨天的事情后，我就担心你往不好的地方想，会自暴自弃了。"维尔夫说。沙利把面条举到嘴边的时候，维尔夫像一只满心期待的狗狗一样看着他。维尔夫的脑袋已经被酒精整得糊里糊涂的，整天忘东忘西的。他经常忘记吃饭，食物对他没有吸引力，除非看见别人在吃的时候，他才有了兴趣。然后脸上就会泛出期许的表情，好像他突然回想起逝去的爱情一般。

"帮我吃点吧。"沙利对他说，座位是二人座，露丝还没有收掉另一副刀叉，所以维尔夫只需要一只盘子就行了。沙利已经吃完了沙拉，就把沙拉碗推到维尔夫面前。维尔夫把碗里剩下的一点油醋渣倒进旁边的塑料植物里，用叉子和勺子把剩下的一半面条都夹到了碗里。"你把蛤蜊都吃光了？"他说，瞥了一眼那堆蛤蜊空壳。

"我又没想到你会来，维尔夫。"沙利说。

"我就想吃一个，"维尔夫说，"我讨厌黏糊糊的东西，但是我一直在想，总有一天我会惊奇地发现自己会喜欢上这些黏黏的东西。"

"那么我很高兴它们一个都不剩了。我一直都很喜欢蛤蜊。"沙利说着把面包篮往维尔夫面前推。

"干吗那么小气，"维尔夫说，用叉子指着沙利，"别抠抠索索地活一辈子。"

"好的。"沙利说。

"蛤蜊事小，但是原则事大。"维尔夫解释道。

"我可以再给你点一份蛤蜊。"沙利主动说,他没想这么做,不过他有表示就可以让维尔夫感到难为情。

"这该死的厨房已经关了!"文斯大声喊着。

"这家伙耳朵像雷达一样,"维尔夫说,"政府应该安排他到山顶上,让他监听外太空的声音。"

"那地方真适合他。"沙利同意道。

厨房里悄无声息。过了一会儿露丝过来了,把一盘蛤蜊放在维尔夫面前,这盘蛤蜊是生的,壳紧紧地闭合着。

"你怎么能忍受这个狗娘养的靠不住的家伙的。"维尔夫问她。

"很容易,不见他。"露丝说。

"那么,"等她走了,维尔夫问,"我听说你回去上班了。"

沙利把盘子推到桌子中间。"我今天干得不太糟,听到这个消息你会高兴的。与和法官说话相比,我更喜欢干活。"

维尔夫脸上露出不悦,"昨天的庭审的确糟糕,"他承认道,"但是还有千万个方法没有试呢,我们会慢慢消磨掉那些杂种的耐性。总有一天,我们会遇到一位法官,只要他想在自己碌碌无为的人生中的某个时间节点做一件诚实的事情,那么我们就胜券在握了。"

"等到那时候,我就七十五岁了,已经死了五年了。"

"看看,"维尔夫又用叉子指着他,"你老往坏处想。我想我们已经达成了一致,你边去学校上学,边等着判决的结果。如果他们发现你现在在干活,那我们就真的完蛋了。听我的,学精点儿,少安毋躁,"

"维尔夫,你这才是馊主意。"沙利指出来。

维尔夫叹了口气,摇摇头。"我为什么对你这么执着呢?"

"这的确是个问题,回家去想吧。"

现在他们相视笑了笑。"老天。"维尔夫回过神。

"是的。"沙利附和。

"卡尔悄悄付你钱了吗?"

"你必须要问吗?"

"就是别写下来,妈的,千万不能写。"维尔夫严肃地建议他。

"听着,你不用告诉我要私下里交易,"沙利提醒他,"在唯一做过的那次正当交易中,我受了伤。"

他说的不完全是真的,但也与事实很接近了。沙利有无数个财务问题,其中一个就是,他干的活很少有记录在案的,所以付的社保也很少,这导致他退休时候的社保金和养老金少得可怜。这也意味着,他必须得加入靠社会福利和食品券过活的行列。问题在于,他认识太多靠公共救济金生活的人了,他不想成为其中的一员。因为要想领到救济金就得排长队,填表格,一项又一项,烦琐至极,对这两点,沙利都抱有成见。他在军队里就发过誓,如果他活着回来了,就再也不去排任何队。这是他返回巴斯这个小镇的原因之一——因为小,所以没有那么多队要排。此外,吃社会福利就是在乞讨。这些年来,他一直都在说,如果他老到没有用了也不能自给自足的时候,他就一枪崩了自己。他脑海中能想到的或许只有两三个人能看他兑现这个诺言吧。

"如果必须的话,你就干点活,但是你要记住我们的策略,"维尔夫说,"让他们忙着做案头的功课,忙着去找你膝盖恶化的证据。总有一天他们会明白,花费这么大的精力,结果一两个诉求都解决不掉。目前法庭已经被惹烦了,昨天你听到法官怎么说的吗?"

"听上去他像是被你激怒了,维尔夫。"

"只是因为他知道我不会那么容易妥协。"维尔夫解释道。

"我懂法官的感受。"沙利说。

维尔夫没有上钩,他把沙拉碗向桌子中间一推。"如果他们开始生气了,那么你就知道你这事情有进展了。请查看《法律入门101》。"

"你上过102课吗?"

维尔夫把叉子放下,看着是被伤到了。

"我就是问一下。"沙利笑了一下。

"没有你,我一个人是不会成功的,"维尔夫恳求地说,"我他妈的在这里孤立无援,而你能做的就是把我们的努力一点点地消磨掉。"

"我让你停止,都说了好几个月了,"沙利提醒他,"我看烦了你被人家欺负。我偿还不了你为我做的一切。"

"我要你偿还了吗?"

"要了,就刚才,你吃了我一半意大利海鲜面。"

"我没要吃,是你主动给我吃的。"

"我受不了看到你挨饿的样子。我希望你走开,做点能赚钱的事情,如果我和你这样的人能打败保险公司,这世上就不会有保险公司了。这是《常识101》。"

维尔夫生气地向沙利挥了挥手,然后拿起桌子中央的蛤蜊,假装要敲他脑袋。"我想你说的是实情,"他说,"但对事情一知半解是他妈的很危险的。谁会想到你会在斯凯勒温泉社区大学学到东西呢?我更喜欢你愚蠢无比的时候。"

露丝又来了,她开始收盘子。"文斯说,你们可以到那边的白马酒吧去讨论。感恩节马上就到了。如果你们离开,他会感激你们的,"她把一叠盘子顶在胸前,"他还想知道,是什么让你认为沙利不是愚蠢无比呢?"

"第六感吧,"维尔夫告诉她,然后对沙利说,"走,和我喝一杯啤酒去。"

"对你来说,这世上就没有一杯啤酒这回事。"沙利说。

"这倒不假,"维尔夫说,"那又怎样?"

"我明天要上班呢。"

"明天可是感恩节啊。"

"我在哪听说过。"

维尔夫放弃了,他从座位上出来,找到手套和帽子。"听我说,不要正式退学,这样会让我们很被动。偶然去一下,这样可以让我们挨到明年春天,也许明年秋天。到那时候,如果运气好的话,我们会证明你是完全致残。现在应该再拍一张X光片了,还有膝盖的照片。所以挤点时间出来,把这事做完。"

沙利同意了所有的建议,好让维尔夫赶快离开。X光片不便宜,但是如果他提到钱的事,维尔夫就会硬会塞钱给他。

"走吧,我们去喝一杯。"维尔夫说。

"不去,你不明白'不'是什么意思吗?"

"下次给我留一个蛤蜊。"维尔夫回头喊了一句。

"给你你也没吃啊。"沙利提醒他,这盘蛤蜊还在桌上摆着呢。

维尔夫走了以后,露丝回来了,她悄悄地走到沙利后面那个座位,跪在座位上,给沙利按摩肩膀。"彼得还好吗?"她问。

沙利放松了下来,他太累了,想也不去想她是怎么知道彼得回来了。"我这一天过得,还有你不知道的事情吗?"

"有,"她欢快地说,"我不知道你为什么会从他的车上跳下来,跑到IGA的停车场上。"

"我以为星期三你休息呢。"他说。她白天的工作是在IGA当收银员,这说明她一定是从超市的窗户看到他了。

"从九月底开始就不是了,"她告诉他,"你以前对我哪天休息了解得可比现在清楚啊。"

"嗯,我知道我的记性糟透了,但是我记得是你说要把咱俩的关系冷处理一段时间的。"

他们是在八月的时候达成协议的。那天晚上,格雷戈里——露丝在巴斯高中读高三的小儿子,看到他俩一起从白马酒吧出来。格雷戈里对自己那晚的行踪也没有说实话,所以他对看见露丝和沙利在一起的事情只字未提,但是他俩的眼睛穿过几乎空无一人的街道对视了一下。露丝看见了格雷戈里脸上恍然大悟的表情,她马上就对沙利说,他们要安分守己一阵子了。

因此，自从八月以来，他俩就一直很规矩，露丝每天打两份工，沙利去学校上课，晚上就在白马酒吧和维尔夫还有其他的常客混，一直混到关门。实际上，他俩过段时间就会安分守己一阵，这已经成为他们关系的一种节奏了。沙利有时候想，如果他们真的能结婚（有一次真想这么干了），那么到现在他们也会成功地把双方的生活搞得痛苦不堪的。安分守己是他们都需要的，只要时间不太长就行了。

他们时而克制自己与对方保持距离是不得已而为之，因为露丝丈夫的疑心越来越重。所以，他们从来没有体验过在一起时又开心又不难过的感觉。最近，他们这种间歇性的"美德季"变得越来越长了，虽然沙利不太敢跟露丝承认，但这点正合他意。婚外情这种事，和篮球赛一样，都是年轻人的游戏，最近这几年，沙利觉得这么做很傻，很不体面。他和露丝是二十多年的情人关系，无论是他们在一起还是分开，都无法确定到底该为他们这种关系感到骄傲还是羞耻。同样，他们也无法解释他们对对方捉摸不定的需求，承认对对方有所需求远比没有更容易。他们的争论点在于是谁决定要安分守己的，是谁该为他们进入"美德季"负责，而又是谁在避开谁，谁在不理睬谁。沙利现在就感觉到这种类似的争吵正在卷土重来，而且他还感觉到输的人一定是他。

"那么你是说，你认为我说的一会儿是指三个月。"露丝说。她的大拇指娴熟地在沙利的肩胛处重重地按压下去，沙利觉得那种感觉很难形容，总之巧妙地让你觉得不那么自在。

"不是，"沙利反驳说，"我以为你是指七个月。我以为你想等到格雷戈里高中毕业离开家去读大学的时候。"

很明显，沙利间接命中了露丝的心意，因为露丝的拇指在沙利肩上摩挲着，这是沙利最喜爱的那种按摩方式。"嗯，你没必要那么善解人意的。"

"我又不是你肚子里的蛔虫，怎么能知道你怎么想的呢？"他说着,准备豁出去继续碰碰运气,因为这方法在露丝这里很少奏效。"你要把心里想的和我说。"

露丝停止了按摩,并没有立即回答。她最后说:"我想让你自己去想。如果你让我觉得,你一天不想我就没法活的话,我就满足了。如果你一天中很多次拿起电话,就是想和我说说话,我就很高兴。我喜欢这样,沙利。"

"如果你知道我很痛苦,你会高兴对吗?"沙利把她的话重新诠释了一遍。

"被你说中了。"

"那么我现在就告诉你,我想你了,你会怎么样?"

露丝又开始给他按摩。"我想我会满足的。你还要解释给我听,为什么你儿子会在 IGA 的停车场上追着你跑。"

于是,沙利就向露丝娓娓道来他孙子是怎么用《苏斯博士》打了他的膝盖,还有他收到邀请明天去薇拉家参加感恩节聚会的事儿。留沙利独自一人过节露丝总于心不忍,虽然沙利对他前妻一丁点儿责任未尽,但露丝对她仍疑心重重。直到有一天,露丝向沙利承认,尽管薇拉已经嫁给了别人,但她一直都担心沙利会和她复婚,这种担心虽毫无逻辑,但一直在她心里挥之不去,"你打算去吗?"

"我干完活会顺带过去一下,"沙利无精打采地说道,"我答应了那蠢货,明天去替他装石膏板。"

"在感恩节?"

沙利耸了耸肩。"为什么不呢?"

有太多的理由来解释为什么头脑正常的人不会在天寒地冻的感恩节去装石膏板,只是露丝不想从中摘选一二。当沙利问为什么不行的时候,他并非意指无理由可答,而是在表明,他已拿定主意,任谁拿出再多理由他都不会接受。露丝停止了按摩,坐到了座位上,面对面看着他。"要用一整天吗?"

"也许吧,"沙利回答,"今天本来半天就能干完的活,我却花了整个白天外加半个晚上,而且还是罗布干了大部分活。"

"这是你回来第一天干活,你还想怎样?"

"想要更好。"

"也许明天会好一些。"

"明天会更差的,"他诚实地跟她说,"我很确定这一点。后天会好一些,我不能用过去的节奏干活了,我已经清楚地认识到这点,我也许根本就搞不定。"

"想听听我的建议吗?"

"不太想。"

"回学校上课吧。"

沙利没有马上回答,希望用沉默让露丝相信他在认真考虑她的建议。"在学校里我赚不到钱,露丝。"他最后说。

"你现在需要钱吗?"

他摇了摇头。"此刻我不需要。但是有一天会需要的。我肯定需要买辆新卡车,也许明年一开春就买。因为来来回回开着车去学校上课,车子损耗了不少。我早已计划过了,但是如果有意外的话……"

"兵来将挡是你擅长的,"露丝提醒他,"这我俩都擅长。"

沙利点点头,因为他知道露丝说的是事实,这话从露丝口里说出来,让他为之一振,这么隔着一张桌子面对面坐着,让他记起自己真的很想念露丝。有几次,他在想如果他们不再满足于彼此的陪伴,不再珍爱彼此记忆深处亲密的那种感受,不再有信心想要继续这段情谊,他们可能就真的无法再继续下去了。但是,他还不会笨到把这想法告诉比他小十二岁的露丝听,因为于她而言,他们做爱的次数并不频繁,但这事于她更为重要,她更需要情爱的滋润。"我不知道你想怎样,但我不想再面对什么麻烦。"

露丝或许知道女儿来找过沙利,他正要提起简来他家的话题时，他们听到外面传来刺耳的隆隆声，露丝快速地站起来向窗外瞥去。"嗯，我很高兴你现在心情平静，你猜猜刚刚是谁停下了车。他一向太抠门，不愿安装消声器，不过现在看来这倒是好事。"

"你走吧，我来应付扎克。"沙利不那么自信地说道，此时，露丝已经进了厨房，一秒钟后，店门开了，沙利却没有回头看。

扎克，露丝的丈夫花了一分钟才看清楚坐在店里关闭区域的人是沙利，他又花了一分钟决定该怎么办。他来这是为了向露丝借钱，因为星期三是文斯付她工钱的日子。和沙利在公开场合争吵，无论怎样都会威胁到他这个小小的计划，所以经深思熟虑后，他决定转身回到店外等露丝出来，反正她最终总会出来的。如果他能肯定没人看到他悄悄溜走的话，他就会采取这个策略了。扎克总被叫作胆小鬼，人们总是说他们不理解为什么他不一枪崩了沙利，或是用棒球棍把沙利狠狠揍一顿。但他不喜欢被人叫胆小鬼，所以他做了一个深呼吸，努力佯装气愤，实际上看到沙利出现在此，他心里并无半点气愤。

"真没想到，"当他走近沙利的座位时，沙利还坐在那里背对着他，"看看是谁啊，竟然是沙利。"

"扎克里。"沙利边说边朝他指了指对面的座位。

扎克认为这是在招呼他坐下。除了露丝和沙利绯闻不断之外，扎克对沙利本人并不反感。他手里没有确凿的证据证明沙利和露丝是情人关系（因为他根本不爱露丝，因此他也不认为别人会爱上露丝）。因为缺乏证据，他也不好大肆渲染地表达义愤。如果有人挑事儿，那么等他反击时，最后出丑的总是他。沙利有办法在吵架阶段就战胜他，如果沙利骂得击中要害，扎克就会设法强制数到八，想出反驳的话来。如果想不出什么话反驳，他就只好当场认输了。发生在今年夏天的争吵是最糟糕的一次，那次对峙还在扎克的脑子里记忆犹新。因为有人打电话告诉他沙利和露丝在一起，他和表哥鲍里在白马酒吧里找到沙利，但当他们赶到时，只有沙利自己坐在吧台。鲍里仍坚持要他们一左一右坐在沙利旁边的空位子上,"看到这个家伙了吗?"扎克用别人听得见的低语声对鲍里说。"他以为他很有女人缘呢。"

坐在吧凳上的沙利转过来,盯着扎克看了看,脸上的神情不急不慌,但又流露出对扎克的到来毫无兴趣的样子,这样,扎克的信心先是慢慢地减退,然后一下子就坍塌了。"和某些人相比,我是有女人缘的。"沙利终于开口了,这话既不是承认也不是否认,这叫扎克无从下手。

"真是超有女人缘,"扎克有气无力地重复了一遍刚才的话,然后他含蓄地指责道,"有人说某人喜欢我老婆,但是他不承认。"

这时候沙利又转过身子,用手摸着脸颊上的胡茬,思考着说:"我从来没说过我不喜欢你老婆。事实是,我觉得她太好了。我也许比你更喜欢她。"

然后沙利停了会儿,他确信扎克从把这些话吸收进去,到梳理清楚,再到得出结论,还需要一点时间。扎克也知道他自己反应慢,所以有时他会自己和自己练习跟沙利吵架,每次预先设想出对方的话,然后准备快速地反驳一二。但每次对话从不会像他自己预想的那样顺利展开,这次也是如此猝不及防。实际上,当沙利开始采取严厉的反击姿态时,他正在准备着第三遍重复那句"有女人缘"的话,他可以感觉到那种绝望正在将自己慢慢渗透。

"扎克,我从来没说过我不喜欢你老婆,我只说我没有乱搞你老婆。"

"这种事儿需要两个人。"有人在酒吧的另一端传来信息,扎克感觉整个酒吧都偏离主题了,他表哥鲍里把他拽出白马酒吧。走在阳光明媚的街道上,他才停止不再说"有女人缘"这样的话。当他终于头脑清醒之后,他做了一个决定:以后不再和沙利口头交锋,下次要么不理他,要么趁他毫无防备时给他一拳,不要再来回回地打嘴仗。

不幸的是，眼前的形势对他不利，他不能在他老婆上班的地方给沙利出其不意地来上一拳。说实话，他也不太敢。也许沙利现在老了，他年轻的时候却是个难对付的角色，而扎克从来也不曾彪悍过，他怕沙利即便六十岁了还身怀绝技，他可不想被一个六十岁的老瘸子打一顿。另外，他也不能无视沙利的存在，尤其是他坐在黑暗中的样子，看着有那么点不怒自威。如往常一样，他发现自己又处于进退两难的境地，他意识到必须和沙利换一个话题了。"我能问问你在干什么吗？"

沙利的盘子都被收走了，桌上仅剩的咖啡杯和一小粒黄洋葱是他在这里就餐的唯一证据。那盘生蛤蜊还在桌上，蛤蜊壳紧闭着。沙利希望露丝的丈夫能注意到这些，并且能自己得出正确的结论，但他对此不抱多大希望。刚才一两分钟内扎克已经得出了一个结论，想让他再得出一个结论恐怕要再过一会儿。"我就坐在这里看看事情怎样越变越糟。"他告诉扎克。

"哦。"扎克感到一拳落在身上，和往常一样，他没看见这一拳是怎么打过来的。

"我一定是说出了所思所想，"沙利继续说，"你看，我想着想着你就出现了。"他不太在意陷在卡座里，而那个男人堵在了座位的出口处，很有可能会拿出必要的勇气给他一拳，扎克很有可能会在沙利站起来之前就给他几拳。如果扎克一旦踢中了沙利的膝盖，沙利就只能坐在座位上哭了。好消息是，如果扎克想要动手，那他早就动手了。实际上，他现在看着像是已经决定要止损了。"坐下来吧？"沙利建议道，"你老婆马上就出来，你可以载她回家，她看上去累得够呛。"

扎克没有准备坐下。"我可不确定自己想坐在你边上。"他不高兴地说。

沙利无所谓地耸了耸肩。"我不知道该说什么。这镇上只有三家餐馆，这是其中一家。"他用大拇指捏着那粒洋葱，用食指把它弹进了塑料植物那儿。

"你怎么坐在这又黑又没人的地方。"

"我也不知道,扎克里,"沙利叹了口气,"这需要理由吗?我有没有到处跟着你,然后问你为什么坐在这张椅子而不是那张椅子上?"

扎克无言以对。

"你坐在这么黑的地方,很滑稽。"扎克最后说,虽然他已经明显失去优势了,他还是忍不住想,刚刚应该把沙利堵在角落里,让他拼命地解释为什么要坐在角落。但是现在,他们正在欢快地讨论沙利是否有权利独自一人随心所欲地坐在角落里这件事。扎克不得不承认他有权利这样做。

露丝从厨房里出来,正用布擦着手。她用眼睛瞪着扎克,扎克立马就变得局促不安起来。"怎么了?"她说,"打不起来吗?"

"他来这里干吗?"

"我跟你一起回家,"她说,"然后回去打一架。"

扎克看着似乎更愿意和沙利打一架,他现在后悔刚才错过了机会。

露丝转向沙利。"我要回家了,"她说,"你会给我留点小费什么的吗?"

"我有点担心,"沙利说,"这么做,某个不太聪明的人会想歪了。"

"随便他怎么想,"露丝说,"家里总要有人挣钱养家吧。"

扎克看着他妻子拿起沙利放在桌上的一张美元和一些零钱。

"不是那种能让人起疑心的小费,是吧?"她说着把钱塞进她丈夫的衬衫口袋里。"我去取我的外套,这两分钟里,我能相信你会表现得像一个成年人吗?"

"当然。"扎克耸了耸肩,却并未抬头看向她。

露丝走了以后,沙利又指了指他对面的座位,这次,扎克叹了口气,坐了下来。扎克看上去那么可怜,那么不高兴,沙利有点想告诉他实情,还会保证一定改过自新。他却开口说:"我不清楚,扎克里。"

扎克默默盯着自己的手指甲说:"我想我大概也不清楚。"

这让沙利笑了。

扎克也羞怯地笑了。"我连自己担心什么都不知道,"他承认着,"真是要命啊,我现在都已经是爷爷,她都已经是奶奶了。"

"我也是。"沙利说。此刻,他的膝盖正如同上午被他孙子瓦克尔打了之后一般隐隐作痛。"我也是爷爷了。"

扎克耸了耸肩。"我猜我们这么大年纪了,不会再因为某些事情在公开场合打架,然后双双入狱吧?"

"假设人们认为我们这是在打架的话。"

露丝穿着外套回来了。她站在门口朝他喊道:"走吧,笨蛋。"

沙利和扎克交换了一下眼神。"我想她在叫你。"沙利说。

扎克慢慢站起来。他知道她在叫谁,不用别人提醒。"你来开车,"他们出门的时候,露丝对他说,"我想让我的两只手歇歇。"

他们身后的门关上之后,文斯从厨房里出来,把店里剩下的几盏灯也关了,他唱着:"你好,年轻的恋人,无论你们身在何方。①"他把自动点歌台的插头拔下来的时候,这机器发出愤恨的声音。"跟我说实话。"他说,"你是在和年轻的罗巴克太太跳两步舞吗,别告诉我你也累坏了。"

沙利从座位里坐起来。"如果她想的话,我想我会有力气效劳的。"他说道。这是他从来没有认真考虑过的问题。"我猜,她爱她的丈夫,至于原因嘛,还是个谜,但很明显她是爱她丈夫的。"

"你为什么这么觉得?"

为什么这么想,沙利并不十分确定,但他就是这么想的。也许

---

① Frank Sinatra 的歌曲。

因为她应该如此,也许因为每个巴斯的年轻女人似乎都是这样。

"我这么问的原因是:我不断地听人说,她在斯凯勒温泉和别人有染。"文斯说道。

"我不信,"沙利说。这回答也许太快了点。

"是吗?"文斯笑了。

"我不信。"

"我信,"文斯说。"你知道为什么吗?"

"不知道,为什么?"

"因为我不想一辈子像那个蠢货扎克一样生活。二十年了,你和露丝一直在给他暗示,他还是那么胆小,不敢相信这是真的。我宁可相信,也不愿被人当作傻瓜。"

"他不太聪明是吗?"沙利委婉地说。

"完全不。"

沙利在黑暗中摸着钥匙,他看着桌上的蛤蜊,然后把它们都倒进了外套口袋里。如维尔夫指出来的,蛤蜊虽不起眼,但是总有需要的时候。

"该死,门在哪儿?"

文斯点燃了打火机,靠近沙利的脸边,给他指路。他和蔼的大脸让沙利想起了城外广告牌上小丑的脸。

沙利说:"如果我从这儿走到那儿,撞到膝盖的话,那么你哥哥就会拥有两家饭店了。"

沙利这一生见证着白马酒吧的兴衰起落。一开始,它是一家为奥尔巴尼的年轻人和富人提供上等酒水的酒吧,每逢夏季,斯凯勒温泉的"八月纯种马"聚会来临之际,穿着体面的纽约人必会前来参加,白马酒吧则是这些人常来的酒吧。现在,简陋破败的它只是一处供当地人吃饭消遣的去处。州际高速公路落成通车产生的直接结果就是隔开了斯凯勒温泉常年的对手、温泉水的竞争者——巴斯，使纽约、奥尔巴尼直通斯凯勒温泉、乔治湖、太平湖和蒙特利尔。在那条老旧曲折、两车道的柏油路边，曾有过五六家为醉酒的人提供休息的休息站，还有十几家路边旅社也都因州际高速公路的通车而被人们抛诸脑后。在四五十年代，正常的周六晚上，奥尔巴尼和斯凯勒温泉之间这二十五英里的路程中，会发生数不清的交通事故，但发生伤亡事故或是重伤的概率相对比较稀少。在两旁树木林立、弯弯曲曲的漆黑道路上，车速很难达到致人死亡的速度；况且路边的酒吧一个个挨得那么近，外观也差不多，所以在这里也没必要加速。这样的情况也不少见：两车相撞后，喝得醉醺醺的司机下了车，就在马路上大打出手，争吵是谁的错导致的车祸。偶尔会有开着改装车的半大的孩子在这里丧命，就像沙利的哥哥帕特里克一样，但是人人都知道，半大的孩子总动不动就取了自己性命的。根本不关道路的事儿，也不关酒吧的事儿。

新的高速公路上再也没有两车迎面相撞的事故了。在大多数地方，向北和向南的车道间保持着平均至少五十码的距离。司机们只有在笔直平整的路面上开着开着睡着了，才会驶离路面，以每小时八十英里的速度飞向空中，最后撞在最近的树上，司机们一般都不会为是谁的错误而打架。他们只是走个过场，被送到医院，然后被宣布死亡。

在州际高速公路建成通车之前，这条走廊上有二十多家小酒吧生意兴隆，现在只剩下几家还在营业了。这其中只有白马酒吧和另外一两家酒吧是常年营业的。大部分酒吧在夏天重新开张时，通常都换了老板，只在八月才真正有生意可做，这时候斯凯勒温泉的赛马季开始了，纽约下州的人们都北上来参加这个盛会。然后，以赛马场为中心的二十英里范围内的每家饭店、酒吧都会拼了命地涨价，趁此狠狠地赚上一笔；或者把价格抬高到足以支撑他们一年开销的水平。这些本地的店主把自己勉强糊口的生活归功于下州人，这些下州人习惯了任人宰割。说到宰割别人,他们对上州人有限的想象力也颇为欣赏。

而白马酒吧因它位于北巴斯镇,理论上来说根本不属于那种路边酒吧,所以它常年营业,只不过在赛马季,它就会大变样。七月的时候,整个店铺都与往常有着天壤之别,桌子、吧凳都被修理一新,吧台重新刷了漆,宽敞的后屋重新开放、清洁如新,吊灯的灯泡换了新的,还有新雇的职员,大多是从奥尔巴尼引进的大学生,他们穿着网球短裤,开领T恤,开始接受培训(您好,我叫托德,今晚我来为您服务)。巴斯当地人看到这些,就知道他们季节性的流放生活要开始了。新制定的酒单也告诉他们,七月和八月,这里不欢迎他们。新来的酒吧服务生,比如扎着马尾辫的女孩子,也同样不欢迎他们,她们不知道跟沙利和维尔夫这样的人说什么好,罗布·斯奎尔斯则连门都不能进。

到了九月,操着下州口音的纽约人离开了,他们带着剩下的现金离开了小镇,随着他们消失的还有他们的傲慢与无礼,路边的旅社也因为他们的离开而一家接一家地关门大吉。晚上空气又开始凉爽起来,熟悉的面孔又出现在白马酒吧里,他们相互交换想法,评估赛马季的损失。白马酒吧的主人是狄尼·邓肯,他常常想把这个大间的餐厅留着,但三思之后,还是关了。八月的生意实在太好,让他怎么都无法相信劳动节[①]过后,餐厅的生意会像新的水龙头里流的水那样戛然而止。理智上来看,他觉得这家餐厅会关门的,他年年如此想。但八月,在他审视这家拥挤的餐厅,看到一直排到街上的蛇形队伍时,他简直就不敢相信眼前发生的事实。他开始思考这些事的原因和结果。他想是否有可能,只是有可能,他把整个情况弄反了。如果是劳动节后餐厅的关闭导致了人流的消失,而不是消失的人流导致他关闭餐厅,会怎样呢?但当大学生服务生

---

① 美国的劳动节是在九月的第一个星期一。

和酒吧服务生神情愉悦、精神抖擞地和他说再见时，狄尼知道，工作又结束了，他们将返回奥尔巴尼，回到纽约州立大学、伦斯勒理工学院、拉塞尔·塞奇学院上学。他就看着已经取得的成就，一点点地、慢慢地消退。对于狄尼来说，每年当中最难受的一天是他被酒吧的常客说动，把台球桌拖回到酒吧里的时候，台球桌会一直在那里待到第二年的七月，那时，这个地方又要腾出来招待更多的客人。这张大大的桌子就放在餐厅吊灯的下面，变成了扑克牌桌，可供八到十人使用，他本来打算留着它聚会用的。这实在太让人郁闷了。为了制造圣诞气氛，狄尼在吧台后面绑了一串小彩灯，每年能亮起来的小彩灯的数量都在下降，新年过完以后，没人还有力气把它们取下来。

尽管沙利已经坚定了信念，但今晚他还是去了白马酒吧。狄尼给固定的那个吧台服务生放了一晚假，他怀疑这人偷钱，还给客人送了太多免费的酒，他现在和平时一样感到蛋疼。他不知道为什么自己非要在冬天这赔钱的季节营业。这几年酒吧一直在赔钱，要是还能剩下点钱的话，等"终极逃亡"主题乐园一开放，他就把酒吧卖了，拿着钱到佛罗里达去。这两个小时，沙利一直在听狄尼抱怨，他听烦了。维尔夫也在听，但是他不会表现出不耐烦，今晚不会，任何时候都不会。维尔夫越喝越醉，越醉他的忍耐力就越强，到了这时，即便他有满嘴的话要说也说不出来了。

"你知道吗？"沙利毫不掩饰恼怒地说道，"即使你满腹牢骚，你屁话都不会说一句的。"

"这倒不尽然。"维尔夫说。他脸上带着午夜之后常见的笑容，据说这种笑能让沙利发火。这根本不是笑，他喝得醉醺醺的，并不能很好地控制面部肌肉，他只是把嘴咧开了，就带着满意的表情坐在那儿。

"你上次打赢官司是什么时候？"沙利问他。

这问题让维尔夫吃了一惊，但是很明显没有让他生气。"问这问题有什么意思吗?"

"意思就是,如果你允许每一个人往你的鞋上撒尿,那么他们就这么径直走过来,拉开拉链,尿在你鞋子上。你有什么反应呢?站在那里,朝他们咧嘴笑。"沙利解释道。

此刻,维尔夫好脾气地咯咯地笑出声来。"沙利,除了你之外,还有谁会往我的鞋上撒尿呢?"

"的确是这样。"狄尼在吧台那头说,他在那儿是为了躲开沙利。狄尼快要七十岁了,身材高大,在此漫漫长夜里,他坐在吧台后面的吧凳上,仿佛吧凳不存在一样,让人产生一种幻觉,仿佛狄尼神奇般地坐在气枕上,整个人就像是空气曲棍球比赛中的冰球。在喝了五六瓶啤酒后,看到狄尼肥大的身躯也让沙利感到恼怒。还有一点,狄尼总是不断地提醒他,在沙利小的时候,他曾经把他的父亲大吉姆从酒吧里赶出去的事,狄尼不止一次把吉姆扔到街上,而且还公开说过,有其父必有其子。

"你过来一下。"沙利建议。

这时候,酒吧里只剩下五六位顾客了,卡尔·罗巴克在沙利和文斯进来之前就走了。文斯喝了一杯啤酒后,像递交接力棒一样,把沙利交给了维尔夫,自己走了。狄尼在那儿坐得好好的不想动。"你想干吗?"

"过来一下。"沙利又说了一遍。

狄尼讨厌这种对话。他讨厌被人唤来唤去,尤其是被沙利。另一方面,他还要照看酒吧,此时和沙利在一起的维尔夫又是他最好的顾客。他从凳子上下来。"你想干吗?"

沙利等着他过来,然后问候道,"你好吗?"

"你想干吗?"狄尼又说了一遍。

"我就是想知道你好不好,"沙利说,"希望还不错。"

维尔夫看向狄尼,脸上流露出"不要怪我"的神情。

"我不怎么有机会和你说话,"沙利解释道,"我想确保你一切都好。你需要钱或者别的什么吗?"

当狄尼转身回到吧台的另一端时,沙利说:"我还在想,也许你会让我们知道你是怎么会变成一个吝啬的、狗娘养的贱货的。"

"你可别找事!"狄尼警告他。

实际上,沙利这个牢骚并不新鲜了,他就是耿耿于怀狄尼为什么这么吝啬,尤其是对每天晚上把那么多钱都扔在这里的维尔夫。平时,客人每喝五轮左右,那个服务生就会免费送一单,但是狄尼从来也不。即使沙利羞辱他,他也不会买一次单,沙利过去羞辱酒吧里的服务生的手段可是大师级别的。

"你看看那些灯,"沙利边说边指着那串狄尼下午挂上去的圣诞彩灯。有差不多一半闪着,要么就是完全不亮了。"换些新灯泡会花你多少钱呢?一块钱?"

"一块钱连个糖都买不了。"狄尼说,他这个说法得到大家的一致同意,尽管这确实是个明显的错误,因为他自己卖的士力架才七十五美分。

狄尼的牢骚也是陈词滥调了。今晚讨论的是关于各种煤电水公共费用多么贵,漫长的冬夜营业多么不赚钱之类的话题。

"我有个主意,"沙利说,"我们集资,来帮狄尼渡过难关吧。他看着都瘦了。我觉得他连吃饭的钱都不够了。"

"回家去,沙利。"狄尼建议他。

沙利转向维尔夫,"我就是不明白你怎么能让那些人在你的鞋子上撒尿,今晚你在这里花了多少钱?"

"一毛钱都没花,"维尔夫说,"我还没有付账单呢。此外,我也不期待有人会给我买单,我自己买得起。"

"我不是这个意思。"

"那么,你是什么意思?"

沙利不太确定,但有一点他是确定的。尽管他在和两人吵架,但他并不是真的生狄尼或者维尔夫的气。真正让他生气的是露丝的丈夫扎克，虽然他这火气来得有些迟，但是他现在意识到，他刚才真应该揍他。不知道什么原因，他觉得自己也生露丝的气，一个他本应好好对待的女人。一切都那么令他生气。他允许自己在发了再也不给卡尔·罗巴克干活的誓之后，又回去给他干活了。他也生自己的气，因为他又陷入对卡尔妻子的迷恋中。他都快气疯了，又喝了酒，如果他能找到人的话，他真想为这些事打一架。"我有个主意，"维尔夫说，"在你还没被我们从这个国家唯一不放摇滚乐的酒吧踢出去之前，就打道回府吧。"

"该死，还真是，"沙利附和道，"如果你还有记性，我打一开始就没想过要进来。"

他们把钱留在了吧台上，"你一定是想的，否则你就回家了，"维尔夫指出来。

他们出去的时候，沙利在狄尼坐的吧台边停下了脚步，"如果方便的话，给我一块士力架。"沙利说。

狄尼站起来，满腹狐疑地把巧克力递给沙利，沙利递给他两张一美元纸币，狄尼推回来一张，粗声地说："七十五美分。"

"不行，"沙利边说边把钱又退回去，"你自己说的，一块钱连糖都买不了。"

"沙利，拿走你的破钱，不要招人讨厌。"

沙利举起手来，好像被捕了一样，"哼，"他说，"那是你的钱。"

狄尼拿起钱塞进口袋。"这样你就高兴了，你个冲头。"

"是的，"沙利告诉他，"我从没这么高兴过。"

"在这种小事上，你战无不胜的大师名号果然名不虚传啊！"他们醉醺醺地走到门口，费劲地穿上冬天的外套，维尔夫说："给我一半士力架。行吗？"

"没问题。"沙利说。他把士力架掰成两半，"你欠我几块钱，我就不追究了，因为我还欠你大概两千块呢。"

"你为什么不回学校呢？"维尔夫想知道，"你还会受伤的。"

"这已经由不得我了,"沙利说,然后把糖塞进嘴里,维尔夫等着他咬了几口,咽了下去,"我的哲学教授不相信这世上有自由意志这东西。"

"他相信什么?"维尔夫问。

沙利耸了耸肩。"他是犹太人,他很有可能相信那些稀奇古怪的东西。"

"不一定,"维尔夫说着把门打开,并且给沙利挡着门,"我就是犹太人,我不大相信任何事情。"

在门外,两个男人站在最高一层台阶上,不可思议地看着眼前的街道。模模糊糊中,他们感到又开始下雪了。沙利看见雪花纷纷从灯箱处飘落下来,这是两人谁都未料到的。在路的两边,主路上的路灯依次排开,在路灯的照射下,整条街透着苍白,显得那么诡异。

"下雪了,"沙利说,"这是我所相信的。"

他们走下台阶,维尔夫看着他磨损的棕色尖头皮鞋没在了雪里说道:"我认为雪有一脚深了,我觉得我需要穿靴子了。"

沙利穿着工作靴,但是雪也没过了工作靴。而且雪还在飘落着。"我不知道你是犹太人,"沙利真诚地说,"我以为犹太人都应该是尖酸刻薄的律师。"

"沙利,"维尔夫一边朝沙利扬起围巾,拍打着他的肩膀一边说道,"记住,你是好人,不要有不好的念头。"

沙利看着维尔夫一寸一寸小心翼翼地穿过大街,走向他的别克君威轿车,然后沙利朝上主街自己的住处走去。不到一分钟,别克君威急转弯过来,维尔夫把车窗摇下来,唱道:"晚安,可爱的王子。①"

地面上覆盖着一层厚厚的雪,像是给世界装了一个消音器。沙

---

① 《哈姆雷特》中的台词。

利步行回家的时候，整条街万籁俱寂。已经过了午夜一点了，停在路边的车看着像一个个白色的山丘，如果这时候有一辆马车从街角转过来，脖子上的铃铛叮当作响，沙利也不会感到惊讶的。

此刻的平静只意味着一件事：明天将会是不太平的一天。卡尔·罗巴克仍未竣工的房子因这不速之客的到来将被延长工期，所以在地面结冻、一切都变得不可收拾之前，他要赶紧完工。如果气温不回升的话，他和罗布明天会被冻成狗的。安装石膏板的活还不能戴手套，早上九十点钟，他们的手指就会冻僵，只有拿锤子砸上去才会有知觉。卡尔会过来个五六次烦他们，告诉他们星期五他又给他们准备了一个糟糕的活。他会说，这个工作，即使他来做也轻而易举就能完成。而且，在明天干活之前，他还要把房东太太门口和车道上的雪铲掉，好让她出门。到了明天早上，他的膝盖就会此起彼伏地疼。所有这些活儿，都要在这么一个破膝盖的支撑下干完。

如果他不是有了一个信念支撑，他真会泄气的。

他花了一分钟才找到放在皮卡后面的长柄刷子，他一找到刷子就开始专心干活了。只花了三十秒，他就把皮卡前窗玻璃和引擎盖上的雪刷掉了。两分钟后，他已经在把车倒进卡尔·罗巴克家的车道上了，正好倒在了那部新的吹雪机前面，上面已经盖了一层雪。车斗上还有三块胶合板，沙利把它们用作临时的坡面，胶合板在吹雪机的重量下，吱嘎作响，不过没有断。但沙利砰的一声把车后挡板合上的时候，楼上的灯亮了，一个黑色的剪影出现在窗前，是托比·罗巴克，她把窗户推上去，探出头来，"是你吗，沙利？"她问道。

"是我，"沙利说，"但明天我可能就是不是我了。"

"你是来偷我们新买的吹雪机的吗？"

"我已经偷好了，正要离开呢。"

"我可以朝你开枪，还不违反任何法律。"托比让他知晓。

"除非我试图入室抢劫。"

"你要入室抢劫吗?"

"今晚就不了,小可爱。"沙利说。尽管压低了声音,但在这个时候聊天还是让人感到不安。整个街区寂静无声,仿佛邻居们都在听他们的谈话。"顺便问一句,那个蠢货去哪了?"

"谁知道啊,"托比·罗巴克说,"早一点的时候,他想进门,然后就放弃了。我威胁他要开枪,他当真了,比你刚才要当真多了。沙利。"

"我不责怪他,"沙利说,"你有更多的理由朝他开枪。"

"我现在也有理由,"她说,过了一分钟,又接着说,"你有没有过气得想朝人开枪的时候,不管朝谁?"

"当然有了,"沙利承认道,但没急着告诉她,十五分钟前在白马酒吧,他就有这种冲动。"所以我不持枪。"

"你应该弄一把,"她建议沙利,"我有卡尔的枪。我和你两人可以横冲直撞,撒野闹事,抢银行,从此扬名天下,就像邦妮和克莱德那两个雌雄大盗。"

"那么也是你当克莱德,"沙利告诉她,"因为除了开车逃跑,我干不了别的什么。"

"男人都缺乏想象力。"托比说。这让沙利想起文斯在饭馆里说的话,托比·罗巴克也许在和斯凯勒温泉的什么人交往,但从托比这话来判断,很明显,那是无中生有的事儿,除非那个和她有染的男人也没有任何想象力。

"那么,"沙利说,惊讶地发现他竟然在偏袒卡尔·罗巴克,"别对他太严厉了。他还想着心脏搭桥手术呢,看他那一副要在六个月内干完所有事情的样子。如果他哪天突然意识到他会活到七十岁,他大概才会慢下来。"

"他很可能连感恩节都活不到呢。"她说,在沙利看来,她说话的口气是真心相信卡尔连感恩节都活不过呢。她好一阵子没有说话，然后说："那么，去吧，把我们的吹雪机偷走吧。你是我见过的动作最慢的小偷。我认为抢银行的话，你连个驾车逃跑的活也做不好。"

回到他的公寓里，沙利突然又感到精疲力竭，那半块士力架给他的能量已经消耗殆尽，所以他很想把吹雪机就留在皮卡的后车斗上，唯一要担心的是明天早上他可能会睡过头。明天早上，不等他用上吹雪机，卡尔·罗巴克就会过来找他，很有可能把吹雪机再偷回去。所以他把吹雪机从卡车上卸下来，藏在了贝丽尔小姐车库里，上面盖着一张防水布，很安全，谁也看不见。

这是明智之举，因为当他回到公寓里，第一眼就看见卡尔·罗巴克躺在他的沙发上睡着了，他大张着嘴巴，一只手垂下来，旁边加拿大威士忌的空瓶子扔在地上触手可及。有那么一瞬间，沙利不确定卡尔是否还活着，他以为睡在那张沙发上的卡尔心脏停止了跳动。但是卡尔大声地打了一个呼噜，转了个身，沙利松了一口气。沙发上睡的是个活人，不是死人，即便那人是卡尔·罗巴克。

其实，沙利有一床多余的被子，但是他太累了，想不起放哪里了。所以他把自己床上的被子给卡尔盖上，毕竟他的卧室总是很暖和的，有床单就够了。还没来得及多想一二，他就睡着了。

星期四

卡尔·罗巴克早早地醒来,沙利听到他打开了电视机,调低了音量,正在收看的是体育节目。沙利衣橱上的闹钟显示现在是早上6:30,这说明卡尔正在收看《醒来美国》,女主持人从面相来看一定有四十来岁了。她的身材真是棒极了,健美又健壮,但是沙利可以看出,那不是年轻人的身体。在她年轻的助手旁边跳舞,她只是看着动作幅度大而已。也许正是因为这点,让沙利感到有些难过。这个女人似乎在为生命而跳舞,而沙利想告诉她悠着点儿。

卡尔·罗巴克半睡半醒着,心不在焉地看着那个女人,沙利看到他的时候,他的一只手正放在平角短裤的裤门襟里。

"丢了什么?"沙利调侃道,"还是你用得太多了,它变小了?"

卡尔脸上没有露出一点尴尬的表情。"这是我睡过的最差的沙发。"他迷迷糊糊地说着,并没有抬头看向沙利。

"真心想知道你多大了?"沙利问道。卡尔·罗巴克坐在那里,手放在内裤里面,虽然他有个不小的肚子,但看着他就像是个孩子。

卡尔一言不发,似乎没听到沙利的话一样。过了一会儿,他说:"你早上起来它还会硬吗?"

"不会。"沙利告诉他。实际上,他年轻些的时候也很少会早上醒来就坚挺十足,而且,即使他还没离婚的时候,早上也从来没有特别成功地翻云覆雨过。中午以前他总提不起性欲,就像是从半英里之外开往别处的火车传来的隆隆声一般捉摸不定,这是他婚姻出问题的一个方面。薇拉经常醒来的时候精神很足,不过一般早饭前就消失殆尽了。沙利却认为这是薇拉清教徒式的成长环境使然。对于有些女孩子，你一定要在她们迷迷糊糊，分不清谁是谁时就抓住她们，成就好梦。

"告诉我你现在看着这娘们你不兴奋吗？"卡尔一边专注地紧盯着电视一边问他，他最终把手从内裤里拿了出来。

"你到底出什么问题了？"沙利问。

卡尔·罗巴克叹了口气。"我也不知道，真的，"他承认，"最近，我想把她们全上了，包括长得丑的。你想过要上长得丑的女人吗？"

"这种话题有些私密。"沙利告诉他。

卡尔看上去很受伤。"好吧，在我痛苦和危急的时刻，忽略我吧。我把你当朋友想向你寻求帮助，结果我得到什么了？心痛。"

沙利朝他笑了。这句"我得到什么了，心痛"是卡尔最喜欢的口头禅，大家不会当真，但沙利突然意识到现在这话听起来有点严肃。"我不锁门，并不意味着我们就是朋友，你到底来我这干吗？"

卡尔站起来，假装在做开合跳，他的脚死死地粘在地板上，只有胳膊在动。"我想确保你能一大早开工。你的活有很多呢，"他琢磨着然后说，"昨天你和你那臭烘烘的小矮人搬完那些砖块了吗？"

沙利告诉他搬完了。

"昨天晚上在白马酒吧我没遇到你，"卡尔说，"罗布在，他说你们干完了。"

"那你为什么还问？"

"因为昨天罗布脸上的表情是他撒谎的时候才有的表情。"卡尔说，他停下开合跳，看着沙利。

沙利想到罗布为了不泄漏他们把一车砖块摔碎了的秘密所做的努力，不禁笑了。"在上司面前，他总是很紧张，"沙利解释说，"我告诉过他，你和别人不一样，但是罗布学得慢。"

"我不明白你为什么会跟一个身上臭烘烘的人一起工作呢？"

"只要我能，我都会让他顺着风向行动。"

"直接告诉那个小混蛋他臭,不是更简单吗?"

"我和他说过,"沙利说,"他以为我在开玩笑呢。他说如果他臭,布茨会告诉他的。"

卡尔浑身颤抖了一下。"我硬起来的时候,就应该想想布茨。"

"我以为你要操长得丑的人呢。"沙利提醒他。

"也不要丑成那样。"卡尔附和。

沙利返回他的卧室穿衣服。他能听到卡尔在他的小厨房里找吃的。

"你有咖啡吗?"他喊道。

"没有,"沙利说,"海蒂那里有,就在街那边。"

沙利坐在床边,弯了弯膝盖,卡尔探了探头。"你介意我快速冲个澡吗?"

"我的老天啊。"他看到沙利的膝盖后说。

这就是沙利的膝盖给人留下的印象,所以他不喜欢给别人看他的膝盖。他的膝盖肿得吓人,颜色发深,肿胀的皮肤泛着光,对此沙利已经习以为常了,倒是人们看到他膝盖时的神情让他害怕。

他套上一条干净的工装裤,站起来拉好拉链,搭好搭扣。"昨天真漫长啊。"他解释说。

卡尔还在盯着他的膝盖,就像彼得昨天透过裤子盯着他的膝盖时一样。

"我有个该死的想法,"沙利说,"你把昨天该付我的钱付我,我从你那里拿钱的时候,我的膝盖总会好受一些。"

"你应该做那个手术,"卡尔说,"如果他们能治好我的心脏,就能治好你的膝盖。"

"我有个消息告诉你,"沙利说,"他们没有治好你的心脏。他们就是让你的心脏不要暂时停止跳动而已。如果他们治好了它,你就会对你的老婆忠诚,会把该付的工钱都付清。"

"去年八月我本来想付你钱的,"卡尔承认,"但是如果我付你钱了,你就没有什么好到处抱怨的了。你还是做一个吃亏的弱者更好些。那样你就可以把责任推到我身上,对自己说——如果不是卡尔·罗巴克,你就已经完全掌控了这个世界。"

卡尔在淋浴的时候,沙利下楼,走到外面。现在只有六点三刻,但是贝丽尔小姐已经把除雪的雪铲拿出来靠在了门廊的柱子上。太阳出来了,但是清晨的空气依然刺骨,太阳光照在刚下的雪上,反射出的光丝毫让人感受不到温暖。当沙利看到卡尔·罗巴克的吹雪机好好地停在车库里,盖着防水布,他感觉了一丝暖意。沙利一启动吹雪机,马达就转起来了。

沙利扫完了人行道和一半的车道,这时候刚洗过澡的卡尔·罗巴克出现在门廊上,不过还穿着昨天的衣服。

"到甜甜圈店来找我,"他喊着,"我把昨天的钱付给你。"

沙利把吹雪机关上,然后建议道:"你应该回家告诉托比你爱她,别让别人先说了,而且说的时候要真诚。"对他这位逝去老友的儿子,他突然生出一丝疼爱。他记起昨天那辆停在建筑工地上的黑色轿车,就是那辆跟着卡尔回城的轿车。卡尔认为托比忠诚于他这点,他可能想错了,也许托比正想着要跟他离婚,所以雇了人跟踪卡尔呢。沙利犹豫要不要将那辆轿车的事告诉卡尔,思忖后又决定不提了,然后改口说道:"替我祝她感恩节快乐。"

卡尔看着吹雪机说:"我也有一个,简直和它一模一样。"

沙利扫完了车道上的雪后,他知道当务之急先要做的就是找到乔可开一些止疼剂。就像他对露丝预言过的,他的膝盖过去是在哼哼着抽搐地疼,今早简直是放声高歌了。当然了,感恩节这天药店不开门,这就意味着,要找到独居的乔可不容易,因为电话簿上没有他的电话,实际上,乔可给沙利留了不下五六次电话号码了,但是沙利总是能把它弄丢了。

他要找的第一个地方就是海蒂之家,因为离他家就几步路,如果找不到乔可,至少他可以先进去喝杯咖啡。除此之外,罗布应该会在那里和他碰面。问题是,沙利到了海蒂之家的时候,窗户上挂着"关门"的标志。他模糊地记得昨天卡斯提醒过他。巴斯的其他地方看着也像是都关门了,沙利在想他是不是最好现在回家,等着镇子苏醒,这便这意味着可能要等到明天。就算他星期五安装好卡尔·罗巴克那两居室的房子的石膏板,也不会要了卡尔的命。除非到了星期五,卡尔去雇一个装石膏板的熟练工,把更差的活儿留给他和罗布。再过不了几个星期,就只剩下室内的活儿了,到时只能上上下下忙活,之后连这样的活儿也会少得可怜。今天也许是他这段时间里最后一次在冰天雪地里干他不喜欢的活了。

通常来说,乔可最可能出现的地方是赌马场,但是赌马场在感恩节也不开门。既然不开门,沙利决定去乔可上班的地方——瑞克苏尔药店碰碰运气。如他所料,药店里边漆黑一片,一排排的货架消失在越来越深的阴影里。那么,甜甜圈店至少会开门。

沙利在那里找到了坐在柜台上的罗布,罗布没有看到沙利进来,沙利拍了拍罗布的毛线帽,毛线帽掉到了柜台上,然后落在了自动售糖机上。"我想我告诉过你在海蒂之家和我碰头。"他说着坐到罗布旁边的凳子上。店里除了一个十几岁拉着脸的女招待、四个迷迷糊糊的卡车司机外,再没别人了。

罗布看着不太想要他的帽子,他也不忙着整理被沙利弄乱的刘海。"海蒂之家关门了,"他说,"我希望我们可以不要在感恩节干活。"

"你不一定要干啊。"沙利对他说。柜台后面的年轻女人觉得沙利也许只想要一杯咖啡,别的什么都不要了,所以问都没问,就在他面前放了一杯冒着热气的咖啡，然后走开了。她路过自动售糖机的时候，小心地把罗布的帽子用拇指和食指捏起来。

"如果我不干，你会生我气的。"罗布告诉他。

"嗯，没错。"沙利承认。

"布茨还在生我的气，就是车的事情，"罗布告诉他，"每个人都在生我的气。"

"你看，"沙利说，"你最好还是干活吧。"

"我只是希望我有钱能买一个甜甜圈。"

"昨天给你的工钱去哪了？"

"布茨拿走了。"

沙利用手势招呼着女服务员，给罗布点了一只甜甜圈。

"要那种超大的塞满奶油的那种。"罗布手指着他想要的那个甜甜圈向女服务员解释道。服务员上完甜甜圈走开后他说："她给我上的是最小的一个。"

"都是一样的大小。"女孩子说，好像没有特别针对谁。她站在收银机的柱子旁，既没看着罗布，也没看着沙利。

"不一样。"罗布小声盯着甜甜圈说道。

"吃吧。"沙利说。

罗布照做了。当他咬一口甜甜圈时，填充的奶油从形状酷似肛门的另一端的开口处挤了出来。沙利不得不把头扭开不去看他。"卡尔来过吗？"他问道。

罗布正专注地吃甜甜圈，没有听到他的话。他第一口就咬开了一个大口子，现在无论他先咬哪一边，填充的奶油都会从两边流出来。

"我要揍你了啊。"沙利说。

罗布看向他，想要确认他是不是来真的。很明显，沙利是认真的。"什么？"他问。

"我问你卡尔来过吗？"

"什么时候?"

"我进来之前。"

"他就出现了一分钟,他进来告诉我,说我身上臭。我真希望我们不用在感恩节这天给他干活。"

沙利拿出十多块钱,这足够付咖啡、罗布的甜甜圈的钱,还有那个拉长着脸、不配获得小费的女招待的小费了,"他给你钱了吗?"

"他说等我们干完活到他办公室去。"

他就会使这招,他就使不出什么别的招数。

"十分钟后,在海蒂之家等我,"沙利告诉他,"也许我们可以在下午三四点钟干完。"

"海蒂之家关门了。"罗布提醒他。

"在外面。"沙利说。

罗布露出迷惑不解的神情。

"别琢磨了,罗布,"沙利告诉他,"按我说的做。"

"你不需要生气,"罗布说,"你和布茨一样动不动就生气。"

"因为我们有着同样的伙伴。"沙利说道。

沙利走了,在甜甜圈的店外面,沙利看见罗布牢牢抓住甜甜圈,出于好奇,他驻足想看看罗布怎么解决这个甜甜圈。没有咬任何一边,罗布把张开的嘴伸进刚刚他咬开的那个口子里,当然了,这是完美的解决方案,但在罗布吸吮的时候,之前从"肛门口"挤出的奶油泡,又被吸回到了甜甜圈里。这是一种让人拍手叫好的奇妙解决办法,而且沙利有那么一刹那在想,是不是人们都小看了罗布。

如果在这世上你只想见一个人,那么感恩节这天早上七点半的时候,在北巴斯休业的赌马场外面碰到他的概率会有多大呢?沙利突然意识到，概率要比你能想象得大。因为在沙利去卡尔·罗巴克的办公室的路上，他看见了乔可银色的侯爵车停在空旷的停车场上。乔可正坐在方向盘前在看着报纸。沙利悄悄过去，朝着离他耳朵两英寸的车窗猛敲几下，乔可吓得跳了一尺多高，这可把沙利乐坏了。这种悄悄潜到人身边把他们吓得灵魂出窍的事情，总能让沙利心花怒放。认出是沙利，看见他正朝着车里使劲咧嘴笑着，乔可似乎也很开心。他朝沙利竖起中指，并用同一根中指示意他绕过来坐在自己旁边。沙利小心翼翼地上了车，敞开着车门，他的腿还留在外面。

"你最近还好吗，伙计？"乔可透过眼镜看着沙利说道。他的着装和往常一样——保守的浅蓝色衬衫、宽大的领带、没有背带的宽松裤。他还不到四十，头发剪得短短的，两鬓角有点白了，还超重大约五十磅。他现在这个外表怎么也不会让人联想起他那激进的、留着长发的学生时代，那时候，他告诉沙利，他学的专业是药物学。

"你打算坐在这里等到明天开门吗？"沙利问。

"教堂和赌马场就不应该有歇业的那天，"乔可说，"应该制定这样的法律。"

"有法律啊，"沙利提醒他，"法律规定圣诞节和感恩节赌马场不开门。如果你有兴趣的话，我知道有几个教堂现在还开着门。"

乔可挥挥手，没听他的建议。"我努力远离风险大的赌注。"

"不会比押注三重彩更糟糕了。"

"我也不赌这个啊，"乔可说，"三重彩是为你这种迷失的、走投无路的人准备的。"他突然两眼放光，"不过，我喜欢这个主意，在圣诞节和复活节买特定款三重彩，我都想好推广词了：三位一体赌博，信教必有回报。"

"这解决了圣诞节和复活节的问题，还有感恩节呢？"

"没问题，"乔可耸了耸肩，"大多数人都认为感恩节也是基督教节日。我们生活在一个乱糟糟的国家。"

两人对笑着。

"我正想找你呢。"沙利说

乔可合上报纸,扔到后座上,"到我办公室去,"他建议。身子倾过来,打开手套箱,"在我们还没有冻死之前,把那该死的门关上,行吗?"

"我不确定这么早我的膝盖能否弯得起来。"沙利说。

"试一试。"乔可一边建议一边在手套箱里翻找着什么。

沙利皱起眉头强忍着,最终把整条腿都拖了进来,并关上了门,"你一定是镇上成年人里最会防守的人。"乔可说。

乔可的手套箱就像一个小型的药店或糖果店一样,里面都是小小的、亮晶晶的塑料瓶子。乔可拿出了几个,放在光线下看,说了声不,又扔了回去。过了一分钟,他找到一个细管状的瓶子,露出满意的神情。"给,"他说着交给沙利,"吃这个,"这是他标准的医嘱。

瓶子上没有标签,但是沙利感激地接受了。

"不要操作任何重型机器。"

"今天就只用锤子,"沙利保证,"我也许会一个早上都只用我的大拇指。"

"去吧,反正你也不会有感觉的,"乔可说,"有人告诉我你回去干活了,我觉得这实在太愚蠢了,那么现在看来肯定是真的了。"

"这只是暂时的,"沙利说。"我想在初冬做点事,然后放松一段时间,这样,也许来年春天我就会好些。"

乔可从他的眼镜框上面看着沙利,"关节炎不会见好的,"他说,"最终只会恶化。"

"再干两年,我就能提早退休了,"沙利说,"之后就去他妈的吧,就不再接着干了。"

沙利这话听着就是在吹牛逞能。沙利知道,乔可之所以没有和他争论,是出于善良。两人都知道,这个膝盖不可能允许他再干两年时间的重活了。

"报纸上是怎么评论周六的比赛的?"沙利问,他是真的对比赛有兴趣,同时更想换个话题。

"你可以压巴斯输,压二十个点,这是我听说的。"

沙利抖动着眉毛,"这很诱人。"和文斯一样,在巴斯和斯凯勒温泉的比赛中,每年沙利都把赌注压在巴斯这边,压了十多年,输了十多年。和文斯一样,他总能小赢几个点,但总是赢得不够多。

"我明白你的意思,"乔可同情地说,"我也想看到孩子们能赢一次,你情人的孩子是个很不错的防守,但是他得到的助攻不多。"

乔可和镇上好多人一样都知道沙利和露丝的关系,但是沙利对此置之不理。"要求巴斯赢球,这个要求有些过高了。"沙利承认。最近巴斯与斯凯勒温泉的比赛太一边倒了,斯凯勒威胁说出于人道主义,他们准备退出与弱队的比赛。把比赛继续变成一项热门的政治议题,那个最近赢了巴斯市长竞选的人,把这场比赛当作他唯一的竞选承诺。"如果他们能打败博彩公司预测的点分布,我会很激动的。对了,谁会压二十个点?"巴斯很有可能输掉超过二十个点,但二十个点是目前为止沙利听到的最高的赌分。

"你认识杰里的哥哥文斯吗?"乔可问。

"你是说文斯的哥哥杰里?"

"就是那个在斯凯勒温泉开饭馆的。"乔可澄清了一下。

"对,杰里。"

"你怎么区分开他俩?"

"很明显,杰里会压巴斯输,压二十个点。这是一个办法,"沙利说,"听着,我要付你多少钱?"

"不用啦,这些都是样品。如果你吃了药感到难受,要告诉我。"当沙利打开车门准备从车里挪出来时,乔可建议他道。终于,沙利一瘸一拐地又绕到司机这边,乔可摇着头说道:"你知道你应该做什么吗?"

"不知道,要做什么?"沙利说。

"你应该回去干'纵火的买卖'。"

沙利装作在考虑这个建议,"好主意。"他附和道,因为他知道乔可能是在开玩笑。自从他把肯尼·罗巴克的房子烧了以后,人们开玩笑说他能干纵火这行,很多年后他才得知,真有人以为他是干这行的,这要多亏了肯尼,他把火灾当作走运的事,搞得人尽皆知。

"我去,"乔可轻蔑地哼了一声,"如果那个主题公园盖不成,这整条路上上下下都会成为你的客户,我自己就会雇你。"

"坚守信念,"沙利建议道,"明天说不定他们就跑路了。"

卡尔红色的科迈罗停在三层办公室大楼的门外,他的埃尔卡米诺也停在那里,这说明卡尔很有可能在办公室里。但是有三层楼梯要爬,所以沙利就做了一个雪球,走到空旷的街道中央,朝着写着**顶尖建筑:卡尔·I. 罗巴克**的那排窗户扔去,雪球打在窗框上,发出的声音比沙利预想得要大,很快,卡尔的脸出现在雪球留下痕迹的窗户上。出现的还有他赤裸的肩膀,而且在他身后还有人动来动去,一张白色的脸因惊慌而快速躲开了,卡尔拉起窗户。"我告诉过你我名字的缩写 C. I. 是什么意思吗?"

"昨天你说过。"沙利向他咧嘴笑了。隔壁屋的窗帘,就是卡尔办公室外间的窗户上的窗帘,悄悄地拉开了一点。"你好,鲁比,"沙利挥了挥手,"感恩节快乐。"窗帘又合上了。

"你要干吗?沙利?"卡尔问,"你现在不是应该在安装石膏板吗?"

沙利思量着好像是在提醒他:那么你现在应该回家。不过他却说道:"在甜甜圈店里,我没有看到你。你很有可能不记得说过让我在甜甜圈店和你碰头,因为你要付我工钱。"

"那么,我没在甜甜圈店,这就意味着让你来我办公室朝窗户扔雪球,让我心脏病发作,是吗?"

"我只能这么干,"沙利说,"你这种人做得出这种事——让我爬上三楼,还不给我开门。"

"我过半小时去工地上找你,这样行吧?"卡尔说。从他脸上可以看出男人和男人之间那种带着乞求的表情。他仿佛在说"我这正忙着呢""他妈的行行好吧,求你了"。

沙利可不想掺和。"把钱放在信封里,扔下来。就两秒钟时间,你不会这么快就软下去的。"

"你一定很久不做了,"卡尔说,"你已经忘了怎么做了。"他说着消失了。

一分钟后,他回到窗前,手里拿着个信封。"信封会掉到窗台上的。"

"我倒要看看,"沙利说,"你欠我的工钱最后都会卡在你的口袋里,而不是卡在窗台上。"

"生意可不是这么做的。"卡尔说,但他还是把信封扔了下去,信封绕过了第二层的窗台,像飞盘一样飞过来,沙利一下就接住了。他打开信封,拿出里面的纸币。"你走之前,我还有一样东西要送给你。"卡尔向下喊着。沙利抬头看的时候,发现被戏弄了。卡尔的大白屁股从窗口伸出来,里面传出女人的笑声。沙利还没来得及再做一个雪球,那屁股很快就闪了,窗户砰的一下关上了。

沙利正打算离开的时候,他注意到昨天那辆停在工地边的黑色轿车,此时正停在很远的地方。司机位子上有个男人正在仔细检查一个黑色的盒子。沙利挥了挥手,那人没有回应。等雪球打在前挡风玻璃的时候,他才降下电动车窗,伸出一半的脑袋来。

"你拍了很多照片吗?"沙利说,他暗指楼上的窗户。

"我没有跟着你。"那人淡定地说。

"我认为你们这种人就爱干这种偷鸡摸狗的事。"

"我认为你对眼前的情况了解不够全面。"那男人用沙利鄙视的口吻说道。这让他想起在伤残等级听证会上,那个保险公司的律师说话的腔调。

"如果我是你,还是会小心为妙。"沙利说。他知道,卡尔有一把手枪。

"你在威胁我吗?"那人问。

"我可没威胁你,除非你害怕雪球。"

"那就好。"说完那人就把车窗升上去了。

沙利到达海蒂之家的时候,罗布冻得正来回地垫着脚尖跳着。

"我真希望海蒂开门。"他说。他的嘴角两边都粘着甜甜圈干了的奶油。

"怎么了,罗布?"

"那样我好进去等你,里面暖和。"他很认真地向沙利解释。

沙利就站在那里笑着看着罗布,直到罗布不好意思地低下头看着自己的鞋子。"你准备捉弄我一整天,是吗?"他难过地说。

他们走到沙利停车的地方。贝丽尔小姐正站在门廊上,她把睡袍领口一直拉到了喉咙处,正盯着那部吹雪机。沙利脑子里有了个主意,他在工具箱里拿出一条链子和一把耶鲁锁,一瘸一拐地走到他房东站立的地方。"当你想要清理车道上的积雪时,你可以自己去清理。"沙利告诉她。

"哪怕用这个我也干不了,"她怀疑地看着这部机器,"启动后,它很有可能一下子就把我拽到街上去了。那时候,邻居们都会从窗户里伸出头,幸灾乐祸地说,看啊,老贝丽尔挂了。"

"别犯傻了,"沙利逗她,"这是很好的锻炼方式。"

"我现在健康得很,不想锻炼。你用那链子做什么?"

沙利已经牢牢地把吹风机拴在了楼梯扶手上,他本来可以把这台机器藏到车库里去,但是他喜欢让卡尔看到它在这里。"防止机器的原主人再把它偷回去。如果他来了,就报警。"

贝丽尔小姐花了一分钟时间才弄明白这是怎么回事。沙利清楚,她虽然在学校里做了一辈子老师,但她是个开朗大度的人。

"先生，我说过，你是个混蛋。"

然后她稍微严肃了一点说："告诉我，唐纳德，上帝赋予你生命，你有没有为自己整天游手好闲而困扰过。"

好多年前沙利就决定，不会把贝丽尔小姐个人的"成见"放在心上。"不经常，"他一边晃了晃链子一边承认着，以确保它是结实的，"偶尔吧。"

也许安装石膏板是沙利最不喜欢的工作之一，但是像大多数体力活一样，这项工作也有一个节奏，如果你稍加留意就能找到这种节奏。一旦找到了节奏，就会按着节奏熬过一个上午。这么多年来，沙利靠着自己的节奏，还有他积累起来的智慧活着——他知道这世上任何工作，无论多么吃力不讨好，多么愚蠢，任务多么繁重，总是能干完的。如果你不去想，时间就会过得飞快。今天早上，时间就是如此，气温在稳定地回升。沙利和罗布预计他们会在上午九十点钟的时候冻僵，不过到现在他们的手指还有知觉。两个男人很自然地找到了合适的节奏，比起着急地蛮干，这样也许会更快地结束工作。

卡尔·罗巴克不明白沙利怎么能忍受和罗布一起工作。但实际上，罗布也是为数不多的能跟沙利一起干活的人之一。罗布好比完美的舞伴，总是愿意让着沙利，或者说愿意让其他什么人来主导自己。与罗布一起干活，优点在于，他从来没有自己的计划，如果沙利时间紧迫，或者要去什么地方，或者干完这活马上要赶着去干下一个活，罗布都不介意随时调快工作节奏。如果有什么原因——比如他们是按小时收费的——需要他们慢点干，那么罗布就能一直忙着但不出成果，这简直太神奇了。罗布是个完美的工人，生来就会服从命令。如果有人告诉他用错的方法做事，他也一点不会介意。哪怕他确信今天的活干不完，他总能给人工作有所进展的印象。你大可以放心，如果新的活来了，他就能很快把眼下这活儿干完，不带有任何拖延或者休息。沙利总是认为，如果有十个人一起铲一堆石块，罗布是最不可能因为偷懒而被解雇的人。只有在你把其他人都解雇了之后，你才能意识到，其实罗布连一块石头都没碰过。

老实说，沙利和罗布在罗巴克家挖阳台、铺水管那天，他们是慢吞吞地干活的。八月的天很热，他们还设法和卡尔讨价还价，最后他同意了按小时付钱，这就意味着他们不用再拼了命地干活了，尤其是在他们干活时，托比·罗巴克还不时地走来走去，问他们还要多久干完，问他们怎么受得了在这么热的天里干活。她还给他们喝特大杯的冰柠檬水。她穿着一件薄薄的宽松衬衫，每次她弯下身来把柠檬水递给他们时，罗布都会瞪着眼往她衬衫里看，仿佛瞥到了"应许之地"。就连她走回屋里去后，罗布还是张大了嘴，就像看着物体在黑暗中燃烧后的残影一样，继续空空地盯着托比·罗巴克离开前乳房所在的位置。"已经全晒成棕色了。"他自言自语着，带着半是崇敬半是生气的语气，也许是因为这两只乳房和他没有半点关系。

沙利承认那天他犯了五个判断上的错误，这是他知道的五个错误——也许还有更多的错误他不知道。首先，他高估了干完第一部分活所需的时间。雨下了一个星期了，地面出乎意料地松软，他们很快就差不多挖完了，所以，他担心这活中午就能干完，而他们希望能拖上一整天，于是他们放慢了速度。如果说罗布是假装在地面上忙碌不停的大师，那么他沙利就是沟里磨叽的艺术家。

沙利的第二个错误判断是，他预测后面三分之一的活会和前面三分之二的活花一样多的时间，他不该蠢到做这样的预测，就像卡尔·罗巴克不该蠢到按时计薪。但是，正如年轻的哲学教授喜欢说的那样，知识和行为关系不大。等他和罗布越挖越接近房子，直到挖到了老橡树的根。刚才他们还在橡树的树荫下喝着柠檬水，度过了一个漫长而又欢快的下午。他们完全慢下来了，难以重新开工。这是一天中最炎热的时候，他们喝了太多的甜柠檬水。混杂着对托比·罗巴克欲望的柠檬水在他们的胃里翻江倒海。到了下午四点左右，他们和托比好说歹说，让她去 IGA 超市买了一包六罐的冰啤酒，这是沙利的第三个失误。在酷暑下，才喝下第一罐，他们就被放倒了。更糟糕的是，托比·罗巴克也和他们一起喝了一罐，接着喝了一罐又一罐，他们都享受这份炎热，托比坐在壕沟的边上，荡着两条修长的奶油色的腿，像个女学生一样。

最后托比进屋去了，她说要在他们把水关掉之前冲个凉。卡尔只是希望，但并没有指望他回家的时候，所有的活都完工了：新管道铺好了，沟也填平了，水压也恢复了。但当他到家的时候，眼前的景象让他难以置信。他发现那条沟从街上一直延伸到草坪上，一直到房子那里，这条沟比需要的宽了一倍，丑了一倍。啤酒罐散落在边上，伴着炎热，带着酒劲，沙利正疯狂地用锄头猛击着那个他刚才碰到的牢固而又坚硬的橡树根。

沙利第四个错误判断是注定的了。他抬起头看到卡尔·罗巴克的肩上背着高尔夫球包，那一刻沙利觉得倒足了胃口。因为高尔夫从来都不是他的菜，他喜欢的人里没有人打高尔夫。很多他不喜欢的人却总在积极地打着高尔夫。但此时此刻，他抬头看到的卡尔·罗巴克刚从球场回来，而他和罗布却在酷暑中卖命（这时候，他似乎感到他们已经在烈日中忙碌了一整天）。沙利突然意识到，生活中许多美好的东西都与他无缘，高尔夫球就是其中之一。如果有人问他还有哪些，他可以把它们都列出来，但从来没人问过他。

所以，在卡尔·罗巴克开口说话之前，沙利就举着他沾满污泥的手指，指着卡尔说，如果他啰唆一个字，他就拿一支高尔夫球杆打卡尔·罗巴克的屁股，直到打出一个优秀的 C 形。

而卡尔·罗巴克却误读了沙利的意思。他把高尔夫球包放在草坪上,然后坐在上面,大笑起来。他只是在大笑,没有说一个字,这倒是按照沙利说的做了。这使得沙利就只能乖乖地在沟里待着,不去兑现他刚刚的威胁——不管腿好腿坏都要爬出来揍卡尔一顿。相反,他只是在沟里待着,等着卡尔停止疯笑,最后,卡尔终于不笑了。

"你觉得这很好笑吗?"沙利虚弱地说。

卡尔点点头,还是没说一个字。

"那么,到你收到账单的时候就知道了。"

卡尔咕哝了一声,站起身来,背上高尔夫球包。"沙利,沙利,沙利,"他说,"你说对了,那是很好笑,但没有你兑我付你的支票时的表情好笑,总而言之肯定是好笑。"

沙利没有想到卡尔·罗巴克会听从他的威胁一个字都没说,这是他第五个错误判断。他和罗布以前惹过更多的麻烦,但全都是合法的,他本以为卡尔清楚这点。他们挖出的管子太老了,很有可能和这栋房子一样老了,它们就像莎草纸一样脆弱,之前都还好,但等沙利敲坏它与街上的主水管连接的弯头处时,水管爆裂了。老水管生了锈,移动不了,也不能把新的塑料管道铺过来。这实在是太不走运了,整个管道中唯一一个还像样的金属就是这个六英寸的接头,它在拐弯的地方一动不动。如果使劲敲一下或者骂它一句就能让它移动,沙利早就弄好了。沙利一边诅咒水管,一边在砰砰砰地敲,到天黑了也没能敲动。然后卡尔·罗巴克打电话给城市的供水部门,他们说第二天早上才能派人来,这就意味着今晚他家不能用水了。幸运的是,托比已经洗过澡了,当她出来尴尬地道别时,她看上去干净凉爽,穿着一件比刚才那件更为宽松的薄衬衫,沙利不得不带着罗布走回卡车。

几个月后的今天,当他们在安装石膏板的时候,周围唯一存在的乳房就在沙利教罗布的那首小黄诗中。如果有什么东西可以分散他的注意力,那么他就会工作得很开心。几乎任何东西都可以分散罗布的注意力。试了几次后，罗布能完美地背诵出那首小诗。他们都为罗布掌握了诀窍而感到自豪。

> 我最喜欢康乃馨①
> 不用挤奶
> 不用拉粪
>
> 不用拉粪
> 不用晒草
> 狗娘养的玩意儿上打个洞。

但十分钟后，罗布就忘记了开头部分。他不停地要从第一句开始，第二句怎么也憋不出来，"我最喜欢奶头，"罗布解释说，"我也喜欢阴道，只要不让我看它，看着它让我感到害怕。"

让沙利害怕的是他隐隐作痛的膝盖。整个上午，疼痛一直在加剧，上到大腿根，下到脚踝都在泛着疼痛。几个星期之前，他还能置之不理。他总对自己忍受疼痛的能力感到自豪。当他还是孩子的时候就知道：疼痛会达到人们能够承受的顶点，过了这之后就不会感到特别疼了。你要寻找的就是那个顶点，然后你就会明白你能忍受这疼痛，它要不了你的命。小时候，沙利学会了忍受父亲醉酒后的殴打，他总是等着父亲的怒火燃到最高点，然后渐渐平息，最后燃尽，熬过这个过程让沙利充满了自豪感。对了，还有爱。在疼痛中能感受到美好，这不是每个人都知道的。他父亲最喜欢的玩笑之一是：为什么那个白痴把头往墙上撞呢？因为当他停下的时候会感觉很好。沙利明白，他父亲喜欢这个笑话不是因为它滑稽，而是因为这个笑话说得简直太对了。从痛感中获得快感，当你住手的时

---

① 康乃馨牌牛奶，美国罐装牛奶品牌。

候,那感觉妙极了。

让沙利感到恐惧的是,最近膝盖上的那一处新伤口在持续作痛,实为难忍。小时候,沙利没有意识到,而他父亲明白的一个道理是:疼痛会有一种日积月累的效果。忍受疼痛的能力和你在两次拳头落下之间屏住呼吸的能力密切相关。沙利膝盖上的疼痛并没有真让他担心,只要是日子是一天好一天坏交替着过就行。但是沙利现在开始怀疑,他的缓冲期,也就是能让他为高潮做准备的那个低谷期正在消逝。如今,一晚能睡超过四个小时已属罕见,睡梦中还伴随着睡梦中的疼痛感,他甚至在梦中也是一瘸一拐的,每次醒来的时候,他总感觉自己压根就没有睡着过。

还有更糟糕的,吃了乔可的药后,他感觉醒的时候也是精神恍惚的。沙利开始害怕他在慢慢地处于一种迷迷糊糊、半醒半睡的状态中,疼痛是这个状态里的唯一常量。对他来说,与今天这种钻心的疼痛相比,生活陷于混沌的状态要可怕得多。因为钻心的疼痛和他父亲的殴打一样,是人为的。那时,他靠着盘算父亲还剩多少力气和恶毒来挨过这种疼痛,打到某个阶段,父亲总能意识到自己在做什么,然后就心满意足地收手,这样,沙利的疼也就停止了。现在沙利怕的是,他面对的是一种从未经历过的疼痛,而且它正在无休无止地吞噬着沙利的忍耐力,它不会知道或者也不在乎沙利的承受能力,只管肆无忌惮地肆虐。

今天早上,沙利忍住了——没有吃乔可给的药片,他害怕吃了药后就会变成一个废人。虽然安装石膏板并不需要头脑敏捷,但还是需要保持清醒的。所以,可不能边打瞌睡边干活,而乔可给他的止痛药药效一起,就像是喝了蒙汗药一样,人迷迷糊糊的。罗布干任何活的时候都必须有人在旁边监工,那些有自知之明的表兄弟们都抱怨他连收垃圾的活都干不好。沙利可不想进入昏昏沉沉的状态,而他旁边的这个成年人是个花三个小时都学不会一首简单的小黄诗的货色。所以在他们完工前,沙利是不会吃药的。

"女人的阴道难道不会把你吓着吗?"罗布想知道。

"不记得了。"沙利回答。

"你怎么会不记得女人的阴道呢?"罗布说。

"你怎么会不记得那首康乃馨小诗呢?"

"嗯,"罗布没有接这个话题,"我不喜欢阴道的样子。"

他们干完活已经快到下午两点了。罗布因为没记住那首小黄诗有些闷闷不乐,不过令他感到欣慰的是感恩节的活终于干完了,他不再需要这首分散他注意力的诗了。一想到布茨的那只烤得金黄脆嫩的火鸡,罗布就很开心。他把锤子和腰带放到沙利的工具箱时,告诉沙利:"我喜欢吃火鸡屁股上的那片大大的老皮。"

沙利怀疑罗布对火鸡身体各部位的理解不全面,他指的屁股其实是火鸡的颈腔,若是去掉了火鸡的头和脖子的话,罗布是分不清的。当他们爬进卡车里时,沙利对他说:"罗布,我就不明白了,看到阴道你都会害怕,你现在却迫不及待地要吃掉火鸡的屁股。"随后,他从乔可给的那瓶亮粉色的药瓶中拿出一粒药片,在胸前做了一个十字架的手势,然后把药片干吞了下去。

"这就是生活。①"罗布赞叹道。

沙利边听罗布说话,边听他膝盖的响声,他朝朋友眨了眨眼睛。罗布正在耐心地等沙利转动钥匙点着火,好回家吃那硕大的烤火鸡。罗布只是恍惚地意识到他刚才说了一句外语,所以当他看到沙利盯着自己时,他得出一个结论,就这么一次,他知道了别人不知道的东西。"人他妈的应该为自己而活。"他解释了下,算是为沙利解答疑惑。

十分钟后,当沙利把罗布放在他家门口时,沙利还在大笑。"哇哦,"罗布感叹道,沙利明白他为什么会有这种反应。

罗布的妻子布茨从公寓朝他们走过来,与她庞大的体型相比,

---

① 原文为 Say la vee,类似法语 C'est la vie(这就是生活)的英文发音。

她走路的速度算是快的。正如维尔夫所说，布茨的躯体可以分出两个极丑的成年女人，剩下的部分还能造出一个极丑的婴儿。她如果生起气来——很明显，她现在正在气头上——那景象看着很恐怖。

无论如何，沙利还是把车窗摇下来了。他昨天晚上坐着没有起身，以友好的姿态，成功地避开了扎克的敌意，他在想同样的策略会不会还能奏效，但是他相当怀疑。布茨和扎克不一样，她喜欢动手。"感恩节快乐，小可爱，"他喊道，"你好吗？"她那副样子就好像一个男人过去所犯罪行跃然纸上，现在到了报复的时候了。

"我的感恩节火鸡烤成渣渣了，"她说，"你整个秋天都不给他活干，现在却要他在感恩节这天干活，把整个节日全毁了。"

有一件事沙利总也不能让罗布的妻子明白：他自己不是雇主，罗布不是给他干活，他也不是罗布的老板。她很难明白这种情势，有一部分是因为，沙利好像就是给罗布提供工作机会的人（沙利不给罗布活干，罗布就没有活干），因为是沙利付钱给罗布，因为沙利告诉罗布做什么，什么时候做。这在布茨看来，沙利就是老板，她不愿意加以区分。沙利想，现在不是澄清这件事的好时机。

"嗯，"他说，"抱歉啦，有时候，这种事就是这样，这活比我们想的要费时间。"

"没什么可说的，整个节日都毁了。"布茨说，但沙利察觉到布茨的语气缓和了些。罗布没有冒险，他坐在卡车里一动不动。沙利看得出他很明显不愿意加入谈话当中来。此时此刻，沙利是在孤军作战。罗布明白，过一会儿他就得孤身独自面对了，所以现在先让沙利替他挡一下。

"我想我们要是能对钱无动于衷就好了，"沙利说道，"不管是不是碰上感恩节。"

布茨的音量又降低了一度，但她还是没有放弃。"店里每年只给我三次该死的带薪假期，你却不在家，毁了其中的一个。"

"好吧，我们把圣诞节留出来，"沙利向她保证，"我保证。"

布茨向前倾着身子,好瞪着她的丈夫。"你出不出来?还是想让我过去把你拽出来?"

罗布伸手去摸门把手。"我正要和沙利说再见呢。"他弱弱地解释着。

"等火鸡烤焦了,你他妈的还没说完,快从那该死的卡车上下来!"

罗布照她说的做了,但是动作并不麻利。布茨看着他,又心软了一点,"你也可以进来和我们一起消灭掉那只火鸡,"她对沙利说,"这玩意儿原本重二十磅,现在也一定还有八磅。"

"小可爱,我很想去,"沙利告诉她,"但是我之前和人约好了。"

布茨冷笑了一下。"换句话说,你毁了两只该死的火鸡,我的,还有另外一个人的。"

实际上,沙利之前没有考虑过这个问题,现在他也不想考虑。也许薇拉正在等着他去吃感恩节大餐,但这种可能性微乎其微。当火鸡慢慢变干,她杀人的决心会越来越强。

回到家,沙利放了一缸热水。他实在太累了,膝盖也疼得使他无法站着淋浴。他爬进浴缸,不记得自己睡着了,但事实的确如此,因为电话铃吵醒他的时候,他意识到之前放的那缸热水现在已经凉了,而他刚进去时的水温,是他正好可以忍受的温度。

"我只是想说,昨天晚上我挺为你骄傲的,"露丝说,她跳过了寒暄,这是她给沙利打电话时的习惯,"换作是以前的沙利真的会和人动武呢。"

露丝总是提醒自己和沙利,他们的关系对沙利有好的影响——这一点的确如此。这是这么多年来他们保持情人关系的借口,也是当露丝因出轨对丈夫产生内疚时安慰自己的办法。但是,当沙利听到露丝说"以前的沙利"时,还是有一丝恼火。他年轻的时候总会在酒吧里寻衅滋事,他是需要改造,这些也许都不假。但她这一口一个"以前的沙利""新的沙利"地叫着,就是在假设她扮演了一个必不可少的角色,这一点,沙利从来都没有正式承认过。"以前的沙利也极有可能打赢呢。"他指出。

"新的沙利也能赢,"露丝说,"新沙利够成熟老练,所以直接走开了。"

"我没有走开,"沙利提醒她,"是扎克走开了。我都没有离开座位。"

"你明白我什么意思。"

"要命,我从来也不明白你什么意思。"

短暂的沉默后,露丝最后说:"好吧,随便你。活该,谁让我在感恩节打扰你呢。"

"我很高兴你给我打电话,"沙利心软了,因为听到她的声音他真的很高兴,而且是极度的高兴,"只是我现在站着,身上还滴着水。"沉默了一会儿,他说,"我俩为什么不结婚呢?"

"因为……"

"哦,"沙利说,"我总想知道是什么原因。"

"你每次问的时候,都有不一样的理由。每次还都理由充足。"

"你在哪里打电话啊?"他这才想起来问。

"在家里。猜猜谁在沙发上睡着了。你知道食物对他的影响,到点了就会醒过来,然后做个火鸡三明治,吃完再上床睡觉。"

"他过得真舒服,你打两份工作,还给他做饭,换作是我,我也会这样。"

"不,你不会的。"

"你为什么不来我这里一会儿呢?我的房东不知道去哪里吃感恩节大餐了,你可以给我带个鸡腿来。"

"扎克把两个鸡腿都吃了,"露丝说,"还把一个鸡大腿也吃了。"

"你不接受我的邀请吗?"

"不行,亲爱的。"

沙利弯了一下膝盖,乔可的药还没有起作用,沙利怀疑乔可是不是在做安慰剂的试验。"那么,我想我得过去见见薇拉了,"沙利说,他希望这么说能让露丝改变主意。只要一提他前妻的名字,准能到达目的,"至少她会给我吃饭。"

露丝没有回应他,沙利意识到她在哭,但他不知道为什么。"为什么不到我这来呢?"他说,"如果你想的话,我们可以去个别的什么地方。要不开车去斯凯勒,到外面吃感恩节晚餐。"

"我已经吃过晚饭了,沙利,"她提醒他,"此外,我不太想看见你。我现在感觉真是绝望,我也许会同意嫁给你,然后呢,我又图什么呢?"

"图幸福?"

"你的意思是,你会让我幸福?"

如果露丝同意,他会娶她的,但实际上,沙利怀疑他们两人都不会幸福。"我们中至少有一个会比之前好吧。"他说。

"对,"她同意道,声音稳多了,"扎克会比之前好。"

"这样的话,我收回我的求婚,"沙利说,"我讨厌扎克会因为我而变得比之前好。"

他听到露丝在擤鼻涕。"在薇拉家好好吃。"

"他们也许已经吃过了,现在几点了。"

露丝告诉他快四点了。

"也许我最后会去白马酒吧,如果你也想来的话,就过来吧。"

"我想和你谈谈,沙利。"她说。

"我们不是在谈吗?"

"不是在电话里谈。"

沙利突然有一种很不祥的感觉。"你还好吗?"她是不是去了医生那里,医生和她说了什么?"你没生病吧?"

"没有。"

"那是怎么了?"

"明天有足够的时间,"她坚持说,"或者后天。你不介意在这当口避避嫌的,对吗?"

"如果必须要避的话,我不介意。"

"我没事,好着呢,真的。"她说。她听着的确好点了。也许不管是什么,事情还不会那么糟吧,沙利想。"感恩节快乐。"

"嗯,快乐。"

离开公寓之前,沙利又吞了一片乔可的药片。毕竟,这些是止痛药,在他前妻那里待一个下午必定是痛苦的。

走到后门廊,他觉得有什么东西不太对劲,什么东西不见了。沙利站在那里,直到他意识到少了什么——吹雪机不见了。他晃了晃门廊的扶手,松动了,固定扶手和台阶的十字螺丝被取走了。沙利能做的,就只是笑了笑,这说明乔可给的药在起作用了。

贝丽尔小姐和她的朋友格鲁伯太太决定中午去奥尔巴尼城郊的诺斯伍兹汽车旅馆吃感恩节大餐。贝丽尔小姐提议了好几个她更喜欢的地方,但最后还是同意去诺斯伍兹汽车旅馆,那是格鲁伯太太最喜欢的地方。贝丽尔小姐开着车,格鲁伯太太则在边上开心地絮叨了一路,内容包括这为时尚早的降雪,还有其他沉重的话题。贝丽尔小姐知道,她如此愉悦可能是因为贝丽尔小姐今年决定不外出旅行。贝丽尔小姐知道,慢慢冬日里,只要她一月中旬出门,格鲁伯太太就会像蹲监狱一样宅在家里,等待贝丽尔归来。格鲁伯太太比贝丽尔小姐年轻十岁,但是远不如她独立。七年前她丈夫去世的时候,她还没有准备好寡居的生活,现在依然没有。当贝丽尔小姐告诉她今年不去摩洛哥的时候,她说:"我们在这里也会很开心的。天气好的时候,我们同样可以出去到处看看。"格鲁伯太太的观点是:她们的县就有足够她们逛的地方了,只要打开报纸看看上面的广告就行,你不需要跑去摩洛哥看什么新鲜的事物。贝丽尔小姐常常想，格鲁伯太太也许会和老克莱福成为完美的伴侣。对于斯凯勒温泉镇，老克莱福和格鲁伯太太持有同样的看法，他还把这个观点上升为一种哲学：世间万物都可以各归各位，对号入座，关键在于你如何看待。每当老克莱福得出这样老套的结论时，贝丽尔小姐都会看着她的丈夫，然后说他有可能是对的。

格鲁伯太太一辈子都住在北巴斯镇，她已经去过奥尔巴尼无数次了，但还是不认识路。一辈子都没有开过车的她，把开车的事全权交给她丈夫，自她丈夫死后，就又交给了贝丽尔小姐。她从来也没想过她的朋友是否会介意开车，也没想过她自己到底要不要学开车。她认为不会开车和左撇子一样，都很不方便，都是天生的，两者都是无药可救。

事实上，贝丽尔小姐的确越来越介意开车，特别是在天气不理想的时候，特别是在车流大的州际高速公路上，特别是目的地不是她中意的餐厅的时候。她开车时从来不超过时速四十五迈。在高速路上，车辆会变道超车，其他车会从她的福特车旁呼啸而过，鸣喇叭的声音会造成多普勒效应，这时候贝丽尔小姐就会减速，使身体处于防备状态。但是，格鲁伯太太对这些呼啸而过的汽车喇叭声置若罔闻。她的听力开始下降，很少会对外界的刺激做出反应，至少在车里不会。就贝丽尔小姐而言，她的这位伙伴拥有正常的视力，但是她在乘车时常常对周边视而不见。对格鲁伯太太来说，贝丽尔小姐福特汽车的前挡风玻璃，就像是一个电视屏幕，里面放着她不感兴趣的电视节目。如果可以的话，她早就关掉眼前的"屏幕"了。

毫无例外，一看到诺斯伍兹就触发了她的神经，这是一栋低矮建筑，对贝丽尔小姐来说，是奥尔巴尼市最没有特点的建筑。但是格鲁伯太太会指着这个建筑喊道："在那里！"这太烦人了，特别是贝丽尔小姐已经开启了左转灯，开进了左转道之后。当然了，她也知道。因为左转道、转向信号和交通指示灯，对她的伙伴来说都是一样的，没有特殊含义。贝丽尔小姐独自一人在律动的州际高速上开了十英里路,找到了正确的出口,在繁忙的城市车流中,在刺耳的喇叭声中,转了多个弯,最后却换来格鲁伯太太用瘦骨嶙峋的手指指出来,她们的目的地到了,这太烦人了。

这一天,贝丽尔小姐并没有像她的伙伴一样心情愉快。她使尽招数让格鲁伯太太关上话匣子,努力不让自己后悔这么草率地做出不外出旅行的决定。上午的时候,小克莱福打电话过来祝她感恩节快乐,谈话末尾问她和格鲁伯太太什么时候从奥尔巴尼回来。贝丽尔小姐太了解自己的儿子了,她才不会相信他这只是随意的询问。小克莱福刻意地强调了一句"哦,对了",这种问询的方式恰恰表明,他想知道她们什么时间从奥尔巴尼返回来,这才是他打电话来的真正目的。而且,她很确定,她并没有和他提过她和格鲁伯太太要去奥尔巴尼吃感恩节大餐这件事。

贝丽尔小姐看到了出口的路标,她开启转向灯,开始把福特汽车向右变道,准备开下高速的下匝道。等到了出口,她把车又并向右边,停在交通灯前,借这个机会她瞥了一眼身边的朋友,她怀疑格鲁伯太太是小克莱福的眼线。即便格鲁伯太太知道她的朋友正在用怀疑的眼神审视着自己,她也没有表露出来,相反,她还在开心地、漫无目的地唠叨着。无论小克莱福的目的是什么,贝丽尔小姐认为格鲁伯太太都已经知道了,或者说比贝丽尔小姐知道得多。这让贝丽尔小姐好一番猜测。小克莱福得知她今年不去旅行的时候,看起来好像很失望,几乎是吃惊。贝丽尔小姐知道小克莱福鬼点子多,谁知道他这次又在打什么鬼主意呢。也许他又在给她找退休社区了,尽管他答应过不再找了。小克莱福自己住在新斯凯勒温泉乡村俱乐部边上的豪华联排别墅里。去年夏天的一个下午,他搬新家不久就邀请了贝丽尔小姐前来参观。他告诉母亲,同一个开发商正在镇子的另一边建造着专为老年人设计的新社区。他们一起坐在院子里吃午饭,院子的四周围着栅栏。边吃饭小克莱福边给她看宣传册,并向她解释住在社区里的好处,正在这时,旁边的第十四发球区打高尔夫球的人不停地把球砰砰地击在联排别墅的侧墙上,发出鸣枪一般的响声。有一只球居然打进了他们坐的院子里,发怒地绕着院子转圈。"儿子,我们似乎被包围了。"当小克莱福弯腰捡起那个最终停在他脚边的泰特利斯高尔夫球时,贝丽尔小姐说道。他这时候的表情就跟他小时候照片上炫耀圣诞节或生日礼物的表情一样。拍照片的初衷是为了抓住孩子幸福的时刻,但通常,小克莱福脸上的表情展现的却是:他已经发现了这件礼物不好的地方,发现了这件礼物与买来时包装上所描绘的大相径庭的原因。

交通灯变了,贝丽尔小姐转向十字路口,她在思考小克莱福这会儿在打什么算盘,是否和她不在家有关。当她还在想着这种可能性时,只听见格鲁伯太太问道:"是不是在那里,亲爱的?"当看到她朋友瘦骨嶙峋的手指指着奥尔巴尼的一处房子时,她意识到她们已经错过了此行的目的地——诺斯伍兹。

"哦,亲爱的,"格鲁伯太太难过地说,眼睁睁地看向身后的诺斯伍兹,好像她朋友错得太严重,已经无法弥补了。"你觉得,我们能掉头回去吗?"

实际上,她们至少要再开 1.5 英里才能掉头回去,格鲁伯太太并没有注意到她们现在走的这条街被一个安全岛分开了。诺斯伍兹汽车旅馆从后窗消失的时候,格鲁伯太太重重地叹了口气。又开了几个街区,她们停在了红绿灯前,格鲁伯太太看见了另一栋房子。"那个也许很不错,"她说,"它看着挺不错的。"

"那是一家银行。"贝丽尔小姐说,她不得不承认除了那个巨大的招牌可以说明那是银行外,它的确看着像是一家餐馆。

格鲁伯太太又叹了口气。

贝丽尔小姐拐了个弯在银行的空地上掉头,返回了她们刚刚来的路。这一套操作让格鲁伯太太糊涂了。当诺斯伍兹汽车旅馆第二次进入她们视野的时候,她既惊讶又激动,这次旅馆位于马路的对面。她的朋友减速、开启信号灯、拐进停车场后,她又指了指说:"在那儿。"事情最终总能解决,格鲁伯太太沉思着,哪怕是看上去最困难的事情,也总能找到办法解决。这是她这一辈子一次又一次学到的经验。她坐在贝丽尔小姐福特车的前座,心中暗想自己才不要变成闷闷不乐的人。

诺斯伍兹汽车旅馆主要接待的是老年客人,尤其是在星期日和节假日。餐厅宽敞,全都在同一层,白色餐桌之间的空间留得足够大,可以放得下轮椅。友好的年轻女招待穿着整齐的奥地利蒂罗尔风格的服饰,个个健壮魁梧。当她们侧身走过老人身边上菜时,都让人觉得她们一只胳膊就能架起一位老人。这些姑娘们从经验得知,她们的顾客群超级喜爱自助餐,但他们的身体状况无法满足他们的食欲。他们越是疾病缠身(如关节炎、腰椎间盘突出、视力不佳、平衡能力欠佳、胃口小等毛病),就越是迷恋于自助餐的长桌。只见桌上琳琅满目的食物:胡萝卜、西芹条、白色的软奶酪、苹果酱,干奶酪块上面插着裹有漂亮透明纸的牙签,还有各种具有异国风味的豆类——四季豆、黄刀豆、芸豆,以及通心粉做成的色拉,上面浇了油醋汁,这些都需要女服务员一一解释。解释着、解释着,他们就会缩小自己的选择范围,但之后又会排起长长的蛇形队伍。

贝丽尔小姐和格鲁伯太太坐下来的时候,餐厅已经人满为患了。她们的桌子在餐厅的正中央,这桌子对她们两个人来说太大了。贝丽尔小姐还在为刚才开过了餐厅而感到心烦,她的同伴对食物的挑剔程度也让她感到恼火。格鲁伯太太怕队伍越来越长,一来就马上加入了自助餐的队形里。贝丽尔小姐却只点了一杯曼哈顿鸡尾酒。她解释说:"这个队不会变长的,除了我俩,这里的每个人都已经站在队伍里了。"

"那就听你的,亲爱的,"格鲁伯太太说,尽管很勉强,但她在大多数琐事上都遵从贝丽尔小姐的意见,"我一直都很喜欢的那种好喝的威士忌叫什么来着?"

"古典鸡尾酒。"贝丽尔小姐提醒她。

格鲁伯太太点了一杯古典鸡尾酒。

菜单是感恩节特制的,写在半透明的薄纸上,有着扇形褶子边缘。格鲁伯太太仔细研究着这张菜单,就像研究罗塞塔石一样认真。可选的食物主要有烤火鸡、蜜汁火腿、扬基烤肉。格鲁伯太太一边看着菜单上的菜谱描述,一边嘴里嘟囔着,当她决定好要吃什么的时候,脸上露出了微笑,这些是贝丽尔小姐从一开始就可以预料到的。"我要喝烈性杜松子酒,"格鲁伯太太宣布,她的声音太大了,旁边几个人吃惊地抬头看了看她,"还要老汤姆火鸡,"格鲁伯太太又说道,她又读了一遍菜单,以确定无误,"上面写着鲜美滑嫩。"

格鲁伯太太喜欢诺斯伍兹汽车旅馆的菜品,喜欢那种熟透的味道,而这一点恰恰是贝丽尔小姐不喜欢的,因为她认为这里所有的菜都烧过头了。蔬菜煮成了泥,原来的形状和机理都丢失了,只能通过颜色或者是褪了色的样子来辨认。肉类也总是在热度和蒸汽的作用下全都散架了,而对此格鲁伯太太总会说,这样你完全可以用叉子就能把肉切开。

"鲜美滑嫩并不是一个能用来形容火鸡的词。"贝丽尔小姐说。

格鲁伯太太放下菜单问道:"什么?"

贝丽尔小姐重复了一遍她的看法。

"你情绪不好的时候,就爱咬文嚼字。"格鲁伯太太说。很明显,她这是明摆着要指出她朋友傲慢的态度。"鲜美滑嫩没什么错,这是个多可爱的词,仿佛就浮现在你眼前。"

贝丽尔不否认能够想象出"鲜美嫩滑"的样子,但是她怀疑她所看见的和格鲁伯太太看见的实物是不是同一个东西。不过,还真是这样,她心情不好的时候,总是会对遣词造句吹毛求疵。也许她正对自己现在的坏情绪感到内疚。小克莱福刚刚的来电和她对格鲁伯太太当了眼线的疑心只是影响她情绪的一小部分原因。自从早上和沙利在后门廊说了几句话以后，她就一直对所有的事情都闷闷不乐。出乎她的意料，沙利居然承认自己虚度了光阴。贝丽尔小姐一直都很敬佩沙利的一点是，他始终坚信是自己犯下的无数个错误，造成了自己性格古怪乖张、孤独一生的下场。她期待的是他一贯的反抗，而他一反常态地、悲伤地承认自己的过错，这反倒使他看着比平时更像游魂。有时候对贝丽尔小姐来说，整个巴斯镇都在变得鬼魅，尤其是上主街，那些榆树和树顶纠缠着黑色树杈，还有那些老房子，曾经住着兴旺的家族，如今却门可罗雀，只剩下孤零零的一个人，这人和死人说话的频率要比和活人说话高得多。也许住在高尔夫球场边会好些吧。也许挥挥球杆要比坐在终有一天会砸下来的树杈下更好些吧。那天早上她和沙利聊完之后，在小克莱福打进电话之前，她和老克莱福进行了一次长时间但并不太令人满意的谈话。她在节假日的时候，总是特别想念老克莱福。她打开了电视机，看着梅西百货的感恩节游行，但她还是把注意力转向了丈夫的照片，他的圆脸正好在电视里的史努比气球上面。今天早上他脸上的表情有没有那么点不满意？"如果你对我处理事情的方式有什么不满，也别干涉我。"贝丽尔小姐说。"你也是。"她又对面具教练说道。他看着像是要从他栖息的那面墙上，悄悄给她些颠覆性的建议。

贝丽尔小姐一直在上主街上过着充裕知足的生活，直到最近，情况发生了变化。她不理解为什么现在变得这么不知足，她的生活环境和以前相差无几，但的确，死亡在一点点逼近，但是她并不怕死，或者说并不比二十五年前更怕死。她现在心中似乎是在遭受某种无名的不安，好像是她忘了什么想做而没有做的重要事情。昨天来上门拜访的那个可怜的小女孩和她妈妈，加剧了她的不安，但贝丽尔小姐无法解释为什么这个小孩——无论她有多可怜——会加深她的遗憾。遗憾，这实在太荒唐了。一位八十岁的老人在白雪飘飘的感恩节，让自己沉溺在对过去的遗憾中，而她又必须承认这世上还有很多值得感恩的事情。抬头凝望古树等待上帝降下厄运通通都是胡思乱想,这无疑证明她脑袋也坏了,像她那患了关节炎的手脚一样。一定要停止,所有这些都要停止。沙利不是游魂,他是人。小克莱福是她的儿子,是她自己的血和肉造出的儿子,认为他对自己的关心是虚情假意,这毫无根据。她的疑神疑鬼纯粹是妄想症,十足的妄想症。小克莱福用计谋来妨害她独立的生活方式,对他有什么好处呢?实在想不出。如果没有理由这么做,那么他就不会做。如果他没有在设计陷害自己,那么格鲁伯太太就不是他的帮凶。

贝丽尔小姐自言自语着,她很高兴把这一切都理清了。这样,她就能开开心心地带着感恩的心情吃大餐了。她又一次审视着格鲁伯太太,她此时又在读着菜单,研究这些文字,好像里面有什么阴谋一样。贝丽尔小姐承认,也许她还该向格鲁伯太太道歉。但她正要开口道歉时,却听见自己说出了完全出乎她意料的话。"和我说实话吧,我儿子是不是给你打电话,叫你监视我来着?"

格鲁伯太太准备搁下菜单,不过并没有真的搁下。"你这话到底什么意思?"

"我的意思不是明摆着吗?他是不是给你打电话,叫你监视我?"

"当然没有,亲爱的,"格鲁伯太太看着菜单说,"他怎么会给我打电话呢?"

贝丽尔小姐脸上露出了笑容,她朋友不堪一击的谎言和她自己发现谎言的能力都让她的精神为之一振。"我没有和他说过我们今天打算来这里吃饭,"贝丽尔小姐说,她一下子就明白了,她的判断没错,"但今天早上我告诉他的时候,他已经知道了。"

"一定是你之前告诉他的,"格鲁伯太太看着她的菜单说,"你自己忘了。"

"看着我,爱丽丝。"贝丽尔小姐说。

格鲁伯太太胆怯地放下菜单。

"小克莱福不是我亲生的,"她告诉她朋友,"在医院的时候,婴儿车被调了包。"

格鲁伯太太脸上显出惊恐的神色，有那么五秒钟的时间，她真的相信了贝丽尔小姐的话。"这简直太可怕了。"

"开个玩笑嘛，"贝丽尔小姐说，虽然那不是真的，但那一直是她的心愿，一直都是。

贝丽尔小姐喝完了那杯曼哈顿鸡尾酒后，看到色拉吧那里的人不那么多了。"嗯，"她说，"我们开始抢滩自助餐台吧。"

格鲁伯太太脸上的愧意还未消，听到贝丽尔小姐的建议，简直感激涕零。"抢滩，"她重复着，把椅子向后推了推，"哎，你这些用词啊，简直了。"

在色拉吧，格鲁伯太太装满了两盘色拉，她让蒂罗尔女招待帮她送到餐桌上。

"我喜欢这句话。"她们重新坐回到餐桌时，贝丽尔小姐说。格鲁伯太太带着超乎寻常的庄严开始吃白色软奶酪。"我喜欢这么遣词造句。"

一个小时后，她们在回巴斯的路上，格鲁伯太太开始打嗝了。贝丽尔小姐想起了母亲最喜欢的那句俏皮话，拿出来讲给她的同伴听。"嗯，"她告诉格鲁伯太太，"要么就是你说谎话了，要么就是你吃了什么不该吃的东西。"

格鲁伯太太面带愧色，继续打着嗝。当她们回到上主街时，看见小克莱福的车停在路边。

沙利的前妻薇拉的家位于银街上，她站在她家厨房的水槽边，今天已经是第 N 次感到一种不稳定的情绪像疾病一样在喉咙爬来爬去了。暮色渐浓，从厨房的窗户望出去，她看见一辆快要散架的皮卡停在路边。皮卡没有熄火，蓝色的尾气生出一股浓烟，看着像要吞噬整个街区。很明显，不管这车是谁的，这人肯定是进了街对面的房子里,车子的引擎一直转着,尾气并未消散,而是笼罩着周围。薇拉在脑海里想象着,这有毒的浓烟越聚越多,不只笼罩着整个街区,还把这座她度过了童年和一辈子光阴的镇子都包裹了起来,给这里的每一件物品都留下了薄薄的一层油脂。

她在北巴斯镇的银街住了快有六十年,过去的三十年中,她和拉尔夫·莫特住在这栋不算宽敞但用心呵护的房子里。她和沙利离婚后,便马上嫁给了拉尔夫。薇拉二十岁前一直住在后面的街区,直到十年前,她父亲搬去了老兵之家后才搬进现在的房子。这之前,那栋房子和这条街上其他的房子一样漂亮,照管得也很好。但自从那以后,整个街区都在明显地走下坡路。她父亲的房子,她曾度过了幸福的少女时光的房子,现在出租给了第三任脏兮兮的、举止粗野的、靠政府救济的福利家庭。房子现在的主人是薇拉的中学同班同学,她不喜欢这人。他买薇拉爸爸房子时,所有人都猜测他会搬进去住,他却把房子和街角他父母那套房子一起出租了,而他自己则搬到了斯凯勒温泉镇。他以非常便宜的价格从薇拉父亲手里买下了这栋房子。那时候罗伯特·哈尔西的身体每况愈下,他感到用不了多久,自己就不能自理了。所以他以比市场价低很多的价格把房子卖了,没有跟女儿或其他任何人商量,也许是因为他没怀疑过这房子的价值,也许是担心等不了多久,他就会一病不起。那年夏天,在薇拉、拉尔夫还有彼得出去度假的那个星期,他就把房子卖了,在他们回来之前,他就自己搬进了斯凯勒温泉的老兵公寓里。他知道他女儿会努力阻止他卖房子,而且或许会得逞。他也知道如果他答应的话,女儿就会一直照顾他。对于女儿所关心的,他倒不怎么感冒。他太了解女儿对他超乎寻常的付出,知道她会把他的需求、他的健康幸福放在她自己的,甚至她家庭的健康幸福之上。她还年轻的时候,也就是薇拉在奥尼昂塔的州师范学院学习的第一年,为了回家照顾生病的他,薇拉就放弃了学业。等他病愈,至少有那么一段时间没再犯病,她也没能重返校园,而是让自己不知不觉地落进与沙利那段注定会失败的婚姻里（罗伯特一直怀疑，或许这样她可以离他近一些）。而且，离婚后，她又不知不觉地落进另一个看似满意但（她父亲怀疑）一样不幸福的婚姻里。

当薇拉劝她的第二任丈夫买下这条街上的房子时，罗伯特·哈尔西并不怎么吃惊但也有过担忧。他明白，薇拉离他住得近会让她感到安全舒适，他无法让她明白，现在应该是放弃他的时候了，就像当她在其他方面做出错误判断的时候，他也无法让她明白一样，他已经做了无数次的尝试。她对他的爱是他见过的最可怕的东西，他想不出什么办法来战胜它，阻止她再次伤害自己。卖了房子，把钱给她和拉尔夫，搬到斯凯勒温泉，住进老兵之家，这样他就逃离了女儿的奉献，帮助她和第二任丈夫从债务下解脱出来——她之前判断上的失误让他们背了债。

虽然他从来没有试图告诉过她，但是薇拉知道，她让父亲失望了。他曾在小镇上当老师，他努力工作，用这点薪水供她读大学。但她没有按照父亲的要求去读大学，而是去了州师范学院，因为离家近，然后还辍学了。她本来就知道，回家来照顾父亲并不会让父亲高兴，这么做其实是为了掩盖她说不出口的谎言。她不喜欢师范学院，不喜欢那里的生活。那里没有朋友，自己也没有专心学习，父亲生病只是她回家和父亲一起生活的借口。她那么爱他，父亲不可能质疑她对他不可动摇的爱，但在异常清醒的时候，她明白，她对父亲的这种奉献，再加上沙利身上数不清的缺点，导致她第一次婚姻的失败，也导致她在第二次婚姻中总是缺乏幸福感。一个简单的事实是：没有人能比得上罗伯特·哈尔西——她的父亲——一位举止高贵的杰迪戴亚·哈尔西的直系后裔，杰迪戴亚·哈尔西就是那个富有远见，创建了无忧宫的人。

只有一个人可以和她的父亲亲近，那就是她的儿子——彼得。薇拉在彼得身上下了很大的功夫。她在彼得的身上看到，这个孩子注定是来补偿她父亲对她的信任和为她做出的牺牲的。彼得聪明，比她上学的时候成绩好多了,他在学校的功课不错,但老师们似乎都不喜欢他。他的成绩总是离优异差一点点,他妈妈从来都没有想明白是为什么。他总是超乎寻常的焦虑,但是她没想过,彼得学习的动机是因为恐惧,只有当他恐惧时他才会被动前进。当她终于意识到儿子的恐惧后,没花多少时间她就分析出了他恐惧的根源:只能是沙利,此人既是他的父亲,又不是他的父亲,沙利一直都在潜移默化地影响着他。

薇拉之所以能辨认出彼得恐惧的源头,是因为她也有此恐惧。她总是认为,沙利有能力把他们所有人都毁灭掉。可能是由于他的粗心马虎,甚至是弄巧成拙。彼得长大后,最让她心烦的恐惧是:也许有一天沙利会清醒,从而对他们的儿子产生兴趣。这原本是无稽之谈,但是薇拉会因此陷入无数个不眠之夜,万一沙利成了障碍,薇拉就要想出对付他的办法。每次他出现在她的门前想要带彼得去什么地方——通常是受到她那个傻乎乎的丈夫拉尔夫的鼓动——薇拉都害怕沙利会突然爱上这个孩子。如果发生这样的事,她要怎么办?她能怎么办?

就是这么没理由的担忧,经常让薇拉的判断摇摆不定。会让她想起在奥尼昂塔上师范学院时是如何思乡情切,如何感到格格不入,难以集中精力在学习上。因此,她决定不送彼得去北巴斯镇靠不住的高中读书,而是把他送去了新罕布什尔州的一所男子预科高中。这个决定着实折磨人,因为她知道这在阻止沙利看到孩子的同时,也使自己和彼得分开了。最后,她坚信值得去冒这个险,她告诉自己:彼得越是受到好的教育,他的行为举止就越彬彬有礼,就会越少受到沙利的影响,那么,沙利就越不会清醒过来,爱上自己的儿子。

她想,有些人会把这叫作"正义",所谓善恶到头终有报——这会被归为"别轻易许愿"系列。正如她所希望的,在彼得去预科高中之后,沙利对儿子的兴趣更小了。无论她怎么做,事情都会这么发生，薇拉明白过来这一点的时候已经晚了。对于她的前夫来说，责任和爱就是沉重的负担，重重地压在他的身上，让他烦恼不已。一有点机会，他就会被自然地吸引到午餐店、酒吧这样的地方，置身于男人窝里，徜徉在别人的老婆身边。把儿子送走就是多此一举，还把自己也搭进去了。她保护彼得的意图和对他的奉献，又一次产生了出乎意料的效果，就如当初对待父亲那样，真是讽刺又滑稽，这太残酷了。对于彼得，他在成为令人骄傲的儿子的同时，也逐渐对她失去了兴趣和爱意，彼得像薇拉父亲一样当上了一名老师，身边有个大学教授曾经让薇拉感到恐惧。彼得冷漠地拒绝读薇拉推荐的书，对她的政治观点也是报以嘲讽的微笑，似乎在表示她没有能力做出任何与众不同、有预见性的见解。她曾有那么多东西想要与他分享，但现在他已经是成年人了，对那些没有丝毫兴趣。他似乎更喜欢跟什么观点都没有的拉尔夫待在一起。她儿子对她怀有爱意却与她相谈甚少，这是最残酷的矛盾。

今天，他们一起共享感恩节大餐，薇拉比以往任何时候都更明白爱到底是个多么可怕的东西，或许，深深扎根在焦虑内心中的那种爱才可怕。她知道这一天来之不易，并事先为此做了精心准备。昨天烤了派，今天早上起得很早，给火鸡填料，还准备做她父亲最喜欢的南瓜。大概九十点钟的时候，她和拉尔夫开车去斯凯勒温泉把罗伯特·哈尔西从可怕的老兵之家接回来，这活儿不好干，因为他们不仅要把这个羸弱的老人搬回来，还要把他的呼吸设备——便携式氧气瓶和面罩都搬来。他们不能简单地把呼吸设备放在后备厢里，因为也许她父亲在回巴斯的路上就会用到。

刚开始一切都很顺利。回到银街，他们把父亲安排在起居室，这天他呼吸顺畅，只需要不多的几次供氧。彼得拖了一把椅子过来，他一直很喜欢外公，他俩交流了教学的故事。彼得把他那套愤世嫉俗的态度收敛起来，同时由于薇拉的坚持，他也把他终身教职落榜的消息压了下去。拉尔夫把橄榄球频道的音量调低,拉着一张马脸的夏洛特让可怕的小瓦克尔不要去折磨哥哥和其他人,瓦克尔是个地道的小魔头。薇拉一直都在暖和的厨房里,像小蜜蜂一样忙碌着准备大餐的最后一道工序,陶醉在食物的香味和家人的说话声中,沉迷在深深的爱与渴望之中。自从彼得通知她邀请了沙利(肯定是为了气她),那个遥远的恐惧又回来了,如果她有什么恐惧的话,那就是她怕沙利出现,怕他毁掉这一切。但是她告诉自己,上帝不会对她这么残酷,不会允许此事发生的,至少不会在今天。

感恩节大餐之前半小时,她让拉尔夫帮她把餐桌的活动面板安装上,他们一起给餐桌铺上了白色的桌布,这桌布是她在节假日里才拿出来使用的。她把从她母亲那里继承来的银质餐具摆在桌上,薇拉还是小孩子的时候母亲就过世了。她在餐桌的两端摆放了一对蜡烛,点燃蜡烛,把电灯调暗,然后叫家人上桌吃饭。她指挥安排每个人的座位,从彼得和夏洛特交换的眼神中,她知道这挺招人烦的。瓦克尔拒绝腾出上座,直到马脸夏洛特动手把他移开。她看得出彼得不仅不赞成安排座位这个想法,而且还不赞成她具体的安排方案:她让她父亲坐在上座,彼得坐在下座,实际上,拉尔夫才是这张餐桌的主人,而他却被安排在桌子中间的某个位置,但拉尔夫一点也不在乎坐哪里,只要让他靠近那盘火鸡就行了。

因此,当桌子上摆满了食物,全家都聚齐时,薇拉很满意,她知道自己刚才完成了一件困难的任务。她头脑里想象出来的画面被如实地在餐桌上复制出来,父亲稳稳地坐在餐桌的一端,看着比几个月来任何一天都更健康,他把氧气装置留在了隔壁房间里,没有戴。彼得端坐在餐桌的另一端,看着那么英俊,虽然样子有一点跋扈。当一家人开始在烛光中传递她准备的菜肴时,门铃没有响,沙利没有在这个完美的时刻出现并毁掉这一切。此刻,只有薇拉意识到,这个她精心安排了这么久的完美时刻,其实是个谎言。当一盘盘食物在眼前传递的时候,薇拉能感觉到真相正从她的喉咙处爬上来,她知道她无法咽下这么一大口食物,只有拉尔夫正忙活着把肉汤浇在他盘子里的所有食物上,连蔓越莓上也浇的是肉汁,毫无洞察力的他,似乎对真相毫无觉察。她突然意识到,父亲把氧气瓶留在隔壁房间里,并不是因为他不需要氧气,而是他认为氧气瓶会毁掉晚餐的气氛。他在等待火鸡传递过来的时候,能听到父亲大口的喘气声。火鸡传递过来时,他的手在发抖,连一片肉也叉不起来,只能等马脸夏洛特分配给他一片。夏洛特给他选了一块鸡腿,她不知道他喜欢吃鸡胸肉,他累得说不出话来。"所有的菜都很好吃,妈妈。"彼得说着低头看向自己的盘子。彼得和夏洛特这一天中曾经两次走进这两天他们住的卧室,薇拉听到他们压低了嗓音生气地谈话,这让薇拉完全明白了她已经怀疑了一段时间的事:他俩的婚姻是一个比无爱婚姻还要糟糕的婚姻,而且这个婚姻不会超过一年,也许等不了一个月就会崩塌。"是的……薇拉,"她父亲努力地说,"非常……好。"但是他没有力气再说下去,而且她强烈地感觉到父亲的生命也许维持不了一年了。她生命中的这两个男人在说话的时候,都没有看向她,她明白两人都不能面对她,或者都不想面对她。他们需要她做的就是赶快结束这一切。当她对两人的赞誉没有做出回应,两人也都没有抬头看她时,她的喉咙缩紧了,痛苦的真相正在危险地往上爬。只有威尔——她的孙子,意识到了她的痛苦,他那么担心地看着她,以至于让她很想安慰他:她的这种情绪总会过去的,她总会把真相生吞下去,不准它再涌上来。

她父亲把椅子推开,颤颤巍巍地站起来,她并没有感到惊讶。"对……不……起……薇拉。"他说,然后转身离开餐桌,向起居室走去。

她很快地站起来去想帮他,但是桌上加了活动面板,餐厅变得很拥挤，马脸夏洛特和可怕的小瓦克尔也挡在他们中间，而且，反正他也不需要她，他需要的是氧气、空气。

薇拉的厨房窗户外面，那辆停在路边的皮卡还在喷着浓浓的黑烟，但天色暗下来了，已经看不太清车的情况了。这让她想到，黑色可以压倒黑色。她正凝神望出去的时候，路灯亮了，可并没有增加多少亮光。然后她意识到彼得走了过来，她转过身，看见彼得正站在走廊观察着她，他手上端着放有火鸡的砧板。她买的火鸡很大，他们根本吃不完，彼得只切了一半。现在他正好把没有切过的那一半对着她，这只烤至金棕色的火鸡看似完美无缺，好像根本没人动过，好像她的付出被人原封不动地拒绝了。彼得看到水槽边的台子上放满了东西，放不下砧板，就把砧板和火鸡放到了小餐桌上。"我准备让孩子们洗澡了，这没问题吧？"彼得问道。

"为什么会有问题呢？"薇拉说，但她知道为什么。他们回家的时候，这栋房子里唯一的浴室总会成为争夺的焦点。这间浴室总是有人，满足不了所有人的需求，还总是没有干净的浴巾，这么多人使用，不可能总保持干净。大家总会在脏兮兮的时候撞见彼此。

"要我来擦干盘子吗？"彼得边说边试探性地来到水槽边，"我现在没什么事情。"

"我最好自己弄。"她说。在她看来，彼得似乎很少这么体贴，他只有在她无法接受体贴的时候，在她自己做不到的时候才给予。

"这间厨房实在太小了。"

"并不是厨房的问题，妈妈。"彼得说，他的声音意味深长，她难以忍受他的这种态度。如果有什么问题，就是她有问题，这才是他想说的。

"去陪陪外公吧，好吗？"她建议他，"我自己可以，真的。"

彼得从抽屉里拿出擦盘巾。"他在打瞌睡呢，"他说，"他吃得还不错。"

薇拉把父亲送回到他的氧气罐边时,给他拿了一盘食物,放在电视机边的桌上,当时他正用力地吸着氧气。

"你做了那么多,"彼得说,又加了一句,好像彼得说这话在她的意料之中,"一直都是。"

"是的,当然了,"她同意道,"我应该让他在老兵之家过感恩节。"

"我不是这个意思,"彼得叹了口气,"我们这些人,你都不应该邀请的。"她什么也没说,他又加了一句。"夏洛特想早上就走。"

薇拉这时候转过来看着他,一脸的惊讶。

"就是……"彼得说。

"她是个多么可恶的女人啊。"薇拉打断了他的话。感恩节大餐还没有结束,夏洛特就走了,说她必须去商店买点东西,但是薇拉偷听到他们在客房里关着门愤怒地吵架。"那个老家伙不是这个房子里唯一一个让人感到压抑的人,"她听到夏洛特说,"住在这里就像是住在一罐除臭剂里,她在每一个房间里都放了两罐空气清新剂。每次有人在用卫生间的时候她就跑进来喷几下。怪不得你讨厌女人。"很明显,彼得觉得她的话很搞笑,夏洛特停了一下,又接着说:"你别笑,和女人做爱和喜欢她们是两码事。"

彼得这会儿低着头看着擦盘巾。"我们不太好,夏洛特和我,"他承认道,"我们来这里过节,只能会让事情变得更糟。"

"你是说,我让事情变得更糟了?"她说,把水槽边的食物刮下来,扔进垃圾处理机。

彼得没有说话。

"你们走吧,"她说,"只管走吧。"

"我就知道对这事你心里会不舒服,"彼得对她说,"你总是把事情变成别人做什么事好像就是为了要让你失望,刚刚在餐厅你应该看看你自己,好像外公不能和我们坐在一起吃饭是在针对你,好像是他故意要毁了你的晚餐似的。"

"如果你不分析我,我真会感激涕零的。"她说道,把最后一盘残渣倒进水槽中,然后把盛了火鸡的碗抓过来,把里面的残渣,还有剩下的南瓜一起倒进了水槽。"尤其是关于你外公的事情,我知道你受了教育,而我没有受教育,但这世上也有些事情是你不理解的,而且永远也不会理解。"

彼得盯着她看,说:"那些菜还能吃呢。"他指出来。

她接着把土豆和绿豆角也倒进水槽,"留着它们干吗呢?"她说,"谁会来吃剩饭?"

"那么拉尔夫呢?"

"他怎么了?"薇拉说,她打开垃圾处理机,处理机发出轰隆的声音,水槽在摇摆,很明显,一块骨头和其他菜渣一起掉进去了,骨头在处理机的壁上像石头一样碰出砰砰的声音。彼得伸手要把水槽上方的开关关上,薇拉一把抓住他的手腕,狠狠地握住,彼得想收回手臂的时候,薇拉也不松手。只有在她自己稍微恢复了一些力气,关上处理机后,她才松手。"你这样对他,就好像他不存在似的。"彼得轻轻地说。

有这么一阵子,薇拉没有回应他。"我不是故意的,"她最终说道,"我也不知道我为什么会这样。"

两人都沉默了片刻。

"一切都在崩溃,不是吗?"她终于能找回自己的声音。

"什么东西,妈妈?"彼得说,他没有掩饰声音里的沮丧,"什么东西在崩溃?"

"我,"她告诉他,冲他一笑,"难道你看不出来吗?"

她看向窗外这条住了一辈子的大街,此时的街灯亮多了。必须要天黑一团的时候,这种人造的照明方式才能起到作用。"还记得这曾经是条多么美丽的街道吗?"她问儿子,"你还记得你小时候在这条街上玩耍的情景吗?那时完全不必担心安全问题。你还记得它没被入侵前的模样吗?"

彼得冲她皱起眉头,她都不需要转过来看就知道儿子的表情。"什么入侵,妈妈?"

她指向街道,指向厨房之外的那个世界,做了一个横扫的手势。"那些野蛮人,"她解释说,"睁开你的眼睛吧。"

彼得向窗外望去,第一次注意到那辆停在路边的皮卡,"喔,"他感到困惑,好像他真的明白了她的意思,"那是我爸,对吧?"

她倒没有想过这种可能性,薇拉正想说不是、不可能的时候,她意识到那就是沙利。在她儿子穿上外套跑出去看个究竟的时候,她想,当然是他。她看着彼得绕过皮卡转到司机的座位那边,往里看。她看见彼得敲了敲车窗玻璃,然后试了试车门,她看见卡车轻微晃了晃。当然是他,她自忖着。世界之大,他可以死在任何地方;时间恒久,他可以死在任何一天,这不正是沙利干得出来的吗?非要选在感恩节这一天,死在她独自努力经营的家旁边?这个想法里充满了苦涩和仇恨,所以眼泪涌上来时,她自己也吃了一惊。

在沙利的梦里,他梦到自己和罗布、卡尔·罗巴克,还有一个著名的电视法官,一起坐在一间狭小的桑拿屋里辩论。沙利解释了去年八月他和罗布为卡尔·罗巴克干活的所有情况,还讲了卡尔坚定地拒绝付钱给他们的事实。当叫他回答时,卡尔承认没有付钱,但是他解释说那时因为沙利把水管全接错了。他们冲抽水马桶的时候,粪便从水龙头里倒溢出来,他在反诉时又解释说:"这件事使我的婚姻变得紧张。"当法官问罗布对此事有何说明时,罗布完美地背诵出了康乃馨牛奶那首小黄诗,他还挑战沙利,让他也背一遍。在整个听证会期间,门外有人在砰砰地敲着桑拿屋的门,吵着要进来,沙利无法集中精力,当罗布要他也背一遍康乃馨牛奶诗时,他竟然一句也想不起来,尽管罗布刚刚才背了一遍。"我要去找被告来。"法官说，他一下就把小木槌敲在了沙利的膝盖上。就在此时，桑拿屋的门突然打开了，托比·罗巴克出现了，她也是全身赤裸着。罗布先是盯着她的胸部看，然后又盯住她的私处，罗布大声尖叫起来。这时候，托比的手里出现一把枪，她瞄准了她的丈夫。"不通过法律擅自处理，那是不行的，"法官建议她，"把他交给法庭吧。"托比·罗巴克一脸严厉无情、不肯让步的样子，她两只脚叉开很大站着，摆出一副男人的姿态，最终还是开了火。这时候，轮到沙利开始尖叫了。

这些叫声有一种奇怪的真实感，也许因为就是真实的叫声吧。第一声尖叫不是罗布发出的，而是彼得——沙利儿子的声音，他正从皮卡的车窗外往里看着他父亲，第二声尖叫是沙利自己的声音，他被吓醒了。他把车停在他前妻家门口的马路边，不知不觉在车里睡着了。他本来只是想稍微眯一会儿，好打起精神，做一个深呼吸，然后再去敲门。看到他，主人应该会喜忧参半地接待他。到底睡了多久，他一下子还弄不清楚，不过他怀疑那个桑拿屋的梦只是他一系列梦境的最后一幕，而且，现在已是暮霭沉沉了。

"天啊，爸，"彼得一直在重复这句，他这会儿正在皮卡周围来回走动，一边走，一边摇头，一只手放在他的心脏处，"你知道你睡觉的时候睁着眼吗？"

沙利知道，但这是最近才有的现象。露丝看到过，并且告诉过他，当时她的语气相当不满。他和薇拉结婚的时候肯定还没有这样，因为对他不满意的地方，他妻子都有详细认真的记录，而她也不是那种有话不说的女人，如果他真的睁着眼睡觉，她一定会说的。

沙利努力想要甩掉那种意识不清的感觉，他说："我刚刚一定是打了个盹。"

"车子还没熄火，车门锁着，你就睡过去了？"

车子确实没有熄火，沙利拧了下车钥匙，熄了火。车门倒是没锁，不过这门不好开，从外面开车门，必须要把门向上同时向外拉才行。沙利为了让儿子弄明白，给他演示了一番。远处传来了警笛声，他每次听到警笛声，都会回想一下他是否把未熄灭的烟头落在了什么地方。

两个男人都在听着远处不断驶近的救护车的警笛声。"我敲窗户，可就是叫不醒你。"彼得内疚地解释。

沙利努力想把这些事情理出个头绪，但因为吃了乔可的药片，再加上在车里吹着暖风，又吸入了那么多的尾气，他现在还有些晕乎乎的。当救护车转过街角时，彼得向救护车招了招手。沙利转头看了看他前妻的房子，问道："这里谁生病了吗？"

"你，"彼得解释说，他看着一脸尴尬，"我们还以为你死了呢。"

沙利开着车门坐着，让冷风吹进来好让他清醒一些，彼得竭尽全力给救护人员解释事情的来龙去脉，这些人不情愿地相信了这不是恶作剧，只是个无心之过，他们不断地向沙利投去怀疑的目光，似乎他的生死还悬而未决。他们脸上的表情让沙利想起二十多年前自己放的那把火，那些以为他已经葬身火海的人的脸上也是类似的表情。这是第二次让人误以为他死了，连他自己的儿子也不确定他是否还活着，也许是因为他还有活着的迹象，所以彼得就叫来了救护车，搞得他像个傻瓜一样。

拉尔夫走出来，沙利很高兴看到他。"你竟然没死。"拉尔夫面露喜色地说。沙利和薇拉的第二任丈夫一直都相处得不错，要不是因为薇拉认为他俩这样亲密是对她的背叛，他们可能比现在还要更好呢。拉尔夫一点也没有因为沙利曾与薇拉的亲密关系以及他们的儿子而介怀。更甚的是，沙利对于薇拉曾是他的、现在属于别的男人这件事，也丝毫不介怀。就好像他俩商量好的，薇拉不值得他们争抢似的。实际上，他们更把对方看作是难兄难弟。

"没呢，还没死呢，拉尔夫，"沙利说，"如果我吐在你家的排水沟里，你不会太介意的，是吧？"

拉尔夫耸了耸肩。"你可以用我的洗手间，不过孩子们在里面洗澡呢。"

"反正我也等不了到那儿了，"沙利说，他感觉呕吐物正在涌进喉咙里，"此外，和薇拉结婚我也许没学会什么，不过我也知道不能吐在她的洗手间里。除非她变了，她连有人在里面大便都会不高兴。"

"她没变，"拉尔夫悲哀地承认道，"她在屋里放了一打空气清新剂，满屋子都是。甚至都掩盖住了火鸡的香味。"

一听到空气清新剂，马上就起到了立竿见影的效果，沙利身体前倾，在大街上呕吐起来，拉尔夫扭过头去。因为一整天没有进食，沙利吐得不多，如预料的一样，他出了不少汗后，马上就感觉好多了。他觉得自己把吃下的第二粒乔可给他的药也吐了出来，药还没有在他的胃里消化。

看到他呕吐，从救护车上下来的那两个人让彼得填了一张单子，他们走到沙利边上。"你没事吧，伙计？"小个子的那位问道，"你要不要我们带你去医院？"

"没事，我确定没事，"沙利告诉他们，"我感觉好多了。"

这人瞥了一眼他的呕吐物，把头扭开了。

"对不起啊，让你们过来，"沙利说，"我儿子区分不了死人和睡着的人，我猜这就是为什么他们让他当了历史学博士，而不是医学博士。"

彼得过来正好听到他说这番话。

"如果你再吸入一些汽车尾气，也许真的会死，"救护车司机说，"你应该做个检查。"

沙利站起来表示他没有问题。"我很好，"他说，"我向你保证。"

"好吧，"那人说着递给沙利一张表格，"在这签个字，证明我们来过了。"

沙利签了字，两人回到救护车上，又打开了警笛，把救护车开走了。沙利、彼得和拉尔夫一起看着救护车开走,当救护车消失在街角的时候,三个男人极不情愿地转过身,他们不仅面朝着房子,还要面对他们的家和家人,并且即将面临必要的解释。

"嗯,儿子,"沙利对彼得说,同时朝拉尔夫挤了挤眼睛,"我们别等着勇气消失殆尽了再进屋好不好?"

■ ■ ■

如果说让这三个成年男人害怕的是女人——的确是女人——那么他们就不用担心了,因为他们进屋的时候,厨房里空无一人,没有女人的身影,但这情景让他们三个都有不祥的预感。水槽里仍高高地堆满了刮掉剩菜的餐碟、炖锅、各式各样的锅碗瓢盆,还有薇拉用来做肉汁的一只烤盘。她在水槽里放了满满一缸泛着油的洗碗水,上面浮着洗洁精泡沫。屋子里异常安静,只有起居室里的电视机发出低沉的声音,从他们站的地方,沙利可以看见薇拉的父亲在离他们两个房间远的地方睡着了。"你妈去哪了?"拉尔夫问道,他好奇怎么她就突然消失了。

彼得没有感到奇怪,"如果是我,我今天在这里会加倍小心的,"他提醒沙利,"妈妈很不开心。"

"为什么呢?"拉尔夫问,他才意识到这点。

"让我猜一猜,"沙利说,"得不到爱?"

"差不多,"彼得承认,"得不到足够多的爱。"

"我去和她谈谈。"拉尔夫说,听着好像他主动承担了一项危险的任务。

"你和薇拉结婚多久了?"沙利意味深长地问道。

拉尔夫想了想。"三十年,或许更久。"

"那么你还是没有明白吗?"

"她可能依然觉得你已经死了。"拉尔夫说。

"那么可别让她失望了。"沙利建议道。

从洗手间的方向传来水流的声音,还有威尔埋怨的声音,"瓦克尔,住手!"

彼得翻了翻白眼。"我去去就来。"

既然没人告诉他不要进屋,沙利就踱着步走进了起居室,罗伯特·哈尔西醒醒睡睡的,他接着氧气罐,绿色的塑料插管在他的上唇处形成了孩子气的小胡子造型,一个绿色的面罩挂在便携式氧气装置上,电视里的橄榄球比赛正在进行中,沙利在沙发的一端坐下来,刚好看到有人射门得分,分数在电视屏幕上显示出来,然后切换成了广告。

"嗨,"沙利和薇拉的父亲打招呼,他睁了睁眼,以回应这个电视机以外的声音。"醒醒吧,有人来陪你了。"

老人眨了眨眼,把眼睛眯起来。"沙利,"他说,他坐直了一点,身子刚才在打盹的时候滑了下去。

"你好吗,市长先生?"沙利说。薇拉的父亲在大约四十年前以民主党人的身份竞选过市长,他遭受了所有在巴斯寻求竞选的民主党人所遭受的命运,而且还更惨,他遭受了记忆里最惨痛的失败。在巴斯,市长通常是兼职的工作,市长候选人往往是汽车经销商,真正的竞争一般都出现在共和党的初选中。一旦共和党的初选定了下来,真正的竞选结果也差不多定局了,而民主党的候选人肯定都是受虐狂,自讨苦吃,或许,罗伯特·哈尔西的遭遇是一种宿命。他以教育平台参加竞选,获得压倒性的失败,以至于从此没有人敢再以教育的主题参加当地竞选。

"现在比分多少?"沙利问。

"不知道。"罗伯特·哈尔西坦言道。

"他们说你负责在这看比分,对吧。"沙利说。

"是的,"老人承认,"我睡着的时候是达拉斯领先呢。"

"他们还是领先,"沙利说,"如果有人问起的话,就说20比14。"

"人都去哪儿了?"薇拉的父亲环顾着四周问道。

"我想他们看见我进来,就赶快逃跑了。"沙利说。

哈尔西先生笑了,"还把我一人撇下不管了?"

"这是丛林法则,市长先生,"沙利说,"这些天你感觉好吗?"

"不算太坏,"老人喘息地说道,"这实在难熬,如果撇下我,我也不会难过的。"

"觉得活着没意思了?"

"一点意思也没有。"

"嗯,"沙利说,"可别让你的女儿听见你这么说。你也许会认为事情不会变得更糟糕的,但其实还会。"

"我的老朋友皮尔普斯太太好吗?"罗伯特·哈尔西问,在那次他注定会失败的竞选中,贝丽尔小姐曾是他为数不多的热情的支持者之一。

"还是老样子,"沙利确信地说,"二十年来她一点儿都没变。"

"你觉得人为什么会觉得不幸福呢?"罗伯特·哈尔西大声地问,让沙利一时有些迷惑,一开始他还以为他们还在谈论他的房东太太,然后他意识到老人指的是他的女儿,他的女儿这二十年来也是丝毫没有变化。

"我不知道。"沙利坦言说。

"要么是他们自己的错误,要么是我们的错误。"罗伯特·哈尔西说,好像离得出结论还很有段距离。他们一起看了一会儿比赛,"这就是人老体弱多病的麻烦,"正当沙利认为他们的谈话已经结束时,老人又说,"无事可做,只能胡思乱想了。"

对他这话,沙利没有什么可回应的,因此他什么也没说,等他再次看向罗伯特·哈尔西斯时,老人又睡着了。

浴室里,两个男孩一边脱衣服准备洗澡,一边打着架。彼得打开门检查他们的时候,正好逮住瓦克尔举起手要打下去,而年龄大、个头高的威尔正躲着向后退。瓦克尔这具有攻击性的行为,被他爸逮个正着,他不仅没有害臊,反倒觉得他爸坏了他的好事,而威尔也只是暂时松了一口气。"住手,瓦克尔,"彼得对小儿子说,"这并不好玩。"

威尔看着弟弟,想知道爸爸发出的号令是否管用,可是他并不抱多大希望。

"把衣服脱了,到浴缸里去,可别把水弄出来,否则奶奶会剥了你们的皮。"彼得说。实际上他知道,这又是一通没有效果的警告,瓦克尔嘴角边狡黠的笑说明了一切。

"妈妈去哪儿了?"威尔忧心忡忡地问道,因为平时总是妈妈监督他们洗澡。

沮丧的彼得检查着浴缸,尽管龙头一直开着,可到现在也只蓄了半缸水,可就只有半缸水,因为全巴斯镇的水压都很差,拉尔夫和薇拉家的尤其糟糕,水量小到连冲个淋浴都很困难。每次你都要在洗澡前十分钟开始为浴缸放水,因此水温几乎是无法估计的。彼得用手试了试水温,又调热一点,因为孩子进去之前水温会下降。夏洛特总是这么说:"巴斯,这名字多荒唐可笑、带有讽刺意味啊,在这个以洗浴命名的地方,想要洗个像样的澡却那么难。"

"妈妈去哪儿了?"威尔又问了一遍。威尔有个毛病,只要他的问题没得到解答,他就会耐心地一直重复他的问题,直到有人回答他为止。

"去商店了。"彼得不耐烦地告诉威尔。心里还在嘀咕着,是不是孩子们听到了他和夏洛特吃饭前的争吵?"她马上就回来了,你们最好是马上洗完澡。"

瓦克尔脸上又露出那种狡黠的笑,似乎在反问:"否则会怎么样?"

关上浴室的门,彼得悄悄地下到楼下的卧室——实际上是一间简陋的小房间，他和夏洛特住在这里，两个男孩子则住在他小时候住的楼上的卧室。小房间里的床折叠成了沙发，这说明他母亲曾进来过。他踢掉脚上的鞋子，躺在沙发上，盯着天花板发呆。说实话，他也不知道夏洛特去哪儿了。

当安迪在他的护栏里大声地打着鼾时，彼得侧着身子，用一只胳膊肘撑着身体，端详着孩子。这孩子还没醒，所以彼得又躺了下来。他和夏洛特回来过感恩节之前就商量好了，只要假期一过就分居，虽然此时心情复杂，但这是他盼望的结局。他期望一种彻底的自由和解脱，但是真和夏洛特达成协议之后，他却变得萎靡不振了。是夏洛特要离开他了，而不是他要离开夏洛特，在这里他没能得到一点儿慰藉。躺在他长大的这间小房间里，他在琢磨着自己是不是不适合做丈夫，或者不适合做父亲，或者都不适合。其实，两者他都不擅长。上星期在起居室里，威尔（往往比较内向）边看电视边若有所思地抠着鼻子，他挖出了一块很大的鼻屎，他自己也吓了一跳，因为这种事情也不太好和父母分享，所以他就这么坐在起居室的地板上，震惊地盯着自己的手指看，他没有察觉这时候瓦克尔正悄悄地走到他身后，瓦克尔一把抓过这块大鼻屎就跑，威尔气愤地在后面边追边喊着："我的，我的。"

争执发生的时候，彼得正在书房里工作着，他正在完成一篇明知道不会有人愿意给他发表的论文。这书房其实是一间杂物间，很是拥挤，夏洛特也在此处洗衣、烘干衣物。后来他发现两人争执是源于一块荒唐的鼻屎时，作为父亲的他也做出了同样荒唐的选择。他把几种可能的应对办法在脑子里一个接一个地过了一遍，比如他可以用公平原则处理这件事（"瓦克尔，把你哥哥的鼻屎还给他，你想要鼻屎的话，挖你自己的鼻屎去。"）；或许，他可以避重就轻，直接不提鼻屎的事（"我想我告诉过你们要保持安静，因为爸爸要工作。"）；或许，他可以要求大孩子理智一点。（"威尔，我的天哪，你不会真想留着那玩意儿吧，就让那个小蠢货留着吧。"）最后，他什么也没说，然后收拾了他的东西，去了学校的图书馆，在那里他可以获得安宁。出门的时候，他对夏洛特坦白没有得到终身教职，也没有升职。这一点儿也不奇怪，在这样一个疯人院里，永远也不会得到终身教职。

倾吐完这件事后，如释重负的他没有去图书馆，而是去了他的一个年轻女同事家里，从九月开始，她就是他的情人了。她的小房子位于镇上破败的地段，都是些大而老旧的房子，房子被坏房东改造成一间间可供出租的小单元。有时候彼得在想：这仿佛是发起一场比赛，要看看一栋五间卧室的房子到底可以塞下多少马来西亚学生。实际上，迪尔德丽的住处是在这些马来西亚学生宿舍的后面，每次在走进这个狭长如过山车一样变幻莫测的走廊之前，彼得都要先深呼吸一下，就好像有很长一段时间他将呼吸不上新鲜空气似的。

迪尔德丽喜欢高温，她尤其喜欢穿着内衣在屋里走来走去，这一点，彼得一开始感觉很是兴奋、喜欢，刚开始他喜欢她的一切。一开始，他还以为是九月的天气所致，再加上迪尔德丽的房间没有安装空调，所以才热得不穿衣服，但是一个月后到处都在降温，只有迪尔德丽的房间还保持着原来的温度。有一天晚上，等他们一阵翻云覆雨、浑身大汗淋漓后，他们试图找房间闷热的原因，他们找到了，原来是她把暖气设定在了华氏八十度，和她在学校办公室的温度一样高。在机械方面迪尔德丽是个天才，她把温度调节器拆开，拆掉了那个禁止私自改装的装置。据彼得所知，虽然她不会穿着胸罩和内裤在办公室里跑来跑去，但她把办公室的温度也调高了很多。当彼得发现她把室内温度定在八十华氏度时，她解释道："我喜欢高温，我喜欢在你面前变得热辣。"她柔声地边说边拉着彼得的手，伸进了自己的内裤里，用实际行动证明了这一点。

彼得花了将近三个月才发现，如果温度稍微低一点会更适合他。九月曾让他倍感兴奋的这些习惯——从图书馆回家的路上拐到迪尔德丽的陋室，看见三点式内衣的迪尔德丽，盘着腿坐在快要散架的沙发上，一边大声地吸吮着一只桃子，一边黑着灯看着电视——现在在彼得看来有些不健康。九月的时候，当他匆匆穿过歪歪斜斜的小过道，低头躲避着低垂的树枝，憧憬着这个感人的场景时，他感到他的下面硬了。现在已是十一月中旬，他去找迪尔德丽的时候，当他一闻到恶心、闷热的气味时，他感到了反胃。这间小房间的空气，还有迪尔德丽本人似乎都处于深度发酵中。

而且，她的行为似乎也在变得越来越颓废——这种场景不再使他兴奋。她的饮食习惯尤其让他反感，她喜欢在吃东西的时候与他分享。熟透的桃子是她的最爱，她喜欢把桃子在嘴里咀嚼到一半时去亲彼得，以此来和他共享。对此，她解释："我想让我们有同样的感觉。"彼得怀疑他们是否真有同样的感觉，在迪尔德丽看来，很明显她是在享受这个过程，但对于彼得而言，他们是不可能有同样的感觉的。

彼得执意要回巴斯过感恩节，其实是因为迪尔德丽。这趟旅行他们原本负担不起，而且肯定会让夏洛特大为恼火。因为她很怕回巴斯，所以明确地提出要她在感恩节和圣诞节回巴斯，会让她觉得既残酷又不公平。迪尔德丽也噘着嘴求他不要走，不要把她一个人留下来独自熬过为期四天的假期。实际上为了让他留下来，她还毫不隐讳地许给了他多个带有色情意味的承诺，就是这些承诺让彼得更下定决心要离开她一段时间，好让自己头脑清醒冷静一下。他在想现在自己是否头脑足够清醒，去给她打个电话，他发现当自己还没有做出决定的时候，就已经在桌边的电话上拨了号码。

"嗨，"当她接了电话，接受了收费电话后，他轻声地说，"对不起我必须打对方付费的电话，我不想这个费用出现在我母亲的账单上。"

"我就知道你会打电话来的。"她说，好像她刚和什么人争辩过，正好在说"我告诉过你"这样的话。他想，也许她不是一个人。他不确定像迪尔德丽这么好色的人会怎么度过这漫长的没有性交的周末,也许在他回来前,她会邀请好多个年轻的马来西亚邻居轮流过来。那么他们就会发现,她在房间里晃来晃去的时候,很少穿衣服,然后他们就会在后院里徘徊着,傻乎乎地、咯咯咯地笑着,瞅准机会就瞄上一眼。

"你怎么知道我会打电话的?我说过不能打电话给你。"彼得说。

"我了解你,"她说,"我知道你是个多么好色的小男孩,我知道你妈那间干净整洁的房间里会让你无法施展。"

"干净这个词不足以用来描述这个房子。"彼得说。

"我说过你应该和我在一起。"

"按夏洛特的说法是我妈让我讨厌女人的。"

"这母老虎竟然会这么想?"

彼得没有接着说下去,他不喜欢迪尔德丽说夏洛特的坏话,但对于出轨对象,他又不好去指责什么。他不确定自己是否有这个资格批评情人对自己正在背叛的妻子的出言不逊。"你觉得我恨女人吗?"

"只要你爱我,我不在乎你是不是恨女人。"

彼得在思考她说的话。"你这么说,难道他们不会要你交出全国妇女组织的会员证吗?一个能写出弗吉尼亚·伍尔夫[①]的博士论文的人,怎么能说这样的话呢?"

"我打赌是因为她不像我这样有口交的本事。"

"老天。"彼得说着,并希望他妈没有在分机那边偷听。他很确定她没有在偷听,因为他听到两个人——他妈和拉尔夫——下楼的声音,现在又听到厨房那边传来动静,这说明他妈已经振作起来,能下楼招呼沙利了。

在屋子那边,护栏里睡着的安迪翻了个身,又发出一声鼾声,

---

① 弗吉尼亚·伍尔夫,英国作家,倡导女权主义思想。

之后又闭上了眼睛。"迪迪。"过了会儿，彼得对着听筒说。

"我在呢。"

"你要做好准备，我是说，我俩，该结束了。"

"我没在听。"她说。

"我有孩子，我是个父亲。"

"那又怎样？"

"那么我要做个更好的父亲。"

"你需要我。"

"我知道，"他承认。他听见屋外汽车靠边停车的声音，"但是我不能和你保持这种关系，我回来的时候我们再谈谈，你把博士论文做完，我会为你做校对的。"

"彼得，你满口谎话。"

"我不得不挂电话了。"说着他挂了电话，但还是听她说完了"你是我的"这句话。

他站起身来，看向窗外，那辆格里莫林又停在了马路边，停在了他父亲的皮卡后面。夏洛特两手空空地走上一半台阶，彼得从窗帘的后面看着她。自从他承认有了别人，夏洛特对他又产生了兴趣。这几周以来，他们每天晚上都会愤怒地做爱，这种扭曲的性爱关系暂时让他们把离婚搁在一边。他们计划假期一结束，在新年的第一天就分手。

彼得还能听到隔壁浴室里的水流声，他感到火冒三丈，也许两个儿子还在斗嘴，也许是已经出了浴缸。但他还没来得及动身，就听到一声巨响，接着传来的是受到惊吓的哭声。他停下了脚步，站在房间里纹丝不动，在心里默念了五下，等待着夏洛特有足够的时间走到后门和他一起处理刚刚发生的危机，无论发生了什么，他们都要共同承担这残破婚姻中的责任。

罗伯特·哈尔西在起居室里打着盹儿，纯氧从他的鼻孔送下去，穿过喉咙，直达他的肺部。这时，他也听见了浴室里的巨响和孩子的哭声，猛地一惊，醒了过来。如果是在睡着的时候被突然吵醒，他总要仔细想想自己到底睡了多久。但是，这很难搞清楚，有时候打盹儿五分钟却像是过了好几个小时，而好几个小时的睡眠却好像只过了几分钟。至少时间是被打发走了一点，因为他刚才打盹儿的间歇，和坐在沙发一端的沙利聊了会儿天，而现在沙利、薇拉、拉尔夫都在厨房里，刚才他睡着的时候，后两者都不在。

对于他刚才到底睡了多久这个谜团，罗伯特·哈尔西只解决到这里，接下来，他又面临着另一个谜团。在走廊那头，浴室的门砰地一下开了，声音很大，门撞在墙上的声音就像枪声一样。一个赤裸的小男孩，罗伯特·哈尔西的重外孙，那个叫瓦克尔的孩子，就是那个下午把他的氧气阀关掉当场被抓的男孩子，从浴室里冲出来，大喊着跑过走廊，手里握着他的小弟弟，好像握着一个紧急刹车一样。他跑到厨房门口，在光滑的防滑垫上停下来，看看像是在清点房子里的人数，想看清楚谁在谁不在，似乎是要窥探清楚他接下来的行为会引发怎样的后果。然后他蹿到半空中，重重地仰跌在地板上，像一只上岸的小鲸鱼一样在地板上翻腾着，他小小的身躯向空中发射出一束束尿液。这时薇拉正端着一壶咖啡走向餐桌，看到这情况她赶紧撤了回来，好像她外孙发射的尿液是硫酸一样。"啊，"她大喊着，"这小——"她在找个合适的词，"畜生。"

正在这时候，厨房的门开了，这孩子的妈妈出现了，她扫了一眼，就看清楚了情况，不高兴地向她丈夫笑了笑，彼得这时候正从那间小房间里出来，孩子大哭起来。大人们个个哑口无言，目瞪口呆，他们围住瓦克尔，而瓦克尔继续冲撞着，大喊着，在地板上喷射着尿液，大人们左右为难，真是管也不是，不管也不是。

在起居室里的罗伯特·哈尔西把这一切都尽收眼底，不过他没想要从椅子上站起来。凭他对自己的了解，再加上无数名医生对他病情的诊断，他的大限将至，没有三个月的奔头了。他淡然、麻木地看着隔壁房里的这群人，并试着快速地看清楚他们每一个人，这群男男女女们，各个年龄的都有：他那不幸福的女儿薇拉和她长期受罪的丈夫；他瘸腿的前女婿沙利；这撒泼的小男孩的爸爸彼得和他高大、粗鄙、哀怨的妻子，还有这个手握着小弟弟的男孩子——他的重外孙。罗伯特·哈尔西把所有人都看清楚了，他发现他们都是那样的精力充沛、生命力旺盛，他喜欢他们每个人，但此时此刻他觉得：哪怕下一秒将是他生命中最后一次呼吸，他也不愿意和这些家伙们交换位置。因此他合上了双眼，又飘回到了睡梦之中，谜语未答，谜团未解。

当瓦克尔从浴室里冲出来的时候，他哥哥威尔把浴室的门关上了，并上了锁。他不怕打屁股，因为爸爸从来也不重重地打；他也不怕因自己的所作所为而受人羞辱，小小年纪，他的生活中已经满是窘迫了，他用成人才有的忍耐和顺从承受了一切。他怕的是他弟弟，一个压根儿就不会尊敬别人的人，一个即使答应了也不会信守诺言的人。瓦克尔是一个没有敬畏心的人，生来就会恐吓别的孩子，甚至包括比他大的孩子。威尔对瓦克尔有着深深的恐惧，他无所畏惧的性格，还有他的好记性，使他成了威尔强大的对手。威尔知道，他的父母对此一无所知，他们只是对威尔的胆小感到气愤。他爸爸总这么说："天呐，你比他大啊，他是个小矮子，你是大高个，你想一辈子都跑到爸妈这里来告状吗？这简直——"他爸爸花了一点时间找个合适的字眼——"岂有此理。"他最后说。

在威尔看来，岂有此理的是瓦克尔。当他弟弟在谋划一个新的恐怖行动时，他会诡异地眯起眼睛盯着威尔，让他知道一旦他的计划臻于完美，威尔将会是充分享受其全部"益处"的那个人；不仅如此，瓦克尔天不怕地不怕的性格也是违背常理的。他无法无天，百无忌惮，他连那个长得颇像电视上的杀人犯的沙利爷爷也不怕，他们的爷爷走起路来一瘸一拐，咧着嘴对你笑，身上满是泥土。威尔倒是挺喜欢这个爷爷的，即便他觉得自己不会喜欢他。昨天沙利爷爷至少试图吓唬了瓦克尔一下，警告他不要再磕他的那只坏膝盖。爷爷怎么会知道世上没有什么能吓住瓦克尔的？瓦克尔昨天打爷爷的那一下，让威尔意识到，他弟弟太胆大、太恶毒了，他又刷新了自己的高度——敢去攻击伤害大人了。瓦克尔打人真的很疼，这一点威尔怎么也不能让爸爸相信，因为爸爸认为瓦克尔还是个孩子，不会真的把人弄疼的，而威尔可不会这么想。制造疼痛是瓦克尔的强项，他会像送一份礼物一样将疼痛赠送给你，而且他的脸上还总是洋溢着"你会喜欢这份礼物的"表情。

最近，瓦克尔最喜欢的恐怖行动是从背后掐人，瓦克尔不知从什么地方了解到胳膊下侧、胳膊肘上面一点那块肉特别柔软，他总是等着威尔转过身后偷偷地跟过去。这个掐人的动作瓦克尔还在完善中，但足以令威尔疼得跳到半空中，痛苦地大叫。瓦克尔对他造成的伤，总也没有机会愈合，因为他总能找到同一个地方，再一次加害，那损坏的毛细血管和皮肉依然还很细嫩。最近，瓦克尔的表现似乎是要扩大业务范围，在餐桌上，他极力让威尔注意到自己，并向他展示着自己那锋利的叉子。

目前，威尔无暇顾及其他，只想着怎么能让瓦克尔出现在自己前方，控制在他的视线范围内。只有他弟弟睡着的时候他才能稍微放松一下，每晚，他都要确保瓦克尔熟睡了自己才睡，他在入睡前的最后一个念头是，他一定要在弟弟睡醒前醒来。瓦克尔似乎意识到了他在哥哥的意念里占据了多大的空间，他对自己成了哥哥醒着时的噩梦而颇感自豪。

因此，今天，威尔最终实施了报复。宽恕、和谈以及全面的绥靖政策，都不能在瓦克尔身上看到任何效果，威尔开始怀疑他的弟弟是不是被困在了永久的攻击模式中。直到最近，为了免遭更残忍的攻击，威尔试图要想出个办法来对付瓦克尔。他现在明白他不需要害怕更残忍的攻击，如果瓦克尔能做得出更残忍的事情，那么他早就做了。所以，今天下午，当威尔看到机会来了时，他就一把抓住了。

他一直都在等着轮到他用马桶，而瓦克尔和往常一样在霸占着马桶，浴缸里的水还在流着，这让威尔更加尿急了，瓦克尔不愿意和威尔合用奶奶那个高高的老式马桶，如果瓦克尔的个头刚刚好能尿进马桶，他只需踮起脚尖，把小弟弟搁在冰凉的瓷制马桶边上。他几分钟前就尿完了，但就是不肯让开。

"快点，瓦克尔，"威尔抱怨着，"我要尿出来了。"

瓦克尔咧嘴笑了下。作为回应，他又挤出一滴尿，表示他还没有尿完。

威尔紧张地抓着自己的小弟弟，凭往常的经验判断，这情况会一直继续，他弟弟喜欢留着尿，停下来，然后一会儿再尿一点，这么重复好多次。

威尔注意到坐便器的盖子打开的，他盯着马桶，又盯着刚刚撒了两泡尿的弟弟，眼前的情景像摩斯密码传来的信号。这对威尔来说是一个信号，因此，还没有考虑后果，威尔松开握着的小弟弟，围着瓦克尔转了一个圈，抓着打开的马桶盖，狠狠地盖上了马桶。

瓦克尔没有伤得太厉害，马桶盖的下面垫了四个小橡皮垫，以防止它直接掉到瓷制马桶上，因此马桶盖和马桶之间的空隙正好保护了瓦克尔的小弟弟，这样一来，瓦克尔的小弟弟没有受到完全冲击，他最多就是被吓坏了，小弟弟的尖尖处被震痛了。在瓦克尔放声大叫之前的一瞬间，他就想出了一个计谋，他又把眼睛眯了起来。他从浴室夺门而出，光着屁股，为厨房里的大人们上演了那么一场用力过度的戏。威尔在钥匙孔里看到爸爸和拉尔夫爷爷轮流检查瓦克尔的小弟弟，他们脸上显示出明显的对弟弟的担忧，这让威尔的心沉了下去，他们难道什么也不明白吗？他们难道不明白瓦克尔不可能被人弄伤吗？

他再也看不下去了,于是从门口退回到浴室里,他意识到自己站在了热水里,薇拉奶奶的浴缸终于满了,水面像玻璃一样平。然后他关上了水龙头,这时候他明白了他鲁莽的行为所带来的全部后果:他想要伤害瓦克尔而没能办成,却成功地失去了大人们的同情和微弱的保护,现在他们所有人都站在瓦克尔这一边了。无论是爸爸还是妈妈,都不会再保护他了。浴室里到处都是水,他连薇拉奶奶的保护也失去了,他之前认为,她是站在他这一边的,似乎只有她明白瓦克尔是个残忍、不讲道理的孩子。现在,连她也站在瓦克尔这一边了。

威尔回应这件事的方式有两个:一个是把自己永远锁在薇拉奶奶的浴室里,下半辈子就这么待着;另一个是破门而出,也许沙利爷爷会收留他,他想起昨天沙利爷爷无所畏惧的表现,心里很是喜欢,他想起他们开车离开的时候,沙利爷爷还和他眨了眨眼睛,这似乎是在传达对他的理解。

浴室的门被拍得乒乓响,他听到门外爸爸生气的声音,叫他开门,威尔已经穿了一半的衣服,现在他决心已定。谢天谢地,他把衣服叠在浴室水池的上方,衣服未湿,而瓦克尔的衣服湿透了团成一团,扔在地上。他的运动鞋有一点湿,不过他也不在意,站在马桶上,他能够到浴室的小窗户,纱窗很松,外面的天气很冷,离地面还有很高的一段距离,但是威尔已经下定决心,他要去寻找新的生活。

他前妻家里的混乱局面让沙利联想到了战场上的狼藉,两者的主要区别在于,在薇拉家里,从混乱中悄然撤退并不是多么不光彩的事情。所以,当其他人都挤在浴室门口哄威尔开门的时候,沙利悄悄地从后门离开了。只有彼得看到他离开,沙利隐约觉得儿子朝他笑了笑。是彼得那意味深长的笑让他决定逃离的,还是薇拉家里的混乱局面呢？他一边想着这个问题，一边转动钥匙点着火。他离开路边的时候，把油门踏板用力地踩下去，卡车在寂静的街上轰然怒吼起来，车子飞速地转过街角，速度超出了安全时速，像是害怕有人在后面追赶似的。他开到主路上，停在了赌马场门口的十字路口，这时候他才感到相对安全。在白马酒吧，和那些稍微正常点的人在一起，他会感到更安全。想想没那么快到那儿，那不如直接穿红灯而过吧。整个漆黑空荡的街道上，仅有他一辆正在移动的车辆，这种情况下，如果还遵守信号灯，不就更显荒唐了吗？因此，他加大了油门，向前冲出一小步，眼睛快速扫了一下大街，从后视镜检查了一下有没有警察。

从后视镜中看到的东西，把沙利吓得魂飞魄散。他的脚离开了离合器踏板，卡车就朝前冲了一下，在信号灯下熄火了。就这么一瞬间，镜子里出现了儿子惊恐万状的眼睛，就像是一种古老的责备。这不是成年后的彼得，那个彼得正在薇拉家对着浴室的门说话，来回转动着门把手呢；镜中的是多年前的那个孩子。镜中的那双眼睛充满了祈求，如此真实，如此急迫，沙利想了一秒钟，觉得他一定是在梦里，就像那个桑拿房的梦一样，他肯定是又在卡车里睡着了。信号灯变绿了，但是沙利坐着，车子熄着火，他突然不想逃了，然后那双眼睛又出现了，还带着偷渡者一般抱歉的微笑。

"你好，爷爷。"当沙利从卡车里出来时威尔说。他的声音要有多害怕就有多害怕。

沙利在脑子里搜索着孙子的名字，最后总算找到了。"你没事吧？"沙利说着把孩子从皮卡的车斗抱下来。

他藏在一小捆旧的粗麻布下面，等卡车停下来后才敢爬出来，车子趔趄的时候，他失去了平衡，把前额撞在了卡车的驾驶室上。

威尔好像没有听到爷爷的问话，此刻吸引他注意力的是他前额神奇般长出来的那个肿包，就在他的发际线下面，包倒是不怎么疼，至少不像他弟弟弄的伤那样疼，不过就是有点头晕，他对这个包怎么神奇地突然出现在额头上很感兴趣,包还在继续鼓起来,他用手指触摸的时候,鼓起来的包还在变大。"我再也不回去了,"他最后告诉爷爷,"永不。"

沙利点点头:"你准备和谁一起生活呢?"

威尔叹了口气:"我想和你。"这看着像是唯一合理的方法,他努力想要掩饰,如果他还有别的选择,会更高兴的。

信号灯第二次变绿了,一辆车停在他们的后面。"好吧,到车里来。"沙利建议他。他把孩子抱起来,放在驾驶室里。"移过去一点。"他说,他知道如果不清楚地给出指示,这孩子自己是不会动的。彼得曾经也是这样,在沙利看来就是个糊里糊涂的孩子。如果不让他把门打开,他会就站在门前。那时候沙利没有想到这也许是因为恐惧,害怕做错事情,现在看来很明显就是这样的。

当孙子给他腾出了点空间,沙利立马也爬进了卡车里,把车门砰地一下关上了,这把孩子吓得跳了起来,他怎么变成这么神经紧张的呢?沙利在想。

"那么,"沙利说,"你对弟弟反击了?"

威尔耸了耸肩,又让沙利想起了彼得,他小时候,几乎没法跟人交谈。

后面的司机按了一下汽车喇叭,沙利走出卡车,狠狠地盯着那个司机,一直盯到那人心虚地耸了耸肩,把车往后倒了点,和沙利的车之间空出一段很宽的距离,"整条街就只有两辆车,你还这么对着我按喇叭?"沙利吼着,那人开车溜过了十字路口。

沙利回到车上时,威尔紧张地注视着他。他伤心地说:"爸爸也这么干。"好像是发现了一个遗传缺陷一样。

"干什么?"

"和车里的人发火,"威尔解释道,"不过他不下车。"

沙利点了点头。这听起来还挺像的,他儿子似乎的确是这样的人,特别生气时就大喊,却不会走下车来。

对于如何处理这个孙子,沙利毫无头绪,于是他问道:"要不要吃点冰激凌?"

"我们已经吃过甜点了。"威尔说。

沙利叹了口气,薇拉的确能培养出好公民来。这又是一个不会说谎的孩子,实在令人沮丧。"你们甜点吃的是冰激凌?"

"南瓜派。"

"配了冰激凌?"

"没有。"

"那么你现在可以吃冰激凌了。我们可以假装冰激凌是在南瓜派上面的。"

威尔想了一会儿,曾经有人让他小心沙利爷爷,说他不负责任,不过,如果他要和爷爷一起生活,他就得习惯这些事情。他叹了口气说:"好吧。"

"那好。"沙利边说边转动着钥匙点火,感谢上帝,火点着了。

他们开出了城,威尔默默地用手指摸着额头上的包,和头上的包一样有意思的是,爷爷的卡车副驾驶座位下的地板上有个和篮球一样大的洞。

"你别掉下去了。"他警告道。沙利看到孙子正盯着那个洞看,洞下面的地面急速而过。

当他们的车开上新公路支线时,路上差不多只有他俩了,沙利问:"你想不想开车?"

威尔害怕地看着他。

"过来,"沙利说,又补充道:"小心我的坏膝盖。"

威尔小心翼翼地坐在沙利的右腿上,让他自己的小腿荡在油门和刹车的地方,小心不要碰到爷爷的左膝盖。他们一起握着方向盘。

"车子在抖呢。"威尔说,显然他不确定这种颤抖是不是正常。

"卡车都会抖,"沙利解释道,"尤其是像爷爷这种又老又破的。"

"这卡车不错。"威尔说,他的声音因为手握方向盘也颤抖着。

"我很高兴你喜欢这卡车,"沙利说,他被这孩子的赞扬惊呆了,他毫无准备地在威尔的头顶上亲了一下,"你现在已经开过车了,我打赌你过去不知道你会开车,"他说,紧接着又说,"不要告诉你妈。"

有些话的确具有神奇的力量,能潜入生活的湖底,挖掘出往事。像所有行为出格的父亲一样,对于沙利来说,"不要告诉你妈"就是这样一句。这话他已经有三十年没有用过了,但这些词依然存在,焦急地等待被再次说出,这简直就是一个神圣的咒语。这是一句他生来就会说的话,他是从他自己父亲那里学会这些词的,如果不是它们本身就存在,就一定是他父亲自创的说法。"我们在这就停留一小会儿"大吉姆总喜欢在他最喜欢的酒吧外面这么说。然后沙利和哥哥帕特里克就会等上一会儿,直到父亲拉开沉重的大门,轻轻地把他们推向凉爽的黑夜中,同时警告他们:"不要告诉你妈。"在酒吧里,爸爸总会给沙利和哥哥几个五分硬币,贿赂他们玩沙狐球和弹珠,而大吉姆自己则在酒吧里找个地方坐下来,要上第一杯酒鬼炸弹鸡尾酒,用从沙利妈妈那里扣下来的钱买单,大吉姆对家里的日常开销管得异常严格,此刻他却随意地拿出一把钱堆在吧台上,以此使自己受欢迎。有时候,沙利玩累了弹球游戏(他必须要站在一张木头凳子上,即便如此,他也不能舒适地够到那些按钮),或者用光了硬币,去吧台那头找爸爸,他就这么盯着那堆纸币,明白了这就是妈妈趁爸爸不在的时候,愤愤不平地唠叨的那堆钱,她说,如果有这些钱,她会拿去买食物和衣服,这样他们就能过得体面些。他爸爸这时候已经在喝第三杯酒鬼炸弹了,人也变得更刻薄了,他看见沙利死盯着那堆钱,就会狠狠地拍他一下,让他回过神来。"不要告诉你妈,"他说,"她不应该每次都拿走我身上的最后一分钱,对吧?"然后沙利就会发誓不会告诉他妈,因为他不想再被爸爸拍,接下来他只会拍得更重,不会更轻。然后大吉姆又会要一杯酒鬼炸弹，从正在减少的那堆钱中拿了一块钱扔给那个赌马的酒保。"就这匹了，"大吉姆看中一匹马后，他总指挥对方。他觉得投注位置彩池是孬种的表现，他不想参与这报酬少得可怜的赌注。"你听见了吗？就赌这匹。"

大多数下午都是这么度过的，有人让大吉姆赶快离开，因为他越喝脾气就越坏，没过多久就会和人打一架。有时候酒吧里会有人试图和他讲道理，以避免敌意。人们会说当着孩子的面，他想干吗？这个办法原本可以奏效的，但用在大吉姆身上就不管用了。大吉姆·沙利文不是个会被自我怀疑所折磨的人，在他确信的事情当中，他最确定的就是做父亲的能力。如果有人一旦露出一点端倪，怀疑他这个父亲不够称职，那么这人最好是善于躲闪，因为对待这种事情，他总是用拳击术来捍卫自己的尊严。

不幸的是，喝了这么多杯的酒鬼炸弹后，拳击术就不再是大吉姆的强项了。他一辈子都相信先发制人，所以从来也没有犹豫过，或者说至少他从来没有想要犹豫。但问题在于，他脑子里一直装着的那个回旋拳，在到达对方之前就发了信号通知对方，他的对手总有足够的时间躲过他的出击。通常在对方那个大个子男人把他掳起来打转时，他才发现自己已经被人从后面扣住双手，头朝向大门，扔了出去，同时有人也早已准备好替他开门了。当他发现自己坐在地上时，他总会带着十足的尊严站起来，恢复他的仪态，再摇摇晃晃地往家走，全然忘记了他当初走进酒吧的时候，还带着两个儿子。

沙利还清楚地记得，有一天下午，他父亲要和一个酒吧的生客打架，这人不了解这里的戏码，不知道沙利的父亲虽会被扔出去，但大伙不会伤了他。也许因为不是常客，所以这人不知道大吉姆喝醉以后其实并不如看着得这么危险，这点只有他的妻子和孩子才知道。不知道为什么，大吉姆一直缠着这人不放，他已经羞辱对方将近半个小时了，这人最后受不了了，告诉大吉姆自己受够了时，大吉姆打出了那必然的花式拳，这人躲开了，并优雅地出了一拳。因为没有打中对方，他向前踉跄了几步，这人没有让他摔在地上，反而抓住他，给他了一记短拳，他屈臂挥拳向上一击，打断了大吉姆的鼻梁，又让鼻子在脸上复了位。这一拳下去，让沙利的父亲站正了，恢复了平衡，他保持着平衡，直到那人又打了他五六次，每一次都比前面更凶猛，没有人阻拦，连那些过去对沙利的父亲开恩的人也没有阻拦，也许他们也受够了。

最后，沙利父亲的脸被打得像是戴着一个血淋淋的面具，拳头如雨般袭来，最后一拳直接把他打飞出大门，他踉踉跄跄地回到街上，好像一直以来都想要离开似的。直到酒吧的大门关上，他才站起来，在路边不停地呕吐，然后昏迷了过去。他在晕倒的地方躺了大约十分钟，周围围了一小群人，有人喊来了医生。虽然他哥哥安慰他说父亲只是昏迷，沙利还是以为父亲死了，他不明白父亲这样子怎么可能没死，他一只肿胀的眼睛紧闭着，鼻子已不在脸中央，医生还没来，大吉姆在打了一声呼噜后苏醒过来。他站起身来，睡了一会儿后，整个人的精神焕然一新，当他摇摇晃晃地向家里走去时，没有人想要拦住他，沙利和哥哥帕特里克在后面跟着他，和父亲保持着一段他们认为安全的距离。但是在他们离家还有一个街区的时候，大吉姆意识到两个孩子还在后面，他转过身来，抓住儿子的衣领，将他们拽到面前，警告着说道："不要告诉你妈。"这张已经面目全非的脸离沙利那么近，他都可以闻到父亲脸上的鲜血和呕吐物的味道。

哪怕是和薇拉离婚以后，沙利也一直保持着自信，从做父亲这点上看，他比大吉姆强多了。虽然他也必须承认，这并不是一个多高的目标，想到仅以如此微弱的优势胜过父亲，沙利不禁黯然神伤。他没有虐待彼得，却漠视了这个孩子，他一连好几个月都忘了自己还有个儿子，这事他现在想起来，真是有点难以置信，可又是确凿无疑的。光阴如梭，这些年，在拉尔夫的帮助下，无论儿子有什么需求，薇拉都能满足他，在这方面，薇拉是个十分称职的母亲。虽然薇拉并没有说出口，但是她向沙利发出的信号就是，没有你我们也照样能过得很好，似乎也的确是这样。她让他相信，尽管拉尔夫不是彼得的亲生父亲，可他天性就是做父亲的料，她保证彼得不缺爱，保证彼得什么都不缺。他们是一家人，薇拉设法告诉沙利，如果他硬要出现在他们面前，那就是在危害他们这个家庭。因此，他便以此为借口，尽量离他们远一些，说老实话，他也为此心存感激，乐得自在。

是拉尔夫，而不是薇拉，偶尔会找他，让他有时间就过来看看这孩子，看看这孩子比他上次见到的时候又长大了多少。彼得长得那么快，他都快认不出来了。不对，沙利总是能认出彼得那古怪忧郁的眼神，这个眼神他遗传给了威尔，不过沙利认为，威尔的眼神虽然同样古怪忧郁，却比彼得多了一份优雅。沙利为数不多地带彼得外出过几次，但每次都弄得沙利很紧张。他不知道和一个永远皱着眉头，总是盯着车上速度表的孩子聊些什么。每次回去彼得都会向薇拉报告，沙利开车开得有多快。他们总是去人多的地方——去看场电影，或者去游乐园——这样他俩单独在一起的时间就少了。

还有，作为家长，沙利真是个祸害。他永远也不明白，给孩子喂了一肚子的玉米热狗后，再带他去坐过山车，热狗会从胃里返上来，然后沙利需要把孩子弄干净，再送他回家。每次带彼得出门，这父子俩早晚都会跑到又脏又臭的男卫生间。沙利把纸巾沾湿，使劲地擦拭孩子身上酸臭的呕吐物，擦了衬衫还要擦裤子，还会用大吉姆的语调喃喃自语道："别告诉你妈，好吗？儿子？"然后他们回到车里，沙利会摇下车窗，把车开得飞快，好像是希望在他们到家之前，风就能把彼得的衣服吹干。

有时候在回家的路上，彼得就靠着沙利睡着了。他们到薇拉家的时候，沙利抱着儿子走回家，这孩子的头发很干净，闻着香喷喷的，就是现在威尔的味道。沙利意识到，这味道闻起来，是舒适的家的味道，是洁净、体面、安全的味道，就像是薇拉和拉尔夫为彼得所提供的一切一样，这也是为什么除非下次拉尔夫来找他，否则他是不会再去薇拉家的原因。

刚下州际高速公路的下匝道，有一个二十四小时营业的饭馆，沙利给威尔要了一份冰激凌，冰激凌的顶上装饰着一只樱桃。他自己的胃在咕噜咕噜地叫着，这可不是什么好兆头，因此他自己只要了一杯咖啡。"再要杯咖啡，要高浓度咖啡因的哦。"他告诉服务员。

给他们点餐的姑娘明摆着不高兴在感恩节这天上班，她对沙利的幽默毫无反应。冰激凌端上来的时候，沙利用饭店门口的付费电话给薇拉家打了个电话，电话响第一声的时候，薇拉就接了。

"嗨，"沙利说，"你们有没有少人啊？"

"我就知道，"他前妻说，"你们在哪儿？"

"不管你的事，"他说，"你都不会想到，我也是刚刚才发现他藏在了卡车后车斗里。"

从他所在的电话亭这个角度，他能看见孙子正紧张地坐立不安。最后，他跪在椅子上，这样就能看见电话亭，沙利朝他挥了挥手，这孩子笑了，很明显，找到了爷爷在哪儿，他就放下心来。

"沙利，他们都跑到街区外去找了。"薇拉说，语气中充满了责备。

"嗯，那么他们现在不用再筛查了，"他说，"半小时后我送他回来。"

电话里沉默良久，沙利想是不是薇拉刚才挂了电话，自己没有听见。"你还在吗？"

"我不知道。"

"你不知道你在不在？"

"你难道就没有过那种感觉吗？"

"哪种感觉？"

"那种你根本就不存在的感觉？"

这不是沙利可以和前妻聊的话题,在沙利看来,薇拉这种自悲自怜的能力没完没了,"从来没有过,"他说,"一次也没有过。"他这么说,是因为他说的是实话,也因为他想明确地表达自己对薇拉没有任何同情心。

"你真走运。"她告诉他,然后挂了电话。

威尔吃完了冰激凌,沙利从口袋里拿出那个小蛤蜊给威尔看,这是刚才沙利打电话的时候在口袋里摸到的。

"这是一只贝壳。"威尔边说边用手摸着摆在餐桌中央的蛤蜊。

"没错,"沙利说,"不过里面有东西呢。"

威尔把手缩回来,重新审视这只蛤蜊。

沙利用他的小刀的刀把敲了敲蛤蜊,蛤蜊发出嘶嘶的声音。

"它会爬出来吗?"

"它被粘在内壳上了,"沙利解释道,"它不想爬出来。"

"我会想爬出来的。"威尔说。

"如果你是一只蛤蜊,你就不会这么想了,在里面挺安全的,"沙利说,"你和弟弟总是打架吗?"

威尔不知道怎么回答这个问题,实际上,他们从不打架,除非有种情况,那就是瓦克尔所发动的恐怖袭击里包含了打架这一环节,那么他们就会一直打架。威尔决定要区分开来。"有时候打架。"他说。

"我过去也和我哥打架。"沙利告诉他。

"现在不打了?"

"他出了车祸,死了。"沙利告诉他。

这话吓到了威尔,他已经不再许希望弟弟死去的愿,因为他怕万一愿望成真了,事后会有人发现他曾许过这样的愿。

"我以后会和爸爸一起住。"他脱口而出自己的愿望,这让他自己也吃了一惊。今天真是不寻常的一天,他先是报复了弟弟,然后又开了车,现在他又和爷爷撒了一个弥天大谎。大概是在上个月,威尔开始幻想更加美好的新生活:他父母会离婚,他会和爸爸住在一起。一开始这想法把他吓坏了,他知道希望爸妈离婚是多可怕的事,但是这总比希望瓦克尔去死的罪责轻多了吧,他怕如果再想不出其他对策的话,他就真的只能许愿希望弟弟死了,所以他只能希望爸妈离婚。在衡量得失之时,他不愿失去妈妈,但这是无法避免的,她只能离开。

离婚这个主意里最好的部分是,如果没了瓦克尔,威尔十分确信,他能证明给爸爸看,他是个多好的孩子,是个多么惹人爱的孩子,是个从来不会(或许是很少)给他惹麻烦的孩子。等他们这家人分手后,妈妈也会很快意识到,一直是瓦克尔在制造各种各样的灾难。目前,妈妈还蒙在鼓里呢,总之她不管三七二十一,两边各打五十大板。她冲两个孩子大喊,打两人的屁股,把两人一起关进小黑屋。离婚以后,威尔不在了,但是麻烦还在继续,她会给爸爸打电话,两人会比照记录,她会告诉爸爸这一个礼拜瓦克尔有多么不乖,然后爸爸会说:"太糟糕了,威尔简直太完美了。"然后他俩就会恍然大悟了。

威尔总是开心地幻想着他们最终还是会再齐聚一堂的。但一切都会发生改变,他们会有一套大房子,而不是公寓,每个孩子都会有自己单独的房间,爸妈会采纳威尔的建议,把瓦克尔关小黑屋,从门下面给他送饭,他们要等到威尔长大离开家的时候,才会把瓦克尔放出来,他要爸妈发誓不能让瓦克尔知道他的住处,这一点很重要,因为瓦克尔一旦被放出来,他将会发疯。

威尔跟沙利和盘托出他的想法,他一张口说话,就开始滔滔不绝,这些在他脑子里的各种幻想一说出口,仿佛变得更真实了。如果爷爷真的发现这个计划有什么瑕疵的话,他也并没有指出来。沙利爷爷只是在倾听,威尔对此感激不尽。他这小小的年纪,还从来没有哪个大人能一直听他讲话,而不提出反对意见的,大人会举出各式各样的理由,让威尔明白为什么事情不是威尔想的那样,为什么不能是那样。威尔一直在讲,没有被打断,他的信心更足了,劲头更猛了。他给爷爷描述了他和爸爸以后住的大房子,还有瓦克尔的把戏被拆穿后将要面临的惩罚。爷爷那吃惊的沉默,正是威尔想要的反应,他从来没有那么快乐过,冰激凌也从没有这么好吃过,通常,威尔并不在意食物的味道,因为他害怕食物会反酸卡在喉咙里,但是这个冰激凌实在太好吃了,他连盘子都舔干净了。

"你想什么时候来看我们,就什么时候来。"他告诉沙利,好像他爷爷是因为瓦克尔才一直远离他们的。

"我会的。"沙利一边向他保证一边看了一眼手表。这孩子已经讲了半个小时了,他们已经耽搁了回家的时间。"我们最好现在就回去,你觉得呢?"

威尔的脸沉下来了。"我更愿意和你一起住。"

"如果你和我住,那我就不能来看你们了,"沙利指出,"而且,如果我把你从你爸妈那里偷走,他们会把我关进监狱的,薇拉奶奶会这么做的。"

威尔知道这话一点不假,他不愿意回家,但是他也不愿意沙利爷爷进监狱,不知为什么,和沙利爷爷聊了这么会儿,他勇敢多了。他不再那么害怕瓦克尔了。诚然,回去之后瓦克尔会就马桶事件报复他,那时候,威尔只要想一想弟弟会被关在房间里很多年,就好多了。

在收银的地方,沙利付了咖啡和冰激凌的钱。在旁边的位子上,有人在吃炸鸡排,看上去很不错,闻着也很香。此刻沙利的肠胃已经消停下来了,这时他才想起自己已经一天没有吃东西了。走出饭馆的时候,沙利想打电话给薇拉告诉她这会儿他们要上路了,然后他又不想打了,因为他们只需十分钟就能回到家。

如果沙利的车还有汽油的话,那么他们只用十分钟就会回到薇拉家。今天早上还有差不多四分之一的汽油,不过在他停在薇拉家门口的时候,大部分的汽油都消耗光了。如果在来饭馆的路上,沙利能想到看一看油表就好了,而现在汽油都用光了。

幸运的是,这次沙利打电话过去,是拉尔夫接的。十五分钟后,当别克车停在饭馆的停车场时,他们看到拉尔夫坐在方向盘的后面。"爷爷来救援了。"当威尔跑向他时,拉尔夫哈哈哈地大笑起来。然后拉尔夫脸红了一下,意识到:"我还真把自己当作他们的爷爷了。"他对沙利说道。

"没关系的,"沙利说,"我也认为你是爷爷。"

"你最好进车里来,"拉尔夫告诉孩子,"你没穿外套呢。"

威尔确实没穿外套,可是沙利居然没有注意到。威尔爬进了车子前座,坐在了拉尔夫旁边的位置上,拉尔夫递给沙利五加仑的汽油桶,"他怎么头上有个包呢?"拉尔夫有些诡秘地问道,好像他已经预见到回家后会受到盘问一样。

沙利惭愧地解释了。薇拉总是认为他是个危险的人,当孩子是带着伤回家时,他知道她会说些什么。而拉尔夫似乎明白发生这样的事很正常。

"天啊,"他说,"我们刚开始不知道他跑出去了,我们还以为他逃远了呢,听到他和你在一起,我真的很高兴。"

"薇拉可不这么想。"

"嗯,你了解她。"

"是啊,我了解她。我猜她坚定不移地认为没人爱她。"

"今天她挺不顺的,她爸病得很重,家里又来了这么些人,她心里挺难受的。"

"我早该明白,就不应该来你家,"沙利说,他被拉尔夫的大度感动到了,"现在我更清楚了。"

"别这么想,"拉尔夫说着,一副特别伤心的样子,"我们总是欢迎你的。"

"嗯,感谢你出来,"沙利说,"一定是停在你家门口的时候没有熄火,耗费了五加仑的汽油。"

沙利打开汽油桶盖子,把汽油桶可伸缩的喷口塞进去。

"都倒进去吧,"拉尔夫建议他,"我最近不会修草坪的。"

"你有吹雪机吗?"

拉尔夫伤心地摇了摇头。"不过,我得买一部吹雪机,我的结肠出问题以后,就不能铲雪了,今天早上差点要了我的命,我得等到一半的雪化了才能铲雪,人老了可真惨,是吧?"

沙利确保他灌进去的油够他回到镇上后,就把汽油桶的喷口拔出来,把油桶盖盖上了。

"都灌进去吧。"拉尔夫说。

"这就够了,"沙利说,"再次感谢。"

"你还想回家去吗?"拉尔夫问他,"事情都解决了,你还没吃火鸡呢。"

"没关系,我也不是来吃火鸡的,"沙利说,"彼得和夏洛特怎么样了?"

拉尔夫耸了耸肩。"我就是不明白,"他感叹道,"我不明白为什么人们不能和平相处呢。"

"你不明白吗?"沙利说,"你多大了?"

"不是那么难相处吧,"拉尔夫坚持说,"你对别人好,别人也会对你好,反正大多数人是这样的。"

沙利点点头。"除了那些不是这样做的人,还有你故意不想对别人好的时候。"

"我总是愿意对别人好。"拉尔夫说。

"这点我是知道的,"沙利附和道,"但你是个例外。"他拿出香烟,递给拉尔夫一根,沙利感到拉尔夫并不急着回去。今晚夜色温柔,就连停车场仿佛都弥漫着"祝你们幸福"这样的祝福。

拉尔夫没有接他递过去的香烟。"薇拉让我戒了,"他说,"还有啤酒也戒了,我只有偷偷摸摸地喝。"

沙利点了一根烟。"我不会告诉她的。"

拉尔夫笑了，摇了摇头。"我得承认，我现在感觉好多了，其实是医生让我戒烟的，薇拉只是监督我而已。"

"她太合适干这个了。"

拉尔夫低头看着鞋子。"你真的错失了和她一起生活的机会。"他说道。这话让他自己和沙利都很吃惊。

"没准儿你是对的。"沙利同意道，他这样说，并不是因为他真的这样以为，而是拉尔夫的这番话让他有所触动，说这话的这个男人和他都娶了同一个女人。

"我知道她喜欢瞎指挥，"拉尔夫承认，"而且她就没有高兴的时候，除了她在改变别人的时候，不过，她这人倒是不刻薄。"

"薇拉从来也不刻薄，"沙利承认。"只是如果没按照她的方式做，她就会马上恼火。"

"我想，人们总是想按照自己的方式做事吧。"

"我们也是。"沙利指出来。

拉尔夫想了想，最后说："我不是，我只是想让人们友好相处罢了，没别的，我不管用的是谁的方式。用谁的方式，这到底有什么区别呢？"拉尔夫问。他承认他从不干涉薇拉，让她按照自己的方式去做事，去生活。此刻，他也想让沙利认同他的做法。

沙利耸了耸肩。"今天一整天都有人请我吃火鸡，可我真的想吃的是炸鸡排，为什么不吃一块呢？"

沙利随意举了个例子，没料到击中了拉尔夫的神经。拉尔夫非常喜欢油炸食品，不过他已经吃不了了。"这对你不好，"拉尔夫弱弱地指出，他知道这些话并不能在沙利这里起到任何作用。

"我就是想吃一块。"

"为什么你明明知道对你不好，你还要吃呢？"

"这问题问得好，"沙利说，"但是我总是这样。"他用鞋子把香烟踩灭，中断了这个话题。"对了，"他们握手告别的时候，沙利说，"我认识一个人也许可以便宜处理他的吹雪机。"

"怎么会呢?"拉尔夫狐疑,毕竟,冬天就要来了。

"因为那人要搬去佛罗里达了。"沙利撒了个谎。

"那里可用不着这玩意,是吧?"拉尔夫问。

"如果你想要……"沙利说,"其实它是全新的,我自己也用过。"

"我不知道,"拉尔夫说着看向别处,"要卖多少钱呢?"

"我想最后我不花钱就能拿到,"沙利说,"你可以放在你家里,我要用的时候可以向你借。"

显然,拉尔夫认为这根本就不合理。因为吹雪机可不便宜,而且在这个季节也不可能卖不掉一部二手货。拉尔夫倾向于信任沙利,不过他妻子可就不一样了,薇拉会立马就嗅出什么地方不对劲,也许还会找个办法损沙利一顿。"听着简直太棒了,"拉尔夫伤心地说道,像是一个小孩子在和朋友讲述一个悲伤的消息——可我妈不让。

"之后我会再和你详谈的,"沙利向他保证,然后他向孩子的方向点点头,"如果他想开车回家的话,不要太过惊讶哦。"

拉尔夫看着孩子,笑着说:"我挺想看着他们兄弟俩平平安安地长大,知道他们平安无事,我才能放心。"

"你怎么知道不会呢?"沙利问。

沙利这么问,倒给了拉尔夫很大的鼓励。"也许我会的,"他耸了耸肩,面露喜色。"老天,也许我俩都会的。"

"留着这话以后再说吧,"沙利建议着并和拉尔夫握手道别,然后走进了饭馆。从门边的售烟机,沙利看见拉尔夫小心翼翼地倒车,然后向巴斯的方向开去,他那开车的样子好像是想让人知道,车里面的人有多么惜命。沙利正好瞥见孙子蜷在拉尔夫魁梧的身躯里寻求着安全感。

沙利走进饭馆的时候,还是刚才那个姑娘走了过来。"再来点咖啡吗?"她居然笑着问道。

"好吧,"沙利同意了,"咖啡配炸鸡排。"

她眨了下眼睛。"你要吃炸鸡排？"

"是啊，"沙利说。

"我们有特色的火鸡和填料，"她说，"所有配料加起来只要六块九毛五。"

"太好了，"沙利说，"我看看吃完炸鸡排后，我还饿不饿了。"

这姑娘脸上的笑容消失了。以她的观点来看，应该有法律规定在感恩节不允许出现自以为是的人。

卡尔·罗巴克的车停在私家车道上，所以沙利把车停在了那车的后面。他环顾四周，寻找着那部吹雪机，可是吹雪机已经不知所踪。卡尔本人则正坐在厨房的餐桌上，盯着只剩半瓶的杰克丹尼①，这时候，沙利敲门，走了进来。

"你知道吗？"他抬起头来，"我们买这房子的时候，卖房的经纪人发誓说，像你这样的人是不能进到这个住宅区的。"

沙利拖了一把椅子过来坐下。"那么你一定是误解她了，"他说，"她也许说的是黑人不能进来。"

"我一直认为你就是黑人，"卡尔说，"你干的是黑人干的活，拿的是黑人拿的工资，当然了，黑人都比你更有出息。"

沙利点着一根烟，吹向卡尔作为回应。"如果能让你付我黑人拿的那点工资，我也会欢天喜地的，其实我就这点出息。"

卡尔深深地吸了口气，把沙利吐出的烟全吸了进去。"可以给我一根烟吗？"

沙利把一整包都扔了过去，卡尔把酒瓶向沙利这边推了推。

"咱们就直接用酒瓶喝，这才像个爷们，"卡尔说，"今晚的罗巴克之夜，就让咱们度过一个纯爷们的夜晚。杯子？咱们才不需要

---

① 美国著名威士忌品牌。

什么破杯子呢。"他吸了一口烟,把烟深深地吸进肺里,然后问道,"你从来也不去看电影,是吧?"

"从不。"沙利回答。

"我猜你连台录像机也没有。"

"也没有。"沙利承认。

卡尔摇摇头。"沙利,沙利,沙利,你还不到八十岁呢。"

"如果有台录像机,我也会和你现在一样快乐吗?"沙利问。

"也许不会。"卡尔说,他拿起酒瓶咕噜咕噜喝了一大口,又放回去了,沙利连瓶子都还没碰过。卡尔突然笑起来,他懒洋洋地躺下,看着天花板,手指摩挲着头发。"真他妈烦。"他说,声音听起来非常疲倦。

"这段时间,你在遵循哪个医生的医嘱?"沙利问道。

"所有的,"卡尔对着天花板说,"他们每一个人。"

"他们建议你抽烟喝酒,还要绞尽脑汁地思考?"

"除了这些,"卡尔咧嘴笑了下,醉醺醺地回答,"那些都是不合理的建议,如果他们了解我,就不会给我这些建议了。"

"如果他们了解你,就不会医治你了。托比呢?"

"哪个托比?"

沙利没有回答他的问题。

"在某处吧,她不会有兴趣加入我们爷们儿的夜晚的,"卡尔·罗巴克醉醺醺地看着沙利说,"老天啊,我不希望到最后变成你这个样子。"

沙利点点头。"我也不希望你变成我这样。"他表示同意。

卡尔摇着头说。"六十岁的人了,还像个小学生一样迷恋女孩子,我到你这个年龄的时候,希望能变聪明。"

"嗯,有目标没什么不好,"沙利说,"不过如果变聪明是你的目标的话,你起步晚了点。"

卡尔用手指摩挲着头发。"我老婆也是这态度,"他承认道,

"即便我听了你早上的建议回了家,她还是不满意。问题是,我在回家的路上又拐去了别人家两次,糟糕的是,我还把这事儿和她坦白了,想请她原谅。我想也许是我毁掉了她的感恩节。"

"如果你愿意,你可以再睡我的沙发。"沙利说完站起身来,把香烟在水槽里捻灭,把烟灰冲进了下水道。

"你那沙发是全巴斯最差的沙发,"卡尔说,"睡在那沙发上我都做噩梦了。"他拿出钱包,从里面抽出一大把纸币,扔在沙利面前。"去买张新沙发,你不能让客人来了睡在上面做噩梦吧。"

沙利用小手指拨拉了一下这堆钱,大概有几千块吧。"我明天再过来一趟,"他说,"到时候你再付我钱。"

"现在就拿去,"卡尔建议,"我老婆要和我离婚,我现在心不在焉的,这可是你难得的机会,拿走吧,我欠你多少钱,统统都拿走。"

"别担心,"沙利说,"我肯定会把你欠我的钱要走的,而且我要在你清醒的时候来要,好气死你。"

卡尔摇了摇头。"你干的是黑人干的活,拿的是黑人拿的工资,却安了一副白人的良心,难怪你连录像机都没有。"

"也没有吹雪机。"

卡尔放声大笑起来,乐得他的脸变得通红,像红萝卜一样。"我给你透露个实情吧,绝对真实。今天一整天,我得到的唯一的乐子就是,我他妈的把我自己的吹雪机偷回来了。"

"那么,"沙利站起来,"就存在你这里吧,等下次下雪了再说,下次拜托至少先把台阶扶手装回去,如果我的房东太太因此摔跤,那这家罗巴克公司就是她的了。"

"让她拿去好了,"他说,"如果那个乐园项目不开工的话,我就没办法处理这公司。"然后他想起了什么。"对了,我可什么也没和那个八卦的混蛋说。"

沙利停住脚步。"谁?"

"今天早上那家伙。"

"他妈的哪个家伙啊?"

"你刚一走,就有个家伙来办公室。"

沙利想起了那个坐在黑色轿车里的男人,那个说沙利对情况并不了解的男人。"小个子?"沙利问,"穿得人模狗样的?"

"就是那人。"

"他把车停在了你办公楼前,"沙利告诉他,"我扔了个雪球过去,他看上去还挺不高兴的,我以为是谁家的老公生气了,雇人来找你算账的。"

"他想知道你是不是在给我干活,我说没有。哦,对了,这让我想到,也许我有个活要给你和你那个矮子搭档,"他说,"明天来办公室一下。"

"行,"沙利说,"还不快去睡觉?"

"我不累。"

"你醉了,看看你自己。"

"我可能是喝多了,但是我不累。"

沙利回到卡车上时,托比·罗巴克正安安静静地坐在车里,车内的顶灯坏了,唯一能证明她在那里的,是她点燃的香烟所发出的暗淡的光。

"上帝啊,原来你是个容易受惊吓的人。"她说。

她真的把他吓了一跳。"我没想到你会在这。"他说。

她看着他。"你这辈子一定经历过很多意想不到的事吧,沙利?"

这倒是真的,沙利没有否认这点,今天从早到晚真是惊喜连连的一天。"你怎么又让他进家门了?"

"不是我,"她说,"我想是霍勒斯给了他一把钥匙,这个无耻的叛徒,我从斯凯勒回来的时候,卡尔就在家里了。"

她这么一说,倒让沙利想起什么。"我不愿是我来告诉你这些话,不过人们正在传你的坏话呢。"

"真的吗?"托比鼓鼓掌,假装兴奋的样子,"太有意思了,告诉我。"

"他们说你在斯凯勒有个男朋友。"

托比盯着他看了良久,一脸的严肃,看得他发毛。继而,托比突然开始笑起来。"可怜的沙利,"等她笑完了说,"你这人真是太可笑了。"

和女人在一起的时候,几乎总是这样,沙利突然发现自己又处于被动的状态了。"喂,这不是我编造出来的,"他坚持道,"实际上,我还告诉那人我根本就不相信。"

这又引起托比·罗巴克一阵大笑,这次她强忍住歇斯底里的大笑,很快就停下来了。"你真是个好人。"她边说边努力让自己严肃一点。

"没错,"沙利咧嘴朝她笑笑,"我只是希望更多的女人能明白这点。"

在屋子里的卡尔走到窗前,像小孩子一样探头探脑地向他们所在的小路看去,沙利怀疑除了自己映在窗户上的影子,他什么也看不到。他也许是没有听到卡车引擎的声音,才跑到窗口来张望的,于是,沙利发动了卡车,"也许你今晚最好别待在这儿,"他说,"他状况挺差的。"

她注意到他的眼神,随着他看过去,"我真的受不了了,"她承认,"瞧他那个样子。"

卡尔在窗口用手遮着眼睛张望,整个人都贴在窗户上,看着很危险,好像会破窗而出似的。

"你离开一段时间吧,"他建议,"我会看着他的。"

这个建议使托比脸上露出了笑容。"这主意真可笑,你会照顾人吗?"

"为什么不会?"

"哦,沙利,可别伤心,我知道你是真心想照顾他,不过两分钟后,你心思就不在这儿了,你会把这事儿忘得一干二净,会在他的葬礼结束两个星期后,才想起他,走在这条街上你心里会想,怎么这么久没见到他了。"

卡尔离开了窗户边,走到楼梯下,背朝着窗户。

"对了,他把吹雪机藏哪里了?"

"藏在了院子里,在工具间里。"

"好吧,"他说,"我明天或者下个星期会再把它偷回去。"

"当心那只恶狗。"

"我不担心狗,"沙利说,"我在想,我怎么才能翻过那个围墙。"

"沙利,你可是男人中的男人啊。"

"多谢。"他说。

"这可不是在夸你哦。"她向沙利解释道。

"到这里来你不必要盛装出席吧?"狄尼对沙利说。沙利走进白马酒吧,坐在吧台的一端,他脸上的胡须刮得干干净净,还穿着去薇拉家的那身衣服,衬衫是露丝好几个月前送他的,他还是头一回穿,他从塑料袋里拿出来就穿上身了,衬衫上的皱褶是被纸板压出的印子,还不太能贴合沙利的形体,此外,衬衫上大头针扎出来的针眼儿还清晰可见。

吧台上方的电视机里正播着大学橄榄球比赛,酒吧里十来个人的眼睛全都盯着电视,这些人都是在感恩节这天下午从家中溜出来的。节日以老清老早就开始的梅西百货的感恩节游行拉开序幕。他们无法在节日的喧闹中好好看一场下午的比赛。他们希望在白马酒吧安安静静地看第二场比赛。

"只要知道是你在照管吧台,我就打扮得帅一点。"沙利说。狄尼看上去心情好多了,沙利知道他俩要再晚一些才会像昨天晚上一样,重新开始斗嘴。接下来的几个小时里,双方都会假装他们再也不会吵架了，只有等到他们真的开始斗嘴了，才会打消这个念头。

"你最喜欢的客人呢？"

狄尼看了一眼手表，"随时都有可能出现，"他说，"你今天挺招人喜欢的，我刚开门营业一个钟头，就有一通电话找你，此外还有一个你的包裹，"狄尼从吧台下面拿出一个裹了锡纸的盘子，"闻着像是火鸡的味道。"

沙利瞅了一眼锡纸的下面，果然是火鸡，里面塞着南瓜馅儿，绊着蔓越莓酱。烤鸡还热乎乎热，他检查了下锡纸两端。"没退回去的地址吗？"

"你前妻寄的，"狄尼说，"叫什么来着，那个快递员。"

"拉尔夫？"

"他说你没吃饭。"

"实际上，我刚刚才吃完，电话是谁打的？"他问，期盼是露丝打来的，当然，她不会留下名字。

"有个工作什么的，"狄尼写了个便条，递给沙利。便条上有个电话号码和一个人的名字：迈尔斯·安德森。

沙利眉头紧锁。"迈尔斯·安德森是他妈的谁？"

"没听过，"狄尼说，"他说他刚在镇上买了栋房子，有些活要干，八成又是个混蛋老板。"

"这种人很多，好吧，"沙利承认，"但至少他们有钱。"

"钱让他们变成新贵，"狄尼说，"否则的话，他们就只是混混罢了。"

"我希望只为我看得上的人干活。"沙利说。

他喝了第二杯酒，跟狄尼依然相谈甚欢，这时候维尔夫撇着一条僵硬的腿悄悄地坐在了他边上的吧凳上。"看到我爱的伙计关系变好了，我可真高兴，"他注意到，"这是什么？"他指着沙利胳膊边放着的那盘锡纸覆盖的食物，"闻着是食物的味道。"

"你没吃饭吗？"沙利问。

"我们一起吃的晚饭,"维尔夫提醒他,"你没忘吧?"

"那是昨天。"沙利指出。

"哦?"维尔夫咧嘴一笑,"你是指今天啊。"

"把这个塞微波炉里加热一下,好吗?"沙利说着把盘子推向狄尼。

狄尼照办了,但沙利感到他略有不快。

"过不了多久,他就会因为这盘食物而反胃的。"沙利预言道。

"今晚他本来还打算卖我半打腌鸡蛋呢,"维尔夫说,"我们不能怪他。"

"我可能还能喝上一两杯啤酒。"

微波炉叮的一声响,狄尼拿着那盘填料火鸡回来了,上面冒着热气,有些看橄榄球比赛的食客也想来一份。

"看看你惹的麻烦。"狄尼抱怨道。

维尔夫一头就扎进了那盘食物中,狼吞虎咽地吃着。

"我可看不了他这个吃相。"沙利说。他想知道一个拥有法律学位的人怎么就没学会基本的餐桌礼仪呢。维尔夫右手拿刀,左手拿叉,直到把盘子里的食物扫荡一空才放下刀叉。

沙利走到电话旁,按照狄尼给他的那张纸上的电话号码拨过去。

"阿第伦达克。"

"什么?"

"阿第伦达克汽车旅馆。"

"你这里有个叫迈尔斯·安德森的吗?"

"让我查一下。"

"好,查一下。"

过了一会儿。"我是迈尔斯·安德森。"

"我是唐纳德·沙利文。"

"谁?"

"好吧,再见。"

"哦……对……沙利文先生,对不起,听着,我刚刚在镇上买了一栋房子,在主路上,你知道在哪吗?"

"我知道。"沙利说。

"哦,"迈尔斯·安德森犹豫了一下,"我猜这是在开玩笑吧。"

"我就住在上主街。"沙利说道。

"是吗?"难以置信。

"你买的是哪栋房子?"

"和无忧宫隔条街的那栋。"

"无忧宫?"

"对,"迈尔斯·安德森说,"我知道那里已经荒废了,我当时一定是想到济慈。"

"一定是这样的,"沙利说,"这是栋大房子,安德森先生。"他已经定位好了那栋房子,他觉得那是上主街最大的房子。

"我计划把这套房子改建成 B&B①。"迈尔斯·安德森向他透露道。

"好吧,我认输,"沙利说,"什么是 B&B,Beside Brandy?"

"住宿加早餐的旅馆,"安德森解释道,"你肯定听说过这种旅店吧?"

"从来也没听说过。"

"它们很受欢迎。"

"好吧,"沙利勉强同意道。

沉默了一会儿。"不管怎样,这个房屋,嗯,可以说状况不太好,实际上,整个房子都要重新打理。"

"打理?"

"恐怕所有地方都要弄一下。粉刷,很多地方都要粉刷,还有水管、电线、绝缘层需要修理,还有院子也需要打理。有两三棵树

---

① B&B (Breakfast & Bed),提供床铺和早餐的家庭旅馆。

桩需要挖出来运走，不过要等到合适的时间，明年春天就能完工，最晚到五月中旬吧，到八月赛马季时，就能开张营业。"

"我不做电工，"沙利说，"不过我可以推荐个人。"

"好的……嗯……这也许行得通的，对吧？"

"也许吧。"沙利说。此刻，他正盘算着如何实行这个工作呢。一个冬天的工作，如果他的膝盖允许的话，他可以按他自己的节奏来干活，时机也很好，地面冻结后，在到明年四月的这段时间里，卡尔应该不会有什么新的活给他了。

"你有一辆卡车？"迈尔斯·安德森问道。

"大多数时候。"

"你大多数时间拥有这辆车？"

"我每天都开这辆卡车，它大多数时间都能跑。"

"好的，我明白了。嗯，我还有什么要说的呢？恐怕这活会不轻松。"

迈尔斯·安德森这话听着像是个问题，于是沙利回答："我习惯干不轻松的活。"

"嗯，那么，就这样吧。还有希望你不介意我问一句你的年龄。"

"我六十岁，"沙利告诉他，"你多大了？"

"问得好。我在想，你愿意明天早上找个时间过来一趟看看这房子吗？告诉我大概几点？因为我下午必须得回城。"

"哪个城市？"

"纽约。我想问，你的时薪刚刚涨价了吗？"

"没有涨。"沙利说。他的时薪在迈尔斯·安德森用了那个词组"有可能"的时候就已经上涨了。

他俩说好了，沙利十一点去那栋房子和他碰面，沙利写下了地址。"我住的地方离那里就两条街。"沙利说。

"真的吗？"迈尔斯·安德森的语气中透着冷漠。

"对了，是谁向你推荐的我？"沙利挂断电话前，想起要问一句。

"好几个人，"迈尔斯·安德森说，"你在当地的名声相当好。"

沙利挂了电话，他想着要问迈尔斯·安德森是否愿意私下里付钱给他，不过他又决定这可以等一等再讨论。安德森听上去不像个不守信用的人。

他回到吧台的时候，维尔夫差不多吃光了那盘食物。"刚才我和一个人通话，他说我的名声相当不错。"他告诉维尔夫。

维尔夫用垫鸡尾酒杯的餐巾纸抹了一把脸上泛光的肉汁，接着问道："嗯？外乡人？"

"纽约人。"沙利说。

"大工程？"

"听上去像是要干一整个冬天。"

"他私底下付你钱？"

"我还没提这个，不过我会提的。"

"好，不要留下任何记录，如果让他们抓住你在工作，我们可就输了。"维尔夫说。然后，他又接着说："嘿，我有一个好主意，我俩就坐在这里，喝它一晚上啤酒，怎么样？"

"好吧。"沙利同意了，他决定不提黑色轿车里的男人，或许那人已经被抓住了吧。实际上，他挺希望那人被抓住，那样的话，有人的婚姻就不可挽回了。此时此刻，他感觉神清气爽，膝盖在低声呻吟，却没有放声高歌。有没有可能一切都在好转呢？他是不是把自己从一连串的蠢事里快速地拽出来了？这种可能性值得深思。"也许我们在这里待的时间够长，那个游手好闲的酒保会为我们买一轮酒。"

星期五

小克莱福在早餐桌边面对着母亲坐下，他的脚边堆着好大一堆安妮皇后椅的部件，他比对来比对去，想把已经散了架的椅子重新装起来。此时，贝丽尔小姐已经穿戴整齐，一副正襟危坐的样子，由此小克莱福知道她仍在生气，一会儿又要大发雷霆了。只见她薄薄的嘴唇抿成了一条线，看着就像脸上有一条白色的伤疤。这条白色伤疤，小克莱福小时候就怕，说实话，现在体重超百的他还是怕。上次称重，他的体重刚好超过二百二十磅，他承认，对一个身高不到一米六的人来说，这确实有点超重，不过他可以把这简单归结为遗传所致。但对母亲的惧怕并没有随着年龄的增长而减少，这真是可笑啊！过去这十年间，他长得和老克莱福越来越像。小克莱福估计，身高一米四五的母亲，整个人就算穿戴整齐加起来也就大约九十磅而已，比如现在她就是这么重。现在是感恩节第二天早上六点半，就是在这个早上，小克莱福意识到自己犯了一个巨大的策略性错误。"妈，"他把两片怎么也拼不到一起的椅子部件搁下，为了不吵醒未婚妻，他压低了声音说，"对不起。"

贝丽尔小姐正怒气冲冲地把茶袋浸在冒着热气的茶杯里，她抬头看了一眼说道："干吗说对不起？又不是你弄坏的。"他知道她这是故意装傻。

"我说的不是椅子。"他说道。然后他又一次拾起那两块当中大点的木头，比对着。"我以为你会很高兴的，"他向她解释，但事实正好相反，"我想我不应该给你这个惊喜的。"

贝丽尔小姐仔细看着眼前的儿子，心软了一点，他瞧着是如此可怜。他一大早,睡眼惺忪、胡子拉碴地就冲过来,这让她受宠若惊。他还带来了一本《火炬》,这是他上中学时的年鉴,里面夹着一张女人照片,她叫乔伊斯。将她以这种方式呈现于母亲面前,似乎是在向母亲证明此人就是他说的那个女人。"以前没什么事能让我觉得惊喜,现在想想还是那时候更期待惊喜呢。"她确信地说。

实际上,贝丽尔小姐整宿都没合眼,她一直在琢磨着一件事:到底是谁更让她生气呢?是小克莱福(很明显应该选他了),还是此时正在客房里熟睡的这个名叫乔伊斯的可怕女人,还是她自己?现在回过头来想,她为自己昨天的茫然而深感羞愧,竟被这么简单的状况搞得摸不着头脑。儿子和她解释过两次,这位坐在她的安妮皇后椅上不安地来回扭动的女人是谁,但是贝丽尔小姐依然困惑,拒绝倾听。她的困惑犹如黑洞,密不透光。

一年多前,她勉强同意让小克莱福持有一把后门钥匙。他当时说:"万一出现任何紧急情况……"但他有意嘟囔着,把话意味深长地留了一半。因此昨天下午,当看到他的车停在马路边的时候,她已做好了心理准备。小克莱福要么是在起居室里踱来踱去,用评估专家的眼光把屋子里所有物品都扫视、检查一遍,而这种事平时他只能趁她不在家的时候干,要么就是在楼上沙利的房间探头探脑,估算着沙利对房子造成的损失。

不过,这位打扮精致、双乳丰腴的女人是谁呢?她盘腿而坐,双手紧张地颤抖着,好像等着被介绍一样。贝丽尔小姐立马就认定她是某个机构的社工,或许是某个养老院的女老板。小克莱福曾经不止一次地暗示她"到最后时刻来临时",她最终必须搬到一个"环境优雅、安全舒心的地方"去。他甚至提出要给她筛选一些资料,贝丽尔小姐断然拒绝了这个提议。最近,她一直对小克莱福疑虑重重,所以当她看见小克莱福身边这位神情紧张、表情拘谨、年过半百的老女人时,她就下定结论:至少在她儿子看来,这个时刻已经到来。

虽然儿子小心翼翼费尽心机地向她介绍了这个女人，但这个错误的结论已在贝丽尔小姐的脑子里扎了根，难以移除。结果难堪的是，贝丽尔小姐一直凶巴巴地瞪着这女人，使她越来越躁动不安起来。"这是我的未婚妻，妈。"虽然小克莱福反复在说这句话，但未婚妻这个词怎么看都跟眼前这个女人八竿子打不到一块。为什么小克莱福会跟一名社工订婚呢？好几年前贝丽尔小姐就不再指望儿子能结婚了，现在却又要她相信他要娶一位养老院的女老板做老婆，真是太荒唐了。但到后来她才弄清楚，社会工作者或是养老院都只是她自己想象出来的罢了。

因此，今天早上，贝丽尔小姐还在生小克莱福的气，也在生这个可怕的叫乔伊斯的女人的气。但是漫漫长夜里，一夜无眠的她，脑子里又开始想着这可怕的时刻可能已经到来。她可能再也不能独自居住了；可能再也不能在州际高速公路上安全行驶了；就连之前去过上百次的地方，她也可能会迷路。她开始变得多疑偏执。贝丽尔小姐一直都认为，自己会晓得"那个时刻"什么时候会到来，到那时自己将落入儿子的掌控，失去自由。可是如果她不知道呢？如果其他人都已经知道了呢？那些曾经残忍地开她玩笑的八年级学生，如今他们已经年届四十了，她可不想再成为这同一伙人理所应当、合情合理的打趣对象。

因此，在天亮之前，她下定决心准备向儿子和他的未婚妻道歉。在天边亮起第一缕曙光的时候，她又在重新考虑之前做的决定。这样想来想去，等到卧室窗户外面的天空泛白时，道歉的意愿就很勉强了。她还没沏好茶，小克莱福就现身了，这使她彻底放弃了道歉的决定。现在，看着他徒劳地试图组装安妮皇后椅的部件，不禁让她想要弄清楚自己到底是着了什么魔，要把自己的领地拱手让给儿子。

"妈，椅子的事乔伊斯很抱歉。"小克莱福说道，仿佛怀疑母亲在故意挑事。

实际上，贝丽尔小姐对安妮皇后椅的情感是复杂的。椅子散了架，这正好给了她机会可以名正言顺地讨厌小克莱福的未婚妻了。这人是个话痨，她对自己无知的话题给出的都是愚蠢的见解，这可算是贝丽尔小姐一生中度过的最漫长的夜晚之一了。这位可怕的叫乔伊斯的女人有许多挚爱，刚获得连任的总统就是其中之一。她说，因为她生活在加利福尼亚州，所以理所当然地要比非加州人更了解里根先生。她曾在加州替他宣传，后来他竞选总统的时候，她又在纽约替他宣传。那个叫乔伊斯的女人用她那幽怨的眼睛盯着贝丽尔小姐讽刺地说，唯一使她不安的就是这位总统的年龄。这么一大把岁数，却还做着一份催人变老的工作。"他看着的确很疲倦，"乔伊斯那女人一脸严肃地说，她不仅为他这份职务担忧，还担心他本人，好像她与总统有什么私交似的，"但是我真心认为，他一如既往地精明果断。"

"我也这么认为。"贝丽尔小姐恶狠狠地瞪着她，然后借口去拿饼干和咖啡，起身离开了房间。

"可以去咖啡因的吗？"乔伊斯大声说，"我喜欢喝去咖啡因的咖啡。"

在无人与乔伊斯闲话的这段时间里，小克莱福沉默着一言不发，像昏睡了过去一般，然后他跟着贝丽尔小姐进了厨房，"我希望你别那么盯着她看，就好像要杀了她似的，"他抱怨道。

"我忍不住，"她对他说，"我心里怎么想的脸上就怎么表现。"

把饼干碟子递给儿子后，贝丽尔小姐把儿子赶出了厨房，然后在橱柜的角落找到一些速溶咖啡，又花了几分钟烧开水，在托盘上摆放好咖啡杯。调节好情绪后，她返回了起居室。当她回来时，饼干碟子已经空了，而此时乔伊斯这女人正在她那丰满的胸部上拍打着落下的饼干屑。

"嗯，"女人小口啜饮着咖啡低声说，"真是对不起，给你添麻烦了，不过说实话，如果我五点过后喝咖啡的话，整晚就别想睡了。"

然后,她的话匣子又打开了。她解释自己多么爱喝咖啡,以前一天能喝二十杯都没问题,但是最近不行了。现在,天呐,看看咖啡在她身上起到的效果,真是太可怕了。除了悲剧二字,没有别的词可以形容这种情形了。不过,对于这世上所有美好的事物,那些你无比珍爱的东西不都也是这样的反应吗?她突然无缘无故地又加了一句,所有美好的事物要么是不道德的,要么就是使人发胖的,然后就咯咯咯地笑起来,好像她是第一有此灼见的人。

这女人说话的时候,贝丽尔小姐找了个舒服的姿势,稳稳地坐着,努力不去瞪眼看她。实际上,她给客人准备的并不是去咖啡因的咖啡,她从中获得了些许微不足道的快意吧,因为这个蠢女人对咖啡因的说法也许就像她对任何其他事情的说法一样,都是错误的。试想她喝了去咖啡因的咖啡,就会睡得像死人一样,像她崇拜的那位总统一样,可惜这种可能性因犹豫而幻灭了。

后来证明贝丽尔小姐错了。半夜十二点,她听到可怕的乔伊斯那女人爬起来去了洗手间,然后是两点,最后是四点半。每一次,贝丽尔小姐都在黑暗中嘀咕了一句:"很好!"

另一件让她摸不着头脑的事情是,那晚小克莱福是打算要乔伊斯那女人留下来的,让她睡在家里空着的客房里,而不是让她回她在乔治湖的家。即便后来她明白了儿子的闪烁其词,她也不确定他这样做的目的是什么,或者潜台词是什么。难道他就是为了让两个女人见个面,认识一下对方这么简单吗?还是小克莱福和未婚妻要让她放心,他俩没有未婚同居?这种得体是要装给她看的,还是真的呢?无论是哪一种可能,贝丽尔小姐心想,都说明小克莱福都挺可怜的。

被压弯的安妮皇后椅的两条后腿已变得脆弱不堪,只听到咔嚓一声,两条腿垂直断裂了。庆幸的是,乔伊斯那女人那时并没有坐在上面,否则身体一定会被椅子腿戳到。还好她当时只是扑通一声重重地跌在了地上,那体重使得整面墙都为之一震,教练面具从墙上掉下来,脸颊那里摔凹了一块,表情变得更加严厉不满。这样子有点像柯克·道格拉斯①。乔伊斯那女人脸上的表情真可怕,那个表情更像是因为丢了面子而非摔疼了。她看着小克莱福,好像在说安排她或允许她坐在这么一把椅子上,是在和她搞恶作剧。她的下嘴唇开始颤抖,接着整张脸都因为难过而扭曲,这表情让贝丽尔小姐联想到一位突然失去亲人而受到沉重打击的人,而不是暂时丢了面子的人。又是抽泣,又是哽咽,她被小克莱福带进卫生间,在里面待了将近半小时。在起居室里,小克莱福和贝丽尔小姐低声交谈,都假装没听见从卫生间里不时传来的起起落落的悲戚的声音。

"乔伊斯很容易激动,"小克莱福在整理安妮皇后椅的部件时解释道,"更年期对的她影响挺严重的。"

听到这话,贝丽尔小姐眯起了眼睛,这番话和小克莱福的性格太不相称。她还从来不知道小克莱福会从女性的角度来看待问题。毫无疑问,他一直在重复乔伊斯那女人对情绪不稳定的原因。贝丽尔小姐对于更年期可能给她造成的影响没有表现出特别的同情,因为她自己就优雅平安地度过了这一生理期。她认为受更年期折磨严重的那些女人首先都是爱慕虚荣的人,她们年轻的时候,将自己的颜值当作一笔财富加以利用,而实际上,她们知道,除了美貌,她们别无他物可用。

这位叫乔伊斯的女人还算吸引人,至少从她的年鉴照片上看是这样的。今天早上,贝丽尔小姐在研究《火炬》年鉴上这位漂亮的女孩时,她突然想到,这位在卫生间里哭哭啼啼了半个小时的叫乔伊斯的女人,的确是在为逝去所爱而哭泣——为年轻时的自己——那个曾风华正茂、倾国倾城的自己。贝丽尔小姐无法确定该不该同

---

① 柯克·道格拉斯(1916—2020),美国好莱坞电影演员,曾三次入围奥斯卡金像奖最佳男主角,1996 年获颁奥斯卡终身成就奖,2001 年获得第 51 届柏林电影节终身成就奖。柯克那充满美国式英雄主义色彩的角色是他极具代表性的银幕形象。

情这种人，至少现在她不愿意同情她。本来安慰她是贝丽尔小姐力所能及之事，只要她从卫生间一回来，贝丽尔小姐就可以告诉她，椅子坏了与其说是她的错，还不如说是沙利的错，一定是沙利每天早上坐在上面扭来扭去地套工作靴，才最终导致这把椅子散架了。但是，每次贝丽尔小姐刚准备要摆出这种姿态时，乔伊斯那女人就说一些令人讨厌的话，最后，贝丽尔小姐就决定让她吃点苦头。

等乔伊斯那女人终于回到了起居室坐在他们身边时，她的情绪发生了剧烈的起伏。她开始毫不畏惧地喋喋不休着，好像只有这样毫不停歇地、上气不接下气地说些有的没的，才能确保小克莱福和贝丽尔小姐没有机会向自己询问有关身心健康状况的问题。贝丽尔小姐在想，她是不是吃了什么药。乔伊斯那女人没有再提那坏掉的椅子，实际上，她都拒绝朝那个方向看上一眼。

"她真是个了不起的女孩，妈，"小克莱福坚称，他态度诚恳，这与他的性格可是大相径庭，"昨天她那样不是她的本性。"

"那昨天的是谁？"贝丽尔小姐问，这话问的也许有些不厚道，不过和另外她想到的那句"什么女孩，这女人一定已经五十好几了吧"相比，已经算是厚道了。

小克莱福看着自己的双手。"你对人总是这么严厉，妈。"

贝丽尔小姐不得不承认，这一点也许是对的。小克莱福不止一次向她指出，而且格鲁伯太太也是这么认为的，还有她的那些八年级学生，她给他们中等分数是因为她认为他们还不够努力。"我自己没有意识到对她严厉了，"她对小克莱福说，"但如果我真的严厉了，我很抱歉，不过不管怎样，我对她的看法并不重要。因为要娶她的那个人又不是我，你才是那个必须喜欢她的人。"

"嗯，我喜欢她。"小克莱福称，话里带着小时候的那种固执。"我爱她。"他又说。他把手里的椅子零件搁在地上，从贝丽尔小姐手里取过那本年鉴，用大拇指浓情脉脉地抚摸着纸头的螺纹表面，这一动作看着那么可怜，贝丽尔小姐心软了。

她从桌边站起来，收拾起咖啡杯碟。"我真替你高兴，"她说，"还有比爱情更糟糕的事情。给我一分钟时间，我就能想出一个来。"

她这么说原本是开个玩笑，但话一出口，把她自己也吓了一跳。她为什么说出这些话呢？如果不是奥德丽·皮奇把老克莱福甩出教练车的前挡风玻璃，她深信，他俩现在依然幸福地生活在一起，老克莱福对她的这份惊天动地的爱，依然是她人生中最精彩的篇章，正如她此时的回忆一样。想到曾经爱过也被人爱过，一阵悔意突如其来。

小克莱福伸长了脖子。"我想我听见她的动静了。"他说。

贝丽尔小姐摇摇头，用拇指朝天花板指了指。小克莱福听到的是楼上沙利沉重的脚步声。这十分钟里，她一直模模糊糊地听到沙利的闹钟发出嗡嗡的声响，但在厨房里那声响模模糊糊的，不如在前厅里那么清晰，而小克莱福一点儿也没意识到，这使得贝丽尔小姐心中一悦，自己的感官能力，或者说至少其中的一项能力还完好无损。

小克莱福看向天花板，他的脸阴沉下来，透过天花板他俩一起听着沙利的脚步声延续到了楼上的卫生间。这意味着，他们要重新开始老话重提。

"有些……事情，你还在考虑吗？"小克莱福说，"我知道你不喜欢这个想法，但是你应该在你还能走得动时，把这房子卖给我。"

"你说得对，"她告诉他，"我不喜欢这个想法。"

"妈，"他说，"让我来解释解释。如果你明天就病了，你就得去医院，那时候他们就不让你卖房子了，因为法律不允许你这么做。所以你必须要在生病之前将它卖掉，他们是不会允许你那时候再卖而造成他们的损失的。"

"如果我卖给你了，而你明天就生病了，会怎么样呢？"

小克莱福揉了揉他的太阳穴，"妈，你一定要考虑这种可能性吗？"

贝丽尔小姐叹了口气。她当然知道这可能性有多大,用不着他来上这一课。她就是不愿意向小克莱福这个平时在争论时很容易被击败的人妥协。"我会考虑一下你的建议。"她答应道,希望这样暂时能让儿子满意。

"至少先说说楼上的该怎么办?"他放低声音说道。好像他怀疑沙利会把一只耳朵贴在暖气片上,偷听他们的谈话似的。小克莱福一直管沙利叫"楼上的",就像沙利一直称他为"银行"一样。"新年的第一天可是重新规划生活的好时机。"

"我对以前的安排很满意。"贝丽尔小姐说。

"你答应过的——"

"我答应会考虑这事儿的。"贝丽尔小姐提醒道。

"妈,"小克莱福说,"留着这房子就够危险了,如果你非要留,那么沙利必须要卷铺盖走人。"

正在这个时候,楼上的抽水马桶响了。贝丽尔小姐尴尬地笑了笑,感到有点不好意思。

"还要其他征兆吗?"小克莱福也笑了,又得意扬扬起来,"连上帝都同意了。"

"坐在马桶上的可不是上帝,"贝丽尔小姐提醒他,"那只是一个孤单、倔强、不走运的家伙。"

"总有一天,他的坏运气会传给你的。"小克莱福坚持说。

贝丽尔小姐叹了口气。她与儿子小克莱福的谈话总是与以往相差无几。接下来,小克莱福会提醒她沙利曾经烧毁了他住过的一处房子。

"他已经烧毁了巴斯的一处房子了,"小克莱福一脸无辜地回忆着说道,"妈,你应该到楼上去看看,到处都是香烟烧过的痕迹,而且都是最近才烧的。"

离她上一次向儿子让步还没过去多久,贝丽尔小姐在这点上不得不再次让步。沙利的确抽烟,的确会忘了燃着的烟头,任其从烟灰缸掉到地板上,然后再滚到沙发下面,甚至有可能抽着烟他就睡着了。小克莱福发誓,他在沙利的枕头套上看到了香烟烧出来的褐色的洞。

"如果不信我的话,妈,"小克莱福坚持说,"你自己去看看,上楼去看看那间公寓现在的状况,数一数被香烟烧过的地方,你自己看看到底有多少次与死神擦肩而过。"

贝丽尔小姐最不愿意做的事情就是去沙利的房间。毫无疑问,小克莱福向她报告的情况应该属实,也许他没有半点夸张,沙利的确粗心大意不修边幅,很是危险。贝丽尔小姐不知道如何向小克莱福解释,留沙利住在楼上,即使知道自己在冒风险也心甘情愿。也许她甚至自己也不明白,她为什么要冒这个险。一部分是因为她一直以来都把沙利当作盟友看待,他忠诚可靠,至少是值得信赖的人。哪怕他现在老了,身体状况更差了,也更健忘了,她也依然信任他。虽然他现在每天都神出鬼没像个幽灵一样,但在她心中他也是可信赖的幽灵,即便生活的经验告诉她,沙利最靠谱的事情就是他保证能把事情搞砸了。贝丽尔小姐承认,在这件事上和小克莱福对着干,一定对她不利,但是萦绕在她脑子里挥之不去的声音在说:赶走沙利将会是一场巨大的背叛,这既会让他震惊,又会伤害到他。并且,不管是否理智,她不由得觉得自己的死期并不那么遥远了,但眼前毛躁的沙利并非自己走向死亡的原因。

"如果你不愿意的话,我可以来做所有的事情,"小克莱福主动说,又弱弱地加了一句,"我能搞定沙利。"

听了这话,贝丽尔小姐忍不住笑了,她儿子的脸沉了下来,一种受到侮辱的神情跃然脸上。

"他骗了你,妈,"小克莱福生气地说,"他一直都在骗你,连我爸到最后也看出来了。"

"别把你爸扯进来。"贝丽尔小姐说道。

小克莱福笑了，他明显意识到，父亲是母亲的软肋。过去他借着父亲，成功地说服过母亲。

"我只是希望你信任我。"沉默了好一阵，他继续说。他的眼睛不再停在母亲身上，而是转向别处，仿佛那东西近在咫尺。"妈，你会觉得难以置信，明年这个时候，这个镇子会变成黄金海岸。一旦'终极逃亡'乐园破土动工了……"他的声音逐渐变得低沉而温和，然后，他快速地从某种画面中抽离出来，结束了话题。好像他明白母亲根本看不见自己看得如此清晰的画面。"连乔伊斯都很激动。"他说道，似乎在向她的母亲说明，想让他要娶的女人感到激动并非易事。随后，他环顾四周，好像希望他的那个女人现在能幻化成形，出现在他身旁来告诉别人，事实确实如此。

"那么，你打算和这个叫乔伊斯的女人结婚喽？"贝丽尔小姐问。

"是的，妈，我打算和她结婚。你不赞成的话我会很难过。"

"克莱福，如果她能让你幸福，那么我赞成。我就是想提醒你，我不是这间厨房里唯一被弄得筋疲力尽的人。"

小克莱福好像在认真地考虑着这种令人感到悲哀的可能性，这让贝丽尔小姐感到惭愧，因为她很少真正考虑儿子的观点和建议。

"妈，你总是觉得事情会变糟，"她儿子说，"我看事情都是朝好的一面发展的。"

贝丽尔小姐决定不再就此与其争论。的确，他俩看待事情的方式截然不同，且从未一致过。从儿子抚摸这本年鉴的样子看得出来，他始终把那可怕的乔伊斯看作照片上十八岁的姑娘。而且，当他说自己能从前窗看见黄金海岸的时候，也不像是开玩笑。他似乎拥有惊人的魔力，能清晰地看见过去与未来，可不知为何，他却对当下避而不见。

"我在想该不该进屋看看她呢？"他说着向后推了一下椅子。他那样子好像极不确定这么做是不是正确，这样一来，贝丽尔小姐就更不想对他那么严厉了。她把最后一只盘子丢进水池里建议道："让她睡吧,过会儿她醒了我,让她给你银行打电话。"

"我想,我应该进去,"小克莱福一边说着一边看了看他的手表,"现在刚七点,不过如果我下午……"他的声音逐渐变小了,起身拽了一下裤子,做好了去卫生间的准备。在走之前,小克莱福总是要完成的一件很正式的事情,就是去卫生间解手。

贝丽尔小姐想把那几只盘子洗了,转念想到乔伊斯那女人最终睡醒后,也许要吃点什么,不如到时候再一起洗,所以她决定就先将它们泡在水池里。在水池边,透过厨房的门廊,她瞥见小克莱福站在客房的门外,毫无疑问,他在偷听着里面的动静,找寻着声音的讯息,看看未婚妻是不是醒了。也许是因为小克莱福在外表上长得太像他父亲,加上他现在可怜兮兮地站在门外,贝丽尔小姐看着眼前的场景,觉得心都要碎了。当小克莱福注意到贝丽尔小姐在观察他时,他不太好意思地挺直了身板,朝她耸耸肩走进了身后的卫生间,然后把门轻轻地关上。

贝丽尔小姐再次翻开他那本放在餐桌中央的年鉴,在旁边没有儿子渴求和关注的眼神时,她想再一次瞧瞧这位叫乔伊斯的女人。然而,贝丽尔小姐很自然地翻到了被圆珠笔涂毁掉的一页,那笔划在釉纸上力道很大,透过纸的反面,下一页都染上了墨迹。贝丽尔小姐过了一会儿才意识到这被毁容的照片上的人是沙利。当她还在盯着照片若有所思时,隔壁卫生间的抽水马桶响了。

在小克莱福出来之前把年鉴合上,将之抛掷一边,这并不困难,但贝丽尔小姐满眼的泪水该怎么解释?她连自己此刻在为谁落泪都不清楚,又怎么打发别人?已是耄耋之年的她,突然好像不知道自己该生谁的气了,不知道谁值得可怜和被理解了。而这一切又意味着什么呢?

在起居室里,等着儿子从卫生间出来的时候,贝丽尔小姐抑制自己不去理会脑子里与自己对话的那两个声音,因为她不愿意听到丈夫替小克莱福这个代表着二人纯洁爱情结晶的人求情;也不愿意听艾德教练在对面墙上低声说些破坏他们母子关系的话。"别说了,你俩都别说了。"她轻轻地告诫他俩。缄默不语的时刻,一丝孤寂袭来,老妇人从前厅窗户望出去,望向这条她成年以后就一直居住着的街道。正是在这条街道上,老克莱福曾携她幸福与共。这真是一条洋溢着美好和惬意的街道。在这样的街道上,她和老克莱福原本能培养一个孝顺、懂事、谦和的儿子,一个不像小克莱福一样让她总是疑神疑鬼、疑虑重重的儿子。她抬头望向黑黢黢、错综盘结的榆树杈,然后又朝街的另一头——格鲁伯太太住的方向望去。贝丽尔小姐心中思忖着:这看着怎么也不像是黄金海岸啊。但她发现今夜没有树杈掉落下来,因此她意欲下定结论:上帝并未向任何人降下厄运。在她正要做出结论之际,一个微小的正在移动着的物体吸引了她的注意力。马路正中央,一位老妇人身着一件薄薄的家居服和一双绒线拖鞋,艰难地行走着。贝丽尔小姐一眼就认出那是海蒂。她的身子向前弓着,好似卷进了狂风之中,她的衣服被风卷起,飘于身后。"哦,天呐,"贝丽尔小姐自言自语道,"我的天呐!"

沙利在门口挣扎着套上靴子,尽量轻手轻脚地不弄出声响。他朝窗外望去,看见马路边停着小克莱福的车。目前还余醉未消的他,最不想要撞见的就是小克莱福了。但如果他现在撞见他,就省去了日后再跑一趟的麻烦,可现在,他的头晕沉沉的,不想提高嗓门去说话,还有他也不想给贝丽尔小姐添麻烦。昨天晚上临睡前,沙利在房间里闻到一股淡淡的属于小克莱福的须后水的味道,这就说明,他已然上来窥探过了。小克莱福之前被警告过,这次他也是逃不掉的。想想过一会儿看到小克莱福惧怕他的神情(一直如此),沙利就会觉得饶有兴致,甚至很享受这个过程。但带着昨夜的宿醉来施以警告并非沙利所想,他想要在自己完全清醒的时候来享受这一警告他人的过程。因此,当房东太太的门打开,沙利看到的是贝丽尔小姐而不是她儿子时,他倒松了口气。"早上好,皮尔普斯太太,"他说着撑着扶手挣扎着站起来,"你不会马上使劲地关上门的,是吧?"

"谢天谢地,你还没走,"贝丽尔小姐说,"海蒂又逃走了。"

"呃喔。"从沙利脸上的神情可以看出,他并没有特别吃惊。算上这次,这位老太太今年已经是第四次悄然逃离了,但她从未逃至一两个街区以外的地方去。沙利弯了弯膝盖,他只是想试试膝盖还能不能弯起来。"你记不记得怎么用人际网处理这种事儿?"

"快点,"贝丽尔小姐催促着,"她走到马路中央了。"

"快?这可不是我最擅长的事情,至少不是早上起来的第一件事,"沙利一边提醒她,一边用手撑着膝盖缓缓站起,但疼痛使他扯开嗓门大声地问道:"外面那辆车是'银行'的吗?"

贝丽尔小姐的外套挂在门内侧,当看见她开始穿外套的时候,沙利看得出他的房东是真的着急了。

"你在这儿别动,我去把她找回来。"他一边向贝丽尔小姐保证,一边拉上外套拉链,带好手套。

"快点。"贝丽尔小姐又催促他。

"我在快呢,只是看着像是慢动作。"

"我要不要给她女儿打电话?"

"不用,我会送她回去。反正我也要去那里喝咖啡的,你又没给我准备咖啡。"人已经一半在外面了的沙利说道。

"快去!"

"告诉'银行'我过会儿回来找他。告诉他,他又惹祸了。"沙利说。还没等贝丽尔小姐又一遍催促,他就关上了大门。出了大门,他看了一眼手表,还没到七点,这个点儿处理这种麻烦事儿,实在是太早了。

海蒂只是隐隐约约意识到自己立于马路中央,她的视力模糊,几近患上白内障,尽管如此,她正低头看着穿着拖鞋的两只脚慢慢移动,这种情景让她错误地以为自己在飞快地逃离。整整十五分钟前,她冲破了牢笼,独自走了一个半街区,她薄薄的家居服被风撩起,好似她身后鼓起了一张胀鼓鼓的船帆。但她没有意识到寒冷,也没有意识到地上的稀泥已然渗进拖鞋里了。她正向着自由前进。

沙利可不喜欢早上起来第一件事就是去追某人,不过谢天谢地他要追的那人是海蒂——也许是这巴斯镇上唯一一个不等他的膝盖痊愈就能追上的人。自贝丽尔小姐发现海蒂走在马路中央后,她又挪了二十英尺,现在正好就在贝丽尔小姐的房前,据沙利估算,她每一步差不多六英寸,但是她的双脚马不停蹄地前后快速地交替着向前,她还会偷偷摸摸地转头向后看一眼,看是不是有人来追她。但沙利和她并排走在一起的时候,她并没有注意到。

"喂,老姑娘。"他叫道。

海蒂发出一声低低的吼声,跑得更快了一些,她步伐稳健好像在跑步机上跑步一样。

"你是从家里逃出来的吗?"

"你是谁?"老妇人问道,"你听着像是那个可恶的沙利。"

"一下就猜中了。"沙利告诉她。一辆汽车转弯上了主街,向他们这个方向行驶过来。沙利朝司机打了个手势,示意他绕过他们。

"人行道上禁止开车。"海蒂对着飞驰而过的汽车喊道。

"你这是要去哪儿啊?"沙利问。

"去阿尔巴尼,去和我妹妹住。"海蒂诚实地回答,这的确是她的计划。只是这计划最明显的瑕疵在于:她妹妹已故二十年了,而且阿尔巴尼在另一个方向。

"我载你一程,怎么样?"沙利建议道,"这样你会更快到那儿。"

"好吧。"

沙利引导着老妇人向贝丽尔小姐家门口的车道方向走去,只过了几分钟他们就走到了，而这时小克莱福正站在门廊上看着他们。他还未张口说话，沙利就抬起他的一根手指放在嘴唇上示意他不要出声，然后他指了指离他们最近的小克莱福的汽车。小克莱福心领神会地点点头，转身回去取了车钥匙，沙利让老妇人坐在副驾驶座的后面，然后绕过车子，上车坐在她身旁，小克莱福上车来启动了车子。

"是谁在开车呢？"海蒂边问边眯起眼睛看着前座。

"是我。"沙利让她放心。

海蒂听到这声音就是从自己旁边发出的。"前面那位是谁？"

"是我，"沙利又说，"你认为是谁？"

"我脚冷。"这才感觉到脚冷的海蒂说。接着她开始哭了。

沙利替她脱下拖鞋，她的脚湿冷冰凉，沙利用小克莱福放在后座上的一件毛衣擦干了海蒂的脚，然后按摩着老妇人瘦骨嶙峋的脚趾。

"是谁在开车？"海蒂问。

"是我，"沙利回答，"我得告诉你多少遍呢？我们马上就要到了。"

沙利让小克莱福把车停在餐馆后面，示意他等在那里，他进去叫卡斯出来，小克莱福不大高兴独自一人和海蒂待在车里，部分是因为沙利不在场的话，他可就要露馅儿了。

"我得去加点油，老太太，"沙利走之前向她解释道，"你等在这里。"

"这里。"海蒂重复了一句，脚趾在小克莱福暖和的羊绒毛衣里蠕动着。

餐馆里，卡斯正在给坐在吧台上沙利不认识的两个人点餐，沙利等着他们点完餐。"你现在情绪怎么样？"当卡斯把他通常喝的咖啡摆在他面前时，沙利问。

"和往常一样，糟透了。"卡斯说。

"好的,"他说,"我可不希望我的到来毁了你这一整天。"

"不可能。"卡斯告诉他,然后疑惑地皱了皱眉头,似乎又意识到这太有可能了。她本能地朝餐馆后面她和母亲共同居住的平房看了一眼。"天呐,她怎么了?"她说着迅速后退了一步。

"她没事,"沙利小心地举起一只手,"她在外面克莱福·皮尔普斯的车里。"

"我要拧断她的脖子,"卡斯说,此刻她的愤怒瞬间代替了恐惧,她从吧台后面冲出来,"给我帮把手吧。"

沙利决定不跟着她,老海蒂会怒发冲冠的,他不想看到这个场景。上次他把她带回来的时候,她叫他"马屁精",还踢他。老太太从女儿这里逃跑四次,其中三次都是沙利把她找回来的。幸运的是,她不记得沙利过去对她的背叛,因为只有那些遥远的往事还清晰鲜明地刻在她的脑子里。至于最近的事情,她随即就抛诸脑后了。

沙利走到吧台后面,系上围裙,朝厨师鲁夫点点头,"鲁弗斯,看这样子像是就剩你和我了。"他说。

鲁夫熟练地用长锅铲把两只煎蛋倒入一个大浅盘里,以示回应。盘子一边已经装了煎土豆饼和三角吐司。鲁夫再次熟练地翻炒锅铲,两三下,三盘煎蛋土司就做好了。然后他把四份订单从传票叉上取下来。"叮咚,上菜啦!"

"你连咖啡都不让我喝,是吧?"沙利说着两手各拿过一只浅盘,卡斯可以把两只盘子平衡地置于一只胳膊的上下臂,但是沙利可不想这么试,如果把蛋打翻在地,鲁夫可就不会这么好脾气了。

忙着在吧台后面干活,沙利完全忘记了小克莱福。在卡斯飞奔出门去接海蒂前,他和海蒂一直待在车里。小克莱福帮卡斯一直把海蒂送到了门口,却遭到老太太一连串的谩骂,其中就有你这"马屁精"这一句——她把他当作沙利了。然后小克莱福回到车里等着，他差不多每隔三十秒就看一次手表，越来越生气。其实他并不在乎自己被迫去服务于人，他生气是因为沙利就这么突然消失在海蒂之家的后巷子，留他自己坐在臭气熏天的垃圾箱旁边，这只有沙利能干得出来。还有，他已经发现自己的羊绒毛衣被用在何处了。

因为这会儿闲暇无事，他有时间考虑这事儿，他对自己的母亲怨愤不已。当贝丽尔小姐看见焦虑的海蒂老太太时，本能地喊沙利来帮忙，似乎不相信小克莱福能胜任这项高难度的任务似的。私下里，他也怀疑自己能否做得和沙利一样漂亮，因为对于劝九十岁离家出走的老人回家，他毫无经验。也许他会把事情搞砸。他的脑海中不禁浮现出这么一个场景：自己像个打劫或抢钱包的人一样，站在道路中央和老太太撕扯着，咒骂声不绝于耳，直到最后他放弃为止。让他感到恼火的是，他母亲显然也想象到了类似的结果，因此向沙利求助，因为她相信沙利知道该怎么做。

是母亲对他未加言明的看法，还是沙利发号施令的能力让小克莱福又变回了一个小孩子？他不太确定，但是当他坐在车里，对沙利的指挥唯命是从时，他感受到整个事件颇具讽刺意味。毕竟，他小克莱福，可以说是巴斯最重要的人物了，虽然这一点还有待商榷，但一旦"终极逃亡"主题公园破土动工，这一点就无可争议了。到那时候，每个人都不得不承认，巴斯的复兴要归功于小克莱福，是小克莱福的努力，才把下州和得克萨斯的大人物们带到巴斯来，这样他们才能透过小克莱福的眼光，来看待这个地区的发展潜力，他想让所有人都相信这个地方定能复兴繁荣。

嗯，几乎所有人。因为小克莱福慢慢意识到，只要母亲和沙利在，在巴斯至少就会有两个质疑他的人。他俩似乎未曾注意到，一个全新的小克莱福回来了，他将拯救巴斯镇的储蓄和信贷业，给这个镇子一个全新的未来。但他们看见的似乎还是以前的那个小男孩，而不是现在长大成人后的这个男子汉。真是奇怪，这两个质疑者竟住在同一栋房子里,还是他的房子,那所位于上主街上的满含他童年回忆的房子,他自己的母亲和沙利这位外来的入侵者,从小克莱福记事开始,就一直住在这里。和他们居于同一屋檐下,小克莱福开始觉得自己是住在了竞选对手的大本营里。

小克莱福知道,有这样两位对手,他还是幸运的,因为他们两人谁都不会和他作对,如果他们知道小克莱福把他们当作对手的话,两人都会大吃一惊。尤其是他的母亲,他那么费尽心机地要改变她,为了赢得母亲的信任,只要能想到的他都做了。比如向她借了一大笔他压根儿就不需要的钱,然后按承诺按时还了,还付了利息。比如给她优选的理财建议,本可以让她赚到钱,可她一次也没有听取过他的建议。过去二十年间,她也未曾向他征求过任何建议,一次都没有。大多数的时候,他都这么来安慰自己:真不巧,母亲是斯凯勒温泉最独立、思想最超前的女人。也许她不只不需要向他咨询,其实她不需要向任何人咨询。她开玩笑地说,去世已久的老克莱福早已将所有她所需要的建议都诉诸她了,更加令人毛骨悚然的是,挂在起居室墙上的那副非洲精灵面具亦扮演着这个角色——给她提供建议。这些他都可以容忍,但可气的是冷不丁的偶然事件,比如今天早上,当她发现自己心有余而力不足时,她没有请小克莱福帮忙,而是请了沙利这个可以说是巴斯镇上最不能让人信任的人帮忙。这些原本已经够糟了,但还不是最糟糕的。最糟糕的是,他母亲刚一请沙利帮忙,沙利就征募了小克莱福来充当自己的下属,这简直是荒唐透顶。一个巴斯镇有头有脸的人物,在听一个巴斯镇名不见经传的人发号施令,这个人名叫沙利文,现在基本上只是一具皮囊而已,无人知晓。他在十八岁的时候人生达到顶峰,这之后就开始逐渐走下坡路,直到被人遗忘。

沙利和小克莱福是老交情了。实际上,如果知道小克莱福把沙利当作他那持久而又痛苦的青春期不可缺少的一部分,沙利也许会大吃一惊。小时候,小克莱福惧怕沙利身上的男子汉气概。其实,那时候沙利就已经差不多下了结论:他注定就是个同性恋者——男同,那时候巴斯人都这么叫。不过,像他这个年龄的男孩一样,小克莱福看到从药店偷来的杂志上裸女时,他的下体也会硬起来,他把杂志藏在房间壁橱的顶层,像他妈妈这样的小个子是不大可能碰巧翻到的。但是小克莱福认为这种勃起不能证明什么,他确信那一天(也许明年?也许下个月?也许明天?)终究会到来,当他早上醒来时,那些女人的裸照将不再使他兴奋。现在有些裸照已经无法让他的下面硬起来了,于是他偷了更多的杂志,希望不同种类的新裸照会预先阻止他不可避免的同性恋倾向。

小克莱福感到恐惧,原因在于:他似乎对男孩子比对女孩子怀有更深厚、更强烈的情感,就像他渴望得到父亲的喜爱远远胜过母亲一样。他的母亲身材矮小,对小克莱福来说,这象征着她地位低微、无足轻重。他无法想象父亲到底着了什么魔会娶母亲,也无法理解一开始父亲到底为何对她魂牵梦绕。整个初中时代,残酷的事情是,所有人都视贝丽尔·皮尔普斯为笑话,这是哪个老师都比不上的。人们残忍地不断模仿着她,而且模仿得惟妙惟肖,尤其是当着小克莱福的面,更是肆无忌惮——驼着背,个子矮小,走起路来像小矮人一样,还有讲话时总带着一副要纠正别人错误的腔调。这些都深深地摧残着小克莱福的心灵。他不愿去想,假如父亲不是个橄榄球教练,他的生活会是什么样子。

小克莱福爱他的父亲,小的时候,对他父亲喜欢的所有男孩他也爱屋及乌。他自己从来就不擅长体育,他虽然遗传到了父亲的体型(就因为这个,出生的时候差点要了贝丽尔小姐的命),但是在速度、平衡以及手眼协调方面,上帝并未偏爱于他。无论球大球小,无论足球、篮球、排球还是其他球类,他都接不住,也扔不远,更别提运球了。尽管老克莱福性情宽厚,在小克莱福跟前他未将自己的失望表露丝毫,但是小克莱福仍感觉到了,一部分是从父亲对他训练的男孩子的那种热情中感受到的。因为在饭桌上,老克莱福常常控制不住要谈论这些球员的精湛技艺。虽然教练自己是个水平一般的球员，但是他对体育运动拥有一种纯粹的热爱。他之所以做教练，是因为他认为运动就是人生，这比喻最真实、最恰当不过。尽管对他的这些已经深入灵魂的陈词滥调，贝丽尔小姐会予以温和的嘲讽，但他这种坚韧的信念从未动摇。

在所有他训练过的男孩子里，老克莱福似乎最喜欢沙利，因为对沙利的赞美之词是唱得最响的。十年级的时候，沙利就是校队的首发队员，尽管他并非生来高大，也并非速度惊人，除此之外，他还不服管教，训练懒惰，心胸狭窄，哪怕是对为他好的批评建议，他也无法接受，还有他也无法理解团队作战的意义，有时候，他似乎也不在乎球队是输是赢。尽管如此，老克莱福依然认为，如果他的球队里能有一打像沙利这样的球员，他就每年可以带这个球队到州里比赛了。沙利还拒绝戒烟，哪怕因此被警告停学也不戒，他在学校里给其他球员树立了一个坏榜样，大多数球员都自然而然地受他影响，近墨者黑。

但是当比赛日到来时，沙利就是队里的一个神人，在球队遇到突发情况时，他总能及时止损。他能赶上跑得比他快的人，还能超过比他体格大一倍的人。有时候他跑到了不该他在的位置上，看似给球队造成了损失，但结果是在那位置他往往能发挥出更出色的效果。一场过后，沙利把比赛搞得一团糟，老克莱福铁青着脸，招呼他到场边，警告他不许胡来，有时候沙利会过来，有时候则不。通常还没有等老克莱福把他换掉，沙利就又会抢回失球，或者中途截回失球。他会抱着球，好让教练看到他的办法多么高明。"要是再来一打他这样的球员，"老克莱福摇着头说，"我会有个多棒的球队啊！"当然，这一点他错了。如果再来一打沙利这样的球员，他压根儿就不会有球队了。

作为教练的儿子，小克莱福总是有机会在替补席里转悠，只要不挡着别人的道儿即可。就是在场边，他对沙利萌生出某种不可言说的爱意，也就从那时起他开始怀疑自己的阳刚之气。八年级的小克莱福倾慕十年级的沙利身上的一切：那种做事不计后果、富于想象力、蔑视权威的样子，最重要的是，他不辞辛苦，这些都是小克莱福渴望成为的样子。沙利似乎对比赛毫无兴趣，直到对方球队进了一个漂亮的球，或者侮辱到了他之后，沙利的眼睛里才似乎有了变化。如果他赢不了比赛，他就会惹事打上一架，并且还要打赢，如果他赢不了的话，他的怒气就会越来越大，继续用力冲向他无法打赢的对手，好像无法打赢架，反而增加了这么做的必要性。倒地即刻爬起是沙利比其他任何人都擅长的。当他带着淤青，留着鼻血，一瘸一拐地返回赛场时，他还会转头向刚才把他推倒在地的人丢去几句脏话。看到这种场景，小克莱福内心洋溢着强烈的崇拜和渴望，他渴望成为像他一样的人。

若不是因为一件事，小克莱福对沙利的这种可怕的渴望和崇拜会一直持续下去。那年八月沙利要升高三的时候，在一个周六的夜里，他哥哥喝醉了酒，在从斯凯勒温泉回家的路上撞上了迎面驶来的一辆车，送了命。这件事对沙利的影响很大，使他无心踢球，老克莱福既为他感到难过，也为他们的橄榄球队难过，因为他们需要的是专心踢球的沙利。人人都知道沙利这孩子的家庭是个什么样子：父亲是个酒鬼，常在酒吧里打架生事，母亲是个胆小如鼠的女人，只能带着淤青的眼睛躲在冰冷昏暗的天主教堂的忏悔室里忏悔丈夫的罪行，以此寻得些许少得可怜的慰藉，因为只有在那里你看不到她淤青的双眼。有天晚上，老克莱福邀请沙利来家里吃饭，并告诉他这里随时都欢迎他。沙利也确实接受了邀请，所以在橄榄球赛季剩下的时间里，他就成了老克莱福家里餐厅的常客。头几天晚上，只要沙利来到家里，贝丽尔小姐就为沙利新添一个座位。一个星期之后，贝丽尔小姐就决定直接给沙利一个固定的座位，这样更方便。很明显，相较人丁渐少的自己家而言，沙利这孩子更喜欢皮尔普斯家，喜欢他们家的餐桌，他们家的食物。

实际上，摆放餐具这活儿是小克莱福的。这样，他就勉为其难地被迫欢迎这个家庭的闯入者。沙利读高三的时候，小克莱福自己也上高中了，两年前他看到沙利时感受到的那种模糊的渴望，变异成了一种同样难以企及的渴求：他要变得更像沙利。而这个时候的沙利，正和小克莱福新的梦中情人乔伊斯·弗里曼约会，这个读高二的女生美貌惊人，颇受人们的追捧欢迎，但与之说得上话的为数不多。因此，小克莱福没有一丁点儿想让沙利加入他的家庭。在这个家里，小克莱福的光环逐渐暗淡殆尽，随之而来的是父母对他的失望。因此，小克莱福竭尽所能要让沙利明白，他在这个家里并不受欢迎。所以如果有一只破了边的盘子，小克莱福就把这盘子放在沙利的座位这里；如果有把叉子的尖头弯了，这叉子就又是沙利的了；还有头一晚上没洗太干净的杯子也一并归到沙利这里。这样的暗示对任何人都再明显不过了，沙利却全然不知，完全没意识到自己受到了一丁点儿冷落。如果叉子弯弯的尖头戳到他的嘴唇，他就用他脏兮兮的拇指和食指把这个戳痛他的弯头掰直，然后举起来放在灯下照一照，确保所有的尖头都排列整齐，然后说道："瞧，好啦。这破玩意儿！"因为一开始就是小克莱福冒险把叉子的尖头掰弯的，所以当沙利对着叉子说话时，小克莱福觉得沙利好像是在说他一样。

橄榄球赛季进行到一半，老克莱福似乎明白了邀请沙利到家里来是个错误。尽管他只字未吐，但小克莱福看得出父亲已经意识到自己犯了愚蠢的错误。老克莱福原想将沙利培养得更优秀，让他成为一名更优秀的公民，更优秀的球员。终于逮到一个机会，于是他把他的一名核心球员带回家，将训练延伸到饭桌上，让这孩子冷静思考，让他认识到对于球队而言，集体利益高于个人。老克莱福自信满满，因为这些教导，往大了说，对沙利人生这个更大的舞台也会有好处。"人生这个更大的舞台"是老克莱福最喜欢说的，在老克莱福看来，所有在橄榄球场上发生的事情也同时适用于人生这个更大的舞台，这也是他希望沙利能明白的。

但让老克莱福始料未及的是，沙利竟很自然地和贝丽尔小姐结成了联盟。老克莱福认为对于最严肃的议题，妻子总会轻松愉快地取笑一番。但是他怎么也没想到，对于自己改造沙利的计划她竟也要来插一手。老克莱福还不能完全肯定她是不是在插手这件事。虽然抓不到妻子的小辫子，但他总觉得她在暗中搞破坏。通常这都是些微不足道的小事，比如把沙利叫作"唐纳德"，而不是像别人一样叫他"唐"或者"沙利"，毕竟这都是些男人的名字。老克莱福也不喜欢他最好的击球手把自己当作"唐纳德"，但他不确定是不是要和贝丽尔小姐讨论这件事，因为他在脑子里已经构想出了她嘲笑的样子，并且知道如果他亲耳听见她的嘲笑，会是什么感受。有些事情，女人就是不明白，而且你就是教不会她们，最好连试都别试。

而且不仅仅只有称沙利为唐纳德这么一件事。他脑子里想象的场景是：他和沙利这两个运动员在餐桌上会探讨用某种方式对付他们的下一个对手，而他自己的儿子——从来就不是搞体育的料的这么一个人，会耳濡目染地从中受益，从而更了解运动生涯，从运动中学到更多经验和教训，尽管这一切都是间接的。但出乎预料的是，每天晚上，沙利不是在和自己交谈，而是在和贝丽尔小姐聊天，他们谈论书籍、政治、聊美国会不会再置身事外的战争，不知怎么地，和这些话题相比，橄榄球比赛就黯然失色了，因此橄榄球比赛对人生这个更大的舞台所带来的启示也就显得微不足道了。

似乎贝丽尔小姐下定了决心，要削弱老克莱福教授的每一堂"德育课"。格特鲁德·维诺斯基就是一个典型例子。维诺斯基太太是一个从教多年的初中社会科学课教师，但在贝丽尔小姐看来，她就是个怪人。她尤为感兴趣的领域是当地的历史，她给每一位在巴斯初中就读的七年级学生对比斯凯勒温泉和巴比伦时，声称后者的繁荣昌盛是建立在道德败坏这个不稳定的基础之上，这一言论一直讲到法定退休年龄才停止。退休后，失去了特定的听众，于是她就开始给《北巴斯周刊》的读者来信专栏写一系列的声讨文章，和巴斯镇的居民分享她的看法。她提醒各色人等，斯凯勒温泉的好运气源于其自身的道德缺失。那个时候，这个社区放任每一种形式的赌博，无论是合法的还是非法的，从赛马到斗鸡，再到野蛮的拳击赛，好几十年里，他们甚至容忍臭名昭著的特殊妓院的存在。说到妓院时，其实她用的词语是"声名狼藉的房子"，所以这个用法让她七年级的学生大感不解，在他们看来，这种词组的含义极不清楚。《北巴斯周刊》的读者大概明白她的闪烁其词，她在所有信件的最后都会强烈地暗示：总有一天斯凯勒温泉镇会遭到报应，也许是《圣经》中所说的报应，只是时间早晚而已。

老克莱福深爱着巴斯，他到了斯凯勒温泉镇就感到无所适从，尤其是在旅游旺季的时候。因此，私底下他是认同维诺斯基太太的观点的。对于像他这样的橄榄球教练来说，他认为有义务从道德的角度看待问题，而且也极其愿意相信这个世界是讲道德的。他无比渴望维诺斯基太太关于斯凯勒温泉镇的预言会实现，如果上帝有旨意的话，就让它降临在他这支橄榄球队上。总有谣传说斯凯勒球队有一些球员根本就不是本地居民，老克莱福也从不避讳和学生议论这样的谣言，就是为了能激起他们道德上的愤慨：他们是骗子，他说，骗子永远不会飞黄腾达。有一天晚上在饭桌上，他试图就维诺斯基太太的另一封信引发的有关欺骗的话题，发表他的这一观点。他希望贝丽尔小姐也能支持他的观点。

"骗子总能飞黄腾达吧？"还没等他的话音落下，他太太就纠正了他的观点。她继续说，如果斯凯勒温泉是建立在赌博和罪恶的基础上的话，那么希望这个体系会顷刻间坍塌不见就是毫无可能的，任何时候都是不可能的。她说，这个体系本身的基础一点儿也没晃动。如果说有什么是不可靠的，那就是维诺斯基太太的智力正常与否还有待考证的。最后一点是，不要等着上帝就斯凯勒温泉的事情发言了,证据表明,上帝已经发言了,巴斯的温泉干涸了就是证明啊!

老克莱福沮丧地想:在这样的氛围中,怎么还能教橄榄球呢?更别提什么人生大舞台了?他本来想坚持自己的观点,但每每尝试时,贝丽尔小姐都会干脆利落地击败他。如果她是有意破坏他精心建立起来的道德高地,他也许会知道如何回应,但她总是那么温和地、充满爱意地击碎他的论点,他要是想发火,还会显得他不够得体。但是,随着他的论点被逐个击破,幻化成空,他就越来越恼火,就好似文明本身也在崩塌一样,有时候他的确怀疑这一点。当着老克莱福的明星球员的面,贝丽尔小姐其实是在阐述——政府、法律,甚至是上帝自己的教会,并不总是值得人们敬仰。而在老克莱福看来,如果连这些都让人们怀疑的话,那么橄榄球教练受到攻击的那一天还远吗?

沙利并不是贝丽尔小姐找到了一位皈依者,实际上,这两人一直都在争吵不休。贝丽尔小姐用她批评老克莱福的办法温和地批评沙利。在老克莱福参与的辩论中,沙利没有站在任何一方。事实是,沙利似乎并没有意识到他们之间有什么冲突,而那冲突还是为了争取他而引发的。他也没有意识到,当老克莱福的观点一次次被贝丽尔小姐反驳时,他变得越来越火冒三丈。他可不是邀请沙利来家里谈论诗歌的,他带他来是要讨论橄榄球的。他本来希望能让沙利相信,橄榄球就是一种具有诗歌魅力的运动。

小克莱福意识到父亲的挫败感一直在增长,不过他一直伺机等待着,直到他认为时机到了才开口,这天晚上时机终于来了。那晚,沙利主动要帮贝丽尔小姐做菜——想象一下老克莱福球队联赛的中后卫在家里做菜的场景。老克莱福实在看不下去了,他退到起居室去听收音机,或者说是在假装听收音机。小克莱福跟着他来到起居室,皱着眉头在他对面的椅子上坐下,然后,两个人四目相对时,小克莱福才开口说话。"我更喜欢这样,"他对父亲说,"就我俩，就咱们一家三口。"他父亲想要开口说些什么，但欲言又止。他忧郁的眼神盯着厨房，厨房里传来了欢快的争论声，声音越来越大。"会回到那样。"他父亲说。即使在球场上，他的声音也从未这么意味深长过。

第二天晚饭后，沙利和朋友出去了，克莱福父子俩在主街上朝着无忧宫的方向散着步。虽是十一月初，但是天已经渐渐变冷了，头顶上的榆树叶也已经掉光，黑色树杈形成的网格看着那么高、那么远，难以触及。在主街和博登街的拐角，他们转向左边，就如小克莱福预先料想的那样，他们停在沙利文家那栋小房子前，敲了房门，等了很长时间沙利的母亲才来应门，她穿着件大袍子。她似乎一开始就知道他们此行的目的，但还是在陋室的起居室里耐心地听老克莱福与她话家常。老克莱福先是表达了对她失去大儿子的同情，接着解释他有多么为唐纳德自豪（这次他用上了妻子的专用称呼）。他说很大程度上，球队就是一个家，唐纳德是这个家的主心骨，这个赛季还剩下一个礼拜，这个家庭的成员就要各奔东西了。他们特别喜欢沙利来家里，特别是在球赛期间。他还希望沙利文太太不要误会，不要以为他们要把沙利从他的家和家人这里，特别是他自己的父母亲这里偷走。小克莱福在一旁看着，他父亲的意图慢慢变得清晰了，最终呈现在这位妇人面前。

"我会让他待在家里的。"当老克莱福的声音最终低沉下来时，她保证道。

然后克莱福父子俩站起来，老克莱福再次说沙利是个优秀的年轻人，他也会成为一名优秀的公民，如果说体育运动教会了他什么的话，那就是公民的责任感。出乎意料的是，听了最后这句话，悄无声息地出现在他们身后走廊处的大吉姆·沙利文发出如雷般洪亮的笑声。他的身体完全占据了整个通道，让老克莱福显得更加矮小，要知道老克莱福自己本身也是个大块头呢。"你们的意思是他招你们烦了，是吧？"他哼了一声说道。

老克莱福还没有来得及反驳，大吉姆就转身走了，再说话时，他转过庞大的肩膀，"那你就让他回家来吧，教练，"他说，"我会好好修理他的。"

大吉姆也真是说话算数，从那以后沙利再也没有出现在克莱福家的餐桌上。

如果错了，他和父亲错在哪儿了？回想那一幕时，小克莱福感到了一阵内疚，这种由内疚引起的痛感让他反思，但从未得出什么结果。当他客观地来看待这件事时，他不认为一个想要保持家庭完整的小男孩有什么错。然而他和父亲谁也没和贝丽尔小姐提起过这次拜访，这一直都是他们父子俩心照不宣的秘密。但是，这件事并没有拉近他和父亲的距离，反而使他俩之间的罅隙更大了。自从去过沙利家后，老克莱福比以前更不喜欢儿子的陪伴了，同时，小克莱福再也不能像过去一样看待自己的父亲了。

遗憾的是，时间在为他们洗白。毕竟，这位不速之客并未被赶走。老克莱福去世后，趁着小克莱福不在家的时候，沙利又住回了他母亲的家里，在小克莱福看来，沙利已经扎根在他母亲的心里，如今他既不能把沙利从她的房子里挪走，也无法撼动他在自己母亲心里的地位。母亲怎么就是不明白沙利这人有多危险呢。她的固执又一次把小克莱福推向了这种不幸的境地，长大成人后的他还要去完成自己未成年时就和父亲一起开始的这项事业——赶走沙利，彻彻底底地将他赶走，这似乎是巴斯镇上最重要的人物力所能及之事，而事实是小克莱福对之还真是束手无策，这让他感到气愤。小克莱福并不是个感性的人，他的思想大多受商业法则的支配，他解释不通，甚至无法说服自己，为什么自己的幸福与必须把沙利驱逐出去这件事越来越紧密地联系在一起，但事实就是如此。将沙利这种随便的人从母亲家里驱逐出去，是为母亲除掉真正的安全隐患，这原本是赶走沙利最站得住脚的理由，然而如今要赶走沙利，小克莱福有着更隐秘、更私人的动机。

当小克莱福坐在海蒂之家后街的废料箱旁，看着自己呼出的热气时，他不得不承认，在实现他其他目标前，让沙利出局的想法并不合理。而且他还感到，或者说确切地认识到，只要主街上那一对同盟还存在，他就永远会被看作是那个小男孩。如果不把沙利除掉，他就总会陷在如今的处境里，独自待在寒冷、黑暗中，闻着垃圾袭来的恶臭。面对这样的情景，小克莱福忍无可忍，因此下了车。

"你好啊，克莱福。"看到小克莱福突然出现在收银机前，沙利着实吓了一跳，此时的小克莱福一副凶巴巴的样子像是要杀人似的。"你要吃早餐吗？"

既然由沙利来负责照看餐馆，他就按自己的方式来运作了。收银机的抽屉开着更容易操作，而且他也没把账目记录到收银机里。他从敞开的抽屉里拿钱找零的时候，还把账单四舍五入了，有时候照顾客的利益，有时候照顾店家的利益。今天去掉税后，1.49 美元的特色早餐卖 1.5 美元，而 2.79 美元的鸡蛋、培根、吐司加土豆饼早餐，沙利收了 3 美元。到目前为止，每位顾客都高兴地付了餐费，他们都理解眼前出现的这种不寻常的变化，也理解沙利对于小于 25 美分的法定货币都坚定地拒绝处理。小克莱福指了指他的手表问沙利："你知道我刚在哪儿吗？"

"不知道。"沙利说。

"我就坐在外面的后街等着你。"

"我一直忙着呢。"沙利把手一挥，扫向整个餐馆。现在和他刚进到吧台后相比，已经不那么忙了，但是他的理由依然合理。"我以为你知道回家的。"

小克莱福激动起来了。"是你让我等着的。"

"我可没说让你永远等下去。"沙利说。

小克莱福觉得有人在偷笑。他突然意识到，这不是和沙利对峙的地方。

"来杯咖啡吧,"沙利一边说一边给他倒了一杯咖啡,"和我说说你的感恩节吧。我猜你过得不错。"

"实际上,我和未婚妻一起吃的感恩节大餐。"小克莱福告诉他。他正要告诉他,他的未婚妻是他认识的人时,被打断了。

"是吗?"沙利问。很明显,他对小克莱福的婚姻计划不感兴趣。"还干了什么?"

小克莱福眯起眼睛,揣摩着现在他们的谈话会往哪个方向发展。昨天,他们在等母亲吃完感恩节大餐回来的时候,他和乔伊斯去了楼上沙利的房间,检查了一下自上次查看之后,沙利又给房子造成了多少损坏。"没干什么了。"他心虚地说。

"没干什么,"沙利重复道,"我认为你去了不该去的地方。"

小克莱福能感觉到吧台周围那些人似乎对他俩的谈话饶有兴致,他们开始堂而皇之地注意他们的谈话了。他也能感觉到这些人是站在哪一边的,反正不是自己这边。

"这事儿咱俩以前说过,"小克莱福大着胆子说,"房东是有权利——"

"你不是我的房东。"沙利打断了他的话。

"我母亲——"

"要不是她,我早就揍你了,"沙利接着他的话说,"下次你再不经我允许进我房间,你母亲也救不了你。"

小克莱福感到怒气填膺,浑身颤抖。和往常一样,每当剧情到达高潮时,他觉得自己从身体里游离出来,后退一步,挑剔地看着自己软弱的表现。凭借这个有利的位置,他可以看见自己带着佯装出来的尊严蹩脚地站在那里,从口袋里拿出一美元,一言不发地把钱放在吧台上,看着自己就像电视里面颇有喜剧效果的德国士兵,以脚后跟为中心转了个身,然后经过这排坐在吧台前一声不吭的男人,滑稽地大步走向门口。也许他们并不是一声不吭,而是当他出现了游离状态时,周围就自动静音了。即便如此,当他大步走出海蒂之家时，听到的唯一的声音，就是那天早上自己的声音，是他和母亲说的那句话："我能搞定沙利。"

和往常一样，他稍事片刻才稳定情绪。接下来他意识到的是自己已经坐在了储蓄与信贷中心的橡木办公桌前，这说明他要么是走要么是开车回来的，并且是从侧门走进来的。而且，他一定拉开了面朝大街的前窗窗帘。透过暗色的玻璃他能一直看到主街上的海蒂之家，店门开着，两个男人哈哈大笑着从店里出来。这些年来，有多少次，他望出窗外正好看到沙利从街上走过来，他的表情就像是一个刚从事故现场走出来的人，神情恍惚，外表愚钝，根本无法判断自己的伤情。沙利唯一的意图就是不停地走，将一切疑问抛诸脑后。

对于小克莱福来说，沙利有时候看着好像是神一样的永垂不朽，坚不可摧。四十年前他感受过沙利是打不死的，那是沙利读高三时候的一个暮春的下午，沙利最后一次来他家，赶来告诉贝丽尔小姐他报名参军了。让小克莱福感到尴尬的是，贝丽尔小姐试图劝他不要去。当她自己没能成功说服他的时候，她就过来央求老克莱福和他谈谈。但是，老克莱福，作为橄榄球队的教练，一个对社会秉持着道德责任的人，不赞成逃避兵役，反之对沙利的爱国精神鼓掌认同。"你这个白痴。"贝丽尔小姐骂道，这把小克莱福吓了一跳，虽然母亲常拿父亲的观点取笑逗乐，但他从来也不曾记得她对他的观点如此鄙夷过。"这和爱国没有一点关系。"她告诉丈夫，看着妻子激动的情绪，沙利看着有些害怕。"这孩子的心已经在战场了，就像他哥哥一样，找一辆车，然后一头撞上去。"

尽管小克莱福那时候还小，他却知道这次是母亲错了。她并非错在对沙利参军入伍的动机分析，他想这方面母亲没错，她是错在觉得沙利会因车祸而丧命这点。真正不久于世的将会是迎面而来的车里的人。沙利甚至能导致所有人身亡，能在一次又一次两车相撞的车祸中得以幸免于难，这是他个人的宿命，尽管每一次的车祸都会使他变得更糟,但是从来也不会让他殒命于此。

他的预言成真了。死的那个不是时速九十迈的沙利,而是开着时速二十迈的老克莱福。

沙利并不是不朽的神,他只是个凡人。他就像恐龙一般,执着地不断抗争着,直至灭绝。很有可能他已经死了,只是他愚昧而不自知罢了。小克莱福还幻想着向沙利解释的场景:"你知道恐龙是怎么知道它们自己灭绝的吗?"然后沙利会在思考后不得不承认他不知道。"它们从来没有意识到,"小克莱福会告诉他,"它们已经灭绝了。"

看到卡斯搀着海蒂回到餐馆,给老人清洗干净,穿戴暖和,安顿她坐好时卡座,激发了沙利想要慷慨相助的心。沙利这人偶尔会冲动地去助人为乐,他很享受这一过程,而且头脑清醒过后,他也不会为此感到后悔。

"下次别管她了,就让她走。"卡斯走到吧台后面对沙利说,这时沙利已经解下了围裙。

"她这是着什么魔了?"他说着慢慢地坐到刚才克莱福·皮尔普斯坐过的吧凳上。

"她还在为昨天的事情生气呢,"卡斯放低声音悄悄说,"她想让我在感恩节这天营业,这样她好坐在她的卡座里。我说她要是想坐,就出去坐着好了,她要不去我就惨了。于是,她就在那里坐了整整三小时,然后回来说我这样会毁了生意。"

"她坐在卡座里看着很开心。"沙利觉得。老太太这会儿春风满面的,全然忘了刚才逃跑的过程中说要赶航班这件事。

"不只是'看着'开心,如果这家店一天24小时营业,让她整天都坐在那里,她将会是这世上最幸福的女人。"

"那就让她坐着,又有什么关系呢。"沙利建议道。

"是啊,"卡斯瞪了他一眼,"为什么我就应该过这种生活呢?"

沙利耸耸肩。"那就送她进养老院,没人会责备你的。"

"所有人都会,还包括你,"卡斯非常肯定地说,"也包括我自己。"她的眼光掠过沙利向她母亲望过去。"他们会用皮带把她捆在轮椅里,就不管她了,沙利。"她说。她的声音现在听起来更轻了。

这时正好罗布来了,沙利刚好免去回应卡斯。罗布在店门外一路小跑过来,脸贴在窗户上向店里瞧着,脸上写满了忧虑。

"有人告诉我你在这里工作。"他说。看他那样子好像这是个可怕的谣言,他想都不敢想。

"谁?我吗?"沙利问。

卡斯给罗布端来了一杯咖啡。

"我永远也不会相信的。"他严肃地说。

"为什么不信?"沙利问道,他总是想知道罗布的想法。

"因为这不是真的。"罗布解释道。

"明白了吧?"卡斯对沙利点点头,她似乎完全理解罗布的意思。

"能借我一美元吗?"罗布问。

沙利给了他一美元,罗布放进了口袋。

沙利盯着罗布,摇了摇头。

"怎么了?"罗布问。

"没什么。"沙利回答。

"那你干吗看着我?"

沙利没有回答。

"你们俩都在看着我。"罗布注意到,因为卡斯也在看着他俩,脸上带着她一贯的目瞪口呆的表情。

"罗布,你是个帅小伙儿,"沙利告诉他,"英俊潇洒。"

罗布看了看卡斯,希望能得到什么暗示,以便知道该如何应对沙利的评价。

"才不是。"罗布说。

"当然是。"沙利说着把他喝光的咖啡杯推开,站了起来,在罗布又短又粗的头发覆盖下的脑袋上重重地亲了一口。

罗布的脸涨得通红。"你要让人觉得我是同性恋吗?"他悲哀地说。

"你已经没机会了,罗布,"沙利说,"我们去干活吧。"

罗布站起身来,一口喝光了咖啡。"我还不知道我们有活干了。"

"总有活干的,"沙利告诉他,"今天有些活就是我们的。"

卡斯不收他俩的咖啡钱。"谢谢你,"她对沙利说,"尽管我没有表现出来,但是我真的很感激。"

"再会,老姑娘。"沙利出门的时候大声对海蒂喊了一声。

"这人是谁?"老太太疯狂地笑着,"听着好像是那个讨厌的沙利。"

车里一片寂静。沙利在皮卡的点火开关上转动钥匙后,车没有任何反应,好像这个点火装置直接和仪表盘另一端十一月寒冷的空气连接着。沙利又试了几次,想要弄出点声响,哪怕是表明这车子不正常的声响也行。哪怕是什么刺耳声、摩擦声,也都可以,依据这声响才可以对车子做出诊断,诊断出来后也许初步的修理价格就可以估算出来了。从价格方面考虑,沙利不确定这种死寂到底意味着什么。这只能是终结的征兆,这辆汽车拒绝苏醒。沙利向后靠着,将钥匙留在点火开关上,他用手指拢了一把头发。罗布低头盯着膝盖,一副害怕的样子。这时候坐在沙利边上可真是煎熬,他会不由自主地朝没有生命的物体大发脾气。在这么一个有限的空间里,任何东西都会有被弹飞的危险。

罗布不想先开口说话,但是这打不破的沉默对他造成的影响要比对沙利严重,罗布认为沙利也许会在那里坐上一冬天,当他再也忍受不了的时候,他问:"打不着火了?"

沙利就这么看着他。罗布意识到,被弹飞是他所有担心的事情中可能性最小的一个。

"我们走一走吧。"沙利下了车建议道。

罗布也下了车。"你不拿钥匙吗?"他说。

"为什么要拿?"

"会有人偷你的卡车的。"罗布说。

"动动脑子。"沙利建议他。

罗布想了一想。"有人会偷你的钥匙。"

"钥匙圈上只有三把钥匙,一把是卡车的钥匙,另外两把我都记不得是哪儿的了。"沙利说。

"老皮尔普斯太太又在监视我们了,"罗布注意到,谢天谢地可以转换话题了,前厅的窗帘猛地拉了一下,"我希望她这就去死,别总监视别人了。"

"这么说太刻薄了,你不觉得吗?"他们一边往镇中心走,沙利一边说道。

"是她挑起的,"罗布说,"整个八年级她都对我那么刻薄,我只是在回报她而已。"

"她也许只是想让你学到东西。"沙利建议道。

"她想让我学到所有的东西,"罗布生气地回忆道,"我希望她去死,这样我就能忘了她。"

乔可在赌马场外,靠在一堵墙上。"那些药真挺管用,"沙利告诉他,"我睡得像个孩子一样。"

"那就好。"乔可说,但是沙利的话里有什么让他起了疑。

"唯一的麻烦是,那会儿我碰巧在卡车的方向盘后坐着。"

乔可点点头。"我提醒过你的,如果你还记得的话。不管怎样,我看你现在毫发无伤。"

"嗯,"沙利说,"星期三的三重彩是什么?"

"3-1-7,"乔可告诉他,"我之所以能记得住,是因为这是我赌的数字。"

"太棒了,"沙利对他说,"有钱人更有钱了。帮我个忙,别都花了,我也许会管你借钱呢。"

"我刚刚签了字交给我老婆了。在生活费方面,她的消息总是很灵通,但在感情方面,却一直原地踏步。"

"我喜欢金钱买不来的女人。那个三重彩是什么来着?"沙利问。

"3-1-7。看在上帝的分上,用点心记住。"

沙利找到票根后盯着它看,确保自己没有弄错。"我猜对了两个。"他说。

"不错,"乔可祝贺他,"昨天那个药片你吃了多少?"

"两粒。"

乔可点点头。"这些药可不是阿司匹林。"

"头一粒没有什么效果。"

"第二粒呢?"乔可问。

"第二粒有效果。"沙利承认。

"下次要等到第一粒见效。"

"会的。"

沙利赌的是1-2-3三重彩,行事谨慎的罗布则用刚才沙利给他的一美元赌了一把每日翻番①。

"你赌了什么?"当他们走回街上时,沙利问。

"我忘了。"罗布回答。

"很正常,毕竟都过去快一分钟了。"沙利说。

"我最喜欢康乃馨。"罗布说,并完整无误地背诵出了之前没有背出的小黄诗,就像沙利昨天梦到的那样。

"真没想到。"沙利说着一动不动地停在了人行道中间。他本

---

① 赌马的一种方式,指一天内正确选中两场指定比赛的获胜。

可以和乔可打个赌,就赌上他刚才赢的钱,赌罗布背不出昨天的小黄诗。

"八年级那会儿,老皮尔普斯太太总想让我背出诗歌来,"罗布告诉他,"那时候我从来也背不出来。"

甜甜圈店里还是同一个女孩站在柜台后面,她看到沙利和罗布,一点儿也不高兴。卡尔·罗巴克坐在靠里的一张桌子,这让沙利很高兴。自从他的皮卡一动不动后,他的内心就琢磨着:他应该抓住机会拿卡尔一大笔钱的。和卡尔在一起的是个金发女子,有那么一刻沙利以为那是托比,然后又发现不是她。

"我能再借一美元吗?"罗布问。

"如果我过去下,你坐在吧台这,别来烦我,我就借你。"沙利边说边向罗布示意了一下卡尔的桌子。

"我讨厌卡尔。"罗布提醒道。

沙利递给他一美元。"这镇上和我有些交情的女人都要比你便宜。"他说。

"她们不会是你真正的朋友。"罗布严肃地提醒他。

"嗯,我看你已经恢复了。"当卡尔抬头看到沙利走过来时,沙利说道。

"睡了两个小时,"卡尔得意地说,"我现在神清气爽的。"

沙利不得不承认,卡尔的气色的确好得惊人。沙利把手搭在卡尔对面女人的肩上,这时候他看到了她的模样,这个女人是沙利见过的长相最平庸的女人,她的年龄无法判断,她的性别从前面看不如从后面看明显。"你能给我俩两分钟时间吗,宝贝儿?"他对她说。

女人看了看卡尔,耸耸肩表示同意。

"去吧台那边和那家伙做个伴。"沙利指着罗布建议道。只见罗布已经点了一个大份的奶油夹心甜甜圈。"如果你客客气气地和他说话,他会给你背首诗的。"

女人走到吧台边,但是坐在离罗布很远的吧凳上,也许是因为罗布甜甜圈里的奶油已经不堪入目地流了出来。

"不得不说你是巴斯最笨的人。"沙利告诉卡尔·罗巴克。

"如果你刚才没有和巴斯最笨的人一起走进来,这就不算是对我的侮辱,"卡尔说,"而且你说这话时也没把你自己算在内。"

"说到算,"沙利说,"算一算昨天的活你总共欠我多少钱。"

"我还没出去验收你们干的活呢。"卡尔回答。

"你这么讨价还价,今天他妈的可不是时候,"沙利说,"昨天晚上你还硬塞给我一千美元,让我想拿多少拿多少。"

卡尔点点头,想起来了。"那是多美好的一天啊,"卡尔唱着,"那时我的心情多难得啊。"

沙利不耐烦地点点头。"嗯,如果你还想要心情还不错的话,就付钱。"

卡尔数出欠沙利安装石膏板的钱,从胶木桌面上把钱推过去。"什么?"当沙利把钱放进口袋时,卡尔说,"你不准备再缠着我要另外的钱了?"

"我现在不想考虑这个问题,"沙利告诉他,"我的卡车今天早上打不着火了,如果我想向你要回欠我的所有的钱,我也许会在你自杀之前就先杀了你。"

"瞧你现在这可怜兮兮的样儿,如果我死了,你又该去责备谁呢?"卡尔问道。

沙利站起身说:"我还是会责备你。"

有一秒钟两人谁也没说话,这一刻,沙利觉得他在卡尔·罗巴克的脸上看到了他见过的最悲哀的表情。"把埃尔卡米诺借我一两天,怎么样?"沙利问。

"可以啊,反正这车也旧得不行了,"卡尔一边说一边在口袋里摸着钥匙,"有人说你在海蒂之家工作了,"他又说道。

沙利摇摇头,他再次惊讶于小道消息传播速度之快。"我还是去看看哈罗德有没有什么破车卖给我吧。而且我该去跟一个叫迈尔斯·安德森的人见面了,他想叫我给他装修主街上的房子。"

"你该打印一些名片出来,上面就写——唐·沙利文:撸管高手。无事不包。"卡尔建议道。

"谢谢你借我车。"沙利摆摆汽车钥匙。

"我还以为你今天要给我干活呢。"卡尔说。

"我要看情况,等我过足手瘾了,再看看下午能不能给你干。"沙利说着又慢慢挪出卡座。

"你出去的时候把那个女孩再叫过来,"卡尔告诉他,"她刚才正要在桌子下面让我激情四射呢。"

沙利回来的时候,罗布正在用纸巾擦掉脸上的奶油。"那个女孩总在看我,"他指着那个回到卡尔的卡座里的女孩说道,"她现在是卡尔的了,"他又不悦地说着。

普罗克斯迈尔汽车世界在镇外面大约一英里刚下高速的地方,正好位于哈罗德废品回收站和哈罗德汽配商店之间,这三家都归哈罗德·普罗克斯迈尔拥有并经营着。一辆车门上有"**普罗克斯迈尔救援**"钢印字样的拖车停在院子里。正门外面的招牌挂在一根弯曲的杆子上,上面写着"**哈罗德汽车世界**"。哈罗德的店里有五名全职员工,分别是:哈罗德·普罗克斯迈尔;哈罗德的妻子格洛丽亚;一位首席检修员——这里唯一的技术工人,这人脾气很坏,所以哈罗德命令他在任何情况下都不许和顾客说话;还有一位个子矮小、上了年纪的人,他在汽配店的货架中间逛来逛去,眯缝着眼仰望着那些搁在高高的金属货架上的汽车配件,那些配件身处暗处且都是些卖剩下的玩意儿;再有就是一个十来岁的孩子，通常是从中学退学的学生，被普罗克斯迈尔两口子招进来，受他们照顾。哈罗德和普罗克斯迈尔太太两人都是基督徒，他们只招收基督教家庭中的问题少年。哈罗德总想方设法找去曾至少进过一次看守所或改造学校的孩子，这种孩子别人谁也不会雇，这样他就只用付这孩子最低工资即可。普罗克斯迈尔太太坐在收银台这里，免费教他基督教的清规戒律。哈罗德通常每年雇三个这样的孩子，平均每人能干四个月，之后，他们中的有些人就会被别的有钱的主顾诱惑走，那雇主会开出时薪高出二十五美分的工资。另一些人则是抢光收银台里的钱逃跑。最后逃跑的那个孩子还在收银机的票槽里给普罗克斯迈尔太太留了一张纸条，上面写着：耶稣就是个大傻瓜，你也一样。

哈罗德现在雇用的这个孩子——德韦恩，是个瘦瘦高高的小伙子，红头发，阴沉着脸。到目前为止，他还没从哈罗德汽车世界偷过任何东西，尽管每天的德育课已经开始把他压得萎靡不振。哈罗德太太教他做人要诚实，不断地提醒他要警惕撒旦的各种伪装，这些让他感到一些忧虑。德韦恩从来也没有受到撒旦的诱惑去偷哈罗德的任何东西，相反他喜欢哈罗德，对他心存感激。他也不曾想过要偷哈罗德太太的任何东西，对她他有点难以忍受。他在想，他到底有什么问题，使得撒旦对他这么不在意。比被撒旦的忽略还要让他恼火的是，哈罗德的顾客们也忽略他。所有顾客都只跟哈罗德谈生意，而德韦恩的主要职责就是帮着顾客找老板，老板会出现在店里的各个地方，修车行、废品堆、还有汽配店，他同时监督所有这些地方的运营，刚处理完这儿的情况，又匆匆赶去那儿处理等得不耐烦的顾客。

因此，当卡尔·罗巴克的埃尔卡米诺开进来的时候，德韦恩没有期望会得到尊重。所以，当沙利下了车问"哈罗德在哪儿"时，他也没有失望。德韦恩这会儿正在走神，平时工作日的早上，店里顾客很少，大部分上午的时间他都是在做白日梦，想法子躲开那天正好有心情讲《旧约》故事的普罗克斯迈尔太太。

哈罗德·普罗克斯迈尔本人个子高高瘦瘦的，脸色蜡黄，总是穿着灰色的衣服，像今天这么灰蒙蒙的天，他就像一只穿着厚底鞋，安静地游走在店里的幽灵。"在什么地方吧。"德韦恩手臂一扫，囊括了所有三处生意场所。

哈罗德有可能在任何地方，但总能在收银台找到哈罗德太太，她身材矮胖，梳着一头蜂窝式的发型，让她看上去比实际身高几乎高了一倍，沙利在收银台这找到了她。哈罗德太太的基督教信仰直接是受到了哈罗德的影响，基督教已经深入哈罗德的骨髓，与他的内在信仰达成平衡的是哈罗德太太公开的信仰。在没有生意时，她坐在收银机后面的凳子上读《圣经》，周围都是迪士尼的纪念品。迪士尼乐园是哈罗德太太最喜欢去的地方，每年的二月，她都会拽着丈夫去奥兰多，把神奇王国里的每一项游乐设施都玩个遍，那里人山人海，每件东西都那么干净，充满阳光。也许整个王国里也有些脏兮兮、臭乎乎、油腻腻的机器在转动，但是迪士尼里的游客只要对之视而不见即可。在地下，应该有一种巡游项目，它带你去参观每一项设施是如何运作的，不过这是迪士尼乐园里哈罗德太太唯一不感兴趣的地方。她认为这种操作将会毁掉乐园神奇的色彩。她也不让哈罗德去参观，怕他给她讲解，这会更糟糕。

他们每年回家之前，哈罗德太太都会买上差不多两千美元的迪士尼商品。在未被授权的情况下，她在哈罗德汽车世界的办公室里，经营着一家迪士尼代销点。几乎每个春天，墙上都挂着迪士尼的电影海报和T恤，收银台上摆满了滑雪的高飞、橡皮做的布鲁托和一摞大耳朵的米老鼠帽子。现在是十一月底了，大多数商品都卖完了，单调的墙面又恢复光秃秃的原样，除了还有一幅灰姑娘的海报，上面画着三个胖墩墩的仙女，其中一个仙女让沙利想起哈罗德太太本人。收银机旁边放着一小盒廉价的迪士尼塑料人偶和五六个橡皮鳄鱼。

三家店的发票和订单都经过她的收银台，当她从收银机上抬起头看到顾客的时候，她那满是怀疑的表情告诉人们她内心的恐惧，她怕伪装的撒旦就在顾客里面。比如，她很肯定沙利一直以来从某种程度上都在与魔鬼为伍，她怀疑在跟随撒旦的那些魔鬼中，沙利属于等级相当高的那种。但在她内心深处某个隐秘的地方却藏着对沙利的喜爱，因为沙利总是跟她开玩笑，除他之外，还没人敢这么干，连她丈夫也不会。每次沙利出现，仿佛她内心的那个小姑娘就会从囚禁她的堡垒里溜出来，尽管要抓住她轻而易举，但她还是要逃，她已经全然忘记多年前是如何跑出来的，要跑到哪里去，甚至也不记得她当初为什么要逃跑。

"你好，艾斯梅拉达。"沙利说着，房门在他和罗布身后快速地合上了。

当然，艾斯梅拉达并不是哈罗德太太的名字，但是沙利总也记不住别人的名字，而这个名字沙利叫了好多年，这是那个被囚禁的女孩的名字吗？

哈罗德太太放下《圣经》，没有露出沙利期待的笑容。"哈罗德！"她冲着对讲机大声喊道，挂在外面庭院里木头杆子上的喇叭响起来，发出嘶啦嘶啦的响声。"有顾客！"

沙利拾起放在收银机旁边的一只橡皮鳄鱼，仔细看着，"这些东西，你要卖什么高价啊？"沙利问哈罗德太太。

哈罗德太太一直卖三美元，原本要这么告诉沙利的，但是让她惊奇的是，艾斯梅拉达说话了："一美元。"

"好吧。"沙利一边慢慢把一只鳄鱼放进他的外套口袋里一边说，然后递给哈罗德太太一美元。"我买一只，我认识一个人喜欢鳄鱼。不过趁你丈夫还没到，问你一件事，"沙利放低了声音，然后倾身向前，胳膊肘支在柜台台面上悄悄地说。"别对我撒谎，"他警告道，"撒谎可是罪。"

"基督徒不撒谎，沙利文先生。"哈罗德太太眯起眼睛说道。她坐在凳子上,稍向后倾了一点,以和他保持点距离,但囚禁在哈罗德太太心里的那个小姑娘向前倾了一点。

沙利耸耸肩,好像在表示这样的话不值得争论。如果她愿意,他会让这个话题一带而过的。"那么,和我实话实说,你们还有那个吗?"他问。

"哈罗德!"哈罗德太太冲着对讲机吼了一声。

沙利举起了双手,好像她正拿着一把枪对着他似的。"我要怎么说呢?"他转向正站在房间门口的罗布,他看着像是要尿裤子了。"听着,艾斯梅拉达。如果我说错了,就纠正我,不过如果你结了婚,有点那个也没什么不对,只要是和哈罗德一起,耶稣不会介意的,对吧?"

"哈罗德!"哈罗德太太的声音把喇叭筒震了一下。

沙利还是高举双手,像是投降。"我理解,我们这个年龄要悠着点,慢慢来,但没有必要完全不做吧。每隔几个星期,你应该在午饭时间把店关了,把帮手们都打发回家,锁上收银机,带哈罗德去后面没人的地方,这对你和哈罗德都有好处。"

然后,哈罗德冲了进来,跑得气喘吁吁,脸色发灰,后面跟着德韦恩。"哦,"他一看到眼前的形势,顿时松了口气,说:"是你啊,我还以为有人抢劫呢。"

"你该听听你不在的时候他都说了些什么。"哈罗德太太向他告状道,现在她镇定下来了。有哈罗德在场,她能够把内心的那个小姑娘抓回来,然后把她赶回去,关进她内心的堡垒里。

"艾斯梅拉达,"沙利说,这又使得她心中的小姑娘回头看了最后一眼,"总有一天你会伤我的心的。"他指了指《圣经》,"给我看看,这里面哪里写了你该对人刻薄的?"

按照哈罗德太太的想法,沙利身上最坏的地方是,他强词夺理地把《圣经》里的经文用来解释自己的观点。一般来说,几乎任何场合下,她都能找到那段经文读出来。他一离开,她就会想到几十个相关的篇章,但是当着沙利的面就不行。比如现在,她感到无法应对他的挑战,无法给他展示《圣经》里哪里写着你应该对人刻薄,尽管她确信肯定有。

哈罗德太太还没有想到怎么回应沙利,沙利就转头去和哈罗德谈话了。她和艾斯梅拉达都感到难过。

"你这里有什么我可能感兴趣的东西吗?"沙利问道。

"卡车不动弹了?"哈罗德有点不好意思地说。他不喜欢车行的顾客总回头来找他。如果又回来就表明他卖给他们的轿车或卡车的性能无法永久保持,这与他所希望的结果格格不入。他知道任何机械的玩意儿就跟人体器官一样,都是有生命周期的,但是他憧憬着一个更完美的世界,在那里他卖出的汽车会永不休止地奔跑。沙利作为回头客,尤其让他感到难堪。因为沙利从哈罗德这里买的那些卡车,一般是已经被过度使用的,哈罗德卖给沙利的时候,行驶里程数从没有少于八万英里的。实际上,他总是想法子劝沙利不要买。"六个月后你就又会回来的。"他提醒他。但是六个月似乎对沙利是很久以后的事,他一般来说是个乐观派,总是得出结论,说六个月后,他的运气一定会比现在更佳的,理由很简单,到时他的状况不会比现在更糟。当然,他几乎总是得出错误的结论,无论是结果还是理由。今天哈罗德卖给沙利的卡车会比上一辆车更加可疑。这更让哈罗德感到内疚了。再过一年,这一切都会重复一遍。哈罗德不确定资本社会和基督教是否可以相互兼容,哪怕在这个涉及的资本很小的哈罗德汽车世界,这里的生意能勉强养活哈罗德和太太,再加一个坏脾气的技工,一个半盲的雇员,一名不良少年。

沙利告诉哈罗德,早上那辆皮卡打不着火了,并顺带给他描述了一下车子的状况,哈罗德抱有希望地听着。"可能就是电池线腐蚀了。"他指出。

"有可能,"沙利同意道,"但应该不是。"

他们慢慢溜达出来,罗布毕恭毕敬地跟在后面,德韦恩又躲到后面不起眼的地方去了。"你怎么知道？"哈罗德问。

沙利想了想，当然了，他不是那么确定，但是今天卡车坏了，这就是冥冥中的安排：昨天他得到一份必须要用卡车的工作，而今天卡车就坏了。接二连三深陷泥淖，无法脱身的沙利认为，是宇宙中的邪恶之神在掌控诸如运气这类事情。"是一种直觉吧。"他告诉哈罗德。

"为什么不让我检查一下？"哈罗德说，他倒不是不相信直觉，只是想检查一下，以防万一。"我们派德韦恩去，让他把卡车拖过来。"

"这样好。"沙利说道，一时之间，哈罗德的常识让他又振作了一些。

"你见过德韦恩吗？"哈罗德抓着德韦恩问道，这孩子没想到会被介绍，这时候他正好在抠鼻孔。"去把沙利的卡车拖回来。"哈罗德对他说。德韦恩点点头，走向拖车。

"德韦恩？"哈罗德在后面叫他。"你就不想知道车在哪儿吗？"

德韦恩转身回来。

沙利给了他自己在主街上的地址，告诉他卡车就停止马路边。

"卡车什么颜色？"德韦恩问道。

沙利告诉他是绿色。"就是看着连拖都不值得拖的那辆，就对了。"

德韦恩又一次退下后，哈罗德笑了。"一分钟前，他还要去拖一辆不知道地址的卡车，然后你告诉他卡车的位置后，他又想要让你描述得再详细点。"

罗布在衬衫上蹭他的手掌。"他刚才抠了鼻孔，然后又和我握手。"他生气地说。

"这东西才是你应该买的，"哈罗德路过废品场时，他指着一个靠在围栏铁丝网上推雪铲说道。"这东西的主人用它给人家的车道扫雪，挣了不少钱呢。"

"他为什么卖掉呢?"沙利问。

"他没卖,"哈罗德说,"是他的寡妇卖的。我在拍卖会上得到的。"

"我好像没有卡车能把这东西安上去,这是个问题。"沙利指出来,虽然他对这个主意挺动心的。巴斯镇的服务业总是被大雪阻挠,而现在十一月就开始下雪了,有一个推雪铲也不错。"我觉得我自己没力气推得动。"

"如果你想要的话,我就和你成交,"哈罗德回答,然后给他出了一个价,不比他在拍卖会上贵多少,"别犹豫。"

"如果我买辆卡车,再买推雪铲,我就得去抢银行了。"沙利说。

"有些人借银行贷款。"哈罗德指出。

"像我这种人可不行,"沙利说,"银行喜欢你这样的人,万一运气不好了,他们可以从你这里拿走等值的东西。"

哈罗德目前只有两辆卡车,一辆卡车的车况还不错,沙利试驾了一下另一辆,比他自己的那辆坏了的卡车好些,但也就那样。

"这辆车我不收你多少钱,"当沙利返回来时,一脸疑惑地看着这辆卡车时,哈罗德说道,"它也不值多少钱,我买来是为了它的配件,要买另外那辆车,就需要攒钱了。"

"这我知道,"沙利说,"但是分文没有的我去哪里攒钱呢?"

"嗯,"哈罗德说,"谁知道呢,也许我可以把你的那辆车修好。"

这时候,他们听见拖车回来了,看见德韦恩把拖车开进院子里,后面拖的卡车根本不是沙利的,这车也不是绿色的。

哈罗德重重地叹了口气,"难以置信,"他轻声地说,他差一点就要说"该死"了,但是他在最后一秒钟忍住了。

迈尔斯·安德森买的房子坐落在十字路口的东南角上,是上主街上的大房子中面积最大的一栋,三层的砖瓦建筑,顶层有两个小小的屋顶平台,站在宽大的围廊上可以眺望主街和博登街。房子的前主人是位年迈的独居老妇人，因为两年前那场可怕的冰雪风暴刮下来一根巨大的榆树树杈，砸到了她家的屋顶上，老太太吓得搬进了养老院里住。从那时起，这房子就空着。沙利不记得看见过房子前面有出售的牌子，不过他倒是很少走到这里来，所以也许曾经有过吧。

"我希望能买得起这么大一栋房子，"罗布对沙利说，他俩一起坐在停在路边的埃尔卡米诺汽车里，等着迈尔斯·安德森的出现。到目前为止，安德森已经晚了十五分钟了，坐在这里消磨时间又没钱可挣是罗布最讨厌的，他不耐烦极了。

"对你和布茨来说，有点儿大了，是不是？"沙利坐在那思考着能拿那么大的房子干什么，以及怎么才能把这房子都填满了时说道。实际上，布茨也许会是少数几个他认识的人中，能胜任这项工作的。她每天都从她工作的沃尔沃斯连锁超市偷点东西回家，他们的公寓因为东西塞得太满，都要爆炸了。最容易从超市里偷回家的东西是金鱼，罗布和布茨有一只鱼缸，里面的金鱼装得太满了，金鱼在转身的时候，没法儿不撞到一起。鱼缸里的水，因为投放的加工鱼食的缘故，永远都是褐色的，浑浊一片。在这种生存环境里，金鱼死去的速度，大概和布茨偷偷把金鱼放在盛了水的小塑料袋里，再放到她大大的口袋里带回家的速度一样。她也会拿一些放不进她口袋里的东西，不知用的什么方法。她成功地偷了一幅沙发大小的油画，画上是大西洋的美景，夕阳西下，明橙色和蓝色的浪花拍打着海岸。布茨和罗布两人谁也没有见过大西洋，所以他们无从判断这幅画到底有多真实。

"我要把房间安在那上面，"罗布指着檐下的那间房间说道，房间外面就是那两个屋顶平台中较大的一个，"那样，我就可以走到那个小平台上待在那里。"

"我想你可以的，罗布。"沙利一边说着一边使劲地在脑子里联想罗布站在屋顶平台上的画面。

"我想去吃午饭。"罗布又说。

沙利看了无数次手表。"去吃吧。"他说。没有罗布在,他与迈尔斯·安德森的会面也许会更顺利。他叫上罗布一起的唯一原因是,他要让迈尔斯·安德森放心,他有一个壮劳力。以后有的是时间。

"去哪儿吃?"罗布问。

"海蒂之家就在街那边。"

罗布转过头,从车子后窗看过去,似乎要确认这一信息。"那你呢?"

"带个汉堡给我。"

"借我五美元吧?"

"不借,"沙利说,"不过我要付昨天的工钱给你。"

"好吧。"罗布耸耸肩。

沙利给了他钱。

"你要什么样的?"

"一个圆面包。"

"就这些?"罗布皱起眉头问道。

"还要番茄酱。"

"好。"罗布准备下车。

"还要奶酪。"

"好。"

"还要酸黄瓜,一片洋葱。"

"行。"

"还要一些调味酱。"

"这是加了所有酱料的汉堡啊。"罗布皱起了眉头。

"对,加了所有酱料的汉堡。"沙利咧嘴笑了。

"你为什么不这么说呢?"

"还要一些炸薯条,"沙利告诉他,"还要给炸薯条配上番茄酱。"

罗布叹口气,想了想,在脑子里把这些信息慢慢捋过一遍。

"好吧。"他最后说。

沙利又给了他三美元。

"你为什么不和我一起去呢?"罗布建议道。

"因为我一走,迈尔斯·安德森就会出现在这里。"

"你怎么知道呢?"

"事情往往就是这样。"

罗布走了以后,沙利燃起一支烟,脑子里开始盘算着接下来要做的事项。门廊都已经凹陷了,窗户边上的装饰木头需要打磨,重新刷漆,有些零散的板子也需要更换。屋顶上,榆树杈落下的枝杈将烟囱打歪了,除此之外,屋顶的状况倒不算太差。地面上一个巨大的树墩赫然出现在眼前,以沙利的想法会将它留下,不过迈尔斯·安德森很明显要把它挪走。除此之外,地面上到处都是腐烂、缠绕成一堆的棕褐色杂草。至于室内,迈尔斯·安德森提到了六项耗费时日的活儿,这对沙利来说倒没什么关系,反正室外的那些活儿也要等到明年开春了才可以施工。不过如果天气回暖,他倒可能会将一些灌木丛修整一番,用耙子将草地上堆积了两年的枝条和树叶耙起来,全部运走。如果不赶的话,这些活儿就已经够他和罗布忙活一整个冬天和大半个春天了。他们忙活的时候,迈尔斯·安德森会在纽约待着,这样,他们可以按照自己的节奏慢慢干活。如果他哪天觉得有精力的话,晚上还可以再少干点活,这样也可以替他省钱,让他远离白马酒吧,远离维尔夫,还能避免和狄尼发生冲突。在这期间,如果哪天他的膝盖让他无法干活,他就会破口大骂,而迈尔斯·安德森永远也不会知道。

捻灭香烟,沙利下了埃尔卡米诺车,走到房前的小道上,然后沿着小道攀缘而上翻到了前廊。透过拉开窗帘的硕大的前窗,巨大的楼梯直通楼上,一面墙上的壁炉大到能容下一个成年人倚坐中间。空着的房间看上去像一个洞穴,足有沙利房间的两倍之大,他想起了卡尔和托比家的房间一开始空空如也,过了很长时间,他们才将其一点点塞满。这栋房子比罗巴克的房子大。沙利又想,不管迈尔斯·安德森是何许人也,如果他想要把这些房间都填满,他一定有那么几个臭钱。十五年过去了,他至今都未能将自己的公寓填满,公寓一半的地方都蒙上了灰尘。其他人却与之恰恰相反。比如露丝就总是抱怨,在房子里都不能转身,一转身总能碰到什么昨天还不在那的东西。还有面积和沙利房间一样大的贝丽尔小姐的房间,里面摆满了她在旅行中带回来的纪念品。沙利确信,他对这些身外之物不感兴趣,这也许意味着什么,但到底是什么,他并不确定。坐在门廊的台阶上,他思索着。

十一点半了,迈尔斯·安德森已经迟到半个小时了,沙利拿出那张他写有地址的纸条,又检查了一遍,不大可能弄错。这是这条街上唯一空着的房子,而且当时他在电话里也是重复确认了安德森所给的地址。不,就是迈尔斯·安德森他迟到了,对于这一点沙利并不惊奇。因为安德森的声音令沙利讨厌,这声音表明,他无论迟到多久都是"准时"的。好消息是,若他雇了沙利,他们无须多见面接触。所以如果沙利从一开始就能忍住不发脾气,这倒算是不错的安排。为了避免自己发脾气,沙利站起身来,活动着膝盖,然后溜达到街角。

沿博登街再走一个半街区,就走到了街的尽头,一处院落出现在眼前,那里就是沙利长大的地方。在无忧宫倒闭,温泉关门之前,这房子一直被看门人守着。多年来,沙利的父亲本人就受雇于此,他的工作是在这个高约二点五米、锈迹斑斑的铁栅栏外,每隔几英尺就立一个闲人莫入的牌子。大体来说,看门人的主要职责是禁止小孩入内,同时确保无人能踏入古老的无忧宫偷房子里的设备、大理石瓷砖和彩色玻璃。这份工作职责明确、任务较少,大吉姆·沙利文是不二人选,他还有一项工作就是凶别家的孩子。不过他对自家的孩子也凶,但这是没有工资的,所以付他工资让他对别人家的孩子凶,这倒也挺适合他的。在这其中就有一个男孩被他送进了医院，差点就丢了性命。当时看门的他撞见小男孩翻进了栅栏里面，和他追逐了一阵，将他抓住了。抓住他的时候很危险，那孩子爬到了锯齿状的铁栅栏顶上，试图从那里挤过去。

大吉姆身形魁梧，所以动作缓慢。如果他庞大的身形有用武之地的话，他就会为自己拥有如此身形而感到自豪；但如果遇到追逐孩子这样的事，他就容易生气，因为此时身形庞大毫无用处，速度才是硬道理。因此，一开始就落于小孩子之后的他恼羞成怒，而随后又被小孩子取笑（他父亲声称这孩子骑在高高的栅栏顶上嘲笑他）更是让他怒不可遏，因此愤怒的大吉姆就晃动栅栏，"为了让他下来以免弄伤自己"，后来他对警察如是说。当孩子从顶端滑落下来时，脸色苍白的大吉姆正进屋让沙利的母亲给消防局打电话，让他们把孩子弄下来，同时还给医生打了电话。沙利和哥哥两人都跑出来一看究竟，他们第一眼看见的情形实在是不真实，好像奇异的梦境入侵了现实世界一般。从远处看，这孩子的两条胳膊直直地垂在身体两侧，整个人看着像是笔直地站立在栅栏边，抬头望向天空，而他的双脚吊在空中，离地面有一米多之远，看着像是凌空而立。

铁刺扎进孩子下颌的软组织，又从他张着的口里伸出来，像伸出的一条黑色舌头。孩子的眼睛让沙利想起一条受惊的鱼。这孩子一开始还生龙活虎地乱窜，但是等帮忙的人最终赶来的时候，他的眼睛已经一动不动，目光呆滞，毫无生气地看着蓝天。多年后，沙利在法国和德国看见过各种各样他能想象出来的死法，但是他再也没有见过可以和挂在栅栏上的这个孩子的情形相比的。就连现在，那小孩的样子依然深深地刻在沙利的脑子里。沙利突然意识到，自己已经走了一个半街区，回到了他少年时期生活的居所，正驻足在挂着那个男孩子的地方。那次事故后不久，栅栏顶上的铁刺就被移除了，好像是为了防止再次发生这种令人毛骨悚然的悲剧，或者是为了帮人们忘记那种可怕的景象吧。

当沙利站在那里，手里握着生锈的栅栏时，他意识到不远处传来了隆隆声，脚下的地面开始颤抖，好像他刚才一直回忆着的过去正试着在地上凿洞，想要觅得一个出口通往当下。他有点期待父亲会在这时现身，咧嘴冲着其中的一个黑黢黢、空荡荡的窗户微笑。然而，出现在眼前的是一辆车斗里载满土的巨型推土机，正从环绕着无忧宫的树丛里冲出来，像脱轨的急速火车一般朝着变了形的房子冲过来，看得人心惊胆战。还好卡车在最后一刻掉转了方向，伴随着喇叭声卡车呼啸而过，轰隆隆的声音震动着地面。沙利当时的第一反应是这司机失控了，他看得出来，即便车正在减速行驶，但在到达铁栅栏前它是不会停下来的，而此刻他的两只手还紧握着栅栏。当他打起精神准备应对撞击时，推土机正好从栅栏的一段缺口钻过，向左转了个弯，上了博登街。当车轰隆隆地驶过沙利的时候，咧开嘴大笑的司机用手指触在鸭舌帽的边上，向沙利敬了个礼，这是他父亲醉酒后最喜欢做的手势。此时，依然手握栅栏的沙利感到一阵迷失，那感觉好似自己置身于大海边却被突如其来的海浪冲刷了，只有当推土机拐到主街上，开向斯凯勒温泉的方向消失后，这种感觉才逐渐消失。是他膝盖上钻心的疼痛让他重新找回了自我，但这个疼痛亦无法完全消除一种感觉：大吉姆来慰问过他了。

那孩子悬于半空的可怕景象，至今还清晰地留在沙利的记忆里，同样清晰的还有他对父亲的记忆。他的父亲向那些赶来看热闹、等待救援的人们宣扬着什么。"你们等着瞧吧……我再也不为这个该死的国家……我赌一百美元，他们准会因为我刚刚的尽职尽责而开除我的。"他密谋似的放低音量，但将音量控制在愿听的人都能听得到的范围内，"你们就等着看看他们是不是会这么干。"等到救护车来的时候，沙利的父亲已成功劝服一半的围观者同情于他，然而那个处于深度休克的孩子还静静地悬挂在一米开外的铁栅栏上。

沙利后来意识到，劝服曾一直是父亲最擅长的。对于一个懒惰而又自私的人来说，能博得他人的同情，这确实不失为一项有用的才能。如果你把一个十二岁的孩子逼到栅栏上，不幸摔下被铁刺刺穿下颌而悬于半空后，还能说服围观群众将焦点放在你的工作能否保住这一问题上，那还有什么惩罚是你逃脱不了的呢？你当然可以持续殴打自己的妻儿，然后始终能让邻居拿你当正常人看待，让他们认为你也许只是偶尔喝多了，有点失控，但总体上还是个说得过去的正常人吧。如果你足够能言善道，那么确定无疑只有你的妻儿知道你是魔鬼。也许你连他们也能说服，说这一切痛苦皆源于爱，源于责任心，而并非自私抑或生活中的挫败。沙利的哥哥帕特里克一直深爱着他的父亲，从未停止过。他们的母亲呢？谁晓得呢？也许连她这个隔三岔五就被父亲残酷虐待的受害者，到最后依然困惑迷茫，不知道自己的丈夫究竟是个怎样的人，因为此时她正等待着他回心转意，变回当初她深爱的那个男人。

露丝理解不了沙利为何拒绝与父亲重归于好。她以为沙利同意去斯凯勒温泉的养老院看望老头的时候，事情会有转机。这差不多是五年前的事了，也就是大吉姆·沙利文去世的前一年。沙利从一开始就很清楚，他父亲的才能依旧在。老头只花了大约三分钟时间就吸引了露丝——一个不会轻易上当的女人，让她轻而易举地就喜欢上了他。沙利观察到，老头的举止发生了点变化，自打中风后，他就充分利用轮椅，对轮椅寸步不移了，不过他基本上还是一如既往的狡猾。护士们在他身边忙来忙去，却对住在这里的其他人的迫切请求置之不理，这就像他母亲曾经照顾他那样，有求必应，虽然母亲当时这么做是出于恐惧。"我犯了男人都会犯的错误。"他对露丝说道，看着要哭出来了，脸上还带着那种沙利从小就记得的谦逊和傲慢交织在一起的复杂表情。对于那些他乐意讨好奉承的人——比如怀揣技能让他恐惧的专业人士，还有他偶尔会邀请来参观这栋旧旅店的年轻漂亮的女人们——他就会很自然跪拜迎合着他们。果不其然，最后大吉姆·沙利文被开除了，不过是因为他偷偷带了年轻女人来旅馆，而不是因为他使那孩子命悬一线。"是的，我这一生活得很潇洒，犯了男人都会犯的错误，"他难过地告诉露丝，"我为我犯的错误深感抱歉，但是他们告诉我上帝会原谅所有的罪人，所以我猜他也会原谅我的。"

"而我自己的儿子就永远不会原谅我。"听见沙利哼了一声，他又加了一句。

其实，沙利已经好多年没见过父亲了，但是他一看见父亲，心马上就变硬了。对于父亲此时给出的评价，沙利点头同意。"爸，你也许骗得了上帝，"他告诉老头，"但是你连一分钟也别想骗我。"

"所以，"在回来的路上，露丝对他说，"我就说你没那么好骗，但是如果不是你告诉我，我怎么也想不到你比上帝还聪明。"

"就只在这一件事上。"沙利说。他能看出此时露丝准备好要和他吵架了，不过他刚好避开了。

剩下的一段路，他俩谁也没吭声，尽管他们回镇的路上，露丝又想开口，但两人依然沉默着。"对一个无法原谅自己父亲的成年人，上帝会怎么说？"她问道。

"我觉得你会告诉我答案。"沙利叹了口气。

"你和他一样，你知道吗？"露丝说。

"不，我不知道。"

"真的，我看向他的时候，就看见了你。"

"露丝，我管不了你看见了什么，不过你该谢天谢地你没有嫁给他。"当露丝把车停在路边让他下车时，沙利说道。

"谢天谢地我没有嫁给你俩中的任何一个。"她说着把车从路边开走了。

自那次不欢而散之后，他俩有好一段时日"互不打扰"了。

他父亲房子的状况要比迈尔斯·安德森的差多了，只要从门外看，沙利就能发现这点。整个房子的结构似乎都在倾斜，木头经历了风霜雨雪，已经变成了灰色。黑色的柏油纸裂成一块一块的，随处可见。屋顶的木瓦松了，从斜屋顶上滑落下来，落到地上一堆瓦砾堆里。尽管他没进去，不好判断房屋的损毁程度有多大，但他知道，所有这些也许意味着雨雪等恶劣天气对房子内部造成了影响。在屋顶和两层楼板之间有一个阁楼，是起缓冲作用的。但也许还存在其他隐患。这房子已经很久没住人了，据沙利判断，每次下雨，地下室可能会水漫金山，所以这栋房子同时遭受着向下的开裂和向上的腐蚀。可能里面还有白蚁，甚至老鼠。多年来，露丝都曾追着劝他把房子修一修，然后卖掉。因为她不理解为什么沙利从目睹房子的破败中获得的乐趣要比他从卖掉房子得到钱获得的乐趣还要大，当然卖房子的钱最后都会消失不见，一年后他就会不记得钱都花在哪里了。然而他始终都留着这处房产，并眼见着它每况愈下。他甚至想都没想过改变主意，也不愿思考为了防止房子自然解体，要彻底将其整修一新需要花费多少时间和精力。这里狗屎遍地，他要做的头一件事就是把这些狗屎铲到手推车上拉走，实际上，这活是罗布的。

说曹操，曹操就到，从他站的地方就能看到罗布从海蒂之家回来了，他找不到沙利了。不过埃尔卡米诺还在，这让罗布很是迷惑。当沙利回到路口的时候，罗布正从迈尔斯·安德森房子的窗户往里看，沙利叫住他：“你在找什么？”

罗布直起身，松了口气，"找你。"

"那你怎么知道我在找什么吗？"看他两手空空，沙利疑惑地问，"我的汉堡呢？"

罗布看着颇为尴尬。"我忘了。"

沙利招呼罗布上车。"很好，"他说，"你不在的时候，我就在想，你到底会忘了番茄酱、酸黄瓜、调味汁，还是炸薯条呢。结果你把整个汉堡都忘得一干二净了。"

"我告诉过你，你该和我一起去的，"罗布以此为借口说道，因为这是他最后的一招,"那家伙就是没出现,是吧?"

"没出现。"沙利一边说一边打着火,但是并没有把车开走。

"我们去哪儿?"罗布问道,希冀的神情流露出他希望能换个话题。

"哪也不去,"沙利告诉他,"你还忘了什么。"

"什么?"

"我给你三美元让你给我买汉堡的,你还没还给我呢。"

罗布找到钱,递给他。准备等着接受更多的讥讽,也许这一下午就别想好过了。

"你想听好消息吗?"沙利问他。

罗布不想听,但还是说想听。

"我不饿。"沙利边说边将车调头开走了。

鲁比的睫毛膏又流了下来,已经流了一早上了。每次她哭完,就走进狭小的卫生间,用已经泛黄的毛巾洗洗脸,再重新涂上眼影。她刚涂完,一想到卡尔·罗巴克是个十足的混蛋,但自己还深深地爱着他,就又开始哭了。直到今天早上,她才意识到,欺骗妻子的男人也会欺骗他的秘书,想到这点,她更难过了。比难过更甚的,是生气。在卫生间的镜子里,她看见睫毛膏染到了她最喜欢的衬衫的领子上,这件衬衫很贵,珍珠白,半透明的,她喜欢穿在猩红色的短外套里面。短外套是厚羊毛质地的,穿着它,你就看不出珍珠白衬衫下面没穿胸罩了。鲁比肤色白皙,有一对完美的黑色小乳头,从半透明的衬衫里透出来,会令人想入非非。当然了,如果卡尔的建筑工人在办公室里的话,她就会把外套的扣子扣好,但是如果只剩他俩的时候,她就敞开着。

现在这件她十分珍惜的衬衫的领子被睫毛膏毁了,鲁比也被毁了,她为一个根本不值得的男人哭成了个泪人,抛弃了曾拥有的生活。这男人是一个言而无信的人,山盟海誓一大堆,却都是海市蜃楼。鲁比认识的男人从来不和她说实话,这些男人都是大骗子,而她就像飞蛾扑火一样对他们倾心相许。

如果这一切还不够糟糕,如果她的生活还没有像这件珍珠白的半透明衬衫那样完全毁的话,那么她现在就不得不去应付沙利。她能听见他迈着沉重的步子慢慢走上三层楼梯,每走一步都抱怨一句。卡尔·罗巴克曾告诉她,他唯一的愿望就是在她的臂膀里度过他有限的生命——哦不,是无限的生命,他是这么说的。这些全是谎言,这还不够糟,现在她还要听沙利对她说这句"我告诉过你"。

"鲁比,"沙利站在门口稍作歇息喘着气说,"你那两正盯着我看的东西是你的乳头还是什么啊?"

鲁比快速地穿上外套,她忘了在她刚刚悲伤的时候,她脱下了外套检查衬衫毁得有多严重。这世上她最不愿展示自己乳头的对象就是沙利。

"他不在。"她嘲笑道。

"你总是这么说。"沙利边说边扑通一下坐在外屋的一张椅子上,深深地吸了口烟。

"有时候是真的。"鲁比告诉他。

"他有没有留个口信?"

"他为什么要给你留口信?"

"因为他有活儿让我干,也许我会接,如果他告诉我是什么活儿,在哪儿的话。"

"你的烟灰要掉到地毯上了。"鲁比说。

确实如此,于是他把烟头扔进了咖啡桌上的小烟灰缸里,桌上摆放着几本杂志。"你知道的,他不值得你为他哭。"

"你怎么知道我在为谁哭呢?"鲁比问。

"我知道卡尔能让全巴斯一半的女性在任何时候为他哭泣,"沙利说,"到底为什么,还是个不解之谜,这我得承认。"

"他理解女性,这就是为什么。"鲁比挑衅地说。

"嗯,"沙利说,"如果这是真的,他就值得你为他哭。知道他在哪儿吗?"

"也许和他那个不肯离婚的完美老婆待在一起,"鲁比愤恨地猜测着,"他为她买了新车的那位,就住在格兰戴尔街上那栋大房子里的那位,而我却住在一个小公寓里,开着一辆七年车龄的二手车。"

"生活是不公平的。"沙利说道,他忍着没笑。

"吹箫这事就是这样,"鲁比一脸严肃地同意道,"我总是含着那玩意儿黏糊糊的一端。"

"另一端是连着的。"沙利指出。

"哦,滚开,没看见我正难过着吗?"

"好吧,宝贝儿,"沙利说着又站起身来,"告诉他我来过了,如果他想给我那活儿干,我在白马酒吧。还有,鲁比——"

"干吗?"

"不要把你的爱带到镇上。"

■ ■ ■

沙利把卡尔的埃尔卡米诺停在赌马场外面,就停在"禁止停车"的斑马线中央。曾与沙利发生过口角的年轻警察雷默,正蹲在门口。"你可以停两分钟,两分钟后必须开走,"他有理有据地告诉沙利,"不然就给你开罚单。"

"开吧,"沙利说,"这不是我的车。"

赌场里,奥蒂斯就在几个穿黄色冲锋衣的男人中间,他们中的几个人朝沙利喊着:"沙利!"

"你,离我远点,"奥蒂斯警告他,"因为你,我都做噩梦了。"

"好。"沙利说。

"我梦见一只短吻鳄爬上楼爬到了我的床上,我踢着喊着,醒来后我妻子的大腿上有了一大块淤青。"

"奥蒂斯,你确认她大腿上的淤青是你踢的吗?"沙利问。他想把在哈罗德太太那里买的短吻鳄送给他,但想了想现在并不合适。

除了奥蒂斯,穿冲锋衣的男人都被沙利逗乐了。对于大腿变青有几个人给出了其他原因。沙利从赌马场的窗户看到警察雷默越来越不耐烦。

"我要让你知道我妻子对我四十年来都是忠诚的。"奥蒂斯愤慨地说。

沙利点点头。"你这婚姻也就差不多到头了,是不是啊?"

"去买你的三重彩吧,"奥蒂斯建议,"在你制造另一场噩梦之前。"

沙利举起双手表示自卫,"奥蒂斯,我从没想过让你做噩梦。实际上,我认为佛罗里达挺适合你的,我只是想,你应该小心短吻鳄,没别的。"

"走开,"奥蒂斯重重地拍了他一下说道,"离我远点。"

"我认为你应该搬去佛罗里达住,"沙利继续说,"如果你小心点,也许会安全的。"

"走开,别烦我。"

"就还有一个小建议,"沙利坚持说,"今天早上你几点醒来的?"

"他就是不走。"奥蒂斯转向其他人求救似的说道。

"起来后瞄一眼床底下,"沙利一边说一边演示着,"很快地瞄一眼,如果你看见牙齿,就待在床上别动。"

"现在我整晚都会梦到这个了。"奥蒂斯悲伤地说。

沙利买了三重彩,和卖彩票的人闲聊了几句,慢悠悠地踱步出来,正好遇见警察雷默写完罚单。

沙利优雅地接受了罚单,打开副驾驶的门,把罚单扔进前挡风玻璃下面的储物箱里。"星期六的比赛,你喜欢哪个队?"他友好地问。

警察一脸茫然,但是这个话题实在太诱惑人了,沙利也的确对他的想法很感兴趣。"哦,斯凯勒,"他难过地说,"他们实在太他妈的强大了。"

沙利点点头。"你以前为巴斯打过球,是不是?"

"校队的,打了三年呢。"警察雷默骄傲地说。

"我很想看到我们的小伙子们赢一次,"沙利说着绕过埃尔卡米诺,"也许之后他们就能出去闯世界,做出点成就呢。"

雷默就要同意沙利的说法了,然后嗅了嗅鼻子,察觉到有什么不对劲的地方。

"没出息的人都留在这,成了警察。"沙利咧嘴笑着打开了埃尔卡米诺的车门。

这位警察的手实际上已经放在了他的左轮手枪的枪托处,这时沙利哈哈大笑起来。

"我听到个很好笑的笑话。"坐在酒吧吧凳上的维尔夫说着转过身来。这时候的沙利正从街上走进来,不打算再开工了。人生有些时候就是会遇到一些过不去的坎,今天沙利就碰到了。有时候这世界会超乎寻常地设置重重困难,沙利若是觉察到这困难正在一步步逼近,他就会停下来。"你也会喜欢的,因为这就是你的人生故事。"维尔夫说道。

"我打赌,我不会笑的。"沙利一边向酒吧白天的服务生博蒂眨眨眼一边说,她爬到一只吧凳上,调肥皂剧频道。只要她站在上面,画面就还比较清晰。

"这家伙想上高速路。"维尔夫开始讲了。

"停一下,"沙利告诉他,"我想全神贯注地看博蒂的裙子。"

博蒂调着微调旋钮,没有理睬。"这电视上什么也没有,"博蒂说,"怎么唯一一个我们没买,也还不值几个钱的频道,就是我要看的肥皂剧的频道啊?"

"我看见上面出现什么了,"沙利向前凑着身子说道,"不过还不确定是什么。"

"这家伙弄错了,从下匝道上去了,"维尔夫说,"路边有个牌子上写着'方向错误'。"

"我向上帝发誓,如果狄尼再不买有线频道,我就辞职不干了,"博蒂说着最后从椅子上爬下来,"看看,你根本看不出谁和谁上床了。"

"无论如何,这些人对我来说长得都一样,"沙利说着便伸长了脖子看向电视,"我觉得那不是床。"

"肥皂剧要天天看,"博蒂说,"否则就没什么意思了。"

"这家伙还是继续走,"维尔夫接着说,"很快又有一个路牌,这次全是大写字母,上面写着'你走错方向了'。"

"半小时前有个电话找你。"博蒂说。

"迈尔斯·安德森?"沙利猜测。

"女的,"博蒂说,"说她明天早上去你家找你。"

"接着这家伙继续往上开,"维尔夫接着说,"这会儿一个极大的牌子上面写着巨大的红字'危险,调头回去'!"

沙利在口袋里摸着零钱,没有找到,他递给博蒂一张一美元的纸币,"给我几个二十五美分的硬币。"他说。博蒂眯着眼睛专心地盯着电视机。

"这人没理这牌子,依然还是逆向往前开,"维尔夫说,"就在他要遇上朝他迎面驶来的车流之前,路肩上有个迷你的路牌,上面写着'我的天,你跑了这么远了'。"

博蒂往沙利面前的吧台上拍了四个硬币。

维尔夫拿起吧台上他自己的钱,站起来。"我不知道我为什么要到这里来。"他说。

"来找朋友的?"沙利猜测道。

"就是这么回事。"维尔夫点点头,"Vaya con huevos, amigos."①

"那笑话挺棒的,维尔夫,"沙利冲着维尔夫离开的身影喊了一句,"我想我都要笑死了。"

"你们所有人都应该对我好点,"维尔夫转过头说,"等我死了,你们就会发现再找到我这么个一条腿、脾气还那么和善的律师就不那么容易了。"

"他说得也对,"当店门在维尔夫身后关上后,博蒂严肃地说,"他若不在了,我都不知道我们要怎么接替他的位置。"

沙利皱了皱眉,"我们为什么想要接替他呢?他不就在那个吧凳上一坐就坐上了八小时嘛。"

"我听说他生病了。"博蒂说。

沙利想了想这个可能性。"我不觉得,"他说,"他就是酒喝得太多。"

"我表姐在医院工作,"博蒂说,一种不祥之感袭来,"据她说的,他的肝脏快要不行了。他尿血好几个月了。"

"维尔夫吗?"沙利说。天啊,过去十年里,他俩每个晚上都肩并肩地站在白马酒吧的男厕所里一起往槽里撒尿,这实在难以置信,沙利意识到。最近,他不记得从什么时候开始的,维尔夫开始一个人单独去便池里小便。"他看着不像有病的样子。"他漫不经心地说。

博蒂摇摇头。"他看着真是有病的样子。你上次见他是什么时候?"

"要是生病了,他会说的。"沙利说。

"不会,"博蒂说,"他不会说的。"

---

① 西班牙语,意为"你们多保重,朋友们"。

这一点她说得对,沙利突然确定了。如果维尔夫有那么多麻烦,他是不会说的。"我希望你说的不是真的,博蒂。"

"我也希望,去打电话吧。"她说。

电话铃一响,露丝就接了电话。"嗨,"沙利说,"是你给白马酒吧打的电话?"

"是我,"她说,"下午我有整整一个半小时的时间,你下午有没有空过来。"

"这是我在世上最想要做的事了,"沙利相当诚实地说道,"拥有一辆新卡车除外。"他再一次诚实地说道。一辆新卡车,一个约会,都转移他的注意,好让他觉得维尔夫的事不是真的。

"他刚才说的那句西班牙语是什么?"沙利转过身的时候,博蒂问。

"谁?"沙利问。

"维尔夫。"博蒂说。

"我没注意。"沙利承认。

"不是吧?"博蒂说。

"你这生活真是乱了套了。"在听贝丽尔小姐说她精神不太好后,格鲁伯太太这样给她解释道。"乱套"这个词是格鲁伯太太最喜欢用的词之一,她都没意识到她刚在电话里说了十几遍。"我自己也乱了套呢,"她告诉贝丽尔小姐,"我就是控制不住认为今天是星期一。"她接着解释。昨天感恩节,她们去了诺斯伍兹旅馆吃饭,这地方除了星期天晚上,她们很少在别的时间去。所以在格鲁伯太太的脑子里昨天就变成了星期天,那么今天就是星期一了。"我不明白这有什么差别呢,"贝丽尔小姐烦躁地对她朋友说,搞得自己也像一个上班族一样,"就当它是星期一好了,你想的话。"

格鲁伯太太考虑着这个愚蠢的建议。"嗯,"过了一会儿,她说,"我看出来了,今天有人心情不好。"

这倒是真的。可怕的乔伊斯终于离开了。被电话吵醒的她终于在早上十一点的时候摇摇晃晃地从客房里出来了。小克莱福在九点到十一点之间,三次来电询问她的情况。他的计划是办完银行的事情,就带她去斯凯勒温泉吃中饭,因为巴斯没有什么合适吃饭的地方。离斯凯勒近也是巴斯的一个卖点,小克莱福很早之前就发现了。他通常的策略都是带客人在斯凯勒温泉的豪华酒店里入住,在那里宴请客人,夏天就带他们去看赛马或者音乐会,这样给他们的印象是,他们要投钱的那个地方,离这儿仅十分钟的车程。不到逼不得已,他绝不带潜在的顾客到巴斯来。

"你觉得她还好吗?"他最后一次打来电话的时候问贝丽尔小姐,"难以置信她还在睡。"

"如果你听见她打呼噜的声音,你就会相信了。"贝丽尔小姐告诉他。

正常情况下,请走了这个可怕的叫乔伊斯的女人,贝丽尔小姐的精神会好一些,但整个早上,她都被老海蒂逃跑时的可怕景象困扰着——老海蒂身上轻薄的家居服在风的吹拂下飘在身后,好像风中扬起的一件斗篷。贝丽尔小姐从前没太关心过这位老太太,觉得她贪婪吝啬又粗俗。但目睹了她逃跑之后又被捕获的侮辱场面,让贝丽尔小姐几近流泪。更糟的是,她在老太太身上看到了自己,她意识到儿子正在试图保护她让她免于遭受同样的境遇。等那一天来临的时候,她也需要一张人情网来捉她,然后将她送回家。但小克莱福想确保的只是"这个时刻来临"的时候,至少她的财务状况是井然有序的。也许这是他唯一关心的。她到时可能不得不面对现实,按小克莱福说的去做,把房子卖给他,防止现在兴旺的房市会走低。现在就做,而不是等到以后。让步吧,不要再固执地往后推了,到时候就太迟了。

得出这样理智的结论后,贝丽尔小姐的精神在早上剩下来的时间急速沉到了谷底，等到了九十点钟的时候，她的鼻子又出血了。然后，就在她认为精神不会更糟的时候，《北巴斯周刊》来了，和以往一样总是在周五的上午到。和往常一样，今天报纸的八个版面中，本地社论占了整整两个版面。在评论区发声的那些人，集中体现了他们的修辞修养，他们的留言好似看体育比赛时从扩音器里发出的嘲讽的嘘声。因为作者可以使用化名发表观点，所以这栏目没有条条框框的限制。一封信是对中学行进乐队队长的人格诋毁，另一封信则充满了基督教宗教激进主义的各种信条，错误的语法和句子结构盖住了文章的观点，如果这封信有任何观点的话。还有一封信攻击了常见的不正当的性行为，尤其是同性恋行为，语言极具煽动性，文章末尾就差没有呼吁要把这些人全部灭绝了。作者之所以在最后这点伦理上保持克制，是因为已经不需要对其执行灭绝，真是谢天谢地——现在上帝已经送来了他自制的病毒在执行此项任务。还有另外一位作者在敦促每一名巴斯的公民都要在这周六久违的赛事中到场，以对全世界宣布，他们的社区在校风方面不亚于任何社区。这最后一封信会让老克莱福由衷的高兴。在学校取消了橄榄球课派他去教驾驶课前，校风是老克莱福最在意的事情之一。

贝丽尔小姐把每封信全都读完了，在字里行间寻找着哪怕是由于偶发的失误出现的真知灼见、真情实感，以及哪怕最基本的正直或善意，希望自己的邻居在文中表达的那些观点仅仅是因为他们的生活乱了套罢了。她能做到的就只有反思，当人意欲将所思所想付诸文字时，展现出的总是残缺不全的人性中最为糟糕的一面，在民主意识的主导下更是如此，因为说了无需担负任何责任。

贝丽尔小姐明白问题就出在这里。如果她打算把自己的家当都移交出去，并最终失去自由的话，她就最好说服自己这么做是明智的。当然，小克莱福并不是给《北巴斯周刊》写信的那些人。把自己的财产交给他，和把财产交给那些八年级学生是不一样的。但是，贝丽尔小姐还是忍不住怀疑，即便她每况愈下，即便她已经和十年前不可同日而语，她的健康，比如平衡能力越来越差，即便她感到一时的困惑和迷失比往常更多了，她依然比大多数认识的更犀利，包括那些给《北巴斯周刊》写信的人，包括想把今天当作星期一的朋友格鲁伯太太，也许甚至包括自己那个从窗看出去能看到黄金海滩的儿子。贝丽尔小姐不是老海蒂，从来也不是。更确切地说，她有很大概率将永远不会成为老海蒂。

"这都是你的错。"她对老克莱福转述鲁伯特太太电话中对她生活乱了套的评价。贝丽尔小姐最后一次愿意把自己的未来托付给别人，还是在她答应老克莱福的求婚，答应和他共同在巴斯生活的时候。她在想他是怎么办到的呢？是爱，该死，他就是这么办到的。他爱她，对她来说这是一份弥足珍贵的礼物，所以她愿意随他一起来到巴斯小镇。而到了巴斯，他很快就将她弃之不顾，放任她和八年级的孩子们斗智斗勇。而后他离开家送了命，留她一人在世间度过余生。这些年来，她和一些动不动说自己"终于受够了"的人，以及总是标榜自己是"真正的基督徒"的人为伍。现在这会儿，她沉思着，想要不要把自己的自由押到这个人的儿子身上，而他这个儿子像极了他，简直就像是克隆的老克莱福一样，每一分每一毫都几近一致。

"对不起，我的声音听起来很暴躁，"贝丽尔小姐对格鲁伯太太说，"你打来电话的时候，我正坐着想找个人掐一架呢。"

格鲁伯太太没有理会她这个解释。"我看见小克莱福开车经过了，"她说，"他车里有个女人吗？"格鲁伯太太非常清楚答案。

"小克莱福——我天空中的明星——就要结婚了，"贝丽尔小姐说，"我自己也是刚刚才知道的。"

"那么你是为这件事在生气。"

"很难说是，"贝丽尔小姐反对道，"我很高兴把小克莱福交给其他女人，那人愿意接收他就好。这个女人明显是愿意的。"

"嗯,今天我饭吃得少,像小鸟进食一样,"格鲁伯太太说,她很少使用任何过渡的词句,"李子汁,晚点再来点干吐司和茶。"

吃干吐司、茶和李子汁是格鲁伯太太用来避免便秘的方法,在诺斯伍德汽车旅馆那顿大餐之后她就开始便秘了,昨天她吃了自助餐里的蔬菜沙拉、水果沙拉、胡萝卜葡萄干沙拉、豌豆芝士沙拉,还有通心粉沙拉。然后是老汤姆金酒、火鸡填料、蔓越莓、烤糖薯。再然后又吃了南瓜派加奶油。格鲁伯太太九十五磅重的体格可盛不下所有这些,因此这些东西全都重重地堆积在她体内。

另一件压得她喘不过气来的是愧疚感。就像贝丽尔小姐怀疑的,这一年多来,她一直在悄悄地给小克莱福提供自己朋友的消息。小克莱福至少每礼拜一次,打电话来问他妈妈的情况,准确地说,她没在替小克莱福监视他母亲,只是传递消息而已。为贝丽尔小姐自己好,正如小克莱福所强调的。他母亲太固执,这样可不安全。去年夏天,她不是故意隐瞒了自己摔跤的事情吗?还有一起扭伤手腕的事件。格鲁伯太太理解小克莱福对母亲的关心,所以她跟他说了一些无关紧要的事情。作为回报,他也告诉了她一些事情,比如她早已经知道小克莱福要结婚了,现在她在脑子里下意识地记住要假装不知道这件事。

做这样的事唯一让格鲁伯太太感到不安的是,说不定什么时候她真会跟小克莱福讲一些她本来不打算讲的事情。比如,今天早上,当小克莱福从银行打电话过来,询问她们在诺斯伍德汽车旅馆的感恩节大餐是否愉快时,格鲁伯太太原本一点儿也没想告诉他有关贝丽尔小姐是怎么在奥尔巴尼迷了路,她们又为何差点儿没能找到餐厅的事。

"和我说说她。"格鲁伯太太说。

"谁?"

"小克莱福的年轻女人。"

"她不年轻了,"贝丽尔小姐说,"如果她就是年鉴里那个女孩的话,她现在应该有五十多岁快六十了。"

"她人好吗?"

"她话很多,"贝丽尔小姐说,"她是总统的粉丝。"

"听着不错,"格鲁伯太太说,她也喜欢总统,与其像她的房子那样沉默,不如多谈几句总统,"婚礼在什么时候?"她问,焦急地想知道小克莱福跟母亲说了多少。开春的时候,这是他告诉格鲁伯太太的,大约在复活节前后。

"我忘了问他,"贝丽尔小姐承认,"不用急吧,我确定新娘没有怀孕。"

"乔伊斯会在银行工作吗?"这是她一直想问的问题,但总是忘了问,小克莱福倒是提到过未来的太太是一名会计。

贝丽尔小姐正要准备说这个问题她也回答不了的时候,她反应过来:"你怎么知道她的名字是乔伊斯?"

格鲁伯太太一下僵住了。尽管她很小心,还是露了馅儿。"我得挂电话了,"她说,"我的电话响了。"

"你正在打电话呢,"贝丽尔小姐指出,"电话怎么会响。"

"门铃,我是说门铃。"格鲁伯太太说,然后就挂了电话。

贝丽尔小姐也挂上电话,但是手一直放在电话上,她在思考。至少现在她确定谁是告密者了。最近她怀疑是沙利在告密。她的两位顾问在这事上和其他任何事一样意见还有分歧。老克莱福赞同儿子的意见,多年来沙利一直都在骗她,而艾德教练向她保证沙利对她是忠诚的,还悄悄地嘀咕了些对小克莱福的猜疑,听到这些猜疑,贝丽尔小姐就会感到不舒服。现在她确定了,贝丽尔小姐忍不住得意地笑了。"你觉得这怎么样?"她问老克莱福。

照片上的老克莱福看着局促不安的样子。

贝丽尔小姐的手还放在电话的支架上,这时候,电话又响了。

"门外一个人影儿都没有,"格鲁伯太太说,好像这是一个什么了不起的秘密,"我真不懂了,我明明听见门铃响了。"

"你知道你怎么了吗?"贝丽尔小姐不怀好意地一边说一边向对面墙上的艾德教练挤挤眼。

格鲁伯太太倒吸一口凉气。"什么?"她有点害怕地问道。

"你乱了套了。"

露丝心情不错,不过不明白是为什么。就在昨天,偏偏是感恩节这天,她的心情差到了极点。事情都太糟糕了,她打电话给沙利,希望他能让自己高兴起来。说到绝望,这么多年来,她应该了解沙利这一点,沙利更善于在你心情好的时候延长这种状态,而不是在你郁闷的时候把你解救出来。他太诚实了,无法让人有更好的心情。

所以,一点儿也不奇怪,昨天露丝心情暴差的时候,沙利没能让她高兴起来,今天她的心情有所好转,所以需要沙利的陪伴。汽车旅馆的房间装饰俗不可耐,淋浴室也脏乎乎的,还有沙利在他们几个月来头一次做爱后不到一分钟就睡死过去,即便这样,露丝依然觉得心情不错。当她裹着一条浴巾,从淋浴室出来时,沙利正有节奏地打着呼噜,眼睛半睁着,只有眼白可见。虽然已经是十一月末,他身上夏天晒出的颜色还未完全褪去,看到这露丝总会一笑。他的脸、脖子、前臂都经风吹日晒变成了棕色,接近灰色,而其他的地方都是苍白的,几乎是半透明的。真是奇怪,他总那么害羞,睡着之前还多此一举地把被子拉到了腰部。他的头斜靠在床头上,两手在脖子后面相扣,这个姿势,多半是要抵挡浑身的睡意。他这么累,还努力强撑着不睡,这种沙利有时候做出来的不经意的小动作,让露丝觉得很贴心。她知道与肌肤相亲相比他更需要的是睡眠。

而另一方面,露丝需要以此来缓解生理需求。她已不再让自己的丈夫行使婚姻的特权了,而她丈夫几乎没有意识到这一点。有可能他有别的女人了,但是露丝不大信。据她所了解的,扎克属于那种很自然地会往禁欲的生活发展的男人,好像禁欲就是躺倒在乐至宝[①]懒人躺椅里,躺上去舒适,让人心情沉静,但这种椅子躺下容易想要起来却要费一番功夫。她怀疑扎克不怎么在意自己跟沙利的婚外情。要是被人煽动起来,他才会生气妒意,但是她了解,他真正在意的是被人当作傻瓜。而且露丝怀疑扎克真正希望的是:不要再有人来告诉他她和沙利的事情,这样他就能假装蒙在鼓里,睁一眼,闭一眼。你很难分清他到底是假装蒙在鼓里,还是懒得管,此外,你也很难说清楚他到底是真的懒得管,还是假装懒得管。

差不多两个半月的"互不打扰"让露丝有很强烈的生理需求,今天下午与沙利做爱让她快乐,但这并未让她满足。她所希望的是爱能够继续,爱能够在短暂的分离后重新被点燃。看着沙利躺在那里睡着的样子,她心里充满了无限的柔情,她让自己沉迷一会儿,重新考虑接受他的求婚,想象他们生活在一起会是什么样子。然而,这无非是自己徒增烦恼罢了,因为露丝一直以来都坚定地拒绝和沙利结婚。她任由浴巾滑落到地板上,小心翼翼地拉过被子,开始抚摸沙利,他动了动眼皮作为回应,但有那么几秒钟他还在继续打呼噜。等他最终睁开了一直也没完全合上的眼睛,他向她咧嘴一笑。"哦,"他说,"原来是你。"

"是,是我,"露丝说,"注意看,你看我这里有什么,看见了吗?"

沙利又闭上了眼睛,深深吸了口气。"我只是希望你别又有什么新花样,记住,我已经六十了。没有连打两场棒球赛的身体了。"

"太差劲了,"露丝说,"我实际上正在考虑你的建议。"

"哪一个?"

"昨天的那个,你要我嫁给你的建议。"

[①] La-Z-Boy,美国沙发品牌。

沙利想了想。"不,我没有,"他最后说,"我是问你我们为什么不结婚。我知道肯定是有理由的,就是忘了是什么理由。"

露丝继续抚摸着。"我记得的可不是这样。"

"如果你坚持这么说,那就是吧,"沙利说,现在他完全醒了,"我会娶你的,你是巴斯镇上众多的老女人中长得还算好看的一个。哎哟!"

"把这句话收回去。"

"你不是巴斯镇上的老女人呢。哎哟!"

"你知道吗?"露丝问,"我觉得你喜欢疼痛。"

"就是别靠在我的坏膝盖上,"他提醒,"我能承受得住的都承受过了。"

"我刚才没有弄疼你吧?"她一边回忆两人的性爱时光一边说道。

"没有,"沙利有点不好意思地说,因为作为情人,自己这方面的能力大不如从前了,"刚才你很好。"

"很棒!"她仍沉浸其中。"我喜欢在上面。"

沙利咧嘴一笑。"你和所有女人都喜欢。"

露丝没理他。"我也喜欢在下面。"

"嗯,很高兴你可以灵活变换,"他告诉她,"但是我想从现在开始你要一直在上面了。"

她的指甲在他大腿的内侧慢慢向下滑动,在那个肿胀的地方停下来,似乎她明确地知道疼痛从什么地方开始。"越来越糟了,是吗?"她问道。他脱裤子的时候,他的膝盖吓了她一跳。他是背朝着脱衣服的,所以她看得不太清楚,但是这已经足够让她吃惊了。

"也许就是积液,"沙利告诉她,"我这星期要抽一天去趟退伍军人人事部,让那些杂种们把积液抽出来。现在我还有更头疼的事情。你身上不会碰巧多带了两千块钱吧?"

露丝一只胳膊肘支在床上。"我吗?"

"我觉得不会。"他向她解释了卡车的事情,哈罗德想让他买的那辆卡车,还有那个雪铲。

"听着不错,"露丝说,"所以你不会这么做,是吗?"

"我不知道怎么才能做到,"沙利说,"哪怕有人蠢到愿意借我那些钱。我年纪越来越大了,一两个月里我能赚多少就借多少。"

"如果我提醒你你还有房产,你会生气吗?"

沙利摇摇头。"如果你不介意我提醒你我没有房产的话,我就不会生气,至少我不是真正地拥有那房产。"

"那是谁的呢,沙利?"露丝问,"如果不是你拥有你父亲的房产,会是谁呢?"

"我不知道,"沙利告诉她,"也许是巴斯镇。我父亲好多年都没缴过税了,我肯定也没有缴过,他们不断地告诉我准备要在拍卖会上卖掉它,据我所知也许他们已经把它卖了。"

"他们会先通知你的,沙利。"

"也许通知了,我都没打开就把那些信连同彩票票根一起扔了。"

"你愿意让我去帮你查一查吗?"

"不要,我不想要他的任何东西,露丝,"他已经无数次告诉她,"你知道我不想要。"

"沙利,现在不再是想不想的问题。现在是需要。你需要交通工具。卖掉那地方,用这钱来买你需要的东西,把你父亲忘了吧。"

"这么做倒是合情合理呢。"他承认,希望此话题就此结束。有时候他承认了,露丝就满意了。

"你这么说就表示你不想这么干咯?"

沙利坐起来,找到烟,点上一根,和露丝你一口我一口地抽起来。"真是奇怪,我今天开车路过那里了。"沙利说。承认那栋房子的存在,承认他可能对房子感兴趣,仅此而已,这都让他感到那么困难。他表示自己只是开车经过,并没有停车在门外张望,也没有算计房子下面的这片地皮能给他带来多少收入,对于这房子的态度,他没有半点内疚。"这房子欠的税也许已经超过它的价值了。这也没关系,反正我也付不起欠税。"

"假如你把房子卖了,只得到一万块,这点钱微不足道。那么假如欠的税有七千,这么算已经挺多了,那么你还剩三千块呢,不过你不需要这三千块,这是不是你刚才说的意思?"

"我想的是把这钱给彼得。"他边说边想看看露丝对这个想法会有什么反应。她对没有见过面的沙利的儿子爱恨交加。

"这样可没有解决你的问题啊。"露丝给他指出来。

"如果能行的话,我就把这钱给你,"他笑着说,"不过这会让扎克怀疑我是不是送了你一套房子,这二十年来,一直有人跟他说我们的事,这恰恰能让他确信,这些人没在撒谎。"

"还是得谢谢你,"露丝笑了,"不过我已经有个破烂儿房子了。"

"要是我把房子卖了,悄悄把钱塞给你怎么样?你可以将它用在格雷戈里的大学学费上面,扎克不会知道的。"

"你太好了,不过供格雷戈里读书是我的责任。"露丝说。

她提到儿子的名字时,特意强调了一下,这表明他们该谈论她的女儿了——他们的女儿,露丝喜欢这么认为——这就意味着他们最终还是会回到过去的争论上。这女孩子全身上下都写满扎克的特征,但露丝就是不承认。"我很确定。"她总是这么告诉沙利。多数情况下,沙利也很确定杰妮不是他的。露丝只是出于某种女性的需求,希望杰妮是他俩的,而不是她和扎克的。

只有一次,沙利严重地怀疑过自己的结论。是一年前的一个春天,出那场事故几个月后,他去 IGA 超市购物,结账时,排在露丝收银的那条队伍里,当时露丝正准备要换班。当她结完沙利买的一支牙膏和几盒烟付的钱后,她合上收款机,两人准备一起离开。这时候,露丝说:"我想让你见个人。"这时候一辆锈迹斑斑的老凯迪拉克轿车靠路边停下,车子噪声很大,车上的人按着喇叭。

露丝把沙利拽过来,正要向他介绍杰妮时,她看见车里的小孩子正坐在前排母亲的边上。"我他妈的给你买的婴儿椅呢?"立马变脸的露丝生气地问道。

"我就知道,你第一眼会注意到的就是这个,甚至连个招呼都不先打一个。"杰妮说。

"花了我六十美元呢,"露丝说,"你他妈的猜对了,我就是注意到了。"

"猜猜是谁卖了婴儿椅。"杰妮对她说。沙利情不自禁地笑了起来,露丝的女儿用了她母亲的用词来指代丈夫。

"我给她买了婴儿椅,然后他卖了?"

"唔,好像我不是没提醒过你吧,"女孩子毫不顾及母亲的处境说道,"傻瓜,再买一个,看看同样的事情还会不会发生。"

露丝现在正盯着女儿。

"别这么盯着我看,"杰妮对母亲说,"又不是我卖了婴儿椅,我的错就在于我遗传到了我妈一点,看男人都没眼光。"她说这话的时候,怀疑地审视了沙利一眼,似乎在表示他在这个时候出现在她的视野范围之内,就是为了作为例证来证明她的观点的。

这举止她的母亲都看在眼里。"和沙利打个招呼,"露丝对她说,"他叫唐·沙利文。"

女孩子像男人那样和沙利握了握手。"嗨,"她又加了一句,这让露丝很意外,"听过很多关于你的事。"

"是啊,"她母亲说,"嗯,小地方嘛……"

"对啊,"杰妮咧嘴一笑,然后对母亲说,"要不要搭我的车回家啊?"

露丝又往车里看了一眼,没有理会她。"你要出来见见外婆吗?"她说。

"过来。"杰妮对孩子说,小孩子爬过母亲的膝盖,又爬向敞开的车窗,露丝展开双臂要接着她,这时候沙利才看见孩子的眼睛,他的心不禁一颤。

"喂，我得走了。"他告诉露丝。

"嗯，我知道，"露丝说，"改天再见。"

当天晚上，她打电话到白马酒吧找到了他。那时他已经思考过了，为什么他在孩子的缺陷中看到了自己，为什么他的内心有种冲动要对此事负责，哪怕内心又在劝他逃避责任。

"今天下午，我没想要让你难堪的。"她对他说。

"没有啊。"他没说实话。

"都尴尬死了。"

"我有个儿子，露丝，"他告诉她，"没有女儿，没有孙女。"然后他就挂了电话。

这之后他和露丝两人好一阵子都不再联系。

"我的房东太太告诉我，昨天有人去我家了，"他大着胆子问她，反正总要谈到这个话题的。

露丝点了点头。"危急关头，你的确提议过，我记得。"

沙利点点头。"她们弄得老贝丽尔惊慌失措。"他解释道。

"怎么了？"露丝皱起了眉头，沙利这话立马就把她惹火了。

沙利耸了耸肩，他不知道该怎么和露丝解释，她的女儿是个没有礼貌、经常举止粗鲁的年轻女人，这一点，是同样没有礼貌又粗鲁的露丝没有注意到的。实际上，如果不是和他的房东太太有关，沙利原本也不会有多在意。"别太在意，她就是个老太太。"

露丝似乎对这个解释还算满意。"唔，如果我能想到什么别的地方，我是不会让她们去你那里的。我觉得罗伊来镇上了。"

她然后解释，杰妮最终下定决心要离开她丈夫了，她在他去猎鹿的时候偷偷地溜了出来，在阿尔巴尼有一份工作正等着她，还有一间公寓，租期从一月开始。罗伊发现她跑了，威胁要来抓她，要打得她屁滚尿流，等他一打到鹿，就要来带她回家，但这还需要几天时间。一旦杰妮搬进她在阿尔巴尼的住处，她有信心罗伊就永远也找不到她了。

罗伊是来自莫霍克地区的二流子，年轻的时候在改造学校和看守所进进出出。根据沙利听到的传闻，他曾在斯凯勒温泉的一家酒吧后面空旷的停车场上，把一个酒吧服务生打了个半死，因为这天傍晚的时候他曾被人家从酒吧里扔出去。由于没有目击证人，杰妮的丈夫被无罪释放了。"当然了，如果我没记错的话，她嫁给他的时候，所有人都告诉她这人不好。"

"没错，沙利，"露丝说，"你就从来没有犯过错，这是我刚刚听到的吗？你从来就没有对好的建议置之不理吗？你从来没固执己见，别人叫你往东你非往西过？如果世上还有人应该理解她的行为的话，就应该是那个自己有套房子却不肯承认的家伙。"

"这就又回到房子的话题了。"沙利注意到。

"我们不是在谈房子，"露丝坚持说，"我们在谈论固执己见、任性这件事，是谁从谁那里继承来的。"

"你很确定她是从我这里继承来的，"沙利说，"比如不是从你那里或者扎克那里？"

"不是，"露丝笑了，"这种固执任性实在太蠢了，这上面刻着你的名字呢。我们知道的是谁本来曾经有机会成为顶尖建筑公司的合伙人，但是自己拒绝了？是谁如果不是脑子有病，现在本来应该衣食无忧、飞黄腾达的？是谁这么多年了都不肯承认自己就是个蠢货？"

这个话题，他们当然谈过了。这是露丝最喜欢和他争论的话题之一。当然了，这是实情，当年他们还都年轻的时候，肯尼·罗巴克曾提出和沙利合伙经营顶尖建筑公司，一起干装修和保养房屋的活。也许沙利本应该答应。但是，沙利依旧不觉得有什么可后悔的。如果他允许自己有这闲情后悔没能成为顶尖建筑的合伙人的话，他就会开始悔恨其他的事情了，一旦他开始朝着这个方向发展的话，就会没完没了了。他就会变成像他父亲那样可笑的老骗子，和护士以及其他愿意听他讲话的人说，他曾经活了男人该活的一生，犯了男人都会犯的错误。不行，很早以前沙利就决定要杜绝绝大部分的悔恨。他让自己相信事情已经发生了改变，即便没有改变，他也不会责备自己，不会比因为没有赢三重彩更多地责备自己。他买了那么多三重彩，至少可以赢那么一次吧，但是他一次也没有赢，他也没有过多责备自己。做马后炮一点意义都没有，好像如果再给他们一次机会重新来过，他们就会变得更聪明似的。沙利认识的人中很少有越活越聪明的。在沙利看来，有些人犯的错少一些，这是因为他们行进的步伐不够快，是因为他们精力有限，而非他们道德高尚，是因为他们鲜有机会去犯错，而非比别人聪明。忠实于自己的错误，这是沙利的原则，这就是他现在所做的。"事实证明，我当初没答应他，是多明智啊，"他告诉露丝，"如果顶尖建筑的一半都是我的，我又眼睁睁地看着它被卡尔挥霍掉，我会一枪崩了这狗娘养的，然后我就会在监狱里度过余生。看看现在，我能自由自在地到处走动，还不用去管他的事情。"

"没错，到处走动，"露丝提醒他，"这就让我们回到了刚才的话题，你需要一辆车。"

"我现在有一辆埃尔卡米诺，就在外面。"沙利提醒她。

"太棒了，"露丝说，"自己没车，向别人借。"

"我更愿意借，"沙利告诉露丝，真心这么认为，他向她解释今天早上埃尔卡米诺已经收到一张罚单的事，"罚单我给卡尔放在车子的储物箱里了，给他一个小小的惊喜。"

"这是什么事儿？"露丝难以置信地摇摇头，沙利这么快就能让她生气，这也太神奇了，"让别人来付你的罚单？"

"对卡尔这人，这么做我称之为正义。"沙利咧嘴一笑。

露丝生气地站起来，开始穿衣服。正如她所担心的，和沙利认认真真交谈过后，自己的好心情已不在。"我会告诉杰妮，你是这么说的。"

沙利眨巴了一下眼睛。"我们刚才在谈杰妮的事吗？"

"我们中的一个在谈她的事。"

沙利叹了口气,把腿从床上移下来,在一团乱糟糟的床单中找自己的内裤,"唔,和往常一样,你把我搞糊涂了。"

"这不是什么难事儿,只要是碰到有关责任的话题。"露丝气愤地一边戴着胸罩一边说。

沙利把双手一摊。"我就想知道你到底想要什么,露丝。上一秒我们还在谈罚单,下一秒我们就谈到杰妮,你想我为她做点什么吗?她想让我做什么呢?给我点提示,露丝。"

"也许你可以想一想她,沙利。"露丝愤怒地解释道。也许一直以来是她表述不清楚,但她怀疑是听话的这个人有些问题,对她来说异常清晰的事情,到他这里就讲不通了。她怀疑他是故意装傻,让她不得不解释,这只是他的拖延策略罢了。也许他正希望她找不到合适的字眼来描述自己的情感,这样,他就又可以继续装下去了。试图让沙利以她的方式来看待事物,就如同试图把一只猫塞进一只袋子里——总会有一条腿露在外面。"也许你至少可以担心一下她。这对于相互在意的人来说太正常不过了。"

他正背朝着她站着,但是她还是能看见肿起来的膝盖。"这就是为什么我会担心你,这对我没什么好处。"

沙利穿上短裤,才转过身来面朝着她。"我从来没有叫你担心我,"他说,"其实,我更希望你不要担心我。"

露丝努力忍住就要夺眶而出的眼泪,尽快穿戴完毕,而沙利还在找内衣。"你真的准备孤独终老吗?"她说。

"这也许是最好的方式呢。"沙利承认。

走到门口,她转过身来。"你应该原谅你父亲,"她对他说,"我早该知道,你不原谅他,意味着什么。"

当她离开后,沙利好奇地审视着被重重关上的房门。不知为什么,他父亲又悄悄地潜回到了他们的谈话中。死了都还是一个狡猾的混蛋。

"又是你。"沙利一边轻轻坐到罗布旁边的吧凳上一边说。罗布正在慢慢地喝一杯啤酒。

"你去哪了?"罗布问,"我去卡尔那里找你,可你不在。"

"那时我肯定已经离开了。"沙利解释道。

"去哪了?"

"不管你的事,罗布,"沙利告诉他,"没有法律规定我要每分每秒都和你待在一起吧?"

罗布耸了耸肩。

"是不是?"沙利说。

"如果你想找我,而我不在的话,你就会发疯。"罗布提醒他。

这倒是真的。"不管怎样,你不是在这嘛。"

"我们有活儿干了?"

"卡尔不在。"

"他在后面,玩牌呢,"罗布点点头,示意那间大的餐厅,就是那间狄尼在淡季关闭的餐厅。

"原来是这样。"沙利说。

博蒂走过来。"你刚走就有电话找你。"她说。

"迈尔斯·安德森?"

"迈尔斯·安德森。他让你方便的话'第一时间'就打给他,"博蒂模仿着迈尔斯·安德森的语言,"这是他的电话号码。"

沙利接过博蒂递给她的纸条,塞进了口袋里。

"你不准备给他打电话吗?"罗布问。

"现在不打。"他说,尽管他知道的确应该去打这个电话。麻烦就在于他这个"愚蠢的个性"。他总知道怎么做是对的,可就是不愿去做。

"为什么?"

"因为现在不方便,"沙利告诉他,这让罗布糊涂了,对罗布来说现在这个空闲时间,可是最方便的时候了,"因为我等了这杂种一个小时,现在可以让他等等我了。因为现在我更愿意玩扑克牌,你玩不?"

罗布悲哀地审视着残留的一点啤酒。"布茨拿走了我的钱,"他坦白道,"我就不该经过廉价商店。"他说道。

"她怎么知道我什么时候付你钱的?"沙利一脸惊奇地问。

"不知为什么,她总能猜到,"罗布说,他也不明白,"跟她撒谎对我一点好处也没有。"

"我以为你们今天下午有活干呢,"卡尔·罗巴克说,他抬头看了看沙利。总共四个人在玩牌,就围坐在吊灯下面的圆桌边,除了卡尔,另外几个人沙利也都认识,他们也都输得起,这一点不错,只要能撺掇他们过来玩就行。

"我也以为呢,"沙利说着拖过来一把椅子。"不过这样也可以,这看着是个更好的活儿。"

"我可不那么确定,"另外的一个人说,"这狗娘养的家伙总能赢牌。"

所有人都看着卡尔·罗巴克,他可不是个赢了牌就会感到惭愧的人。

"好运先生①。"其中一个人说。

沙利掏出些钱,好让自己真的受到欢迎。"他的秘密在于作弊,"沙利说,"走运的是,我知道他所有的伎俩,这就意味着,今天他没法儿作弊了。"

卡尔卖给沙利一些筹码。"你该在阁楼上盖屋顶,你知道吗?"

沙利点点头。"像你这样的人,让一条腿的人到屋顶上去干活,我要是摔下来头朝地,你就不用还欠我的钱了。"

---

① 《好运先生》(*Mr. Lucky*)为美国哥伦比亚影业出品的经典赌片。

"随你怎么想。"卡尔给坐在桌边的人轮流发牌。"即便只有一条腿,你在屋顶上待着,也要比在这里更安全,你知道吗?"

"我能玩吗?"罗布问。他们进来的时候,他就一直在门口站着,盯着那把空椅子。这些人在场的时候,罗布总是缩手缩脚,不敢放肆。

"不能,罗布。"卡尔说。

"不能。"其他人也同意。

罗布低头看着地板。

"当然可以了,罗布,"卡尔说,"天啊,开玩笑你都看不出来吗?"

罗布真的看不出来。有时候,就是这些人不让罗布和他们一起玩,说他身上臭,他不确定他该怎么判断现在这个是不是个玩笑,大多数时候并不是。

"你没有给我发牌。"拿了椅子坐在沙利旁边的罗布指出。

"刚才这副开始发牌的时候,你还没加入呢。"卡尔解释说。

"我刚才就站在那里。"罗布说,他指着刚刚自己站过的腾出来的空地。

"你刚才站在那里,我怎么给你发牌啊?"卡尔说。为了证实他的话,他嗖地一下向门口扔过去一张牌。"你是想我这么干吗?"

"发错了。"有人说。

"我得了一对七,"一个人生气地抱怨,"这是故意发错牌啊。"

卡尔翻开自己的两张手牌,露出一对十。

"好运先生,"刚才这么叫他的人又叫了他一遍,然后吹起了《好运先生》的主题曲。

罗布走过去,捡起卡尔扔过来的牌,然后回来坐下。卡尔重新洗牌,沙利倒牌,卡尔发牌,这次又跳过了罗布。

"我的呢?"罗布问。

"对不起,罗布,"卡尔说,"你想玩吗?"

所有人都把牌扔回去了，嘴里发出不满的抱怨声。

"决定了吗？"卡尔说，"你想玩，还是不想玩？"

"我一分钟后就让你人头落地。"沙利说。

卡尔洗牌，又发牌。"我告诉过你，你在屋顶上盖房子会更开心的。有些人不知道什么对他们才是好的。"

坐在罗布左边的人下了赌注，让人惊讶的是，罗布是个不错的扑克玩家，他加了注。

"你难道没想过，你也许就是他们中的一个吗？"沙利问，跟了罗布下的注。

"我完全知道什么对我有益。"卡尔说，把他手里的牌扔到牌桌中央。另外两个人跟进，只留下开牌的那个人，罗布和沙利。沙利看了看藏在手里的牌，这牌和牌面朝上的两张牌一起，构成了顺子——二、四、六、八。

狄尼在桌旁架了一个旧的暖气，它发出的嗡嗡声让沙利想起车辆临近的声音。毫无疑问，聪明的做法是现在就弃牌，但沙利想，都已经走到这个地步了。

下午，迈尔斯·安德森打来了三次电话，最后一次，沙利去接了电话，那时正在打牌的他稳稳地扔下去一百块。

"我认为我们今天要碰面的。"迈尔斯·安德森说，声音里完全是不耐烦的意思。

"我也这么认为，"沙利说，"实际上，我还很确定，我去过了，还等了你差不多一个小时呢。"

"那一定是我们正好错开了。"迈尔斯·安德森说，语气稍微退让了一点。很明显，他可以承担一部分的责任，"我在银行里耽搁了点时间，"当沙利没有说话的时候，安德森又说，"你不说话，我能理解成你对我们说的那个工作没有兴趣了吗？"

"不是,"沙利说,"我不知道该我说话了。"

"那么我理解的是,你的确想要这个工作?"

沙利说想要。

"因为说实话,目前我没感觉出你有多少热情,"迈尔斯·安德森说,他先前的不耐烦又回来了,"而且如果你还不确定,最好就说出来,今天早上我和银行的一个人谈了,他暗示我你不大靠得住啊。"

"瞧瞧,安德森先生,"沙利说,"我需要这份工作。只是我年龄大了,不能蹦蹦跳跳的了,我心里边可兴奋着呢。相信我。"

"嗯,"迈尔斯·安德森想了想,"那么,还有人和我说,你这人很傲慢无礼,不过我认为这也是意料之中的。美国蓝领工人不就是举止粗鲁、独来独往或诸如此类的拓荒者嘛。"

这人到底是谁?"实际上,我是退学了来给你修房子的,"沙利告诉他,事实差不多如此。"听着,安德森先生,我们重新开始,你看怎么样?你可以先说一句对不起,因为你放了我鸽子,然后我也说声对不起,因为我态度有些无礼,然后我们再重新约定个时间去看看那栋房子,这次我们保证都准时到。"

"早上十点,怎么样?"迈尔斯·安德森建议。

"我们跳过了几件事,不是吗?"沙利提醒。"好的,就十点,到时我的夹克翻领上会别一朵康乃馨。"

"我很好奇,我能问你个问题吗?"

"当然了。"

"你喝酒了吗?"

"就一点点,我能问你个问题吗?你是做什么工作的?"

"我是大学教授。"

"我儿子也是。"

难以置信。"真的?"

"他刚刚被剥夺了终身教授的任期。"

"真是至暗时刻,他在哪里?"

"西弗吉尼亚。"

"哦,老天,"迈尔斯·安德森说,"他从那里还能去哪儿呢?"

沙利回到牌桌时,卡尔·罗巴克正在卖筹码给维尔夫,维尔夫是在沙利打电话的时候进来的。沙利一眼就看出来维尔夫已经醉了。买卖结束后,卡尔·罗巴克还有大约百分之九十的筹码摆在他面前。沙利还是很乐观。他之前指望的能干一冬天的活又有了,维尔夫加入游戏中,就意味着他不必担心自己马上就会破产。沙利坐下来,又站起来,绕着椅子转圈走,先是顺时针走,然后又逆时针走,想用这种方法把下午的霉运驱赶走。"红河水裹着猴子的绿屁股。"他又加了句,在这叠牌的上空画了一个复杂的记号。

"你好了吗?"卡尔拿起这叠牌问道。

"好了。"

"你要倒牌吗?"

"不倒了,这牌现在没问题了。"

实际上,这牌在卡尔·罗巴克看来是没问题的。沙利还没有来得及适应,赌注就到了四十块钱,沙利意识到他应该在两把牌之前停下来就对了。更糟的是,维尔夫正在慈祥地朝他笑着,以至于沙利都认为维尔夫会酒后吐真言,要向他表白他们之间的友情呢,当维尔夫的血液酒精度达到一定平衡时,他是干得出这种事的。

"干吗啊?"沙利最后说。

"我在试图向你传递心灵感应。"维尔夫醉醺醺地笑着说。

"喂,可别这样。"沙利说。

"别浪费时间了,"卡尔·罗巴克同意道,把筹码扔到牌桌中央,"和沙利沟通的唯一方式,就是用铲子在他脑袋上敲几下。"

"去你俩的吧。"沙利说着加了注。

到他们结束的时候,赌注总额已经到了七十块钱,卡尔用三个对子赢了这副牌。他悲伤地把钱拢到自己面前。

"我想建议你停下来，不知道你感觉到没有。"维尔夫把手里的三张两元钞票面朝上扔到桌上解释道。

沙利把自己的牌面朝下扔出来。他不想让任何人知道他手里都是什么牌，让他一直坚持不弃牌。

牌局在下午五点散了，其中三个人都说要趁着他们还受欢迎的时候，回家吃剩下的火鸡。"我得要我老婆先试吃一下，"一个叫赫伯特的人说，他把椅子推后，把没被卡尔·罗巴克赢走的钱放进口袋里，"现在就只有我和她两个人了，每年她都会从商店里买回最大的那只火鸡，这该死的火鸡我们一直能吃到圣诞节，到那时候，她就会再买个更大的火鸡。"

"我喜欢吃火鸡。"罗布说。

"我以前也喜欢，"赫伯特说，"在我必须每年吃掉五十磅的火鸡之前。"

"我们该不该叫醒他？"有人问，指的是维尔夫，他在最后一副牌中间就睡着了，嘴还张着。维尔夫醉醺醺地出牌又让人捉摸不透，这是导致沙利输牌的主要原因。

"让他睡吧。"沙利说，自从他的膝盖受伤，他就把睡眠当作是稀罕的东西。

酒吧里比后面的屋子暖和，沙利这才意识到他已经忍着寒冷和疼痛熬了两个小时，他在想自己会不会因此染上什么病，也许是那种病情发展很快的、不疼但致命的疾病。

卡尔·罗巴克把战利品装进兜里，慢慢坐到沙利旁边的吧凳上。"嗯，聪明人，损失有多严重？"

沙利用手指拢了一下头发。"够糟了。"他说。他输掉的大概有三百五十到四百块钱，也许更多。

"我告诉过你,在房顶上工作更安全。"卡尔提醒他。

"你怎么知道我会想要听'我告诉过你'这种话?"

"想要了解你就需要说这句话。不信你去问问别人。"卡尔说。

"不知道为什么,如果是你说的,我就更介意。"沙利说。实际上,不管谁说,他或多或少都是介意的。早些时候,他和露丝在一起的那个小时里,露丝要么直接说,要么是暗示了五六次,他也介意。维尔夫这么说的时候,他也介意。甚至即便人们并没有这么说,而只是在脑子里想一想,他都介意。

"我得去撒尿了,"卡尔说,"卫生间里有你需要的东西吗?"

卡尔进去的时候,罗布正好从男卫生间里出来,他过来沙利这边,但没有坐下。"我要回家了,"他说,"布茨肯定要打我下面了。"

"你至少先把啤酒喝了吧?"沙利说着指指卡尔·罗巴克的那只长颈酒杯。

"我以为那是卡尔的。"罗布说。

"是我买给你的。"沙利让他放心。

罗布怀疑地看了看。"看着好像已经有人喝过了。"他说。

"没有,"沙利告诉他,"我一直在这里坐着呢。"

"那这杯子怎么不满呢?"

"有时候就是不满,"沙利告诉他,"谁知道是怎么回事呢。"

罗布喝了一大口。"感觉好像别人的嘴唇沾过这杯子了。"他说。

沙利咧嘴笑了。"你最后赢了多少?"

罗布拿出钱,数了数。"我赢了二十块。"他开心地说。

"不错,"沙利说,"实在太棒了。只要你没忘记什么就行。"

罗布皱了眉头。

"比如我借给你二十块钱玩扑克牌。"沙利告诉他。

罗布递给沙利钱,然后使劲把手往口袋里揣。"不管怎么说,我玩得很开心。"他说。

"我也是,"沙利向他保证,"这是主要的。"

"你输了,所以现在要拿我寻开心了,是吧?"罗布说。

卡尔从男卫生间返回,悄悄坐到被罗布挡住的吧凳上,拿起那个所谓的罗布的杯子喝了一大口。看到这,开始罗布张开了嘴,似乎要说什么,然后又合上了,脸上的血色渐渐褪去。

"我得走了。"罗布说着离开了。

卡尔·罗巴克的眼睛瞪着杯子上的唇印。"他喝过这杯酒?"他问。

"没有啊。"沙利回答道。

卡尔又大口喝了一杯,这次更加犹豫了,然后他皱着眉头看向沙利,此时沙利正咧嘴笑着。"也许就喝了一点点。"沙利承认道。

卡尔站起来,倾身到吧台的另一边,把剩下的啤酒倒进了水槽里。"沙利,沙利,沙利。"他叫着。

"干吗,干吗,干吗?"

"我多希望你有钱啊。"

"我也希望啊。"沙利说。

"如果你有了钱,我就用铁链把你拴到我的地下室里,和你打牌来谋生。"

"是我的牌不好,"沙利说,"这是常有的事儿。你是不会碰到的,其他任何人都会碰到。"

卡尔向博蒂挥挥手告别。"你自己待着吧,想一想你这个可怜的解释,我要去个地方,已经迟到了,你自己可以吧?"

沙利说自己很好,让卡尔·罗巴克大可放心,但实际上并非如此。为了让自己不要后悔,这种时候他总会这么做,努力回想刚才坐在扑克牌桌前,用自己输不起的钱玩牌的时候,都在想些什么,就好像记得自己这么做的理由,若发现理由恰当,或者部分恰当的话,这笔输掉的钱还会回来似的。不幸的是,他所谓的理由和钱一样都彻底消失,无处可寻了。即便他并未输掉反而赢了四百美元,他仍然无力担负哈罗德那里的卡车。还有就是,他现在输掉了钱，但购买卡车这件事才是他的第一要务，这他再清楚不过。同样的四百块钱，在借记这边就显得要比在贷记那边的数字大很多，他知道这种感觉很荒唐，但怎么也摆脱不了这么想。他现在囊中羞涩，急需钱用，所以诱使他和别人玩牌，不过输了他也拿不出钱来，现在这种局面正是他所希望的。本来再多干几天活儿，他就又能勉强扭转经济状况，维持基本的生计了，这种状态一开始就让他很不爽。想得越多，那种他一直以来都反感的悔意就会越来越咄咄逼人。

好消息是，与迈尔斯·安德森的交易还没有如他害怕的那样黄掉。不过，他在打电话的时候那么无礼，差点儿把这事儿搅黄了，这一点挺吓人的。对像迈尔斯·安德森这样的人毫不在意，成年后的他一贯如此，尽管他一次也没有因此变得更加富有。沙利怀疑又是他父亲，悄悄地潜回到了他的生活里。清醒的时候，在受过教育、穿着和言谈得体的人面前，大吉姆表现得恭恭顺顺，甚至低声下气，几乎像狗那样臣服。这之后呢，酒醉的他就会在背后极力地污蔑、中伤这些医生、律师以及专业人员，把对这些人的憎恨发泄到身边其他人身上。沙利还是个孩子的时候，就明白，这些人很大程度上支配着父亲。虽并不清楚这些人具体如何支配自己，但是大吉姆猜测，这些如此穿着、如此说话的人，只要他们想，就必定会造成伤害，所以不管他什么时候在街上看到这样的人，他都会眯起眼睛猜测着，对了还有，恐惧着。他本身就是个恃强凌弱的小人，他太清楚金钱、权势、地位凌驾于头的滋味。沙利怀疑他父亲的脑子里总能看到这些人。比如那些在无忧宫对他发号施令的人。他也许想象自己跟这帮人在酒店里打架呢。大吉姆认为给他穿小鞋的人都是对他端着架子摆谱的人，是在工作上稍微多挣了点钱的人，或者是穿戴比他更得体点的人，还有些人则是他真正痛恨的人的替身。因此，沙利还小的时候，他就下定决心不被这些让父亲感到自卑的人吓倒。当然了，对迈尔斯·安德森这类人表现得傲慢无礼、满不在乎，没有给他带来什么成就，就如同他父亲对这些人奴颜婢膝也没有让他飞黄腾达一样。但是沙利对他的处事方式感到很满意，而且他也不愿意某天因为什么事件而放弃这微不足道的满足感。可事实是，自卑让他深陷生活的泥沼中，比人生中的任何阶段都要陷得深，差一点因此而失去这份能让他从经济泥沼中爬出来的工作，这也许就是露丝所说的：顽固不化，愚蠢至极，世上独一无二。

但是不管怎样，他这次算是侥幸逃脱了，这意味着他的人生还未完全开挂。明天他会表现得更通情达理些，告诉迈尔斯·安德森自己不是成心要惹人生厌的。甚至连钱都输给了卡尔·罗巴克也许也不全是件坏事情，因为现在卡尔会心存歉意，这样他就会让沙利再多用几天他的埃尔卡米诺，直到沙利有办法自己买辆新卡车为止。如果沙利能设法拿出一笔差不多的首付款，哈罗德也许能同意让他开走卡车，再加上那架扫雪车的雪铲。他可以按揭付款，直到付清为止。如果整个冬天都下大雪的话（现在看着可能性很大），到春天的时候他也许就能付清欠哈罗德的钱，前提是他不再玩扑克牌，不再干同样缺乏判断的事情。

不久，他恐怕就不得不向人借钱了，这实在让他难以接受。露丝如果有钱的话，会给他一些，但是她没钱。维尔夫也许有钱，而且也愿意借钱给他，但是沙利已经欠他太多了。从原则上来讲，他不愿意向年纪大的女性借钱，这样向贝丽尔小姐借钱也就不可能了。如果沙利再碰上喝得醉醺醺的卡尔·罗巴克，也许他会借给他一些钱，但是他不喜欢从卡尔那里拿钱，对卡尔这个人，他更愿意恨他。他可以去储蓄信贷中心找小克莱福，但是一想到这个，他就反胃。想到这里，他突然想起，也许就是小克莱福在提醒迈尔斯·安德森要提防自己。

最后，就只有用露丝的办法了：卖掉他父亲的房产，用掉这笔钱。他很好奇自己要绝望到何种程度，才会真的卖掉父亲的房产。他猜测，要等到比现在更走投无路时他才会变卖房产。

"那么,"卡尔的声音打断了沙利的幻想,"这个时刻到来了,今天晚上,我倒要看看我是不是有家可归。"

"我可不建议你现在马上就去见鲁比。"沙利建议道。

"她还是那么生气?"

"现在我就不清楚了,下午那会儿她可是火气挺大的。"

听到这话,卡尔看上去真的挺难过的。"我就不该提结婚这码子事儿。"他承认道。

"没错,"沙利一边说一边记起自己在过去的二十四小时里,也曾向人求过婚,"女人对这种话都会当真的,哪怕她们很清楚是怎么回事。"

卡尔叹了口气。"鲁比理应得到婚姻的,"他陷入了沉思,"不过,这就是麻烦的地方。她们按理都应该得到婚姻的,每当她们舒展开迷人的大腿,我就会听到自己和自己说为什么不娶她呢,然后我就结婚了。那个时候我也真是这么想的,每次都是。"

沙利忍不住咧嘴笑了。卡尔看着真是迷失了。"你可真行。"

"不给她们点什么东西,似乎不大好,"卡尔说,"如果可能的话,我会娶她们所有人。"

"我相信你,"沙利向他保证,"你一个都不会留给我们的。"

"我会把罗布的布茨留给你,"卡尔说着朝他们刚才玩扑克牌的那间屋子的方向点点头,"我看见亚哈① 醒来了。"

维尔夫站在门口正使劲试图抖落那个蜘蛛网,"那副牌结果怎么样了?"他一边跌跌撞撞地走向吧台,一边好奇地打探着。

"大白鲸朝那个方向走了。"卡尔·罗巴克边说边指向主街的方向。

维尔夫慢慢地坐到刚才卡尔腾出来的吧凳上。"不错,"他说。

---

① 小说《白鲸》(*Moby Dick*)中的亚哈船长,他为了追逐并杀死白鲸,最终与白鲸同归于尽。

"让他去吧,我干吗要去追白鲸呢?"

"我也不知道。"卡尔边说边往门口走。

"我在那里醒来,记不清自己身在何处,看到头顶上的枝形吊灯,感觉好像是在四十年代的纽约,我还以为我已经死了,去了纽约的华尔道夫大饭店呢。"

"你们是不会相信的,"卡尔在门口灯箱处喊道,"外面又在下雪了。"

"我信。"沙利说。简直完美。

"这里什么东西那么臭啊。"卡尔说道,然后走了出去,门在他身后摇摆着关上了。

沙利和维尔夫思考着卡尔离开时说的话,最后维尔夫提议道:"那么我们就待在这儿吧。"

鱼腥味,贝丽尔小姐判定。

她正在努力找寻充斥着沙利整个房间的那个怪味道。这实在是个谜,一个从来也不做饭的人,冰箱里连食物都不存的人,怎么会让公寓都充斥着鱼腥味呢?她猜测他从来也不开窗,这是一个方面。这倒也是,十一月末这样降到冰点以下的天气,他不大可能开窗,但她怀疑就是在夏天,沙利也不会给房子通通风的。现在想起来,他不开窗,就是因为他不愿意麻烦拿走装在窗框外面用来遮挡风雨的护窗。过去这二十年来,每当春天来临,他都是尽职尽责地替她卸下护窗,换上纱窗,但他总是认为替换他自己的窗户就太麻烦了。

"你会热昏过去的,"贝丽尔小姐总是这么提醒他,对此,沙利总是耸耸肩,以做回应,好像在说她说得也许没错,他会受罪的,"别担心我,皮尔普斯太太,"他总是又加上一句,"如果上面太热了,我就下楼来和你一起睡。"

贝丽尔小姐在想，要是温度能让沙利感到不舒服，这该有多闷热才行啊。现在这间屋子就够让人受不了了，好像八月份储存下来的热量到现在还没有逃出这密封的屋子。恒温器倒是给出了解释，七十五华氏度。怪不得墙纸都剥落了。

贝丽尔小姐把恒温器调到七十度，她想——每当她在思考自己这位房客古怪的一生时，她都会这么想——沙利应该想个办法结婚。他需要有人照顾他的起居，有人替他调控恒温器，有人来拯救那些没有熄灭就被他扔在桌上和台子上的香烟（小克莱福说得对，到处都是烧过的褐色的窟窿）。还要有人来冲马桶。贝丽尔小姐瞅向卫生间里的时候，她注意到早上沙利出门干活儿前留下的一马桶尿液正在向她问好。

贝丽尔小姐冲了抽水马桶，看着那池亮丽的黄水慢慢地被稀释掉，直到随着最后汩汩的一声，马桶又变得干净如初了。就在马桶里的水形成漩涡的这一瞬间，一个由沙利的一泡尿引发的谜团足够让贝丽尔小姐解开了。因为贝丽尔小姐记得，今天早上沙利冲马桶的时间，正好戏剧般地和小克莱福努力劝说贝丽尔小姐赶走沙利的时间重合了。有没有可能，沙利在撒第一泡尿后，又用第二泡尿染黄了马桶呢？她想如果他头一天晚上和那些狐朋狗友一起在白马酒吧喝了啤酒的话，这也有可能。不过，另一个更让她满意的解释突然闪进了她的脑海里，那就是沙利冲马桶只是为眼前的排泄做准备而已，并不是自然而然地排泄完后冲马桶。他早上冲马桶，冲掉的是前一天晚上留下的排泄物。而干完一天活的他晚上回到家，早上的排泄物才会头一次映入她的眼帘。贝丽尔小姐想知道，当他今天回来发现马桶水清澈见底，他会不会警觉起来，知道屋里来过人了。

她想：男人，他们无疑是另一种物种。也只有他们完全不同的天性，才能解释为什么头脑清楚的女人会受他们吸引，会钟爱他们。有没有哪个女人一眼看到一个男人，就对他一见钟情，认为他是她的另一半呢？对此，贝丽尔小姐很是怀疑。但讽刺的是，正是因为差异性，男女之间才能互相理解。和女人的需求相比，男人的需求是那么简单。除此之外，男人似乎难以掩盖他们的需求。当然了，沙利是个夸张的例子——他的需求比大多数男人都少，男性特征达到了如此古怪、极端的程度——但是老克莱福就没有那么不同。他喜欢厚厚的有绒里子的长袖运动衫和柔软的斜条纹裤，他认为这些都是他作为橄榄球教练才有的额外待遇，因为他可以穿着和在家里一样的衣服在学校里晃悠（除了在学校的时候，他的脖子上戴着一只哨子），而他的同事们则需要穿西装打领带，穿着起皱的西装裤受罪（他认为这是受罪，因为他想象如果自己这样，就是在受罪）。让这些长袖运动衫保持柔软、蓬松，等到这些衣服变薄、变粗糙了就可以换新的，这是她丈夫对她提出的少有的几点要求中的一个。如果他的长袖运动衫摸起来舒服，那么他也会感到舒爽。每当贝丽尔小姐给他新买一件长袖衫，悄悄放进他的橱柜里时，她总能预料到老克莱福会走进厨房，站在她身后，给她一个大大的充满爱意的拥抱。当她问他干吗的时候，他总是回答"没什么"，而实际上，贝丽尔小姐从来也没能完全弄明白，老克莱福对她突如其来的爱，是否源于这些简单朴素的礼物，或者一件有绒里的长袖衫就满足了他内心的基本需求，而对她的爱只是这种满足感带来的附属物而已。她从来都不确定，她对这种男人是什么感情，他的爱，他内心的满足感用一件长袖衫的价格就能买得到，用柔软剂就能延续。她对丈夫的感情是爱，那时是，现在还是，但是她怀疑如果这种反应搁在别的女人身上，或者换成至少对老克莱福了解一二的其他女人身上，是否能说得过去。

那么，要使女人对沙利的爱显得合情合理，就更加困难，贝丽尔小姐回到沙利的前厅时，她就不得不承认这点。有传言说，他有一位长期的情人，据说是一位已婚女士。很明显，他们的感情能维持到现在，就是因为这女人从来也没来过他的公寓。站在沙利前厅的中央，贝丽尔小姐努力想这种环境能让她想起什么来。最后，她终于豁然开朗了。沙利的住所看着就和那些刚刚经历过一场毁灭性婚姻的离异男士的住所别无二致。他的妻子拿走了所有值钱的东西，给前夫留下装点这地方的尽是些他们早就放置到潮湿的地下室被人遗忘的家具。也许是他的沙发使整间屋子飘满鱼腥味儿，贝丽尔小姐走过去，探索般地闻了闻沙发垫子，皱巴巴的垫子散发出的是旧布料的味道，而不是鱼腥味。

　　一番思索后，贝丽尔小姐心想：也许她嗅到是她自己对沙利的背叛的味道。艾德教练曾建议过她不要用这种窥探的方式背叛沙利。哪怕找到理由说沙利不会介意的，他把自己的事情都托付给了她，这也于事无补。他知道贝丽尔小姐会检查他的信件，会塞给他她认为应该打开看看的邮件。他也许也知道，他将装着伤残补贴支票和报销药品的费用单的信件扔进她的垃圾桶后，贝丽儿小姐又将它找了出来，打开看了。他也许知道她已经保存了一个大马尼拉信封的信，上面赫然写着"沙利"的名字，里面装着的都是他的重要文件，也许哪天会派上用场。贝丽尔小姐猜想，如果沙利真的知道了，他也不会介意的。而且贝丽尔小姐从来也不会因为偷偷地保护自己房客的利益而感到内疚。但是现在她这样未经允许就闯进来，情况就和以往不同了，她对此是心知肚明的。她最后还是采纳了小克莱福的建议，上了楼梯亲自去检查了沙利的房间。那么既然已经到了沙利的房间，她希望能遵循自己的经验，不理会小克莱福在大方向上的建议。他是怎么成功说服她，侵入自己长期房客的隐私的呢？是小克莱福变得更能说会道了吗？还是随着年龄越来越大，她变得更优柔寡断，更容易被人说服了？她担心很有可能是后者，她在想是不是要写个清单，为以后做个参考。清单上列出的事情，无论儿子怎么敦促她，她都绝不会做。这样的话，如果哪天她变得更优柔寡断了，或者意志更不坚强了，如果哪天早上她醒来的时候，发现小克莱福的建议

突然有道理了,她就可以参考她在自己依然神志清楚、各种机能正常运转时列的清单了。所有东西都会在那张纸上:

一、不要在任何小克莱福觉得板上钉钉的项目上投资。
二、不要告诉他你有多少钱。你还没死,钱还不是他的时候,就告诉他你有多少钱,这对他没好处。
三、不要把你的房子卖给小克莱福。因为到时候这就会成为他的房子。不要听他的解释,因为他的理由听着都很有道理。
四、不要让他说服你投票给共和党。这对你的精神不会大有裨益。

问题是,还要不要再加上第五条:

五、不要让小克莱福劝你赶走沙利,沙利喜欢你,就跟你喜欢他一样,如果沙利连你带房子一起烧掉,这也不是他存心的。

脑子里的这个清单令贝丽尔小姐皱起了眉头,上面每一项都让她心生疑虑,尤其是第五项特别不具说服力。从根本来说,另外四项代表了她无法宽容大度地对待小克莱福,至于那天生的母性本能就更不必提了,这种本能于小克莱福那几近崩塌,拥有这种母性本能的人本应更信任自己的孩子。这是艾德教练在说话,可不是她本人。

贝丽尔小姐陷入了沉思,没有听到有人上楼的脚步声,也没有意识到现在她已经不是单独一人了。当这位闯入者开口说话时,惊得老妇人差点跳起来,与其说是因为发现那人而感到吃惊,倒不如说是因为她模糊地辨认出的这个声音仅存在于她脑中。这个新出现的声音说的是:"第六条,不要再跟自己说话了吧,所有人都认为你是个疯子。"

贝丽尔小姐无法从小女孩身上移开双眼,她正一动不动地端坐着,盯着贝丽尔小姐,眼神木讷,毫无灵气。她瘦小的双腿悬在坐垫上,没有碰到地板,换作别的孩子,腿都会荡来荡去,脚后跟会踢在沙发上。但是这孩子的腿保持静止状态,实在超乎寻常。这还不算是最令人惊奇的事。她妈妈没有挨着女儿坐在沙发上,而是一下坐到了地板上,身子靠在沙发的扶手上,好像承认自己不配坐沙发似的。不过她一落座,贝丽尔小姐就明白了为什么这孩子的妈妈要安排自己坐在女儿的脚边,因为这小女孩根本没有看着她妈妈,她小小的右手找到妈妈的上臂,然后手指轻轻地移到了肩膀上,接着又到了这年轻女人的脖子上,直到手指触碰到了她的耳朵。当这孩子用拇指和食指轻轻揉捏着妈妈的耳垂时,贝丽尔被这个动作吸引住了。年轻女人甚至用另一侧的手把头发撩到后面,帮小女孩找到耳垂的准确位置。她的手一直放在那里,直到孩子的小手指找到了耳垂,她解释道:"喜欢这么摸,是吧,小傻瓜?"

但是对此小孩没有做出回应,贝丽尔小姐注意到,当她揉捏妈妈的耳垂时,她变得更轻松也更平静了。贝丽尔小姐又一次看见小女孩那只斜着的眼睛,因为已经找到了妈妈的耳垂,那只移位的眼睛现在更明显了。也许她两只眼睛都看不见了吧,贝丽尔小姐在想,因为不论她的哪只眼睛几乎都是空洞无神、毫无表情的。她坐在那里,那么安静,轻轻抚摸妈妈的耳垂,好像只能通过触摸才能确定妈妈就在身边,因此,也许她既看不见也听不见吧。

"不管怎么说吧,"年轻女人继续说,"那天的事儿我很抱歉,我就是烦透了这个世道,没别的。你有没有这样的时刻,就是不知道自己该怎么办才好?"

贝丽尔小姐决定不回答她这个问题,因为她觉得这话一定是设问句,无须回答。

"你叫什么名字?"贝丽尔小姐先看着小女孩,然后又看向她妈妈问道,"我想'小傻瓜'是一种昵称吧?"

"这是对她最好的描述了,"年轻女人淡然地说,稍稍仰了仰头,朝女儿眨了眨眼,"她的真名叫蒂娜,是吧,小傻瓜?'穿两只不同鞋子的小蒂娜'。"

蒂娜继续摸着耳垂,如果不是有这个动作,这孩子就是静止的。

"我们刚一断奶就开始这么干了,是吧?"年轻女人解释道,"我也希望别持续太久了,这感觉就像是戴着一只四十磅重晃动着的耳环。"

贝丽尔小姐注视着小女孩那只正常的眼睛,慢慢地对小女孩说:"你要不要吃饼干,蒂娜?"

"在家的时候,她会吃大概十二块呢,不过我想她不会要吃你的饼干。"

小女孩没有出声。

"你也许已经猜到了,她不喜欢讲话。有时候家里没人跟她说话,是吧,小傻瓜?"

贝丽尔小姐站起身来,她很生这个女人的气,不愿和她待在一个房间里。"反正,咱们去找找饼干好不好?昨天晚上我家里来的客人,她吃了一整碟饼干呢,所以我觉得饼干一定很好吃。"

贝丽尔小姐在厨房里能听到小女孩的妈妈跟小女孩讲话的声音,她的声音只是降低了一点点。"这地方不错,是吧?小傻瓜?还见过什么地方被这玩意儿塞得满满当当的吗?就像我带你去过的那个阿尔巴尼的博物馆,是不是?看那边那个大大的老式唱机。以前音乐就是从那里出来的。你觉得墙上那个头上长角、有个长嘴的家伙怎么样?"

声音停了下,是不是小女孩开口说话了?

"你记得那个大大的博物馆吗?记得我们看到的印第安人吗?他们围着篝火坐在地上?还记得篝火吗?你最喜欢那个了。记得那个大恐龙吗?它的骨骼连起来,站在那里,个头可高呢。"

"上帝啊。"贝丽尔小姐自言自语道。那天早上她看到老海蒂顶着风,在主街上努力前行,身上的居家服在她身后扬起来时,也是这个口气。生活是多么疯狂啊。她端着一碟子饼干回到起居室,放在茶几上,孩子的两只眼睛都没有看过来。

年轻女人拿了一块饼干。"通常都是我先吃一块,"她一边解释,一边咬了一小口,嚼了两下,最后若有所思地咽了下去,"有个家伙吃了一整碟?"一副难以置信的样子。

"是一个女人,"贝丽尔小姐说,"很抱歉你不喜欢吃。"

"不,饼干还不错,"年轻女人说,"不过,要让我吃一整碟这种饼干,我会呕吐的。"

"嗯,这个词儿,我可是二十年没听人说过了。"贝丽尔小姐说。

年轻女人淘气般地咧嘴笑了。"是啊,我记得你不大喜欢这个词,"她接着说,"你不记得我了,是吧?"

现在想来,这年轻女人的确看着有些脸熟,不过巴斯镇上凡是二十到六十岁的人,她都看着脸熟,因为身为八年级老师,镇上这个年龄段的很多人曾经都是她的学生。

"不用担心,我那时候长得像个男孩子,"女孩子解释道,"这些是到我九年级的时候才发育出来的,"她用两个食指指着自己巨大的乳房补充道。

"唐纳利,"贝丽尔小姐说,这女孩的姓浮现在她的脑子里,"我也曾尝试过教你父亲,扎克里。我现在看出你俩长得像了。"

杰妮·唐纳利眯起了两只眼。"你确定哦。"

贝丽尔小姐有足够的理由确定这一点。北巴斯镇上,很多家庭几代人都是她的学生,她把自己当成了鉴定本地基因库以及可预测基因传承的专家,尽管这并非她所愿意做的。"嗯,尤其是嘴巴和脸颊那里。"贝丽尔小姐说。她突然想到,也许认出来她具有扎克里·唐纳利的特征是对她的侮辱。"作为老师,当年为你指出不许在我的班级使用'呕吐'(puke)一词这个问题,我还觉得挺宽慰的。"

"那时候你就希望有这种感觉呢,"女孩回忆道,"我说我不舒服,需要去垃圾桶那里呕吐。你也不喜欢'垃圾桶'这个词,你让我站着,直到想出来'适合体面人用的它的同义词'才行。"她模仿着贝丽尔小姐的样子,模仿得很像,毫无恶意。

贝丽尔小姐现在能模糊地记起那次事件。而且杰妮·唐纳利曾经的确长得像个男孩子,让人忧虑的是,她的头发剪得很短,她的外形和气质以及语言全都是男性化的。那时候其他八年级的女孩子都开始尝试用化妆品了,且都化得十分俗气妖娆,而可怜的是,杰妮的脸上则暗淡无光,一成不变。

"我马上就想起来'盥洗室'这个词,"杰妮回忆道,"可是我还没有想起'regurgitrate'(反胃)这词,就吐出来了。"

年轻女人明显很享受这个过程,出于某种原因,贝丽尔小姐对她的气消了点。"是 Regurgi*t*ate。"她纠正道。

"随便你怎么说,"女孩一边把注意力转向女儿一边说,"怎么样,小傻瓜?你要不要吃饼干啊?"

没有反应。

"就要耳朵,嗯?我们拿上两块以后吃,怎么样?"

杰妮·唐纳利拿了两块饼干,包在一张餐巾纸里,放到她的手提袋里。"这样行吗?"

"当然。"贝丽尔小姐说。

"我想中学里的那帮人会想念你的,"女孩继续说道,"不知道你走了以后,他们还能找到这么厉害的家伙不。"

贝丽尔小姐不禁笑了。"我的理解是他们决定不再雇用我这样的人了。"

杰妮·唐纳利耸耸肩。"太糟了,"她说,"我现在依然会想读故事,如果你还愿意教的话。虽然我从来没有机会读,但我很想。我打赌如果小傻瓜学的话,她也会喜欢的。她对自己能做的事情都很迷恋,是吧,小傻瓜?"

"你多大了,蒂娜?"贝丽尔小姐问孩子,这孩子还是用一只眼睛盯着她看。

"她刚满五岁,"她的妈妈回答道,"秋天就要上幼儿园了,虽然对于去幼儿园我心有疑虑。秋天去上学好不好,小傻瓜?到时候就没有妈妈的耳垂了哦。我们得让你坐在长着大耳朵的人边上,好吗?把桌子都并到一起。"然后,她对贝丽尔小姐说:"如果生活不是冒险,到底又是什么呢?"

年轻女人看了看手表。"我能借你的电话用一用吗?就打个本地电话。"

贝丽尔小姐向她示意了一下电话机,就是之前这女孩嘲笑过的那一部电话。"对不起没有地方坐。以前这里放着一把椅子的,"她告诉年轻女人,"后来这椅子出了点问题。"

"没事儿,"杰妮让她放心,转过脸来对着女儿,轻轻地把孩子的拇指和食指从耳垂部位拿下来时说,"你就坐在这里,看看这些杂志吧,好吗?你听我说,小傻瓜,看看这位老太太有这么多杂志?看这些图片,你全都看一遍,等我回来的时候,你告诉我哪张是你最喜欢的,好吗?也许我应该给你找来一把剪刀,让你就像在家里那样剪剪图片,这样行吗?"

她打开贝丽尔小姐的一本杂志,翻到一张对开的折页,上面是节日甜点,她把这张折页放在小女孩的腿上。"哇,好棒,"她说,"看着很好吃啊,是吧?我们把这些全吃了,就我俩,行吗?你自己看一会儿图,妈妈去打个电话,行吗?我就在门口那里,好吗?你正好能看见我,好吗?行不行,宝贝?"

虽然小女孩最后还是同意了看面前的图片,但整个过程中,她的表情没有丝毫变化。"你让妈妈去打个电话,然后我们就可以去外婆家了。"

这位唐纳利女孩在请求女儿的时候,一直是跪在地上,这在贝丽尔小姐看来没有必要,因为孩子这时候已经完全沉浸在甜点之中了，为什么这位年轻女人不站起来去打电话呢？

"妈妈就去一分钟，你看看图片，妈妈会在你看完前就回来，好吗？蒂娜。我就在那里，看见那部电话机吗？我要给外公打电话，然后我就回来，行吗？你就待在这里看看这些图，也许我们可以给你找把剪刀来。"此时她请求地看着贝丽尔小姐，贝丽尔小姐倒是不太高兴让孩子剪自己的杂志。

这位唐纳利女孩站起来，她就站在那里，低头盯着女儿看了一会儿，然后转身走向狭长房间那一头的电话，等她一离开小女孩的视线范围，杂志就从女孩子的膝盖滑落下来，她站起来，意图很明显，要跟着妈妈，这时候，她妈妈生气地转过身来。

"蒂娜，你现在马上就他妈的坐回去！"她喊着阻止着小女孩前进的步伐。但是小女孩没有坐下。她妈妈还有一半路就到电话那儿了，好像在这个小女孩的脑子里，她正在测量她们之间的距离，测出来她如果坐下去，就有可能失去妈妈。贝丽尔小姐什么也做不了，只能这么看着，先是被深深地吸引着，继而感到震惊。

"这些烦人的事简直要把我逼疯了，"年轻女人对贝丽尔小姐说，似乎她挺高兴有人在一旁亲眼看着，"看看，你见过这样的事情吗？"

她转过身，向电话机走了一步，停下来，又转过身。没有抬头看她妈妈，小女孩也走了一步，她妈转过身的时候，她停下来了。

"你来应付这种事情一个星期试试？"年轻女人生气地问贝丽尔小姐，"一天怎么样？二十四小时以后，你就不知道你是要卑躬屈膝去哄她，还是要去做更重要的事情，还是去怪自己少见多怪了。"

"我去拿剪刀来。"贝丽尔小姐弱弱地说。

"行啊，拿剪刀来捅我吧，好吗？让我这苦日子快点终结吧，"然后她又对小女孩说，"你这样子，我怎么才能重新去上班啊？告诉我，我带着你怎么才能去丹尼的店里做服务员啊？我要一直抱着你在饭馆里走来走去,好让你摸我的耳朵吗?我就这么和顾客解释吗?这是你要的鸡蛋。这是我女儿,她五岁了,但是如果一天中有一分钟摸不到我的耳垂,她就会非常非常生气。所有人最后都能理解的,对吗?"

假使小女孩听到或是理解了她说的一个字,她也没有表现出来。在贝丽尔小姐看来,她对妈妈的声音毫无觉察。她只是在等待她能理解的下一个信号。如果妈妈向离开她的方向移动一下,她就会跟着移动。如果妈妈不动,她看着似乎是准备好了就站在那里永远不动。

奇怪的是,冲着小女孩大声嚷嚷之后,妈妈的怒气似乎泄光了。或者也许只是她接受了现状。"我们到底该怎么办呢,小傻瓜?这是我想知道的,对这件事,任何建议我都会听取的。你脑子里有答案吗?如果有,让我知道,好吗?"

小女孩站着没动。

"好吧,到这来,"她妈妈最后妥协了,"我们一起去给外公打电话。这总行了吧?我们给外公打电话,看看爸爸来了没有,是不是已经走了。然后我们就不要打扰这位可怜的老太太了,她会报警说我俩都疯了。"

小女孩依然没有移动,直到她妈妈又跪下来,伸出手臂,然后她慢慢地走向妈妈,是那样小心翼翼,在贝丽尔小姐的起居室中央两人紧紧搂在一起,时间持续了那么长,都要把老妇人脆弱的心揉碎了。母亲拍了拍女孩,两人松开了,小女孩的双手迅速摆到了身体两侧。

"别又摸耳朵了,"她妈妈边说边站起身来,"天啊,我还要用耳朵打电话呢。"

然后她牵着刚才被她拍过的小女孩的手,穿过房间走到电话机前,拿起听筒,用挑剔的眼光盯着电话机。"我打赌耶稣还是肉身的时候你就有这部电话机了吧。"她冲着贝丽尔小姐嚷嚷着,此时,贝丽尔小姐已经走到厨房里去取剪刀了，因为她不知道还有什么别的事情可以做。

世上如果还有比目睹罗布吃一只填满了奶油的甜甜圈更让人觉得恶心的，那就是维尔夫吃白马酒吧的腌鸡蛋了。沙利看见鸡蛋浸泡在盐水里的样子，就让他感到难受。他总是让自己坐在看不见腌鸡蛋或者看不见维尔夫吃腌鸡蛋的地方。

维尔夫在吃第三只鸡蛋了，他感觉出沙利不自在，所以就尽量慢悠悠的，把软软的鸡蛋两头的盐水先吸掉，然后再用门牙咬破鸡蛋。维尔夫吃鸡蛋时发出的声音，跟从泥地里拔出网球鞋的声音几无二致。"你要吃一只吗？"维尔夫咧着嘴笑了，"我请客。"

沙利脸色发青，浑身冒汗。"你应该为想减肥的人工作，看你吃东西，我总是一个星期都没胃口。"

或者即便还有胃口，也倒尽了。这一点必须要提醒沙利。如果只是他一个人，他一天吃饭不会超过一顿。他能略有规律地吃饭，唯一的原因就是罗布，这家伙总是那么饿，总是提醒沙利要吃饭了，尽管他身上的气味常常会让沙利胃口不好。

"你的胃和一个十三岁女孩子的胃差不多大，"维尔夫说，"你是怎么在军队中存活下来的？"

"我从来不踩到会爆炸的东西上，这是其中一个生存之道。"沙利转移了话题。沙利也不知道为什么，事实上，军队里的食物是他吃过的味道最差的，尽管如此，他在军队时的胃口要比他一生中其他任何时候都要好。他这一生中，很少有胃口这么好的时候。中学时，橄榄球比赛结束后，他和队友狼吞虎咽地吃比萨。但是维尔夫说得没错，他吃东西的时候总是那么紧张，那么挑剔。年纪越大，这毛病就越严重。他偶尔也会很馋，像他在感恩节那天吃的炸鸡排就是如此，但是这种时候不常有。也许是因为他从来也不曾把食物和恐惧这两件事分开。

小时候和父亲坐在一起进餐时,沙利经常惹父亲生气,虽然都不是故意的。他父亲胃口超级大,知道饥饿是什么滋味,看到沙利对食物那么挑剔,就认为这是沙利在公然冒犯食物和提供食物的人。在这种情况下,饭桌就变成了战场,大吉姆不理解,让沙利讨厌的某些食物怎么就能引起他呕吐。这孩子慢慢学会了如何控制住不呕吐:他一小口一小口地咀嚼,然后咀嚼很长时间,直到口腔里的食物都被嚼烂了,他才有可能凭着坚强的毅力把东西咽下去。这个过程会持续很长时间,在他把这一小口食物嚼了又嚼的时候,他父亲的怒火也在慢慢燃起。沙利总能不抬头就感觉到这点,知道父亲的怒气马上就要点燃了,但是这并不能让他咀嚼得更容易些。他会加速咀嚼羊软骨,还没嚼烂就往下咽,导致这块肉就卡在了喉咙里,直到沙利呕了一下,才把肉吐到餐巾纸上。于是,他父亲会拿过餐巾纸,打开它,强迫沙利查看这里面到底有什么东西他咽不下去。在厨房刺眼的黄色灯光下,沙利看到的这些总也能让他很吃惊,包在餐巾纸里,躺在那一小滩黏糊糊的液体里的这一小块肉,是那么小,而它在喉咙里时,沙利感到的却有这个十倍大。"这就是你和我说的咽不下去的东西?"因为生气,他父亲颤抖着双手对他说。然后他会拿给沙利的母亲看,有时候她不愿意看,这会让他把怒气转移到她身上,对这一点,沙利总是觉得庆幸。

他父亲身上有什么东西,总是能让沙利犯错,沙利小时候就能感觉到这一点。"不要管他,"沙利的母亲总是这么建议,这点她说得很对,"你会吓着他的,这样会使事情更糟的。"

"吓着他!"大吉姆总是这么吼叫,"天啊,什么都能吓到他。一块他妈的胡萝卜也能吓到他。他要是遇到真的吓人的事情该怎么办?到那时候该怎么办?"

"我只是说,"他母亲平静地说,因为她知道丈夫在这种状态下自己不能提高嗓音,"你不管他的时候,他做得好多了。你知道的,你一吼他,他保准就不吃了。"

"我来告诉你吧,"他父亲说着转向沙利,"他会吃了这炖肉的,每一口都会吃下去。如果我们要等到星期二他才能吃完,咱们就坐着,如果他吐出来,他就要再来一碗,新盛的一碗我会给他放更多肉的,吐出来一次,下一次就要吃掉更多的肉,直到这肉都进他肚里。"

然后他们就这么坐在这么个小小的、家里最热的地方——厨房里,桌上其他食物都端走了,只留下了沙利的那一小碗炖羊肉,沙利哽咽着忍住眼泪,哽咽着把肉咽下去,这对他来说像是过了好几个小时,母亲和哥哥都被他父亲赶到门廊里待着了,厨房就只剩下他和父亲两个人,还有面前这一碗食物,他们各自想着自己的心事。沙利一次吃一小块,每咽下一块,他恐惧的抽噎声也随之咽下。当他感到胃里的东西涌上来的时候,就停下来,直到他确定可以接着装下一块时才继续。所有这些都是在父亲目不转睛的监视下完成的。父亲威胁要强迫他吃下更多的炖肉,他相信这些话,所以他不敢把已经咽下去的东西吐出来,他死也不要从头再来。

"看吧。"当沙利吞下最后一口肉的时候他父亲说道。沙利低下了头,因为他刚才用力吞咽的缘故,头在隐隐作痛。一切都结束后,他已经筋疲力尽,好像坐在厨房的椅子上就能睡着了,能睡上好多天。把碗放回到水池里,大吉姆回到沙利身边。"你吃光了,是吧?"他问着,沙利意识到父亲的怒气还未消,他的怒气并未因沙利完成了任务而偃旗息鼓。他甚至怀疑父亲因为这场较量结束了,而暗自失望。他本来期待着食物会从儿子的喉咙里涌上来,期待能践行自己的威胁,再强迫沙利吃掉一碗肉。想到这些,咽下去的食物又差一点全部涌上来,但是不管怎样,沙利凭借着他的毅力,让吃下去的食物纹丝未动。

"今晚你学到什么了吗?"他父亲问道。沙利猜测,他想知道的是,在博登路十二号到底谁说了算。

沙利点点头。

"因为我们以后每个晚上都可以这么干,直到你真的明白了这家里到底谁说了算为止,"他父亲站在那里,居高临下地看着沙利,"你尽管来和我斗,但是你是不会赢的。"

不过,后来事实证明,他父亲错了。就在第二天晚上,沙利一直惶恐不安、哆嗦着,害怕程度更甚于之前,而他父亲不相信他病了,因此,母亲无奈地将他领着来到餐桌上。要是他父亲一开始就接受他生病的事实就好了,那不失为一个明智之举。桌上妈妈做的通心粉装在烘焙盘里,还冒着热气呢,沙利吃了一口,他可以感觉到妈妈做得很仔细,因为里边的每样食物都软软的,无须咀嚼。然后沙利把在学校吃的午饭都吐了出来,吐满了长方形的餐桌。出于某种原因,看到这,他的父亲并未像头天晚上看到孩子咽不下食物那么气愤。惊讶之余放下了忐忑的沙利意识到,原来他父亲头一天晚上是在吓唬他呢,他没想要每个晚上都和他展开一场漫长的战争。比如那天晚上,他父亲特别想离开家去街角的小酒吧待着。因此,当他看到沙利把餐桌弄得狼藉不堪时,他只是镇定地站起来,向妻子投去轻蔑的一瞥,然后慢慢踱步走出了屋门。直到很晚,酒吧打烊了他才回到家,然后就把对沙利的怒气都发在他母亲身上。沙利一直都辗转反侧,全都听见了。一开始他父亲朝她喊叫,然后啪啪的巴掌声响彻整个屋子,突然被袭击的母亲哭喊着,然后寂静一片。沙利记得在黑暗中他朝自己笑了一下。最终是他赢了。

"你现在可以看了,"维尔夫咧嘴笑着,"我都吃光了。"

沙利一直都在假装自己对吧台上电视机里的大学橄榄球赛很感兴趣,其实脑子里一直都在想着的是:他的父亲最近为何会那么频繁地造访于他。现在他摇着头打量着维尔夫,因为旁边没人能听到他们的谈话,他决定无论如何都要开口问一问了。"听说你病了,这是怎么回事?"

"谁?我?"维尔夫不那么肯定地反问道。现在看着维尔夫,沙利觉得博蒂说的是对的。维尔夫看着不太好，他的皮肤泛黄，这个沙利以前没有注意到，因为他很少在白天阳光普照时看到维尔夫。

"不是，是教皇。"

"教皇生病了？"

"随你便吧，"沙利说，"这也不关我的事。"

"当然和你有关了，"维尔夫咧嘴一笑，"我要是有什么不测，你就得不到伤残金了。"

沙利点点头。"就算你活到一百岁，结果也是一样的。"

维尔夫若有所思地看着他的啤酒。"很明显，我活不到一百岁。"他承认着。

"这是医学观点呢，还是你自己的猜测？"

"这是医学观点，正好我也同意，"维尔夫说，然后接着说，"这只有你和我知道。"

"好。"沙利说。

有那么一刻两人沉默不语。

"他们说我吃了太多的腌鸡蛋，"维尔夫最后继续说，"他们用来腌鸡蛋的东西挺危险的。能把你的肝都腐蚀了。"

沙利点点头。"尤其是你每吃一个，还要再喝一加仑的啤酒下去。"

"尤其得喝啊。"维尔夫说。

"那么，你可以少吃点腌鸡蛋啊。"沙利说。

维尔夫耸耸肩，然后难过地摇了摇头。"要少吃腌鸡蛋，也是要五年前开始，十年前吧，也许。他们告诉我，我的肝都浸在酒里啦，这已是不可逆转的事实。他们没说出来，但是我猜不管我是戒还是不戒，都没多大区别了。"

沙利摇摇头，一种受挫感袭来，这种感觉和两天前他听到卡斯说她对母亲的事情别无选择时是一样的。现在维尔夫又告诉他一样的话，无论他做或不做都是一样的结局——注定要死。也许沙利在大学里年轻的哲学教授说得对，也许自由意志只是一种你以为你拥有的东西，也许坐在这里努力要弄明白他下一步该怎么办，是很愚蠢的。也许最近深陷僵局的他就无出路。也许他留了很久的那张王牌，或者他想象自己留的那张王牌，根本就不在他手中。也许他父亲的房子已经属于巴斯镇了，或是纽约州了。也许由于欠缴税金，卡尔·罗巴克已经在拍卖会上买下了这房子。

这种可能也有一体两面。也许卡尔用的是拒绝付给他和罗布的钱交的首付款。谁知道呢？也许连卡尔·罗巴克也别无选择，也许他骨子里就不懂得去感恩，感恩自己有钱可花、有大房子可住，还与镇上最漂亮的女人结为夫妻。也许他生来就有这样的基因，可以让他整天到处闲逛，享受不停歇的男女之欢，葆有男人的魅力，还能买中彩票。也许吧。但沙利依然觉得这种基因理论是错误的。要是这样的话，那么世上所有的事情就都太散漫了，他从来也不认为生活要过得像某些人那样紧绷绷的（他第一个想到的是薇拉，另一个是哈罗德太太），但是也不能这么散漫吧。

"那么，你打算怎么办？"他问维尔夫。

维尔夫耸耸肩。"我也不知道。"他承认道。让沙利惊讶的是，维尔夫听着并不那么沮丧。"也许我就一直不改变，直到喝不动为止。都到这个时候了，我甚至想不出戒了还会有什么改变。"

沙利点了点头。"他们认为你还能活多少年？"

"几个月吧，"维尔夫说，"如果我继续这种生活的话。如果我改掉这种生活方式，可能还有一两年。稍微长一点。我们的终场都会是在华尔道夫酒店，沙利。无论是哪种生活方式，我都不那么怕，至少现在还不怕，"他又加了一句，"实际上，我们谈到这事儿之前，我可一点儿也不害怕。"

沙利站起身来，说他很抱歉提起了这个让他难受的话题。

"没关系啦，"维尔夫说，"我一直想知道在什么时候你会说点什么呢。"

沙利的内心突然充斥着内疚之情，为自己没能早点看出这一切，为自己没有在意，或者在意的不是地方而内疚。

"你去哪里？"维尔夫问他。

"回家，终于要回家了。"沙利说。在白马酒吧里再度过一个漫长的夜晚，突然变得不能让人忍受。他还一直希望有人能辅助他去偷卡尔·罗巴克的吹雪机，但是现在只剩下他和维尔夫两个人了，他也知道多一名独腿人士也于事无补。"看看我还能不能计划我的下一步行动。"

"我希望你的意思不是准备以后不再和我喝酒了。"

沙利向他保证不是这么回事。"不过，也许我们要减少一点量，"他说，"不是完全戒掉。"

"嗯，"维尔夫若有所思地点点头，"有节制地喝酒。这主意挺有意思。跟个胆小鬼一样戒掉酒，我更喜欢这个做法。话说这个迈尔斯·安德森会让你偷偷摸摸地为他干活吗？"

"我忘了问了。"沙利一边说一边向门口走去。

"要坚持啊，"维尔夫朝他喊道，"否则你会有麻烦的。"

想到他目前的处境，将来会有麻烦这个想法对沙利来说显得尤其滑稽。在挂衣架边，他哈哈大笑起来，他的膝盖随之抽痛着。他穿外套的时候，意识到卡尔·罗巴克说得没错。前门的确有什么东西闻着很臭。又或是他俩都出现了幻觉，当他们准备踏进这个世界的时候，他们就会意识到自己深陷在发出恶臭的泥潭中？

后一种解释是他在社区大学的年轻哲学教授喜欢的，他喜欢古怪的理论，实际上，越是古怪就越好。沙利正好相反，他皱了皱鼻子，是有什么东西发臭了，不过也不一定就是了。打开屋门，沙利差一点和正要进屋的儿子撞在一起。过了一阵子，沙利才认出这人是谁。彼得身后的世界又变得雪白，在临近傍晚天色渐渐暗淡的时分，大雪正纷纷扬扬地下着。就在这时，街灯突然亮了起来，更给街道增加了些戏剧色彩。

"儿子，"沙利说着朝彼得伸出一只手，"怎么了？"

不知道为什么，彼得觉得这个问题很滑稽。"你在这多久了？"他说着不情不愿地和父亲握了握手。

"你来得正是时候，"沙利注视着外面的大雪说道，"我有个活儿给你干。"

贝丽尔小姐朝格鲁伯太太家的方向看去，雪又开始下了。格鲁伯太太的家位于主街向上的方向，与贝丽尔小姐家隔了三栋房子，她打开了门廊的灯，正扫着台阶上新下的雪。

"那位是我的伙伴格鲁伯太太，"贝丽尔小姐告诉小女孩蒂娜，"不知道你信不信，她有一次吃了一只蜗牛。"

这位唐纳利女孩打完电话后，说以防万一要移一下车，自她出门移车后，老妇人和小女孩就一直站在前屋的窗户前，她们已经站了五分钟了。"让小傻瓜从窗户那里看到我就行了，她会一直站在那里等我回来的，如果你不去碰她，她不会给你添麻烦的。她会一直站在那里。"

贝丽尔小姐别无他法，只能同意她。她心想，所有这些都是因为她去楼上乱翻沙利的东西引起的，她就不应该去，眼前的局面都是因为她听从了小克莱福的建议，而得到了上帝的惩罚。

当唐纳利女孩从前门出去时，小女孩想要跟着出去，但当贝丽尔小姐说："你妈妈在这儿呢。"蒂娜就回到了窗前，看着妈妈进了汽车，把车开走了。如她妈妈所料，从那时起，她就一直站在那里。贝丽尔小姐还怕小女孩会哭，但是她没有哭。她就这么站着，盯着最后一次看到妈妈的地方，明显是在期盼妈妈会突然在同一个地点现身。不过，当贝丽尔小姐指向格鲁伯太太的时候，她的确顺着她瘦骨嶙峋的手指短暂地看了过去。

"她在嘴里咀嚼了差不多半个小时,然后把它吐进了餐巾里,"贝丽尔小姐告诉孩子,"她真是个了不起的人,会把前院保持得干干净净。如果雪一直不停,也许今晚她还会再扫两三次才去上床睡觉呢。然后第二天早上起来继续再扫。"

贝丽尔小姐毫不费力地就听见了唐纳利电话里的大部分内容。她试图要把这部老旧的电话机拽到走廊,但是电话线不够长,所以她就停在进门的地方,把线能拉多长就拉多长,最后坐在了通往沙利房间的楼梯上。这样,她就没法关上房门了,所以贝丽尔小姐听到了大部分电话这头的内容。很明显,一开始事情进展得并不顺利,贝丽尔小姐从开着的门那边听到,这位年轻女人正在给她的父亲打电话,想确定她和女儿从藏身之处出来是不是安全。但结果却是她的丈夫,一个叫罗伊的男人接的电话。

"罗伊,让爸来接电话!"贝丽尔小姐听到年轻女人说,"因为我不想和你说话。如果我想和你说话,我早打电话给你了。"

走廊沉默了一分钟之久。

"嗯,我很高兴你赚到了大钱,罗伊,"轮到她的时候年轻女人说,"我希望你会满意,因为我不会回家的。你可以把那玩意儿运回家,自己吃去吧。我有个工作等着我呢,还有间公寓……别告诉我你会找到我,罗伊。你出了斯凯勒,你就找不到东南西北了。你就是拿着地图也找不到阿尔巴尼的,更不用说找到我了。我很惊讶竟然没有我给你指方向,你就能来到巴斯。你就只来过十来次……别威胁我,罗伊,你再也威胁不了我了。你就再去找一个笨姑娘去欺负吧,这就够了,这要比再来找我可容易多了。蒂娜的事由我来负责,行吗?别告诉我你会改的。你一周才换一次内衣,自从我们结婚后你还没改变过呢。改变这个话题是你应该避开的……是的,嗯,我爸也不知道我到底在哪儿,你问他也没用。你从娘胎里出来就是个既不聪明又不坚强的妈宝……嗯,别威胁我,罗伊。记得法官和你怎么说的吗?你要是再打人就送你进监狱……嗯,去试试吧,我才不介意看着你进监狱呢。反正我现在要挂电话了。这是一年之中我们最长的一次谈话了。这次对话我最喜欢的一点是,我可以不用挨打就结束对话……回家吧,罗伊。回家去吃你的鹿去吧。从屁股开始,然后一直吃下去……不,你不知道我在哪里,如果你知道了,你会过来把所有人的生活都搅得一团糟。你想不到我在哪儿,你就把我放在所有你所不知道的事情那一列吧。也许你那还有位置再放下一个呢。再见了,罗伊……对,对,对……我盼着呢……回到斯凯勒去吧,罗伊。回去吃你的鹿吧。"

贝丽尔小姐心想:挂上电话吧。但是他们就这么又持续了五分钟,对话升级了,但毫无进展。当电话终于打完后,年轻女人回到起居室,把电话放到小桌上,贝丽尔小姐强烈地感受到,最终是她丈夫先挂了电话。

"我最好去移一下车,"她说,脸上又是生气又是担心,"他那么蠢,纯粹只有靠运气才能找到我。我回来的时候,会和小傻瓜一起上楼等。你不想在中间插一杠子的。"

在贝丽尔小姐的前窗外面,飘落的雪花在路灯周围形成了一个个光环。在上主街方向,格鲁伯太太扫完了雪,正使劲儿砰砰砰砰地把扫帚摔在门廊柱子上,把上面的雪打掉。每个冬天她都会这样摔断两到三把扫帚,还愤愤不平地抱怨扫帚造得多不耐用。

贝丽尔小姐听见低沉的汽车发动机的声音从街的另一个方向传过来,是一辆庞大的锈迹斑斑的旧凯迪拉克,车身被脏兮兮的雪覆盖着。贝丽尔小姐简直不敢相信正在移动的引擎盖子上是什么东西。她无法说服自己相信眼前看到的一切,直到车子猛地开到马路边的街灯下,摇摇晃晃地停在了刚才唐纳利女儿停车的地方。

这头鹿是用绳子绑在了车上的,绳子穿过汽车引擎、散热器的金属格栅和前挡风玻璃,这种方式只可能是当场临时起意。这只动物的头在纤细的脖子上摇摆着,舌头垂下来,整个身体危险地滑动着。然后,一个身穿橙色格子夹克衫,头戴耳罩、身材魁梧的男人从车上下来。当他用力关上车门时，那头鹿又在绑绳下滑开了一些。这个男人似乎不是在查看贝丽尔小姐的房子，而是她邻居的房子。

"爸爸。"小女孩说，她的声音，如此出乎预料，把贝丽尔小姐惊了一下，她暂时忘记了小女孩的存在，即便她一直把手搭在小女孩的肩膀上。当她想要把小女孩从窗户边拉开时，她发现，正如年轻女人所料的那样，蒂娜不愿移动。既然这样，她就拉起了每天早上都要拉开，让阳光进入到前厅的透明纱帘，并关上了旁边的落地灯。透过薄薄的纱帘，她和小女孩依然能辨识出这个男人的行动，只见他打开凯迪拉克的后门，拿出了一把步枪。他再次重重关上车门的时候，那只鹿又向下滑了一些，鹿角在积雪的路边形成了一个三脚架的形状。然后拿着步枪的男人绕过车子，看了看这个动物，摇了摇头，而后转回到房子前，把步枪架在肩上，开了火。很快，枪的爆炸声和玻璃的破碎声响彻天际。

还没等他开第二枪，贝丽尔小姐就拨通了警察局的电话，她拿起桌边的电话向值班警察汇报着，耳畔被不时传来的枪声打断，开枪的正是唐纳利女孩的丈夫，只听他有规律地向贝丽尔小姐邻居的二楼窗户射击，每一扇位于前部和侧面的窗户都被射了个遍，其间还模糊地夹杂着他向妻子的喊话，要她赶紧滚出来，不要让他上去抓她。

"真该死，"电话里的警察说，"这的确像是有人在开枪。你确定不是电视里的声音吗？"

等到贝丽尔小姐回到窗户边，那人已经停止了射击，贝丽尔小姐看到唐纳利女孩和他一起站在路灯下，这也就是他停止开枪的原因吧。只见唐纳利女孩的脸上写满愤怒，但她并不害怕。而他没有再把枪扛在肩上，而是双手拿着枪举在胸前。一只手放在枪杆部位，另一只手放在了枪筒处，他似乎在专心地听着妻子讲话，努力理解她的意思，其中一件就是，他刚才打错房子了。他一定也在听妻子对他的贬低。

听到了远处的警笛声。巡逻车停下了，这时恰好这个男人似乎也听得不耐烦了。此时，贝丽尔小姐看到枪托抬起来了，唐纳利女孩的头猛地向后移动，当她瘫倒在马路边的那一刻，贝丽尔小姐失声喊了出来，伸手要去蒙住小女孩的眼睛，这才发现那孩子已经不在那里了。当贝丽尔小姐转过身时，她发现小女孩已经不在屋子里了。她公寓的门和外面的大门全都敞开着。

他们第一站先把车停在了IGA超市，沙利买了一包他能找到的最小包的碎牛肉。

"小面包怎么样？"彼得心不在焉地拿起一包问道。儿子的这一点是沙利最不喜欢的，他似乎总是心不在焉的。无论在何处，都是如此。不过，他现在有理由这么着。昨天，拉尔夫来沙利带威尔吃冰激凌的饭馆接威尔的时候，他和薇拉一起送罗伯特·哈尔西回斯凯勒养老院的时候，夏洛特收拾了瓦克尔和安迪的衣服和玩具，带着孩子开着格里莫林车走了。她告诫过彼得她想要离开，还给他机会让他和他们一起走。他可以去接威尔，然后等他们回来，他们就走。他们至少可以一家人一起返回摩根敦，但是彼得拒绝了。他让她冷静下来，等他和薇拉从斯凯勒回来后，他们再讨论这所有的事情。夏洛特又一次告诫他，再也没有人和他讨论任何事情了，但是他没有把这个威胁当一回事，他知道她很生气，也知道她有理由如此。但他就是觉得她做不出这些事：大晚上，收拾好所有的东西，自己一人开车回西弗吉尼亚去。

本就不耐烦的薇拉，已经筋疲力尽了，她当面和夏洛特发生了争执。她把卫生间毁了的事情怪到夏洛特身上。她坚持说这卫生间没法儿使用了，从浴缸里溢出来的水已经渗到了地砖下面，必须要把地砖掀起来才行，这会花上好几万呢。在夏洛特看来，很明显,这并非事实,毕竟他们现在站在一寸深的水里,这说明水不在地砖下面,而是在上面。卫生间的地板没有毁掉,只是湿了,需要做的是把地板拖干,而不是掀起。她错在这么说,错在否认她婆婆对事态严重性的判断。这也就给了她婆婆薇拉机会将所有的事情和盘托出,而在她的口中,她这个儿媳妇就是造成这所有事情的罪魁祸首。薇拉说,彼得得到的终身教授的教职如今被拒绝,是夏洛特的错。也许大学给的理由不是这个,但是男人在事业上受阻,常常是因为他们妻子的无能,人们通常这么认为。还有他们孩子的行为举止缺乏教养,以及他们的婚姻到了如今焦灼的地步,这些都是夏洛特的错。"你就是我儿子的问题所在。"薇拉愤然地低声说道,然后可怜兮兮地跪在湿漉漉的地砖上,开始用她崭新的浴巾拖着卫生间地上的积水,这浴巾,她抽噎着说,必须要换了,和地板一起换掉。所有,所有的东西都毁了。

夏洛特被婆婆无休止的指责惊呆了,她哑口无言,不过正是在这种愤慨的刺激下,她又找回了自己的声音,她真心觉得薇拉简直就是满口胡言,她的话比他妈的感恩节的火鸡还要多。正在这时,罗伯特·哈尔西出现在了浴室门口,站在她们身后。只是从客厅走到浴室这点距离,老哈尔西就喘得上气不接下气,面色苍白虚弱。"有没有人可以……"他的声音又细又尖,"行行好……送我……回家啊?"

薇拉深深地吸了口气,挣扎着站起身来。"现在看看你都干了些什么,"她盯着夏洛特和一直在徒劳地试图让她冷静下来的彼得抽噎着说道。"看着他!"她命令道,"你们这是要杀了他!"

彼得几乎没有向父亲透露事件的细节,只是告诉沙利,夏洛特带着两个孩子走了,促使她离开的直接原因是她与薇拉的矛盾,这矛盾两人已经憋闷了很长时间,最后终于一触即发。他暗示除此之外还有其他的原因,和他母亲没有关系。

沙利感到很惊讶,彼得居然向他透露了这么多。毕竟,沙利不大可能自己发现这些事情，尤其是那些有隐情、常识解释不通的事情。彼得选择叙述事情的方式，或者对事情所做的总结，仿佛表明他并没有完全参与到这些事情中，甚至在叙述的时候也表现得置身事外。他真的就是那种在车上还愤愤不平，一下车就一脸轻松的男人。他盯着牛肉的外包装，用一副就事论事、几乎是高深莫测的语气告诉沙利，夏洛特走了。似乎他所传达的所有意思都可以在汉堡的外包装标签上找到解释。他其实拿起了好几个汉堡在那里看。

"狗不吃圆面包。"沙利回答着他关于要不要买圆面包的问题。

"你是给你的狗买碎牛肉吗？"彼得心不在焉地问，并非真的好奇。

沙利决定等彼得真的对此问题感兴趣时再给他解释。"我没有狗，"他说，"这是给别人的狗买的。"

他们来到收银台的时候，沙利给收银员付了钱，没让她装袋子，就抓起了汉堡。"宝贝儿，这就可以了。"他对她说。

"要收据吗？"她催促着问道。

"要收据干吗呢？"沙利说。

走到外面，他把埃尔卡米诺的车钥匙扔给彼得。"你来开车。"他说。

"爱宝牌的狗粮不好吗？"彼得一边把埃尔卡米诺倒出停车场开到大街上，一边好奇地问道。

"我想确定一下，"沙利说着撕掉了商标上的玻璃纸，"这只狗也许不喜欢爱宝牌狗粮。"

按照沙利的指挥，彼得把车向城外开去，沙利在裤兜里找到了乔可给的药瓶，他从塑料管子里取出两粒胶囊，塞进了汉堡里。"这样应该可以了，"他说，"你觉得呢？"

彼得木然地看着这一坨肉。

沙利忍不住咧嘴笑了。受过教育的人身上有这么个特点，当遇到不理解的事情时，他们是不会承认的。他在大学里的年轻哲学教授就是这样,他每次进教室的时候,大家都在谈论运动话题,他都假装懂行。"也许你说得对。"沙利说着又取出第三粒药。两粒药就可以达到理想的效果了,不过为了万无一失,沙利又往汉堡里加了一粒药。"从这里开进去,"他指着卡尔·罗巴克存放重型机械的院子说道,"绕到后门。"

彼得照着做了,但还是不大明白为什么这么做。

"待着别动。"沙利说道,然后他下了车。

拉斯普廷,卡尔·罗巴克的德国杜宾犬已经在龇牙咆哮,扑到了栅栏上。沙利看了看栅栏下面,找寻着可以把汉堡扔进去的空隙,而拉斯普廷的嘴巴流着口水,正向栅栏冲过来,怒气丝毫未减。沙利找到一个空隙,他把汉堡塞进去,用一根棍子向前推了推。大约有两秒钟,拉斯普廷停止了吠叫,令人吃惊的是,只见它一大口就吞下了汉堡,还没等人反应过来就又重新扑向栅栏。"我希望你做的梦比我的好。"沙利说着想起一天前被彼得叫醒的那场梦。

"难以置信,"当沙利爬回埃尔卡米诺后,彼得说,"我刚才帮你给一只狗下了毒?"

"没有,"沙利说,"首先,这不是下毒。另外,你没帮忙。你帮忙的地方还在后面呢,不过我们还有时间喝上一杯啤酒。"

"好主意!"彼得说,他那样子仿佛在说这一天也不会更糟了。

"你吃晚饭了吗?"

彼得承认自己没吃。

"好吧,"沙利说着说着突然感到饿了,"我请你吃汉堡吧。"

"我不知道要不要吃你的汉堡。"彼得一边说一边把车开到了马路上。

回到白马酒吧,维尔夫还坐在刚才的位子上,吧台上方的电视机里正播放着《人民法庭》,维尔夫和另外几个常客都在预测法官会怎么判案。这是晚上这里的常规活动,常客们来比赛看看谁能猜得更准。维尔夫现在位列第四,后面依次是晚间服务生杰夫;日间服务生博蒂,她有时候白班结束了还留下来待一会儿。沙利不大相信正义这回事儿,所以通常在脑子里扔个硬币,在被告和原告之间任选一个作为答案。

"这个被告就是个混蛋,"杰夫说道,杰夫很有自己的观点,也很擅长预测法庭上的事情,"法官永远不会做出有利于他的判决的。"

博蒂摇摇头,"这可是法庭啊,"她说,"这人是不是混蛋不是法庭上要讨论的事儿。"

"你错就错在这里了,"维尔夫说,"法官也和你一样不喜欢混蛋。"

因为维尔夫没看到他们进来,所以沙利轻轻推了推彼得让他别动,同时他悄悄绕到他的律师身后,狠狠地朝他的那条假腿的腿肚子踢了一脚,由于用力过猛,那条腿从吧凳下面的横梁飞出去,又反弹回吧台的前面。"天啊。"彼得深吸了口气,面露震惊的表情,联想到父亲给狗下毒的事儿。此时,他无法判定这两件事哪件事更离奇:是他父亲悄悄绕到一个人的身后踢别人,还是这个被踢的人感觉不到疼。

"挪开点,"沙利一边说一边慢慢坐到他刚刚踢的那个人的旁边,"你怎么总是占两把椅子?"

"那把是留给你的。"维尔夫说。

"干吗?"沙利问,"我告诉过你我回家了啊。"

"我从来不相信你说的话,"维尔夫解释道,"当然,我也不相信你会在星期五晚上六点半回家,"他又接着说,"有一天,你会忘了我哪条腿是假腿。"

沙利点点头,"我已经忘了,"他说,"我只是猜的,你见过我儿子吗?"

维尔夫在凳子上转了个身,向彼得伸出手。"我没明白,"维尔夫皱起眉头,"他看着挺聪明的啊。"

"他是很聪明。"沙利带着一种莫名的自豪感说道。他试着回忆上一次他将儿子介绍给人们时的场景。许多年前,他曾开口对别人说:"他是位大学教授。"

彼得握着维尔夫的手,"你老爸几天前还是个大学生呢,"维尔夫说,"他本该学到点东西的,但最后他退学了。"他又对沙利说:"和往常一样,你还是错过了激动人心的事情。"

"那就好,"沙利说,"今天让我激动的事情够多了,还有什么让人激动的事儿?"

"有个家伙在主街中央打到一头鹿。"

沙利皱起眉头想了想。一头鹿出现在主街中央是有可能的,他小时候,鹿常常在无忧宫的草地上吃草。就是现在,天蒙蒙亮的时候,或者刚下过雪的时候,主街上的人有时候就会说,他们发现自家草地上有鹿的脚印。但是沙利自己可从来没见到过。

"那家伙一定认为今天撞了狗屎运,"维尔夫接着说,"在林子里待了一整天,脑袋都要冻掉了,最后开车回到家,停下车,从后座上拿出枪,在自家前院的草地上杀死了一头鹿。明年他也许只要坐在自家的窗户前,等着天暖和就行了。"

"我想你并没亲眼看见他开枪吧。"沙利说。在巴斯镇,消息的传播无外乎这种形式:以迅雷不及掩耳的速度传播虚假消息。

"没有,"维尔夫说,"我就坐这里,不过全都听说了。"

"对这消息,你就没有一点疑问吗?"

"有啊,"维尔夫承认,"但是我喜欢这个故事,而且告诉我这故事的那家伙发誓他看到了鹿。"

沙利朝他咧嘴一笑。"也许这人和你一样喝醉了呢。有人开车压死了一条狗,然后就开车溜了,把那狗留在了那里。你赌哪边?"

"我说的没错?"服务生杰夫大声喊道,法官刚才判了原告有罪,这和他预料的一样。

博蒂把手一摊。"太不像话了,"她说,"我要回家了。"

"走之前给我们做两个汉堡怎么样?"沙利建议着。

"厨房七点关。"博蒂指着墙上有啤酒标志的钟说道,现在已是七点一刻了。

"好吧,"沙利说,"我自己去厨房做吧。"

杰夫摇摇头。"狄尼不喜欢你去后厨,你总是把炉台弄得乱七八糟的。"

"你们的汉堡里要放什么?"博蒂从吧凳上下来叹了口气问道。

"圆面包就行,"沙利说,"其他随便,看着不错的都行。"这几乎和他中午吩咐罗布买汉堡时说的要求一样,而罗布忘了给他买。

"你呢?帅哥?"博蒂问。

"什么都要点。"彼得说。

沙利饶有兴致地注意到彼得似乎习惯了别人叫他帅哥。他小时候可是很容易会感到尴尬的,但现在不会了。

"谢谢。"彼得又说。

"这个词可从来也不会从你老爸那里听到。"博蒂说着消失在他们眼前,进了厨房里。

电视里,法官正在解释共同承担罪责的原则,他可以依此分配罪责,不过他的解释还不如沙利的年轻哲学教授在课堂上的解释,令人印象深刻。等到教授解释完毕如自由意志这样的概念之后,这概念就消失得无影无踪,最终证明此概念并不成立。分配罪责就像法官现在所做的,倒是个不错的招数,但它可不会像哲学那样,干干净净不留任何污点。一个好的哲学家只要能使正在讨论的事物消失就好了。一分钟前它还在那里,下一分钟这东西就不见了,连分配都不需要分配。

"他判被告胜诉?"维尔夫吃惊地问道,他瞪着眼睛看着电视里的法官,那困惑不解的表情就跟在沙利的伤残听证会上常有的表情一模一样。

"和上个礼拜一样,"沙利说,"这是重播,你个傻瓜。"

维尔夫点点头。"我说怎么看着眼熟呢。"

"我们每次去阿尔巴尼,也都是重播,"沙利指出,"所以我们准备要退出这游戏了。"

维尔夫从口袋里拿出一张五美元,正准备递给这星期险胜的杰夫。"你之前看过这集吗?"

杰夫有些贼眉鼠眼的双眼躲躲闪闪。"沙利乱说,这不是重播。"

"我觉得我也记得这集。"维尔夫说。

"如果你看过还猜错了,那你要付双份。"杰夫指出。

维尔夫一定认为这话挺有道理的,因为他把五元纸币推了过去。杰夫接了两杯啤酒后,沙利端着啤酒向吧台的另一头走去,这样他可以和彼得聊一聊。

"干吗?"当维尔夫发现沙利和彼得移到了吧台的空位那端,他说道,"你不想和我说话吗?"

"现在这一刻不想说。"沙利承认。

"那射鹿的事情我还没说完呢。"

"还有?"

"他们抓了那混蛋。"杰夫从吧台另一头大声喊着。他站在吧凳上调弄着电视机,调到了另一个假期橄榄球比赛的频道。当有人问这人为什么会被抓时,杰夫解释说:"城里面不能开枪啊,这是违法的啊。"

维尔夫叹了口气:"每个人都是律师了。"

"除了你。"沙利同意道。

维尔夫没理他,注意力又回到电视上。"他们现在在比赛吗?"他疑惑地问杰夫。一个用重播的《人民法庭》和朋友打赌的人,也会毫不犹豫地用已经知道结果的体育赛事的实况录像和朋友打赌。

"那么,"沙利问道,"你准备怎么办呢?"

彼得盯着杯子里的啤酒,杯子底部的气泡不断向上涌起,升到表面,变成了泡沫。

"我想我明天会回去吧,"他说,"不知你能否载我去阿尔巴尼?在那里我可以租辆车回去。"

"当然可以了,"沙利说,"我今天就可以载你去,希望你会改变主意。那样能替我省点钱。"

"我希望我能早点脱身。"彼得说。

沙利理解地点点头,他想了想问:"你母亲?"

"她越来越恶劣了。"彼得说。这让沙利吃了一惊,他不记得自己曾经向彼得透露过他对薇拉的看法,他深信薇拉就是个疯子。

"对我来说,她一直都这个样。"他说,虽然他看到前妻的时候,还是吃了一惊。和上次相比,薇拉老了很多,比他印象中也矮小了不少。或许她的神经越来越紧张。或许是别的什么原因。

"我感觉她快要神经崩溃了,她很可能也会让拉尔夫崩溃的。"

"拉尔夫看着不太好啊,"沙利说,"他怎么在医院呢?"

"前列腺,"彼得说,"结肠。"

沙利点点头。"医生怎么说?"

"他们说他会没事的,"彼得回答,"我觉得他不相信他们。他们要给他拍片子,但他不知道为什么要拍,除非他们是要确诊他到底有没有得癌。"

"不过,他应该听他们的,"沙利说,处于这种情况,他也应该思考一下自己是否会得出与之相反的结论,"这就是她这么焦虑不安的原因吗?"

"我希望是这个原因,"彼得说,"这倒是合情合理了。"

沙利发现自己不大喜欢彼得的语气,也许沙利认为薇拉是个疯子还合情合理,但是儿子也对自己母亲的评价这么低就不对了。"对她别这么严厉,"他建议道,"她做的大部分事情都是为了你。"

彼得听到这话笑了，"你这么认为？"

"你不这么认为？"

他似乎在思考这个问题。"我认为她做的大部分事情都是为了她自己，"彼得说，"尤其是她受的苦。"

"你认为她喜欢受苦？"

"这是我的想法。"

"我认为你想错了。"沙利说道。虽然他知道他并没错，至少不完全错。

"当我说今晚我要来见你的时候，你真该看看她脸上的表情，好像我要杀了她似的，我觉得这是她一生中最快乐的时刻。"

沙利审视着儿子，他意识到自己对儿子取得成就的那种自豪感已经在慢慢地消退，现在的他深深地为儿子的性格而感到焦虑。彼得现在似乎在享受着那种回忆，回忆里母亲正在遭受着苦难。

当他们的汉堡上来时，沙利一如既往地瞬间没了胃口。沙利把汉堡切成两半，把大的一半放在一张餐巾里，还加了些薯条。"把这拿给约翰·西尔弗①。"他示意杰夫。这时，在吧台另一端闻到了食物香味的维尔夫，这时候闻到了食物的味道，然后看见了食物，他正用一贯的饥渴表情看着彼得吃。

彼得胃口奇好，狼吞虎咽地吃完了汉堡，毫无疑问这是因为他逃离了薇拉家空气清新剂。看见沙利挣扎着咽下一半汉堡的最后点就撂下不吃了，他觉得有点好笑。"说到医生，"彼得说，"你最后一次看医生是什么时候？"

"几个月前？"

"看膝盖吗？"

"对啊。"沙利说。

---

① 约翰·西尔弗，苏格兰作家罗伯特·路易斯·史蒂文森冒险小说《金银岛》中的反派角色。

"我是说检查身体。你瘦了很多。"

沙利知道他说的是事实,但他没放在心上。"你看着好像胖了一点,如果你不介意我这么说的话,"他注意到,儿子虽然长相英俊,但是肚子已经大起来了,像卡尔·罗巴克的肚子一样。

"我长期伏案工作,"彼得解释道,看沙利没有回答,他又说,"就是整天坐着。"

"我知道这词的意思,"沙利说,"你忘了我几天前还是个大学生呢。我最反对整天坐着了。"

彼得咧嘴笑了。"难以想象你坐在教室里的样子。"他说。

"难以想象你爬栅栏的样子,"沙利站起来,弯了弯膝盖说道,"不过我们这就去看看你能不能爬。"他在吧台上扔了十块钱,用以支付汉堡和啤酒的钱。他模模糊糊地记得这是他最后的十美元。"走,我们去看看那狗杂种是不是睡着了。"

"这次你要去哪儿啊?"当他们走向门口时,维尔夫问道。"跟我一起喝杯啤酒吧?"

沙利看到维尔夫把汉堡里的奶酪拣了出来。"奶酪怎么了,不好吗?"他问。

"我吃奶酪会便秘,"维尔夫承认,"下次让他们在我这半边别放奶酪。"

"下次我一个人全吃了。"

"坐下吧,跟我一起喝一杯。"

沙利难过地摇摇头,看着儿子问道:"你以前有没有见过只以同一种速度走路的人?"

"见过,"彼得说,"你啊。"

很明显,维尔夫喜欢彼得的这句反驳。"我喜欢他。"他告诉沙利。

"可以理解,"沙利说,"造他有我一份嘛。"

"不过你这份是我不喜欢的部分。"维尔夫说。

走到门口,就在沙利费劲地穿上外套时,他又闻到了那种久聚不散的怪味,一整天他都能断断续续地闻到这味道,只是现在味道更浓了。

"你能告诉我,为什么我必须要爬栅栏了吗?"彼得问道。

"好的。"沙利打开门,让彼得走在他前面,"你要帮我偷一部吹雪机。"

"我不明白。"彼得第三次问。他父亲用棍子敲着铁丝网,弄出很大的动静,呼唤着那只狗。栅栏那一边的大院子里一片漆黑,堆满了重型机械。那只狗就在里面的某个地方。"它可能正在那儿等着扑过来呢。"彼得说。

沙利看着他。"记得之前我们开车过来吗?它可是直接就扑了过来。"

这倒是真的。那只狗还没等他和父亲下车,就已经扑到栅栏上了,口里还流着口水。关键是现在那条狗不见了,这反倒让人觉得可怕。如果他们找到那狗时,狗如预期的那样神情恍惚,还靠着铁丝网安详地做着美梦的话,那么彼得就不会犹豫不决了。但是现在连个影子都没有,连包碎牛肉的包装袋都消失不见了。"包牛肉的包装呢?"彼得大声地问。

沙利又拿着手电筒朝栅栏里的地上扫了一遍,看不到包装袋。"也许他吃掉了,"沙利说,"我们谈论的可不是世上最聪明的狗,而是这世上最凶残的狗。"

"我担心的就是这个,"彼得承认,"这几天已经过得够糟了,接下来,我可能就暴尸于此了,死因是喉咙被垃圾场的看门狗撕裂。"

"你到底爬还是不爬?"沙利问,"我应该叫维尔夫来,一个一条腿的醉汉倒有可能爬过去了。"

"再跟我说一次,你要偷的这部吹雪机怎么会是你的。"彼得说。沙利在来的路上，已经和他解释过了，从某个角度来说，这部吹雪机其实是他的，因为拥有吹雪机的这个人欠了沙利钱不还。沙利曾经偷过一次，但是这个叫卡尔·罗巴克的人又把它偷回去了。这就像是一种游戏。但是听完这事情的来龙去脉后，彼得还是迟疑了。他们要做的事情和入室偷盗太像了，也许法律也无法将两者区分开来。

"我感觉是你妈把你培养成这个样子的。"沙利说，语气中批评的意味要比他想象得明显很多。

彼得抓住铁丝网摇了一下，试了试它能承受的力度。

"爬啊，"他父亲说，"我们都老咯。"

爬这个栅栏可不容易。因为站在融化了一半的雪地里，彼得网球鞋的鞋底已经湿了，所以他的脚一直在打滑。他小时候就从没爬过任何东西，笨手笨脚的样子让他感到非常难堪。当他终于一只脚跨到栅栏顶上嵌进铁丝网网格里的时候，他发现自己已经没有足够的力量撑起来翻过去了。

"怎么了？"他父亲问。很好的问题。

"没什么，"彼得没说实话，他的胳膊在发抖，"我只是喘口气。"

"可别卡着不动。"

别卡着不动，很棒的座右铭。

呼的一下，彼得翻过去了，和沙利面对面，站在了栅栏的另一面。在黑暗中，他几乎看不见沙利，虽然只有一步之遥。彼得感到一只手在发烫，于是检查了一下手掌，在栅栏顶上的时候手掌被划伤了。他父亲用手电筒照着伤口，只是一道划伤，不过血从伤口处聚集起来。看到伤口和自己流的血，彼得莫名其妙地感到一阵兴奋。兴奋自己正在给一个危险的人物干一件不靠谱的活儿，这个人还碰巧就是自己的父亲。

"给你钢锯，"沙利一边把锯子从栅栏下面递过去一边说，"这只是一个挂锁。"

彼得拿起锯子，沿栅栏走了几英尺，一直走到他能摸到大门的地方，才停下来。的确，大门里面有一把挂锁挂在那里，沙利用手电筒尽力给他照亮。"别把手指锯下来啊。"他提醒道。

彼得手握着钢锯的把手，把手的表面光滑，正好完全贴在手掌中新划的伤口上。不知什么原因，想到要还给父亲的钢锯上沾着自己的血，彼得感到很得意。彼得知道，沙利不信任有知识的人，因此也不信任自己和自己所受的教育，尤其是不信任那所让他坐吃等死的私立学校。据他母亲说，彼得被送进预科学校的时候，沙利谴责她试图要把他培养成超出他本身社会地位的人。薇拉否认，她只是想把他们的儿子培养成超出沙利社会地位的人。这是他母亲最喜欢讲的故事，虽然彼得怀疑也许谈话不是按照她说的那样进行的。

"要不要只手套？"他父亲问道。

彼得拒绝了父亲的提议，开始锯锁。寂静的夜晚，刺耳的锯子声比他想象的要响很多，彼得想象着这声音会吵醒城里的母亲，心想她凭直觉就会知道这声音是她三十五岁的儿子——一位大学教授正在帮他父亲撬顶尖建筑公司的锁时发出的。而同伙正是他的父亲，那个她一直以来都警告彼得不要受其影响的人。这感觉实在太爽了，一对父子串通一气来对付一个长期受苦的女性。三十五年来从未有过的感觉，此时强烈地涌上彼得的心头，随之而来的还有一种不那么愉快的感觉，有可能他与自己的亲生父亲并没有像他一直认为的那样，有那么大的区别。的确，他并非那种会离开自己妻儿的男人，他却把妻儿逼走了。这样就算是他们自己要离开的而不是被他赶走的。

彼得埋头锯锁的时候脑子里想着这一切，然后他慢慢地意识到，在栅栏这边的黑暗中，有什么东西正悄无声息地站在他身后。他没有马上就回头看，他把眼前的情况当作是威尔在他身后。彼得总喜欢开着书房门通风，威尔就经常悄悄地走进爸爸的书房（其实是个杂物间),站在爸爸的胳膊肘旁,安静地看着他工作,耐心地等着他抬头发现他,这时候他就可以和爸爸讲瓦克尔最近的恶行了。彼得总是对儿子的到来后知后觉,而且他知道这孩子天生就有成人有的共情能力,他会等爸爸读完眼前的段落或者写完当下的笔记,才会发出声音。彼得总是郑重其事地把这种友善当作一种礼物,等忙完手头的工作才缓缓转过旋转座椅,以免吓着威尔,因为这孩子是最容易紧张的。接着他就会把威尔抱到膝上。

他现在觉得胳膊肘边有什么东西,这么安静,这么体贴,也许根本什么也没有,也许只是个被禁言的小孩等着要开口,因此彼得没有回头检查,直到他挫断了挂锁的第一根锁梁。不管有没有失去理性,他还是希望此时站在黑暗中、站在自己胳膊边的是威尔。

但那不是威尔,而是拉斯普廷。

德国猎犬站在那里一动不动,惊恐万状的彼得跳起来,后退到了栅栏里侧,而狗仍然一动不动。沙利并没有立即把手电筒照向狗而是照向了锁,但等光束移动到狗身上时,彼得差点吓昏过去。德国猎犬龇着牙齿,上下嘴唇向后翻着,露出丑陋的牙龈。眼前的寂静,或者说,没有彼得预料的动物准备猛扑上来时会发出的低吼声,让整个画面更加可怕。狗叉开着后腿趴在地上,像农田里的庄稼一样纹丝不动。

因此在还没有弄清楚自己到底像不像亲生父亲之前,彼得就要赴死了,爬上栅栏是不可能的,只要他一动,狗就会扑过来。有人来救他也是不可能,因为此时他和父亲之间隔着栅栏,再说了沙利也没有武器。手电筒的光速一直停留在拉斯普廷身上,显然沙利也吓呆了,即便不是吓呆,也是惊呆了。彼得想,只要一秒钟一切就可以结束了。狗只要扑过来,顷刻间就会撕烂他的喉咙,他祈祷那时可以免受疼痛的折磨,那样也不枉主人对它的训练了。目睹这一惨剧的恰恰是在栅栏对面的父亲,那时的他只能惊恐无助地站在那里。彼得并不羡慕父亲,也不为自己的惨死而悲痛。在某种程度上，他算是解脱了，从他早就想逃离的夏洛特那儿，从迪迪那儿和她分享的桃子中，从他的失业和失败中，还有从母亲无情又无休止的期待中获得解脱。顷刻间，一切都仁慈地消失了。之后就是被完全遗忘！

但愿这只狗会跳起来，撕烂他的喉咙，然后一切就都结束了。拉斯普廷继续龇着牙，但仅此而已，至少开始是这样的。当漫长的一秒划过后，彼得注意到德国猎犬的前腿在轻微地颤抖，好像是在打寒战。慢慢地，它颤抖得越来越厉害，最后它的前腿彻底垮了，瘫倒在地，口鼻跌在泥水里，后腿还站着。这狗保持了这姿势一会儿，接着可能是叹了口气，也可能是放了个屁，彼得分辨不出到底是哪个，然后就一下子栽在了一片褐色的雪地里。

彼得差一点也跟狗一样栽倒，听见耳边父亲的声音他才没有倒下。"第三粒药起作用了，"沙利说，声音听着令人恼火，听着像是在庆祝自己完成了不可能完成的任务，"快，在它醒来之前干完活儿。"

不幸的是，彼得现在抖得太厉害，干不了这活儿。他没法将刀刃对准他之前锯过的地方，而且他父亲手电筒也握得不太稳。差不多在剩下的锁梁上锯出了三个豁口后钢锯的刀刃断了。

"没关系。"他父亲一边走回埃尔卡米诺一边说。

"什么叫没关系？"彼得问。

他父亲摇下车窗探出身来。"从大门那儿往后退一点儿。"

彼得按照父亲的指示做了。在越来越疯狂的事态下，他逐渐掌握了与父亲共处的窍门。服从命令很关键，这要比理解命令重要得多，这和他所遵守的教师职业规范大相径庭。停在柏油路上的埃尔卡米诺来了个三点掉头，倒车进入车道，正好对着大门。"我对准了吗？"他父亲喊道。

"对准什么？"

"不管了。"沙利说，然后倒车冲向大门，大门被撞得向里凹陷进去，挂锁的锁梁瞬间弹起断裂了。大门慢慢向内转开，碰到一动不动的拉斯普廷时停住了，狗毫无反应。

接下来的活花了他们不到五分钟的时间。他们先是花了两分钟找到了吹雪机，它被卡尔·罗巴克藏在了防水布的下面。之后又花了三分多钟时间把它抬上了埃尔卡米诺。当沙利把车开出大门时，彼得要去把门关上，他父亲阻止了他。"又怎么了？"彼得问。他觉得自己已经快没耐心了。

和往常一样，他父亲没有向他解释。他在卡车底部的大工具箱里一通乱翻，直到摸到他要找的东西，他又翻出一个挂锁扔给彼得。"最好锁上门，免得有人路过偷东西。"

在 IGA 超市门口的交通灯前面，沙利打开了车内的顶灯。"看看你的手怎么样了。"

彼得很骄傲地给他看了看手掌上那条长长的锯齿状的划痕。伤口刚才流了很多血，现在干了变成棕色，结了层痂。

沙利点点头，关上了顶灯。"干得不错，"他说着开入十字路口，因为现在也已经是绿灯了，"我之前还担心你伤到了自己呢。"

彼得盯着这栋倾斜的建筑。"你要把这个变成住宿加早餐的旅馆？"

沙利忍不住笑了。他告诉了彼得他要干的活，当彼得表现出强烈的兴趣时，沙利略感吃惊，并答应带他去看看这栋房子。但不是现在，沙利有了一个新主意。他们转过街角上了博登街，停在了大吉姆房子前的马路边。"我们下车。"他建议。

彼得按他说的做了，但是在沙利看来，他有些不情不愿的，沙利倒也不怪他。他们站在房外的一圈黑色铁栅栏前，铁栅栏其实围着无忧宫的大部分土地。彼得不放心地摇了摇栅栏，看着父亲打了个寒战。"你不会再叫我爬这个吧？"

"除非你自己想爬,"沙利说,"远处那边有一个缺口。"他指向前天推土机神奇地穿过的地方。

实际上,这个世界上沙利最不想做的就是让彼得去爬这个栅栏,即便栅栏顶上的尖刺早已被移除。半小时之前,在顶尖建筑公司的门口,当看到彼得爬到栅栏的顶部看起来要失去平衡被尖刺刺穿的时候,沙利回想起了五十年前被大吉姆摇晃摔下刺穿下颌的男孩,那一瞬间沙利意识到那个可怕的事件会被重演。他看上去很有可能会重蹈父亲的覆辙,诱发一场更严重的事故。之后他的反应也可能与大吉姆如出一辙,在彼得停留在栅栏顶上几秒钟的时间里,他不仅想象着彼得被当场刺穿的场景,还想象着试图和薇拉解释儿子的死的场景,而这个死去的正是她极力保护免遭父亲影响的儿子,是沙利害怕耽误所以与其保持距离但最终还是死在自己手里的儿子。这是他在白马酒吧门口感受到的气味。

"你知道这是什么地方吗?"他问彼得。

彼得借着远处微弱的街灯审视着这栋建筑。"我该知道吗?"

沙利耸耸肩。"我想不应该。我想也许你母亲指给你看过。这是你祖父的房子,我在这里长大。"

他说这话的意义(若真有什么意义的话),彼得似乎没有理解,因为他正不停地看着手上的伤口,这个动作让沙利意识到,作为父子,他俩是多么的不同,他让薇拉抚养彼得是做出了多大的让步。他现在已经没法教导自己的孩子了。有充足的理由相信,在过去的三十五年里,彼得的性格已经成形。沙利真想叫他不要再继续查看伤口了,他刚刚才看过,这么一会儿工夫,伤口不会有变化也不会恶化。对待伤口最好的方法就是置之不理,就像是玩扑克,你手里拿的那张面朝下的王牌,不论你看多少次还是那张牌,永远也不会变。就像沙利的膝盖,他每天就只允许自己检查一次,这是每天早上起来的第一件事,然后一整天他就不再管它了。就像一个男人一生中所犯下的种种错误,对其你可以忧心忡忡,也可以不停反省,但是置之不理方为上策。沙利原本可以跟儿子讲这些，但是给一个三十五岁的人这些建议，实在让人尴尬。

"我猜这房子对你不会有什么用处吧？"沙利问。

彼得看了看父亲，又看了看摇摇欲坠的房子，再回头看了看父亲。沙利知道儿子一定在思考着什么。很难看出这房子有什么价值。仔细想想，他觉得露丝说得对，这房子下面的地皮也许还值点钱，尤其是临近无忧宫的房产，但是看着这栋饱经风霜的建筑，你很难想象有什么人会有兴趣接手。

"当然了，"彼得说，"我们可以把这里作为夏天的度假屋。"

"我知道，"沙利承认，"它看着不值几个钱，但它确实归我所有，我倒宁愿它是别人的。"

彼得还在看着这房子。"这不怪你。"他说。

沙利不想生彼得的气，但他感到自己的怒气正在升腾。他尤其不喜欢按照他人的逻辑来思考，可他现在不得不这么做。他不得不按照露丝的逻辑来解释。"你在看的是个破玩意儿，"他毫无愧色地告诉儿子，"如果你拥有这房子，那么也许你想做的第一件事就是把它铲平，当废品卖了。也许这地皮还值几千块钱，卖了它，交清欠缴的税费，把剩余的钱装兜里。"

"你也可以这么做。"彼得指出，说的不无道理。

沙利决定先不解释真正的原因，他不想和大吉姆·沙利文扯上任何关系，无论是他活着还是死了，可是这一点就是没人相信，他觉得彼得也不会信。其实沙利突然意识到，也许彼得也曾在他自己生活中的某个时候发过这样的誓。也许这誓言至今依然有效。"如果我付得起欠缴的税，我也许会把它卖了，不过我交不起。"

"嗯，"彼得回应，"我也交不起。实际上，我都不确定明天在阿尔巴尼租不租得起车。如果他们不能用信用卡支付，我就要开口向你借钱了。"

沙利想了想要去哪里搞这钱。"我以为你混得不错呢，"他皱起眉头,"你是大学教授,对吧?"

彼得不高兴地暗自笑了笑,好像在嘲笑他父亲的不谙世故。"爸,你知道一个副教授挣多少钱吗?"

其实沙利不知道。"像你这样社会地位高的人,我想应该挣得不少吧。"

"社会地位高?"彼得重复道,好像沙利说了句蠢话。

"我不知道这个术语该怎么说,"沙利说,"但是你有博士学位,是不是?"

"社会地位低才是吧,"彼得解释道,"人人都可以有博士学位。如果你在学校里再待个一两个月,也许他们还会给你颁一个呢。"

沙利没有理会儿子的顶撞。"那你为什么要当教授呢?"

"这样我就不会成为你这样的人了。"彼得答得那么快,沙利都怀疑他是不是事先想象过这样的对话,早就提前准备好了答案。和往常一样,沙利惊讶于彼得这么快就把怨恨表现出来了。不是说他没有理由这么做,而是他们本来相处得好好的,然后不明所以就这样了。"实际上是妈妈的原因,是她这么想的。"

"那么,你俩都可以不用再担心你会成为我这样的人了。"沙利告诉他。

彼得发出一声最让他讨厌的假笑。"我没你那么硬气,是吗?"

"是的,完全没有,"沙利告诉他,这说的是实话,他这么说也因为彼得的那声笑已经超过了他忍耐的限度,"不过你更聪明,这很棒啊。"

"但你认为头脑聪明没什么了不起的,"彼得说,"这点我看得出来。"

沙利没有马上回答,等开口回答时,他非常注意自己的措辞。"我从来没有希望你更像我一点,"他说,"不过有时候我倒是希望你能少像你母亲一点,但这又是另外一回事儿了。"

彼得的假笑这会儿听着没有那么傲慢了。"好极了,"彼得说,

"她怕我最后会像你那样,你怕我最后会像她那样。"

两人到了目的地,沙利向他指了指迈尔斯·安德森的房子。"就是这个。"

"里面什么样子?"彼得问道。

"不知道,"沙利说,"明天才能看到呢。很明显,需要花很多时间。这是好事儿,我正需要这样的工作,如果我的膝盖承受得了的话。"

彼得点点头,若有所思地研究着这栋房子。"我来帮你一个月,你觉得怎么样?"这话让沙利大吃一惊。

"你说的是真的?"

"我最后一堂课是十二月十三号,然后要一月中旬才回去呢。"

"我不知道能付你多少钱?"沙利说。

"最低工资?"

"也许比这要多一点吧。"沙利一边说一边算了算。除非让罗布离开,可他又不会这么干。他不确定能付得起三个人的工资,如果要持续这样的话肯定不行。"不过,这都是私下付钱的。"

"可以啊。"彼得同意道。

"你这么做不是为了要惹你妈生气吧?"

"不是,我需要钱用。"

"这一定会惹你妈生气的。"沙利说。

"那就太糟了。"彼得说,好像他不知道他妈会发火一样。

沙利又一次有冲动想去为他不怎么喜欢的前妻辩护一二,虽然他清楚这对他没什么好处。最后他说:"如果你愿意,可以来和我住,我有房间。"

彼得咧嘴笑了。"这样一定会惹她生气的。"

沙利把外套的衣领竖起来挡风。一到冬天,风就窜进主街,就和沙利小的时候一样,冬天来临,他总要迎着风艰难地走去学校。

"带威尔一起来。"他建议道。

彼得咧嘴笑了。"不带瓦克尔?"

沙利耸耸肩,不想将自己对其中一个孙子的偏爱表露得这么明显,但他确实偏爱威尔。"他昨天告诉我,你和夏洛特要分开了。"

很明显,这让彼得吃了一惊。"威尔说的?"

"他肯定是偷听到了你们的谈话。"沙利说。他回忆起自己和哥哥帕特里克躺在黑暗狭小的房间里偷听父母对话的场景,那时候他们在房间里等着拳头或巴掌打在母亲身上的声音。一开始两个人都吓坏了,但后来沙利渐渐注意到了哥哥的变化,他发现有时哥哥听见打骂的声音会在黑暗中发笑。沙利希望他的孙子们不要像他和哥哥一样被动地成为父母的听众。

"我不信,"彼得说,"我和夏洛特几乎从来也不交谈。如果我们中一人进屋了,另一个人一般都会站起来离开。"

沙利试图想象这个场景,但想不出。和他有关系的两个女人——薇拉和露丝——都是斗士,但她们风格迥异:薇拉总是推搡你,划伤你,前进两步,后退一步,永不言败,啪—啪—啪地打过来,正中眉心;露丝则是冲过来就揍你,享受着和你扭打的过程,还很有可能卑鄙地朝腰部来上一拳。沙利想这两种他都消受不了,沉默是最好的。

"她把错全都怪在你身上,你知道吗?"

沙利觉得难以置信。他一直都觉得夏洛特是喜欢他的。"夏洛特吗?"

"不是,是我妈。"

"哦。"沙利松了口气说道。他的双手插在外套口袋里,现在插得更深了,他发现一只口袋有一个洞,于是在内衬面乱摸一气,好像找到了什么奇怪的东西,他拿出了一只从哈罗德太太那里买来的橡皮鳄鱼,他都忘了这事儿。看到这只鳄鱼,彼得并未表现出吃惊或兴趣。真是不可思议,这个夜晚经历的事已经够多了,父亲的口袋里为什么就不能有一只橡皮鳄鱼呢?

沙利闻了闻鳄鱼,闻到一股浓烈的臭味,这就是追随了他一整天的那股臭味。"我觉得就是这破玩意儿弄脏了我的口袋。"他说。

彼得皱了皱鼻子,向后退了步。

沙利把鳄鱼放回口袋。"我不恨你妈。"沙利严肃地说。

"你真好。"彼得说。

他们开车回到薇拉家,车恰好靠边停在了沙利之前睡着的地方。两个男人都没有马上下车。"想听点好的事情吗?"彼得最后说。

沙利不太确定,但他说想听。

"今天晚上我挺开心的,"彼得告诉他,接着又说,"我可怜的妈妈。这是她最害怕的。怕你过得开心。"

"叫她别担心。"

就在这时车库的门打开了,拉尔夫慢慢地走出来,盯着街上那辆陌生的车。彼得摇下车窗,轻声喊了一句:"拉尔夫,是我。"

"和你一起的那个是你爸?"拉尔夫问。

沙利下车,朝他挥挥手。

拉尔夫慢悠悠地走到他们停车的车道上。"那是什么?"他指着埃尔卡米诺后面的吹雪机问道。成功地从卡尔·罗巴克那里偷回了吹雪机后,沙利就完全忘了它。这倒是和他的一条生活哲理吻合:得不到时朝思暮想,而得到后却不珍惜。因此,他一直觉得现在拥有的都是曾经被高估的。你要做的是拥有前不要抱太高的期望。

"这是我答应过你的那部吹雪机,"沙利说,"来看看吧。"

拉尔夫狐疑地走过来。"真漂亮啊,"在路灯下仔细观察后他说道,"不过我买不起,沙利。"

"没关系,你可以的,"沙利告诉他,"我没花钱。"

"是的。"彼得说道,这让沙利有些惊讶,他没料到儿子这么容易就成了他的同谋,他还一度怀疑薇拉严厉的道德教育在缺失了一段时间后会重新发挥作用呢,以为彼得会向拉尔夫坦白这部吹雪机是偷来的呢。相反,他并没有这样做,他站在路灯的光晕下,淘气地咧嘴笑着。

"也许需要的时候我要借一下,"沙利提前向他打招呼,"比如每次雪下得很大的时候。"

"没问题。"拉尔夫说。

三个男人一起卸下吹雪机,把它安全地放进拉尔夫的车库里,除非卡尔·罗巴克一家一家地搜查,否则这部吹雪机可以安全地存在这一阵子。三个男人站在昏暗的车库里,目不转睛地打量着偷来的吹雪机。

"沙利,你真太好了,"拉尔夫说,"我相信薇拉会让我替她谢谢你的。"

"如果你觉得她会感谢的话,"沙利咧嘴一笑,"那么告诉她不用谢。"

"她人呢?"彼得问道,他的嗓音低沉,好像正常的音调会魔力般地马上把薇拉变出来,站在他们中间似的。

"睡了,终于睡了。"拉尔夫说,好像他和继子有同样的恐惧。

"真是多事之日,对吧?"沙利说。

他们都认为这一天太精彩了。

"夏洛特没打电话来吧?"彼得问。

拉尔夫摇摇头。"我还是不敢相信她就这么走了,把你一个人留下来。"显然,他以前从来没有听说过一个女人可以这么对待丈夫。即便是活了一辈子,碰到各种各样的女人,做过各种各样让他觉得奇怪的事情,这件事还是让他措手不及。

"明天一早我爸送我去阿尔巴尼,这样你就可以在这儿陪我妈了。"彼得告诉他。

拉尔夫看着不是百分百支持这个计划。"如果夏洛特回来找你呢?"

"拉尔夫,"彼得表现出极大的友善,像是要缓解紧张的氛围,"她走了,他们这么离开是不会再回来,然后向你道歉的。"

拉尔夫叹了口气,看着像是要哭出来了。"要是你不能送他去阿尔巴尼,我可以送他。"他告诉沙利。

"我行的。"沙利说。

"二十年了,我还是第一次请他帮忙呢。"彼得说,他那种紧张的怨恨再次闪现,虽然这次是开着玩笑说出来的。

这倒让沙利有了个主意。"去一会儿我住的地方。"他建议。

"现在?"已经精疲力竭的彼得问道。这一天刚开始是妻子弃他而去,后来他又偷了一部吹雪机,接着又差点被一只德国猎犬咬死,今天实在发生太多事情了。

"就一小会儿,"沙利坚持道,然后对拉尔夫说,"我马上就送他回来。"

一分钟后,他们把车停在了沙利的住处,沙利把埃尔卡米诺的钥匙拔出来交给彼得。"拿着,"他说,"三个星期你就回来了,对吧?"

"对啊,不过——"

"拿着吧。"沙利把钥匙扔在儿子腿上。

"你先是要给我你的房子,现在又给我你的卡车,接下来你要把你的女人也给我吗。"

"这三样,我可一样也没有。其实这车不是我的,这辆车是被我们偷了吹雪机的那个人的,他会理解的。"

"他会理解的。"彼得重复着。

"对,我会让他理解的。"

"那你开什么呢?"

"我明天去买辆新卡车,"沙利让他放心,"这辆只是借的,平时它就停在院子里。"沙利撒谎道。

彼得拾起车钥匙,怀疑地看着。"我还没跨过州界就会被抓的,是吗?"他叹着气说道。

"如果你今晚就走,就不会,"沙利告诉他,"也许他会生气,不过一两天就没事儿了。"

"我明天早上再走。"彼得提醒道。

沙利明白儿子在想什么。"现在就走,拉尔夫会照顾你妈的,你在的话只会让事情变得更糟,这是你和我像的地方。"

彼得看了他一会儿,然后将钥匙插入仪表盘上的钥匙孔。"我想我妈说得没错,"他说,"你真的过得挺开心的。你这辈子挺享受的。"

"能享受就享受吧。"沙利承认。其实给儿子一辆别人的车,这让他感到轻飘飘的。他一晚上都在想,在儿子需要帮助的时候他什么也给不了他,但现在他意识到之前是自己想多了。

两人握了握手,算是约定好了。嘲讽和愤恨可是难以通过握手来传达的。

当彼得调转埃尔卡米诺朝主街的另一端开去时,车灯扫过隔壁邻居门前的平台,那里有什么东西,于是沙利停了下来,在黑夜里眯起眼睛仔细辨认着。他第一反应是一只猫蹲在地上,刚刚是猫咪的眼珠闪了下光。但当他走近一看,发现并不是一只猫,而是一头鹿,它躺在雪地里,一动不动。很明显,就是维尔夫告诉他的那只鹿,这说明那个故事是真的。比在家门口发现一头鹿更古怪的是,这头鹿是被五花大绑的,好像射杀这头鹿的人是先捆绑了鹿再开的枪。要么就是把一头死了的鹿捆起来,以防它复活。不管是谁负责拉走这头鹿,也许那人心里想着反正事已至此,不如等到第二天早上再将这头鹿拉走。鹿角上飘着张便签,沙利弯腰来看,上面潦草地写着:DON'T REMOVE THIS DEAR[①]。便签下面的一角有警察局的落款。这张便签是用钢笔写的,有人用铅笔在这只(THIS)和写错的鹿(DEAR)之间添了一个逗号,读上去就变成了"不要

[①] 原意应该为"不要移动这头鹿",鹿英文的正确拼法应该是 Deer,而主人公拼错成了 Dear(亲爱的)。

移动这个，亲爱的"。沙利在思考这头死去的鹿跟这张便笺带来的种种谜团，想了三十秒钟，就放弃了。他很高兴在这稀奇古怪的生活中，还有一些和他没有关系的谜团。这个结论可以说具有普适性，但眼前的这件事例外。

上了楼，他把冬天的大衣扔到沙发扶手上，一下子瘫倒在沙发上，虽然已经筋疲力尽，但比之前感觉好一些，沙利知道，严格来说，现在不应该比之前更好。早上醒来后，他的处境会比他之前的任何一次都更糟。他对拉尔夫和彼得的慷慨恶化了他自己的处境。但是，他有种莫名的自信，相信自己能想出办法。一定有办法的。有些办法浮于表面待你发现，有些暗藏深底等你挖掘，有些是被意志激发，还有些是被逼出来的。

在生活的谜团中，其中当务之急要解决的一个是，那个跟随了沙利整个晚上的臭味。想着想着他就睡着了。最初，是卡尔·罗巴克在白马酒吧的门口闻到的，但等沙利离开酒吧后，这味道就一直尾随着他。去 IGA 超市的路上，在车里彼得也注意到了这味道，说这味道让他想起了和夏洛特蜜月旅行去的博卡拉顿的棕榈海滩。后来，埃尔卡米诺里充斥着这臭味，即便天气冷得要命，他也不得不摇下车窗。

他只睡了几分钟就被噩梦惊醒了，他梦到这味道是他的脚腐烂掉的臭味。诡异的是，他一醒来就有了答案。他拿起大衣，伸手摸进口袋，摸到开线的地方，最后找到了那只腐烂的小圆蛤蜊。蛤蜊张着口，流出黏液，一路流到另一只口袋里，然后就藏在了沙利的一团手套下面。正如维尔夫所言，蛤蜊虽然微不足道，但沙利难以抑制找到它后的喜悦。

在楼下黑黢黢的卧室里，贝丽尔小姐听到了房客的笑声。实际上，她也听到了停车的声音，她本想起身和他在门口碰个面，后来又觉得算了吧。还有几个小时早晨就要来临了，有的是时间告诉他那个坏消息。实际上，她今晚不想见到沙利，不想被他取悦，也不想回想起她和老克莱福多年前喜爱的那个男孩。她也不愿意再听艾德教练的建议了。如果可以的话，她会捂起耳朵不去理睬沙利挑衅的笑声，那笑声从天花板传下来，像是要提起她的精神。自在她家前窗外发生的那个事件之后，任何事貌似都会使她提起精神。但是，这个笑声和小克莱福那种毫无幽默感、受职业控制的银行家的嗓音以及那句唠叨了整晚的"我是不是一直都有提醒你"相比，真是太好听了。他是和那可怕的乔伊斯一起来的，他声称是看到警车才赶来的，但贝丽尔小姐怀疑是她的朋友格鲁伯太太给他打了电话。那时，她还在因之前发生的一切而浑身颤抖，看到小克莱福的到来不能说不高兴，毕竟他是她儿子，毕竟他与她爱的那人同姓，这人曾经是她心中的明星。不，小克莱福能来她很感激，他用镇定自若的语气在屋外和警察说话，警察频频向他点头，完全同意他的说法，再说也是他在"支付"警察工资嘛。后来，她告诉了他自己的恐惧，觉得今年就是上帝要降下厄运的时候了，接着又接受了他一直以来的告诫——沙利就是那根象征着厄运的树杈。不得不承认儿子是对的，以及看到他最终成功说服自己后露出的获胜的表情，都太让她失望了。她就要失去沙利这个多年的盟友了，太可惜了。她终于发现自己别无选择时，感到这实在太可怕了。

第二部分

星期二

十二月中旬的一天，黑暗的天空中出现了第一缕灰色的光线，在海蒂之家门外，人们正在挂一条新的横幅。卡斯在餐厅的后厨忙碌着，此刻她停下手里的活去看看这次的新横幅上写了些什么。最近的几条横幅都没有带来多少好运气，北巴斯镇没有彻底击败斯凯勒温泉镇，一次都没赢过。其实北巴斯已经并不那么积极地投入比赛了。《斯凯勒温泉前哨报》又发了一篇社论，建议出于人道主义的考量，应该把巴斯镇的名字从比赛的安排表上删掉。巴斯镇的镇民也不那么确定他们是不是在走↑坡路。最近有传言说，无忧宫无望在夏天如期开业，而且"终极逃亡"主题公园也出现了新的麻烦。反对这个项目的一些人担心，位于镇子郊外的那片新开辟的墓地会被挖出来移走，在地下长眠的逝者会受到侵扰。这群人目前为数不多，没能引起本地的关注，他们在那个长相邪恶的小丑广告牌前的首次抗议的新闻亦未登上《北巴斯周刊》的版面。而正如人们预料的那样，对这个曾经的竞争对手、如今不堪一击的敌人，《斯凯勒温泉前哨报》从来也不放过任何羞辱它的机会，他们在周末版最后一面的一篇短文里，报道了这次抗议。自那之后，他们又追踪了后续的三次"纠纷"，每次报道的篇幅都比前一次更长，每次都朝头版的位置移动一点。《斯凯勒温泉前哨报》的文章引起了人们的关注，这迫使《北巴斯周刊》写了一篇严肃的社论，建议斯凯勒温泉镇，这个拥有赛马场、温泉浴场、夏季剧院和系列音乐会的城市，不要介入它不太走运的姐妹城市的内部事务，不要再企图破坏他们盼望已久且受之无愧的运气了。《北巴斯周刊》说，巴斯的镇民需要这么一剂经济强心针,所以过去的就既往不咎吧。更重要的是,选做墓地的这块地从来也不适合做墓地,这块地实在太湿、太泥泞了。去年春天,几天的倾盆大雨后,挖土机一铲子下去,就能碰到棺材。棺材从原来的位置移动了几英尺,已不再位于刻有它名字的墓碑下了,现在墓碑下的是别人的棺材。人们担心,地下的整个棺材军团在十年前新墓地开辟出来之后,就在以每月一到两英寸的速度,成排地向高速路的方向慢慢行进着。面对现实吧,这篇社论说,所有死去的人都已经在迁移了。趁着他们还离原址不太远的时候,最好是现在就把他们都挖出来,可别等到他们都移到大海里再来挖。《周刊》上的文章敦促成立专门委员会,另选一块墓地。

沙利在进入餐厅的前门前,瞪眼盯着那条新横幅,努力想要看清楚上面的字。NEW ENGLAND HOLY DAYS(新英格兰圣日),好像是这么写的。

"神圣之日?"

沙利又看了看。"HOLLY DAYS(应该是圣诞快乐吧)。"沙利纠正道。

"两个说法都没什么意义,不是吗?"卡斯说,"因为这儿可不是什么新英格兰。"

"哦,我们离佛蒙特州也就不到六十公里嘛。"沙利一边锁上身后的门,一边提醒道。

"似乎不止吧,"她说,"那里的镇子怎么看着像明信片上的一样呢?"

"要我去接老姑娘过来吗?"看到海蒂不在她自己的座位里时,沙利问道。

卡斯没有回答他,沙利就当她同意了。他逐渐明白,把老太太从餐馆后的平房里接过来,把她安顿在卡座里待一个上午,已经成了自己的职责之一。否则,卡斯就会任由母亲用她那瘦骨嶙峋的拳头砰砰砰地砸门。他们不准海蒂自己走过来,因为平房通向餐馆的走廊上有一级台阶，老太太需要有人搀扶才能通过。如果老太太感到一个人在公寓里待的时间太长，她就会用最大的声音吼叫，并使劲地砸门，一直砸到她患有关节炎的手可怕地肿起来为止。之后她就会坐在她的卡座里，一个上午都靠着安乃近来止痛。"就让她砸吧。"卡斯总是这么说，但是沙利明白最好是去把老太太接过来，让她开心舒坦地坐在自己的卡座里。他觉得卡斯心里是感激他的，是他让她从时时刻刻要背负的重担下解脱出来一会儿。卡斯喜欢在六点半店开门前，一个人在昏暗的餐厅里待上几分钟。

老海蒂已经不太能听到别的什么声音了，但沙利来接她时，她总能听到。她要么是听到了声音，要么就是感觉到了沙利沉重的脚步踏在走廊地板上的震动。因为每当沙利把头探进平房昏暗的起居室时，老太太总是在挣扎着起身。"哈啰，老太太，"他今天早上说，"我看你还挺生龙活虎的。"

"精神着呢，"海蒂使劲儿地笑起来，撑着沙发扶手坐正了，向他伸出一只瘦骨嶙峋的胳膊。

"又是辛苦的一天，准备好了吗？"他接过她的胳膊，沙利感受到了身上增加的重量，所以要先稳住自己。海蒂的体重不会超过八十五磅，但是他很快就明白八十五磅的重量足以让他失去平衡，尤其是这么早他的膝盖还没有完全活动开的时候。

"辛苦的一天！"海蒂重复了一句，利爪一样的手紧紧扣着沙利。

"等等，"沙利说着想要松开她的手，"换一边，到我没受伤的这边膝盖来，我们每天早上都经历这个，以后可要注意了，知道吗？"

"注意！"海蒂吼了一声。

花了一分钟时间他才将老太太安排好，两人一起朝门口走去。"我知道你喜欢撞我的坏腿，不过我今天不会让你这么干。"

"好的！"

"台阶来了。"

"上?"

"下,笨蛋,和昨天一样。你觉得人家造这么个台阶,就是让你犯迷糊的吗?"

"下。"海蒂说。他俩一起下了台阶。

"行了,"沙利说,"我们又成功走过来了。"

"成功了!"

"那么,"他说,"今晚你往回走的时候,这个台阶是上还是下?"

"下!"

"下?"沙利反问道,"你刚才下了台阶,不能都是向下走吧?迟早你要上台阶的,是吧?"

"上!"

"老姑娘到,"他们在卡斯的注视下穿过餐馆,"你有什么需要的吗?"

老太太慢慢坐到卡座里,两手在餐桌的塑料贴面上摸索着,好像有人在那上面用盲文给她留了什么信息。"你是谁?"她最后问,"听着好像是那个讨厌的沙利。"

"她可是一天不如一天了。"沙利说着来到吧台后加入了卡斯,系上了围裙。

卡斯透过镜片看着沙利。"你可别安慰我了。"她说。

自从鲁夫辞了职搬回他在北卡罗来纳的家乡后,到目前为止沙利已经在海蒂之家工作两个星期了。鲁夫走了,巴斯镇暂时就再也没有黑人了,这倒给人们公开使用"黑鬼"这个称呼行了方便。对于巴斯的居民,至少对那些来海蒂之家的常客来说,这个词本来用得也不多,现在它变成了一种"肌肉的记忆"。这些年来,每当要说"黑鬼"这个词时,他们都会抬头四处张望一下,看看鲁夫在不在,确保他没有偷听到他们的谈话,如果被他听到,他们就得道歉了。而现在他不在了,他们还是要向周围望望，每次这样做，他们都会觉得自己很傻。有那么一两回，海蒂之家的老主顾们开玩笑说，要派代表去斯凯勒温泉借一个黑人回来，直到找到长期代替鲁夫的人，斯凯勒温泉有的是黑人，从他们的橄榄球队和篮球队的队员就能看得出来。当沙利决定早上来卡斯这里帮忙的时候，他遭到好多人的取笑，那些人说，走了一个黑人这么容易就又找到了一个新的，真是让人松了口气（这是卡尔·罗巴克的话）。

给卡斯搭把手是沙利来这里上早班的一个官方理由，但实际上还有其他几个原因，都和钱有关。他向维尔夫借了首付款，用分期付款的方式从哈罗德·普罗克斯迈尔那里买了卡车，之后就等着下雪时去借雪铲靠铲雪赚钱，但自那以后，一次雪也没下过，这就意味着下个星期沙利没钱支付第一期的款项了。考虑到天没下雪这个事实，哈罗德也许不会指望沙利能付这笔钱，但这种连续的蓝天也让沙利倍感紧张。实际上去年就没有下雪，如果今年和去年的情况一样，那么他就会背着一身债走进春天，而这笔债即便在他两条腿都健全的情况下，也难以偿清。自从他回来工作以后，他的膝盖没有恶化，但也没有好转，他怕这条腿再出什么问题，那样他可就全玩完了。

在海蒂之家的后厨干活有几个好处。早上站在暖和的烤炉边上，他的膝盖会慢慢放松，一大早也是一天中膝盖最疼的时候。早上六点半到九点半之间，沙利穿梭于烤炉和冰箱之间，正好满足他一天头三个小时的运动量，这会使他的膝盖更容易弯曲，以迎接之后的工作。之后他会去安德森的房子那里找罗布和彼得，或者如果卡尔碰巧有些零碎的脏活高兴给沙利的话，他还能给卡尔·罗巴克干点儿活。如果可以选择的话，他更偏向于给卡尔干活，因为房子的活的确不需要三个人忙活一整个冬天，即便这三个人里有一个是瘸腿，另一个天生就是个呆瓜，还有一个是来做兼职的大学教授。其实，当沙利看到返回西弗吉尼亚的彼得在两个星期后开着埃尔卡米诺出现在他面前时,他着实吃了一惊。两个星期的时间足够让沙利忘记他曾经给儿子提供过工作这件事。他已然把这活儿当作是他和罗布的。可是现在这情况意味着,他要么让罗布回去给他的堂兄弟们干活儿,要么他自己找点别的活。因此,他告诉卡斯,不要担心找早餐厨师这事,至少这个冬天剩下的这些时间都不用担心。只要打定主意,那么做出决定就不难了。但比较难办的是要哄卡尔·罗巴克给他点活儿干,卡尔没完没了地抱怨顶尖建筑公司正在濒临破产,并声明如果克莱福·皮尔普斯把"终极逃亡"乐园项目搞砸的话,他就会迅速破产。沙利怀疑他只是在抱怨而已,虽然他觉得小克莱福有能力把事情搞砸,但他不认为这个会发生在"终极逃亡"项目上,因为他坚信卡尔一直有好运相随,在这个多变的世界里,这真是罕见。的确,一年中的这个时节卡尔那里是没什么活儿可干的,更糟糕的是,他一下就能嗅出沙利缺钱,如果沙利需要的钱不多的话,那么他支付的数目不会低于沙利的期许,然后他会告诉沙利,他卑微的样子可讨人喜欢多了。对这个评论,沙利总是回敬他,说这是他俩的区别之一——因为卡尔从来也就不讨人喜欢。

  早上六点半,卡斯打开前门的时候,一小群人已经聚在门口了,他们在冷风中跺着脚,等候着被准许进入温暖明亮的餐厅里,罗布也在其中。罗布进来后,马上坐到了离沙利最近的那个吧凳上,沙利正站在烤炉边,用一个金属打蛋器搅着一碗蛋液。自彼得回来后,这个礼拜对罗布来说可真是难熬。他习惯了沙利只属于他自己,不得不和彼得还有那个小男孩分享沙利,让他很不习惯。一个月前他是多么幸福啊,那时他还完全不知道沙利有个儿子,更别提他还有个孙子了。此外,这两个人招呼都不打说来就来,而且想当然地认为自己是受欢迎的,这些都让罗布觉得不公平。他讨厌必须要和彼得一起干活儿,因为彼得不像沙利那样能一直听他啰唆。而且等他难得开口说话时,罗布觉得他说的简直和自己说的是两种语言,这让他觉得自己很愚蠢。老皮尔普斯太太在他读八年级的时候就提醒过他,这个世界会青睐那些谈吐高雅的人,而会让另一些人感到愚蠢,这话是没错的了,所以对于眼前的情况,他并没有感到太惊讶。更糟糕的是,连沙利说话也开始和以前不一样了,至少他在对彼得说话的时候是这样。现在沙利似乎总是在和他的儿子说话而不是罗布,而且有迹象表明,沙利也在倾听他儿子的话。沙利能用心倾听并回应彼得这一点着实激怒了罗布,在罗布看来,他把沙利当作自己真正的朋友。毕竟,罗布和沙利讲他从来也不会和别人讲的话,有的甚至是连对他妻子布茨也不会讲的话。他和沙利毫不保留地分享内心最深处的愿望,和布茨没有任何关系的愿望。罗布一想到什么愿望就马上告诉沙利,然后两人幻想着愿望实现的场景。罗布觉得沙利身上有一大缺陷,他似乎想要的太少了,这实在难以让人理解,毕竟是人都会有无穷的欲望。如果你站在又冷又湿的户外,你就会希望去到暖和干燥的地方,这简直太自然了,所以罗布就许了这个愿,而且不是自私地只为自己许愿,他还替沙利也许了愿。这就是友谊嘛。彼得虽是沙利的儿子,但是罗布很肯定彼得对沙利并没有这种深厚的感情,他不是沙利真正的朋友。因此,当罗布坐到了吧凳上,看到吧台后近在咫尺的沙利时,他真想和沙利唠一唠他对友谊的理解,这样沙利就会明白了。然而他开口只说了一句:"能借我一块钱吗?"

沙利把长柄铲子伸进一排香肠的下面,把香肠翻了个面,然后转过头看着罗布,罗布的眼睛马上移到了吧台的台面上,脸变得通红。"不行。"沙利告诉罗布。

"好吧。"罗布耸了耸肩。

沙利叹了口气,摇了摇头。"如果你愿意,你倒可以借一两个鸡蛋。"

"不能借鸡蛋,"罗布说,"鸡蛋吃完就没了。"

"我借给你的钱也是没了啊,"沙利指出,"我更愿意给你鸡蛋。"

沙利往烤盘上打了两个鸡蛋,鸡蛋液在培根油里噼里啪啦地飞溅起来。自从沙利掌管了这里早上的灶台,他就实行了几个微小但重要的变化。一个是在煎培根溢出的油里煎鸡蛋,在沙利看来,这样味道更好,而且反正油已经在锅里了。此外,他手边有什么种类的吐司就给客人拿什么。白吐司、全麦土司,在吐司机上一烤后,也分辨不出什么种类。沙利喜欢用光一袋吐司再打开一袋新的。沙利这种随心所欲的掌厨方式,已经惹了不少笑话,客人知道沙利会按照自己的方式给他们做早餐。他们点了黑麦面包加水煮蛋、鲜榨橙汁、一个可颂加橘子果酱、一杯花草茶,但最后摆在面前的却是盒装的橙汁、炒鸡蛋、白吐司面包加草莓果脯,还有混浊的咖啡,里面没有一样是他们点的。

沙利把装了鸡蛋的碟子放在罗布面前。"你知道我一直在做什么梦吗?"他问。

罗布饥饿地一头扎进鸡蛋里。

"喂。"沙利叫道。

罗布抬起头。

"我在和你说话呢。"

"什么?"罗布问。一副你为什么刚才一直不理我,非等到食物上来了才跟我说话的态度。

"我在做什么梦?"

罗布看着朋友的脸,好像答案就写在脸上。

"我给你点提示,跟我昨天和前天梦到的一样,两个星期来,我一直都梦到同一件事情,而且每天早上我都在你面前做这个梦,我还把这个梦大声说出来、唱出来。"

这时,罗布正在把一叉子流心鸡蛋往张开的嘴巴里送,送到一半停在了那里。他在努力回忆昨天发生的事情。昨天卡斯和吧凳上的两人一起哼唱过"白色圣诞节",突然答案出现了。"是该死的白色圣诞节。"罗布说完开心地把鸡蛋吸进了嘴里。

"这就是我梦到的,好吧,"沙利说,"该死的白色圣诞节。"

吧台的人开始唱起来。"我梦到了该死的白色圣诞节。"老海蒂在她的座位上开始摇摆,眼神平静地出神,这首歌一直都是她最喜欢的歌。

彼得和威尔进来的时候,歌声正好刚刚停止。小家伙看着还没睡醒,但很高兴,他父亲就只是一副睡眼惺忪的样子。彼得把威尔抱到了罗布旁边的吧凳上,然后自己坐到了儿子身边。威尔皱了皱鼻子。"什么东西那么臭。"他悄声说。

沙利点点头。"和你爸换个位子。"他建议。

他们换了位子。

"这样好多了吗?"沙利问。

"好点了。"孩子说。

"马上就会更好一些的。"沙利说。罗布正旁若无人地扫荡碟子上剩下的蛋黄。沙利怀疑他一个字都没听见。

"你吃早饭了吗?"沙利问孩子。

他点点头。"奶奶给我做了吐司。"

"你难道还不会给自己做吐司?"

"在奶奶的厨房里不行。"彼得说。

"要不要来一杯热巧克力?"

"要。"

沙利给他冲了一包热巧克力,又挤了一些罐装的鲜奶油在上面。"你今天还要做我的助手吗?"

"好的。"孩子同意道,鼻子上沾了点奶油。

沙利看了看彼得,他今天早上看着格外闷闷不乐。他还不习惯早起,在九十点钟前还不太爱讲话。"来点咖啡怎么样?"沙利问。

"不了。"彼得昏昏沉沉地说。他正斜眼看着罗布,罗布正把盘子推开,这时候才注意到彼得。"早上好,桑丘①。"彼得说。

"你还有时间喝杯咖啡的,"沙利说,"罗布不着急,是吧,罗布?"

罗布看着沙利,意识到这个问题可能有什么陷阱。有时候沙利这么说,就是在暗示他是时候挪动他的屁股去干活儿了。

"你今天想要我们干什么活儿?"彼得问。

沙利耸耸肩。"应该是不错的活儿。一些户外工作。把那些矮树都砍了,然后用耙子把枝条都耙起来,拖到其他地方去。这样万一我们的雇主突然出现,会给他工作有进展的好印象。他可千万别来,否则到时候我们还得把树桩子也挪走。"

"我想在春天的时候挪走那树桩会不会更好,"彼得脸上挤出微笑,"到那时候我就走了。"

"我不明白那树桩碍什么事儿了,"罗布说,每当提到树桩的话题时他都会这么说,"他怎么就不能不管它呢?"

"有些人不喜欢自己的前院里有树桩子,"沙利说,"还是感谢他吧,也许我们会花上一个星期的时间来挖这个树桩呢,这样就有一个星期的工钱了。"

"树桩不碍事儿,我就是想说这个,"罗布说,他在树桩这件事上就是特别不变通,"榆树根是一直向下长的,还记得卡尔家那棵吗?"

"别让我再想起那件事。"沙利说。

"我希望他会把那钱付给我们。"罗布说,他脸色沉下来。

"他会的,最终会的,"沙利说,"我保证。"

"什么时候?"罗布问。

"最终,"沙利重复道,"就像是今天你最终还是要去干活儿。"

---

① 桑丘·潘沙(Sancho Panza),是西班牙作家塞万提斯小说《堂吉诃德》中的人物,是堂吉诃德的侍从。

"是你说不着急的嘛。"罗布说。

"是半个小时前说的。"

罗布从吧凳上下来。"这里完事儿了你会过来吗?"

沙利说他会过去的。

当罗布和爸爸离开后,威尔吸着热巧克力杯底积淀的渣滓,啧啧作响。他的鼻子上还沾着奶油。沙利用餐巾给他擦去,孩子朝爷爷笑了笑,然后转头看着刚才爸爸和罗布离开的那扇前门,皱起眉头。很明显,孩子在担心着什么,他靠近沙利,尴尬地在爷爷耳边说:"罗布身上很臭。"

承蒙哈罗德汽车行的好意,沙利正开着他不想买的这辆卡车,他不想买它有几个理由。一是他买不起,哪怕不包括那个雪铲,他也买不起。另一个理由是,不管之前是谁开的这辆车,都太细心养护了。卡车一处锈迹也没有,驾驶室的内饰也完好无损,就连车身的漆也都还保持得不错。这辆卡车的确已经跑了近六万英里,但是沙利能看出来,那些一定不是什么难跑的路,所以他不认为这些数据能说明车况。有一个很大的可能性,那就是以前压根就没人用这卡车干过活儿,那么现在他就得用一用了。在沙利看来,卡车就像人一样,如果早期娇惯它们,它们就会被惯坏,时间长了就会变得不大可靠。因此,他马上就要动手给这辆卡车点颜色看看,它过去的好日子到头了。他买来卡车的第一天,就不小心倒车倒进了一个坑里,撞凹了尾灯上的红色反光板和后保险杠。第二个星期,他正要下车去买三重彩,车门又撞到了赛马场外的消防栓上,车门上的抛光层凹进去一大块。它之前的主人在卡车车斗里垫了一块垫子来保护车斗,这在沙利看来是极其愚蠢的事情。一天完工后,他喜欢听到把工具扔进车斗里发出的碰撞声。一把撬棍从皮卡的车斗上弹起来发出的声音真让人感到心满意足,而且他可不想再上当了。头一次他扔了一把扳手进去，什么声音也没听到，他还以为自己没扔准位置，于是下车绕到卡车旁边的雪堆里找了半天。在雪堆里没找到，他才往车斗里瞧了瞧，发现扳手好好地躺在垫子的中央。第二天，他就把垫子以二十块的价格卖给了露丝的儿子格雷戈里。这孩子正需要这块垫子。他在巴斯和斯凯勒的比赛结束后就辍学了，到州际高速公路边那家新开的超市里当了一名理货员，他给自己买了一辆皮卡开车上班。他喜欢这块垫子，车斗里放块垫子，再加上一个充气的床垫，理论上讲就可以在卡车后面和人翻云覆雨了。

因此，当沙利九十点钟带着威尔离开海蒂之家爬进皮卡时，他感到很满意，因为慢慢地，这辆车看着、感觉着都越来越像自己的了，甚至连闻着都很像他自己的，而不是那辆他买不起的卡车了。车窗脏脏的，不过看着还挺舒服，驾驶室的地板上已经积攒起一堆泡沫塑料的咖啡杯，还有一些踩了鞋印的脏报纸。威尔也明显地感觉到这辆车开始越来越像爷爷的了，因为他小心翼翼地爬进车里，试了试脚下的地板，确认报纸下有没有洞。

当沙利将车点打着火从海蒂之家的后街倒出来时，孩子提醒说："我的安全带，爷爷。"然后沙利刹住车，给孩子系上了安全带。

"这样行了吧，"沙利说，"要是你奶奶发现我没给你系安全带，我就没命了，是吧？"

"还有妈妈。"孩子说道，脸上露出阴沉的表情。

"你最近和她说过话了？"沙利挂了倒挡，松开刹车。

"她昨天晚上打电话来了。爸爸在电话里冲着妈妈大喊大叫的，妈妈也是。"威尔难为情地承认道。

"嗯，"沙利说，"但他们都是爱你的，爸爸生妈妈的气，妈妈也生爸爸的气，这不代表他们不爱你。"

孩子没有说话。

当沙利把车从小巷子倒到主街时，他说："你知道吗？"

沙利轻轻推了一下威尔。"爷爷也爱你。"

威尔皱了皱眉头。"拉尔夫爷爷吗?"

"不,"沙利说,"我这个爷爷啊。"

"我知道。"孩子说。

沙利意识到,他说的这句话里最要命的地方就是,这是句真话。他喜欢孙子在身边。彼得回来上班的第一天早上就拖着威尔来了,沙利说这不是个好主意。"他不会碍事的。"彼得低声说,并向他保证。

"问题不在这儿,"沙利回答道,但问题确实就在这,"如果伤着他怎么办呢?"

"怎么会呢?"

"假如你敲钉子的时候敲歪了,钉子飞起来,正好戳中他的眼睛呢?你妈还不得把我俩给宰了。"

彼得摇了摇头。"嗯,你想得到吗?我父亲在担心什么东西会飞起来击中他孙子。"

"好吧,"沙利说,"你不让我担心他,我就不担心了。"

"你想担心就担心呗,"彼得说,"可这不太像你呢,我是这个意思,没别的。"

"我从来没有担心过你,你是想说这个吗?"

"嘿。"彼得意味深长地耸了耸肩。

当然了,彼得没错。彼得还是孩子的时候,沙利可从来也没有担心过他。一部分原因是他要担心的事情太多,另一部分原因是薇拉一个人就能顶他十个。他疏于照顾孩子,觉得没有什么必要,甚至为自己能置身事外而感到高兴,他在自怜自艾(也许是自省)的时刻,还告诉自己如果他掺和到儿子的生活中,也许反而会把事情搞砸。

这是他那时候的态度,而对于自己的转变他没觉得有什么不正常的,他对孙子的紧张,好像是一种迟来的、天然的、生理上的爱怜,跳过了整整一代人。

"反正，"彼得回答说，"我们也没有别的选择。"

彼得解释他们没有别的选择，是因为薇拉上午要在文具店上班，自打拉尔夫第一次住院后，她就开始做这份工作了。

"拉尔夫呢？"沙利问，"别告诉我他也回去工作了。"

"他提出来帮忙照看威尔，但是……"

"但是什么？"

后来孩子不在场的时候，彼得解释了原因，是威尔不想一个人和拉尔夫爷爷待在家里，因为孩子知道爷爷最近住过医院，他害怕爷爷在家里没人的时候死掉，他害怕在大家回家前，他要一个人和一个死人待在一起。也许这就是为什么沙利会对这个孩子有种奇特的偏爱吧。在沙利看来，这孩子身上聚集了各种各样令人颤抖的恐惧，都是些完全没有必要的恐惧。不过，拉尔夫自己也有很多事情要做，比如他在为雄狮队和公园委员会工作。

沙利没去迈尔斯·安德森的房子找罗布和彼得，而是晃到了卡尔·罗巴克的办公室。他有好几天没看见卡尔了，他曾含含糊糊地说有可能有活儿给他干。有了一辆没有付清款项的卡车，沙利可不能轻易放掉任何工作机会。他把车停在了楼下的街边，威尔跟在他后面一起爬上了狭窄的楼梯来到三楼，他想着如果卡尔不在——这个可能性比较大——也许他还可以从鲁比那里打听到卡尔的去向，也许鲁比穿的正是她那件让人一眼就能望到里面的衬衫呢，这景象也总会让人愉悦的吧。让他惊讶的是，鲁比不在，托比·罗巴克坐在那里，但穿的不是那种透明的衣服。她穿的是一件宽松的灰色运动衫，那种大学体育系出来的人才会穿的衣服。沙利心想，和鲁比那种穿着透明衬衫、略有姿色的年轻女人相比，他更喜欢穿着宽松运动衫的托比·罗巴克，这说明什么？这说明他已经六十岁了，他猜想。还说明他是个傻瓜。也许还说明别的什么，反正全都不是什么好事儿。不管说明什么，他很高兴看到托比坐在鲁比的位置上，她正在打电话，从她的明眸一笑可以判断，她心情不错。她向他示意咖啡桌后面的两把椅子。

"我会告诉他的，克莱德，"她说着，"没法向你保证，你知道他……"

沙利没坐下来，而是把头探进里间卡尔的办公室，卡尔不在。

托比挂了电话，盯着沙利。"我听说你换了份工作，"她说，"你身上闻着都是油烟味。"

沙利早就准备好了如何回应换工作这个话题。此外，注意到女人常常甚至还没来得及跟他打招呼，就直截了当地评价他身上的味道，这让他感到紧张。

"像我这么多才多艺，也是挺可怕的。"他告诉她。

"这是谁啊？"她仔细审视着威尔问道，光想着托比·罗巴克了，沙利暂时忘记了威尔还在这里。

"我孙子，"他告诉她，然后对威尔说，"和罗巴克太太打个招呼。"

威尔还是一如既往地那么害羞，含糊地低声打了个招呼。

"我还没有接受你有个儿子，"托比说，"现在你又有了个孙子，简直难以置信。"

"我儿子今天早上和你说了一样的话，"他承认，"怎么了，鲁比病了吗？"

她脸上露出不满的表情。"哎呀，再没什么鲁比了，她上周五正式提出辞职了。我早该提醒她，辞职会是她最终的下场。"

"她去哪儿了？"

她耸耸肩。"也许我们可以寻着睫毛膏的踪迹去找找吧……"

"我们还是别了，"沙利建议，"想到有那么多女孩子为你丈夫哭泣，真让人沮丧。我知道自打妇女解放运动以来，我们不应该说女人都很愚蠢这种话，但是她们都爱上了卡尔，这多多少少也说明了些什么吧。"

"那么你觉得她们全都该爱上你吗？"

"不是全部，"沙利说，"但是如果卡尔能骗得了她们，我也应该能骗得了那么一两个吧？"

"你不再骗露丝了吗？"

沙利没有回答她这个话里有话的问题。实际上，他已经有三个礼拜没见到露丝了，自从杰妮的丈夫罗伊开枪射错了房子，还把杰妮的下巴打烂，把她打到脑震荡送进医院后，他就没再见过露丝。不知为何，露丝把发生的这一连串的事情都归咎于沙利，这个信息是她第二天一大清早发过来的，那时候他还没有完全睡醒。这次他们的争吵与以往在汽车旅店或是在沙利皮卡前座的有所不同。今天，在还没有掏出一美元给罗布，还没有喝上第一口咖啡，还没有想好碰到露丝该和她说什么时，她就突然出现在了海蒂之家。就在几分钟前，他才刚刚从贝丽尔小姐那里听说了整个事件的来龙去脉，老太太直到现在还浑身抖得很厉害。其实他在海蒂之家正琢磨的问题，就是到底是去找露丝还是等露丝来找他。一般来说，他不愿自找麻烦，但是他也明白，如果让麻烦找上门来，那情况会更糟。他还没来得及做出决定，麻烦就找上门来了。他一开始还没意识到露丝来了，直到吧台这都安静了下来，仿佛所有人都屏住了呼吸。

当他转身看到露丝站在身边时，让他感到担忧的，与其说是她的出现倒不如说是她的神情。露丝看上去像是一夜间苍老了很多；她看上去是个足足活过了四十八年、饱经沧桑的女人。除此之外，她脸上还有种十分可怕的表情，好像在说，她意识到自己完全输掉了一场重要的战役，而现在她很高兴她输了。

沙利能看得出来，无论是输掉哪场战役，她都不想输掉与沙利的那场。她看着像是要与沙利速战速决，快速除掉沙利和所有蠢到愿意站在他这边的人。也许餐馆里唯一有可能帮沙利的就是罗布了，他此刻正坐在沙利另一侧的吧凳上。看到露丝进来，他吓得说不出话来，更别说提醒沙利了。哪怕是卡尔·罗巴克发现了小丑广告牌后面的砖块,或是布茨进来猛踹他的下面,他也不会这么害怕。

露丝的确主动出击,而沙利却还在明目张胆地玩着他手里的唯一一张牌,而且错误地以为那是一张不错的王牌,"我当时都不在那里,露丝。"他说。

她没接沙利的话,酝酿着接下来的话,"我知道你不在,沙利,"她压低了沙哑的嗓音,以她一贯犀利的口吻说道,"那么上次人家需要你时你在场的,是多久之前的事了?"

露丝在选择结束语方面往往很有天赋。沙利目送着她离开餐馆,他没有从吧凳上站起来,也没有叫住她,就这么看着她走出了餐厅,上了车,更让沙利惊讶的是,扎克就一直在车里等着她。接着,餐馆里充满了咯咯咯的疯笑。有那么一瞬间,他在想,他听到是不是来自他内心的声音,是他的困惑制造出了这声音。但是,他后来发现这笑声是坐在他身后卡座里的老海蒂发出的。老太太隐约地察觉到了餐馆里的紧张气氛,用歇斯底里的狂笑来回应。之后,卡斯花了一上午的时间来安抚母亲。

"我从来也没有骗过露丝,"沙利告诉托比·罗巴克,"她碰巧就是这么不顾一切地喜欢我。"

"每个人都用这种方式喜欢你,沙利。"

"嗯,我猜是这样,这要比被人讨厌好吧。"沙利说。

托比·罗巴克没有马上回答,一阵沉默。如果要沙利说出女人身上让他特别不喜欢的一点的话,哪怕是他最喜欢的女人,那就是她们这种故意的沉默不语,好像是要给男人机会再思考一下他们刚才说过的话。

"实际上,我昨天碰到她了。"托比最后说。

"谁?"

"谁?"她重复道,"露丝啊,谁,我们刚才在谈谁呢?"

"哦,她啊。"沙利勉强地笑了一下说道。

"她身边带着个很小的小女孩。"

这也许是个问题，但是沙利决定不详细讨论了。杰妮还没有出院，沙利对这两个星期里发生的事情也只是了解了个大概。文斯一天晚上关了杰瑞比萨店后来到白马酒吧，告诉了他事情的最新进展。据文斯说，露丝向她白天工作的 IGA 超市请了两个星期假，比萨店里女招待的工作也暂停了（文斯认为沙利该对此负责），这样她好在杰妮住院的时候照顾蒂娜。看到妻子失去了两份收入，扎克不得不考虑去找一份稳定的工作。杰妮的丈夫罗伊，因为无法交保释金，还在监狱里等待审判。所有人似乎都同意监狱是最适合他的地方，尤其是他还威胁说，等他一出来就要来找沙利算账，报复他把妻子和孩子藏起来。

"所以……"托比·罗巴克说。

"所以……"沙利同意道。至于同意什么，他不知道。

"那么，你和露丝就这样结束了。"

"我现在单身，这倒是真的，如果你是想弄清楚这个的话。"

"沙利，沙利，沙利。"

"你丈夫总这么叫。"沙利告诉她。然后，他看到了一个转变话题的好机会，"但是你还没回答我的问题呢，你是临时来代替鲁比的呢，还是以后我随时都可以偷偷上来看你呢？"

"应该只是一段时间吧，"她说，"假如你想弄清楚的话，他就在那边的院子里。他说他已经改过自新了，下了很大的决心，你应该亲自问问他。不过那决心是一个多小时前下的，所以他现在已经不记得了吧。"

沙利点点头，站起身来。"我迫不及待地想听他说呢。如果我没找到他，你告诉他我来过了，"然后他转向威尔，"你觉得呢，小家伙？准备好走了吗？"

打过招呼后一句话没说的威尔站了起来，冲到爷爷前面走了出去。

"你确定他是你亲戚吗?"托比问。

"我明白你的意思。"沙利说。看到孩子走远了,他就又说道:"我不想多说什么,不过鲁比总穿着一件透明的衬衫,当然了,这取决于你……"

沙利不确定他开这个玩笑希望得到什么样的结果。也许她会假装生气,拿什么东西扔过来。因此他一边说话一边在关门,他说完这话时,门几乎已经关上了。也就是说,当托比·罗巴克快速以迅雷不及掩耳的速度掀起衣服时,他都不确定自己到底有没有看到,他傻傻地站在门外的走廊上,一动不动。他到底在那里站了多久?他不知道。心跳了一下?两下?还是三下?

楼梯口传来的威尔的声音,又重新把沙利拉回了现实。"怎么了,爷爷?"孩子十分担忧地问道。

屋里传出歇斯底里的笑声。"是啊,爷爷,"托比·罗巴克喊道,"怎么了?"

沙利和彼得从卡尔·罗巴克堆放设备的院子里偷走吹雪机的那个夜晚,两人并不知道,他们还造成了伤亡事件,实际上离死亡也差不多了。卡尔的德国牧羊犬拉斯普廷得了中风。沙利和彼得是眼看着这只狗瘫倒的,不过他们以为它只是站着睡着后倒下的,但事实并非如此。这狗打小就受过训练,见到任何未经允许擅入的夜间访客,它都会凶残地扑上去,但那天晚上,在药物的作用下,它陷入了与药物和嗜睡的斗争。最终,昏昏欲睡的拉斯普廷无法大开杀戒,只能做一只安静的狗狗了。

从那天晚上到现在,这只狗只恢复了一小部分身体机能。它的脑袋倒向一边,身体却在脑袋的另一边,几乎无法运行,它以前的那股凶残劲儿荡然无存。好像这只狗懂得好好睡上一觉的重要性,它现在大部分的时间都在睡觉,即便是醒着时候,它也是一边漫无目的地沿着栅栏的边缘游荡,一边流着口水,好像在找寻已然逝去的攻击力。以前它那低沉的咆哮声让访客们紧张不已,现在它只是友好地用鼻子蹭啊蹭,还舔人家的手指。不过沙利除外。

也许这狗永远也不会忘掉给它投毒的人。当沙利把车停靠在栅栏边时,拉斯普廷正在它最喜欢的地方睡觉,这正是沙利向它投汉堡,让它倒下,并改变它一生的地方。这时候,它醒了过来,一边发出低沉的吼声,一边努力着要站起来。这个动作总是会引人围观。卡尔·罗巴克和他的两个手下刚好从顶尖建筑的拖车里出来,观看这精彩的一幕。拉斯普廷一旦站了起来,它就能一瘸一拐地走路,但经历了长时间的睡眠之后,要从冰冷的地上站起来,一般需要试上五六次才行。问题似乎在于,这畜生好的一侧身体反应如常,但它对有缺陷的一侧缺乏耐心,当一侧的速度跟不上另一侧时,这狗就会绕着自己转起圈来,就像是只有一只浆的船,就这么转着,直到它最后摔倒在地,然后再把这些动作重复一遍。只有当这只狗正常的一侧累得不行而放慢速度时,身体的两侧才能保持平衡,它才能站起来。不过到那时,它就又想睡觉了。

站在拖车台阶上的那几个人,看到这狗几次失败的尝试后,都笑着摇摇头,不敢相信眼前这一幕。沙利和威尔也看了一会儿,孩子的眼睛睁得又大又圆,满是疑问和恐惧。

"它怎么了,爷爷?"孩子问。

"几个星期前,它出了点小事情,"沙利解释道,这期间他见过这狗几次,"你想不想骑在我的肩膀上?"

威尔使劲儿地点着头,沙利一下把威尔抱到了肩上。

"看看这是谁来了?"看到沙利和孩子靠近时,卡尔·罗巴克说,"你是来欣赏你的杰作的吗?"

"你的狗抽筋,可怪不得我。"沙利一边把威尔放在台阶上,一边说。这孩子依然警惕地看着拉斯普廷在那打转。听到沙利的声音,这只狗好似受挫了一般小声咆哮着。

"我认为就是你的错,"卡尔说,"我只是希望能证明这点。"然后,他对那两个正看着狗的人说:"我知道你们这些家伙很想在这里待上一下午,好看着这只狗再中风一次。"

"我想看,"其中一个人说,"我承认。"但是他和另一个人一起向门口走去,卡尔、沙利和孩子一起走进了拖车。

卡尔·罗巴克转到那张金属小桌子后面坐下来,脚翘在桌子上,先仔细看了看孩子,然后又看了看沙利。"唐·沙利文,"他摆出一副知情的样子说道,"偷吹雪机的贼、给狗下毒的家伙、翻煎饼的厨子、神秘父亲、神秘爷爷、撸管高手、万事通,最近过得怎么样啊?"

沙利坐下来。"和往常一样啊,勉强度日。"他做了个手势,让威尔过去坐到沙发上。"别弄坏沙发啊。"他提醒道。

威尔害怕地看着沙发,这沙发被撕成了一条一条的,里面的填充物从坐垫的裂口处暴露出来。威尔小心地爬上沙发,发现两个人都在咧着嘴朝他笑。

"你爷爷告诉你他是怎么给狗下毒的吗?"

威尔的眼睛又瞪大了。

"他还偷了别人的吹雪机。"

"别理他,"沙利说,"他就是找不到自己的东西了。"

"你藏得够严实的啊,我就把它送给你了。"卡尔说。

沙利点点头。"我想这次你永远也找不回来了。"他说。他已经告诉贝丽尔小姐卡尔·罗巴克会到处打听吹雪机的下落,还真是这样,卡尔真的来过。沙利还告诉她如果卡尔愿意,就让他搜查一下公寓,不过当贝丽尔小姐提出来的时候,卡尔婉拒了,可怜的他意识到沙利是不会把吹雪机放在这么显眼的地方的,而且他那楼上的房间里也没什么值钱的东西,能让他偷回来当作抵押的。

"它最终总会出现的,"卡尔说,"等下雪了,肯定会的。"

"我可期盼着下雪呢,"沙利承认道,思绪又回到了哈罗德·普罗克斯迈尔的雪铲和他可以靠铲雪赚钱上。"来一两场暴风雪,我就永远摆脱你了。"

卡尔咧嘴一笑。"你永远也摆脱不了我。就算下二十场雪,你铲二十场,一个星期之后,你的生活还是会毫无希望,没有着落。"

"我可从来没认为自己有好运气,"沙利承认,"这么小的镇子,只够一个人走运的份儿,而那个人就是你。我们这些剩下的人就只能好自为之了。"

卡尔哼了一声。"你是我认识的人中,唯一相信运气的人。"

沙利点点头。"在我遇到你之前,我一直都相信智力和辛勤劳动来着。只有运气才能解释你的这种情况。"

"那也解释不了你自己的情况啊。"

"坏运气可以解释我的情况。"沙利咧嘴笑了。

卡尔·罗巴克脸上露出他一贯让人恼怒的笑容。"你找到新房子住了吗?"

"别提这个了。"沙利告诉他。他答应贝丽尔小姐新年的第一天就搬出去,也就是说只剩下两个星期了。但是到目前为止,找房还没有什么新进展。小克莱福在那场枪击事件的第二天就想要把他赶出去,但是沙利让他滚蛋。只有当贝丽尔小姐希望他搬出去时,他才会搬出去。虽然所有人都认为发生的一切都应该归咎于沙利,但沙利不买账。事件发生的时候他并不在场,而那个开枪的家伙他亦从未见过。也许杰妮的确来贝丽尔小姐家里找过他,想找个藏身之处,但这不足以让他为后面发生的事情负责。其实,等他把那些针对他的指责重新在脑子里过一遍后,他得出结论,指向他的、经不起推敲的责备过多了。小克莱福开始说话的时候,回响在他耳边的是露丝的斥责声。去他妈的吧,全都滚蛋。这就是沙利看待这件事的态度。

但是那晚晚些时候,他折去白马酒吧跟维尔夫坐在一起还按老样子喝酒的时候,他做出了决定,也许他会搬出去。贝丽尔小姐没有责备他，她也不愿责备他，这让沙利觉得，他也许应该回报老太太的这份善意，向她保证不会再将她推至风口浪尖，不会再让她左右为难。也许正在讨论的事件并非由他引起，但如果没有他，这些事情也都不会发生。也许如沙利认为的，杰妮不是他的亲女儿，不过露丝不这么想，她坚持认为杰妮是他的女儿，也许杰妮也这么认为。或许扎克也这么想。这一切都那么复杂，这让沙利想起了他年轻的哲学教授，他总喜欢抛出那些复杂的理论。根据教授的说法，每个人，世上所有的人，都由看不见的线相互牵连着，当你移动位置的时候，你其实在给他人施加影响力。即使你看不见线被拽动，它们还是一样存在着。那时候，沙利认为这想法简直是胡扯。毕竟，他已经在这世上跌跌撞撞地生活了将近六十年，除了他自己，或许还有罗布以外，他还没有对其他任何人产生任何看得见的影响。离婚之后，他妻子几乎没有留意到他的缺失，就将他抛诸脑后开始了新的生活。他儿子则认另一个男人为自己的父亲。除了罗布，他想不起还有什么人会依靠他，对于这点他不得不敬佩他人的判断力。

但这都是彼得带着需求和他那个需要疼爱的小孩子出现之前、杰妮来他这里找寻藏身之地之前、他知道拉尔夫和薇拉的问题之前、他知道维尔夫生病之前的想法。也许真有看不见的线吧。也许你在努力避免发生事情的时候，却导致了事情的发生。如果真是这么回事，他也许真应该找个新的住处。贝丽尔小姐已经八十岁了，是个好人，在她耄耋之年，她应该享受平静的生活，而不应该面对自家房子平台上出现的一头死鹿，还有那个来自斯凯勒温泉对着她住处疯狂扫射的善妒的丈夫。如果沙利离开了，这些就都不会发生了。

因此，第二天早上，他就告诉房东太太自己会在新年的第一天搬出去，条件是小克莱福不要插手这件事，以后也不要再纠缠他。虽然沙利的决定让贝丽尔小姐看起来真的很难过，但是她也没有表示反对，这让沙利意识到，这四十年来他也许就是人们认为的那种危险人物。

"我可不太担心,"沙利告诉卡尔·罗巴克,"托比说,我可以和你们一起住,一直住到我找到新房子。'有个男人在家里总是挺好的',这是她的原话。"

拖车的门外传来一声低沉的吼叫,然后是爪子刮门和鼻子呼哧喘气的声音。坐在沙发上的威尔悄悄向沙利这边移过来。

"这只狗那么恨你,真是好笑。"卡尔观察着。

"你怎么知道它恨的是我呢?"

门外又发出一声低沉的吼声。

卡尔·罗巴克咧嘴一笑。"他主人的声音。"

"它进得来吗?"威尔问道。

"去看看,"卡尔告诉孩子,"去窗户那儿,悄悄撩起窗帘看看。"

威尔看着满脸疑惑,但还是照着做了。

"它站在那里吗?"

当威尔点头的时候,卡尔·罗巴克狠狠地踢了下门,外面发出一声闷响。

"它摔倒了。"威尔报告道。

卡尔向沙利摇摇头。"难道不可惜吗?多好的一只德国犬啊,最凶的一只,全毁喽。"

"听着,"沙利说,"我听说你有活儿给我干?"

"这要看情况,"卡尔说着坐回到座位上,又把脚翘到桌子上,"博登街上的那栋房子还是你的吗?"

"这可难倒我了。"

"你不知道?"

"我不关心。"沙利告诉他,与其说这是事实,倒不如说这是他的习惯说法。过去这几个星期,他发现自己每天都在想着这房子。有天下午,他甚至还从安德森的房子那过来,在这溜达,他心想如果这块地的价值超过了所欠的税款,那会有多少呢?比如,够不够解决他现在越来越严重的财政危机呢？能不能帮助彼得解决他的问题呢？彼得重返巴斯后，沙利的内心又涌出了强烈的无法解释的愿望——希望能给儿子点什么。彼得还是孩子的时候，沙利曾送给过他圣诞礼物，如果他还记得的话，他还送过生日礼物，但沙利连送的是什么都记不得了，这让他觉得好像从来就没有送过他东西。也许他把这房子送给彼得，或者把卖房子的钱送给他，会是个不错的礼物吧。

"你记得这房子有硬木地板吗？"

沙利说有。他脑子里出现母亲趴在地上擦地的样子。

卡尔拿起电话，拨了号码。"嗨，"他没有解释自己是谁，"帮我个忙。给市政厅打个电话，看看博登街上沙利那房子现在是什么状况。他好像不知道那房子是不是他的。替我亲亲小罗德里戈。"

还没等沙利弄清楚这通电话的意思，卡尔就挂了，然后说："想不想过去看看？"

"可以啊。"沙利说，假装无所谓的样子。实际上，他很想听听卡尔对这房子的意见，他甚至好几次都想问问卡尔，但最后都克制住了，因为如果向卡尔咨询，就表示他动摇了自己的想法——他曾公开表示，卡尔在所有事情上的建议都毫无价值。

"走吧。"卡尔建议，但是他并没有站起来，也没有把脚从桌子上放下来。威尔却把两人的话当真了，他站了起来，然后看到两人谁也没动一下，就又坐下了，心中满是疑惑。

沙利仔细地审视着卡尔。他的态度里好像有什么和之前有所不同，这让他想起托比·罗巴克说的，她的丈夫改过自新了。"你今天看着挺飘飘然的嘛。"他说着向前倾了倾身子观察着，然后把堆满杂志的桌子拖到沙发前，把双脚翘了上去。在沙利看来，如果两个人在屋里，其中一个人的脚翘在什么上面，就说明这人占上风。如果这人正好又是卡尔·罗巴克的话，那这种感觉就更明显了。无论什么时候，只要卡尔在身边，沙利都会尽可能地把脚翘得高高的,哪怕这么做有点疼,他也会照做。所以他正在这么干,他的工作靴湿嗒嗒的,脚下的杂志封面就要湿透了,这点尤其让他高兴。

"是的,"卡尔说,"我今天心情不错,就连看到你来,也不会影响我的好心情。"

"听你这么说我很高兴,"沙利告诉他,"我很高兴看到你这种人快乐。当然了,如果我继承了一大笔财产,娶了镇里最漂亮的姑娘,还有其他姑娘围绕,我也会快乐的。"

卡尔笑了,靠在转椅上,把两手钩在脖子后面,身子又往后靠了靠。"你说对了,"他承认,这在沙利看来有点可悲,"她是镇里最漂亮的姑娘。"

"你回忆一下,这话我和你说了好多年了。"

"好吧,你是说过,聪明鬼。"卡尔退让了一步。"你要是知道我已经洗心革面了,也会高兴的。"

"她刚才就是这么跟我说的,"沙利告诉他,"不过,我可不忍心提醒她你是什么样的人。"

"嘲笑吧,嘲笑吧,伏尔泰,卢梭[①]。"卡尔说。不管是什么让他如此飘飘然,他都盼着要与人分享。这就意味着,沙利唯一能做的就是假装出毫不在乎的样子。

"嘲笑谁?"

卡尔没有理他。"你在办公室看到托比了?"

"是的。"沙利告诉他。如果当时不是有些措手不及,他就真的看清了不应该看到的东西。看着卡尔·罗巴克那么得意忘形地坐在那里,沙利真心考虑要不要告诉卡尔他看到了什么,看看这会不会毁掉卡尔的好心情。阻止他这么做的原因可能是,他觉得托比·罗巴克这一闪而过的动作,是在邀请他等孙子不在身边的时候再回

[①] 此处为威廉·布莱克(William Blake)的诗歌。"嘲笑吧,嘲笑吧,伏尔泰,卢梭,嘲笑吧,嘲笑吧,但一切徒劳,你们把沙子对风扬去,风又把沙子吹回。"(王佐良 译)

去。毕竟,他和这个女人调情也有好多年了。她要是认真的,那才叫傻呢,不过能和卡尔·罗巴克认真的女人,也许就是傻吧。

"她没和你说什么吧?"卡尔依然兴奋地咧着嘴笑,"嗯,没关系啦,"他继续说,"她也许只告诉她喜欢的人吧。"

突然,沙利明白了。"什么?"他说。"别告诉我她怀孕了?"

"像啦啦队队员一样,一下就怀上了。"卡尔说。他已是满面笑容,连沙利都忍不住失望地笑了。

很长一段时间,两人谁也没有说话。

"那么,"卡尔·罗巴克最后说,"现在我猜你挺想做教父的。"

"我不可能既是父亲又是教父吧,"沙利说,"你总得做点该死的贡献吧。"

"不管怎样。我意识到再也不能花天酒地了,"他一边解释一边穿上厚外套,戴上手套和花呢帽,"我就想当个好父亲,一般人不都这么想吗?"

"当然啦,"沙利同意,"你把我们这些人全都耍了,我们还以为你是个混蛋呢,你觉得你能保持多久?"

卡尔深吸了口气。"除了和托比在一起外,我已经戒荤三天了,甚至都没什么欲望了。实际上,我从来没有感觉这么好过。你早该告诉我让它老实点儿。我戒了赌,戒了酒,戒了烟,全都戒了。全部,除了坏朋友还没戒,这就是为什么我还在和你说话。"

走到车外,卡尔在拖车前捶着胸发出了一声人猿泰山的吼声,"白色猎手要生孩子啦!"他发出一声尖叫。"我们分头行动,在那边碰头。"

沙利说没问题。他向大门走了几步才发现威尔没在身边。这孩子还站在拖车的台阶上,紧张地东张西望寻找着拉斯普廷,而附近并没有狗的踪迹。"它去哪儿了?"孩子问。

"过来,拉着我的手。"沙利说。

威尔小心翼翼地走过来。"在那儿呢。"他看见了那只狗。

拉斯普廷盘起腿靠着门边的铁丝网栅栏,好像在休息。如果这是个人的话,这姿势表示主人准备点上一根烟,花五分钟时间休息一下。

"这场景不他妈的有点可怜吗?"卡尔说,他走向那条曾经忠诚的看门狗,拉斯普廷抽搐了一下,无法站起来。很明显,他又失去了平衡,是后面的栅栏支撑着他。

卡尔走到狗的身后,把它从栅栏上抱走,轻轻地放在地上。"你知道这只狗让我想起什么吗?"他说。沙利还没有说不知道,卡尔就告诉他。"你。"

沙利点点头。"它的那儿可真够大的,"他说,"我过去没注意到。"

中午在厨房里,贝丽尔小姐抬头盯着橱柜,想着是否该喝完汤,她饿倒是不饿,只是想完成吃饭的任务。通常对于她这个年龄的老人来说,她的食欲算是极好的了,但过去这两个星期她的胃口小了很多。最糟糕的是,她知道这是什么原因。不是格鲁伯太太坚称的只是"生活乱了套了",不是疯子在附近开枪留下的后遗症,也不是小克莱福说的因为今年不打算出去旅游,所以生活没了目标。十二月下旬一般都是一年中忙碌的季节,要准备过节,还要为她的国外旅行做准备。小克莱福仍然认为她应该去旅行。今年,她原本的计划是去非洲,贝丽尔小姐希望在那里给艾德教练找一个伙伴。如果艾德能更知足一些的话,他也许就不会总在她耳边悄悄说些挑拨离间的话。至于伙伴嘛,她脑子里想到的是一个愿意容忍他的女性面具,她要不介意和艾德这样又老又严厉的变形面具共用一面墙。最近,因为她开始听从小克莱福的建议,所以艾德变得越来越严厉了。

她今年不去旅行,这就意味着艾德不得不再继续单身了。贝丽尔小姐意识到她要找点事情来做,以度过巴斯漫长的冬日,周末的时候,她和格鲁伯太太出门去买了她能找到的最复杂的拼图。她们去了斯凯勒温泉镇的一家昂贵的专卖店,贝丽尔小姐买了一副拼图,而格鲁伯太太买了一个彩虹圈,她们说以前从来没有见过这种东西。"这玩意儿跟活的一样,"当彩虹圈自动弹上弹下时,格鲁伯太太不停地说。

在回家的路上,开车去过斯凯勒温泉很多次的贝丽尔小姐不知怎么拐错了弯,在州际高速公路的下面听到去往加拿大的半挂车的轰鸣声时,她才意识到自己犯错了。格鲁伯太太从来也不看窗外,全靠贝丽尔小姐自己找路,所以她对朋友的错误一无所知。她不想就这么停下车再来一个三点掉头,因为这么一操作就是在提醒格鲁伯太太她们开错路了。所以继续开了差不多两英里后,她在一个偏僻的十字路口右转朝南开去,她希望方向没错,然后又抓住一个右转的机会,理论上现在就在朝西面巴斯的方向开,事实证明也确实如此。这条路又把她们带回了州际高速公路,又路过了新开的超市,她们开上了四条车道的公路支线。当她们驶过"终极逃亡"主题公园广告牌上的小丑时,格鲁伯太太叫了一声,她之前路过这里五六次都没有注意到这广告牌:"看啊,亲爱的,这是小克莱福!"

贝丽尔小姐在斯凯勒温泉镇的专卖店买的拼图是一幅飘雪的冬日景象,这让她想起了罗伯特·弗罗斯特①的那首诗来,那首诗她在八年级的课上教过很多年。拼图上的树林颜色昏暗深沉,一团黑色的枝蔓缠绕在一起。"为什么买这个?"格鲁伯太太问,"它让我感到紧张。"

贝丽尔小姐现在希望自己当初听了格鲁伯太太的建议。除了罗伯特·弗罗斯特,这幅拼图真不是个好选择。雪的颜色和天空的颜

---

① 美国诗人,曾四次获得普利策奖。他的作品因对农村生活的写实描写而获得高度评价。

色几乎一致，贝丽尔小姐把拼图的边框拼起来后就发现剩下的大部分都进展得太慢了。黑色和白色（更不用提灰色了）让她很难断定这幅拼图属于背景还是前景，该在画面的左面还是右面。贝丽尔小姐平均一小时才找出一到两片正确的，就连这往往靠的都是运气。她发现自己盯着拼图的时间太久了，必须站起来休息一下。她习惯了站在前窗看外面的风景，但今天站在这儿，她很快就意识到这是个错误的决定，因为窗外的景色和她买的那幅拼图简直一模一样。所以，最好还是去明亮点的厨房吧。

但当贝丽尔小姐抬头盯着她放汤料的橱柜，急于将自己的冷漠和混乱都归咎于这幅拼图、开错路以及拿枪的陌生人时，她不得不承认这些都不是问题所在。不，是因为她做错了一件事，自那以后，她的胃口就再也没有好过。

她始终忘不了那天早上沙利脸上的表情，他告诉她小克莱福是对的，也许在新年第一天搬出去是最好的结果。那次事故的第二天早上，跟往常一样，他在准备出去干活的时候，过来看了看。"嗯，你还活着。"当有陌生人向你隔壁的房子开枪扫射而实际他是想向你开枪的时候，这一贯的笑话就有了额外的含义——这点连沙利都意识到了。沙利手上还拎着工作靴，环顾四周寻找安妮皇后椅。"你把我的椅子怎么了？"

"我儿子的未婚妻坐在上面的时候把它坐瘫了。"贝丽尔小姐告诉他。她把椅子的组件拿去斯凯勒温泉一个叫布鲁先生的人那里，他在电话里说他能修任何东西。

贝丽尔小姐还在为乔伊斯那女人烦着，加深了解并没有让她的形象有所改观。开枪那晚她和小克莱福在一起，她对此事发表了很多风马牛不相及的意见。实际上，这个女人讲了半小时才闭上嘴。她说现在是礼崩乐坏的时代，证据随处可见。为什么呢，就连她几乎都受不了看当地新闻。过去还有邻居这个概念，现在已经不复存在了。为什么呢？因为就连在她住的乔治湖住宅区发生的事情，都会和纽约或新泽西扯上关系。这些人不是别的,是畜生。她不停地讲啊讲,想法带有强烈的主观色彩。贝丽尔小姐报复她的手段,就是去厨房给这女人端来一杯超浓的"去咖啡因的咖啡"。

真够诡异的,沙利,这个众所周知连微不足道的责任都要逃避的人,竟然认识到了椅子的问题。"这椅子,也许是我的错,"他难过地承认,"最后这几次我坐在上面的时候,就注意到它不太结实了,我应该和你说的。"

他依然站在房间中央,手里拎着工作靴,在贝丽尔小姐看来,他比平常更像个幽灵。他的双眉因为思考而紧锁在一起。"实际上,我应该修好它的,我想过修好它的,真的。"他又补充道。

贝丽尔小姐差点儿就要打断他,告诉他别去管那把椅子了,搞得它对沙利来说很重要似的,但看他似乎陷入了沉思,这太不像沙利了,所以贝丽尔小姐什么也没说。

"听着,不管怎样,"他猛地振作起来说道,"如果我在这个月底搬走,你能再找到一名房客吗?"

"你能去哪儿呢?"贝丽尔小姐大声地问。在她开口说话的时候,她意识到这个问题无意之间含有一种侮辱,意思是世界之大,没有他的容身之地。

还好沙利并没有听出这个意思,同时也和她一样存有一样的疑问。"我会找到地方的,"他耸耸肩,"这镇子大概有一半都空着呢。反正我可以找个小一点的地方。其实我只需要一间房间加一间浴室就可以了。我从来也用不着厨房。我就是不想让你陷入困境,没别的。"

"我不需要一个房客,唐纳德,"她让他放心,"我一直挺喜欢你陪着我的。"贝丽尔小姐意识到这么说挺傻的,因为他只在这里睡觉洗澡而已,于是她又加了句,"我喜欢你在这儿。"

"我倒没经常在这儿,"他承认,"星期五,我本来应该在的时候却不在……"

"那他就会开枪将你打死的,"贝丽尔小姐告诉他,"你在这儿只会使事情更糟。"

"嗯,谢谢你这么说,皮尔普斯太太,"沙利勉强地咧嘴笑笑,"不过我想如果我离开,这里会清净很多。你儿子也是这么想的,他可能就这么一次没说错。没人会一直犯错,就连他也不会。"

贝丽尔小姐其实已经猜到了沙利的决定,因此她没有提出异议。"如果你改变主意,唐纳德——"

"我不会的,"沙利说,"我打定主意了就不会变的,并且,"他环顾了一下四周又说,"你这儿也没有地方让我坐下来了。"

这些都是发生在两个星期之前的事了,这期间贝丽尔小姐就和以前不太一样了。自从那番谈话后,沙利就更少待在家里了。有一部分原因是因为他开始在海蒂之家上早班,这要求他提早半小时起床。他不再等在海蒂之家外,等着餐馆开门,而是帮着开门,这就意味着他要把从来也叫不醒他的闹钟调早半个小时。闹钟在贝丽尔小姐卧室的楼上嗡嗡地响起,吵醒了她,她现在就把捅天花板的那把扫帚放在床边。从她听见沙利沉重的脚步声到他跌跌撞撞地出门走到灰色的街上,通常不到五分钟。他现在是坐在楼梯最下面一层穿工作靴,然后很快就走了。有时候贝丽尔小姐看到他在将近傍晚的时候收工回来,洗个澡后又出去了。她已经开始想念他俩早上的聊天了。贝丽尔正在想,等沙利走了之后她会有多么地想念他,这时门铃响了。

听到门铃声,贝丽尔小姐的第一反应其实是恐惧——一定是格鲁伯太太。她上午九十点来钟打电话问过贝丽尔小姐是否愿意出门吃午饭,格鲁伯太太非常沮丧地发现,她的朋友至今还没有恢复精神。冬天对格鲁伯太太来说是挺难熬的,她喜欢散步,但是感恩节过后,天气变冷,她就不出去散步了,她怕自己会猝死。她会等到次年四月房子周围开满郁金香的时候,才敢再次迈出房门。因此,除了偶尔劝得动贝丽尔小姐开福特车带她出去转转,其他时间她就困在家里,所以,贝丽尔小姐的身体健康和她有着直接的利益关系。一开始听到她的朋友今年冬天不外出旅行,她可高兴坏了,但当她意识到——这一点让她挺难过的,情绪一下就跌到了谷底——贝丽尔小姐不只是有意避开了出国旅行,就连当地的出行计划也不愿考虑了。格鲁伯太太相信贝丽尔小姐就只是"生活乱了套了"而已,没什么其他严重的事情,所以一切迹象都表明,格鲁伯太太已经有了一个雄心勃勃的计划,她要悉心照顾她的朋友,她不仅要让她恢复身体健康,还要让她的心情也恢复如初。那样,她的朋友才能重新把福特车开回州际高速公路,去赶节后的超市大促了。这就是为什么贝丽尔小姐害怕是她在门外,她会端着还冒着热气的康宝鸡汤面条,她每次做这种汤时总是加好多水。去开门的时候,贝丽尔小姐从镶有蕾丝边的窗帘往外瞥了瞥,看看自己猜得对不对。

她没猜对。耐心地等在贝丽尔小姐家门口的是个又高又瘦的中年女人,下身穿着一条廉价的宽松裤子,上身是一件男士的帆布外套,没有戴帽子。贝丽尔小姐是一点点认出她来的。她的第一感觉很模糊。"我认识你,"她仔细审视着这女人小声对自己说,"怎么样?艾德?我在哪里见过你?"看艾德那样子是没法给她什么提示了。在小镇上教了这么多年的书,问题就在于她差不多"认识"所有人,或者说她能从这些成人的脸上认出遥远的八年级学生的模样。贝丽尔小姐的理论是,灵魂转世的说法也许是由一名性格古怪、在小镇的高中教了一辈子书的老师发明的,她始终受这种意识模糊之苦:她认识街上遇到的每一个人,知道他们的过去。然而眼前的这位她几乎要认出来的高个子女人加深了她脑中的谜团。因为在这十年里,贝丽尔小姐的熟人圈子一直都在缩小。这次,她转过来恳求丈夫。"别就这么坐着,克莱福,帮我想想啊。"为什么她脑子里看见的是这女人穿着制服的模样呢?

如果问题问对了,答案自然就有了。贝丽尔小姐的问题还没问出口,她就认出这女人是 IGA 超市的收银员。"干得漂亮。"她告诉自己的两位顾问，但一切都还未明朗。比如，为什么IGA超市的收银员会站在自己家的门口。她手里没拿罐子，这说明她不是来筹款的。贝丽尔小姐想，如果要彻底解开这个谜团，必须得开门去问问清楚。就在她要放下窗帘的时候，她注意到了在高个子女人的身后站着那个一只眼睛斜视的小女孩。那这高个子女人应该就是小女孩的外婆了，而且据当地的传言说，她还是沙利的长期情人。在贝丽尔小姐放下窗帘之前，是小女孩那只正常的眼睛还是不正常的眼睛正盯着她看呢？

门铃响第二次的时候，贝丽尔小姐开了门。"哦，"高个子女人看着有些吃惊的样子。她的声音和她的着装一样像个男人，口气也有点生硬。"我差点儿就要走了……我是说，我以为你没在家呢。"

"在家呢，我就是在开门之前要从窗户那里看看是谁在外面按门铃。"贝丽尔小姐解释。说话的时候，贝丽尔小姐试图绕过高个子女人去看小女孩，但是孩子这时候躲到了外婆两条腿的后面。"要是摩门教的人来，我就不开门，让他们一直站着，他们还真会这么一直站着，好像在等基督再次降临呢。我不给他们这些人开门，也不给保险公司的推销员开门。"

"我叫露丝，你记得这孩子吗？"这女人问。

"我当然记得了，"贝丽尔小姐说，"你从我这儿逃走了，我一抬头你就已经不见了。"

那是贝丽尔小姐一生中最糟糕的时刻之一，这么简单的任务，她都搞砸了。她连个孩子也没能保护好。这位爸爸开枪射击了小女孩的妈妈之后，又找到了女儿，把她装进卡车里，开着车跑了。那傻乎乎的警察就这么站着，眼巴巴地看着他离开了。

"她要是自己想动，她会动的，没事的。"露丝说，她的意思是这孩子不那么经常走动。

贝丽尔小姐记得这孩子的举止。"快进来别冻着了，"她说，

"小家伙上次不吃我的曲奇饼干,也许这次她会想吃,我们是老朋友了,对吗。"

孩子还是藏在露丝的后面,到目前为止仍然拒绝和贝丽尔小姐打招呼。

"我们只待一小会儿,"露丝说,"我们路过就是想说声谢谢。"

"谢什么啊?"贝丽尔小姐问,她很好奇。

"谢你打电话叫警察。如果你不叫来警察,谁知道会发生什么事呢?我们添了这么多麻烦,感到很抱歉,是不是啊,两只鞋?我们本该早点过来道谢的,但我们大部分时间都在医院里。"

令贝丽尔小姐惊讶的是,小女孩躲在后面开口说话了。"明天。"她说。

露丝转过身抱起小女孩。"对的,亲爱的。明天是重要的日子,是吧?明天妈妈就可以出院了,外婆可以回去上班了。至少还可以工作一阵子。"

她们走进起居室的时候,贝丽尔小姐接过她们的外套挂起来。"妈妈说的没错,"贝丽尔小姐听见露丝说,"这地方挺不错的。哇,看这些圣诞装饰!"

贝丽尔小姐不禁笑了,因为最近情绪低沉,她还没心情搞节日装饰呢,她那些圣诞节的装饰品也还都在储藏室里。或许露丝注意到的是她那张用来摆放胡桃夹子的小桌子。也许对看着不怎么出去旅游的露丝来说,这些具有异域风情的纪念品很像圣诞装饰吧。"看,皮尔普斯太太正在拼拼图呢。我们最喜欢拼图了,是吧?"

孩子盯着拼图,然后又看向贝丽尔小姐,这让老太太怀疑,孩子的外婆也许在表达一种愿望——这孩子或许会对什么东西感兴趣的吧。当露丝在沙发上坐下,孩子也转过身背对着拼图爬上沙发,坐在了外婆身旁。整个过程她的眼睛都不曾离开贝丽尔小姐,可她的拇指和食指却找到了露丝的耳垂,接着一种宁静的表情浮现在孩子的脸上。

然后露丝从沙发上起来，坐到了孩子下方的地板上。"这样你就可以够着了，对吗？"她说。

"你要从 IGA 超市辞职吗？"贝丽尔小姐问，针对露丝刚才说的那句"至少一阵子"。

"超市要辞退我们呢。他们没公开明说，但是商店要关门了。"露丝解释说，州际高速公路边那家新开的超市让原本就受资金困扰的小 IGA 超市走到了尽头，就像二十年前 IGA 消灭了街角的杂货店那样。

"你会去那里工作吗？"贝丽尔小姐问道。

露丝摇摇头。"我想他们不会雇二十五岁以上的员工吧。不会的，外婆要找别的什么工作干了，对吧，两只鞋？"

小女孩继续盯着贝丽尔小姐看。

"还不知道会是什么工作，不过总有该死的活儿等着人干吧，"露丝接着说，"生活嘛，就是不能这么一动不动地停着，否则就会被迎面而来的困难碾压。我们就是要随机应变。如果我们找不到，也许我们可以给扎克外公找个，这真让人激动，是吧？看着扎克外公脱胎换骨去上班！"

贝丽尔小姐听这女人说话的口气，不禁感叹她和她女儿说话的方式是何等的相像，简直就是年轻女人突然醒来后一下子老了三十岁的模样，虽然她的火气和毒舌已然削弱，但是性格依然坚若磐石。

"也许到时候会有什么工作自己冒出来呢，"贝丽尔小姐说，努力让自己听上去不那么丧气，"小克莱福，我心中的明星，说不久这里就会变成黄金海岸呢。"

露丝看着像是被她这话弄糊涂了，但贝丽尔小姐不确定到底是什么把她糊涂了，是她不知道小克莱福是谁呢，还是她不知道心中的明星是什么意思？又或者她也和贝丽尔小姐一样怀疑巴斯镇附近是否真的会有什么黄金海岸？不管是哪种可能性，她似乎都没有兴趣争辩。"黄金还是可以有的,是吧?两只鞋?手里有了黄金,我们就知道该怎么办啦。"

"来点饼干吧?"贝丽尔小姐说,她想到自己之前说过。

"我们也许会吃上一块,"露丝替孩子回答,"这可不好说。"

贝丽尔小姐去厨房拿饼干,当她返回时,她惊讶地发现小女孩离开了外婆,正站在她放拼图的那张桌子前,两只胳膊笔直地垂在身体两侧。贝丽尔小姐把饼干碟子放在茶几上,走到孩子身旁。"给我找找那边的一片拼图好吗?"她用手指着右上方那个角落的一小片建议道,"那片拼图我都找了三天了,我想可能就是没有吧,那些生产这讨厌玩意儿的人就是要故意少放一块,就是要折磨老太太们。"

"看看地板上呢,"露丝建议,"那一片总会在地上找到。"

"我全找过了。"贝丽尔小姐一边说一边回到和露丝面对面的座位坐下。露丝拿了一块饼干,一边若有所思地小口嚼着,一边看着外孙女。

贝丽尔小姐很高兴地发现露丝还真说对了,这小女孩的确对拼图感兴趣,这说明孩子的外婆要比她的妈妈更了解这孩子,贝丽尔小姐猜测,换作孩子的妈妈也许会打断孩子,试图劝孩子吃块饼干呢。真的,贝丽尔小姐几乎能听见那年轻女人说了什么。("过来吃饼干吧,小傻瓜。老太太多好啊,还给你饼干吃。你好歹吃一块啊。")

"你刚才是说她妈妈明天出院?"

"他们现在正在给她的下巴拆线呢,"露丝解释说,"明天她就能回家了。我们费了很大劲儿才明白为什么妈妈不和我们说话对吧,平时她总说个没完没了,我们都不能让她停下来,可现在她说不了话了。但她就要回家喽……另外那个人却不会。"

"他到底哪根筋搭错了?"贝丽尔小姐大声问出来。这人有条不紊、麻木不仁的射击方式,让人觉得他训练有素,好像他正在按照耳机里接收到的命令行动似的。

"他就是个蠢货,"露丝给了一个简单又恰当的解释,"他们一家都是蠢货,现在他不在了,倒是给我女儿一个重生的机会。谁知道呢?希望她能意识到这点。"

"也许你和妈妈什么时候能来我这里做客,"贝丽尔小姐对孩子说,这孩子还是瞪着眼看着拼图,没有表现出想碰一碰拼图的意愿,"我年纪大了,没有多少客人来,除了我和你说过的住在街那边的太太。"

孩子的嘴角是露出了一丝笑意吗?贝丽尔小姐发现,当孩子的两只眼睛不同步时,她就看上去似笑非笑的。"蜗牛。"小女孩轻轻地说。

"对啦,"孩子的反应让贝丽尔小姐为之一振,"就是那个吃蜗牛的太太。"

露丝笑了。"那么,这就是蜗牛的来源了,这两个星期我们一直在听她说这个词呢。"

"嗯,如果你来我家做客的话,我们就给吃蜗牛的太太打个电话,让她过来,这样你就能见到她啦,她的长相就像是个会吃蜗牛的人,"贝丽尔小姐说,然后看了一眼露丝,"也欢迎外婆来做客,如果她愿意的话。"

"那时候外婆就要回去上班啦,"露丝的身子向前倾着,手指背摸着女孩的小腿,"而且如果我经常来这儿的话,别人会以为我是来见别的什么人的。"

提到沙利,贝丽尔小姐感到如鲠在喉,内疚不已。"唐纳德会在新年的第一天搬出去,"她说,"他没告诉你吗?"

"我俩现在不讲话了,"露丝承认,"不过我听别人说了。"

"我会想他的。小克莱福认为沙利是个危险人物,但是他错了。唐纳德虽然粗心大意,但是他并没有恶意,他往往自己也深遭其害。"

"我明白你的意思，"露丝说，"但我还是放弃了。我就快五十岁了，这意味着什么吧，虽然我并不清楚到底是什么，我猜是意味着我不再年轻了吧，到了不再干蠢事的年龄，而且我还觉得自己很快就会多一份责任"，说着她无意间向小女孩点点头，"但我俩这位共同的朋友是不会承担任何责任的。"

"他也许是骗你的呢。"贝丽尔小姐说完马上就后悔了。的确，贝丽尔小姐总是倾向于把沙利往好的方面想，长期以来她一直等待着，希望沙利能有所改变。不过现在看来，沙利的顽冥不化正慢慢消磨掉她对他的信心。她总是相信生活会改变一个人，但是沙利顽强的日常斗争——用他自己的话就是"破釜沉舟"——似乎注定就是来挑战她的这个信念的。

"也许吧。"露丝悲哀地笑了笑。这坦然的笑容十分美丽，完全改变了她的外貌，把她变温柔，把她几乎变成了一位美女。贝丽尔小姐明白了这些年来是什么一直让沙利保持着兴趣，若不是这笑容，她就是个长相平平的女人。人对人为什么会产生喜爱？尤其是老克莱福对她的这份深情，这是人世间最大的谜团之一了。她一直都想知道，是什么使自己成了老克莱福生活的中心？贝丽尔小姐对自己奇怪的外貌一直都有清楚的认识，她在年轻的时候就得出结论，老克莱福一定拥有某种特殊的能力，能越过外表看到她的内在。她记得自己的母亲曾这样安慰她这个不受欢迎的孩子："别担心。你有人们说的那种内在美，好男人是会看到的。"露丝脸上那美好的笑容微妙地颠覆了母亲这种陈腐的说辞。

"那么他是要给我惊喜吗，这倒是像他做出来的事，不过一切都为时太晚了。"露丝说。

"我们都戴着自己锻造的锁链，"贝丽尔小姐说，"这是唐纳德前不久和我说的，我听了非常惊讶。"

露丝笑了，接着又皱紧眉头。"他会孤老终身的，对吗？"她的眼里满是泪水。

"我们都会的。"贝丽尔小姐这话差点儿就说出口了。在古老榆树那漆黑树杈下的上主街,住满了孤寡老人、孤独的守望者,以及服务员们。贝丽尔小姐真的不担心这些人,也不担心自己。那她为什么又要担心沙利呢?每次见到他,他看着总比之前更像幽灵,好像他正慢慢从自己的肉体中游离出来,好像在人们对他丧失信心后,他的灵魂就会悄悄地离他而去,就像她和露丝现在这样,她们带走了他身上的哪个部分?他的生命似乎是由某种残酷的减法掌控的,现在他整个加起来也就只是个位数了。当他离开楼上的房间前往新的住处时,这个一无所有的人又有什么是可以带走的呢?为什么要担心一位竭尽全力孤独终老的人呢?"和唐纳德一起住,"她解释道,"我从不锁门。"

露丝脸上又露出她那伤心的笑容。"我也总是这样,"她抬头看向房子的二楼,仿佛沙利就在上面,"我的问题在于,我会忍不住一直盯着大门,然后一次次地失望。"她又看看孙女解释道。

贝丽尔小姐也在看着这孩子,一如她当年看着那帮八年级学生时的心情,心想:也许人们的确戴着自己铸造的锁链,但是在他们添加自己制造的第一个链圈之前,这锁链往往就已经完成一半。也许去锻造别人的链锁倒是人生的要务。

"我们走吧,小不点。"露丝对孩子说,孩子毫无反应,露丝碰了碰她,她才反应过来,然后又慢慢坐上沙发,开始摸露丝的耳朵。

露丝轻轻地移开小女孩的手。"我们就要见到妈妈了,这样你就可以一个下午都玩她的耳朵了,好吗?让外婆的耳朵休息一下吧。"

小孩子又盯着贝丽尔小姐看,看起来像是在笑。

"从这里到医院这一路的每个转弯我们都认识,是吧,蒂娜?"露丝牵着小孩的手说道,"我们去斯凯勒,至少一天一个来回呢。"

"我想着要去看看她呢,"贝丽尔小姐说,"但是我现在开车不比从前了,上次我去那儿的时候还迷路了。"

贝丽尔小姐送祖孙俩到了门口,看着她们走下台阶,上了露丝的那辆旧车。这车发动时噪音很大,她换倒挡,脚踩油门,倒车的时候噪音更大了。她抱歉地耸了耸肩,然后开上了主街。贝丽尔小姐感觉手指脚趾隐约有些刺痛,她觉得四肢已经不是自己的了。她走进卫生间使劲擤了擤鼻子,检查纸巾上是不是有血。看到并无血迹,她回到了前厅,这时候电话铃响了。

"我来做一锅热乎乎的鸡汤面,怎么样?"格鲁伯太太没有向她问好,而是直接这样问道。她还会再花上一两分钟说一些无关痛痒的话题,然后才会绕着弯子提及她刚才看到的停在她朋友车道上的那辆陌生的车。她没有放低嗓门,反而很大声地谈及此事,以此表明她需要一个详细又完整的解释。贝丽尔小姐心想,如果她不马上解释,而是看着她这位多管闲事的朋友难受,倒也挺有趣的。

"我现在感觉好多了。"她告诉格鲁伯太太,这倒没错。因为当贝丽尔小姐拿起电话听筒时,她注意到了拼图的一角,看见她一直在找的那片拼图找到了,是那孩子找到后不声不响地拼上去的。"我们出去吃午饭吧。"

"太好了。"格鲁伯太太说。

"这房子就是你沙利的缩影啊。"卡尔·罗巴克说。

两人来到了博登街那座老房子的后廊上。威尔已经被遗忘了,他远远地站在房子的一侧。年久失修的门廊倾斜得厉害,太阳照不到的一个角落还残存着两个星期前的积雪。威尔的目光越过爷爷,看着面前这栋东倒西歪的灰色房子。他不想进去。他希望爷爷打不开房门。这房子哪里都歪歪斜斜的,看着像是鬼屋。他知道如果妈妈在这里,是不会让他进去的,薇拉奶奶也不会让他进去。想起薇拉奶奶,他想起偷听到的她和拉尔夫爷爷的对话。薇拉奶奶认为,让威尔跟着沙利爷爷到处跑了一上午实在太危险。她倒没说沙利爷爷为什么危险，不过威尔觉得自己明白为什么奶奶会担心。但他对巴斯镇这两位爷爷中比较陌生的这位越来越喜欢了。沙利爷爷带他上了又黑又臭的楼房的后梯，还带他去了有野狗出没的地方，现在又带他来到一栋就要倒塌的房子面前。沙利爷爷有些朋友的身上太难闻了。在爷爷身边，威尔发现他常常被恐惧撕裂了。他知道离爷爷太近了会有危险，尤其是爷爷手里挥舞着锤子的时候，或者比如现在，手里拿把撬棍的时候，又或者是他在饭馆里拿着又长又尖的锅铲翻鸡蛋的时候。就连爸爸也提醒过他，沙利爷爷手里拿着任何工具的时候，都不要靠他太近，这也是为什么在爷爷用撬棍撬门的时候，威尔没有冒险走上门廊。

问题在于，威尔不敢让爷爷离开视线，因为他感觉到在这么一个恶劣的环境中，如果让爷爷离开了自己的视线，他就没了爷爷的保护。他知道沙利爷爷很健忘，会把自己忘得一干二净。实际上，他已经忘过一次了。上星期有一天他们去城外的木材厂，等他们到了厂里，沙利爷爷让威尔站在靠近大门的地方，让他等在那儿别动。然后他就去和柜台后面的那人说话了，几分钟以后两人从侧门出来，走到木材堆得跟山一样高的院子里。透过窗户，威尔看见爷爷和那人抬了十来块木板放在爷爷的卡车上，他们用绳子绑好木板。那人在木板的末端系了面红旗子，旗子在风中飘动，威尔心里默默记下等会儿要问问爷爷旗子是干什么用的。最后两个人走到外面握了握手，然后爷爷上了卡车把车开走了，红旗子在车子拐弯的时候舞动着向他道别。然后威尔盯着钟的秒针，秒针绕着表盘慢慢转圈，好像转了很久，直到沙利爷爷横冲直撞地开了回来。

卡车猛地停下来，地上的石子飞起打在了车窗上，透过车窗，沙利看到威尔就这么站着，眼睛有些湿润。但实际上，他没有哭，对此他挺自豪的。实际上，自从和爸爸返回巴斯镇以来，他一次也没哭过，他下定决心再也不哭了。他已下定决心，既然现在瓦克尔不在了，他就要努力变得勇敢些。沙利爷爷从卡车上下来后，他疾步走进厂里,威尔从来没见爷爷走得这么快。他看着也吓坏了,这让威尔感觉好多了,因为这让他明白,连沙利爷爷这么凶险的人也会有担心的事。

"我打赌你以为爷爷把你给忘了。"他说。

威尔点点头,这正是他刚刚得出的结论,没有什么可否认的。

"也就一分钟。"沙利爷爷解释说。很明显,这么短的时间对爷爷来说不能算是忘了他,威尔猜测爷爷习惯了把事情忘得更久些。"别告诉你奶奶",他们一起走回卡车,快速地上了路,爷爷提醒道,"如果妈妈打电话来,也别告诉她。"

威尔向他保证不会告诉他们的。

"实际上,"沙利心里继续盘算着,"连你爸也别告诉。"

这时候,沙利爷爷卡车上的木板松了,木板一块块掉落下来,摔在了路面上。沙利爷爷把车停在路肩上,下车捡回那些木板。现在木板比先前放得好多了。从驾驶室这个位置,威尔能听见爷爷在骂木板,还在骂那些在他跟前突然转向后疾驰而过的司机。等到爷爷捡回了最后一块木板,扔进车斗里时,他才镇定了一些。然后他做了一个深呼吸,回到卡车上,他看着威尔,把木板掉落之前的话又说了一遍。"别告诉任何人。"

威尔遵守了诺言,没有告诉任何人,但是他目前的处境让他想起木材厂发生的那件事,威尔感觉这回沙利爷爷又会让他不要告诉别人今天发生的事儿。爷爷又生气了,他砰砰砰使劲地在砸着什么,嘴里还骂骂咧咧的,如果他还继续这么踢,这老房子肯定会坍塌。或许这房子会等到他们进去后再塌,直接塌在他们身上。或许它会等到他们把他一个人拉下离开后再塌。

据他所知,沙利爷爷并没有这栋房子的钥匙,因此他正在用一把撬棍着后门。灰色木头外面的油漆早已剥落了,木头变得松软易脆,这说明那把撬棍并不好使。到目前为止,沙利爷爷只是严重地毁坏了大门,而锁却依然紧闭。

"除了唐·沙利文,还有谁会用一把撬棍自家的大门呢?"卡尔一边在冰冷的地上跺着脚,一边大声说。

"后退一下。"沙利说着把身体的重心都压在了棍子上。和房子其他的部分一样,大门也是歪歪扭扭挂着,沙利想法子在门和门框之间撬开一点空隙,好把铁棍平的那端插进去。但是他这样撬,只是让铁棍在烂木头里陷得更深而已。

"我为什么会惊讶倒是另外一个问题,"卡尔继续说着,"你爷爷可是个使用铁棍的高手,威尔。他能用一根铁棍撬他的手表后盖呢。"

"我没有手表,"沙利提醒他道,"还有如果你不闭嘴,我就用这铁棍消灭你。"

卡尔靠着门廊的栏杆没有理他,就像他对沙利的其他威吓,一概置若罔闻。"我担心的是,就在你成功撬开门准备要进去的时候,警察来了,之后会以入室抢劫罪状告我们,把我俩都扔进监狱。"

"也许只会抓我,"沙利站起身休息一会儿,"是我撬门而入,和往常一样,你什么也没干。"

卡尔点燃一根香烟,从厨房窗户往里瞅着。"嘿,"他说,"我刚有了个绝妙的主意。你可以搬到这里来住啊。"他深吸了一口烟,然后记起自己戒烟了,于是把烟弹出了栏杆。

沙利咧嘴朝他笑了笑。"你不会真的要戒吧?"

"你要不要来一根我的?"卡尔递给沙利一包香烟问道,"拿着。"

沙利接过香烟,放进口袋里。

卡尔一脸惊讶。很明显,他原本只是象征性地做个动作而已,如果他知道沙利会真的接过烟,他就不会递了。他要戒的不是这包烟,而是今后的烟。现在他已经开始想念这包送给沙利的烟了。"这烟可不是你抽的那个牌子。"他指出。

"不管是什么牌子的我都要抽,"沙利说,"认识你这二十年里,我就从你那里白拿过两次东西。"

"总比我雇你干活,花了钱却啥也没得到要好吧?"卡尔说,"你干吗不敲碎那边的窗户,伸手进去从里面打开门呢?"

"因为那样我就还得换玻璃,"沙利退后了一步,恶声恶气地看着门说,"拿着。"

卡尔接住铁棍。"真的吗?"他假装惊讶实则讥讽地说道,"难道圣手唐·沙利文承认了,他那根可靠的撬棍派不上用场了?"

沙利朝他笑了一下,算了算自己离门的距离。"你这辈子可算对了一回啦,"他承认,"现在这个才是我需要的工具。"

他把身体的重心放在那条摔坏的腿上,使尽全身力气用那条好腿正中门把手的上方,瞬间制造出枪击效果。门倒是没开,但门上的四块玻璃都掉了下来,在沙利的脚边碎了一地。"混蛋。"他指着这扇门骂道。

卡尔摇着头,把铁棍还给了沙利。"让我来。"他说着把手伸进了门。碎玻璃踩在脚下发出咔嚓咔嚓的响声。

这时候沙利才想起了威尔,他惊讶地发现男孩在那里哭。沙利走到孙子面前坐在最下面的台阶上,看着他的眼睛。"你怎么了?"

威尔扭头看去别处。

"爷爷把你吓着了吗?"沙利猜测着。

孩子擤着鼻子。

"我不是有意的。"

威尔转过头看着他,眼睛红红的。

"我们现在可以进去了,"沙利告诉他,"你难道不想看看爷爷长大的地方吗?"

"拉尔夫爷爷?"

"不是,是我这个爷爷。"

"没什么好怕的,是不是啊。"沙利告诉他。

威尔又擤了下鼻子,继续低声地哭着。沙利爷爷总是那么体贴,这让他哭得更厉害了。感觉爷爷真心希望他能变得勇敢,这点却使变勇敢这件事更难了。

"爷爷保证你不会有事的,"他说,看着威尔眼睛盯着地面,又说,"嗨……看着我,就一分钟。"

威尔抬头看着爷爷。

"不哭了,好吗?"沙利告诉他。

威尔强忍着哽咽。

"真是好孩子,"爷爷告诉他,"那么,你来决定吧。是进屋看看爷爷长大的地方,还是到那边的房子去找爸爸。"

"好吧。"威尔嗓子有点哑了。

"哪一个呢?"

"去找爸爸。"威尔终于说出来,他很肯定这是个错误的答案,是他唯一能给出的答案。

"老天啊,"爷爷嘟囔着,"上帝啊。"

沙利开车过来的时候,罗布和彼得正在休息。罗布坐在迈尔斯·安德森房子前门廊的台阶上,彼得则在不远处靠着后门坐着。这两人到底是刚坐了五分钟,还是已经坐了一小时,谁也说不准。既然说不准,沙利猜的是一小时。而且,那么长时间两人谁也没和谁说话。罗布还是对彼得在这里干活儿充满了怨恨,他似乎对那些要抢他最好朋友感情的人——贝丽尔小姐、维尔夫、露丝、卡尔·罗巴克——都充满了怨恨,不过他们和彼得的区别在于,这些人不在工作的时候闯进来,他们没有减少他与沙利在一起工作的时间。彼得已经主动做出了一些敷衍的友好姿态,不过很明显,他没那么迫切想要赢得罗布的心。

他们至少还是干了些活的。光秃秃的连翘花被修剪干净了,乱七八糟的枝杈也都被耙起来堆在了平台上。沙利的斧子直立着,斧刃牢牢插在前院草坪上的那根树桩上,树桩周围散落着一些碎木片，要不是这些木片，还真无法证明他们是干了活的。罗布说得没错，榆树根茎是无限向下生长的。他们没有取得什么实质性进展，沙利觉得没什么。移走这根榆树桩会是他们最后一项工作，不过这活儿他可以等明年春天地面变软的时候自己干，他只需要一把斧子和一柄铲子就行，如果他想，还可以借一把电锯，那样他就能站直些。这种活儿他可擅长了，他这一辈子都在干这种没啥技术含量的活儿，只要他有顽强的毅力，并坚信自己拼了老命也要将其移走就行。也许这种活儿用另外的方法更好，用对了工具的话，就会又快又省力气。露丝总是认为，如果沙利年轻的时候就把这种执拗的精神用到其他有意义的事情上去，或许他都能当总统了。

威尔从沙利身边一路小跑来到爸爸身边，爸爸观察着孩子的脸，威尔虽然已经不哭了，但是彼得以一双父亲的眼睛敏锐地判断出他刚才哭过。沙利总是会被人们悲伤的情绪惊到，甚至包括他自己的悲伤。他认为那些能很远地感受到悲伤或是觉察业已消逝的悲伤的人，简直是生活的奇迹之一。所有和他交往过的女性都鄙夷他这点：他从来看不出她们什么时候悲伤难过。甚至连他儿子彼得的身上也具有这种明显的缺陷。

"我想你说过干完海蒂之家的活就来这边的。"罗布说，听上去像个被食言的小孩。

"所以我来了。"沙利指出。

"现在都快到午饭时间了，"罗布说，"你也许不准备让我们吃中饭了，是不是？"

"去吃啊，"沙利建议道，"如果你准备一整天都这么坐着，那你还可以去吃饭。"

"我们就是在等着用卡车呢，"罗布解释说，"我们用卡尼莫开差不多十个来回。"

"卡米诺。"沙利纠正他。罗布就是说不对这个词，"埃尔卡米诺。"

"我们需要这辆卡车。"罗布说,这回聪明了,干脆不说这个词,他知道在沙利面前发不准这个音会意味着什么。

沙利递给他钥匙。"别弄坏了,"他建议道,"至少等我付了第一笔分期付款。"

"我从来没弄坏过你的任何一辆车。"罗布指出。

"所以我们现在还是朋友。"沙利向他保证道。

罗布耸了耸肩。"你现在更把他当朋友。"他难过地说道,他放低声音不让彼得听到。

"彼得是我儿子,罗布,"沙利告诉他,"如果你不承认这一点,那我很抱歉,只要如果我想,我是可以和儿子成为朋友的。"

"他甚至都不喜欢你。"罗布说。

"的确,"沙利承认,也不在意彼得是不是能听见,"不过我会慢慢让他越来越喜欢我的。他需要点时间弄明白,这三十年我没管他其实都是为了他好。"

罗布的眉头皱得更紧了。"怎么他总是叫我桑丘呢?他好像觉得我很蠢。"

"这个……"

罗布脸上勉强挤出一点笑容。"怎么你说我蠢我就不介意呢?"他问,脸上写满好奇。

这时沙利也笑了,没人能像罗布这样,这么快就能让他开心起来。"因为我们是朋友,罗布。朋友之间不说假话。"

"怎么我就从来没说过你蠢呢?"

"因为我聪明啊。"沙利告诉他。

罗布叹了口气。他们以前也有过这样的谈话,结果总是如此。

彼得一直在低声地和威尔说话,孩子正坐在他的腿上。彼得听着,明白地点点头,瞥了一眼沙利,接着又不知道跟儿子说了些什么。然后孩子突然跑下台阶,经过沙利和罗布的身边,跑向埃尔卡米诺,坐在了前排的座位上。

"我想我得把他送回去了,"彼得说,没有特别对着谁,"妈妈现在应该回家了。"

"好的。"沙利与儿子对视了一下说道,儿子的眼神里满是责备。

"你想告诉我发生了什么事吗?"

沙利耸了耸肩。"我希望我知道,"他坦白地说,"我看到他时,他就在那儿哭。"

"他说你生气了。"

"那可不是对他生气。"

"那么,肯定是什么吓着他了。"彼得不依不饶地说。

"几乎所有事都能吓着他,"沙利说完马上就后悔了,"如果我真吓着他了,我也不是故意的。"他又无力地加了一句。

彼得哼了一声。"你完全把他忘记了,是不是?你忘了他还在旁边。"

这让沙利怀疑威尔是不是告诉了彼得木材厂的事儿。他觉得应该没有。否则如果彼得知道的话,他一定会说出来的。或者,他已经说了,"你又把他忘了。"

"我不记得你当时在场啊。"他弱弱地反驳,但内心还是被彼得准确的直觉给刺痛了。

"这话该我说。"彼得临走时撂下一句狠话。他在口袋里摸出埃尔卡米诺车的钥匙。"我一会儿就回来。"

沙利和罗布眼看着他离开了。彼得打着火,掉转车头,快速地把车开上了上主街。沙利只见坐在前座上孙子苍白的脸庞,然后孩子和车就消失不见了,只剩下沙利还在沉思,刚才儿子的话正和露丝的话不谋而合——需要他的时候他从来都不在。这也是薇拉主要抱怨的事情之一,但这句话已淹没在了她其他众多的抱怨之中。当然其他人也多多少少领教过他这个问题。比如他以前的橄榄球教练老克莱福·皮尔普斯,每次看到沙利离开了给他安排好的场上位置,他都会暴跳如雷；比如卡尔·罗巴克，派他去个什么地方，过会儿回来时，就不见他人影了；还有每时每刻都想知道他行踪的罗布。大家貌似都一致认为沙利总在别人需要他的时候缺席，以至于连他自己都有点想承认他们说的是对的，但这样做只会使他陷入某种悔恨之中，沙利可没那么傻，才不会任由自己沉迷于悔恨之中呢。

"那么，"沙利朝罗布皱了皱眉，"你想不想听个好消息？"

"想吧。"罗布将信将疑地说。沙利说的好消息有时候是指，有人雇他们去挖谁家爆裂的化粪池。

"我又给我们找到了别的活儿，"沙利告诉他，"而且是为你最喜欢的人干活。"

罗布的双眼眯了起来。"卡尔？"

沙利点点头。"他等着我们呢，我猜他已经等得不耐烦了。"

"在哪儿等？"

"在那边的房子。"沙利朝他父亲房子的方向点了点头。

"我想你说过你不想和那个地方有任何关系。"罗布回忆道。

这就是沙利适应不了罗布的其中一点。他偶尔总能出乎意料地记得些什么，有时是他自己只告诉过他一遍的事情，有时则是罗布偷听到的事情。而往往罗布记得的这些事情，比如像现在说的这事，都是沙利想让他听完就忘记的事情。

"我想我的确说过这话。"沙利承认道。他不确定如何向罗布或者其他人解释，他正在破坏他父亲房子的地板和内部结构，正在加速房子的解体。

"你也说过我们再也不去给卡尔·罗巴克干活儿了。"罗布在路上孩子气地抱怨道。当罗布准备上车时，沙利阻止了他。"我们走着去吧，"他建议道，"你还有力气走一个社区的路的，对吧？"

罗布又关上车门。"我还以为你要开车呢。"

"为什么一定要开车？"

"因为你的膝盖啊。"

"你还记得我的膝盖,真不错啊,不过我还是愿意走一走。"

"为什么呢?"

"因为我的膝盖啊。"

罗布想了想。"你怎么把对彼得的气撒在我身上呢?"

"当我感觉膝盖还不错的时候,我就喜欢走路。膝盖疼的时候,我就喜欢开车,"沙利解释道,"如果我在生你的气,我不会去想我的膝盖。此外,我也没生彼得的气,是他在生我的气。"

在路上,沙利告诉了罗布卡尔·罗巴克的计划,卡尔想把博登街那房子的硬木地板都拆下来铺到他和托比的那间湖边小屋里,那屋子他们很少住。

"为什么一定要拆地板呢,卡尔买新地板不就行了吗?"

"硬木地板挺贵的呢。"

"那又怎样?"罗布耸耸肩。"卡尔有钱啊。"

沙利知道,罗布对什么东西值多少钱的理解是有偏差的。对罗布来说,有些人,比如卡尔·罗巴克这样的有钱人,总能买得起他买不起的东西。或者说,他们买得起的所有东西,罗布都买不起。问题的核心还在于,罗布究竟买不起什么呢?答案是几乎所有东西他都买不起。因此,相反的就是卡尔·罗巴克一定能买得起几乎所有东西。有钱人也许也会遇到金钱危机,这一点对罗布来说是难以理解的,他觉得他们没有任何理由缩衣节食。

"人们就是这么变得有钱的,"沙利解释道,"他们不是通过砸钱去解决事情,而是这里省点钱那里省点钱。他们雇我们这种人让自己过上好日子。"

罗布的脸黑得就像大雨来临之前的乌云,脸上写着愚蠢两个大字。"还有他们还不付我们钱。"他说着想起了他们在卡尔家挖的那条壕沟。

两人过了马路。沙利想,威尔没错,从离他父亲的房子不到五十米的地方看过去,这房确实已经摇摇欲坠了。"卡尔会付我们钱的。"

"他之前没付过。"

"有那么一次。这次他会付的。他还付了那些被你摔碎的砖，记得吗？"

罗布瞬间转怒为惧，他放慢了脚步。"是我和你两个人摔碎的，不只是我。"

"我知道，罗布。"沙利咧嘴笑着说道。

"是你开车撞到洞里的，不是我。"

"说得没错。"

"甚至连那些砖都不是我装车的。"

"你那么激动干吗。"沙利指出。实际上，因为恐惧，罗布的脸已变得通红。"卡尔不是个坏家伙，我就只是想说这个。就算他知道你摔碎了那些砖，我肯定他也会原谅你的。"

"嘘，"罗布说，"他就在那儿呢。"

卡尔·罗巴克正站在前门廊上看着他俩。这时，彼得也开着埃尔卡米诺来了。他下车后看都没看沙利，这说明他已从威尔那里了解了详细情况。当他们一起穿过院门沿着小路向前走时，他跟在了罗布后面，卡尔·罗巴克看着他们一路走来，直摇头。"你们简直就是沙利文公司，"卡尔哼了一声，"莫、拉里和柯利。[1]"他打开纱门。"我想你们三个人谁也没铺过硬木地板吧？"

"我有一次在硬木地板上和人干过。"沙利说。

"感觉怎样？"卡尔问。

"不记得了。"

"这房子闻着简直像沙利文祖宗十八代的味道。"进屋后卡尔说。

"我什么也没闻到啊。"罗布说，他的眉毛用力地挤在一起。

---

[1] Moe, Larry and Curly 是美国喜剧歌舞《活宝三人组》(Three Stooges) 里的三个喜剧角色。

每个人都看着他笑了。

"嗯,我就是闻不到啊。"罗布生气地坚持说道。

卡尔蹲下来,用拇指擦掉地面上厚厚的一层灰。灰尘下的地板依然发出些光泽。

"你看这里有多少平方?"

"楼上楼下都算上?"

卡尔点点头。"我们要放弃楼上的一个房间,避免雨水漏下来。我想你不知道楼顶有个窟窿?"

沙利说他不知道。

"家具怎么样?"

"什么家具?"沙利问。

"有满满一屋子家具呢,笨蛋,"卡尔·罗巴克回答,"有一个沙发可比你自己起居室里的那个好多了,还有一张床和一个梳妆台呢,还有各种各样的破烂儿。卧室的门几乎都打不开。"

"不错。"沙利说。实际上,这些东西他都隐约记得。他父亲临终时,有人告诉他,他应该开个拍卖会,但是他拒绝了,至少当时拒绝了。他雇了几个小年轻把所有的家具都堆到了楼上的一个房间里,告诉自己以后再处理这些东西,而他知道,之后他是不会处理的。他也的确一直没有处理。

卡尔·罗巴克摇摇头。"你原本可以拯救这栋房子的,"他说,"你可以把它租出去,你可以卖掉它,把钱装进口袋里,让别人来照管。"

"我不想要这钱。"

卡尔转过来对彼得说。"他说他不想要这钱。"

彼得耸了耸肩。显然他不想承认和这有任何关系。

"你知道吗,罗布?"卡尔问。

罗布吓了一跳,卡尔·罗巴克很少会注意到他的存在。"什么?"罗布问。

"你并不是巴斯镇最愚蠢的人。别再让任何人这样说你了。"

"好吧。"罗布说。

"那你的意思是?"沙利问。"你想不想要这些地板呢?"

"这要看你要敲诈我多少钱了。"

"我来告诉你吧,"沙利说,"我可以把这些地板送给你,只要你付我们工钱就行。"

"按小时付吗?"

"可以。"

卡尔哼了一声。"如果我按小时付你们三个,这地板就不是免费的了,你们会干到明年五月的。"

"你想让我预估下以前从来没干过的活吗?"沙利说,"你觉得这样就公平了吗?"

让所有人都吃惊的是,一直在检查一面墙的踢脚线的彼得,这时候发声了。"一千美元怎么样?"他说。

三人都看向他。

"三个人一个星期就干完,"他说,"要用一两天时间先把地板掀起来,即便我们很小心,大概还会损失四分之一,因为这些木头易裂。地板间有凹槽,所以拽出来的时候也会断掉一两块。铺地板也是慢活儿,也许需要三天吧,然后还要砂纸打磨,还要上清漆。不过要是你去买新的,单单木板就不止一千块。"

卡尔看着沙利,两人都耸了耸肩。

"那就剩下附带性损失这一件事了,"卡尔说,"当一个人蠢到拿着一根铁棍撬自己的家门,那就肯定会发生不可预见的损毁。"他疲倦地摇了摇头。"我的湖边小屋在他完工之前就有可能变成这个样子。"

"一千一。"沙利说。

"什么?"卡尔说。

"你那侮辱人的话就能让你多花一百,"沙利说,"既然我是在和你这种人打交道,那么我就要你先预付六百。"

"我会后悔的,"卡尔把手伸进裤子口袋里,"我已经感觉到了。"他从一大卷纸币中数出六百来。

"你说得对,"沙利说,"我是巴斯镇最蠢的人,如果我有脑子,我就用这铁棍敲你的脑袋,拿走这一大堆钱,然后把你埋在地板下面,看看是不是还会有人想你。"

"你就会想我的,亲爱的。"卡尔·罗巴克一边在沙利的脸上掐了一下,一边悄悄地说道。

为了庆祝一下,他们去了白马吃午饭。

和往常一样,中午时分这个地方挤满了主街上的生意人,每张桌子都坐着人。不过吧台尽头那儿有三张吧凳空着,沙利向罗布和彼得指了指那个方向。小克莱福和一位沙利从未见过的女人正从靠窗的一张桌子站起来。当小克莱福看见沙利时,他的脸马上愁云密布,沙利觉得他几乎在用一种恐惧的眼神看着身边的那个女人。

"我得去跟那蠢货说几句。"当他们走向吧台的时候,卡尔说。

"谁?大银行吗?"

"我听说了一些不想听到的闲言碎语,"卡尔说,"那该死的生意要黄了,我能感觉到。"

"主题公园吗?"

"蠢货,"卡尔看着屋子另一头的小克莱福说道,"如果是我的话,我就找个人和德州来的那个大人物共度春宵,还给他提供些私人服务,那样就不会在墨水干掉前毁掉合约。那白痴就和他老爸一样,太讲究规矩。你能相信他要娶那个女人吗?"

"她也没什么讨价还价的余地啊,"沙利提醒他,"去吧,等我们吃完了就把账单给你送过去。"

"你做得出这种事。"卡尔·罗巴克说。

"坐过去一个位子。"沙利指着旁边的凳子对罗布说。

罗布看着不那么乐意。"怎么了?"

"这样我能坐到边上。"

"怎么了?"

"那样在你转凳子的时候就不会碰到我的膝盖了,你总是喜欢这么干。"

罗布移了过去。"怎么你总是命令我呢?"他一边问一边坐到中间的凳子上。

沙利把罗布腾出来的凳子挪动了一下,这样他的那条坏腿就能搁在凳子边上。"什么?所以你是想让我命令彼得吗?"

罗布耸耸肩,为自己刚刚说的话感到有些尴尬。

"怎么了?"沙利问。

"我就是不明白——"

沙利举起一只手,罗布就住嘴了。"我只是想知道什么事能让你高兴,罗布。如果这能让你高兴,我就直接命令彼得了。而且如果他够聪明,他就会按我说的去做。"

罗布又耸耸肩,不过这主意明显吸引他了。

"准备好了吗?"沙利问。"你在看吗?"

罗布说他是。

"儿子。"

"干吗?"彼得说,看着似乎没有心情玩这种游戏。沙利猜他因为威尔的事情还有些生气。

"我想让你就待在那儿别动,"沙利告诉他,"别从那该死的凳子上下来,这是命令。"

彼得勉强挤出一丝微笑。"好吧。"

沙利转向罗布。"这样行了吧?你现在高兴了?"

罗布没有高兴,但他知道最好别这么说。幸好,这时博蒂过来等他们点单。"我们上新菜了,"她告诉他们,"水牛城辣鸡翅。"

"我不知道水牛还长翅膀。"彼得说。他没来由地喜欢博蒂,或者是喜欢她说的恭维话。

罗布眉头皱起来,险恶地瞪着彼得。"水牛没有翅膀。"他说,然后看着沙利等他确认。

"有两个电话找你,"博蒂说,"你前妻,还有罗巴克太太。"

"好的,"沙利疑惑地说,把手伸进裤兜里找着零钱,"你妈找我想说啥?"

"我完全不清楚。"彼得说。在沙利看来,他这回答并不那么真诚。

他找到二十美分。"她也许是要告诉我,我不配当爷爷,"他说,"我能跟她说你已经告诉过我了吗?"

"去打电话之前至少先把餐点好吧?"博蒂说。

"一个汉堡。"沙利说。

"你不想试试水牛城辣鸡翅吗?"

"好啊,你觉得合适就行啊。"沙利说。

"别那么气呼呼的,我就是问一句。"

"芝士汉堡。"博蒂看着罗布的时候,他说道。

"试试辣鸡翅。"沙利建议他。

"好吧。"罗布说

"你呢,帅哥?"博蒂问彼得。

"汉堡,薯条。"

"别那么麻烦了,"去付费电话的路上沙利对她说,"给我们来三份辣鸡翅吧。"

因为无法预计电话要打多久,于是沙利带了吧凳过来。他要打两个电话,一个是打给巴斯镇最漂亮的姑娘,她打电话来很可能是要发出什么邀请。还有一个是打给他的前妻,她十有八九是要警告他以后别胡来。先打给谁呢?

"嗨,宝贝儿,"托比·罗巴克拿起听筒时,沙利说,"你那一无是处的丈夫正在白马酒吧呢。"小克莱福和跟他在一起的那个女人已经离开了。卡尔正和一桌本地的生意人在一起,而且沙利能看出,卡尔已经在和那些人讲小克莱福是多蠢的一个人了。"他刚点了午饭。我五分钟就可以到你那儿。"

"你在电话里倒是挺神勇的嘛。"她说。她不会放过任何一次嘲讽沙利吹牛的机会。可能正因为如此,也让他觉得自己是在吹牛吧。"此外,"她说,"五分钟你到不了的,你爬个楼梯都要花五分钟呢。"

"我猜有正当理由的话,我会加快速度。"沙利告诉她。这倒是实话,他在电话里的确表现得很神勇。"该死,我听说你怀孕了?"

"千真万确,"托比·罗巴克承认。"他在外面还是像个公鸡一样趾高气扬吗?"

"他现在是个矮脚公鸡了。"

"你要爱上他了。"

"不,"沙利说,"是你要爱上他了。"

"不管怎样,"托比·罗巴克说,听着就像是已经开够了玩笑,"说说那房子的事儿。"

"什么房子?"

"你的房子啊,沙利。翻篇儿吧,我们要讲下一话题了。"

沙利现在想起来,卡尔曾叫她查看一下博登街房子的状况。沙利开始意识到,这房子会让人产生一种类似于希望的感觉,一种在驱散前就存在的希望。

"理论上来说,你依然拥有这栋房子。"她说。

"理论上。"沙利重复道。没太在意发这词的音调。

"你现在处于所谓的赎回期,已经一个月了。你肯定收到通知了吧。"

"我应该收到了。"沙利同意道。

托比·罗巴克没理这话。"这说明有人签了合同,要用付清逾期税款的方式买下这栋房子。但是如果到二月你能拿出同样数量的钱，这栋房子就归还给你了。"

"是谁买了这房子？"

"不知道。不要求买方一定要公开身份的。"

沙利考虑着。"那么，"过了一会儿他说，"不管是谁买了，定会大吃一惊的，因为我刚把硬木地板卖给你丈夫了。"

"唔。"

"我想知道的是，是谁想要这房子？"沙利问，但在问出这话时他突然意识到，也许就是无忧宫的所有者想要这块临近的方寸之地呢。也许他们就是想彻彻底底地把博登街北面的那块地都归为己有。这就出现了一个显而易见的问题，他们愿意花多少钱？"逾期未付的税是多少呢？"

"你准备好了吗？"

"准备好了。"沙利说。此时他心里猜的是五千。

"刚超过一万。"

"你在开玩笑吧。"

"很抱歉。"

沙利深深吸了一口气。不管怎样，麻烦倒是解决了。"对于没有地板的房子来说，这可是一大笔钱呢，"他说，"我想你不会借给我钱的，是吧？"

这话让托比·罗巴克感到很滑稽。"哦，沙利，"挂掉电话前她叹了口气，"你可真是逗啊。"

电话响了一下，薇拉就接了。

"嗨。"沙利打招呼，都没自报家门。给薇拉打电话，他总觉得薇拉能认出他的声音，哪怕在这之前他有一年没和她说过话。他认为这受之无愧，因为他们两人不仅结过婚还育有一子。他是这么看待这件事的，这是他娶过的女人欠他的，尤其他还没向她索求过任何别的东西。"怎么了？"

"是谁?"

其实,沙利很想把同样的问题像子弹一样打回去。除非他拨错了电话号码,否则这人肯定就是薇拉没错了,但是这声音听上去不太像她,这声音比薇拉低沉些。不管这人是谁,她听着昏睡了两天才醒来的样子。"薇拉?"

"哦。"她答道。

"你什么意思啊,就哦一声?"他说着已经有些生气了。"我听说你刚才打电话了。"

"就想说你赢了。"

沙利想了想,想不起来自己赢了什么。和薇拉有关的事情他肯定不会赢啊。"你到底在说什么啊?"

"我就是想告诉你,你赢了。"

"赢了什么,薇拉?"他问,但她已经挂了电话。

沙利盯着电话看了一秒钟才挂上电话,向罗布和彼得走去,他俩正在埋头吃鸡翅。两人都没有抬头看他,于是他就又回去拨薇拉的电话。这次电话响了二十下,薇拉才接起来。"究竟发生了什么?"他问。"别挂我电话。我两分钟就能走到你家,也别以为拉尔夫会把我关在门外,因为他不会这么干的。"

"我不否认我丈夫有站在你这边,沙利,"她的声音里充满自怜自艾,"可这会儿,他都不在家里。"

"这我就不责备他了。"沙利对她说。话说出口了,都来不及收回,不过,就算能收回的话,他也没必要收回。沙利的话打断了电话那头长时间的沉默,"发生什么了,薇拉?如果你不想说,你是不会给我打电话的。"

这次当她开口时,沙利听出她的声音中有种投降的意味。"就是……我这么努力。"她最后哽咽了起来。

沙利对前妻的悲伤有所怀疑,他了解薇拉,她动不动就会装模作样演起戏来。不论场面大小,她都会即刻上演一场歇斯底里的剧目,但这情绪来得快去得也快。

"而你从来也没努力过,"她继续说,"到头来你却赢得了他。"

"我们是在说彼得吗?"沙利问,他想他终于有了头绪。他以为他们一直在聊威尔的事情,他一时没反应过来。

"你赢了,"她又说,"不过你赢得不多。"

"去你的吧,薇拉。"他说着准备挂掉电话。

"他和你说过他在摩根敦的那个满口脏话的小荡妇的事吗?"

"彼得不会跟我说这些乱七八糟的事,薇拉。"沙利向她保证。

"他会告诉你的,"她说,"你俩是挺投缘的呢。我是那个让他讨厌的人。"

"你还是个疯子。"

又是一阵沉默。也许要上演更多的戏码。不过可能还有其他什么吧。"沙利,你知道失去一个人的感受吗?至少我知道。熟能生巧。如果这事对我很重要,我知道我失去它只是早晚的事。"

"你并没有失去彼得啊,"他告诉她,"而且我肯定也没有赢得他。我都没想要赢得他。"

"这正是吸引他的地方,"她抽噎了一下说道,"我爱他爱到心都碎了。你对他能做到松弛有度,不那么全身心地在意他,所以你正是他想要的人。"

"听着,薇拉——"

"你该听听那小荡妇对我说的恶心的话,"她说,"就好像是那恶臭一直从电话听筒里钻出来,弄脏了我的家。"

"我人都不在那里,薇拉,"沙利提醒他,"我没听见啊。"

"像一股恶臭,"她继续说,"我把家打理得多干净啊,沙利。"

"确实。"

"这是他带来的脏东西,"她说,"有什么用呢?"

"我不知道,薇拉,"他承认,内心里烦透了这种对话,"我要挂电话了。"

"好的,"她说,"跑吧。"

"去你的吧,薇拉。"

"你要感谢你还能逃跑,"她说,"你要感谢你不是无处可去的那个人。"

回到吧台,罗布和彼得还在原地,他们面前摆着一堆让人惊叹的鸡骨头。彼得与沙利对视了一下,他脸上的表情显示,他用直觉就能感觉到沙利和妈妈谈话的部分内容。同样莫名其妙烦人的是,不知什么原因,罗布正在哭。

"你到底怎么了?"

"太辣了。"罗布解释道。他把橙色的酱料全都涂在了鸡翅上,从他的手一直到手腕上都沾着橙色的酱,还有脸颊和鼻尖也是。他的平头头发上也有。

"看起来这边也是一团糟啊。"沙利注意到,就连彼得,这个在薇拉的教育下,本来吃东西很小心的孩子,两只手也变成了橙色。

罗布检查了一下自己的手,好像才注意到酱汁沾满了手,然后开始舔他的手指。

"我猜鸡翅肯定很好吃,"沙利说,"你知道我是怎么知道的吗?"

罗布看起来着实很好奇的样子,因为他总是关心所有形式的心灵感应。

"因为你连一块都没给我留。"

罗布低头看看面前的这堆鸡骨头,好像是要找出些还未被他啃干净的鸡肉。一块也没有找到,他的脸色沉了下来。"他吃的可和我一样多呢,"他指着彼得说道,"怎么你从来不生他的气呢?"

"我没生任何人的气,罗布,"沙利说,"我只是在观察罢了。我注意到你吃了所有的鸡翅。"

"还有他呢。"罗布坚持说。

沙利不禁笑了,罗布总有这种奇妙的能力,让别人精神焕发,而且是以牺牲自己为代价。"别误解我,我很高兴你吃了顿不错的午饭。也许你可以给我剩一块鸡翅,不过如果你饿了,我很高兴你把它们全吃掉了。"

罗布的头垂得更低了。对于一个矮子来说,他的确有颗硕大的脑袋,当脑袋里充满羞愧时,他就抬不起来了。彼得正在用餐巾擦手,明显不愿意分担罗布的羞愧,他身子前倾,用有意让别人听得见的耳语声说:"如果他想谈谈'分享'这个话题的话,你也许可以提醒他,刚才卡尔付给我们的六百美元可是直接进他兜儿里,还没有拿出来过呢。"

既然他说的是实情,沙利就给了两人每人两百。罗布用橙色的手指小心地把钱折起来,然后放进了衬衫口袋里。"怎么你们都看着我啊?"罗布说,因为看起来大家都在看着他。

"我们回去干活,你觉得怎么样?"

"好吧。"罗布说着从吧凳上下来。

"在外面等我一会儿,"沙利告诉他,"我要和我儿子说点话。"

罗布又愁云满面起来。

"下次你给我留一块鸡翅,我也会和你说点话。"沙利说。

等他走后,彼得说,"老天啊,你对他太苛刻了。"

"他知道我不是那意思。"

"你确定吗?"彼得怀疑地说。

"非常确定。"

彼得没继续说下去。

"你最好花几分钟去看看你妈,她很难过。"沙利告诉他。

彼得叹了口气,摇摇头。"是因为威尔吗?"

"是因为你。"

"我?我怎么了?"

"谁知道呢?我从来就搞不懂你妈。她说她接到一个西弗吉尼亚的什么女人打来的电话。"

彼得翻了个白眼。"哦,天呐,好吧。"

"你妈以为你也许会跟我说那件事。"

"我不会。"

"我是告诉她你不会的。"

"你说得没错。"

"好吧。你不说就不说吧,他妈的什么都别说。不过我还是要告诉你一件事。我可受不了你每天拉着个脸,"沙利告诉他,"我知道你认为这是我自找的,但是这不代表我就得忍受。"

彼得似乎就要开口说些什么,但不管是什么,他没说出口。

"去看看你妈有没有事,我们等会儿先从地板开始吧。"

"先从楼上的开始,那都已经坏了,"彼得建议道,"要找到窍门不弄断它们,得花点时间。"

"你是怎么知道的?"

"这会儿是我第三次铺硬木地板了,"彼得解释,"一次是我读研究生的时候,给我的论文导师铺;另一次是两年前在西弗吉尼亚,我本来应该专心写书的,但我需要钱,所以我给一位正教授铺了地板,三个月后他在我的升职和终身教授评委会上投了反对票。他说我不清楚轻重缓急。不过至少我多了项技能,在遇到困难时可以用到,是不是?"

"你是指铺地板的才能,还是自怜自艾的才能?"沙利问。这话就这么脱口而出,一说出口他就后悔了。

"谢谢你,"彼得说,"我知道你会理解的。"

他走了以后,沙利喝完了剩下的生啤。"博蒂,"他对站在边上的博蒂说,"可我并不知道。"

"我也不知道,"她同情地说,"而且这还不是最糟糕的。"

沙利怀疑地皱起眉头。"那什么是最糟糕的?"

"有人欠我三份鸡翅的钱呢。"

沙利环顾四周,餐馆已经差不多空了,主街上的生意人都回去上班了。不幸的是,卡尔·罗巴克也不见了。

"我猜,结账的人就是我喽。"沙利承认道。

在回博登街那房子的路上,沙利和罗布注意到一个奇怪的场景。当他们沿着主街开过来时,罗布还在为刚才被派到门外让沙利父子俩私下说话这件事而愤愤不平呢,罗布闷闷不乐地盯着副驾驶的窗外,这时他注意到一辆车诡异地停在安德森房子草坪的中央。不远处,一位衣着光鲜的中年女人坐在门廊的台阶上,像是在抽泣。看着如此古怪的场景,罗布暂时忘记了自己的委屈。"看那边。"当沙利把车停在主街和博登街的路口时,罗布说。与其说让罗布困惑的是一辆车停在草坪上,或者台阶上那位哭泣的奇怪女人,还不如说是什么东西不见了。自从他们肩负起重修安德森这房子的任务后,罗布就一直害怕不得不处理前院草坪中央的这根树桩的这一天。"有人弄走了树桩。"他激动地对沙利说。

沙利把车从十字路口倒到马路边,停了下来。这女人看着像是之前在白马酒吧和小克莱福在一起的那位。她明显边抽泣边自言自语着。听见关车门的声音,她抬起头,发现他们不是她希望看见的人,就显得更恼怒了。她脸上的神情表明,无论她现在身处何种境遇,沙利和罗布的突然出现,就是对她的侮辱,连最后的自尊都被人践踏了。

"问问她是谁移走了树桩。"罗布建议道。

沙利看看他,摇了摇头。"没人移走树桩,傻瓜,它在车底下呢。"

罗布蹲下来看了看。沙利说得对,树桩还在车底下。实际上,是汽车在树桩上面,这就能解释为什么这车停的角度这么奇怪。

沙利看到小克莱福从爱丽丝·格鲁伯的房子里出来,沿着大街向他们这个方向走过来,在成排巨大黑色榆树的笼罩下,他显得那么小,那么不协调。当他看到是谁等着他时,他的步伐不自觉地发生了改变,好像意识到什么雪上加霜的事情。的确是这样。

"嗨,宝贝儿。"沙利对那女人喊道。其实她看着比沙利通常称呼"宝贝儿"的那些女人老多了,不过她现在这样子倒真需要有人哄她开心呢。

"你是拖车的吗?"女人悲戚地问道,让沙利觉得这简直是电视剧里的场景。

"我是拖车的吗?不。我这样子像吗?"

"我未婚夫打电话叫……拖车了。"她解释道,声音颤抖着。

罗布像一只神兽一样盯着她。

"你能让那个可怕的人走开吗?"女人指着罗布向沙利乞求道。

"不能,"沙利承认,"我从来也没成功过。不过欢迎你来试试运气。"

她扭过头,毫无希望地朝上主街无忧宫的方向看过去。

"嗨,克莱福。"当小克莱福到达现场时,沙利咧嘴对他一笑。

"沙利。"小克莱福打了招呼。台阶上的女人看见小克莱福,就站起身来,但是她人仍在门廊边,原地未动。

"我什么都不想说,"沙利告诉小克莱福,"不过你好像开到树桩上了。"

小克莱福看着深深的轮胎印,从马路边一直延伸到停车的地方。他叹口气。"这是个意外。"他说。

"我猜到了你不是故意停在那儿的。"沙利说。

"不是我,"小克莱福说,"我刚才在教乔伊斯开车呢。"小克莱福嘴角似乎显出了狡猾的笑容。"我猜再见到她,你感到很惊讶。"

"谁?"沙利问道。

三个男人都转身看着这位悲伤的女人。

"乔伊斯。"小克莱福解释道。

"哪个乔伊斯?"沙利想知道。

笑容,如果那算是笑容的话,这时候不见了。"我的未婚妻,你以前和她约会过啊。"

沙利又仔细看了看站在门廊台阶上的女人。"我以前从来没见过她,"他向小克莱福保证,"实际上,她也不认识我,她以为我是个拖车的呢。"

"你中学的时候和她约会的啊。"小克莱福说。

沙利很高兴看到小克莱福生气了。"从来都没有,"他说,"不可能。"

"她的名字叫乔伊斯·弗里曼。"

"从没听说过。"

"她怎么不停地哭呢?"罗布问。

小克莱福怒气冲冲地瞪着罗布,罗布只好低下头盯着自己的鞋子,然后用胳膊肘悄悄地推推沙利。"她怎么不停地哭呢?"他问沙利。

"她也许在思考自己的未来,"沙利告诉他,"她要嫁给小克莱福了。别那么严肃,克莱福,开个玩笑。"

听到这话,小克莱福看似有些欣慰,让沙利吃惊的是,这话还真让他放松下来,不情不愿地向他们解释事情的经过。据小克莱福的说法,乔伊斯从来没有学过开车。过去这几个星期里,他一直都在教她开车。今天他们在主街上练习平行停车,街上车位充足,几乎没有来往车辆。乔伊斯没有开车天赋。尽管他教得很耐心,但她倒车的时候方向盘还是打得太多了,撞到了路肩上。当小克莱福看到她又要出错时,就告诉她重新再来一遍。很明显。她忘记了自己是在倒车,可以看出,当她松开刹车发现车在向后退时,她很吃惊。然后她马上就得出了错误的结论,认为自己在溜车,她想到的解决方法就是加大油门。"我告诉她,她的逻辑一点都没错,"小克莱福解释道,"可我就是安慰不了她。"

"既然她以前是我女朋友,那你想让我来试试吗?"沙利主动说。

小克莱福的眼睛眯了起来。"你那时是高中生,而她在念初中。"

"随便你怎么说,克莱福,你想让我们把你的车抬走吗?"沙利主动说。

"我告诉过你,拖车已经在路上了。"小克莱福说。

"我不觉得他们能把这车拖出来,"沙利说,"你看看后轴都在哪儿了。"

"他们会知道该怎么办的。"小克莱福固执地坚持道,他的脸色又沉了下来。沙利能看出来,自己拒绝承认认识小克莱福的未婚妻是他生气的其中一个原因。"你该干吗干吗去,别觉得你必须跟这儿待着。"

这时候拖车来了。哈罗德汽车世界的哈罗德·普罗克斯迈尔开着拖车,旁边坐着红头发的孩子德韦恩。因为总是对德韦恩不信任,怕他再拖错车,所以哈罗德和他一起过来,好在一旁监督。

像往常一样,身穿灰色衣服,脸色也发灰的哈罗德把拖车停在街道的另一侧,疲倦地从车里爬了出来,看到沙利他摇了摇头。"我就该想到这事也有你的份儿,"他观察了下这里的形势说道,"你的车骑在上面的树桩上了吗,皮尔普斯先生?"

小克莱福承认就是那个树桩,又解释了一遍事情是怎么发生的。小克莱福发现哈罗德是个更富同情心的聆听者,比沙利好多了。哈罗德冷静地点着头,等小克莱福说完后,他说:"真是运气不好,那树桩正好杵在那儿。"

"你的意思是运气好吧?"沙利问。"如果不是这根树桩的话,她也许会一直开进起居室里呢。"

"我告诉过他,他想走随时可以走。"小克莱福告诉哈罗德,哈罗德正跪在地上朝车下面看。

"我很高兴他没走,"哈罗德说,"我们必须把你的车抬走。"

"你可以套住车,把树桩也一起拖出来,"沙利建议道,"这会帮我们省不少活儿呢。"

"别抠鼻子了，去抬车，德韦恩。"哈罗德建议道。

这男孩趁别人不注意的时候，在那里抠鼻子，听到这，他的脸一下涨得跟头发的颜色一样通红。他和沙利还有罗布站在车后，而哈罗德绕到驾驶员这一侧，抓住了方向盘。

"你想让我待在哪？"小克莱福注意到没人睬他，可他们正在处理的是自己的车子。现在车子的后挡泥板那里站着的是沙利、罗布，还有那男孩子，他们准备要抬车了，那里已经没有他的位置了。

"不如站到她身边？"沙利建议他。

"我觉得我们几个就够了，皮尔普斯先生。"哈罗德说。他数了一二三，他们一起抬起了车。出乎意料的是，不费吹灰之力车子就向前开动了。唯一受伤的是德韦恩，他站在沙利和罗布中间，他们抬着车子向前走的时候，他绊在树桩上摔倒了，下嘴唇还流血了。

"行了，皮尔普斯先生，"哈罗德一边让他把车停在车位上，一边说，"你自由了。"

小克莱福看着不像是个自由的人。他看着像是戴着隐形的枷锁，拖着只有他自己才知道的什么东西。"我要付你多少钱？"他问。

"我想就只是服务费吧。我们都没有套车，如果我是你，我就会在什么地方把车架高，找人好好检查一下，确保车轴没有裂。"

小克莱福递给哈罗德二十美元，然后又转向沙利。

"别傻了，克莱福。"沙利告诉他。

他们依然围着那辆重获自由的车站着，五个男人似乎无权宣布休会。"德韦恩和我最好在老板发现之前就回去，"最后哈罗德说，"皮尔普斯先生，告诉你的女友，这种事情是家常便饭，经常发生。她应该看看我把人拖出来后修理的那些车。"

"而且我很快就会移走那根树桩，"沙利说，"以防你们还想重新开始教练课。"

"我想你还没有找到新的住处吧？"小克莱福问。

"还没有呢,"沙利咧嘴一笑,"不过谢谢你关心啊。"

沙利和罗布跟着哈罗德和那男孩子走到停拖车的地方。哈罗德坐在乘客的位子上,德韦恩坐在司机的位子上。"拿着这钱,趁我还没拿它干傻事。"沙利说着把两百美元递给哈罗德,这是他从卡尔那六百美元里分到的钱。

"你确定吗?"哈罗德问。

沙利说确定。

"你要我给你开收据吗?"

"不用,"沙利说,"我想现在就下雪,这就是我想的。"

"嗯,"哈罗德说,"别担心我,我不会收回卡车的。"

"我知道你不会的,"沙利说,"不过也许艾斯梅拉达会。"

"她是全镇最吝啬的女基督徒,"哈罗德承认,"是不是啊,德韦恩?"

很明显,德韦恩觉得这是毋庸置疑的,因为他只是耸了耸肩。

"上星期有天晚上,我在电视里看到的人是她吗?"沙利想起来问了一句。他在白马酒吧里正好瞥了一眼电视,那时正是节目的最后几秒钟,上演的正是关于抗议"终极逃亡"主题乐园的画面。

哈罗德叹了口气,点点头。

"我想就是嘛,"沙利说,"不过,我看的电视屏幕很小,都没看全她的头,所以不太确定。"

哈罗德没有理睬他。"我们的儿子在那片墓地里呢,"他对沙利解释,沙利都差点忘了普罗克斯迈尔夫妇还有一个儿子死在了越南,"她不想看到他被打扰。"

"我能理解。"沙利承认着,为刚才取笑了哈罗德太太而感到抱歉。

"这个时候抗议太滑稽了,"哈罗德说,他的眼睛里满是泪水,"打仗的时候,她不愿抗议,也不让我抗议。"

"我们都打过仗,如果我还能记起来的话。"沙利提醒哈罗德,哈罗德也服过兵役。

哈罗德点点头。"我们真的都打过仗。那时候我以为战争永远也不会结束呢。"

有一阵子两人谁也没说话。

"我听说你儿子回来了,是吗?"哈罗德问。

沙利点点头,心里感觉怪怪的。不是很多人记得沙利有个儿子,这些人中也没有多少人会认为彼得是沙利的儿子。哈罗德这么一提,倒让沙利想起薇拉的一个观点:彼得现在是他的了,他赢得了他们的儿子。"他回来帮我一两个星期,然后就回大学教书。"他差一点就加了这一句,但他突然意识到,对一个儿子正躺在城外约一英里处的墓地的父亲说这话,太残忍了。而且这也是在吹牛。我的儿子是教授。沙利认为,他没有资格吹这个牛。

哈罗德向小克莱福的方向点点头,他终于哄着他那哭泣的未婚妻走下门廊的台阶,来到了车边,车依然停在草坪的中央。他扶着她胳膊的样子,就像领着个瞎眼的女人。"我小时候养过一只爱尔兰雪达犬,就像她一样。过于紧张。"

他们看着小克莱福把那女人安置到副驾驶座位上,然后绕过车子坐在了方向盘前。车子马上启动了,小克莱福缓缓地驶离草坪和路肩。"他应该检查一下车轴,"哈罗德说,"但我猜他不会的。"

"他不会有事的,"沙利说,"坏事情不会发生在银行家身上的。"但他想到了卡尔·罗巴克关于"终极逃亡"主题乐园的疑虑,担心小克莱福是不是卷入了麻烦。为了贝丽尔小姐,他希望这只是他们在杞人忧天。

"如果我是他的话,就不再教她开车了。他老爸就是这么没命的,不是吗?"

"有些人从来也学不会,"沙利说,"跟艾斯梅拉达问好啊。"

当拖车从路边开走后,沙利注意到罗布闷闷不乐的样子。"你怎么了?"

"我希望你拿了。"罗布说。

"拿什么?"

"他都把二十美元拿出来了。"

"谁啊?"沙利说。

"银行那家伙啊,"罗布说,"我可以花那二十美元。"

"你是说十美元?"

"是二十啊,"罗布说,"我看见了。"

"但是你只应该拿一半,对不对?"

罗布耸耸肩。

"或者你是想那二十都归你,什么都不留给我?"

"那一半我都没拿啊,"罗布指出,"我啥也没得到。"

"嗯,我也是,啥也没拿到。"沙利说。

罗布叹了口气。这种种迹象都表明,他又在和沙利进行着一场他终究不会赢的争吵。

"彼得来了,"当埃尔卡米诺出现在视线里时,罗布悲伤地说,"你也许可以和他分那钱,他刚才都不在场。"

"活儿干得怎么样啊?"那晚沙利走进白马酒吧坐到维尔夫旁边的吧凳上时,维尔夫问道。律师说话的口气表明,这不是个随口问出来的问题。

"难、脏,钱还少。"沙利告诉他。他向维尔夫面前的那瓶正冒着气泡的啤酒瓶点点头。最近,维尔夫减少了酒量而改喝汽水了,只有偶尔晚饭后才和沙利一起喝点酒。"我又看见你喝酒了?"

"我在想事情呢,"维尔夫说,"喝酒能帮助我思考。你想不想知道我在思考什么?"

"不想。"沙利告诉他。

"愚蠢。"维尔夫说。

沙利仔细看着维尔夫，努力揣测他醉到什么程度，这从来都不是件容易的事请。"你心情不好，维尔夫，我看得出来。"

这时博蒂走过来，递给沙利啤酒，她知道他会点一瓶的。"他连《人民法庭》的赌都不愿意打了呢。"她伤心地说。

"既然我思考的对象已经来了，那么我想我还要再来一瓶，博蒂。"维尔夫说。

当博蒂弯腰去冰柜里拿啤酒时，沙利突然站到吧凳下面的横梁上，伸长了脖子往她衬衫领口看。"戴的是什么胸罩啊？"

"特大号的，"她告诉他，然后把啤酒放到维尔夫面前，冲着律师做了个鬼脸，"在思考愚蠢这个命题啊。"

"我不蠢，"维尔夫说，"我只是在自我毁灭而已。"

"杰夫去哪儿了？"注意到已经过了博蒂下班时间的沙利大声问道。

"狄尼把他辞退了。"她说。

"怎么回事？"

"你不该在生意少的时候偷东西。"博蒂意味深长地说，然后回头走到另一边去招待刚刚进来的乔可，留下维尔夫和沙利两人在角落里。

"她说的可是十诫中的一条啊，你会想起来的，"维尔夫说，"首先，不该在生意少的时候偷东西。其次，应该在待在学校里。再者，不该在领着伤残救济金的时候，被人抓住你还在干活。"

"你看，"沙利说，"我不知道今晚你是抽了什么疯，但我今天碰巧心情好，不和你计较。我不知道下一次什么时候再会有好心情，所以我可不想让你毁掉我的好心情，如果你觉得你这样说就舒服了，那你尽管说好了。"

维尔夫脸上突然露出坚定而严肃的表情。"我猜我能毁了你的好心情。"

"我猜你不能。"沙利说着拿着啤酒从吧凳上下来，然后他走到了吧台的另一端,这时正好乔可的啤酒也来了。自从吃了乔可给他的神秘药片,他的睡眠质量有了很大的改善,也正是这药导致了卡尔·罗巴克的德国犬罹患了中风。

"别告诉我今天 1-2-3 三重彩的结果,"乔可一边从他厚厚的眼镜片上方看着沙利,一边说,"因为我知道我不会赢。"

"我就是想跟你说句谢谢。"沙利说。他的声音沉下来。"那些蓝色小药片是至今为止最管用的。"

乔可点点头。"我想你会喜欢的。这药是新出来的,但我不会和酒一起服用。"

"我也不会,"沙利一边应答一边喝了一大口啤酒,"我过着西梅汁吃药。"

"西梅汁也不好。"乔可说。

博蒂又过来了,这次带了张纸条给沙利,是维尔夫的笔迹,写在一张餐巾纸上。上面写着:还有这条——你在打完全丧失劳动能力官司的时候,不该被拍到你正在往卡车上装混凝土砖块。维尔夫在朝他笑着,沙利从吧台的这一端依然能清晰地看到他脸上的笑容。

"其实,我怀疑是不是药片在起作用呢,"乔可解释道,"他们说得了关节炎的话,经常动一动会有所缓解。不过,我不是建议你拼命用你这破膝盖啊。"

"不管什么原因吧,我现在不那么疼了。"沙利说着把维尔夫的字条揉成团扔了。沙利想:毫无疑问了,是那个坐在黑色轿车里的人拍的。他原先还以为那人是个侦探,是来记录卡尔·罗巴克数不清的出轨行为的呢。

维尔夫又在另一张餐巾纸上快速地写着什么。

"我们的律师朋友在写纪要吗?"乔可问道。

博蒂拿来了新写的一张字条。"我实话告诉你,如果你在领取残疾救济的时候被人抓到你还在工作,在州政府的眼里你就真正地、永远地完蛋了。"

沙利把这张字条也揉成一团，踱步走到吧台的另一端。"拍成录像了？"

"是的。"

"嗯，"沙利说着用手指拢了拢头发，"所以就是那人了。我以为是谁的丈夫打算来暗杀卡尔·罗巴克呢，我以为他拿的是望远镜。"

"是一架摄像机。"

"没开玩笑？"

"是真的。"

"那么他们能干什么呢？"

"我不知道，"维尔夫承认，"这要看他们想要多龌龊吧。他们可以告你，收回发给你的部分残疾救济，还有教育救济。"

"他们会吗？"

"也许不会。我会让他们把这录像带作为证据的。我认为这盘证明你还在工作的录像带也会对我们大有益处的。他们最终会吃力不讨好。你瞧，十诫中的一条在帮我们呢。"

"只有一条吗？"

"你没法从一无所有的人身上获得什么。"

沙利耸耸肩。"那我们还有什么好担心的呢？"

沙利又坐回吧凳的时候，维尔夫咧嘴笑了。"沙利，沙利，沙利。"他说。后来他们一起度过了一个开心的夜晚。

星期三

天下着雪。和贝丽尔小姐记忆中的任何一场雪都不太一样,她透过前厅打开的百叶窗望着自天而降的雪花,感到昏昏沉沉的。早上醒来的时候,她就觉得有些头昏脑涨,可能是起床起得太猛了,可她明明是慢慢起来的,之后还在床边站了片刻,心里嘀咕着要不要再坐下。她想也许是该死的流感所致吧!已经很久没得流感了,差不多快十年了吧,因此得流感是个什么感觉对他来说已经模糊了。除了头晕外,她还真切地感受到,四肢莫名其妙地就毫无知觉不听使唤了,脚和手指仿佛都在几英里之外,都属于别人似的,为了解释这种感觉,"流感"这个词进入了她的意识里,它就像新鲜出炉的东西,热乎乎的,散发着发酵的味道。

流感。这就解释了过去这几天她为什么对人冷淡,或许还解释了她为什么一直对沙利怀有内疚。贝丽尔小姐认为,在生病的环境里,内疚之情会像细菌一样滋生,而内疚的来袭通常都是病毒临近的兆头。这种特殊的病毒也许是那可怕的叫乔伊斯的女人送给她的礼物。并不是说乔伊斯真的携带流感,而只是因为她给贝丽尔小姐留下了祸害的印象。(贝丽尔小姐已经从格鲁伯太太那里得知了车祸的事情,格鲁伯太太借给小克莱福她家的电话,让他打电话叫了拖车,因此小克莱福将所发生的事情对她和盘托出了。这也就证实了贝丽尔小姐最初的看法:这叫乔伊斯的女人就是个祸害。)所以,认定小克莱福的未婚妻是个病毒的携带者,自然也不是什么大惊小怪的事情。

尽管贝丽尔小姐的年龄在与日俱增,但自她退休之后,她的身体状况有了很大的改善，八年级的教室就是个疾病集中营。贝丽尔小姐认为，情绪低落也和内疚一样都给疾病有了可乘之机。她认识的老师们都会习惯性地感到内疚和抑郁，内疚是因为他们没有为学生做得更多，抑郁则是因为他们能做的实在太少。自退休以来，贝丽尔小姐沉溺在内疚和抑郁中的时间少了很多。除了总要提醒自己要对小克莱福多些疼爱之外，几乎没什么能让她感到内疚的。此外，除了星期五下午送来的《北巴斯周刊》，其他也没什么能让她抑郁的了。因此大部分时间，疾病都无法乘虚而入。不，贝丽尔小姐认为这所有的不快都是那可怕的叫乔伊斯的女人带来的，她就是罪魁祸首。是她破坏了车，弄坏了椅子，她还总是喋喋不休地将自己的负能量肆意播撒于周遭，其间谁知道还有什么别的东西被散播到空气中了呢。就这样，贝丽尔小姐以她高兴的方式找到了问题的根源，这让她稍感舒心。但也只是那么一点点。

她头晕的根源已经锁定，贝丽尔小姐认为，对待病毒最好的办法就是按照对待病毒携带者的方法待之。也就是尽可能对其不予理睬，希望它会自行消失。去沏早茶吧，老太太，她告诉自己，然后穿上了一双暖和的袜子。这么做也让她感觉稍微好了一点，尽管在明亮的厨房里沏茶的时候，那种四肢莫名其妙不听使唤的感觉似乎在加剧。她想，现在茶袋在冒着蒸汽的热水里跳跃着。行，你成功了，你给自己沏好茶咯，而且你并未有任何更糟糕的感觉。贝丽儿小姐端着茶走到前厅，然后查看街上有没有徘徊的老妇人以及掉落的树杈。看看在你睡觉的时候，上帝这个鬼鬼祟祟的坏蛋有没有把厄运降临在谁身上。

走到前厅的窗前打开百叶窗，她看到外面正在飘雪，还注意到雪奇怪地闪着光亮。雪仿佛是伴着日出一起降临的，每一片落下来的雪花都在燃烧。街道一片生机，满是跳跃的、如火焰般飞舞的雪花。贝丽尔小姐坐下来静静地观看着这表演，感叹着眼前的这片景象。让她困惑不解的是，手里的这杯热茶依然没有让她的手暖和起来,她的脚趾似乎还是离他身体很远,无法在袜子里蠕动。毫无知觉。这讲不通啊,贝丽尔小姐身高几乎不到一米五,大脑距离脚趾可并不算远啊。

这就是沙利从楼上下来时看见房东太太的样子。一个星期来他头一次探头进来,他看见房东太太的确是起床了,并且已经穿戴整齐,面对着前窗坐着,凝视着窗外的街道。"好吧,无视我吧。"他说。和以往一样,贝丽尔没有对他的观察做出回应。

但是对这句话,她也没回应,当他提高嗓门问贝丽尔小姐是不是还好时,贝丽尔小姐依然没有反应。于是,他走过去,疑惑地看着老妇人,就跟在商店里查看模特是真是假一样。

贝丽尔小姐没有听到她的房客进来,也没有听到他说话,看到沙利的脸出现在自己余光中,她很高兴。毕竟沙利正祈求下雪呢,而现在他小小的愿望实现了,贝丽尔小姐也因此感到高兴。她希望这奇怪的如火焰般的雪能一直不停地下,下到地面积雪,这样就需要有人去铲雪了。她本来想要告诉沙利,祝沙利顺利,真心地祝他一切都顺利,虽然她对他做了错事,但他在她心里依然有一席之地,但是她的声音和手脚一样离她那么遥远,不受控制。"瞧瞧,"她终于开口说话时,声音听着好像是别人的,也许是格鲁伯太太的,"终于,多可爱的雪啊。"

对沙利来说,没有比下雪更好的事儿了,但此刻,贝丽尔小姐前窗外的街道正沐浴在明媚的冬日阳光中。而他房东太太的脸颊、脖子、睡袍的前襟都被鲜血染红了。

"哪个方向?"沙利问。

"上!"海蒂咆哮道。他们站在一阶台阶的边缘,老太太为了站稳,把手紧紧地抓住沙利的胳膊。她那样子很奇怪,看着像是个正在学习滑冰的孩子,两脚叉得很开,双膝几乎碰在一起。而她的手由于使劲敲门已经肿了起来。沙利迟到了,因为他要确保贝丽尔小姐平安无事才愿意离开。贝丽尔小姐开口说第一句话时,似乎很恍惚,但之后她又猛地从恍惚中抽离出来,坚持说自己只是又流鼻血了而已。她坚持要他不要担心此事,并强调不许和小克莱福提及此事,沙利不情愿地答应了。实际上,她的确看着好多了,一边在厨房和前厅之间来回忙碌着,一边还在收拾自己弄乱的地方。沙利保证等九十点钟忙完海蒂之家的活儿,再回来看看她,而且她也向他保证会让医生检查一下。但是贝丽尔小姐在鲜血中闪闪发光的样子,一直在他的脑海里挥之不去,尤其是在扶着步履蹒跚的老海蒂的这一刻。如果没扶稳她,她就会摔得和贝丽尔一样鲜血淋漓。他真想知道,这世界上怎么会有这么多老太太呢?

"确定?"沙利问,"看,台阶是向下的,所以我们最好往下走,除非你会飞。"

"下!"海蒂同意道。然后他们一起颤颤巍巍地下了台阶。

"好嘞,"当他们都同意是向下走时,沙利说,"这是我一天当中做得最危险的事情,"他又一边说着一边领着海蒂走进了餐馆,"总有一天,当你想要往上的时候,我会和你一起摔下去。"

"下去是去地狱的意思。"老太太说道。

"我可没打算跟着你跑那么远啊!"沙利向她保证。

沙利知道,海蒂没完全明白这对话。因为自感恩节以来,她的听觉就失灵了,而且也能看出,老太太不再有能力听完全部的对话了。她勉强能抓住一两个词,所以今早沙利才会有仪式感地问她,是"上"还是"下"。他怀疑海蒂很享受这两个词在口腔里发出的声音,而且也很高兴能参与到对话中,哪怕只是说一个音节的词。老太太带着极度的喜悦,铿锵有力地蹦出这几个词。

"让他们付钱。"当他们从吧台走向靠墙的餐桌时,她嘴里嘟囔道。在他们慢慢挪动的时候,卡斯并没看他们,听到这话,她抬起头怒气冲冲地瞪着老太太。

"她刚才说什么?"

老太太注意到了女儿的声音,转过身来面对着卡斯吼道:"让他们付钱!"

卡斯那样子像是要跳过吧台去掐老太太的脖子。"妈!"她大喊道,"听我说。我可不能一整天都忍着你。你听见了吗?今天不要再胡闹了。如果你不听话,我就把你锁到你自己的房间里,你听明白了?"

海蒂转过身,接着走她的路。一边走一边又嘟囔着:"让他们付钱。"

"她没事的,"沙利安慰卡斯,然后又对老太太说,"别担心,老姑娘。我们会让每个人都付钱的,会让他们付两次,这样行吗?"

"付钱。"海蒂同意道。

"就这样了,"把老太太安置在她的位子里后,沙利说道,"坐直了,别无精打采的。"

"别无精打采的,"海蒂重复着,"让他们付钱。"

沙利抓过一件围裙来到吧台后面卡斯那里。卡斯还瞪着眼瞧着她母亲,那样子可真够恐怖的。昨天海蒂的情况也不怎么好。几个月以来,餐馆里那台自一开张就用到现在,都和海蒂年龄差不多的老式收银机,开始变得喜怒无常了。放现金的抽屉经常打不开。最后,干脆关上后完全打不开了。卡斯在斯凯勒温泉的饭店供应商那里又订购了一台新的收银机,并在昨天早饭和中饭间客流少的时候将其安装好了。

问题在于,这么多年来,那台老收银机发出来的叮叮当当烦人的声音,已经成为海蒂生活的一部分,随着她的白内障越来越严重,就越是如此。老收银机发出的不和谐的嘈杂声穿透她逐渐逝去听觉的耳朵,向她证明着店里的生意还在继续。而新的收银机没有发出这种让她放心的声音。如果你碰巧站在这机器旁边,你会察觉到从这机器里传出来的声响如昆虫发出的声音那般微弱,设计机器的人一定是把静音当作此机器的一大优点了。听不见平时叮叮当当声响的老海蒂，观察着进进出出的顾客们的身影，显然她得出了结论，她的女儿在给人免费提供食物，这让她勃然大怒。午餐时间，当顾客陆陆续续经过海蒂靠近店门口的座位时，她就开始尖叫："让他们付钱！让他们付钱！"一开始老太太生气的样子还挺滑稽的，但她脸上的表情这么凶狠，她的怒火这么强烈，以至于体形魁梧的男人也离她远远的，就像对待一条拴在细皮带上体型不大的疯狗。

她的怒火没有消减。当顾客的身影接连不断地从老妇人的座位经过时，店门开开合合，可她怎么也够不着，刚开始她抛出一些警告，接着就是脏话了。顾客们不大介意被她叫成狗杂种，但是这么一个着了魔的老太太看着的确可怕，那些逃出来的人都很高兴自己能安然无恙地站在大街上。当海蒂明白她的警告和侮辱都无法阻止顾客走出大门时，她拿起一整瓶盐扔出去，而盐瓶却砸在了奥蒂斯·威尔逊的右耳后，使得坐在吧凳上的他打了个转。

"就在圣诞节了。"卡斯对沙利说，她的声音低沉且带有威胁性。沙利平时不太注意这些事情，但是今天早上他注意到卡斯看着非常疲倦，她自己都是个老妇人了。

"没事的，她会安静下来的。"他希望能传达一丝安慰，不过这话肯定产生了其他效果。

然后两人都看着老太太。老海蒂抬起下巴，两人都想象不出她近期会在任何事情上改变主意。或在任何事情上做出让步。

"圣诞节后她就没事了。"卡斯说。

早上进来时，沙利注意到前门贴着一张通知，上面写着海蒂之家在圣诞节和新年这周将会关门。如果这是真的，那么这还真是这么些年来头一回呢。这家餐馆经常在重要的节日关门，但是从圣诞节到新年的一整个星期都关门，在沙利的记忆里，还从未发生过。通知上的字体潦草，加上卡斯之前并未告知沙利关门的事情，这就说明她是在晚上临时做出这个决定的。刻在她眼下深深的皱纹表明今天她起得很早。"她不会赞同这么干的。"沙利一边冲着那通知点头一边说道。就在这时,他注意到罗布站在餐厅门外,在清晨灰暗的光线中,他的双脚正交替地踏着步,两手深深地插在外套的口袋里,很明显,他是想让处在明亮又温暖的屋里的人注意到他。他的个头刚好能看到头顶上的通知,沙利看得出来,他很高兴终于有人注意到他了,但当看见屋里没有任何反应时,他的脸又阴沉了下来。然后他看了下手腕,仿佛要查看一下离餐馆正式开门还有多久。因为罗布从来也不戴手表,所以手腕上根本就没有一丁点有用的玩意儿,沙利心想他是从哪里学来这个动作的。

"这件事情她没有发言权。"还没有看到罗布的卡斯说道。口气里充满挑衅。如果沙利够胆的话,仍旧可以反驳这话。

"好吧,"沙利说,他没敢反驳,"我只是说她不会喜欢这主意的,没别的意思。"

"不是,"卡斯说,"你可不止这意思!你的意思是,我永远不会这么做,我连试都不该试。你的意思是,一如既往地任着她的性子会简单些,那样她就会太平了。这就是你所说的'她不会赞同这么干'的意思。"

嗯,这倒是真的。这的确差不多是他的意思。"我根本不是这意思!"他反驳道。

"我昨天已经忍无可忍了,"她手里拿着一把刚从滴水架上取下来的餐刀对着沙利说,"昨天的事情让一切完结了,她需要去专业的看护机构了,她可以去骂那些我花钱雇来的人。"她把餐刀扔进柜台下面的塑料盒子里。

"好吧,"沙利附和道,"行吧!"

不知为什么,每次沙利质疑她的判断或决心时,他总能使她将矛头对准他。有时候他在想,这是不是因为他具有某种特殊技能,能使所有女人的怒火都冲着他。她们似乎完全乐意放弃最先鄙视的那个对象。无论是露丝生扎克的气,薇拉生拉尔夫的气,还是托比·罗巴克(以及卡尔的所有其他女人)生卡尔的气,任何时候,只要沙利碰巧在旁边的话,这些女人则更乐意把气都撒到沙利身上,好像沙利身上集中体现了男人的普遍属性,而正是这些属性使得她们不高兴。沙利想在她还没爆发前,就用什么法子先转移她的注意力。"你想不想让罗布进来啊?"他建议道。

罗布在门外蹦跶得更快了。

"他每天早上都到得那么早,"卡斯说,"如果我让他进来,就会让人觉得餐馆已经开门了。"

"他会让你开心些的。"沙利预言。

"怎么会呢?"

"我也不知道,"沙利承认,"不过他总能让人开心起来。"

"你就是喜欢折磨他。"

"向他挥挥手吧。"沙利建议。

他们朝他挥了挥手,而罗布还是沉着脸,没有向他们挥手。

"好啦,我受不了了,"卡斯一边说一边努力克制着没有笑出来,"去让他进来吧。"

"瞧瞧,我说什么来着。"沙利一边从她身边走过去一边说。

"等等!"她抓住他。

"干吗?"

"下星期,我需要有人帮我个忙,但我不知道还有别的什么人可以帮的。"

"行。"沙利说。

"你真想帮再答应我。"

"我会腾出时间的。"

"一个上午应该就可以了。我想去两个地方看看,一个在斯凯勒温泉,一个在阿尔巴尼。"

"好吧。"

"别说'好吧'这个词。"

"好吧。"

"去叫他进来。"

沙利去了。

"你俩在谈论我吗?"当沙利在他身后关上大门又重新锁上时,罗布问,"我能看得出来。"

"让他付钱!"在罗布胳膊肘边的老海蒂大声地说。

罗布害怕所有老女人,他迅速闪到一旁看着海蒂,(可能的话)想要弄明白她是不是在对他说话,这么多年她从来没有这样过,更糟的是,她还问他要钱,可他压根没钱。罗布的眼睛没有离开老太太,悄悄说了一句:"能借我一美元吗?"

睡眼惺忪的彼得穿戴好了干活的行头,从他和威尔的卧室出来,这时,他正好看见拉尔夫一动不动地站在母亲的卧室外,听着里面的动静。当他们遇到问题时,他们夫妻的卧室就变成了她的卧室,拉尔夫清楚未经允许不得入内。两个男人一起站在卧室间狭窄的走廊上,听着门里的动静。但是整栋房子里唯一的声音是楼下厨房里传来的,是威尔用勺子刮他的牛奶麦片碗的声音。彼得转身朝楼下走去,拉尔夫跟在后面。

"你准备好了吗,小家伙?"彼得问。

威尔准备好了。他已经吃完了麦片,现在正拿碗里剩下的脆谷乐做科学实验。一开始,麦圈浮在牛奶上。你需要长时间把麦圈压在牛奶下面,但一拿开勺子,麦圈就又浮了上来。你可以把麦圈掰成两半,每一半都会浮起来,然后把一半再掰成两半,那么四个都浮起来了。但要是你把它们再分成更小份时,它们反而会膨胀起来,失去浮力,变成脏兮兮的褐色碎屑沉到碗底。然而,威尔对这一现象没有得出任何结论,只是觉得好玩。能这么安静地思考些东西真是不错。在这之前,这些复杂的问题刚思考到一半,能看穿别人心思的瓦克尔就会鬼鬼祟祟地过来攻击他,打断他的思路。威尔摸了摸右胳膊肘和腋窝之间那块嫩嫩的肉。他感觉酸疼感在慢慢消退。伤就要痊愈了。他冲爸爸和爷爷笑了笑。

"把碗放进水池里,行吗?"爸爸建议他。"帮帮爷爷,好不好?"

威尔听话地照做了。"奶奶生病了吗?"他问。他知道有事情让奶奶非常伤心,他希望能有人给他解释一下。这事跟那个电话有关,有个人不停地给爸爸打电话,而接电话的却是奶奶。这事跟他们不再和妈妈、瓦克尔还有安迪一起生活有关。这还跟昨天晚上爸爸告诉薇拉奶奶圣诞节后他不准备回去教书有关。也许他们会留下来,他会和沙利爷爷一起干活。这最后一件也是最让薇拉奶奶生气的事。她现在还在生气呢,生爸爸和沙利爷爷的气,也生拉尔夫爷爷的气,气他没站在她这边。她还生妈妈的气,怪她就这么走了。大概她唯一满意的人就是威尔了,威尔对这一点感到挺欣慰的,不过奶奶还是不停地问爸爸:"这孩子要怎么办?你的家人要怎么办?"这让威尔好奇是不是她看见了什么危险的东西正向他袭来,而他自己却一无所知。

当威尔拿着麦片碗放到滴水板上时,彼得对继父说:"要不要一起去餐馆喝杯咖啡?"

"最好是不要。"拉尔夫说。

彼得摇摇头说:"要是我,我肯定要出去一会儿。如果你在旁边,受害的就是你。"

拉尔夫耸耸肩,跟着他们来到后门的门廊,彼得和孩子在那里穿上了厚外套,戴上了手套。"我习惯啦。"拉尔夫很谨慎地低声说。实际上,他并不只是因为谨慎才小声说话,还有内疚。拉尔夫说"我习惯啦"的时候,好像意味着他们都对薇拉不敢恭维,但那不是事实。拉尔夫不认为妻子的焦虑有什么问题。如果换作他,他也会难过的,但这些都不关他的事。人应该对自己做出调整,拉尔夫是这么看待这事的。彼得就在调整，生活就是这样。而且，因为拉尔夫自己并没有这方面的经验，所以他认为他不需要那么迫切地给出一个解决办法。也许他给的建议是错的呢。另外，薇拉似乎知道彼得该怎么办，她向来都知道。他妻子就是擅长给别人指点迷津，这点在他说习惯了的时候，才真正意识到。他所习惯的是妻子总知道下一步该怎么办，并保证会做到。

"你妈这都是为你好，没别的。"他说。

"我知道。"彼得边说边给威尔拉上拉链。很明显，以前有人给孩子拉拉链时，曾把他的喉咙夹进了拉链里，所以威尔就一直把戴了手套的手放在脸的下面，以防同样的事情再次发生。彼得心想，沙利说得没错，任何事情都能吓到这孩子。"如果她不总自以为是知道什么对我好，那就好了。对我和对其他所有人。"他又加了一句，以表示他理解拉尔夫也因此受着罪。

"该死的，"拉尔夫耸耸肩，"那只是爱，没别的。"

彼得摇摇头。"不是，拉尔夫爸爸，你说得不对。这是爱没错，但需要的不仅仅是爱。"

拉尔夫不确定自己是否明白了彼得所指出的区别，不过也没关系。"不管怎样，"他说，"别在意她的话。你知道的，我们欢迎你住在这，想住多久就住多久。这个房子一半是我的，只要这点不变，你和孩子就……"

拉尔夫发现他说不下去了，他的声音中充满了对所有人那么复杂而又强烈的爱意。充满了爱。只有爱。

彼得认真地看着继父。"你是怎么做到的，拉尔夫爸爸？"他问，"你怎么忍受这一切的？"

拉尔夫感谢彼得对他的认可，却不知该如何回答他这问题，因为要回答他的问题就必须同时承认另一个事实。"我会处理这里的事情，"他说，"她从来没有那么晚起床过。到晚上……"他欲言又止，因为他意识到此刻正在和谁说话。他也许可以对陌生人保证，到了晚上一切都会好的。但彼得了解他母亲,所以他应该更清楚。实际上,拉尔夫还从来没见过薇拉的情绪低落到此种程度。"我就是希望不再有电话打过来了。"

彼得低头看着车库的地面。"我不知道她怎么会有这里的电话号码的。"其实他没说实话。昨天晚上他突然想起来,感恩节的时候他给迪尔德丽打过电话,也许这个号码出现在了他的电话账单上。他担心她还会再打来,但这还不是他最害怕的,他最怕的是迪迪也许真会出现在这里,因为她就曾这么威胁过他。

"你是在哪里遇到她这么一个人的?"拉尔夫问。自从昨天下午他接了最后一个电话后,这个问题就一直困扰着他,他真希望自己不曾接过那个电话。拉尔夫和学术界的人没有直接的接触,但是他想象他们跟他在有线电视阿尔巴尼教育频道上看到的那些人一样。薇拉喜欢看这个频道,而且总是鄙视拉尔在看了整整一小时后仍然不知道剧情在讲什么。他想彼得大学里每个人说话的腔调可能和教育电视台里的人一样。因此当这个年轻女子不停地打电话来表示要和彼得说话时,他有点措手不及。那女人明显不相信拉尔夫的话,不信彼得不在。她说:"行,那就等他回家的时候问问他,总可以吧?就问问他,我是不是东海岸吹箫吹得最好的女人?"

"我在一个诗歌朗诵会上遇到她的。"彼得回答道。

拉尔夫严肃地点点头,假装理解了。"去参加诗歌朗诵会的女人都是她这样子?"

彼得忍不住咧嘴笑了。"数量惊人。"

拉尔夫摇摇头。他从来也没去过诗歌朗诵会。他有一个充分的理由不去参加——因为在那里的人们会朗诵诗歌。现在又多了一个不去的理由。薇拉从没请他参加过诗歌朗诵会,但这种事她有时候会做,如果他惹她生气了,她就会借机邀请他去,以示惩罚。还有就是她看腻了教育频道节目的时候。好消息是巴斯镇没有诗歌朗诵会,不过斯凯勒温泉镇也不远,也许那里会有。据他所知，也许阿尔巴尼也有。这想法挺吓人。一个男人被诗歌朗诵会包围了却不自知。

拉尔夫感到实在太难堪了，所以没有把那年轻女人的问题转达给彼得。拉尔夫是不会把这女人说的话重复给彼得的，同样，他也不会承认自己年轻的时候也有人给他干过这种事。那是在南卡罗来纳，在那里这么干本身就是违法的，更不用说是花钱这么干了。跟大多数可怕的经历一样，这件事让拉尔夫难以忘怀。他当时都在想什么呢？是想要积极参与吗？现在都已经五十八岁的他，还在问自己十八岁时曾问过的同样的问题，回答也还是一样的。还没等他弄清楚到底发生了什么，一切就已经太迟了。拉尔夫开始想象他们是一人一间房、一人一个女孩。他是这么认为的。但实际上，那里只有一个女孩子，一群人需挤在一间闷热昏暗的小房间里行事。他曾想象这种事不宜明目张胆。他还想象这种事应该是愉悦的，而不只是发出些好似肠胃蠕动般模糊的咕噜声。他想象的是两个赤身裸体的人缠绕在一起，而不是一个穿戴齐全的女孩依次服务于六个男孩，谁轮到了就把裤子一脱到底，完事后再把裤子穿上。他没有想到要在众目睽睽之下进行角色扮演，还要接受他们的建议、批评，最后还有掌声。要知道是这样，他怎么会允许自己参加这么一桩污秽的事情呢？

嗯，他原本不想这么干的，在为自己开脱时，他只能这么说。他本来真没想这么干。他当时并不清楚会发生什么，不愿把彼得往坏里想的拉夫尔确信彼得也遇到了类似的情况。他们两个男人和一个男孩子尴尬地站在后门，碍于小孩子在场，他又不能说得太多，如果拉尔夫要责怪什么人的话，他就只能怪自己不知道该给他什么建议。他都没能告诉彼得，这世上真有他遇到的这种女人，她们会让男人感觉自己不像个男人，她们的确有这本事，而这是其他男人都做不到的，无论他们施以你多少轻蔑和嘲讽。"你不太擅长干这个，是不是？软蛋！"他们在南卡罗来纳花钱雇的那个女孩子给年轻的拉尔夫干了一会儿,发现没有达到任何效果后,轻蔑地对他说。他的几个朋友对这句侮辱性的话赞赏地大笑起来,只有一个还没有轮到的男孩子也许害怕自己也出现类似的困难,就来帮了拉尔夫一把,告诉那女孩满嘴含着东西就不要说话了。这友谊让拉尔夫放松下来,集中精力起来,直到听到那种模糊的声音来了又消失,就像是一列火车开进车站又驶出站台开往下个城镇一样。不,拉尔夫不愿意把他的继子往坏里想。他本来可以说些风趣安慰的话,就像南卡罗来纳的那个男孩子一样,一些沙利总是说得出来的话,但是他现在能做的只是告诉彼得,这个家欢迎他和孩子,他们在这里需要住多久就住多久。拉尔夫猜想,彼得是想要躲起来,拉尔夫一点儿也不怪他。哪怕已经过了四十年,如果那个南卡罗来纳的女孩出现在巴斯镇上,拉尔夫会插上门闩,也许还会逃进阿迪朗达克的深山老林里去,直到确定这人已经离开,才安全返回。拉尔夫不认为自己是个懦夫。男人有权惧怕这种女人。也许出于道义,也应该惧怕她们。

"你不会真的不再教书了吧?"拉尔夫问。听到彼得的话,拉尔夫几乎和薇拉一样震惊。彼得宣布,也许他会和以前的生活一刀两断——和夏洛特一刀两断,这女人发现了他还有别的女人时,才开始在意他;和诗歌朗诵会的迪尔德丽一刀两断;还和大学的教职一刀两断,这是世上最苦的差役,是他做过的最不值得的工作;还和西弗吉尼亚一刀两断,嗯,就是那个西弗吉尼亚。彼得还说,如果他决定留下来,沙利可以用到他,也许他们也能用到他,他是指薇拉和拉尔夫。

"我不知道,拉尔夫爸爸,"彼得说,"不管怎样,我就只剩下一个学期了,这样我就能开心地辞职了。"

"我想我从来都没弄明白终身教授这件事。"拉尔夫说。彼得解释了不止一次,他在春天的时候没有得到终身教职,他有一个学年的时间去找其他的工作,但拉尔夫还是不懂。怎么能辞退一个已经工作了五年的人呢？根据彼得说的，他的老板（他的系主任，彼得这么称呼他）承认彼得遭遇了不公待遇，他一直是个好老师，教评分数很高，或者说只要学生喜欢，得多少分都无所谓。但不管怎样，大学还是要辞退他，因为有些东西他没有合格，他们用这同样的方式去雇了年轻的新人，比他们雇彼得更便宜。薇拉非常生气，但是彼得叫她别生气。他说，实际上，他并不是什么好老师，也不是个好学者，而他们希望他两者兼具。薇拉听到彼得这么说简直火冒三丈，就和听到他的终身教职被剥夺时反应差不多，毕竟薇拉是一个从来也不退让的女人。昨天晚上彼得宣布，他已经决定最后这个学期不回去教书了，这就证实了他准备彻底放弃他的生活，承认他的失败了。她说她不能相信这是自己的儿子，她不能相信，这是罗伯特·哈尔西的外孙。

彼得只是悔恨地笑笑，说这并不奇怪，因为在她眼里，从来就没人能达到罗伯特·哈尔西的标准。他告诉她，她说的其他几点也不符合事实。他向她保证，他不会破釜沉舟，因为釜已破舟已沉。不是他放弃了教书，而是他的教职被终止了。就连婚姻也不是他要结束的，而是夏洛特要这么做的。她一回摩根敦，就从他们所剩无几的储蓄账户里取走了钱，租了一辆小型卡车，带着瓦克尔和安迪回到了俄亥俄州她父母那里。在西弗吉尼亚等他的就只有他的房东，以及他每月一号要付的租金账单，而他并没有钱支付。

"现在辞职，我并没有损失更多啊！"彼得安慰继父。"一旦你的终身教职被拒了，你就是个人人都要躲的人。我能做的最好的选择，就是去俄克拉荷马的某个浸会大学教书，或者是去南卡罗来纳的一所社区大学。那样的话，我宁愿不教书。"

提到南卡罗来纳，拉尔夫的身体抖了一下。"至少那也是个工作啊，是不是？"

"这要看你对工作的定义了。"彼得说。

拉尔夫点点头。"那么，如果你不愿意，我也不怪你。你妈就是不太理解你,没别的。你知道她多为你骄傲,你是家里的第一位博士。还有你所有的荣誉,似乎对她来说都是很重要的东西。"

"很抱歉,让她失望了,"彼得说,"我自己也挺失望的。"

"我也是,"拉尔夫叹口气,"你多努力啊,我都坐不下来,我读的书都没有你的一半多。但是你妈说得对,这里也没什么机会啊。"

彼得耸了耸肩:"也许我可以在斯凯勒温泉社区大学的夜校教一两个班。"

拉尔夫点点头,不想给彼得太多鼓励。说实话,他喜欢继子待在家里。"不管怎样,总会有点事情做的吧?"他说。

彼得这时咧嘴笑了:"我爸说他认识那里几个人。如果我在唐纳德·沙利文的推荐下,在大学谋得个教职,这就太有趣了,对不对?"

拉尔夫没明白这有什么好奇怪的。"人们都喜欢沙利,"他说,"连我也喜欢他。他……"拉尔夫努力思考着该怎么描述沙利。

"对,"彼得说,"确实是这样。"

拉尔夫又感到喉咙里溢满了爱,只有爱。他环顾四周,想找个目标分散注意力。车库的角落放着那台沙利送给他的吹雪机。"自从你爸送给我们这台吹雪机以后,就再也没下过一次雪。"他说。

"这是另一个妈妈正确的地方,"彼得承认,"她总说,如果你想要爸爸给你什么,那他一定没那东西,而他有的东西都是没用的。"

两人都看着这台吹雪机,好像它正印证了以上的观点。门外一辆车驶过,引擎发出的轰鸣声,把威尔吓得发出一声尖叫。"没事的,"拉尔夫告诉孩子,"不怕,没什么可怕的。"

"知道了。"威尔撒了个谎。

■ ■ ■

沙利把沾满油渍的围裙扔进洗衣桶的时候,已经快十点半了,今天餐馆比往常忙,他比平常的下班时间晚了近半个小时。前一天发生的事太富戏剧性了,今天人们还想看看老海蒂是不是又在火头上,对人随意辱骂,还乱扔盐瓶。

"你觉得怎么样,小家伙?"沙利对威尔喊道,他正在收拾最后一张餐桌。"要不要去看看我们今天有没有好运气啊?"去找罗布和彼得之前,他们要在赌马场稍作停留。

"好的。"威尔同意道,他停下手中的活儿转过身来,沙利对他笑笑。为了不让孩子感到那么无聊,沙利教了他怎么收拾餐桌,怎么把桌上的脏盘子和杯子放到塑料盆里,怎么把东西分类,放整齐。两天时间,威尔就干得很不错了,他很骄傲,大部分时间,他工作效率很高,但他就是容易走神,他会被脏盘子上有趣的蛋黄形状或邻桌的谈话吸引。沙利不得不让他别盯着人看,也别在一旁偷听别人谈话。

沙利记得彼得小时候也是这样,动不动就走神,动不动就出神想着什么,像在做白日梦。当然了,那时候沙利自己也是个年轻人,他觉得儿子总沉浸在自己的思考中,明显不能专心做事,任何事都不行,这点就是恼人。只是他现在已经记不得当初是多没耐心了。可能是非常没有耐心吧,虽然他不曾像大吉姆·沙利文一样动粗。当然了,沙利和儿子在一起的时间屈指可数,不论是哪方面的伤害,都不会太大。而沙利知道有耐心是拉尔夫的长处,毕竟他能一直和薇拉生活在一起,没有离婚,没有比这个更能检验他的耐心了。正是他俩共同的努力,才使得彼得现在还算不错,即便目前他的生活有点混乱。也许,有了薇拉的爱(先别管这份爱是不是表现得太古怪了),还有稳重的拉尔夫的影响,他们的孙子才不至于在青春期前就精神崩溃。谁知道呢?也许沙利自己就可以避免这类事再次发生,只要他对他稍加留心,不要像昨天那样再吓着他。

"把那个盆拿到洗碗机那边去,好吗?"他建议孩子。"那样,你今天的工作就结束了。"

"好的。"威尔说着使劲端起装满脏盘子和玻璃杯的盆,眼睛睁得很大。在吧台里的卡斯皱起了眉头,但是沙利朝她摇摇头——孩子不会有事的。沙利抓起橡胶垃圾桶,推着它跟在威尔后面。当威尔成功地把盆子举到滴水板上时,卡斯从无杂音的新收银机里取出两张一美元的纸币递给他。"你越来越是个好帮手了,"她说,"你要是回西弗吉尼亚了,我可该怎么办啊?"

威尔小脸一红,脸上洋溢着骄傲和欢快。"我们要留下来了。"他告诉她。至少他是这么理解上次偷听来的大人的谈话的。

卡斯扬起眉毛,疑惑地看着沙利。

"我也是才听说,"沙利承认,"当然了,都没人和我说话。"

"人们时时刻刻都在和你说话,"卡斯咧嘴笑了,"只是你从来也不留心。"

"是这么回事吗?"

"圣诞节过后的那天你打算去哪儿?"

感觉这个问题里有陷阱,所以沙利没说不知道,而是想了一会儿。运气不错,想一会儿还挺有用的。"帮你忙呗。"他想起来了。

"这你还要想一想,是不是?"

"抱歉,"沙利说,"我以为我可以考虑一下呢。"

卡斯严肃了一点。"过来。"她说。当他满腹狐疑地向她跟前走了一步时,卡斯在他额头上感激地亲了一下。"谢谢你。"她说。之后他俩都扭头看着海蒂的座位,虽然从他们站的这个角度,只能看见老妇人的一缕白发,此刻她正坐在那台老收银机的后面。

"上帝啊,"卡斯一边说一边回头看向沙利,"你脸红了,多大了你?"

"谁脸红了?"

"你,看着你孙子,"卡斯鼓励威尔,"告诉我他脸红了。"

"你是脸红了,爷爷。"

沙利的确脸红了,他自己知道。"明天咱俩换个位置怎么样?"他向卡斯建议道。"你在那台火热的炉子边站差不多四个小时,我们来看看你会不会脸红。"

"赌你的三重彩去吧,"卡斯告诉他,然后,对孩子说,"别让爷爷把你培养成个赌徒哦。"

"我们走吧,"沙利边催着孙子边动身说道,"要来不及了。如果我们十一点前到不了那儿的话,罗布叔叔会发火的。"

威尔做了个鬼脸。

"别担心,"沙利告诉他,"你和罗布不是亲戚。"

他们出门的时候经过海蒂的座位。"你好吗?老太太?"沙利大声说,"现在你是收银员了,感觉好点了吗?"

很明显,老海蒂已经恢复了精神。"你听着像是那个该死的沙利。"她咧嘴一笑。

"就是我,"沙利告诉她,"是我给你收银机的,你什么都不记得了吗?"实际上这确实是他的主意,当然这还需要彼得和罗布两个人费力地把收银机拖到她跟前来。

海蒂按下收银机一个笨重的铜键,机器发出一声振奋人心的叮当声,一张写着八十美分的卡片跳进了长方形的窗口里。旁边已经嵌了好几张卡片了。

"我不知道能不能买得起所有这些呢,"沙利告诉她,"还有,我在这里工作,我在这里工作你也要收我钱吗?"

海蒂开心地咯咯笑起来,又按了两下键,又有两张卡片跳进窗口里。"付钱!"她大吼着。

"付钱。"沙利重复着转头看看卡斯,可想而知,将一切看在眼里的她,脸上露出难以言表的悲伤,"好吧,给你。"

沙利递给老妇人一美元,她一把夺了过去。

"钱你倒是看得很清楚,是不是啊,"他说,"你怎么看不见别的东西呢?"

老妇人到处乱摸着收银机,意欲打开现金抽屉。

"抽屉打不开了,记得吗?"沙利说,"我们拿着所有的钱能干什么呢?"

她把钱都还给了沙利。"对喽!"沙利说,"我们把钱都给卡斯。你打铃,她收钱。"

这么安排明显让老太太很满意,她一整个早上都在疯狂地敲着收银机上的响铃。唯一的问题是,除非她碰巧敲中了总计键,否则印有数字的卡片就会在窗口排起队来,挤成厚厚的一堆。沙利在统计按键的次数,结果响起了更大声、更令人满意的叮当声。"钱!"她低声说。

"我知道,"沙利说,"我们现在都有钱了。明天早上见,老太太。我们往哪个方向走啊?"

"上!"

"好吧,上就上吧,"他叹口气,"我和你争累了。"

当沙利和威尔把埃尔卡米诺停在赌马场门外时,雷默警官正站在赌马场的外面把守着,看到沙利放着好好的停车位不停,偏把车倒进了上面明确标有"禁止停车"标记、划有条纹的三角区,雷默无奈地叹了口气。在过去这几个星期里,他已经给沙利开了五六张罚单了,但他也知道这辆埃尔卡米诺并不是沙利的,他也知道这车是卡尔·罗巴克的,卡尔和警察局长的关系很铁,他可以搞定雷默给他开的这些罚单。有合法的停车位不停偏要违法,雷默觉得沙利简直是在嘲弄他,而且这还只是个开始。

"让我们来点好玩的吧,"当他们从埃尔卡米诺下来时,沙利对威尔说,然后他又放大了嗓门对威尔说,"跟那个穿制服的大个子丑八怪打声招呼。"

威尔勉强地笑了笑,说了句嗨。

警察没有看孩子,也没有回应孩子的问候。相反地,他凶巴巴地盯着沙利。"你别想找碴。"他警告沙利。

"嗨,"沙利举起两只手,做出投降的姿势说,"我就是想要你给我解释个事情,有件小事一直困扰着我呢。"

"别找碴。"

"我没有,真的。我就是想明白。如果我把细节说错了,请你纠正我,因为当时我并不在场。"

雷默警官转过身,向街道的另一个方向望去。两个正要走进赌马场的人驻足听着他俩对话。

"那么,"沙利继续说,"你被叫去查一起事故,你到那儿的时候看见什么了?是不是有个人站在车道中央,手里拿着一支射鹿的枪正对着住宅区的窗户射击,这样是违法的,是不是?如果我说错了现在就纠正我。"

雷默警官转过身看着沙利,他注意到那两个路人也停了下来,一言不发。

"一个漂亮女孩走到那个拿着枪的家伙边上,然后他用枪托打了她,把她的下巴打烂了,伤口大约有十五处,接着他又踢了她一两脚以泄气。这也是违法的,是不是啊?"

"我到之前,他就收手了,"警察说,"我没看到他打她。"

更多进赌马场的人此刻也停了下来。

"好吧,"沙利同意道,"这就是我的意思。我就想知道发生了什么事。所以你停车下来时,那个拿枪的家伙正居高临下地站在那女孩旁边,那时女孩的下巴已经被打烂了,躺倒在地,那个家伙还用枪指着她,说他准备打烂她的脑袋。这也是违法的,是不是啊?"

"肯定是。"之前最早停下来的其中一个人说。

警察盯着说话的那人看了一会儿,然后转过来对着沙利。"沙利,我再给你大约十秒钟,你必须给我滚开。"

沙利看了看手表。"那么你都干了什么?你让那拿枪的家伙带着小女孩上了卡车,扬长而去?"

"这是家庭内部纠纷,一个电话就能自行解决的事儿。不过还好，警察十分钟后就找到了他。"

"一个电话就能解决。"沙利重复着。

雷默警官现在知道自己错在哪儿了，他现在成了众矢之的。"你应该当一天警察试试，沙利。"他弱弱地说。

沙利咧嘴笑了，笑得很诡秘，旁边聚集起来的路人也都笑了。"自行解决，"他转身往赌马场走去，边走边说，"你保重吧，警官。"

"我希望你不要再引发什么火灾，到时候让我来给你灭火。"警察对着沙利退去的身影说道。

"你到时候就会站在旁边，"沙利头也没回地说，"置身事外，远远地站在安全的地方，举着水管。"

那一堆在赌马场里穿着防风衣的男人现在大部分都换上了感恩节后该穿的厚外套，沙利一下就找到了奥蒂斯，因为他的耳朵后面绑着白色的绷带。

"哦，上帝啊。"当他意识到沙利正站在门口，邪恶地朝他咧嘴笑时，他喊了一句。原来他只需上午在赌马场和沙利打一次交道，但自打沙利早上到海蒂之家工作后，他一天要与沙利交锋两次。沙利还警告过他，不要在甜甜圈店吃早饭，还威胁他，如果他去，那么就会去把他抓回来。"行行好吧，离我远点，好吗？没看见我受伤了吗？"

沙利检查了下奥蒂斯耳朵后面肿起来的地方。"我很担心你呢，奥蒂斯。"沙利告诉他。

"嗯，可别，"奥蒂斯坚持说，"你离我远点，就大吉大利了。"

"一个被九十岁盲眼老太砸中的第二好男人，现在坚持要一个人不带向导就南下，去一个有鳄鱼出没的地方。我正担心他呢。"

"要是你做向导，我连阿尔巴尼都去不了。"

沙利两手一摊。"你想自己去试试，那就请便吧。他们把你的尸体送回来的时候，我们该怎么做呢？"

"他就是不走开。"奥蒂斯哭了起来

"好吧,我必须要自行决定了,"沙利说,"也许送回来的残肢没多少了呢,他们通常找到的也就是沾满血的鞋子,也许脚的部分残骸还在里面,让我看看你的鞋,这样到时候我就能辨认出来了。"

"亲爱的上帝啊,带他走吧。"奥蒂斯抬头望着赌马场的天花板。"打开天堂的大门,收走他吧。"

沙利看到乔可靠在窗边的墙上。"如果确定是你的,我就把它放进一个鞋盒子里,摆在我的壁炉架上。"

"这个人让我每天晚上都做噩梦。"

"我就是想让你多加小心,奥蒂斯。危险无处不在啊。"

"只要有你在的地方就有危险,你是这个意思吗?"奥蒂斯说。

"我们去那边看看那个家伙,"沙利对威尔说,"也许他会更懂得感激的。"

威尔正眯着眼睛看墙上昨天的比赛结果,不过他还是跟着爷爷走了。

"如果你又赢了一个三重彩,可别告诉我。"沙利提醒乔可,他们走过来的时候,乔可抬起头来。

"好啊,"他同意道,"如果你又输了,你也别告诉我。这是谁啊?"

"和乔可打个招呼,他是我们这里的药剂师,很友好的。"

威尔还在眯着眼睛看着墙上。

"说到这,我想问问你还有上次给我的那种药吗?"

"我现在没带在身上,"乔可说,"不过昨天又来了些新的样品,我马上就想到你了。"

"都听你的。"

"来我办公室吧。"

"你能在这儿等一分钟吗?"沙利对正拽着他衣袖的威尔说。听到这,威尔的脸立刻布满恐慌。"就一分钟,你可以勇敢地自己待一分钟吗？我就去那辆车上，你从这里可以看到我的。"他指了指窗外停着的乔可的水星侯爵。"去看看昨天的三重彩是什么，等你看到了，我就回来了。行吗？"

威尔深深吸了口气，好吧。

赌马场外，乔可翻着他车子里放糖果还有手套的储物格，他拿起一些药瓶对着光线，透着厚厚的眼镜片看着。"是这个，"他最后说，"吃这些吧。"

沙利举起来看看，记下了药品的颜色，然后放进了口袋里。"我在想你之前有没有给过我黄色的药，彩虹里其他的颜色我都已经有了。这些是什么药？"

"效果好到令人尖叫的黄色安眠药，一片就会让你进入梦乡。"

"好吧。"

"如果你的尿变黄了，要告诉我。"

"我的尿本来就是黄的啊。"沙利说。

"哦，哦，"乔可咧嘴一笑，"那可能已经太晚了。"

两人又下了车。"我要付你多少钱？"

和往常一样，乔可冲他摆摆手。"没事儿，我告诉过你，这些都是样品。"

"你总是这么说。"

"它们本来就是样品，"乔可说，"你就要变成一只定期被用作实验的小白鼠了。"

"我家族里这种小白鼠可多了。"沙利说。他看到孙子站在窗边，焦虑地望着这边，感觉他的勇气几乎已经要耗尽了。

"这孩子长得真好看。"乔可评价说。

"是个好孩子。"沙利说着，自豪感油然而生，就像前一天他和哈罗德·普罗克斯迈尔谈论彼得那样。"我喜欢他在身旁，只是他有些神经紧张，和他爸一样，总是紧张兮兮的。"

"这是他们从薇拉那里遗传来的，"乔可若有所思地说，"她和她丈夫最近可经历得够多的。"

"我知道得不多,"沙利承认,"我知道拉尔夫最近住过医院。"

"进去又出来了,"乔可说,"他们一定是欠了很多很多钱。"

"我不信,"沙利说,"拉尔夫在邮局工作了那么多年。应该有医疗保险的。"

"保险通常只能赔付第一次大病时的百分之八十,"乔可指出,"大病之后,你试过付另外那百分之二十吗?"

"我不是说他没有问题。"沙利说。

"我不该和你说这些——"乔可说

"看在上帝的分上,那就别说。"沙利说。

"好的。"乔可同意道。

沙利难过地看着他。他向威尔招招手,威尔也向他招招手。"怎么了?"他最后说。

"你要是碰到薇拉,要当心点。"乔可说,透过厚厚的镜片,可以看到一双像猫头鹰一样锐利的眼睛,看着是那样严肃,异于寻常。

"我总是很小心薇拉的,"沙利告诉他,"实际上,我早有准备。"

"你理解错我的意思了,我担心的是她,不是你。"

沙利皱起眉头。乔可这个药剂师,通常清楚镇上人的用药情况。"她没有生病吧?"

"不算是,"乔可承认,意味深长地把眼镜向鼻梁推了推。"如果我再多说一点,你就得去找别人要止痛药了。"

沙利发誓不会告诉任何人。

"大约一个月前,我的同事抓住她在店里偷窃。我正好及时赶回来了,才没叫警察。"

"你在开玩笑吧!"沙利说。乔可明显不是在开玩笑。

"我希望是。"

"我简直不敢相信。"

"我也无法相信。我带她到后面的办公室,然后她就情绪失控了,是真他妈的失控了,沙利。把我给吓死了。我想她当时就要崩溃了。她哭着说给她父亲丢脸了。都六十岁的人了,还在担心毁了父亲的名声。"

"你怎么处理的?"

"给了她一片安定,送她回家,告诉她把这事儿都忘了。从那以后她就再没来过药店。她现在去州际高速公路边的那个药店买药了。"

沙利点点头。"好心没好报。"

"谢谢。"乔可说,似乎是认真的。"小时候,我的一个朋友偷了我一部玩具卡车,我看见他偷的,自那以后我就再也不能面对他了,那要比我偷他的玩具车更内疚。"

他们在后门碰到了威尔。他手里拿着一张彩票。沙利昨天把这张三重彩给了威尔,让他拿着沾点运气。沙利从他们站的地方看不清昨天的中奖结果。"昨天的结果是什么?"他问乔可。

"4-5-7。"

沙利点点头,从威尔手里拿过票,漠不关心地看了一眼。"我还没有摆脱一个星期的坏运气。应该能选对三个里边其中一个的,对不对?"

"幸好你昨天没选中,"乔可同情地说,"你会被结果气死。两个8的日孖宝,只有魔术师才能选中。"

沙利对着威尔递给他的那张彩票眨眨眼。上面写着两个8。"魔术师在此。"他告诉乔可。他全然不记得给孩子买过彩票,还让孩子自己选了号。实际上,他刚要把彩票撕掉呢。

乔可检查了这张彩票,然后看了看墙上的公告板,又看了看威尔。孩子脸上露出喜悦的笑容,兴奋得脸都红了。"这是真的,一百八十七美元五十美分。"

"你觉得怎么样?"沙利说,"你有钱了。"

乔可递给威尔他自己的赛马表格。"孩子,你觉得今天选啥?"

沙利和孩子坐在马路边已经差不多五分钟了，罗布再也受不了了，他有很多话要和沙利说。一开始沙利没来，之后还是没来，最后他来了。现在他真的来了，却坐在车里不出来。三个小时前，罗布和彼得离开海蒂之家后发生了很多事，但没有一件是罗布满意的。彼得走了，留下罗布一人干活儿，还把所有要转达的口信都托付给他，搞得他是老板似的，可以对罗布发号施令，这还不算糟糕的。满心期盼的罗布，心中留着一个上午没说出口的愿望，还有彼得留下的口信，以及其他信息，独自工作着。现在沙利和这孩子终于来了，但他们就只是坐在路边，而他罗布却独自在里面干着自己和其他人的活。按照罗布的逻辑，世界上突然出现了太多人，其中两个多余的人就是沙利的儿子和孙子，这两个的出现某种程度上让他在沙利心中没了地位。因此，他来到他们停车的马路边，要重新确定自己的存在。他转到司机这边，敲了敲车窗。

车里，沙利和孩子正在不停地说着话，其实是沙利在说，罗布认为他知道沙利在说什么。他在告诉小孩子假装没看见自己，而罗布就站在那里，那么显而易见。"别看他。"沙利在说，他的话在车窗外都差不多能听见。小男孩努力不看他，却在偷偷地瞥着罗布，罗布明白这是沙利在玩的一个游戏而已，一个让人感到自己狗屁不如的游戏。他现在的确就是这样的，因此他更用力地敲了敲窗户。

这次沙利注意到了他，然后用唇语说，"嗨，罗布，"好像他和孩子在很远的地方，远到声音都传不过来似的。之后他又悄悄对孩子说了些什么，接着两人一起朝他挥手。对罗布而言，这世间有太多未解之谜，但更令他费解的是，为什么他最好的朋友会和地球上的其他人勾结起来一起对付他。这几乎足以让罗布怀疑他们是不是最好的朋友了。

当沙利和孩子朝他招完手，罗布在空中画了个圈，示意沙利摇下车窗。至少这样沙利就不能再假装看不见了。罗布没有期望这办法能奏效,的确当他看见沙利假装不理解他的意思同样画了一个圈圈时,他一点也不惊讶,而是慢慢地、安静地也用口型说了几个字:"摇下车窗。"

沙利摇下车窗。"怎么了?"他问。

"你们在干什么呢?"罗布问。

"谁啊?"

"你们,你们两个人,"罗布说,"你们就只是在那儿坐着。"

沙利耸耸肩。"那你想要我们干吗,罗布?"

罗布想要上车,坐进车里,参与到谈话中,他想有朋友相伴,仅此而已。"我能进来吗?"他问,"外面太冷了。"

"里面也冷,"沙利告诉他,"暖气不管用了,再过一分钟我们就出去,和你一起挨冻。"然后他又摇上车窗,而此时的罗布只能瞪着车窗上映出的自己。就连车窗上的人影似乎都在暖和的车内,比他暖和。

罗布陷入沉思,思索着这眼前发生的一切,包括被拒之车外,只能看着车窗上的自己这件事,他觉得这不公平,想着想着,一分钟后,车窗又摇下来了,"你在干什么?"沙利问他。

"等你。"罗布解释。

"那么,去那里等,"沙利告诉他,"坐到门廊上等。"

"我在这儿也不碍事儿,"罗布说,自己的权利他是知晓的,这是一条公共街道,"我能就和你说一件事吗?"

"一分钟后,你可以告诉我所有的事情。到门廊那儿去。"

沙利边说边摇上窗户,话说完了,窗户正好也刚刚合上,又只留下罗布一个人与自己的影子面面相觑了。那个瞪着眼睛看罗布的镜像看着充满渴求却已黔驴技穷。罗布很不情愿地按他说的做了。

在车里,沙利和威尔看着闷闷不乐的罗布沿着小路返回到前门门廊的台阶,倔强地坐在了冰冷的地上。爷孙俩正在聊的是关于恐惧的话题。威尔还是害怕走进爷爷的房子,沙利告诉他自己在威尔这个年龄的时候也害怕很多东西。威尔表现出怀疑。

威尔害怕地看着这栋摇摇欲坠的房子,这房子现在的样子比前天更吓人了,因为现在前门的门廊斜坡上,堆了山一样高的木板,这在威尔看来,就意味着房子的支撑比以前更少了。"你知道以前爷爷是怎么办的吗?"沙利问。

威尔不确定自己是不是想知道沙利爷爷克服恐惧的方法,因为他感觉爷爷给他解释后,一定会让他也试一试,而威尔很清楚他并不想试。他内心着实怀疑沙利爷爷是不是怕过任何东西。他想象不出爷爷会害怕什么,就像他想象不出弟弟瓦克尔会心慈手软一样。瓦克尔根本就没有同情心,他要是会同情别人,那他就不再是瓦克尔了,而是个和瓦克尔长得一模一样的另一个人。那样他们就得给他换个名字了。那么沙利爷爷呢?谁会连带着枪的警察都不怕呢?

"我以前就和自己做个交易,"沙利爷爷解释,"我告诉自己就勇敢一分钟。"

威尔皱了皱眉,看着爷爷。

"就一分钟,你可以很勇敢的,不是吗?在赌马的地方你那么勇敢,早就超过一分钟了,之后不是好事儿就来了吗?你赢钱了。"

"一分钟以后呢?"

"然后我就可以再接着害怕。但是至少我会说,有一分钟我是勇敢的。下一次我就试着勇敢两分钟。这样我就会越来越勇敢了。"

威尔继续看着爷爷,爷爷好像说的是实话。"你都怕些什么呢?"

爷爷耸耸肩。"我不记得了。等你到我这个年龄,你也不会记得的。"

威尔向窗外看出去,看着自己害怕的这栋房子。他不相信自己有一天会忘记害怕的这些东西。他也不相信爷爷已然忘了那些让他害怕的东西。如果忘了这就意味着,他不曾害怕过。

"等一会儿。"沙利爷爷说着下了车,他一瘸一拐地走到埃尔卡米诺后面敞开的车斗边,打开放在那里的工具箱,在里面哐当哐当地翻找着什么东西。最后他一定已经找到了他要找的什么东西,因为他盖上了重重的工具箱盖子,然后坐回到威尔身边。"拿着。"他边说边往威尔腿上扔了个重重的金属物。

威尔用两个膝盖夹住这东西,然后一脸迷惑地拿起来仔细看着,爷爷给他的是一块秒表。

"你可以给自己定时,"爷爷边解释边给威尔演示怎么用这块秒表,"这样你就能确切地知道你勇敢了多久。"

威尔将信将疑地看了秒表一分钟,接着更加怀疑地看向那栋房子,最后回头看看爷爷,然后做了个深呼吸。"好吧。"

"好孩子。"

两人下了车,沿着坑洼不平的门前小路走过来。威尔看着秒针慢慢转动,好像是要搞明白,这一分钟在现实中到底有多长。

不远处传来狗的叫声。沙利听着像是从房子后面传出来的,但这不太可能。

沙利在罗布那儿停下脚步,罗布还是一副闷闷不乐的样子。沙利抬头看看房子,那里没有掀地板的声音,或者说,房子里没有任何工作正在进行。"彼得去哪儿了?"他突然想起来。

不管这狗在哪里,叫声更大了,好像离他们也更近了,叫声里充满了愤怒和窒息感。

"我出来就是要告诉你这件事,"罗布生气地说,"但是你的反应是假装我根本不存在,那么现在我什么也不说了。"他扭过头去哭了,到底是因为生气还是因为其他什么,沙利无法分辨。

罗布不愿说出彼得的行踪,这让威尔极为担心。沙利向他眨了下眼,咧嘴笑了。"罗布?"

"干吗?"

"彼得呢?"

"去另一栋房子了。"罗布说,他还噘着嘴,不过明显已经很满足了,他已经在如此残酷地盘问下坚持了这么久。

"哪栋房子啊,罗布?巴斯镇上有五百多栋房子,如果要包括整个州的话,那就更多了。"

"我们干活的那栋房子。"罗布说完又开始生气了。

"卡尔的湖边小屋吗?"沙利问。难道彼得把一车硬木地板运到了湖边?

"不是,是那栋房子。"罗布说着指着路那边迈尔斯·安德森的房子。他们都转身看向那栋房子,就在这时,彼得和另一个人从前门出来,站在门廊上谈着什么。他们握手的时候,沙利皱着眉问,"和彼得在一起的那人是谁,罗布?别告诉我这是迈尔斯·安德森,他说他要到一月一号才来呢。"

罗布话音刚落就又默不吭声了。

"这人是谁,罗布?"

"就像你说的,是那个该死的迈尔斯·安德森。别怪我啊。"

"该死。"沙利说。要怪只能怪卡尔·罗巴克,让他捡了芝麻丢了西瓜。不过话又说回来了,也许不一定呢。他们听见笑声从那边传来,彼得和迈尔斯·安德森一起慢悠悠地走下台阶,颇为友好。当安德森上车时,彼得向前倾着,和车窗里的人招手。当安德森掉头沿着主街往城里的方向开去时,彼得一直目送着他,然后穿过街道向他们走来。

威尔冲下台阶跑向爸爸,而沙利挨着罗布坐在了台阶上,罗布还是板着个脸。"我不会在这坐太久,"沙利建议,"要不然你的老二会被冻在台阶上。"

罗布低下头查看可能性。

"我忘了,"沙利说,"你的那个垂下来没有这么长,是不是?"

"你的也没有。"罗布窘迫地咧嘴笑了。又找回了朋友,他太高兴了,气也就全消了。

"没错,"沙利用胳膊肘推推罗布说,"那是因为我把那玩意儿竖了起来。"

罗布往边上挪了挪,挪到他认为不会被推到的区域。

"你想知道我这么干过多少回?"沙利又推了推罗布问道,罗布离得不够远,没有完全退到不会被推到的范围。

"你把它竖起来,会疼的。"罗布边说边想象着那场景。

"我不疼,"沙利让他放心,"你知道我最喜欢什么吗?"

罗布脸红了,心想这是不是和托比·罗巴克有关。

"康乃馨牛奶,"沙利说,"你知道为什么吗?"

罗布皱起眉头,努力回想着原因。他觉得自己知道这问题的答案,但答案还没有想出来。

"不用挤奶,也不用拉粪。"沙利解释,"活儿都干完了?"

"差不多都干完了。我们要停下来去吃午饭吗?"

"停工还是停止坐在这里冻掉咱们的下面?"

"停工。"

"我想是的。"

"好。"罗布说。他们一起坐着,听着狗的吠叫。

威尔和他父亲一起沿着街道慢慢向沙利和罗布的方向走过来。孩子正激动地说着什么,他给爸爸看他赢的钱,还有沙利给他的秒表。从一个街区以外看过去,彼得没有那么激动。

"那只不停叫的狗到底在哪儿呢?"沙利问,"听着像是在房子里呢。"

"它在厨房里。"罗布说。

"谁?"

"那只狗。"罗布说。他很肯定他们在谈论的是那只狗。

"什么狗?"

"就是正叫着的那只啊,卡尔的那只啊。"罗布解释。这就是他刚才来车边找沙利要告诉他的第二件事。还有第三件事,但现在他记不起来了。

沙利打开前门走了进去。从门口沙利能看见拉斯普廷萎靡不振地瘫靠在橱柜边,是卡尔·罗巴克把它拴在了那里。狗发着窒息般的叫声,它明显被狗链勒着了脖子。卡尔把狗链拴在了上层的橱柜上,狗要是站着还没问题,因为链子刚刚够长,但狗要是失去了平衡靠在柜子边,或是要躺下的话,链子就不够长了。看到沙利和罗布站在门口,狗狗勇敢地试图要站起来。但是铺了油毡的地板没有那么大的摩擦力,它身体中风的一侧和正常的一侧无法配合起来,所以它很快就放弃了,又一次瘫倒在橱柜边。它的头和脖子吊着,离地面有几英寸的距离。

"小心啊!"罗布提醒他。沙利一开始以为他指的是这只狗,后来他注意到从他们站的地方到厨房之间没有地板,等着他的只有基础梁和又暗又深的地下室。让沙利惊讶的是,眼前这番情景让他略感尴尬,眼看着自己长大的房子被大卸八块,好似一个得了不治之症的病人,各种管子,电线,木头都暴露在外。可以肯定的是,此番情景并没有如他希望的那样令他满意。

罗布在他们面前放了一块胶合板,很明显,他一直靠用这块胶合板站立。然后沙利踏上木板,再灵活地跳到基础梁的双重龙骨上,接着进入厨房。

"好。"沙利说着踏上胶合板,同时想到他刚刚一直都在鼓励孙子进入一栋没有地板的房子。奥蒂斯也说有沙利的地方就有危险。

罗布伸出手说:"我来抓住你。"

"走开!"沙利说,"你过来就只会让我碰到膝盖。"

罗布皱起眉头,感觉又被伤了一次,不过他还是按照指示后退了一步。沙利用他那只没有受伤的腿测试了一下双梁,然后起身大步走过底下黑暗的地下室,来到厨房的油毡地上。他感到这条受伤的腿开始要撑不住整个身体了,但他迅速抓住了门框改变了重心。

"你应该绕着走的。"罗布说。

"你就是这么马后炮。"沙利说边用衣袖擦去眉头上的冷汗。

当德国犬又企图站起身时,沙利注意到这狗的颈圈上挂着个信封。他前一天用来撬门的那根铁棍就放在橱柜上，沙利拿起来对着狗挥了挥。"如果你咬我，我就在这间厨房里把你打死。"他说。

这只狗似乎听懂了他的威胁，不再嚎叫，安静地躺在地上。沙利取下了小信封，是卡尔·罗巴克优雅、近乎女性化的笔迹，这封信是给万事通唐·沙利文的。信上简单地写着：你把它弄成了这样，它是你的了。

似乎是要证实这一点，这只狗拼命向前冲，舔着沙利的指关节。

一分钟后，彼得和孩子到了，沙利从后面绕过来，给儿子看了这便条，彼得读了便条嫌弃地暗笑了一声。而威尔一直犹豫地站在后门的门廊处，做了个深呼吸，接着拿出秒表开始计时，他谨慎地看着这只狗，然后迈步进了房里。

■ ■ ■

"你有没有过头晕呢，皮尔普斯太太？"年轻的医生问道。他正往那条黑色的血压带里打气，绕在她上臂的血压带正在收紧，这讨厌的感觉好像很自然地衔接上了最近发生的这一连串事情。自感恩节前一天早上，她抬头看树，断定今年也许就是她的大限之年起，她就一直觉得事情正在慢慢逼近。而做出今年不出行的决定则无疑加重了这种感觉。小克莱福说得没错，她应该按计划出行。另外，在沙利的事情上小克莱福确实是错的，今天早上沙利的举动就证明了他就是自己一直以来认为的那个可信赖的人。不是沙利在降下厄运，而是上帝自己，那个鬼鬼祟祟的家伙在降下厄运。现在医生将解释原委，所以贝丽尔小姐做好了心理准备来接受现实。

这是半小时里第二次给她测血压了，第一次是护士测的。医生给她做检查的时候，贝丽尔小姐也在仔细地观察着这位年轻医生，几乎和医生给她检查一样认真，只不过没有借助令人讨厌的冰凉的检测仪器罢了。又是基因库,她告诉自己,但这是在斯凯勒温泉而不是在巴斯,所以她也可能会犯错。她教过这位医生八年级的概率不是太高吧,虽然他的确看着稍稍有些脸熟,像是某人长大后的模样——也许是某个八年级学生吧。执教四十年,有很多不幸的副作用,其中之一就是教书育人这任务是如此艰巨,甚至在回忆中,它有时让你觉得几乎教过这星球上的每一个人。贝丽尔小姐想要在每个成年人的脸上找到的是某个遥远的昨日,某个失败的课程所留下的证据,这一证据也许预言了他/她今日的无能。在这位年轻医生身上,贝丽尔小姐就要证明她的决定不会受任何她不喜欢的意见影响。当然无须采纳自己过去总是得C的学生的建议,不过你得先确定他的身份。

"有过头晕,"她承认,回答了他这个颇有预见的问题,流鼻血之前她的确感到过头晕。"不过现在鼻血流完了,我感觉轻松多了。"她补充道。

年轻人脸上挤出一丝职业性的笑容。"轻松?你是说又恢复元气了?"

贝丽尔小姐皱了下眉头。就像她最近认识的大部分年轻的专业人士一样,这位年轻人没感觉到她在开玩笑,也不爱说话,可能还缺乏想象力。小克莱福小时候也是一样。每次她尝试跟他开玩笑,他总皱着个眉头,困惑地看着她。这个年轻医生十分聪明,也许不会是个得C的学生,但她能看见自己二十年前,在他少年时写的作文上批了个B-,等着他来抱怨。这作文怎么了?他想知道。她在哪里给他扣分了?他丢分的地方在哪里?

不过,没错,恢复元气正是她流鼻血之后的感受,因此现在她把分数给他提高到了B+,就像她那时做的一样,在一番严厉的训话之后,说生命不是简单地避免错误,不是丢掉分数,而是努力之后获得回报。她决定向他和盘托出。"我一直以为是在下雪呢,"她说着,感到自己有点傻,"我真能看见在下雪。"

医生点点头，显然贝丽尔小姐心中这种最古怪的症状并没有让他感到惊讶。他拉开尼龙粘扣，把血压带的空气一次性地全都释放出来。当她揉着自己的胳膊时，他问："这让你不舒服了吗？"

"有点疼，如果你是问这个。我们检查好了吗？"

"马上就好了。不过我认为再验下血会比较明智。"他说。

贝丽尔小姐像呼扇翅膀一样动了下发酸的胳膊。"我猜你想要抽我的血，对吗？"

他脸上又露出一丝笑意。"嗯，可以抽我的血，不过那样的话，我们知道的就是我的身体情况喽。"

贝丽尔小姐站起身，当她发现坐在对面的医生并没有站起来，就又坐了回去，"你们这些人就和警察一样，需要你们的时候，从来不在场。如果今天早上六点你在我家里的话，你就能得到你想要的血了，都不需要注射器，用个沙拉碗就行了。现在你还要更多。"

"就一点点，"他向她保证，"你不会害怕打针吧？不疼的。"

"我会不舒服吗？"

"也许会有那么一点点。"他边严肃地承认边随意地把血压带往桌上一扔，翘了个二郎腿。他张嘴要说什么，犹豫了一下，又闭上了。

"现在我们是说真的，是吧？"贝丽尔小姐说。

"是的，"他说，"你在巴斯有家庭医生吗？"

贝丽尔小姐说她有。

"但是你没有去找他看病？"

"他总告密，"贝丽尔小姐解释道，"他直接向我儿子汇报。我来这里唯一的原因就是我答应过唐纳德。"

"唐纳德？"

"沙利文，"她说，"也许你不认识他。"的确，她答应了沙利会去看医生。只有这样，才能让他离开她的房间，清理干净被自己弄得乱七八糟的血迹。其实，沙利坚持中午要带她去看医生，并答应要开车送她过去。也许他会忘,不过她运气一直都不错,这次说不定他会记得。她在斯凯勒的医院预约了医生,然后打电话给格鲁伯太太,让她陪她去,说她的医生要她去医院做个一年一度的体检,她在门上给沙利留了一张纸条,说她去看医生了,并没有提去哪里看,去哪个医生那儿看。她很清楚,对于别人没有提供的信息,沙利不会多问。不过,她以为自己预约的医生会像巴斯镇的一样,是上了年纪、善解人意、反应不快、不会告密的陌生人。她没想到会碰上现在这么个毛孩子。

"你是一个人住吗?"毛孩子问。

贝丽尔小姐说是的,又说自从三十年前丈夫去世后,她就一个人住,基本没发生过什么事情。

"那么你是怕今后不能再独立生活吗?"

贝丽尔小姐把他的分数从 B+ 提高到了 A-。"差不多吧。"她承认。

"你开车吗?"

"很少开,就只是去商店的时候开车。我正在考虑完全放弃开车呢。说实话,我就是不明白这个国家怎么对汽车这么着迷呢?放弃开车也许意味着什么,但我不愿去想。我也不愿去想有一天我也许会干出什么傻事,伤害到别人。我丈夫,克莱福——我心中的明星——是车祸去世的,还有我儿子的未婚妻,还在学车,她昨天撞坏了一辆车,让我儿子差点死在车里。"

年轻人朝她点点头,明显是假装理解了她的话。

"我就开着福特车去买点食品杂货之类的,"贝丽尔小姐重复道,"还有,这里和阿尔巴尼之间开了一家商店,开业典礼那天我被我的邻居格鲁伯太太劝着去了一趟,她也是个会告密的人。"格鲁伯太太此时正在诊所大厅里等候着她,开心地琢磨着要在医院新开的咖啡店里吃午饭呢,她在《北巴斯周刊》上看到过开业信息,心心念念好久了。贝丽尔小姐没告诉她的朋友流鼻血的事,害怕这个消息最终会传到了小克莱福那里。"所以你看,我不会想念开车的。独立是我的日常,是我的处事方式。我想吃什么就吃什么,想什么时候吃就什么时候吃。我看书,我和自己交谈,我望向窗外思考一些至理名言。我了解我的邻居们,我也喜欢他们,但我不会与他们走得更近,我肯定不想与他们分享自己的私密空间。我家楼上住着个人,他最好的地方就是很少在家。他早上探头进来看看我是不是还活着,然后就走了,晚上等到所有酒吧都关门了才回来。他是个真正自由的灵魂,唐纳德·沙利文,我也许提到过他。克莱福说如果我有个伴儿会更快乐。他没有算上他的父亲和艾德。"

年轻人皱了皱眉:"我想你说过你丈夫死于一场车祸。"

"没错。"贝丽尔小姐说,发现对方一直在听自己说话,这让她很高兴。

"但是……"

"我把他的照片放在电视机上,这样我们就可以继续讨论他活着的时候我们就讨论过多次的话题。以前我们就没有得出什么结论,现在也还没有。"

"那么艾德是……"

"艾德是个面具。"

"是个什么?"

"是个非洲精灵面具。一部分是人,一部分是动物,一部分是鸟类。和我们这些人一样。"

年轻人笑了:"我想我明白了你说和自己说话是什么意思了。你觉得这样可以自娱自乐吗?"

"还可以吧,"贝丽尔小姐告诉他,"和电视相比还是不错的。克莱福认为我应该装个有线电视。他说我应该有更多的伙伴,他指的就是电视。"

医生眯起了眼睛。

"小克莱福。"贝丽尔小姐决定帮医生一把,看得出他在努力跟上她的意思。"老克莱福死了,他儿子活着。"

"他的儿子?"

"我俩的儿子,"贝丽尔小姐承认了,"瞧瞧,我已经承认了,这下你开心了。"

"你和儿子意见不一致,是这么回事吗?"

"他是个银行家。"贝丽尔小姐解释道。

医生似乎在等着她继续说。

"你不认为这个理由就足够充分的了,我猜。"

他更困惑了。"为什么?"

"他们准备建的那个新的主题乐园就是他搞的玩意儿,他认为巴斯会成为黄金海岸。他说钱正从州际高速公路那边缓缓爬过来呢。"

"唔。"年轻医生回应道。

"我们来谈谈你知道的吧,"贝丽尔小姐建议,"我出什么问题了?除了我已经八十岁了之外。"

正当年轻医生要开口说话时,贝丽尔小姐又打断了他。

"可别闪烁其词,就当你是在和克莱福说话。"

"哪一个克莱福?"

"小的那个,就是假装一下。你不会真的告诉他任何事情的,永远不会。"

"嗯,皮尔普斯太太……"

"这可不太具有说服力,"她又打断了他,"如果你用他母亲的名字称呼他的话。"

年轻人脸上笑意更浓了。"嗯,克莱福,"他继续说,"我现在所能做的,就只是凭我受过的教育,以经验和知识做一个猜测。"

"我妈就是个教育工作者,"她模仿着儿子的嗓音说,"她会理解的。"

对方变得更严肃了。"我认为——我有充分的理由确信——你母亲今天早上得了一次中风。如果你愿意,就管它叫轻微中风。在你母亲这么高龄的老妇人身上，这非常普遍。脑部暂时供氧中断，导致眩晕，出现下雪的幻觉。什么引起的？有可能是一小块血栓，但也不确定。这病可能是积累了好几个礼拜了。"

贝丽尔小姐听明白了，心想这年轻人所指的原因纯粹是生理上的，还是也有可能是精神上的？背叛会导致血栓吗？贝丽尔小姐倾向于相信会。"她还会再得中风吗？"

医生犹豫了一下，接着点点头。"你，对不起，她一年之内都不会再得中风，或许时间更久。也有可能下个月就会再得一次。下一次也许会更严重，也可能更轻微。如果她开始持续地出现中风症状，就有可能预兆着下次会更严重。如果她再出现像今天这样的症状，她应该马上就来我这里就诊，你该让她明白这事的严重性。"

"我妈可固执了。"贝丽尔小姐听见自己用儿子的嗓音说，这么容易就能用小克莱福的嗓音说话，简直令她惊讶。还不只是诸如自称"妈"这样烦人的表达，而是他的说话时所表现出的抑扬顿挫。似乎她能运用他俩身体构造里具有的基因共性（是声带本身吗？）来精确地重现克莱福的声音。这还是她第一次在一个陌生人面前用儿子的嗓音说话，她很快就感觉到这是一种背叛，心想自己是不是又形成了一块血栓。"你能用棍子敲她的脑袋，但一旦她主意已定，你就不能让她改变主意了。"

"我对她也是这个印象，"医生咧嘴笑着回答道，表示现在他喜欢上了这个游戏，"实际上，她挺有意思的。"

接着医生走到过道里，向护士招招手说："等我看到你的验血报告，我也许可以给你开一个抗凝剂的药方。这之前你都要多多小心啊，皮尔普斯太太……我是在和皮尔普斯太太说话，对吧？"

进来给她抽血的护士和之前给她测量血压的是同一个人，她有些气恼地拍了拍贝丽尔小姐胳膊上的肉，好像更希望它是其他形状。贝丽尔小姐很清楚这女人的感受。

"我希望这些钉子不都是弯的。"罗布又看到一根弯钉子时说。用来将薄硬木地板和下面的龙骨钉在一起的地板钉已经软化弯成了三角形。他们从下面敲的时候,钉子就很容易弯。如彼得估计的那样,把钉子从板上拔出来是又耗时又烦人的活儿。他们已经在起居室中间的胶合板上架了两个锯木架,形成一个中心岛,岛的四周都是一个个洞,洞足够大,粗心的人很容易就会从洞口掉到地下室的地上。想想这是巴斯镇上较粗心的两个人,这情形还真挺危险呢。他们偶尔听见过有什么东西在下面黑漆漆的地下室匆匆跑过,不过沙利可不想到下面去调查一番。今年早些时候,他听到过修复无忧宫的人抱怨,说这个杂乱无章的建筑底部以及地面的其他地方满是老鼠,毫无疑问是重型机器打扰了它们,让它们焦虑地到处乱跑。很明显,他们雇过灭鼠的人,但据沙利所知,他们很有可能雇的是个管道工,把无忧宫整个鼠群都引到了这栋他曾经住过的房子的地下室里。

"我希望你从没告诉过我那些东西是老鼠。"听着下面窸窸窣窣的声音,罗布说。

在这漫长的午后时光,任何听罗布讲话讲得太久的人,都会将其视为一个对现状不满的人,但是沙利对他再了解不过了。尽管愿望一个接一个地冒出来,但当下是两星期以来,准确地说,是自彼得回到巴斯以来,他感到最满足的时刻。午饭过后,拉尔夫突然出现,私下和彼得说了几句话,接着彼得二话没说就和继父走了。很显然,发生了什么事,但很显然无论发生了什么,两人都没觉得有必要告诉沙利,沙利怀疑是薇拉有什么紧急的事。整个下午,前妻在乔可的药店里偷东西被抓住的画面,一直在沙利的脑海里挥之不去。他在想彼得和拉尔夫是不是知道这事?

不管怎样,看见彼得离开,罗布没觉得有多遗憾,因为这样沙利就属于他了。因为起居室中间放着两架锯木架,再加上环绕他们的那些危险的由洞洞构成的雷区,整个漫长的下午他俩都是面对面，费劲地用扳手翘着板上的钉子，好让这些木板能重复使用。当他们弄完了堆在西面墙下的板，罗布又取来他们堆在外面门廊上的板，他敏捷地从一根龙骨跳到另一根龙骨上，两只胳膊还抱着重重的木板，而沙利就待在胶合板搭起的安稳的中心岛上，嘴里咒骂着这些弯曲的钉子。

整个下午，他们就这么面对面地待在只属于他俩的小世界里工作，距离近得都可以碰到彼此，但罗布没有和沙利有身体接触。少年时他就有的恐惧一直深深地埋在心里，他怕被人认为是"基佬"，这种恐惧与他想把他在这世上最好的朋友留在身边的强烈需求之间，常常发生冲突。有沙利在身边，当他想起什么时，就能和沙利一个不落地诉说内心最深处的愿望和需求。罗布的愿望经常没法好好传达。最好的方式是，不必提高嗓门就能把愿望说出来，比如，他站在壕沟里，沙利也在同一个沟里，离他只有几英尺远，准备着听他说出愿望。他不喜欢铿锵有力地说出那些愿望，而是喜欢轻轻地说出来，让它们借助自己的动力，呼扇着翅膀，飞到沙利那边。罗布的愿望就像新生的雏鸟，对这个世界充满幻想，可是动作拙笨跌跌撞撞，根本无法完成长距离的飞行，所以它们倾向栖于鸟巢。

今天下午到目前为止，罗布已经许了很多愿望：他希望彼得不再叫他桑丘，因为他讨厌这个名字；他希望他们能打开这房子的暖气，因为现在房子里面和外面一样冷，如果开了暖气，他们就不用戴手套了，这样拔钉子这么细致的活儿就不会这么难了；他希望妻子布茨不要再从她工作的沃尔沃斯超市里偷那么多东西回来，她早晚会被抓住，到时候两人就都要进监狱；从东北面的窗户望去，穿过果园光秃秃的树木，他们能看到无忧宫的一翼，罗布希望无忧宫的温泉中心在夏天开业后，会雇他和沙利干些零活，付他们一小时二十块钱；他希望他能隐身一天，这样他就能人不知鬼不觉地偷看托比·罗巴克洗澡。

沙利只是心不在焉地听着，他一如既往地对罗布朴实的幻想感到惊奇。这简直太像他了，赋予自己隐身的能力，却只给自己一天时间，之后就打回原形。罗布的想象里常常带有一种奇怪的智慧，似乎他已经从生活中学到，任何东西都不能平白无故获得，相反它会带有附带条款或限制性条件，否则，这些馈赠要么会变得毫无价值，要么会让你奢求更多。在罗布脑海深处的什么地方，他清楚地认识到，如果没有他所希望的这些东西（不论它们是什么），他倒会过得更好。隐身这个愿望就印证了这点。在大多数社交场合中，罗布几近隐身，这一点他却不自知，但完全消失于众人面前绝对不是他最感兴趣的事。

虽然沙利只是心不在焉地听着，但要是这能让博登街上的幽灵对他们敬而远之的话，沙利倒会对罗布这些枯燥冗长的许愿充满感激。他那个父亲满肚子都是廉价的啤酒和愤世嫉俗的道义，多得都要从嗓子眼里溢出来了，他的呼吸中发出两者混合的恶臭，父亲似乎会再次吵吵嚷嚷、摇摇晃晃地从前门挤进来，他醉醺醺的样子差点就无法通过房间的门框。还有沙利的母亲，她总是在阴影里安静地等着父亲，就如同她多年来等待着宗教的奇迹会出现那样。多年来，牧师一直都向她保证只要信念足够坚定，奇迹就会出现。牧师的建议让她再次坚强地面对酒醉归家的丈夫，同时也一次次加深了她的绝望。这位牧师生活富足，身材高大健壮，几乎和大吉姆一样高大，沙利那时候想，如果牧师想的话，当时完全可以阻止父亲的行为。但是比起高大的身材，他更大的特点是自满和迟钝。尽管那时候沙利还只是个孩子，他就已经明白牧师是不会出手帮他们的，因为在牧师眼里，创伤和恐惧是人生的课题。至于沙利母亲对自己的婚姻和家庭生活的诉说，他一点儿也没感到惊讶。牧师从不把这些事真的放在心上，他似乎也根本不会被这些肮脏的事弄得泄气，他找到了自己喜欢从事的行业。为受苦受难的人提供精神上的建议，只是他工作的一部分。他似乎明白，如果希望人们少遭受些苦难，将使他丢掉这份工作。

"这是罪,伊泽贝尔。"沙利记起,牧师轻声用一种神圣的语气告诉母亲。她本来不想带沙利来教堂的,但他还太小不能自己待在家里。她把他安置在中央走廊中间的长椅上,然后自己到圣坛扶手和忏悔室那儿与牧师见面。他想让她进入忏悔室去忏悔,但是他母亲拒绝了,说她没有什么可忏悔的,所以并不请求原谅。她定期来忏悔,但是这一次她的态度坚决。

她必须要对牧师说的话,是不能让沙利听见的。但是他们的声音在冰冷昏暗的教堂里飘荡,教堂里除了他们之外,没有旁人。"想象上帝没有力量在他自己的世界中做好事,这可是极大的罪过,"牧师告诉她,"对上帝而言,一切皆有可能。只是在我们这些人看来,觉得困难重重罢了。很快,比你丈夫罪过更深重的人都会被带到上帝面前。记得圣保罗吗?他在去大马士革的路上遭雷劈从马上摔了下来,在通往信仰的路上。"

"这正是我所祈祷的。"他母亲哭了,肿起来的一只眼睛闭着。牧师面带微笑,看着她,等她继续说。"我祈祷他会遭雷劈,"她解释,"遭雷劈,再也爬不起来。"

"嘘,伊泽贝尔,"牧师告诉她,"这么可怕的话从口里冒出,会直接传到上帝的耳朵里的。"

然后她站起来,转过身望向黑暗的教堂寻找沙利,他这时候已经钻到座位底下去了。"那又有什么区别呢?"她说,"反正上帝又不在听。"

他母亲从此再也没和这位牧师说过话,那年年底他的葬礼,她也缺席了。对于她缺席葬礼这事,倒也无人注意。来自州内四面八方的人赶来参加遗体告别仪式和追思弥撒。沙利的父亲也带着两个儿子一起去了。沙利还记得他们为了这个场合,穿戴得整整齐齐,他父亲和哥哥都穿着不合身的黑色西服,他自己穿的是一件白色衬衫,衬衫太小了,碰到脖颈的领子也太硬,勒得他脸颊和前额发热,心跳加速。仪式不是在殡仪馆而是在牧师的住宅里举行的,前来表达悼念的虔诚教徒排出一支长队，队伍从房子的台阶一直排到街道的拐角，沿着街道又一直排到教堂那边。

牧师是被骨头噎住窒息而亡的，如果旁边有人的话，他也许还能得救，但当时只有他一人在巨大的牧师餐厅里用餐，三天后，这个地方就成了他的灵堂。等到在隔壁房间的管家听到他在椅子上抽动的声音时，已经太迟了。等她过来帮忙的时候，他的眼睛已经突了出来，露出极度恐惧的表情，就像是被迫看到了什么丑陋的东西，以至于他变得精神错乱而停止了呼吸。那场景实在可怕，就连这位管家也差一点吓得停止呼吸。

要知道，殡仪馆的工作人员，教区成员的一部分，他们已经尽了全力，结果却远没达到预期。尽管尽了最大的努力，但牧师脸上仍保留着管家发现他时的那种惊恐。那些虔诚的人在见躺在昂贵棺木里的牧师最后一面时，都被吓得转身就走。殡仪馆的人拼命想要修复那双突出的眼睛和那变形的脸，试图使那狰狞的表情变得柔和些，但牧师看起来并没有准备好要去见他的缔造者和那些多年来追随他精神指引的人。人们没有在他面前做长时间的停留，棺木前的队伍迅速地移动着，其间只出现过一次停顿，是沙利的父亲，他跪下祈祷，阻挡住了队伍的前进，但他的姿势看着像是在跟一位老朋友悄悄地说些建议。而其他那些悼念者，瞥上一眼就震惊地退到旁边的房间里去了。

后来，当在队伍前面的人与站在队伍后面的人紧张地交流后，这才明白，原来在人们向遗体告别的过程中，死人的嘴慢慢地张开了。一开始他的嘴是被紧紧夹住的，在脸上形成一条白色的褶痕，但两个小时后，当最后几个虔诚的信徒被像对待盲人一样从昏暗的房间领到午后温暖的阳光下后，殡仪馆的人才不得不回去重新修整仪容，因为牧师的嘴巴大张着，给最后几个惊恐的哀悼者留下鲜活的印象，这个死人似乎在哀求他们把手伸进他的喉咙，取出那块几天前让他窒息而死的骨头。

不过，沙利记得更清晰的倒不是死去牧师的模样，而是他自己的父亲。还是孩子的时候，沙利就知道父亲善于阿谀奉承，还很清楚他的套路。他的父亲是那种别人一看到就会讨厌的人。如果是别人先看见他，他们就会转身凑到一块儿，策划如何逃走。或许他们头一天晚上才目睹他醉酒、撒泼；或许在他真的和人动手被扔出酒吧后，他们试图帮他从马路边站起来；或许他那时脸上流着血，视线模糊地抬头看着他们，让他们马上滚蛋；又或许他们听闻过他那些可怕的故事。大吉姆在自己家里是个狠角色，这一点他是名声在外了。那时候，狠角色是对家暴者的委婉叫法。不管怎样，沙利的父亲总能在这种不利于他的社交环境中，熟练地施展出他的魔力，让众人都接受他。还没等他施展完，那些原本假装没看见他的人，就都在拍他的后背，对自己听到的那些传言产生怀疑，甚至怀疑他们自己的理性，这些人都曾看见过他气得发黑又被他自己的鲜血染红的脸。现在他们都不愿他离开，他这人真好，他们唯一有所保留的是，眼前这个人有点过于粗俗，笑声有点过于奔放。

向牧师遗体告别的那一天，沙利的父亲是牧师这间拥挤的住宅里唯一一位没被牧师狰狞的表情吓着的人，好像对大吉姆来说，牧师就一直长这个样子。他挡住了队伍的前进，以便可以假装在那里念悼文，然后他又让他的两个儿子也跪在华丽的垫子上和他一起念悼文，之后他向这个教区的主教介绍了自己和儿子。主教从阿尔巴尼来，准备在明天的追思弥撒上讲话。沙利注意到，教区的居民都亲吻了主教的戒指，他很庆幸他和哥哥还有父亲都不需要亲吻戒指。其实，这位穿大袍子的人似乎只看了一眼就把沙利的父亲望穿了，然后略过他向其他人望去。

离开牧师的住宅之前，大吉姆让沙利和哥哥在那里等一会儿，他一会儿就回来。在走廊上，兄弟俩看见他向那位老妇人前弯着身子询问着什么事，她是死去牧师的管家。她慌乱地指了指走廊那边，沙利和哥哥看到父亲向老妇人指的方向走去，然后出乎意料地左转,飞快地向宽阔的楼梯跑去,那楼梯直通牧师住宅楼上的各个房间。沙利的哥哥心知肚明地向他咧嘴笑了笑。

似乎过了很久,沙利的父亲也没有回来,紧张的沙利对哥哥说他必须去小便了。"很急。"他又补充道,千真万确。如果父亲可以在死去牧师的房子里撒尿,也许他也可以。不管怎样,他需要小便。

既然没人告诉他们不可以——实际上似乎也无人注意到——所以就他们跟着父亲上了楼。住宅的楼上总共有五间房,每一间都装修得富丽堂皇,把沙利和哥哥都看傻眼了,以前从来没有见过这样的东西。

他们在牧师的书房找到了父亲,他就站在四面全是书架的房间中央,所有东西都尽收眼底——豪华的皮质沙发,挂在洁白墙上镶有银边的相框,巨大的翻盖橡木书桌,桌上摆着的铜质台灯,还有个巨型的地球仪,套有皮质书套的图书从地上一直排到天花板,房间里弥漫着烟草的气味,还有沙利后来认出的古龙香水和餐后酒的香味。书桌上的吸墨纸上放着一支金笔和一个铅笔盒,旁边还有一把亮闪闪的金色开信刀。

看到他们进来,父亲似乎既没有惊讶也没有生气。要是平常,他肯定会因他们没听话在原地等他而揍他们一顿。"这个球拍不赖嘛,对吧?"他振臂一挥说着,那动作的幅度仿佛不止囊括了这间书房,还囊括了周围楼上楼下的房间。"在捐款盘子里的那些分啊角啊的硬币,加起来还挺多的呢,对不对?所有的捐款,一星期七天,星期天还要捐三次。有这些钱就能过得不错了。看见这些了吗?这就是他们发过的誓,说要活得清贫。我打赌这杂种说自己禁欲,就跟说自己贫穷一样,都是胡扯。你们说呢?"

沙利并不知道禁欲这个词是什么意思,但是他想他必须要去卫生间了。"在那里,"他父亲指着说,"看着不太像,但那就是卫生间。"

还真的是，如果不是有个坐便器，沙利还真认不出这就是卫生间呢。这卫生间比他和哥哥的卧室都大，一面墙边还摆着一张沙发，天鹅绒的帘子掩着洗澡盆和淋浴器。拜大吉姆所赐，这里的空气不太好。沙利心有余悸地速战速决后，洗了手在自己裤子上擦干，因为他不想弄脏牧师厚厚的紫色浴巾。"不拉点屎吗？"沙利出来时，他父亲说，然后他们又等着沙利的哥哥上卫生间，虽然这孩子说他并不想去。"去吧，"沙利的父亲执意要他去，"你会挤出来一滴的。"

回家的路上，他们在酒吧停下来，这样沙利的父亲就可以向酒保详细描述牧师的住宅了，他记住了所有沙利没有注意到的细节，父亲喝的啤酒越多，他的记忆就越清晰，他也就变得越生气。"你应该去看看那拉屎的地方，"他告诉吧台后面的那人，沙利能看出来，这人已经听得不耐烦了，"比你那该死的家都大。"

"沙利，你都没见过我家是什么样的。"那人说。

"是吗？"沙利父亲说，"那么，你也没见过那厕所，因为你会觉得难以置信。还不止这些呢，你该看看主教的穿戴。就那么一件袍子，比你所有的衣服加起来还贵。我打赌，你所有的衣服，再加上你老婆所有的衣服。而且，我们现在还只是在谈论他身上穿的衣服。"

"我都还没结婚呢，沙利。"那人说。

"那你走运了，"他父亲说，"这宗教就他妈是个生财工具。我们都应该停止现在做的事情，都戴上金子做的十字架，传递捐款盘子就行了。"

酒保的脸色变得惨白。"放尊重点行不行啊？你说的可是已经死去的牧师啊，这家伙刚死，他是牧师，代表着上帝，沙利。"

"你该看看他躺的那口棺材，"沙利的父亲继续说着，一点都没被吓住，"我打赌它比这整个酒吧还要贵呢。"

"你干吗不回家呢，沙利？"酒保问。

"你干吗不去吃屎呢，乔治，你这个愚蠢、圆滑的马屁精，"沙利的父亲回答道。

然后他们走着回了家。沙利父亲每走一步，都变得更加生气，喝下去的啤酒在他胃里翻腾，扭曲着他的想法。"你看见那蠢货主教是怎么看我的吗？"他推了推沙利的哥哥帕特里克。

"我想他不喜欢你，爸爸。"帕特里克承认。

"你知道为什么吗？"

帕特里克想知道为什么。

"因为我不会亲他的戒指，这就是原因，"他们的父亲骄傲地解释道，"你们看见他戴着的那枚闪闪发光的大戒指了吗？你们应该去亲它，因为他是主教，而你们什么也不是。但是在我亲他的戒指之前，他要先亲我的屁眼儿。所有那些杂种都会直接进地狱的，我就把话撂这儿了。"

"我也这么认为。"帕特里克同意道。为了表示他有和父亲一样的轻蔑，他从外套的口袋里掏出了从牧师的书房偷出来的亮闪闪的金色开信刀。

看着这个，父亲的怒气消失了，他一边赞赏地大吼起来，一边拍着帕特里克的后背。"为什么不呢？"他问，"反正他也用不着了，是不是啊？这杂种已经打开了最后一封信。"

在沙利的母亲去世的很多年后，沙利记起他母亲那天下午在那间黑暗的教堂里对牧师说的话，他记得母亲如何哭泣着，承认自己内心的羞愧，她每天都祈祷着自己的丈夫遭雷劈。他长到多大的时候才意识到母亲的祈祷得到了回应，或是说回应了一半呢？她祈祷沙利的父亲能被雷劈倒——她语气坚定、信念坚决、毫不含糊——所以她的诉求是准确无误的。她根本不需要那个提醒她圣保罗遭遇的牧师来传递这信息。一道闪电直接劈中大吉姆，最好是击中他额头中心，这就是她希望上帝会传递过来的信息。她了解自己的丈夫，她甚至比上帝更清楚，闪电从侧面劈过来肯定不够。但是,上帝没有送来神圣的闪电,而是无休止地送来了笨手笨脚的酒保、酒吧保安,还有把他请出酒吧的警察,好像凭上帝的无限智慧,也不足以认识到大吉姆·沙利文的脑袋犹如顽石,最后,酒保、酒吧的保安和警察所能做的,就只是用指关节敲敲他的脑勺。只有等这人喝得醉醺醺的时候,他们才能对他做出一点伤害。他们一直等到他烂醉如泥了,才把他扔到外面的下水沟里,对他喊出指示。"回家吧,沙利。"他们建议他。对这建议他总是攥着拳头言听计从。

他和儿子去牧师家的那个晚上,把儿子送回家后,天色还不太晚,他就又出去了,家里变得静悄悄的。在黑暗的房间里,两个孩子躺在床上一直讨论着白天的事情,直到沙利的哥哥帕特里克睡着,睡着的他手里都拿着他从牧师家里偷来的镀金开信刀。沙利一直没睡着,极度后悔着自己什么也没偷,因为他当然明白父亲逻辑里的智慧。这位富裕的牧师再也不需要任何财富了,并且他也没有孩子继承他的财产。沙利想,也许他会喜欢那个大大的地球仪,就是那个装在闪光的铜制镰刀状支架里、和他一样高的地球仪,地球仪的表面有着像浮雕一般突出的浩瀚蓝色海洋和高山。他想象着自己站在地球仪旁边,久久地凝望着它,旋转着它,就好像它所代表的那个世界正在旋转,他知道这个世界是属于他的。最终,他一边幻想着,一边睡着了。半夜的某个时候,父亲又回来了,这一次他醉得不可救药,他把沙利从床上摇醒,难道是这孩子睡着前留在脸上的快乐,让黑暗中的父亲看到了吗?这是他摇醒沙利的原因吗?不可能啊,不过当父亲带着他那醉醺醺的呼吸和酸气向沙利发出警告时,给沙利留下这般印象。"别以为你长大了会成为什么了不起的人,你根本就不会!所以你还是把那想法趁早从脑袋里赶出去吧。"

第二天早上,清晨明媚的阳光泻进卧室的窗户,沙利明白父亲是对的。从死去的牧师家里偷走一把小小的镀金开信刀是可以做到的，但是没人能偷走整个世界。

■ ■ ■

那天下午他们收工较晚，收工时彼得也正好回来了。罗布看到彼得的到来不太高兴，直到他看到六罐健力士啤酒才高兴起来。"你好吗，桑丘？"彼得边问候边给罗布递啤酒。罗布对这个绰号皱了皱眉头，不过熟练地从塑料环中取出一罐啤酒。

沙利也拿了一罐，打开副驾驶的门，弯了弯膝盖，坐了进去，弯的时候疼得他往后缩了一下。"你时间掐得越来越准了，"他说着喝了一大口啤酒，"我们大概是三十秒前才收工的。"

"我知道。"彼得说着把另外三罐啤酒放在埃尔卡米诺的引擎盖上，"我刚才开车过来，看到你们还没干完，所以我就开着车绕着房子转了一圈。"

罗布看着像是相信了他的话。

"另外，"彼得说，"我今天早上已经挣到了我的那份钱。"

"什么时候？"罗布问道。他清楚地记得早上的事情，他记得自己一个人待在冰冷的房子里干活，而彼得未经允许就走了，在迈尔斯·安德森那暖和的房子里待了一个早上。他在那里也就是说说话，可什么活都没干。

"告诉我都发生了什么，"沙利说，"看来我们没被开除，是吧？"

"我向他保证我们会全身心地投入这房子的修建上。你不在这话都没什么说服力。我告诉他我本人会从头到尾照管这份工作的。他雇用的可是个年轻学者，别提有多高兴了。"

沙利捏扁啤酒罐，扔到了卡车车斗里。"你认为我们能在一月中旬干完这活吗？"

彼得也捏扁了自己的啤酒罐，把它扔到了埃尔卡米诺的车斗里。"我差不多打定主意留下不走了。"

沙利点点头:"我听说了你可能会留下。你告诉你妈了吗?"

"昨天晚上告诉过了。"

"所以她今天一天都很难过,对吗?"

"还有别的一些原因。"

"她到后来就在开始责怪我了?"

彼得这会儿咧嘴笑了:"她是立马就责怪你了。"

"很好。这样也许可以给你些喘息的机会,"看彼得并没有回应他,沙利决定问出那个问题,"她还好吗?"

"谁?"彼得皱皱眉头。

"你妈,我们正在谈的这个人。"

彼得想了想说:"呃……"

"行吧,"沙利告诉他,"你就这副臭样子吧。"

"好吧。"彼得说,他说话的样子真让人气恼。

"我来告诉你吧,"沙利对彼得说,他内心其实挺庆幸彼得没有告诉他更多,"你帮我把这堆硬木板运到卡尔的小屋去,我就介绍你认识巴斯最漂亮的女孩。"

意识到沙利指的是托比·罗巴克,罗布一下就快活起来了:"我能去吗?"

"不能,"沙利说,"你已婚了,这对你不好。"

"他也已婚了。"罗布指着彼得说出来。

"但不是像你这样,婚姻幸福。"沙利指出。

罗布皱起眉头:"我从来也没说过我幸福啊。"

"我知道,"沙利承认,"是布茨告诉我你幸福的。你最好是幸福的,这是她的原话。"

"如果她长得像托比,那我就会幸福。"他说。

"好吧,"沙利说,"回家吧,别让布茨看到你不在家,然后怪到我身上。已经有那么多女人生我的气了。"

被这种方式打发走,罗布有些不情愿,他最不想做的事就是回家找布茨，尤其是现在，看到她就意味着不能看到卡尔的太太了。更重要的是，埃尔卡米诺的引擎盖上还剩了三罐啤酒，罗布在脑子里盘算着，按照他的计划，如果他能继续待在这里不被打发回家的话，那么等到彼得或沙利去拿第二罐的时候，那么剩下啤酒中的其中一罐就是他的了。这个下午与沙利在一起的时光挺不错的，还和过去一样，就他俩，那时候他不需要和别人分享他最好的朋友。而现在，他又要再次分享了，如果不被骗走这罐啤酒的话，他还刚好能忍受这所有的不公平。"我还能再来一罐啤酒吗？"他问。

"你干吗问我呢？"沙利说。

当然了，那是因为罗布不想去问彼得，尽管他看到彼得从塑料环中取了一罐啤酒出来。"你是老板，他不是。"罗布说。如平常一样，他说此话的目的在于表达对沙利的忠诚，他很希望自己的忠诚能得到回报，哪怕就那么一次。

"可是啤酒不是我买的啊，"沙利说，"反正你也不听我的，我让你回家你又不回家。"

"拿着，桑丘。"彼得说着扔给罗布一罐啤酒。

罗布接住啤酒的那一瞬间也承认自己接受了这个令他讨厌的绰号，那一刻，生活中的不公平和那糟糕透顶的失望都如鲠在喉，把那儿塞得满满的，他无法想象自己能喝下这罐几秒钟前还不想被骗走的啤酒。他一手接住啤酒，转过身，将其扔向沙利的房子，那啤酒砸在了二楼的窗户上，砸碎了窗玻璃。里面的拉斯普廷汪汪地叫了几声，又安静了。"我不干了。"罗布说，除了这四个字，他无话可说了。就算是托比·罗巴克在那里，提出来要和他做爱，让他说几句话解释一下，他也什么都不说。即使她赤身裸体，还给他大把百元大钞，他也什么都不说。他说出口的这四个字——"我不干了"——包含了他的灵魂，说完，他就转过身背对着他要弃之而去的这一切，步行往家的方向走去。

"嗨，"沙利在后面喊他，半是惭愧半是惊讶地发现他平日里习惯的玩笑今天产生了出其不意的效果,"别这样嘛。"

罗布继续走着,那样子简直就是受压迫者反抗的典范。那一刻的罗布,至少对沙利来说,看着就像个小男孩,很是古怪。如果他身后再拖个棒球棍,就完美了。

"嗨,"沙利喊着,"罗布。"

彼得捏扁他的空啤酒罐,把它扔到埃尔卡米诺的前座上。

"该死,"沙利终于回头看了儿子一眼说道,他发现彼得脸上露出他本就料想到的责怪的表情,"现在你也生我的气了,是不是?"

"你为什么非要对他这么刻薄呢?"

实际上,沙利也不知道。他都不确定自己有没有对罗布刻薄。在他印象里,他一直认为罗布喜欢被他取笑。一直以来,沙利周围的人都知道会被他取笑。

"你来试试看,站在离他不到两英尺的地方,听他喋喋不休地说上五个小时,看看你会不会也对他刻薄起来。"沙利说,他也明白,即便确实如此,他这个理由也是站不住脚的。首先,每天上午沙利在海蒂之家干活的时候,彼得就在罗布身边和他一起干活。其次,罗布也不会重复唠叨已经唠叨过的事情。其实,沙利总觉得罗布的喋喋不休起到了一种舒缓的效果,就像是电台里的音乐,你不必一定要去听。"该死,"他又说,"给我一罐啤酒。"

彼得递给他剩下最后两罐啤酒中的一罐后,沙利也把这罐啤酒扔向了他的房子,他的啤酒罐倒没有命中窗户,却砸到了屋檐上,无声无息地落到了下面结冻的地面,在地面上,啤酒炸开了,像草地上的洒水器一样往空中喷洒出白沫。

沙利和彼得一起看着这罐啤酒,直到它停止冒泡。"看看我以后还会不会再买六罐啤酒。"彼得说。

他们在主街的十字路口,也就是迈尔斯·安德森的房子门前追上了罗布。罗布察觉到了他们开着车跟在他后面慢慢前行,因为他能听到硬木板在卡车车斗上弹起的声音,能够感受到车轮近在咫尺，但是他既不愿回头去看，也不愿着急穿过十字路口。如果他们想，可以从他身上压过去，把他干掉。他其实希望他们能这么做，相比死在卡车轮子下面，他更害怕沙利会在他耳边按响喇叭。

罗布走到人行道上，心里放松了不少，心想在人行道上自己就安全了。但就在他身后，他听到卡车颠簸着爬上了人行道，仍然跟着他的脚步龟速地爬行着。他不敢向四周看，怕一旦回过头去，会看到令自己害怕的情形，还害怕自己会表现出好奇或是担忧，进而会不情愿地把自己最后一点尊严也交了出去。还有，如果转身面对着卡车，他就会向沙利和彼得展露自己正在哭的事实，他哭得像个孩子一样，看到这场景，沙利一定会骂他的。要么就是责备他怎么就开不起玩笑，这会让罗布更难过，因为或许他并不十分确定自己当下的感受是什么，或者为何他会有如此反应，但是罗布很确定的是这根本就不是开玩笑。

因此，如果这时两个街区长的独居老妇人们，正碰巧在临近傍晚时向外张望的话，就逮了个正着，将会目睹这一幅奇怪的景象。比如说格鲁伯太太，她把大部分孤寂的时间都花在了从半合的百叶窗后盯着这条舒适又熟悉的街道，她眨了两下眼睛，确定自己没睡着或是出现了幻觉。街对面有辆皮卡开在人行道上，皮卡的两个轮子在混凝土地面上，另外两个轮子在她邻居门前的平台上。离卡车几步之遥的地方，有个长得差不多像侏儒般的矮个男人，正近乎疯狂又毅然决然地顶着大风前进，整个下午，街边古老的榆树都在狂风下呻吟着。因为他正前倾着身子逆风而行，所以似乎没有察觉那辆皮卡正跟在他身后，在人行道上龟速爬行，所以格鲁伯太太一开始得出结论，认为这个侏儒般的男人一定是被一条无形的锁链套在了卡车上，因为他看着像是在拉着卡车前进。格鲁伯太太想了想这个逻辑，认为自己一定是弄错了。卡车不可能开在人行道上，毕竟，为什么一个人会在颠簸的人行道上拉着卡车走呢，他完全可以在平坦的黑色柏油马路上拉这辆卡车啊。因此这辆卡车并不是开在人行道上,而只是看着像罢了。格鲁伯太太又眨了眨眼睛,想要看清比现实更真实的东西。但卡车就是开在了人行道上,这一点她还是能分辨得清的,卡车是在街边的榆树后面而不是在前面,而且那个侏儒一样的男人就是在拖着卡车前行。电话机就在身旁,她索性拿起听筒拨了贝丽尔小姐的电话。再过一分钟,那个人和卡车都会直接经过好朋友的房子,贝丽尔小姐能看得更清楚些。

"爸,"彼得坐在卡车前座上说,"爸。"

沙利没有理会他。他弓着背伏在方向盘上,正专心致志地干着这精细的活,既要开着卡车紧紧跟在罗布后面,同时又要避免撞到他。在人行道紧挨着低矮树篱的地方,道路变窄了,卡车通过这个路段的时候,左边的车身擦着树篱,发出很大的声音,右边则在老榆树蔓延的树根上爬上爬下。"看看他这样子,"沙利指着罗布说,罗布还是不愿意承认他们的存在,"你见过这么固执的人吗?"

"是的,"彼得说,"我见过。"

沙利没理会他的话。"看看他这样子,"他重复道,声音里满是惊叹。他按了汽车的喇叭,罗布吓得跳了起来,但依然没有转过身来。"奇了怪了。"沙利说。

"这边是车道,"彼得指着,"回到街上去吧。"

"奇了怪了,"沙利又说道,"如果你是他,你会做什么呢?"

"老天啊!"彼得说。沙利开过了车道,明显没有考虑要结束这疯狂的行为。

"他还觉察不出来吗?"沙利惊叹道,"他只需要走到这些树的后面,我们就玩完了。"

"哦,我不得不说,不管怎样,我们都玩完了,"彼得注意到,"什么东西从对面过来了,你看见了吗?"

"没有,什么东西?"沙利边说边减慢了车速,因为又遇到一个狭窄的通道。卡车前面的右轮子碰到了这条街上最老榆树的树根,它巨大的树根扭曲着露在地面上。卡车竭尽全力要爬过去,爬了一半就倒退了回来。"该死。"沙利边说边右脚踩油门加速,左脚保持在离合器上没松开,当他伸长了脖子,掠过右边的彼得看过去时,他说:"我看不到,我快过去了吗?"

"我不觉得。"彼得说,但他并没有看。引起他关注的是一辆正在向他们开过来巡逻警车。

"我觉得我能过去。"沙利镇定地说,好像这是个纯粹的学术问题。他松开了些离合器,卡车又爬了上去,向一侧倾斜着。卡车爬上了长满树瘤的树根,沙利来不及阻止,卡车便被又很快滑了下去。

巡逻警车已经靠路边停了下来,雷默警官从车里下来,不解又生气地看着这一切。"喂!"他喊道,"你们这是在人行道上!"

沙利这才注意到了警察,然后脚踩刹车。"把你那边的车窗摇下来一点。"他告诉彼得。彼得摇下了车窗,沙利探过身子向警察喊道:"滚开!"

然后他松开刹车,卡车又开始蹒跚地向前行进,后轮爬过榆树的侧面,又一次砰地摔下来,颠得车斗里的硬木板发出可怕的响声。

沙利让雷默滚开,似乎厘清了这位警官的思路,因为他回到了巡逻车上,来了个三点掉头,轮胎发出刺耳的响声。警车轰响着疾驶而来,最后停在了罗布和沙利皮卡之间的车道上。沙利看到他时已经太迟了,来不及采取什么手段应对。

如果这警察就待在警车里不出来,也就不会有什么事了,但是他犯了个错误。他走下警车,向沙利露出胜利般的笑容,而沙利看到这笑容时,也明白了自己那一连串的坏运气还未停止。他心里清楚,他这次要玩完了。可他转念又想,那也不一定。马上接着就是第三个想法,是他这熟悉的逻辑链中的最后一个:反正我总归会完蛋的。真奇怪,这第三个想法一直以来总是那么不受约束地冒出来,虽然他的经验告诉他,这种感觉,不管它是多么让人愉悦,毕竟是昙花一现。他会伤害到自己,这一点是确定无疑的。在这不受约束的自由时刻,他清晰地认识到这么做是在自取灭亡,然而这种想法与另一种刺激的错觉同时在生长——他准备通过自己的自由意志重塑现实世界。此刻,眼前的现实是,挡了他路的这辆警车,加上一个脸上带着笑容,心里带着怨气,气势占了上风的警察。但是,沙利脑子里看到的是他消除这一切的能力。确切地说,他不确定自己能否移开警车或者这个警察,但是他很确定自己能让这警察脸上的笑容消失,而且这还只是个开始。实际上,这不只是个开始,因为从看见他脸上笑容的那一刻,思想与埋藏在他深处的本性相比,就显得次要了。如果露丝看到他,就会看见那个所谓的"过去的沙利",而实际上,他也有些希望露丝能出现在这里,看到过去的沙利胜利归来。他还带着一种难以名状的喜爱,想到了自己的父亲,他理解了这就是父亲通常喝醉酒后要达到的那个时刻,那个微妙的时刻,那个看到眼前障碍和消灭眼前障碍都已经清清楚楚的时刻。他的脑子里看到的是皮卡庞大的前保险杠撞到停在那里的警车车身上的场景,警车摇晃颤抖,车身变形扭曲,被皮卡推下人行道,滑到房前平台的一侧,最后宣告投降。

但是,先发出一次警告才算是公平。沙利停下了卡车,摇下车窗,探出了脑袋。他的声音,在这种时刻总是那么镇定、平静,如果是聪明些的警察就能听出来他语气里的警示意味,但是旁边并没有什么聪明的警察。"那可不是你该停的地方,"沙利说,"如果我是你,我会把车开走。"

"你下来,沙利,"雷默警官说,"玩儿够了吧,我现在就要把你——"

沙利又把车窗摇了上去,没有听到他下面说了什么。"你错了!混蛋,"他说,"好玩儿的才刚刚开始。"

"爸——"彼得说。至少,他听到了警察的警告。

实际上,沙利几乎忘了儿子就在旁边。"人们通常会在这个时候下车。"他对彼得说。

"爸——"彼得又开口。

"好吧，"沙利说着换挡启动卡车，"你自便。"

当警察听到卡车从停止状态变成启动状态，轰隆隆地向前开来时，他脸上胜利的笑容消失了，正如沙利在脑子设想的一样。现在轮到他咧嘴上扬了。"这就对了，你这个蠢货，"他一边低声说，一边从前挡风玻璃向警察点点头，"你就是不见棺材不掉泪，对不对？"

"爸——"彼得说着，两腿伸得笔直，像是要踩副驾驶这儿想象出来的刹车一样，"上帝啊。"

因为他看到雷默警官从枪套里拔出了他的左轮手枪，枪指向他们这个方向。沙利也看见了，但是他并不在乎。"他不会开枪的。"他向彼得保证，话说完还不到一秒钟，这个警察就开了枪。

卡车不停地向前行进时，雷默警官脑子跳出了鸣枪警告。他向驾驶室上方开枪，以防有什么闪失。枪声在寂静的街道上发出了雷鸣般的声响，回音很大，以至于连雷默警官都怀疑他听到的声音是从遥远的别处传来的玻璃杯叮叮当当的响声。回声退去，他仍然倾听着，希望再次听到那叮当的声响。也许是风声，他这么告诉自己。不管怎样，卡车总算是停下来了。

在车内，沙利转过去看着儿子，彼得用胳膊肘护住脸，好像是在挡住太阳刺眼的强光。枪声引起的震荡那么响，那声响刺穿了沙利突如其来的恍惚。"他真开枪了？"沙利问彼得，在采取行动之前，他必须弄清实情。

"我相信刚才那是枪声，没错，"彼得说，"如果我有投票权的话，我投咱们还是投降吧。"

"这他妈的简直不负责任，"沙利边说边瞪着警察。他又摇下车窗，"你这个蠢货！"他喊道，然后问彼得："你相信吗？"

"爸——"彼得又想说什么，但沙利已经下了卡车，一瘸一拐地向警察走过去,警察正看着手里的左轮手枪,好像他才惊讶地发现手里有把枪。好像他已经意识到扣动扳机也无济于事。手里拿着把枪都无法阻止向自己走过来的这个人,还不如手里拿着自己的老二呢,沙利总那样骂他。彼得心想,从来没见过什么人看着如此绝望。彼得摇下自己这边的车窗,冲着父亲喊:"爸——"

就在他喊爸爸的时候,沙利来了记右勾拳,打得警察鼻子开花。雷默警官都没来得及抬起胳膊挡一挡。他头往后一仰,脸被揍得通红,警帽被打翻掉在警车车顶上,然后他的膝盖慢慢弯曲,优雅地靠着警车车身倒了下去。沙利站在那儿低头看了会儿,然后回头看向彼得,他的头还伸在车窗外面。"干吗?"沙利说。

彼得摇摇头,又摇上了车窗。

沙利接着打开巡逻车的车门,熄了火,车晃了一下,就不动了。然后沙利返回卡车,上了车。"嗯,罗布那小子跑哪去了?"他边搜索着街道边问道,但没有罗布的人影。

彼得正盯着父亲。

"干吗?"沙利又问道。

彼得难以置信地摇了摇头。"没什么!"他说着两手一摊。

"那就好,"沙利说,"有那么一瞬间,我还以为你要批评我呢。"

"有件事你是对的。"当他们路过 IGA 超市,穿过十字路口,尾随托比·罗巴克的福特烈马出城往湖区开的时候,彼得说,"她是巴斯最漂亮的女人。"

他们停在顶尖建筑公司门口的时候,托比正在锁大门。她不知道丈夫去哪儿了,但是她乐意带他们去湖边的小屋,让他们把木板卸下来。"你要是回家晚了,你丈夫不会怀疑吗?"沙利在安全的条件下与托比调情道。

"我就告诉他我是和你在一起呢,"她回答,"你多么性冷淡啊。

这是谁啊?"

沙利向她介绍了彼得,坐在卡车前座上的彼得倾过身体和她握了握手。沙利注意到儿子的动作轻松得体,既表现出了对托比·罗巴克美貌的赞美,又没有任何畏惧。沙利心想,他是从哪里学到这种自信的呢?肯定不是从拉尔夫那里学来的,也不是从他自己这里。

"你儿子,嗯?"托比观察道,"我猜这就意味着,有那么一段时间,你并不是那么性冷淡。"

"如果我还有更多的精力,我才不会悠着呢,"沙利向她保证,又接着说,"我们上路吧,宝贝儿,别等到警车碰巧找到我,那样我儿子就要一个人干所有这些活了。"

她一脸疑惑地看着他。

"你知道雷默警官吗?"

她做了个鬼脸:"就是那个要被开掉的警察,是不是?"

"刚刚我跟他有了些微小的分歧,"沙利说,"他现在应该醒过来了。"

托比先仔细打量了下沙利,然后又看向彼得,彼得朝她懊悔地点点头,表示这是真的。"沙利,沙利,沙利。"她说道。

在暮色中,他们飞快地向湖边罗巴克的小屋驶去,后面车斗里的硬木板颠得砰砰作响,他们几乎要喊着说话,才能让自己的声音高过木板的响声。

"她也是镇上最好的人之一。"沙利就彼得关于托比·罗巴克是巴斯镇上最漂亮的女人的评价回应道,"当然了,她丈夫对她很差,今年已经传染给她三次淋病了。你能想象对她这样的女孩做出这种事吗?"

彼得没有马上回答这个问题,也许是因为他正在解读这话。然后,沙利注意到儿子正暗自咧嘴笑着。"干吗?"他问。

"你对她着迷多久了?"

沙利对他皱起眉头："她对我来说年纪太小了。"

"我不是问这个。"彼得指出来，依然狡黠地笑着。

"我就是不愿看见这么好的女孩被这么对待，没别的。"他解释道。

彼得又意味深长地静默了会儿，最后他终于说："好吧。"

"你不相信我说的？"

"随便你说什么，"彼得看着前面烈马汽车的尾灯回应道，"如果你把她看作女人，也许你的运气会好些，现在的女人已经不喜欢被人当作'女孩'了。"

"不喜欢吗？"

"不喜欢。"

"你在大学里学到的？"

"从别的地方学到的。"

"现在你也学会所有花言巧语了？"

"没有，"他说，"只会一些错误的。"

"那个过去害羞的小男孩去哪了？"

"我不知道。干吗这么问？"

"我喜欢那个小男孩。"

"真的吗？"彼得说，"你早该说的。"

罗巴克的小屋坐落在湖的尽头，沿着车辙印，穿过尘土，绕着湖岸，穿过七拐八拐的树林才能到达。湖水像一面镜子一样，映射着弯弯的月亮。驶过了所有其他的小屋，托比才驶离马路，下了一个陡峭的堤岸，停在了一处看上去只容得下一辆车的岩石上。沙利尾随其后停在了石头的另一端，他关掉引擎后又关了车灯，车灯还亮着的时候，他能看出还有段距离才能到下面那个小屋，他们从车里出来，听见下面湖水拍打堤岸的声音。

"真是不错的藏身之处，亲爱的，"彼得学着亨弗莱·鲍嘉的样子说道，"警察永远也不会找到我们了。"

"他们找的又不是你。"沙利指出。

"就我这破运气,他们会把我当作你的帮凶逮捕我的。"

"我会告诉他们你一点忙也没帮上,"沙利说,"和以前一样。"

"唐·沙利文,最后一位硬汉。"托比·罗巴克说,黑暗中她的声音离得很近。她的香水味与下面湖水清冽的空气混合在一起,产生了一种由潮湿的土壤、树叶、湖水还有女孩混合起来的气味,使人陶醉。在沙利看来,她不是女人,而是女孩。"我最好带了那该死的钥匙。"她说。他们听见她翻包的声音。

"或许我们可以想办法进去。"停止发呆了的沙利说道。

"太好了,"托比哼了一声,"你和你的撬棍,我全听说了。找到了!"她得意地举起钥匙,钥匙在月光下闪着银光,"小心台阶。"

"好的,"沙回答,"什么台阶?"

她拉着他的手,把他的手放在之前他没有注意到的台阶的扶手上。"四个台阶,然后是平路,接着再有三个台阶。"她说着在前面带路。沙利注意到,她的手放在他的胳膊肘那里,这样子就跟他每天早上领着老海蒂从公寓走到餐馆的方式一样,让他颇为尴尬。

"哎哟!"有一段路不平,他崴了脚,中弹似的疼痛感一直从膝盖蔓延到大腿根。

"你们等在这里好吗?"她建议,"我去开门,然后把厨房的灯打开。"

如她所说,过了一会儿,亮光来了,不是从下面和前面发出的,而是从上面和后面。有了足够的光线,沙利才发现彼得没有跟着他们,他的声音从上面他们停车的地方传下来。"这样可以吗?"

"嘿,"托比说,"有脑子的沙利文。"实际上,车灯的帮助有限,灯光照亮了树林和小屋的屋顶,但没有照到路上,"等一等,好吗?"她轻声说。

沙利决定等一会儿。过了一会儿,彼得过来了,怀疑地看着沙利弯着的膝盖。

"你没事吧?"

"没事,"沙利说,"好极了。"

"听着,"彼得说,他的声音低沉又隐秘,"让我来卸车吧。"

"我没事,"沙利坚持说,"我会慢慢走的。"

小屋里又有几盏灯亮了起来,他们能看见托比·罗巴克敏捷地从一间屋子转移到另一间屋,她的头发在空中跳跃着。

"为什么不让我来干?"彼得问。

"那是因为……"

"哦,"彼得说,"嗯,因为你有理由。"

"听着,"沙利说,"要是我不行了,就停下来,这样总行了吧?"

"你说了算,老板。"

两人有一阵子谁都没说话,只有树林里疾风呼啸而过的声音,以及微弱的浪花拍打堤岸的声音。托比·罗巴克从小屋中返回,现在所有的窗户都倾泻出黄色的光,照亮了他们站着的地方和小屋的后廊之间这段暗藏危险的小路。

"那么,我猜这是真的,"彼得说,"生活中充满了意想不到的事情。谁会想到我和你会为一个女人而争论呢?"

沙利瞪着自己的儿子,彼得的眼睛像猫眼那样在黑暗中发着光。"你认为那就是我们现在在做的事情吗?"

托比蹦蹦跳跳地跳上小屋的后廊,抬头看向堤岸上的两位男性伙伴,两人站在了楼上和楼下灯光射出的两团光之间的暗处,托比看不见他们,但当彼得开口说话时,他的声音离得很近,感到触手可及。"我认为这就是我们正在做的。"她听见他这么说。

这活干了大约一个小时,最后沙利让彼得和托比·罗巴克两人干了大部分的活,他俩在河岸边跑上跑下。即便是小屋后门的灯也亮着，这个斜坡仍然一片漆黑，落脚处极其危险，因此沙利就待在了卡车里，把缠在一起的木板整理好，把木板靠着车尾竖起来，方便让托比和儿子抱起来。看到他们一起干活，他认为彼得说的是对的。他们刚才是在为了一个女人而争执，他也必须承认，他嫉妒儿子有两条活动自如的腿。当然了，彼得要比托比·罗巴克差不多小十几岁呢，他似乎也很敬佩她竟能抱着一堆硬木板跑上跑下。彼得则搬得慢一些，他肩上扛着的木板也更重些、体积也更大些。

他们决定把木板卸在小屋外围了一圈栅栏的门廊上。托比上下跑两次相当于彼得跑一次，两人在门廊处休息了片刻。他俩的声音随着湖面的冷风飘过来，他听见托比·罗巴克笑了一次，这令他希望罗布也在这儿。罗布准会倾吐各种充满愤恨的愿望。他一定想知道为什么像彼得和卡尔那样的家伙会这么有女人缘，而他就从来没有。他一定希望看到托比跑上跑下，热得大汗淋漓，然后脱掉外套后两个奶子摇来晃去的场景。如果沙利指出来现在是十二月，温度只有零下十二华氏度，罗布就会希望现在是夏天。罗布的各种愿望，如果你全都加起来的话，会发现他喜欢的完全是另一个世界，一个能让他尝点甜头的世界——有钱，有女人，有食物，还有温暖和舒适。而沙利的任务，则是要捍卫他们困顿于其中的这个世界，这个任务因罗布的存在而变得极为简单。

罗布不在，沙利一个人坐在皮卡的后挡板处，等着儿子和巴斯最漂亮的女孩跑完最后几趟。沙利发现自己也有几个愿望。他没有什么大的奢望——希望自己能年轻几岁，能不那么固执，能变得灵活一点，能少欠点债，能做事不再粗枝大叶，能变得谨小慎微。反之，他把注意力集中在了几个更具体、更能快速实现的愿望上，这些事在他的能力范围内曾是有可能实现的，至少从统计学上看，是可能的。他希望自己没有在黑夜爬下堤岸，搞得膝盖正嘶喊着向他抗议；他希望他和露丝没有争吵，因为今晚他本可以和她共度良宵，就像以往他干了傻事总需要她的陪伴，好像她拥有赦免他罪孽的权力一样。她会告诉他，改过自新后一定会有个全新的沙利，要如何选择全凭他自己；他还希望自己没有对罗布那么刻薄，现在他不得不去哄他回来干活；他希望自己没有在光天化日下在主街上袭警；他希望下雪，这样他就能赚到钱；他希望凛冽的寒风能停一会儿，好让他点着一支香烟。有几个愿望都有后悔的成分，他讨厌沉迷于这种后悔的情绪之中，因此他决定，如果他能点着一支香烟的话，就把其他愿望全都当作坏账一笔勾销。正当他努力点烟的时候，一束光从远处的树林那边射过来，他注意到小型车辆嗡嗡的引擎声越来越近，这只意味着一件事。一分钟后，卡尔·罗巴克的雪弗兰科迈罗飞驰而来，滑到离沙利坐的车尾大约一英尺的地方停了下来。

"唐·沙利文，"卡尔边说边下了车，即便在黑暗中，沙利也看得清他正咧嘴笑着，"一个逃犯。"

"我没逃，我在工作。"沙利边解释边把手里没用的火柴弹了出去，"如果你这辈子干过一天活儿，你就会知道这里面的区别了。"

"怎么我每次见你，你都在车尾坐着，还号称自己在工作呢？"卡尔说着拿出打火机，窝起了手点火。

沙利的烟一点着，风就把火焰吹灭了。"我太累了，懒得给你解释。"

"嗯，"卡尔说着从沙利的衬衫口袋里找到一包烟，从中取出一支，"我有种感觉，你会休息上几天，而且还是由镇上出钱。"

"不会，"沙利从鼻子里吐出烟雾，"我有个巴斯镇最好的独腿犹太律师。"

"这倒提醒我了，"卡尔猛地吸着自己的烟，"维尔夫说给你这个。"

"这个"是一张纸巾，沙利展开纸巾，读了维尔夫就着卡尔车的左前灯写的潦草字迹，纸巾上写着："你真的永远玩完儿了。"

沙利把纸团揉成一团,轻轻一抛,根本不在乎。"他顺利地替我做了一场辩护,是吧?"

"我想在最高法院上看见他,纸巾上写得没错。你到底着了什么魔要出拳打警察?"

"那个档口这么做真他妈是个好主意呢。"沙利叹了口气,简短地说了事情的经过。

卡尔难以置信地说:"他朝你拔枪了?"

"那个蠢货还拿枪指着我呢。"

"我不信会有人相信你,除非你有目击证人。"

"如果没有目击证人的话,那我也不承认打过他,"沙利说,"不过我儿子在场。"

"我想这就可以了吧,"卡尔说,"但这个目击证人最好不会因为要救你而说谎。"

"其实,我觉得他不会。"沙利承认。

"一个正派的人,是吗?"

"这我可不知道,"沙利说,"我就是觉得他并不喜欢我,不会为我说谎。"

卡尔若有所思地长长地吸了口烟:"你知道为什么会变成这样的,对吧?"

当卡尔说这话时,沙利才意识到卡尔醉得很厉害。这就意味着他们就要开吵了。上次争吵,沙利有四个月没和他说话。"因为我运气太好了。"

"胡说八道!"卡尔说,"你知道为什么这种事情总是发生在你身上?因为你一天二十四小时都在戏弄别人,因为你他妈的从来也不消停。"

"哦,"沙利说,"是这么回事啊。"

"你为什么要在人行道上开车,沙利?"卡尔不依不饶地说,"你戏弄罗布,连他也受不了你了,你还是不住手。你必须把事情弄得更糟。你非要彻底地羞辱那个可怜的、头脑简单的小混蛋。"

"难以置信你会说这种话,"沙利说,"你除了羞辱他,还做过别的吗?"

"那不一样,沙利。"卡尔说,口气里没有一丁点伪善。

"有什么不一样的,卡尔?"沙利说着把手里剩下的烟头弹出去,"说说为什么你戏弄他就没问题,我戏弄他就不行呢?我想听听。"

"因为他可没爱上我。"卡尔说。

"滚蛋,"沙利现在真生气了,他从车尾下来,"他可没有你那么基佬。"

"我就说嘛,"卡尔说,"如果你要求他,他都会答应正午在十字路口给你吹箫呢,你是知道的,沙利。"

沙利的确知道这一点,或者说他知道罗布对他非常忠诚。其实就是因为知道这一点,他才跟着罗布开上了人行道,希望和他开个玩笑,赢回他们的友谊,过去这么干一直都有效果。所以并不是像卡尔所说的那样,他想要进一步地羞辱罗布。不过,沙利必须承认,要是当初他说声抱歉,这闹剧就会戛然而止。"我会想法子弥补的。"他轻声说。

"怎么弥补?"卡尔问,"给他买个果冻甜甜圈吗?"

沙利对这种说法嗤之以鼻。"如果是这样,那我要给他买上一万个果冻甜甜圈收场。"

"那你觉得你能用果冻甜甜圈还债吗?"

"大多数时候,你买的甜甜圈都没我的份,"沙利指出,意识到他们没吵得那么凶,倒是松了口气,"如果可以,我倒挺乐意。"

"看到没?"卡尔说,"我说的没错。总是在奚落人。整整一个月,你每天早上都在赌马场门口奚落那个笨蛋警察,他想朝你开枪,你还觉得奇怪。所有认识你的人都想朝你开枪,沙利。你能活到现在是因为我们这些人都不配枪。"

黑漆漆的下面,传来关门声和轻轻的说话声。卡尔迅速地长长地吸了最后一口烟,然后用脚踩灭了烟头。

"再忙也还是要拉好拉链。"沙利建议他。

卡尔查看了一下,裤子的拉链是拉好的,沙利朝他咧嘴笑着说:"他妈的我说的果然没错。"他明显压低了嗓音。

"告诉我,"沙利说,他感到托比的到来会使他占上风,"你知道伪君子是什么意思吗?"

"我能回答这个问题,"托比说,她来得正是时候,"他不知道伪君子是什么意思。"

"她就是用这种方式感谢我的吗?"卡尔向沙利求援,"我怀孕的妻子被两个品质可疑的人催促着开进了树林里,我快马加鞭地赶来救她,看看我都得到了什么?心痛啊!"

"一个品质可疑的人。"彼得纠正道。

"此外,"托比说,"你不算是来救我吧。你站在这里和沙利聊了足足有十分钟了。"

"那警察真的拔枪了吗?"卡尔问彼得。

彼得点点头。

"你不相信我,是吗?"沙利问。

卡尔·罗巴克没有理会他。"到我这来,老婆。"他说着突然跪了下来。

"好的,"托比说,"但仅仅是因为我需要证人。"

等她走过去,卡尔把她拽过来,掀起她的毛衣,把头钻了进去。

"要不要我们走开啊?"沙利说。

"千万别。"托比说,这时卡尔的鼻子在她肚子上蹭啊蹭的。

"我的小罗德里戈怎么样啊?"卡尔的声音闷闷地从毛衣下面传出来,"今天妈妈对你好吗?"

"够了,"托比说着想要后退,"你的鼻子冰凉的。"

但是卡尔的胳膊环在她的腿后,她动弹不得。"罗德里戈,罗德里戈，爸爸来看你了。"

"我警告过他，"托比告诉他们，"我会在他给孩子取名之前，就把这孩子打掉。"

"别听你妈的，罗德里戈，"卡尔乞求道，"妈妈是个刻薄鬼，但是爸爸爱你啊。"

"爸爸马上就要喘不上气了。"

"晚安，我的小宝宝。"很明显，他是听进去了托比的威胁，卡尔说着从妻子的毛衣里面钻出来问："你要是进监狱了，谁来铺地板呢？"

"和我的助手说吧，"沙利指着彼得说道，"反正他会干的。"

"你那个侏儒朋友怎么办呢？"卡尔问，"他会帮忙吗？"

"没问题。"沙利说，但他不那么有信心，如果自己不在的话，罗布是不是愿意和彼得一起工作。"如果你真急了，你自己也可以搭把手的。"他建议道。

"我有生意要照看呢，"卡尔说，"我原本指望你的，但你搞砸了。"

"别又开始说这些话，"沙利警告他，"七月之前你也用不上这个小屋，是不是？这活儿不需要明天就干完的。"

"错了，"卡尔说，"又错了。错了，你就他妈的没对过。你知道吗，你是一只永远指向南方的指南针？你想知道这次为什么错了吗，蠢货？"

"不太想知道。"

"那就告诉你吧。圣诞节假期的时候，我有个买家要来看这房子。"

"还有个买家？我还是头一次听你说呢。"

卡尔摇摇头。"你可真不要脸。现在你要说如果你知道我们要卖这个小屋，你就不会打昏那警察，是不是？"

"儿子，"沙利说，"做个好孩子，把这混蛋扔到湖里去淹死他。

在他兜里装上石头。"

"也许他不用进监狱。"托比建议。

"上帝啊,他可是袭警啊!"卡尔露出恼怒的神色说,"他当然要进监狱。现在离圣诞节还有两天,能在新年前开庭就算幸运的了。"

"你很难过,卡尔。"沙利说,他指出这点,这似乎是沙利从目前的局势中能得到的唯一的乐趣。实际上,他已经在脑子里过了一遍整个形势,对事情的走势得出了差不多相似的结论,他真的把事情搞砸了,之前获得自由的幻觉和那一刻的狂喜,已经消散在了十二月凛冽的冷风之中。

"我每天都会去看你的,"卡尔向他保证,"我想看到你难受。"

"每天都受到你的拜访,准能让我难受。"沙利承认。

"我们回家吧,"托比·罗巴克建议,"太冷了,站在这里也想不出之后会发生什么。"

"他至少是理性的。"彼得说,他用他惯常的那种冷漠乐呵呵地在一边冷眼旁观着。

"上帝啊,和唐·沙利文打交道,要理性有什么用呢?"卡尔的火药味还是很足。

"他可焦虑着呢。"沙利冲彼得眨眨眼。

"你要我给你建议吗?"卡尔说,"去自首吧,别等着他们来找你。这就开车去市政厅,进去问他们你该住哪间牢房。"

"这是你的建议吗?"

"是我的建议。"

"好吧,"沙利说,"那么我偏不这么干。"

卡尔两手一摊,转向了彼得。"他妈的,冥顽不化。一如既往。"

■ ■ ■

午夜时分,白马酒吧,点名时间。

到场的常客排成了一排,喝醉的有:维尔夫(酩酊大醉),彼得(昏昏欲睡),沙利(浑身酒气)。

到场的常客,清醒的有:博蒂,坐在吧台的末端(慈爱友善,小心警惕),狄尼,在吧台后面(阴险恶毒,小心警惕)。

未到场的常客:罗布·斯奎尔斯及其他人。

"别忘了叫上罗布来帮你。"这句话沙利在一小时里已经说了第五次了。

"好。"彼得答应,他知道争辩也没用。他理解,给了这么多建议的父亲,真正想说的其实只是一句对不起。按我说的去做,一切都会好起来的,是另一层意思。他们从维尔夫那里得知,批捕沙利的许可证已经下发了。他们把皮卡停在了白马酒吧的后面,他希望在被逮捕之前,能和大家太太平平地喝上一杯啤酒,不过在这之前,他们已经喝了很多。这种活着(喝酒)时日无多的感觉,一开始让他们感觉有一种过节的气氛,这种感觉直到最近这一轮(维尔夫的最后一轮,其他人也一样)才渐渐平息下去。

"要在六点前就赶到海蒂之家,"沙利建议,"你知道怎么煎鸡蛋的,是吧?"

"比你懂。"

"早上不是很忙。"沙利让他放心,但他没有说实话。快餐店里的厨师都是技巧娴熟、身兼数职的多面手,还善于把控时间。不过卡斯会留心帮他的。或者由卡斯来做早饭,彼得来收银收拾餐桌。这让他想起了他答应卡斯的事情,现在他无法兑现诺言了,除非维尔夫能在新年之前想法子把他从看守所里弄出来。"告诉她我一出来就帮她把那事办了。"他又说。

"好。"彼得重复道。

"等你铺完了小屋里的地板再让迈尔斯·安德森走。"

"好。"彼得拖长了声音。

"你知道怎么用圆形锯吗?"

彼得醉醺醺地咧嘴一笑:"比你懂。"

沙利点点头,真是个聪明的家伙。"你觉得会花多长时间?"

"我自己干,三天,也许四天。"

"不是你一个人。"

"哦,好吧。"彼得说着想起了父亲的指令,去叫上罗布来帮忙。

"他明天就没事了,"沙利坚持道,"只要你给他买早饭,借给他一美元让他去买双重彩。"

"好。"彼得说。

维尔夫一直在听着他们的谈话,这时摇了摇头:"你让我无语,你知道吗?"

沙利转了下吧凳:"我让你恶心了?"

"不,"维尔夫说,"你让我无语。我以此来回应你这疯狂的存在,如果不是为了你,我本来可以过上更循规蹈矩的生活。"

"那么,你应该感激有我在你身边,"沙利说完这句转向儿子,"如果下雪的话,你觉得你能想法子把雪铲安到卡车上吗?"

"你能办到,我就能办到。"

"让哈罗德帮你装上去,"沙利经过一番思量后说道,"告诉他你是我儿子。"

"对!"维尔夫同意道,"你碰到困难,就拿出你老爸的大名,然后就坐等他们为你敞开大门吧。"

沙利又转过身来说:"难以置信,你要花上一周才能把我弄出来。"

"我是犹太人,这又不是我要过的节日,"他说,"另外,你都还没有进去,我怎么把你弄出来?"

"你一直在买酒,"沙利指出,"每次我喝到一半的时候,你又要再买一轮,这样你叫我怎么走?"

"这是佛教哲学,"维尔夫评论道,"如果没有啤酒,就没有酒鬼。反之,如果没有酒鬼,就没有啤酒。如果我没喝得这么醉的话,就能告诉你为什么。"

沙利摇摇头："纽约州有不计其数的律师,而我到头来却找了个只有一条腿、信仰佛教的犹太酒鬼律师。"

"递给我一个鸡蛋!"维尔夫指着吧台上彼得面前的那个罐子说。

"别,"沙利说,"我受不了这个。"

彼得看上去已经睡着了,他拧开罐子,手伸进盐水,拿出一只鸡蛋。

"扔过来!"维尔夫说。

彼得把鸡蛋扔过来,维尔夫没有接住,鸡蛋越过他的肩膀,掉在了地上。

维尔夫看看自己空空的双手:"我要再来个鸡蛋。"

彼得又拿了一个鸡蛋,越过父亲,将鸡蛋递到维尔夫手里。"啊。"维尔夫说。

"那蠢货会收你两个鸡蛋的钱,赌多少?"沙利指着在吧台另一端的狄尼轻轻地说,狄尼一直都关注着这里,不过到目前为止,他还没有起身去修改维尔夫的记账板。

"哦,上帝,又来了,"维尔夫说,"你从来没见过这场面,是吧?"他问彼得。

沙利掏出所有的钱放在吧台上:"我有四十二美元,都赌上,就赌他会给你算两个鸡蛋的钱。"

维尔夫叹口气:"他为什么不能收我鸡蛋的钱呢?"

"你今晚在这里花了多少钱?"沙利问。

"一毛钱也没花。"

"你估计是多少?你昨天晚上花了多少?"

"我不记得了。"

"我记得,"沙利说,"超过四十美元,今晚会花得更多。"

"这些天我喝得比较多,"维尔夫指出,"陪我喝的人也多了。这是一个喝酒的团队。步调一致的团队。"

"又来了。"沙利轻声说着并推了推彼得,彼得差不多又要睡着了。

狄尼从吧凳上下来,走到吧台中间收银机边上放记账板的地方,他漫不经心地翻过来,在上面做了记号。

"嗨!"沙利大声喊道,把狄尼吓了一跳。

"该死,沙利,"这大个子男人面色愧色地说,"干吗?"

"把那板子拿过来一下。"沙利说。

"什么?"狄尼朝四周看看说道。

"我想看看你刚才在记账板上写了什么。"

"我又没记在你的账上,"狄尼说,"滚开。"

"我知道你没记在我的账上,拿过来,我想看看你写了什么。"

狄尼抓过板子走过来:"你知道吗,沙利?你是个混蛋。你父亲是个混蛋,你哥哥是个混蛋。你也是个混蛋。"

他把板子摔在沙利面前的吧台上说:"去蹲监狱吧,算是帮我们大家的忙了。"

沙利翻过记账板,看见这是他自己的,就扔回到狄尼面前。记账板受到气流的作用,直接像石头一样掉在了地上。"这不是你写的那个。"沙利说。

狄尼不满地嘟囔着,弯腰将它拾起来放回了吧台。"这是你的记账板,沙利。这是唯一和你有关系,能让你看的账。"

"我想知道你在他的账上写了什么,"沙利说着转向维尔夫,"和他说你想看你的账。"

"但是我不想看,"维尔夫说,"而且从来也没想过。"

"给他看他的账。"沙利说。

"滚开,沙利!"狄尼说着转身回到吧台的另一头。

沙利看着他离开的同时,隐约感觉到维尔夫拿出了一支笔,在纸巾上写着什么。"你为什么放任他欺负你?"沙利问。

维尔夫咧嘴笑了,递给他一张纸巾。沙利打开了它。"你为什么放任他欺负你?"上面写着。"告诉我,你不是巴斯最唠叨的人。"

"是啊,好吧,那又怎样?"沙利说,"你还是没有回答这问题啊。"

"我们回家吧,"维尔夫建议,"你儿子睡着了。"

他们转过身打量着彼得,他的头枕在吧台上。从他鼻子里呼出来的气,把吧台上凝结的水珠吹出一层层涟漪。

"孩子睡着的时候都很可爱,不是吗?"维尔夫说。

沙利轻轻推了推儿子,彼得醒来说了句:"好的。"

"轮到你买单了,"沙利说,"别装睡了。"

"上帝啊,"彼得说,"我们回家吧。"

"嗨,"沙利对吧台那边的狄尼喊着,"我们要结账了,把维尔夫的记账板拿来。"

"又开始了。"维尔夫说。

狄尼拿来了维尔夫的账单。沙利的已经在他面前了。他们没让彼得买单。当沙利伸手去拿维尔夫的记账板时,狄尼用一只大手啪的一声盖在上面。"那才是你的。"他指着沙利的账单说道。

"让我来告诉你,"沙利边说边把吧台上所有的钱都推到维尔夫面前。"我赌上面所有的,这贪婪的狗杂种收了你两个鸡蛋的钱。你吃的那个,和掉在地上的那个。"

维尔夫从狄尼手里拿过记账板,看了一眼,递给他三张二十美元。狄尼拿过钱和板子,返回收银机。"我们回家吧。"维尔夫说。

"不行,"沙利说,"那这样行不行?如果他没有收你两个鸡蛋的钱,我不只把这些钱都给你,我还吃下那个掉在地上的鸡蛋。"

狄尼拿着找给维尔夫的零钱回来了。他把维尔夫的记账板面朝上摔在沙利面前。"自己读读,哭去吧,你这个混蛋。"他指着上面最后一行说道,"我收了他一个鸡蛋的钱,"然后他指着地上的鸡蛋,"那是你的晚餐了。"

沙利仔细看着账单,他要确定他没有擦掉什么。然后他收起钱,把钱都塞到维尔夫的衬衫口袋里说:"完美的一天,完美的结局。"

维尔夫摇着头:"你怎么就是不撞南墙不回头呢?"

"我本来应该把我所有的东西都赌上。"沙利承认。

"你的确赌上了所有的东西。"维尔夫指出。

三人都从吧凳上下来,沙利过去捡起掉在地上的鸡蛋。"嗨,"他对狄尼说,狄尼此刻正咧嘴笑着,"我就知道,如果我来这里时间长了,就能免费得到点什么,你个贱人。"然后他吃下了鸡蛋,用最后的一口啤酒将它吞了下去。

"去牢里待着吧,沙利,"狄尼说,"那才是你应该待的地方。"

外面,风停了,夜空点缀着繁星。巴斯镇上的三个十字路口被节日的彩灯串在了一起。

"不知怎么搞的,感觉不太像要过圣诞节的样子。"沙利说。

维尔夫用那双斗鸡眼看着他,发现沙利一脸严肃,他爆发出一阵狂笑。彼得也在一旁偷笑着。当博蒂从酒吧出来,维尔夫让沙利重复了一遍刚才的话,沙利又说了一遍,维尔夫又大笑起来,不得不坐到路肩上。"就是为了像这样的时刻,我才和你喝酒。"他说。

沙利一点不觉得自己说的话有什么好笑的,他转向博蒂:"你知道的,对于一个被判了刑的人,满足他提出最后一个请求,是一个惯例。我的卡车就停在后面,你觉得我们去浪一把,怎么样?"

博蒂想了片刻,"好吧。"她说,但没有表现出多大的热情。

"难道你没有一点骄傲吗?"沙利反问。

"耍耍嘴皮子罢了,"她说,"我始终这么觉得。"

他们把维尔夫拉起来,博蒂搀扶着他向他的车走去。沙利和彼得慢慢往警局方向走去。当他们走到沃尔沃斯边上的巷子时,沙利说,"在这等我一会儿,"然后就消失在了黑暗之中,在黑暗里,彼得听见他呕吐的声音。过了一会儿,沙利回来了,他脸色苍白,情绪有些不稳定。"明天的事你都准备好了吗?"

"都准备好了。"彼得说着竖起大拇指表示他是认真的。很奇怪,这两个小时里,彼得始终表现得通情达理,他一贯嘲讽和冷漠都不见了，沙利认为这一点也不像彼得平时紧绷的那个样子。沙利觉得，也许是儿子醉了，又或许，他是中了巴斯镇最漂亮的女孩施的魔法。

他们慢腾腾地走着。

"狄尼有一点说对了，"沙利说，"你爷爷是个混蛋。"

"我不记得他了。"彼得承认。

"很好，"沙利告诉他，"我知道你也认为我是个混蛋，不过和他比我不算什么，真的不算什么。"

"不，你不算，"彼得同意他，"真的不算。"

"你准备怎么告诉威尔呢？"沙利问，这是整个晚上他一直在考虑的事情。在所有他拒绝沉溺的后悔事儿中，威尔是最重要的一件。

彼得明显对这个问题感到吃惊："你想让我告诉他什么呢？"

实际上，沙利自己也不知道。"我猜你该告诉他，他爷爷是个混蛋，告诉他这有家族遗传。"

"谢谢。"

"我没包括你。"沙利真诚地说。他一直觉得他那出车祸死掉的哥哥帕特里克，是多么像大吉姆啊。

"再次感谢。"彼得说。

"你真的打算新年之后还要在这里待下去吗？"

"我还不知道，"彼得说，"我想我会的。"

"不是每天都像今天这样。"沙利向他保证。

"不是吗？"

"不过你妈说得没错，你回大学会更好。"看彼得对此没做回应，沙利说，"你想听个搞笑的事情吗？其实，我喜欢大学。"这还是他第一次对人承认这件事。

彼得认真地看着他，很是吃惊。"不过你还是退学了。"

沙利耸耸肩："我可没说我属于那里，我只是说我喜欢那里。"

"你属于哪里，爸？"

他们走到了市政厅,沙利指着灯光下的警局大门说:"我猜就是这里,至少今晚是。"

"我会尽全力照看这些事的。"彼得认真地向他保证。

"好的,"沙利说,"很好。"

"你想不想让我和你一起进去?"

"不,我不想。"

"好吧。"彼得说。

让两人都感到惊讶的是,后来他们在台阶底下握了握手。"我会提前出来的。"沙利说,"祈祷下雪吧。"

两人都抬头望向晴朗的夜空,接着沙利一瘸一拐地走上市政厅的台阶。当沙利到了最上面的台阶进去后,他又走了出来喊道:"别忘了喂狗。"

彼得把拉斯普廷完全忘记了,狗大概还拴在博登街那栋房子的橱柜上吧。"做你这样的人也不轻松啊,是不是?"他回喊道。

沙利从侧面把手举到和肩膀一个高度,好像他要开嗓唱歌似的。"一开始不要对自己期待太高,"他建议道,"开始我也是什么都不会做呢。"

第三部分

星期四

黎明的第一缕曙光照在巴斯镇上,此刻十字路口两边的交通灯都闪着黄灯。当心。

小克莱福坐在停在北巴斯储蓄与信贷银行门外的林肯汽车里,三个大行李箱稳妥地安放在后备厢里,此刻他陷入了沉思。车所停的位置正好能让他从小小的长方形后视镜里看到两个黄灯闪烁的信号灯。当心!万一有人没看见前面一个,那么还有后面一个。有些词的意义始终都在变,可真滑稽。当心这个词是他在学校里就学到的,但是生活经验教会了他这个词的其他含义。比如,闪烁着的黄灯表示"你不必停车"或是"禁止加速"。这么多年来,每当他穿黄灯时,他一直都是把脚停在刹车和油门之间,他庆幸自己穿过的是黄灯而不是红灯。每当他驶过信号灯下面时,"你不必停车"这句话就会从他脑后什么地方弹射出来,那里存着人类理解的最深刻的真理,它们高度理性,不受质疑。大错特错。

黄色信号灯继续不间断地把"当心"的标识闪进小克莱福的后视镜里,此时它完全恢复了最初的含义。显然,这已经为时太晚了。现在他越来越明白,生活最真实的意义,都是童年时就懂的道理——生活是怎么运转的,它该是什么模样的。现在的我们,有小时候理解的那么深刻吗?成年人的生活就是一场徒劳无用的尝试,就要证明我们对自己和对这个世界最深刻的认识都是错的,是站不住脚的,除此之外,还有别的什么意义呢?嗯,也许有吧,小克莱福承认。从认识论角度来看,没必要扯这么远。痛惜逝去的纯真,怀疑是不是真的三岁看到老,想这些都没什么用。他已经不再是曾经的那个小男孩了,那时他和父亲一起参观国会大厦,他们停在繁忙的十字路口,老克莱福给他讲解交通信号灯的作用。他现在是面前这家金融机构的执行总裁。至少他所处的这个机构的大楼是由坚固的花岗岩建成的,能抵御邪风的侵袭,那邪风在空寂的主街上肆意地吹着,所到之处留下的尽是孤寂与幽魂,尽管他没有铜墙铁壁,至少也不会像下主街DQ冰激凌店的汉堡包装纸那样任其摆布。

说邪风,邪风就到。装载着大捆《斯凯勒温泉前哨报》的面包车停在了他的车后,然后又在空旷的街上来了个三点调头,把车倒进了瑞克苏尔药房门前的车道上。接着司机下了车,打开面包车的后门,往昏暗的大门里扔了一捆《前哨报》。小克莱福旁边的座位上已经躺着一份《前哨报》,凌晨四点半,他开车从居住的高尔夫别墅出发去了趟斯凯勒温泉,就为了买一份报纸。对他来说,报纸上没有什么新鲜事。昨天下午晚些时候,他就接到了佛罗里达打来的一通电话,所以他当然已经知道乐园项目的承建公司在最后一分钟撤走了,他们拒绝履行合约,最终选择在缅因州波特兰附近建这个主题公园。《前哨报》报道了他们最终做出这个决定的理由。北巴斯和州际高速公路之间的那块土地,对于当地居民来说面积很大,但对开发者来说才只是刚刚够用,如果他们只满足于现状而不打算日后扩充的话,这块地刚刚好。这块地本就是沼泽地,这倒没有像很多人害怕的那样成为障碍。迪士尼乐园不就是由沼泽地开发而来的吗?但是如果你想把乐园扩大一倍,总不能凭空造出沼泽地来,日后再去填埋吧。扩充就是这场游戏的名称。此外,缅因州的税收结构和规定也更有助于乐园的发展,而且考虑到这个主题乐园基本上会在夏天举办活动,缅因州的人口构成和气候,也使得往那里投资变得更合乎情理。人们去缅因州也的确有其他的理由,比如那里有大海,还有L.L.Bean连锁店[1],如果他们在巴斯建主题乐园

---

[1] 美国著名户外用品品牌,创始于1912年。

的话，就必须找到一个合适的理由。

《前哨报》在头版发了一篇社论，抨击了开发商出尔反尔的理由。正常来说，《前哨报》不会同情它弱小邻居的苦难，但这次不同。"终极逃亡"主题乐园会对整个地区的经济带来好处，不只是巴斯，宽宏大量的报社编辑得出了一个明显的结论：不只是他们的邻居，而是整个地区都被人耍了，而且是无缘无故地被耍了。他们指出，主题乐园的选址面积并不比原先谈判时的小，开发商现在所抱怨的税收结构和缺乏投资理由等问题，以前也没有被当作问题提出来过。地点没有变过，气候也没有变过，而不远处就有一个拥有赛马跑道、温泉、夏季系列音乐会的度假胜地。撤资的真正原因是什么？《前哨报》的社论意味深长地问道，甚至暗示也许缅因州贿赂了投资方。文章还表示，这个决定和这份报纸之前宣传的墓地纠纷没有任何关系。不，这里面一定还有别的什么事情。

小克莱福知道真正的原因，因为他问过承建公司的D.C.柯林斯同样的问题，昨天下午柯林斯从得克萨斯州以个人名义打来电话，特地为这个决定向他表达歉意。"我知道你们的人有多努力，"柯林斯承认，"你做了我们要求的所有事情。"此外，他本来不想再解释什么，如果不是小克莱福这么低声下气地求他，他不会过多地解释，他都不愿多费口舌透露他个人的挫败感。"那么好吧，"柯林斯最后同意了，"如果你真想知道为什么，那我就告诉你吧。不过就我俩之间说说，如果有必要的话，日后我会否认的。事情是这样的，独家消息啊，这个决定是我做的，让我来告诉你这是为什么。我们是打算投资大约九千万美元吧，这可是不小的一笔数目呢，克莱福。不只是钱的问题，还有时间和物力的投入，还不止这些。我们最终建起这狗娘养的玩意儿后，还需要雇用一大批人来工作。我们必须这么做，因为我们可受不了别人的恶意。我们需要一个支持我们的环境，这正是我不想你误解我的地方，我知道你们的人非常配合，我现在说的是……用什么词好呢……气氛。是这样的，你那里的人的样子太可笑了，见鬼，克莱福，没有冒犯你的意思，可他们真是长相滑稽。"

柯林斯停顿了片刻，好让克莱福充分理解话里的意思。"说实话，你们那里乡村风貌的确漂亮，尤其是那些树，太美了。但是那一带的人好像看着就是生活在树林里一样，这就是残酷的现实。我们需要完全不一样的气氛，我们需要看着更像缅因州南部那样的人，最好是麻省那样的。"所以这就是结论。巴斯镇的人长得滑稽。

就在这时，一辆吵人的垃圾车轰隆隆地从迪威臣街拐到了主街上，车身上写着"斯奎尔斯垃圾清运"的字样，很明显，他们是把黄色交通信号灯解释为"你不必停车"。三个个头不高、身体健壮的男人像苍蝇一样紧紧地扒在卡车车身上。他们穿着脏兮兮的牛仔裤，上身是连帽海军蓝卫衣和厚厚的橙色格子外套。其中一个，小克莱福认出是经常跟在沙利身后的那个人，他在卡车车身上没有站稳（另外两个人站的位置似乎更安全，车尾部的保险杠那里有个稍宽点的平台可供站立），不得不用两手抓着一个金属吊环悬在半空，他穿着靴子的两只脚疯狂地在卡车车身上寻找立足点，还没等他找到，垃圾车就突然停在了小克莱福的林肯大陆后面，一脸郁闷的罗布·斯奎尔斯松开了手，跳到了人行道上，他正好踩在一块结冰的路面上，一屁股摔在了地上。和他一起的另外两人下车的动作比他优雅多了，两人相视一笑，其中一人向开车的司机竖起了大拇指，司机从副驾驶这边的侧视镜看着，也咧嘴笑了。罗布从地上爬起来，什么话也没说，另外两人想知道他是不是摔到了，但他没理会，自己去搬瑞克苏尔药房门口的垃圾桶，那只垃圾桶边上就躺着那捆报纸。另外那两人则去搬其他垃圾桶了。

小克莱福观察着这些人，尤其是沙利的朋友罗布。嗯，他承认，"这一带的人"的确长得很滑稽。这些清运垃圾的人，这些斯奎尔斯们，全都算上，看起来就像是一场失败的基因实验——圆圆的肩膀，没有腰身，没有脖子，从他们笨笨的走路姿势看，几乎没有膝盖。当站在车尾的一个斯奎尔斯搬着一只垃圾桶返回，停下来摘下帽子挠头时，小克莱福注意到他头顶上的头发和他脸上的胡茬差不多长。小克莱福突然顿悟了，D.C. 柯林斯曾来过巴斯两次，也一定看到过这同样的景象。柯林斯来的时候，小克莱福还曾努力一手策划对方的行程，他给他介绍的都是些巴斯受过良好教育、更成功的生意人，之后他就急急忙忙地带他去斯凯勒温泉更好的饭馆吃饭了，他如往常一样利用起斯凯勒温泉临近巴斯的这个优势，并把这个优势当作他招商引资的工具。但是有那么一两次，柯林斯不太好把控了，有天早上当小克莱福来到柯林斯在斯凯勒温泉下榻的酒店时，他发现这家伙已经租了辆车去了巴斯镇。那么多地方，小克莱福偏偏就在海蒂之家找到了他。现在，他想象着柯林斯从他租的车里下来，恰好看见斯奎尔斯的垃圾车左摇右晃地疾驶过街角，留着胡茬五花八门的斯奎尔斯们像蟑螂一样执拗地扒在车身上。上帝啊。

沙利的那个斯奎尔斯，也许是这家族里长相最滑稽的一个。他脸色阴沉，带着愤恨和抱怨，从瑞克苏尔药房门口生气地抓着垃圾桶，向卡车走去。他抓着重重的垃圾桶的把手，把垃圾桶顶在胯部，好让桶的底部离开地面一点，当他经过小克莱福的轿车时，克莱福听见垃圾桶的下面蹭到了他的林肯大陆的侧面。年轻人这才抬头，满脸吃惊的表情，好像他才发现有辆轿车神奇地出现在了自己正在行走的路上。他发现车上居然有人，就更吃惊了。很明显，垃圾车的司机也看到了这场事故，当小克莱福从车上下来关上自己的车门时，他听到卡车的车门也生气地关上了，他看见第四个斯奎尔斯，这群人里个头最矮的一个，跑了过来。四个斯奎尔斯都聚集在了林肯大陆轿车的车尾，查看罗布刚才蹭到的地方。斯奎尔斯男孩们这么站在一起，像极了人的四个指头。"看你干了些什么。"司机瞪着那道划痕说，确切地说，是车漆上的一道划痕。

罗布叹了口气："我真希望刚才有注意到你。"

"他妈的!这该死的街上就这么一辆车,你还就撞上去了?"司机说。

另外两个斯奎尔斯满怀期待地看着小克莱福。

"真是万分抱歉,皮尔普斯先生。"司机说,这让克莱福很是惊讶,他才想起以前见过此人一面——曾经拒绝给他贷款购买现在这辆垃圾车的人。"我们会赔偿您的,我向您保证。"

突然,小克莱福为自己没有贷款给斯奎尔斯家而感到内疚,他想起来这个人是怎么穿戴着不合身的西装来求他的。"那么,该死的,"小克莱福像和朋友开玩笑一样冒险说了句脏话,"我想,事情发都发生了。"

"只是在有些人身上发生得更频繁,"这个斯奎尔斯家的人看着罗布说,"非常感谢您的宽宏大量,皮尔普斯先生,您去修车,然后把账单寄给我就行,如果我们自己解决这事,不把保险公司的人牵扯进来,我就感激不尽了。"

"那些败类,对我们没啥用。"另一个斯奎尔斯家的人大着胆子说道,就是那个摘下帽子挠头的人,感到他们之间关系这么好,他很明显受到了鼓舞。

"我很想把他们都毙了,看着他们死掉。"另一个还没开口说过话的人说。

"你们这些家伙没事干了吗?"领头的这个斯奎尔斯说,他明显是把自己当作了公司的管理层。

嗯,的确有很多事要干,所以他们走了,走的时候他们狠狠拍了拍罗布,最后只留下这个他们的头儿和小克莱福两个人,两个辛苦的生意人。斯奎尔斯蹲到车前,用食指轻轻滑过那道划痕。"我们会解决的,皮尔普斯先生,"他又说,"您可以信任我。"

"我知道我能信任你。"小克莱福说着感觉胸腔里涌上来一股奇怪而又温暖的信任感,还有一点恶心的感觉,也许是离那辆垃圾车太近了吧。

"您就告诉我费用,我立马就赶到,您都不需要说第二遍。"

"这样很好。"小克莱福同意道。

那么除了再看一遍那道划痕也无事可做了,好像这样就承认了划痕的严重性,还承认了因为这场事故而产生的信任感。"你的生意怎么样了?"当两人之间的沉默和善意变得让人难以忍受时,小克莱福决定问一问。

"还不错。"斯奎尔斯说,接着又加了一句颇有哲学意味的话,"总会有垃圾的,不管是什么垃圾,人都不喜欢把垃圾堆得高高的,除非是在纽约这样的地方。我想我们不会破产的,到现在我们都还没破产。"

"我很高兴听你这么说。"小克莱福说,感觉被他拒绝的贷款申请盘旋在他俩之间清冽的空气中,触手可及。两个人似乎都在想办法表达对对方并没有恶意。

"那么,我想他们不会在这里建那个乐园了,是吗?"长时间的沉默后,斯奎尔斯问。他似乎颇为享受能和一位银行家进行这种严肃的对话,他不停地望向空旷的大街,似乎希望有人看到他这副派头。

"不会了,"小克莱福同意道,"我想是不会了。"

"嗯,那就让他们见鬼去吧!"斯奎尔斯说,"以前没他们,我们不也过得挺好的嘛,我想我们以后还是能过好的。"

"我想我们会的。"克莱福同意。

"不过还是太糟了,"斯奎尔斯又说,"我本来想这里的垃圾能翻三倍呢。"

然后他们握了握手,小克莱福惊讶地发现,斯奎尔斯的手脱下手套后,看着很干净,摸上去也是。

等斯奎尔斯们走了以后,小克莱福又回到林肯轿车里,从车位上倒车出来,开到昨天消息传来之前才挂上去的条幅下面。条幅传递的是那种典型的刺激巴斯经济的信息,这正是小克莱福所提倡的,那时候他还信奉黄色信号灯就意味着"你不必停车"呢。不过,今天这条幅的意思看着和昨天不太一样了,上面写的是:1985年,我们余生的第一个年头。

小克莱福沿着主街向南开,经过了就要倒闭的 IGA 超市,然后重新开的公路支线出了城,从那里他将驶上州际高速公路,向北开往斯凯勒温泉。他绕了条远路,但至少不必经过母亲的住所。一方面,他要面对"终极逃亡"项目的失败,这无论是从概念还是到设计和执行,都是一个大项目;另一方面,他意识到连让沙利搬出母亲的房子那么点儿大的私事,他都办不到。的确,沙利答应了在新年的第一天就搬出去,但是他现在进了监狱,这就意味着新年第一天搬走是不可能的了。小克莱福意识到,沙利永远也不会消失了,不会真的消失。他曾不仅是想让沙利搬离母亲的房子,而且想要让沙利再也受不到母亲的关爱,离开她的保护圈,那样沙利就能最终完成自我毁灭这项任务了,这任务老早就已经开始了,已经拖得太久了。小克莱福简直难以理解,为什么沙利至今还没有自我毁灭。毕竟,他不仅对闪烁的黄灯置之不理,就连要严格执行的红灯,他也不予理睬。也许道理就在这里。如果你要不计后果地活着,那就要严格遵循这一法则。

一大清早,小克莱福就突然有了冲动。他的左边就是引发争执的那块墓地,再过去就是那一大片本来要用于"终极逃亡"项目的地块——两块地现在都变成了墓地。小克莱福努力想象着这块泥泞的沼泽地被清理干净,填埋上,铺设好地面,远处是巨型的过山车和摩天轮,还有天蓝色的螺旋式水上滑梯,这色彩亮丽的景观将勾起人们对朱迪·嘉兰饰演的《绿野仙踪》的回忆。几天前,他的脑子里还全都是这些画面,但现在在这片土地看着就是一片顽固的沼泽地。这一刻,这片土地看着就像是要重新收回自己天生就是沼泽地的权力似的。虽然工程师向他保证过,这片地完全可以填埋好作为地基,但他现在不再确定这么做是明智之举了。再过二十年,大型停车场的地面就会开始变得高低不平，然后地面开裂，散发出尘封已久的沼泽气的恶臭。杂草会从裂缝中钻出来，它们生长的速度会比喷药的速度快得多。人们会发现摩天轮在以每年一英寸的速度下沉。其实，整个乐园都会慢慢下沉，州观察员会被叫来，他们会若有所思地挠着头皮，告知镇里的官员这整个区域过去是一块沼泽，现在地下深处依然还有沼泽。

当小克莱福到达卡尔·罗巴克用政府住房补助，在乐园旁边建民宿的那一小块土地时，他把车停在了石子路上，审视着这些只建了一半还没有装修的三房式民宿。他想，这就是巴斯级别的小型投资，算是非常次要的金融风险。从想象力方面看，这要比斯奎尔斯的垃圾清运公司高明一点。现在很多依赖这个主题乐园而设计的小企业都将面临严重的问题。他听说卡尔·罗巴克建这些房子不是为了未来出售，而是为了获得政府补贴。如果这是真的，这些房子连正经的审查都不会通过。当然了，他花些钱就可以得到对他有利的审查结果，就像克莱福成功地为乐园的这块沼泽地赢得了较高的估价一样，而这块地现在又变得毫无价值了，这颇让投资者惊讶。小克莱福禁不住笑了，他长期以来都想成为巴斯镇最重要的人物，像他父亲一样，让每个人都认识他。没错，再过一个星期——也许再过几天——他就会出名了。

小克莱福坐在车里，任由汽车引擎转着，他能看见汽车尾气从林肯大陆轿车的排气管滚滚地冒出来。他母亲又一次说对了。总归会有不好的地段。还有，根据她的预测，他已经从这个投资中发现了真理，这真理既适用于他个人，也适用于他的职业。他在哪儿出错了呢？在得克萨斯州和亚利桑那州，他学到了什么叫信念，以及土地的概念。D.C. 柯林斯几年前就给他解释过这两点，他带着他来到沙漠中央，那里除了石头、沙子、仙人掌和阳光，别的什么也没有。再就是一块写着银湖住宅区的户外广告牌。"看见那片湖了吗？"柯林斯指向空无一物的地方问道。小克莱福并没看见什么湖，就如实告知了。"你错了，"柯林斯解释道，"它就在那里，因为人们相信它会出现在那里，如果有足够多的人相信这里会出现一片湖，那就会有一片湖，无论如何都会建出一个来的，看看这片土地。"他大手一挥，把整个沙漠揽入怀中，从他们现在脚下站着的地方一直延伸到加利福尼亚州。"你首先注意到了什么？"还没等小克莱福张口说话，柯林斯就回答了。"没有水。一滴水都没有。那么这些城市是怎么不断发展的呢？达拉斯，菲尼克斯，图森。这是因为人们相信这里会有水的。他们没错。如果不断发展，要是有必要，他们还会从南极引水过来呢。相信我，两年后你再来这里，那时候你就会看到可爱的小湖了，它将是你见过的最漂亮的湖。就在那里，中间是一个喷泉，向空中射去的水柱可达五十英尺呢。唯一能阻止这件事的，就是要看投资者中会不会有一半的人信心不足。如果发生这种事，那么这里的水连毒蜥一家都保证不了呢。我们这里谈的是信心，克莱福，相信那块广告牌，因为它就是未来，这一点千真万确，否则我们都得完蛋。"

小克莱福学到了这一点，相信了那块广告牌。他做的第一件事就是立一块他自己的广告牌，宣告他对未来的信心，他觉得柯林斯是对的，而他小克莱福就是把这个信息带回家的那个人。在他眼里，巴斯的问题在于，人们缺乏自信，胆小怕事，眼界狭隘。两百年前，巴斯的居民就不相信杰迪戴亚·哈尔西的无忧宫，不相信他能在荒野之中建成拥有三百个客房的大饭店，想象一下吧，嘲笑一个对未来充满信心的人，怪不得上帝会让这些温泉都干涸了呢。

从小克莱福现在坐的这个位置，也就是进入卡尔·罗巴克工地的入口这里，他能看见远处高速公路另一侧的那个魔鬼模样的小丑广告牌。几个月前他偷听到两名银行雇员的谈话，两人都觉得这小丑的样子和小克莱福长得实在太像了。毫无疑问，他们不久就会把这个项目的失败归结于小克莱福的愚蠢。他调整了一下汽车的后视镜，看着自己的模样，检查着自己"堕落之后"的容貌，看看是否能看出二者的相似性。他认为并没有多少相似性可言。实际上，他长得像父亲，对这点他一直深感欣慰。然而，想象着他还是小孩子时老克莱福的模样，他突然想到，他父亲的头只能用尖来形容，所以他总戴个棒球帽，如果贝丽尔小姐不反对的话，就是在屋子里他也不摘下来。老克莱似乎明白，如果他摘下帽子，他那剪得端庄正统的小平头，再加上那两只大大的招风耳，那样子，嘿，的确看着挺滑稽的。

小克莱福重新调整了后视镜，看着从林肯大陆的排气管排出来的尾气，他整个早上都在竭力驱赶自己的恐惧，这恐惧远远超过小时候被家附近的一帮小混混打过后的恐惧。他突然意识到，如果他这会儿是坐在一间封闭的车库里，这样做就足以让他送命。不过现在，一团团的蓝色烟雾正有惊无险地，或者说是无声无息地，扩散到这广阔的天地间，融入空气、土壤，以及江河湖泊之中。

如果沙利是那种沉迷于悔恨的人的话，那么他会后悔在进监狱之前没有把衣服都洗了。袜子可能是主要的问题，或者更确切地说，家里没有一双袜子是干净的，脏袜子倒是堆积如山。想起卡尔·罗巴克的五斗橱里摆满了袜子和内衣，足有一个月的量，他的心中酸溜溜的，似有针扎似的，嫉妒得心痛。"我们得在男装店稍做停留。"他对维尔夫喊道，沙利刚才去洗澡的时候，维尔夫看着电视躺在沙发上睡着了。

"什么？"

沙利光脚穿上皮鞋："我必须要去买些袜子。"

维尔夫沉默片刻才弄明白他的意思。"蹲监狱的人怎么会没袜子呢？"

"这简单啊，"沙利在门口解释，"我进去前就没穿袜子，我这身打扮可还行？"

不仅没有干净袜子可穿,他还找不到和西装配套的裤子,如果他是个喜欢打赌的人,实际上确实是,他就会赌那条裤子应该还在干洗店里,上次他送去干洗之后,就一直放在那里,什么时候送去的呢?他送去干洗店的衣物,常常是要等到下一次要穿的时候才去取。

"真帅,"维尔夫漠然地说道,"我才不管穿不穿袜子,你别穿得太过就行。"

"这话的确像是从只有一只脚挨冻的人说出口的,"沙利说,"我们走吧。"

维尔夫站起来,看着摆放在宽敞起居室的电视机说道:"你需要给它配个遥控器。"

沙利环顾了一下房间,快速地列了一个清单,他需要很多东西,电视遥控器不能算在内。他们一进门,他就感到这公寓今天有点不一样,现在这感觉依然存在。东西没少,从目前的情况来看,东西也没放错位置,可不管怎样,这公寓就是感觉不一样了。可能是房间的空气发生了变化,他断定,是小克莱福未经允许擅自进入他的房间后,他察觉到的变化,只不过须后水的气味,他一下就能识别出,但现在的所有不同。现在这种气味则稍带一点甜味,他不太能判断出来。他最后得出结论,这像是年轻人的气味。

或许他闻到的只是自己不在家的气味,卧室的衣橱里有一个星期没堆放难闻的工作服了,这让他想起还有两天,也就是新年的第一天,他就要永远地搬离这间公寓了。"我要看的公寓在什么地方?"他问维尔夫。

"在云杉街上,"维尔夫说,"一个月两百五十美元。"

"一间卧室?"

"两间。"

"我真的不需要两间。"沙利边说边在西装外面套上了派克大衣,派克大衣的下摆比西装的下摆短了大约八英寸。

"上帝啊,"维尔夫说,"你没厚大衣吗?"

"我要厚大衣干吗用呢?"沙利说,"一个月两百五十美元,比我这儿的租金贵啊。"

"你可以待在监狱里别出来,"维尔夫建议他,"这样就解决你的住房问题了,一旦有婚礼和葬礼,我就把你弄出来。"

"实际上,我在里面挣得更多呢,"沙利说。关押六天,他分别跟三名警察玩了克里比奇纸牌,赢了两百多美元。

两人一起慢慢从前面的楼梯走下来,沙利一瘸一拐的,嘴巴里还哼哼唧唧的,维尔夫则脚步沉重,喘着粗气。"我希望其他人的腿都利索。"维尔夫走到最后一格时说。

说实话,为海蒂扶棺的并不是一群健步如飞、身形健硕的人。除了维尔夫和沙利,还有卡尔·罗巴克,他的病例本上刚记载了他做心脏搭桥手术的记录;乔可,他的膝盖毁于中学时打橄榄球,他换过两次膝盖,有时候能清晰地听见膝盖咔嚓咔嚓的响声;还有奥蒂斯,总是醉醺醺地进出汽车。谢天谢地,还有彼得。这么短的时间,要再做得好一些,就只能招纳一些女性了。老海蒂的棺材在露丝、托比·罗巴克、卡斯,还有博蒂手里,也许还能更稳当呢。实际上在巴斯镇,会由同一群人扶棺的,沙利只想到两个,一个是他的房东太太,一个就是他们正在抬的老海蒂了。但是依据风俗,这种情况下,需要有六个男人扶棺,他们身体如何却不是重点。

想到房东太太,沙利决定去看看贝丽尔小姐,自从发现她全身是血的那个早上,他就再也没有见过她。彼得来看过她几次,说她平安无事。"你认识我的房东太太吗?"他问维尔夫。

"我是她的律师。"维尔夫说。

"不会吧?"

"我总需要一些能付钱的客户,来补偿我的公益劳动吧。"

"你是指我吧?"

"不,"维尔夫说,"为你打官司是我愚蠢,我就是为了寻开心才为你服务的。"

沙利没理会他说的,他敲了敲贝丽尔小姐的门,几乎在敲门的同时就推开了房门,他喊道:"你还活着吗,老太太?"

贝丽尔小姐不仅还活着,而且已经穿戴整齐准备去参加葬礼了。其实,她已经戴上了帽子。"我以为你还在拘留所里呢。"她说。

沙利走进屋,维尔夫不太情愿地跟着他进来,他不习惯没有受到邀请就闯进一位老妇人的居所。

"我有个好律师,"沙利解释说,"他能把我弄出来参加葬礼。"

"只能参加他需要承担责任的人的葬礼,"维尔夫纠正他,这话是指老海蒂的非正常死亡。沙利对这事儿还是将信将疑,他分别听了彼得、维尔夫,还有卡尔·罗巴克三个人的描述,三人的版本因不同的性格而有不同的语气(彼得依然是那种超然物外的语气,维尔夫则是充满感情和歉意,卡尔却是笑抽了的语气),然而三人所述的事实倒是一致的,所以沙利猜想,不管有多不可能,这一定是真的。在沙利看来,彼得还不具备如此想象力能编出这么个谎言来骗他;而维尔夫太善良,至于卡尔嘛,他只顾自己。

事情是这样的。自从沙利想出把那台旧收银机放到海蒂座位前这招儿后,老太太倒是心满意足了,她每天疯狂地按着按键,每当有客人经过她的座位离开餐馆时,她都随手按下总计键。过去这些年来,那些从没对门口座位里这位瘦瘦小小、又聋又瞎、长相却依然恶毒的老太太有兴趣的人,如今都会在出门的时候停下来,苦口婆心地和她争论从收银机的窗口弹出来的价格,前前后后弹出来的数字都挤在了一起。奥蒂斯·威尔森就是其中之一。他也许是想要向老太太表示,自己并没有因为她曾拿盐瓶子砸他的耳朵而生她的气。出事的那天早上,老海蒂从座位上慢慢地往下滑,看着好像要滑到桌子下面,要摔倒地板上了。除了她女儿——她一般太忙,顾不上——沙利是唯一在他出门的时候,会抓起老太太的肩膀，把她扶正的人。当然了，奥蒂斯不会有胆子去碰老太太，他觉得她太危险，不过他倒是愿意和围观的人玩闹一番，他大声地嚷嚷，拒绝为一杯咖啡支付二十二块五毛钱。"付钱！"老太太如大家所料的那样发出咯咯的声音，她扭动着身子向前倾着，挣扎着想要坐起来，就在此时，奥蒂斯击中了老式收银机的总计键，这个键按下去，平时总会清除收银机窗口里堆积的数字。但这一次，因为无法解释的原因，那个已经很久打不开的收银抽屉，在受到长期的压抑后，突然反弹向前射了出去，正中那可怜的老妇人的额头中心。她就这么死了，一击即倒，连挣扎的时间都没有，而她的人还直挺挺地坐在那里。

贝丽尔小姐走到折叠桌旁，拿出一个能装法律文书大小的信封，递给了维尔夫。"既然你在这儿……我授权你继续进行我们讨论过的那两件事。"

维尔夫接过信封，沙利觉得他有点勉强，"你确定了吗，皮尔普斯太太？"

沙利朝两人皱皱眉头，又是一个谜团。自他从监狱里出来，他越来越觉得不适应了。不就是在巴斯监狱里待了几天嘛，他做梦都没想到自己已经这么落伍了。难道整个镇子在他不在的时候都疯了吗？

"至于这栋房子，现在是时候了，亚伯拉罕，"她说着，并没有完全在回答他的问题。"只有固执又自私的老讨厌鬼，才会像我一样一直拖着。"她看着沙利，点了点头。"老海蒂还活着的时候，总是试图要逃出牢笼，我知道那时候我还不是这镇子里最怪的老太太。现在她也走了，我也许就变成了这里最怪的怪人了吧，所以我决定在我变成要你们用网来捕捉的对象之前，就把该办的事情办掉。"

维尔夫把信封放进了口袋里。"如果你下个月改变了主意，就不能撤回了，这你明白吗？"

贝丽尔小姐谨慎的目光跟着信封落在了律师的口袋上,看着像是已经改变主意了。"不会的,"她向他保证道,"如果我要去见老克莱福,我那天上的明星"——她这时指着壁炉上过世丈夫的照片——"在不久的将来,我需要把事情料理好。他最近一直都在批评我呢。"

"嗯,"沙利说,"如果你听见说话声,那就不远了。"

贝丽尔小姐通常都挺喜欢沙利这种尖刻的幽默的,此时却做出一副只有当他做了坏事时她才有的表情。"唐纳德,"她说,"你我认识的年头太长了,我都不屑于计算了,可以允许我给你个忠告吗?"

"悉听尊便,皮尔普斯太太。"沙利说。其实他一直都在想,她什么时候能有时间严厉地批评一下他最近所干的这些个错事。无疑,拳打警察,在节日被扔进监狱,这些都会让贝丽尔小姐认为这不是他这个年龄的人能干出的事情,就不是个已经有了儿子、孙子,以及肩负一大堆他没能躲开的、属于成年人的责任的人该干的事情。他什么时候能长大啊?因为贝丽尔小姐是唯一一被他允许向他说教的人,他深深吸了口气,准备吃下他该吃的药。

"如果我无视这件事,我会感到很开心的,"一种不祥的征兆,她用严厉的眼神盯着他,"但是我无法对此置之不理。尽管我尽我所能避免指出你的缺点,但我不得不说,你今天早上没穿袜子,看着实在太滑稽了。"

沙利低头看了看鞋和裸露的脚踝。"这是我们下一个目的地。"他保证道。

"嗯,我是这么想的,"她说,"如果你离开这间房间的时候,能反思我的话,也反思你自己,我会很欣慰的。我猜,有些时候,"她又郑重其事地加了一句,"你会忘记。"

沙利意识到,这就是对他的说教。"如果我忘了,请原谅,皮尔普斯太太,"他说,因为他真心感到抱歉,"我从来都不是故意让你丢脸的。"

"这可是真的,"维尔夫插话进来,"大多数时候,他都是让自己丢脸。"

"嗯,没有人是一座孤岛,"贝丽尔小姐提醒他俩,"你们记得是谁说的吗?"

沙利点点头说:"是您。"每当房东太太开始抛出名言名句时,这是他标准的反应,"您整个八年级都在说。"

贝丽尔小姐转向维尔夫。"想想我都怕,亚伯拉罕,塑造这个生命,也有我一份呢,不知上帝会说些什么?"

"他会责备你的,这才像他的本性嘛。"沙利同意。在他的生活经验中,人们会因为没有做过的事情而遭到谴责,这种事情在他身上发生的次数太多了,慢慢地,他都开始认为这就是种天意。其结果是,某些真正犯了罪的人,却被忽略了。比如他父亲大吉姆,他令那个男孩子的下颌被铁刺刺穿,却从没被起诉过。他这一生浑浑噩噩,花天酒地,对家人施暴,却未曾受到任何惩罚。他死的时候不愁吃不愁穿,可以说是无忧无虑,还能愉快地偷摸几下护士的屁股,这些护士可都觉得大吉姆勇敢得很呢。沙利只能得出这样的结论:人性中有什么东西,一方面在想方设法地无视或宽宥昭然若揭的罪责,但同时它又在想方设法地跟自己最没关系的事情上建立起联系,让其承担起某种责任。

这些原则适用于别人,当然也适用于他。他的确犯了许多错误,也受到了许多应有的谴责,但他内心的想法觉得是别人弄错了。他的确不是薇拉的好丈夫,薇拉的那些牢骚也都合情合理,但她总是不可思议地把火发在他没做过的事情上。露丝也是一样的,她还想让他对杰妮负责呢。另外,他做过的那些错误至极的事,却不断地在给他回报。他烧了肯尼·罗巴克的房子,却得到了不尽的感激。他对自己的儿子不闻不问,结果却让薇拉和拉尔夫成功地把他培养成了一名学者。他开始意识到,如果再这么下去,当下的状态最终会遭到瓦解。虽然他在有目击证人的情况下打了警察,但他能感觉到,他终归不会被定罪的。作为交换,大家会一致同意,他沙利该对海蒂的死负责。

不,在沙利看来,这个世界鲜有什么可以鼓舞人们相信正义的事情。基督徒的传统观念认为这个世界的所有不公平,都会在下一个世界得到改正,但是沙利对此有所怀疑。他所认识的这个乖张任性的世界难道不更像是它本源的真实反映吗?如果大吉姆·沙利文此刻正舒舒服服地坐在那位牧师的右手边,从天堂向下张望,朝他咧嘴笑,怎么办?这会让很多人吃惊的,唯独沙利不会。

"听着,告诉大银行,我会尽快搬出楼上的公寓,我的律师说了,我最快明天就能出来,即便大家都知道他总出差错。"

"把克莱福交给我吧,"然后她又对维尔夫说,"就是可别让他揍法官啊。"

"你要不要坐我们的车?"

"不了,我和格鲁伯太太一起去。"贝丽尔小姐告诉他们。

"爱丽丝认识海蒂?"

"据我所知,她并不认识,"她承认道,"她就是喜欢凑热闹,哪儿都少不了她。"

走到了外面的门廊上,沙利注意到贝丽尔小姐交给维尔夫的那只信封从他的大衣口袋里露出一个角来。"她最终还是签字把房子给了克莱福?"他问。

"这不关你的事。"维尔夫说。这回答没在意料之外。他说着把信封往里塞了塞。

"你这样子就是个鬼头鬼脑的混蛋,你知道吗?"

维尔夫耸了耸肩:"你听过什么叫保守机密吗?"

"我认识你这么多年,今天我才发现你居然叫亚伯拉罕。"

"你不知道吗?"维尔夫说,"这名字就写在我办公室的门上啊。"

"你还有间办公室?"

"沙利,沙利,沙利。"

维尔夫戴上手套,抓住了门廊的扶手,扶手的底部摇摇晃晃的,是卡尔·罗巴克那贱人卸下了螺丝。沙利默默地记下,等他一出狱就要修好这个扶手,以免贝丽尔小姐因此丧命,否则的话,他就要对两位老妇人的死负责了。

殡仪馆里播放的管风琴音乐,隐约带着点宗教的意味,音乐控制在一定的音量,似乎对沙利来说这音乐就是为了把人弄得心烦意乱的。音乐声在小小的卫生间里显得稍微响了些,他在里面换好裤子,穿上在男装店里买的袜子。卫生间只有一个壁橱那么大,让他缩手缩脚的,里面只有一个坐便器、一个小小的洗手池,外加一面有些变形的镜子。上面的一个角落挂着个小小的扩音器,管风琴音乐是从那里出来的。当沙利坐在马桶上的时候,他的膝盖几乎碰到了关上的厕所门,这只不听话的膝盖,好像在监狱的时候越来越糟了,所以他不得不慢慢地换裤子、穿袜子,这成了个难以应付的痛苦差事。他进来的时候,忘记给卫生间的门上锁了,门打开的时候,他只穿着内裤正满头大汗地坐在坐便器上,穿着另一只袜子。

"天呐,"乔可的脸一下涨得通红,他又迅速地关上门,然后声音从门外传来,"难道没人告诉过你不需要把裤子全脱掉就可以小便吗?"

"别走,"沙利对着门说,"我有话和你说。"

沙利穿上另一只袜子,又套上和西装配套的裤子。巴斯镇上只有两家干洗店,其中一家就在他买袜子的男装店隔壁,所以他让维尔夫停车,去碰碰运气。"就是这条,就在那儿没错。"沙利指着裤子说。当挂有裤子的传送链条嘎吱嘎吱地滑过来时,沙利一眼就从第一批传送过来的裤子中认出了自己那条。

"简直难以相信。"维尔夫喃喃自语道。

那女孩子看着单子上的日期，眨了眨眼睛，然后她念道："一九八二年？你是两年前送过来的吗？"

"你可别告诉我还没洗好啊，"沙利警告她，"我现在就要穿。"

沙利终于从卫生间里出来了，他还特意又拉了拉裤子的拉链，这时还守在外面的乔可说："我还以为你在监狱里呢。"

"我是在监狱，"沙利承认，"不过准了我三个小时的假，因为我是扶棺人。"

乔可扑哧一下笑着说："上帝啊，我喜欢小镇子，你已经被传讯过了吗？"

"明天呢。"沙利告诉他。

"难道我没告诉你要小心那个警察吗？"乔可说。

"我不知道，有吗？"

乔可清了清嗓子："你准备怎么为自己辩护呢？"

"暂时性精神失常，"沙利告诉他，"我们准备博一下，说是你给的那些药片让我精神失常了。"

听了这话，乔可脸上的血色立刻消失不见了。

"说到这个"——沙利朝他咧嘴一笑——"我差不多又吃完了。"

"你是个坏蛋，沙利。"

"人们都这么说，"沙利承认，"不过我不真信呢。"

"我昨天一直到处找你，"乔可说，"我都不知道你进了监狱。"

"那你就是唯一不知道这事的人。"沙利说。还没等《北巴斯周刊》刊出详细报道，这事就已经传得沸沸扬扬了，此外，报纸还刊出了一篇口气强硬的社论，社论的作者谴责了他所观察到的一种新思想，这种不顾法律的思想，不仅正在威胁这个社区，还威胁到了文明的基石。最近这期报道是紧跟着上一期来的，那期报道了一个发疯的猎鹿人，他不满足于在附近森林里的杀戮行为，还来到了镇子上，向上主街住户的窗户射击。这篇社论表示，现在正有这种趋势，并警告大家不要低估了前一次的事故，因为那个行凶者就住在斯凯勒温泉，那里有很多不良分子，出现这种暴行不在意料之外。不，实际上，两件事之间具有一系列微妙的联系，明眼人一看就能看出来。事实是，在他们自己的社区里，有家暴史的人都被记录在案了（沙利文一家人，父亲和两个儿子的名字，都没有提到），文章暗示，暴力倾向也许就藏在人的基因里。社论以这种具有科学预示性的口吻结了尾。

"我到宾州的匹兹堡去看我前妻了，"乔可满是歉意地解释道，"我们一个礼拜都在重演当年吵架的场景。不管怎样，你的英勇事迹没传播得那么远。"

"很好，"沙利说，然后又朝乔可皱起眉头，"那你干吗找我呢？"

"我看见你押的三重彩前天中奖了，我想确保你知道这事儿，没把彩票扔掉。"

沙利瞪着他。

"对不起，"乔可说，"我以为你知道呢。"

"我在监狱的时候跑赢的？"

乔可摆正了下他的厚眼镜，看着很是担心。"你不会打戴眼镜的人吧？"

沙利是不会打乔可的。如果是上帝本人在此（这肯定又是沙利一直都怀疑的邪神在作怪），他也许会一拳打上去呢。

"我以为你知道的。"乔可重复道。

"帮我个忙吧。"沙利说。

"什么都行，"乔可说，"就是别揍我。"

"别告诉我有多少钱，"沙利说，"永远也别。无论怎样，你都别说。"

"嘿，"乔可说着迈步进了沙利刚刚腾出来的卫生间，"没问题。"

沙利听到门锁上了。他想，有些人就是那么小心，通常，上帝不会捉弄这些人。

摆放老海蒂棺木的这间房间空荡荡的，只有其他几个扶棺人和一两个殡仪馆的工作人员。这位老妇人活得超过了她所有的同龄人,而且也只剩卡斯一个亲人,所以要找到足够的扶棺人是有些困难的。彼得是被强征来的,沙利是监狱的,他还叫上了卡尔·罗巴克、乔可,还有维尔夫。奥蒂斯觉得自己负有责任,主动要求来帮忙。拉尔夫和平常一样温厚善良是个热心肠,所以也要求来帮忙,但是薇拉没让他来,说他手术后不能抬重物。罗布也在考虑范围内,但出于对死者的尊重,又删去了他。卡尔、维尔夫、奥蒂斯聚在远处的墙角,低声地交谈着,声音比管风琴音乐还要低。一身黑色的卡斯站在棺木旁,和殡仪馆的工作人员轻声谈着话。彼得靠着对面的墙站着,穿着粗花呢的外套,牛津衬衫的领尖系着纽扣,戴着一条细长的针织领带,看着很时髦。

沙利走过去:"你怎么一个人在这里?"

彼得耸耸肩:"等你啊。"

"你不喜欢这些人?"

彼得又耸了耸肩,这真令人恼火。

"你相信运气吗?"沙利问他。

"不太相信。"彼得说。

沙利点点头,很是怀疑。"你知道吗?我信。"

彼得笑了,很明显,他也对此表示了怀疑。

"你知道我这两年来都在买三重彩吧?"沙利问,"我在监狱里的时候,居然跑赢了。"

"什么时候?"

"昨天,不,是前天。"沙利边说边努力回忆着乔可的话。

"真的啊。"

"这难道不是运气糟透了?!"沙利说。

"运气不运气的,可跟你进监狱没什么关系。"彼得指出。

"你呢?"沙利问他,"你运气差的时候吗?"

"从来没有,"彼得说着咧嘴一笑,"一次都没有。"

"连选爸爸这事儿上运气也不差吗?"

"拉尔夫是个好爸爸。"

"你这鬼小子。"

两人有一阵都没说话。最后是彼得打破了沉默。"明天我要回次西弗吉尼亚,把那边的事情都了结了,要把办公室里的东西搬走,不管公寓里还剩什么,也都要统统收拾干净。这里一结束我就准备动身。"

"你自己处理得了?"

彼得脸上挤出那让人抓狂的似笑非笑的表情:"我有个朋友会来帮忙的。"

"如果你能等我出来,我也能帮你。维尔夫说再过个一两天就差不多了,不会比这久的。"

"我最好现在就去。"彼得说。很明显,他觉得没必要解释为什么。

"随便你吧。"沙利说。

"好的。"

"你怎么没带威尔来呢?"

"奶奶不让带他来,"彼得说,"也许这样更好吧。"

"我想是的,"沙利承认,但他意识到自己一直挺盼着见到孙子呢。"她好些了吗?"彼得去监狱里看过他两次,虽然他还是一贯的寡言少语,但没有否认薇拉搞得身边所有人都很难受。彼得在西弗吉尼亚的那个女人还在打电话过来。罗巴特·哈尔西的病情明显又一次恶化了。

彼得向棺木的方向点点头说:"我想他们现在要盖上盖子了。"

实际上,棺木的盖子在沙利一瘸一拐沿着走廊走过来的时候,就已经下移过了。当殡仪馆的工作人员看到沙利时,他们试图向他传达把盖子再盖起来违反规定的。"所有人都在等呢。"他们说。

"她是我妈啊。"沙利告诉他们。

"不,她不是你妈。"其中一个年轻人说。

"嗯,"沙利承认,"不是血缘关系的那种。"

"等一下,"年轻人抬起盖子,"要不然我们去教堂要晚了。"

老海蒂依然带着她活着时的那种严厉、倔强又呆滞的眼神向上瞪着他。如果要说有什么区别的话,她现在的表情比以前更坚定了。自己赌的三重彩跑赢了自己却不在,沙利还没从这事中回过神来,他在想如果给他机会,他是否愿意和这位死去的老太太换个位置。这想法的确挺诱人的。"她看着完全不想一切都结束了,是不是?"卡斯站在他边上说。

"但的确结束了,"沙利说,"我想把那台老式收银机搬到她的座位上,也许不是个好主意。你感觉还好吗?"

"觉得自己很虚伪,"卡斯承认,"我一天许十几次愿,希望她能早点死。"

两人一起低头看着老人,卡斯默默地流下泪来。

"她还活着时候,我什么都不能做,那时候我想如果她死了,我就能远走高飞了,如果她死了,我就能想做什么就做什么了。现在我不确定是不是她的原因了。"

"给自己点时间吧。"沙利安慰道。实际上,他也有同样的疑惑。他曾想象过,这个世界如果没有大吉姆·沙利文,将会更美好,当他真的不在了,你才发现世界还是原来的那个世界,不过就是少了个让你责备的人罢了。不过无论如何,沙利都认真地发过誓,要一如既往地责备他。"我听说你把餐馆卖了?"

"嘘——"卡斯小声嘘着,向她母亲点了点头,从老太太冰冷严厉的面部表情判断,她也许不仅在听他们谈话,而且正在筹划着怎么打击报复呢。"实际上,卖给了你的一个朋友。"

"我听到传闻了。"沙利说。其实不只是传闻。是维尔夫在处理买卖的事情,他告诉过沙利,文斯和露丝成了合作伙伴,文斯投了钱在里面,等露丝一有钱了就还给他。

"如果别人能干好,她就一定能干好,露丝了解怎么开餐馆,而且她干活不要命,现在她是为自己干活,她承诺还保留这个店名,这样逝去的人会高兴的。"

他们都看向海蒂,她即便心满意足,也不会表现出丝毫。

"我希望你没有卖得太仓促,"沙利说,"如果主题公园开张后,这块地变成了金矿怎么办呢?"

"如果主题公园开张了,很多新餐馆也会开张啊,而且你看今天的报纸了吗?"

沙利点点头。"不过,谁知道呢?"

"我们都知道,"卡斯说,"这个镇子永远都不会改变的。"

沙利本会欣然同意这说法。但真实情况是,在他成为镇监狱客人的这一个星期里,竟然发生了这么多事。对于巴斯这么点大的小镇来说,失去海蒂,卡斯搬离,算是挺大的变化了。

"彼得干得还行吗?"沙利最终还是问出了口。

"还行。"卡斯说。沙利觉得,她没对彼得表现出很大的热情。

很奇怪,沙利对这评价感到颇为欣慰。一方面,他希望彼得能看在卡斯的分上好好干这份工作;同时他又怀疑彼得的那句玩笑话——做任何事,他都可以比沙利做得好。他和卡斯都向彼得偷瞄了一眼,彼得正坐在房间后面的折叠椅上,似乎在翻他的皮夹子。也许他是在看他的钱够不够往返一趟西弗吉尼亚。沙利默默记下,要把打牌赢的钱借给他。

"他干那活和干现在这活的态度一样。"卡斯评价道。

"对他来说挺难的,"沙利承认,"也许是受的教育太多了,要不就是太像他妈了。"

"或许有什么人在给他撑腰呢。"卡斯主动开口说,这话让沙利吃了一惊。他从没想到卡斯这么不喜欢彼得,他在想到底是为什么。

"我挺高兴,他今天早上来了。"沙利说。他又意识到儿子是这群扶棺人里唯一的壮汉,除了他,其他走在结冰路面上的人,也许会像保龄球瓶那样一个个倒下去呢。

"别误解我,"卡斯说,"我很高兴能请到有经验的短工来餐厅帮忙。"

沙利皱起眉头,又吃了一惊:"我不知道他有经验。"

"天啊,是的,"卡斯说,"即使他不会说话聊天,他也会做鸡蛋。"

沙利点点头。"知道他还能做这么多事情,挺意外的。"很明显,卡尔小屋的硬木地板也是他一个人铺完的。

卡斯心照不宣地冲他笑了笑。"我没有你不该为儿子感到骄傲的意思。"说话的时候,她停止哭泣了,面颊上还留有泪痕。"他就是没他老爸那种安慰人的本事,我没别的意思。"

沙利接受了她的恭维,但他怀疑让别人开心能不能算是本事。此外,他知道让人开心起来的套路,那就是用自己作为例子,告诉人们事情还可能变得更糟。比如,罗布在身边就有这么个好处。

卡斯注意到了其中一个殡仪馆工作人员的焦急,所以向他们示意可以把盖子再盖上了。她和沙利一起转过身,他们听见卡尔·罗巴克对维尔夫和其他人说:"好了,姑娘们,该我们上场了。"彼得也从屋子后面的椅子上站了起来。"我想我明白为什么所有女人都喜欢他了,"卡斯承认,"他长得真够英俊的。"

所有哪些女人?沙利心中反问。"只是长得像他父亲。"沙利说。

"是啊,"卡斯同意,"就只是英俊这点像他父亲。"

沙利走到棺木前,加入了扶棺人的行列。

"教授来不来帮忙啊?"卡尔·罗巴克问道。彼得正悠闲地向他们走过来。他在棺材前面找了个位置,用左侧的身体发力。"让一条腿的律师和老沙利在中间,这样我们就不会漏了他俩了。"卡尔·罗巴克建议道。

除了奥蒂斯,其他人都忍不住笑了出来。事实上,当奥蒂斯看着盖住的棺木时,他的嘴唇开始发抖,然后发出尖叫声。

"该死,奥蒂斯,住嘴。"卡尔·罗巴克说。

"我停不下来。"奥蒂斯大声哭了出来。

"嗨,振作点!"沙利说着伸手抱住奥蒂斯的一只肩膀,安慰地拍了拍他。似乎只有乔可透过厚厚的眼镜片注意到了,当沙利挪开胳膊时,他往奥蒂斯的大衣口袋里塞了那只他在哈罗德汽车世界买的橡皮鳄鱼。

"你真坏,沙利。"当他们各就各位,站在海蒂棺木边时,乔可说。

"好嘞,大家伙儿,"他们抓住银色把手时,卡尔·罗巴克说,"数到三就抬起来。"

杰妮从厨房的窗户看见父亲从房车里走出来,他喘得像头牛一样,雾气从他的鼻孔里呼出来。像他这样矮胖的身材,大大的脑袋就直接架在了窄窄的肩上,根本看不见脖子,所以从侧面看,特别像公牛。而且他的动作也和公牛一样笨拙,杰妮心想。不,不是这样的,这么说太不厚道了。扎克可比你们这些中等水平的公牛聪明多了,你们这些牛笨死了,还幻想着能斗赢这么大群人呢,其中一人穿着一件红斗篷,手里还挥着一把剑呢。你们这些中等水平的公牛就只能看见红色,别的什么都看不见。她父亲的模样就像那只总是在花丛里闻花香的卡通牛,他叫什么来着?费迪南德。

沿着拖车到大车库那条结冰的小路走到一半,扎克看见女儿在厨房的窗前,他停下来试探性地挥了挥手,这么一来他就在冰上失去了平衡。为了恢复平衡,他都顾不上形象,两只胳膊像风车一样在空中飞快地转着。杰妮在窗前也使劲地挥舞着手臂做出风车的手势,以回应父亲的问候。

露丝正和外孙女坐在起居室的沙发上翻阅杂志上的图片,她从余光中看见了杰妮的慌乱,她抬起头来看看女儿,松了一口气。露丝想,杰妮终于开始恢复了。自她住院以来,她都与从前判若两人，露丝担心她受到的可能不只是脑震荡和下巴多处断裂这些身体上的伤害。直到她的下巴拆线之后，露丝才意识到女儿的性格很大程度上取决于她脸上的笑容，脸上的缝线不仅让她笑不出来，更是改变了她原来的表情，使她看着还有些悲伤。这种厌世的笑容可不是杰妮表情库里常用的表情。

和露丝一样，杰妮很自然地就会表现出极端的情绪。生气和喜悦，在她们脸上说变就变，当情绪褪去，表情还长时间地留在脸上。沙利总说露丝这人有这么个毛病，她会毫无预兆地就开始生他的气，这种指责则会让露丝更生气，不过她意识到哪怕她已经生了他一个小时的气，但是想起他之前做过的让她高兴的事情，她的脸上还是泛着喜悦。至于扎克，情况就更糟糕了。和扎克在一起就意味着生气，至少露丝是这么觉得的。就连扎克无意间做对了什么让她高兴的事，她脸上还是或多或少地会残留着那恒久不变的怒气。所以，结婚三十年来，扎克始终不明白自己到底什么时候做得是对的，如果知道他以后也还可以照着做。如今，杰妮遗传到了露丝这方面的特性，她的脸部表情缺乏微妙的变化，残留的喜悦和怒气在脸上久滞不散，而内心中的情感却已转向，这既具欺骗性又很危险。

"别煽动你老爸。"露丝瞟了一眼厨房窗户说道。

杰妮若有所思地从肥皂水里捞出洗碗布说道："我都没法帮他，"这时父亲刚好走进了车库，"他看着这么失落。"

"他当然看着失落了。"露丝说着生气地翻了一页杂志，蒂娜又翻了回去。外孙女的很多举止露丝都理解不了，其中之一就是在看图片的时候，她总看得那么仔细，她到底在看什么呢？翻看图片是这小姑娘最喜欢的娱乐方式之一。露丝认识的其他孩子都想要快快地翻完，杰妮小时候就是这样，等不及让妈妈给她念完故事书上的文字，就要着急地翻到下一页，她没有耐心等露丝赶上她，想象力和好奇心都在促使她翻页，所以如果当露丝的大拇指按着书页，而杰妮的小手在翻页的话,书就会被撕破。而和蒂娜看书,再慢也不会觉得慢了。与其说她是在看图片,倒不如说她是在吸收图片,一直以来露丝都在想,蒂娜这样到底是读得慢,还是在思考呢?通常人们会认为,是她读得慢。虽然陪审团还没有出来,也许还要等好一会儿呢,但是露丝注意到蒂娜一直都在观察,她在脑子里存下了她看到的大部分东西。两年前的圣诞节,露丝给她买了一本《找兔子》,她让孩子从画得满满当当的复杂图片里找出躲藏着的不同动物。比如说,有时候这个动物藏在又高又密的树杈上,又小又难找;还有些时候这动物完全是由不同种类的动物勾连起来的,只有将它们拼在一起才能看出它的轮廓。蒂娜能敏锐地找到所有的动物,比露丝找得要快得多,所以露丝断定蒂娜以前一定看过这本书,她一定是靠记忆而不是观察找出那些动物。但是杰妮发誓这不可能。她说罗伊也没和她一起看过这本书,她严重怀疑罗伊自己能不能找得到小兔子。

"你爸为什么不该看着失落?"露丝继续说,"他其实每天都过得很失落。"

"嗯,我知道,"杰妮难过地说,"但他至少还有你啊,所以也没关系。你至少让他来看我们。"

杰妮的丈夫进了监狱,露丝坚持要拿回女儿和女婿一直住的那辆房车。他们从斯凯勒把车拖回了巴斯,挨着车库把它停在了院子里它原来所在的那个位置。扎克的哥哥在解冻的季节把车开到结冰的湖面上,消失在了湖中,之后扎克夫妻就继承了那辆房车,当时车的装备齐全。他们一开始是想卖了它,后来发现它并不值几个钱,车的周围都生锈了,褐色的雪印遍及车的半腰。车里面到处漏风,所以露丝怀疑到时候水电费一定很吓人。但是如果真有人活该住在这种破房车里,那个人就是她丈夫了。

"你那么不开心就是因为你失去了沙利,现在你又把气撒在爸身上。"杰妮背对着她说。

"我谁也没失去。"露丝纠正女儿的话。她今天早上在葬礼上看到了沙利,他看着那么需要人关怀,有那么一刻她动摇了,但又重新下了决心。"是我放弃了他们俩。生活里没男人也没那么惨吧。至少吸引我的那些男人,对我来说是这样。"

"如果不是你的品位那么差,你都不会有男人呢。"杰妮高兴地说道。

"我更喜欢被缝上嘴巴的你,"露丝接着说,"由你来谈对男人的品位,倒是很不错呢。"

"是的,好吧……"杰妮用她那种恼人的态度和大嗓门回答道。露丝发现她这态度意味着,无论谁在和她说话,她都认为是在说屁话。

"别和我用'是的,好吧'这样的语气说话,"露丝说,"你知道我有多不喜欢你这样。"

"是的,好吧……"

"而且我也不想让你给你爸送吃的过去。"露丝说出了她的另一个猜忌。

"我什么也没给他拿啊。"杰妮坚持说。正在这时,扎克从车库里出来,在滑溜溜的路上向房车走去,他的一只胳膊下面夹着一个橄榄球大小的锡纸包裹。这次他没有挥手,也没有向房子这里看。"如果不吃任何蔬菜,会得什么病来着?"

露丝想了一会儿答道:"软骨病。"

"对,就是这个,"杰妮说,"你想让爸得软骨病吗?"

"我想看到他长疖子。"露丝回答。她知道女儿指的是什么。自打两个星期前她把丈夫赶到房车里住,扎克就一直靠吃烤鹿肉过日子。

实际上,正是这只鹿使他扫地出门的。当然了,射鹿事件发生之前她就对丈夫怒不可遏了。扎克一直都不承认是自己让罗伊去沙利家找杰妮的,但是看他一脸内疚的样子,就猜得到是他这个胆小鬼做出来的事情,尤其是在罗伊的威胁下。

但是当他提出想要那只被罗伊射杀、舌头耷拉着、躺在上主街的鹿时,确实做得有点过了。她看见扎克是怎么和人争论这只鹿,怎么解释他为什么能免费将鹿拉走的。既然她女儿的丈夫,杀死鹿的那个人,进了监狱,那么这只鹿不管怎样都是他女儿的了。他也许还会解释,车库里有个大冰柜,他会找人宰好鹿,再将鹿肉储存在冰柜里。还能怎样合法地处理它?不这么做,还能怎样?浪费两百磅的肉可是犯罪啊。最后这句是他和露丝争吵时说的。"浪费就是犯罪。"他耸了耸窄窄的肩膀,耸肩是他所有迟钝、可怜的动作中最蠢、最可怜的那个。

是的,露丝无法面对的正是这头鹿。几年前的一个冬天,他们吃过鹿肉,那时候她就下定决心再也不吃鹿肉。几年前的那头鹿是被扎克的道奇皮卡撞倒的,他一下就把它撞飞进了树林里,就像撞到了逃都逃不掉的好运气一样。他甚至还没完全停好车,就想到了他们需要一只冰柜,而且他真认识个人有个不错的二手货要出手。回家的路上他就去买了冰柜,他把冰柜和死鹿一起放在了卡车的车斗里。然后,他开到 IGA 超市,把车停在停车场,去收银台找露丝。"一个冬天都有免费的肉吃了。"他说。露丝先是看了看死鹿,又看了看她活着的丈夫。在她看来,他脸上的喜悦难以言表。很明显,即便他在一百五十码开外射杀了一头鹿,他也不会比现在更骄傲。"该死,我能把那玩意儿弄平的。"当露丝绕着卡车检查被撞瘪的、沾满鲜血的道奇引擎盖时,扎克说。但这时,她已经转过身走回了 IGA 超市的收银台,她不想发表评论,也不愿说出她最真实的感受——她嫁的男人认为走运就是在路上撞死一只动物。他们整个冬天都在吃鹿肉,她每吃一口,他都会提醒她这肉是免费的。

当扎克说起现在的这头鹿时,露丝身上长期紧绷的某个东西断了。她嫁给了一只鬣狗。他们家里堆满了他从垃圾堆里捡来的垃圾,他还坚持要让露丝看看。他捡回家的甚至都不是完整的东西,而是些内部零件——铜线圈、转轴、玻璃丝、电磁铁这些东西,他总坚称这些东西"非常好",但其实他的意思是它们都是免费的。对扎克来说,生活中有很多不解之谜,但那个一直让他困惑不解的问题是,为什么会有这么多人扔掉那些"非常好"的东西——可以翻新的轮胎,有着运转良好的发动机和泵的家电,可以当废品卖了的厚金属片。这些玩意儿多得惊人,扎克把它们全都带回了家。他始终不明白的是,妻子反对的是他捡垃圾的行为,还是他捡的这些东西。他一直都在想,只要他解释了这些物品的价值,她就会理解。他不明白的是,比嫁给一个捡垃圾的人更让她痛恨的是必须要听捡垃圾的人讲理由。对她来说,这世上最糟糕的事情就是听扎克说"只要你找对了地方,那些被人们视为一文不值的东西一磅都可以卖上两分钱"。

杰妮正在擦手,露丝看着自己的女儿,如往常一样,她强忍住突如其来的眼泪。她想,如果杰妮长得漂亮,她的生活会多么不同啊。这么个身材,如果她长得再好看点,男孩子们会怕她,会后退的。不是说杰妮长得有多丑,只是她长得太普通了,和露丝一样。相貌平平就会给男孩们勇气。当然他们还会动手动脚。十三岁的时候,杰妮的胸部就发育得像个二十岁的女人,十四岁的一天下午,露丝回来晚了,她发现一个男孩在起居室的沙发上摸着她的身体。因为露丝的突然出现,那男孩的两只手卡在了杰妮的胸罩下面。对露丝来说,她女儿还是原来那个容易受伤害的小女孩,她的身体发育超过了头脑的发育。确切地说,她也不怎么清纯。她很享受人家摸她,被露丝打断的那次,她就很享受。杰妮的问题在于,她似乎不能正确看待这个问题。露丝同情她,她的女儿有她自己的局限,这很正常。

"我能不能请你照看一下小傻瓜?我出去几小时。"杰妮在门口说。

"去哪儿?"露丝脱口而出。

"离开这里。"杰妮解释道,"别这么多管闲事,我是大人了。"

"你刚从医院出来啊。"

"那你是怕我会出去寻开心?你下决心从此要远离男人,我也该和你一样,是吗?"

这几句话似乎道出了真相,让露丝目瞪口呆一时说不出话来。决定独身以后,她更愿意有人陪伴。长时间的陪伴。不过她没有承认这点,而是提醒女儿:"明天我要早起,最好有人能帮我。"

"我以为卡斯会在那里呢。"

"她在。"露丝承认。卡斯答应她会带着她干完这个星期,好让顾客和送餐的人都顺利交接。无论是顾客还是送餐人似乎都在焦急地等待着餐馆重新开张,自从海蒂去世,餐馆已经关门一个礼拜了。

"那么你不需要我了。"杰妮说着穿上外套。

"你觉得你能胜任以前的工作吗?"

"难说。"杰妮回答她,好像这话侵犯到了她的隐私。

"文斯需要雇个人。他不会永远为你留着这个位子的。"

"他会的,"杰妮咧嘴一笑,"他迷上我了,迷得不得了。"

露丝想了想,这也许是真的。"这样也好。文斯人很好,他会对你好的。"

"他是个老头,妈。"

"他比我年轻。"

"是的,好吧……"她走到沙发这里抱起蒂娜,和小孩子碰碰鼻子,"妈妈出去一会儿,小傻瓜。做外婆的乖孩子。"

"她没事的,"露丝说,"你才要做外婆的好孩子呢。"

"外婆从来也不是好孩子,"杰妮指出来,"我不知道为什么我要做个好孩子。"

"做个好孩子,就不会像外婆这样的下场了。"露丝说。

杰妮突然变得严肃起来,但期待被人抚摸的那种神采依然荡漾在她脸上。"我不知道没有外婆我会怎么样。"

女儿离开后,露丝任凭眼泪流了出来。她轻轻地拭去眼泪不让蒂娜看见。小女孩正在认真看着杂志上的一张图片,仿佛今晚要被测验今天看到的内容一样,所以她妈妈走的时候她头都没有抬。等她终于允许露丝翻页时,蒂娜咧嘴笑了起来,她的小手向上伸去,找到了外婆的耳垂。

她指着图片说:"蜗牛。"

林肯汽车上的钟显示的是凌晨三点半,小克莱福记不得上一次在这个时间醒来是什么时候了。现在他不只是醒来,而且是完全清醒,已然毫无睡意,他的每个毛孔都蓄势待发、警觉起来。车灯扫过,路两边茁壮挺拔的大树从身边飞快地掠过,他幻想着前灯像激光一样不费吹灰之力地把树皮和树木切开,巨大的树木一棵棵倒在他的身后,阻挡住追兵。

暂时并没有什么实际的追兵追来。按常规的逻辑,这永远不会发生。也许他用信用卡购物的痕迹会通过电脑被追踪到,但不会追踪到小克莱福本人,也不会追踪到他的林肯汽车。他享受着这种逃跑和被追逐的感觉。小时候,他曾逃过霸凌他的孩子的追赶,但那时候他只感到屈辱,他从来也没想到过逃跑会是一种乐趣,那么刺激,那么富有挑战,因为逃跑不一定就是盲目的恐慌,相反,那是自由,就像知识,就像血的味道。小克莱福用舌头舔了舔裂开的嘴唇,笑了起来。谁能想到血的味道能驱赶恐惧?沙利也许在他十几岁的时候就知道了吧。是这个感觉给了他勇气,让他从草地上爬起来,带着流着鲜血的鼻子立马重新回到战场上。也许这就是小克莱福的父亲想要教会他的道理:鲜血和疼痛都是可控的事物。

当林肯汽车的右前轮开上路肩时,小克莱福猛地把车拉回到了两条柏油车道的中央,压在了黄线上,他再次感受到从离开时就伴随他的恐惧不见了，这真是奇怪。现在已经是他出逃后的第二十一个小时了，从州际高速公路的支线开始，他就面临着从未预料到的选择。北面是斯凯勒温泉和乔治湖，乔伊斯在那里已经准备好了行李等着他去巴哈马度周末。然而，他却掉头向南，猛地踩下油门，一种力量顷刻朝他袭来，这股力量促使他下定决心把她和其他一切都留在身后。早上碰到斯奎尔斯家的男孩们让他对这一切有了新的看法，其中之一就是他改变了对乔伊斯的看法。他还是头一次觉得这女人神经兮兮的，还以自我为中心，毫无用处。他异常清晰地意识到，如果娶了她，生活肯定会很凄惨。

他并不确定现在已经开到了宾夕法尼亚州西部的什么地方。半小时前他飞驰经过一个路牌上写着离匹兹堡还有七十五英里远，但是他在路上遇到过两个岔口，从那之后，他看到的路牌上写着的都是他从未听到过的地名。前座的手套箱里放着三张超速罚单，一张是纽约的，另外两张是宾州的。有两张是同一个巡逻交警开的。纽约的罚单写着时速八十五，两张宾州的都写着九十。这不是巧合，因为小克莱福将巡航定速设定在了这个速度，他收到第一张宾州的罚单后，就一言不发地把它放到了手套箱里，他拒绝让那警察从当事人的懊悔中获得任何满足感。又一次自由的体验。小克莱福这一辈子都在甜言蜜语地哄着警察。被警察抓住超速的时候，他总是先去承认错误。（"我可能是不小心踩得重了点，是不是啊，警察大哥？"）先承认错误就能挡住警察的那些问话。（你知道这里限速多少吗？皮尔普斯先生。你知道你开得有多快吗？）那样他就不得不现编之后的对话了。相当数量的警察遇到这种情况，都会觉得给这人一个警告就让他走吧，这样会更容易些。小克莱福已经感觉到这位年轻的巡警也许很容易受到他这种战术的影响。但是，在他离开巴斯做出向南开的决定时，他就发誓决不再干的其中一件事，就是向警察卑躬屈膝。

实际上，小克莱福几乎决定要放弃做一切卑躬屈膝的事情。所以，他默然地接过警察的罚单，塞进了手套箱，在警察问候完后，他重新把林肯开上了州际高速，巡航定速设定在了九十。在州际高速上又向西开了十英里后，那个警察又拦住了他，他看上去真是挺困惑的。"你学得挺慢的，皮尔普斯先生。"他说，这次他让小克莱福在林肯汽车边上站好，路肩上都是雪，当巡警扶着他下车的时候，小克莱福失去了重心，双膝一下子跪在了雪里，摔下去的时候，他的嘴磕到了车顶。巡警让他爬起来，他用手电筒照着小克莱福的脸，看到了他开裂流血的嘴唇。"告诉我，你在笑什么，皮尔普斯先生？我想知道。"但小克莱福还是什么也没说，他并没有理会这个问题，然后向雪地上吐了一口血水，现在想想他都觉得那是他这一辈子做过的最帅气的动作之一。

巡警把他扣在冰天雪地里差不多有半个小时，他一直都在对着无线电说话，小克莱福先是站在了凛冽的寒风里，后来他就坐回到了林肯汽车里。最后，警察又让他走了，这次给了他一个严重的警告。"我想我完全可以跟你一段路，皮尔普斯先生。你要是再开到九十，到时看看我们谁会笑。"

因此，小克莱福在下一个出口出了高速路，沿着西阿勒格尼山荒凉的两车道柏油路向南驶去，在凌晨两点，他又飞速经过了一个又一个垂死的小村庄，那里只有一家黑灯瞎火的破败的加油站／修理厂／便利店。现在他才意识到，美国依然满是地段不好的地方。

又感觉开到了路肩，小克莱福把车拉回到柏油路上，他惊奇地发现这辆车没马上听从他的指令。在他转方向盘和车子反应之间有片刻的延迟，小克莱福想自己是不是又开到了车辙里。不过等他开上直道后，一切又恢复了正常。这种奇怪又熟悉的感觉，把他拉回到五十多年前。他被放进游乐园的一辆色彩明丽的儿童车里，慢慢地绕着椭圆形的跑道转圈。那时候他多大？他不记得了。不过他却记得当时的失望，因为他发现小汽车的方向盘只是个摆设，无论向左还是向右，无论是快是慢，对车的方向都没有丝毫影响，脚下的两个踏板——一个应该是油门，一个是刹车——也没有任何作用。他也记得当初是如何向爸爸、妈妈，甚至他自己，努力掩盖自己的失望的。

在一个名叫哈奇街的开阔地段，小克莱福飞速地驶出了树林，他以六十五迈的时速穿过黄色警示灯，然后又飞速地返回了树林。高大的树木在头顶上方形成了一个大教堂一样的穹顶，渐盈的凸月从几朵云彩后面探出头来，月光照在林肯引擎盖的标志上，照在小克莱福想象的西地平线上，照亮了他前方的路。他好奇，他要开得多快才能将月亮留在原地，好让太阳不再从他的后方升起。或许阻止日出是个好主意。速度，足够的速度，就可以办到。他从后视镜里看了看，确保没什么东西在追赶他，连破晓的晨光都没有，看到这块小小的长方形镜子里一片漆黑，他感到很满意。

就算他没有看后视镜，他也不太可能看到前面地上的坑，就算是看见了地上的坑，他也不太可能躲得开。林肯汽车的右前轮正好跌进了坑里，然后，右后轮马上向整个车身发出颤抖，方向盘也发出嗡嗡的噪声，这使得小克莱福柔软的手也颤抖起来。"哎哟，"他大喊道，心想刚才应该减速的。毕竟他跑不赢破晓。然后，他又感觉到林肯车跑到了路肩上，同时他感觉到，当他转方向盘时，汽车没有了反应。

在他眼前的是两百码的直路，车正在以六十五迈的时速前行，没有多少时间了。不过他还有足够的时间记起，乔伊斯把林肯撞上树桩后，哈罗德·普罗克斯迈尔提醒过他要检查一下汽车的中轴；他有足够的时间想象路的尽头都有些什么；他有足够的时间想象车离开地面，短暂地在空中飞翔，车灯用力地照射出去，照到峡谷另一端的情景，下面有的只是黑暗与静默；他有时间想起自己的父亲就是在开着三十迈时速的车，在寂静的居民区的街道上，没有撞到任何东西，就死去了；他还有时间计算自己微乎其微的存活概率。

令小克莱福惊讶的是，林肯车的方向盘再次有了反应，这时他正以六十迈的时速转弯，路边的石子发出尖叫声掉进黑暗的峡谷里，此刻他整个人都虚脱了，当他用舌头舔了舔肿起来的下嘴唇时，他失望地发现只有一点咸咸的血残留在那里。不过，只要用牙齿去咬，肿胀的地方就会想葡萄一样爆出血液，然后舌头就又会沾满鲜血的甜味。

树林前方的远景逐渐展现在小克莱夫的眼前，在离他很远的地方，他看见一条高速公路的主干道笔直地向西边一处发光的地方延伸出去。这幅情景很像是在飞机的舷窗上看到的情景。他猜测那是宾州收费公路，还有匹兹堡。

他又一次感觉到，在这场方向盘的游戏中，他既没有失去控制，也没有控制一切，这一次他没有恐惧。所以，这就是当沙利的感觉。

星期五

巴顿·弗拉特法官的身体不太好。他的下巴松弛,而且患有黄疸,除了前额有一小撮头发,其余的已经全掉光了,这都是拜化疗所赐。他安稳地坐在法官办公室的那张巨型橡木书桌后面的皮座椅里,但还是能看得出来他不太舒服,他不停地在椅子里扭动,就足以证明这一点。他看着像是正在和肠胃胀气做顽强的斗争,而办公室里的其他人都紧张地盯着他看。除了这位生病的法官外,到场的还有地区检察官萨奇·亨利,警察局局长奥利·奎恩,穿着便服戴着墨镜的警官道格·雷默,红着眼睛的维尔夫,他看着像是谁在他睡着的时候替他穿戴好拖他过来的,当然还有沙利,就是因为他才召集了这次会议。"好吧,先生们和女士们,"弗拉特法官说,他合上面前装有警察报告的马尼拉文件夹,"我们来看看,能否伸张小镇的正义,就在此时,就在此地。"

"法官阁下,至少让我们都坐下来,可以吗?"奎恩局长要求道。围着法官的书桌已经放好了五把折叠椅。除了沙利的那把没坐人,另外四把椅子都有人。沙利一瘸一拐地在房间后面的书墙边走来走去,他的膝盖在以铜管乐队的节奏跳动着,所以他决定还是运动一下。

"沙利文先生,"弗拉特法官说,"你是坐着更舒服还是站着?"

"现在站着舒服,"沙利说,过了一会儿才加了一句,"法官阁下。"

"他这不是站着,他这是在踱步呢。"警察局局长注意到。

弗拉特法官在椅子里换了个姿势,其他几个人也都在椅子上往后仰了一下,像是在躲避拳击一样。"料理完了这里的事情,我也加入他。"

"他这样让我感到紧张,没别的。"局长边警惕地扭头看着沙利边解释说。

"所有没被关进牢里的人都会让你紧张,奥利,"法官说,"这简直是一种法西斯式的偏见,"然后他对沙利说,"到那边去踱步去,沙利文先生。我们的警察局局长害怕有突然袭击呢。"

"法官阁下,"萨奇·亨利举着手,就像一个听话的小学生,"你要是感觉不舒服,我们可以推迟——"

"不,我们现在就把这事办了,"弗拉特法官说,"沙利文先生已经在牢里过了一个假日了,而且我现在不办,下个星期也未必能办掉。除非你是想说要把这事推迟到下个月我退休了以后,到时候你可以把这案子交到更合你意的人手里。"

"我不是这个意思,法官阁下。"亨利马上反驳。

"那就好,"法官说,"那么我们就开始吧。"

维尔夫自从进来后就没说过一句话,他笑嘻嘻地查看着自己的手指甲。他和沙利半小时前简单地商议了一下,维尔夫解释了他认为有可能会发生的事情。"如果事情按照我想的那样进行,我就不会多说什么了("你从来不说话,"沙利提醒他),此外我也不想让你开口,除非有人直接问你问题。无论发生什么,只要记住,能有这次调解这就是个好消息。萨奇·亨利也明白这一点,所以他会很努力的。这件事会对我们有利的,除非是我们自己搞砸了。"

沙利却没那么确定。过去两年间,他和维尔夫一起经历了不少法律诉讼,沙利还从来没有赢过呢。不过他也得承认,从目前来看,这个开端对他比较有利。据维尔夫说,法官和地区检察官办公室有很多矛盾,在沙利看来,这也许是真的,虽然弗拉特法官的那张嘴是出了名的,但它的目标是谁,谁也拿不准。不过维尔夫也许会对一次,他偶尔会猜中《人民法庭》的结果,所以为什么不能在现实中对一次呢?

弗拉特法官用食指把那只装了警察报告的马尼拉文件夹向萨奇·亨利的方向推了推。"好了,萨奇,我想让你告诉我实话,全部的实话,而且只说实话。你真想控告沙利文先生吗?把整个事情都送到法庭上,花那么多纳税人的钱?"

萨奇·亨利的脸都变紫了。"法官阁下,我相信对于袭警的人,过去就有诉讼和定罪的先例。沙利文先生具有暴力行为的历史,他打断了雷默警官的鼻子,使他得了脑震荡。道格,把墨镜取下来。"

雷默警官取下了墨镜。他两只眼睛周围都是淤青,实际上,他有一双绿色的眼睛,肿起来的鼻子周围的皮肤也从紫色变成了绿色。

弗拉特法官仔细看了看警察问道:"现在还叫这黑眼圈吗?我还是小孩子的时候,他们都管这叫黑眼圈。"

雷默警官被这冷不丁的问题弄晕了。"我想是吧,"他说,"黑眼圈或'黑眼睛'都行。"

"雷默警官,你以前还是个拳击手?"

"是啊,"警察回答道,"打过好多次呢。"

"如果有人出拳揍你,你会怎么办?"

雷默警官歪着脑袋想了一会儿猜测道:"躲开?"

"你这次为什么没躲呢?"

"法官阁下——"萨奇·亨利要说话了。

"不要打断我,萨奇。你没看见我在和这个人说话吗?"

萨奇·亨利张口想说别的什么话,然后又闭上了。维尔夫脸上又露出一丝笑容来。

"你这次为什么没躲呢?"法官重复问道。

"我猜我是怎么也想不到他能做出这种事来。"警察郁闷地说。

"为什么想不到?"弗拉特法官问他,"如刚刚萨奇说的,沙利文先生有暴力史。他家里面不少人都是酒吧的业余拳击手呢。你为什么想不到他也会给你来一下？"

"好吧，该死的，"雷默警官爆发了，他被激怒了，"我当时手里举着枪对着他。这狗娘养的家伙疯了。"

弗拉特法官这会儿把注意力转向了检察官。"你说你要这个人作为证人，是吗？他刚才可是承认了他举着枪对着一个六十岁手无寸铁的瘸子。"

"我想我不会把沙奇描绘成个瘸子的。"萨奇·亨利弱弱地说，但已经清楚地表达了他的意思。

"沙利文先生，你过来一下，"法官说，"把裤腿拉起来，给这些绅士们瞧瞧。"

"最好还是别了。"沙利说，这感觉颇像个被医生要求脱下裤子的小男孩。

"拉起来吧，沙利文先生，"法官说，"过来这里，让我们都看看。"

沙利照办了，他把靴子放到原本为他准备的椅子上，然后小心翼翼地拉起裤腿，直到露出膝盖来。他也是这么久以来第一次看见自己的膝盖。它看着就像一种异国的水果，马上就要裂开了。

眼前的场景触动了在场的每一个人。维尔夫把头扭了过去，就连雷默警官也退缩了一下。萨奇·亨利是第一个恢复过来的。"法官阁下，这可能需要备案，沙利的膝盖与雷默警官无关，但沙利要对警官脸上的伤和脑震荡负责，对不对？"

"不，不需要备案，萨奇，"弗拉特法官说，为了达到效果，他特意停顿了一下，"不需要。因为在这间房间里根本就没有录音机。"

"我可以把裤腿放下来了吗？"沙利问。

"嗯，可以了，"法官说，"其实我强烈地要求你放下来。"

其他人都看着他把裤腿放下。

"那儿疼起来和看着一样糟糕吧，沙利文先生？"

"我在吃止痛片，"明白了法官的意图后沙利说，"反正是好一天坏一天的。"

"止痛片有什么效果吗？"

"会让我犯困。"

"会紧张吗？会易怒吗？"

"不怎么紧张，易怒，不。"

"你不打算让止痛片来背锅吗？是你吃的药让你动手打警察的吗？"

"不，不是的。"

"聪明的回答应该是'是'，"法官指出，"好吧，如果不是药物的作用，那么你为什么打昏这名警察呢？"

实际上，这个问题的答案太复杂了，沙利沮丧地发现他自己也不清楚，更不用说向不耐烦、生着病的法官解释清楚了。"我也不知道，"他听到自己说，"我想我累了。那天发生太多事情了。"

弗拉特法官停了会儿，沙利在想他是不是该继续说下去。他没说话，法官又说："好吧，沙利文先生，"然后转向萨奇·亨利和奥利·奎恩，"我能理解累这回事。我自己也累了。又病又累。所以我下个月就退休。因为我有病，还觉得累，所以不合适与人打交道了。有时候我也想向某人开枪，这说明我该下台了，把捍卫小镇上正义的事情交给别人去做吧。愿上帝对他的灵魂发出慈悲。不管怎样，我会做个预测，然后给出推荐人，之后就交给你了，萨奇。如果你坚持要上法庭的话，那就去吧，但是你要在我退休之前上法庭，我现在就告诉你，你会后悔的。"

"法官阁下——"萨奇·亨利开口说。

"安静，萨奇，这是我的地盘。"

萨奇·亨利安静下来。

"现在情况是这样的，"巴顿·弗拉特说，"沙利文先生做了件蠢事，还是在有目击证人的情况下做的，你很有可能给他定罪，萨奇。但是老天怜悯众生，维尔夫先生还在这儿呢，会有一场什么样的好戏啊。如果沙利文先生有暴力史的话，那么你的警官也有他自己的历史。在过去六个月里，他因为一块比萨恐吓过一位老妇人，还让个疯子拿着猎枪在主街上向住户的窗户扫射，这疯子袭击了一名年轻女子，就这么大摇大摆地离开了现场。那时候他却认为把枪留在枪套里是最合适的，但是之后不久，他又和沙利文先生起了冲突，他不仅拔了枪，还开了枪，子弹打在了一个街区以外的房子上。你声称沙利文先生是个危险的人物，但是维尔夫先生要证明这里至少有两个危险的人物。这事还没完，你就会觉得自己像个被上帝嘲笑的傻瓜，萨奇。到时奥利也会看着像个傻瓜。你的警官本身就是个傻瓜，到时候他也会是如此。除非维尔夫先生也是个傻瓜，否则他就会告你们警察局和市政，到时这新闻会好几个月都占据斯凯勒报纸的头条，也许还有阿尔巴尼，不是说这会对你有什么影响，萨奇，因为你明年十一月就要离职了，这事就别搞大了，这是我的建议。就在此时此地这间办公室里结束了吧，别弄到外面那间法庭上去了。"

"法官阁下——"法官降低声音后，萨奇·亨利又想说什么。

"不，"法官摇了摇头，举起一只手来，"这还是我的地盘呢，还是我的。你还得再听上一分钟。我已经和你说了将会发生什么事，现在就让我来告诉你如何避免这种事情发生。我有半打合情合理的建议，第一个就是让沙利文先生和雷默警官先出去一下，因为我觉得从现在开始他俩在场就不合适了。实际上，沙利文先生走来走去搞得我也开始紧张了，而且，我从来也不喜欢戴着墨镜的警察。"他转向两人，怀疑地看看沙利又看看雷默。"如果我们要求你们离开这间办公室，你们认为能不能控制住自己不再大打出手？我想听你们说实话，因为如果你们有任何疑问，我可以提供一位看护人。"

"我认为我能保证我当事人的行为。"维尔夫说着用警告的眼神撇了沙利一眼。

法官把维尔夫看作淘气的孩子。"别侮辱我的智商,维尔夫先生,我了解你,也了解你的当事人,我知道这种事情你保证不了。"

维尔夫有些后悔,承认这倒是真的。

"这么办怎么样,沙利文先生?"法官问道,"你现在不觉得那么累了,是不是?精神好得跟当时觉得袭警是个好主意那会儿一样了,是不是?你觉得自己能不能像个成人一样好好待个十分钟呢?"

"我尽力吧,法官阁下。"沙利保证道。

"别说尽力,"法官建议他,"就这么办吧。那么你呢,警官?"

雷默警官的眉头紧锁着。他不太确定,但是他有个印象,法官不久前说他是傻瓜,在他看来,说这话是不恰当的。"我就只想说,这个国家变得什么样子了,我就想知道这个。我都不敢相信这整件事。我只是希望我说的能备个案。"

"那么,你不能,"弗拉特法官告诉他,"到大厅去,坐在那里好好想一想,你会想出来为什么不能备案了,因为我已经解释过一次了。"

萨奇·亨利和警察局局长都努力屏住不笑,雷默警官注意到了这点,感觉自己的靠山倒塌了,他生气地冲出了办公室,沙利则笃定地跟在后面,在门没有砰地关上前及时来到门边,带上门跟了出去,他看到雷默警官消失在了对面的男卫生间里。男卫生间里传出了垃圾桶被狠狠踢倒的声音。

大厅的尽头有一间休息室,沙利向那里走去,希望那儿有咖啡机。他装了满满一口袋硬币,是维尔夫和卡尔·罗巴克来看他的那天晚上,他玩扑克牌赢来的。卡尔看着很生他的气,但他拒绝解释是怎么进的监狱。那天晚上,卡尔·罗巴克把能想得到的脏话都骂了一遍。他整个晚上又是抽烟又是喝酒,好像不愿让人提醒他最近才下过的决心。沙利把他这种情绪归结于已经被报道出来的"终极逃亡"项目的失败。当他们玩开时,他们嫌沙利的地方太小了,所以不得不移到下面登记处隔壁的会议室里,沙利整个晚上都在赢钱,结果就是,他现在口袋里装满了硬币,多到足以触发金属探测器的警报。

他前天晚上的好运气似乎持续到了今天,因为那里还真有一台咖啡机。他往里面塞了两枚二十五美分的硬币,结果得到了半杯清咖,他依然觉得自己好运尚存,他感到自己可能已经摆脱了霉运,感到事情最终能获得解决。他坐在那里,把腿搭在一把塑料椅子上,沉思着这种可能性,这时雷默警官走了进来,裤子拉链只拉了一半,他看见沙利在里面,就想转身离开,沙利能看出来。

沙利从桌子下面推出把塑料椅建议道:"坐下来休息一下吧。"

"不,谢谢,"雷默警官边说边从墨镜后面盯着沙利,"你知道,就没有他妈的正义这回事,这才是我气愤的原因。"

"当然没有了,"沙利承认,"你多大了?"

"真是糟糕透了。"雷默警官说。

沙利点点头。"确实是!来杯咖啡吗?我请客。"

"不用你买,我自己能买。"警察摸着口袋走向咖啡机。

从他坐的位置,沙利能看见雷默警官那边的状况。他手里的硬币似乎总共只有四十五美分。靠墙放着几台零钱兑换器,不过上面都贴着手写的"机器故障"的字样。雷默警官开始没有注意到,直到他塞进去的一美元纸币被退了回来,他才发现。沙利抓了一把零钱,散在塑料桌上。警察气呼呼地换了零钱,在沙利那堆硬币上扔了一张一美元纸币。雷默警官花了五十美分,得到了半杯和沙利那杯一样浑浊的咖啡,经历了一辈子眼前场景的沙利了解此刻警察的感受,于是他说了句,"等会儿",然后他移到了另外一张桌边,他判断自己所在的位置是安全的,然后说,"行了,可以了。"于是,雷默警官抓住机器,使劲儿地推搡摇晃,机器的顶部撞到了墙面,又弹回来,接着又撞了多次。警察连续地撞着机器,直到机器里面有个东西断了,里面的咖啡砰herself撒了一地。雷默警官后退一步,看着咖啡由小水坑变成了湖泊,他感到心满意足。"很好。"他说。

正当雷默警官拖了把椅子坐到沙利这张桌来时,奥利·奎恩破门而入。"老天啊,"局长大致瞄了一眼房间的损害程度后说,"我还以为发生了枪战呢。"然后他又消失了。

雷默警官啜了一小口咖啡,等着脸上的绯红慢慢褪去。在他捣毁咖啡机的时候,怒火渐渐转变成了难为情,沙利也懂这种感受。警察叹了口气说:"有时候,情绪一下子就上来了,对不对?"

沙利正要和雷默警官说,那天他出拳揍他的时候就是这感觉,并不是针对他个人时,他抬起头,看到彼得和孙子正站在门口刚才警察局局长站的那个位置。彼得的脸上还是卡斯所讨厌的那种超脱、嘲讽的表情,好像在说别人的愚蠢都是在意料之中的。沙利怀疑威尔会不会也有样学样。和往常一样,威尔以一种奇怪的大人的姿态走过来,爬到他那条没有受伤的腿上,搂着他的脖子拥抱了一下。要是换作其他孩子,就会跑着过来,其他孩子也不会记得哪条腿是受伤的腿,他们甚至都不会记得还有一条坏腿。

"你还好吗,小家伙?"

"瓦克尔住院了。"威尔汇报道。

彼得边拖过一把椅子,边向那边郁闷的警察点点头。看到雷默警官和父亲相安无事地坐在同一张桌子上,他感到惊讶,但什么也没说。

"你记得我儿子吗?"沙利问。

雷默警官皱起眉头:"你当时在卡车上,是吗?"

他们握手的时候,彼得承认自己确实在车上。

"瓦克尔怎么了?"沙利问。

"他的扁桃体被摘除了。"彼得说。

"一切还顺利吗?"

彼得耸耸肩。"我只是被通知的。通知我的唯一理由是让我付医院的账单。"

沙利点点头说:"我没料到你这么快就回来了。"葬礼结束后,彼得就开车去了摩根敦处理余下的事情——从他和夏洛特租的房子里拿走他的东西,注销银行账户,从学校办公室里拿回他的书,看看怎么能延长社保,沙利文公司可不提供蓝盾医保。

"我刚回来。"彼得说。

"你一定是开了一晚上车。"

"没开很久,"彼得解释,"夏洛特已经拿走了大多数东西。我办公室里的东西倒是比家里的还多呢。"

"他们对你离开大学怎么看?"沙利很是好奇。

彼得脸上泛起那种烦人的苦笑。"看到我走,他们还不如我的房东难过呢,为了表达他的失望,他都不肯退我押金呢。"

沙利点点头。"我该给你买杯咖啡的,"沙利说,"不过这位朋友刚刚把咖啡机弄坏了。"

郁闷地看着空杯子发呆的雷默,听到沙利的话抬起头来。"那破烂玩意本来就是坏的。"他生气地说。

"那就来点汽水吧?"他对威尔说。

"好的。"

沙利向他示意那堆硬币,威尔挑出他需要的硬币。

"好极了,"他说着绕过一大摊咖啡,向卖汽水的机器走去,"早上十一点就给他喝汽水?"

沙利没考虑到时间问题。"对不起,"他说,"我就是想给他喝点什么。"

"我知道。"彼得的语气柔和了一点,也许是表示无论父亲给给什么,就从来没有给对过。

"你们觉得他们会让我赔多少钱?"雷默警官问。

"有人看见是你弄坏的吗?"沙利说。

"你啊。"

"我没看见,"沙利说,"我进来的时候就是这样的。"

威尔回来了,手里拿着个塑料杯子,里面盛了半杯汽水。"出来的不多。"他遗憾地说。他剩了两个硬币，一个十美分，一个五美分，他把它们放回了沙利的零钱堆里。

"告诉这家伙，"沙利指指警察，"他能修好，他在这里工作。"

"瓦克尔已经有两天没吃东西了，他只能吃冰激凌和汽水。"威尔说，看着有点希望能得到别人的回应。然而爸爸、爷爷，还有在这里工作能修好机器的那人，只是这么看着他，这让他感觉又奇怪又紧张，当在大人面前太有存在感时，都会让他不大自在。他盯着自己的汽水，直到他们都不再看自己。他喝了一小口，特地感受了下汽水从喉咙流下去的感觉。他想到在医院里的弟弟，被医生包围着，其中一位医生把剪刀伸进了他的喉咙里，他想象着弟弟会针对这些医生谋划复杂的报复行动。

在走廊的另一头，小镇的正义得到了伸张。

维尔夫找到的这间公寓离南主街有一定的距离，那是一个有着许多破败房子的小区，人行道的路面都是裂缝，杂草丛生的过山车挨着草坪，草坪已是枯黄一片，还有比草地颜色更深的光秃秃的土地。只有路的一边有房子，它们面朝 IGA 超市后面的停车场和废料堆，IGA 超市的招牌上写着一月十五日关门的字样。维尔夫把车停在路边，四个人——坐在前排的维尔夫和沙利，还有坐在后排的彼得和威尔——全都下了车，欢迎他们的是狗的咆哮声，其中一只狗被拴在了隔壁邻居家的门廊扶手上，狗绳拽得很紧。这让沙利想起了两件事——他要修好贝丽尔小姐的门廊扶手，此外他还有条狗。据彼得说，拉斯普廷还是博登街那个房子的房客，他晚上睡在厨房里，白天则悠闲地在后廊跑来跑去。

"二楼吗？"沙利抬头盯着上面黑黢黢的空窗子。

维尔夫说是二楼。

"还好这房子没有四楼，否则你会让我住到四楼去的。"沙利说。

"你从来都是个忘恩负义的人。"他们走到前廊台阶上时,维尔夫说。

这公寓是有门的,但门没锁,所以他们可以先进去看看里面的情况。房东正在上班。楼梯又陡又窄,沙利注意到威尔小心地盯着楼梯,"过来拉着爷爷的手,"沙利建议他,"你还带着秒表吗?"

威尔从口袋里拿出秒表,给爷爷看。

这间公寓要比沙利现在住的小得多,不过厨房比他的大。即便把他的小餐桌和餐椅都搬进去,也还有足够的空间活动,不至于时不时被磕到了。房间里的电器和硬件都旧了,这倒没关系,反正沙利也用不上这些东西。起居室里有一个烧木头的壁炉,壁炉上的灰看着积了有两年之久了,壁炉外面围了一圈嵌入式的书架。"我要这些干吗?"沙利说。

"上帝啊,你这家伙真是讨厌,"维尔夫说,"回到你的监狱去吧。"

威尔听到这严肃的建议,瞪大了眼睛。

实际上,沙利所需要的空间并不比他在牢房里的那个空间大,这着实让人尴尬。他需要的只是一个晚上可以睡觉、可以淋浴的地方,还需要一个马桶和一个衣柜。他真正的家其实是白马酒吧、海蒂之家、赌马场,还有卡尔·罗巴克的办公室。这间公寓在主街的尽头,比从贝丽尔小姐家到那些地方的距离要远得多。说到海蒂之家,他想起今天还有另一件必须要做的事情。海蒂之家不再是海蒂的了,它现在是露丝的餐馆了,而今天正是它重新开张的大日子。他早上开车路过那儿,看见门前的横幅,然后开车去了甜甜圈店喝咖啡。不过他早晚要进去的,看看他能否还和露丝在一起,昨天他在海蒂的葬礼上看到了露丝;看看海蒂之家,这个巴斯镇最舒适的地方,还能不能让他感到舒服。

"我用不着那么多东西啊,维尔夫,"当彼得带着威尔走到其中一间卧室去的时候,沙利悄悄地对维尔夫说,"我也付不起这钱啊。"

"你还能在哪里找到月租两百五十块的地方?"维尔夫说,"你想住房车吗?"

"我现在的房子只要两百块。"沙利指出。

"那是因为你的房东太太罩着你,"维尔夫说,"她完全可以轻轻松松地就收你一个月四百块。"

沙利耸耸肩。"好吧,如果你觉得我该租,我就租吧。"

维尔夫把两手一摊。

"怎么了?"沙利说,"那你想让我说什么啊?"

"我干吗那么主动呢?"

"我怎么知道。"沙利承认。

维尔夫挥着双手让他走开。两人对视笑着。"巴顿找你干吗?"

法官、维尔夫、检察官、警察局局长将事情一锤定音后,弗拉特法官把沙利找了来,维尔夫怕沙利干出什么蠢事来毁了判决,所以也想留下来,但是弗拉特法官严厉地把他赶到了外面的走廊上。让沙利吃惊的是,法官想问他的是多年前发生的那件事,就是那个被铁刺刺穿下颌的男孩。那时候法官还是个年轻人,当初他就在路边的人群里等着救护车来。像沙利一样,他明显无法忘记那个情景。沙利向他解释那时候他不在现场,并不比其他瞠目结舌的旁观者知道得更多。他考虑是不是要告诉法官他哥哥告诉他的事情——那男孩子之所以会被刺穿,是因为他父亲当时像疯了一样猛烈地摇晃栅栏,最终导致孩子掉了下来。这是后来那孩子说的,但是他的说法和沙利父亲的说法有出入,不管怎么说,他出现在了不该出现的地方。沙利本来已经要开口告诉法官他所知道的情况,但是后来不知为什么,他决定不说了。

"不是什么重要的事。"沙利告诉维尔夫,一种奇怪的缄默感再次袭来。他过去从来没有试图掩藏对自己父亲的不屑,但是他也从来没向任何人泄漏过他哥哥那天告诉他的话。

"行,好吧,"维尔夫说,"连你的律师也不透露。看我到底在不在乎。"

"好的。"沙利附和道。

"去你的吧。"

"又怎么了?"沙利说。

"你伤害了我的感情。"

"你刚才自己说'看我到底在不在乎'的。"

"我是你的律师。我们一起经历过这么多,这就是我得到的回报。"维尔夫闷闷不乐地说,"去你的吧。"

沙利坐在一块暖气片上放松他的膝盖。

"你今天到底他妈的怎么了?"维尔夫问道,"我把你从牢里弄了出来,而你却表现得像是什么人死了一样。"

他说对了。一两个小时前,当他一个人坐在市政大厅阴暗的咖啡间里,眼看着自己将被释放,袭警的案子也将会被撤销,他感到精神高涨。有迹象表明,他的坏运气向他投降了,好运气已经降临。这种感觉依然真实。这种时来运转的感觉背后有着什么深意呢?这世上所有的好运都降临在他身上也不嫌多?也许他只是有些不知所措了吧。牢房是个奇怪的地方,能让人意想不到地解除焦虑和所有期待。即便他没有摆平自己那五花八门的经济债务,没有解决掉那些令人头疼的个人问题,在里面,他也没有把事情弄得更糟,也没人会对他有什么合理的期望,这些都是出去后的事了。现在他是个自由人了,他看见眼前有座大山要移开。他需要付卡车的钱,还要改造迈尔斯·安德森的房子。他欠了哈罗德·普罗克斯迈尔和维尔夫的钱。要还钱,他就要去工作,要去工作,他就要挽回罗布。大多数事情,努努力就能办到。还有出售博登街的房子仍有一线希望,虽然他知道他离所谓的赎回期越来越近了。

更让沙利苦恼的是,他能找到自己的精神骤然跌落的那一刻,就是在雷默警官捣毁那台咖啡机后,他抬头看到儿子和孙子站在市政厅接待室的门口的那一刻。每次当他注视彼得的时候,内心深处都能隐约感受到一个男人所欠下的巨型债务,要补偿这种亏欠,比还上金钱债务更难。有了孙子,只是增加了债务而已,他提醒你,你还在欠债,利息按照复利计算。他越想自己对彼得的亏欠,就越是绝望到认不清这些债务,连给孩子的补偿都变得越来越实际,越来越急迫。他还想着早上十一点给孙子买了可乐的事儿,正如彼得说的,无论沙利给了什么,可以绝对保证的是,这东西当下肯定用不着。

更糟糕的是,彼得似乎有意要增加他的债务。他变成了一流的工人,在沙利无法干活的时候,把沙利众多的事情都办得妥妥当当。当然,虽然他没说,但他干的每件事,都是在抗议下完成的。但他的确把事情都干完了,而且做得比沙利更快更有效。沙利不得不承认,他时来运转的部分原因就来自彼得。如果他能爬出现在的困境,那可是要归功于儿子,但相反,沙利却无法帮助彼得应付他那无数的困难——突如其来的婚变,突然丢掉的工作甚至是他的职业,还有他的前途。让彼得帮他的忙,又让他和薇拉成了仇人。薇拉建议儿子在大学里找一个教书的工作,远离唐·沙利文这艘就要沉没的船。这能怪她吗?

更重要的是,沙利不确定自己能不能拉下脸让彼得——这个他可以遗忘几个月的儿子——来做他的救星。如果他更喜欢彼得现在的样子,这也许会是另外一回事。有时候,他想自己可以试着喜欢他,有些时候他似乎确实喜欢上了他。但这不是那种对维尔夫、露丝、贝丽尔小姐,哪怕是罗布的那种恒久的喜欢,甚至也比不上他对卡尔·罗巴克的那种掺杂着恼怒的喜欢。很奇怪,这很像他对卡尔的妻子托比那样的感情,那种在他内心深处无法言表的感情,这情感会让他觉得自己很傻,会告诫他不要靠近——也许是同一个原因吧,他深知他无法拥有、无法被赋予这些东西,他根本无权奢望拥有这么年轻漂亮的女人,也根本就不配拥有自己的儿子。对于彼得流露出的怨气,沙利倒不怎么生气。他完全可以理解这种情绪。

因为沙利从没打算放下自己对父亲说不清道不完的怨恨,因此他也不期望彼得能原谅他。那他还期望什么呢?

也许,他只是希望彼得能更像他一点。的确,沙利承认,他工作很努力,他是个不错的工人,他耐心,学得也快。不过,他显然相信努力工作就一定会有回报,这天真的想法是薇拉灌输给他的。因为他在学校里努力学习,取得了好成绩,所以他就期望自己能得到一份薪酬高、社保高的好工作。因为他在学校努力工作并获得了好评,他就期待能得到提升和尊重。但事情如果没能如他所愿,他就会自怜自艾,这也是他母亲送给他的另一份礼物。道义上的愤世嫉俗和自怜自艾,一直都是薇拉的专长。

尽管沙利蔑视自己的父亲,但不得不承认,沙利是大吉姆的儿子,有其父必有其子。那老家伙理解并接受了儿子的轻蔑,也意识到了沙利的自我蔑视。在大吉姆最后二十年里,沙利来看他的次数总共不到五六次,但每次父亲给出的某些暗示,沙利都无法否认。他看到老家伙盯着他的眼神,仿佛在说,"我了解你,伙计,我比你自己更了解你。"紧接着就是大吉姆幸灾乐祸的笑声,沙利不得不移开视线,远离这笑声中所包含的真相。也许沙利希望从彼得那里得到更肯定的感觉,他就是他的儿子,有其父必有其子。除了极少数的时刻,比如他进监狱那个晚上,也就是他、彼得还有维尔夫在白马酒吧喝酒的那个晚上,彼得一向都不像是他亲生的,这着实很难让沙利喜欢上他,有其母必有其子,是他前妻一手塑造了这个儿子,让儿子变成了这个样子。

沙利正坐在暖气片上,他听见彼得正在隔壁卧室小声地和威尔说着话,他们的声音在空空的房间里有回声,不太能听得清楚说的是什么。沙利觉得这是最让他恼火的事情之一,儿子总是悄悄和威尔说话,似乎他们不能信任沙利,不愿让他听到谈话的内容,就连最平常的谈话也不愿让他听到,好像他是个局外人,还没有赢得和他们共享谈话内容的权利。维尔夫也在倾听着他们低沉的声音,似乎有些理解沙利的感受。"黑暗的想法,"他咧嘴笑了,"你今天满脑子都是黑暗的想法。"

似乎否认这一点并没多大意义,因此沙利没有否认。

"那么,"当彼得和孩子回来时,他说,"你会租下这房子吗?"

"我的律师认为我应该租下来。"沙利说。

"这就意味着他不会租的,"维尔夫说,"到目前为止,他还从没有接受过我的建议呢。"

"如果你不租,我租。"彼得提出来。

沙利想了想,有点高兴。"好啊。"他说,心想这能否满足自己想要给儿子些什么的需要,"拿去吧,不管怎么说,都更合适你。"

"好的,"彼得同意,"谢谢啦。"

"我猜这就意味着你会在这多待一段时间。"

彼得点点头。"我有几个晚上在斯凯勒温泉的社区大学教书。"他说。

"不错啊。"沙利说。对儿子回了趟大学后能带着工作回来,他心生赞许。"那地方也不赖的。"

"系主任也是这么说的。'没有你想的那么差',这是他的原话。"

"人总要从什么地方重新开始吧。"沙利耸耸肩,希望能安慰一下儿子。

"我是从大学里开始的,"彼得说,"这是我结束的地方,而不是我开始的地方。"

沙利决定还是放弃吧。"你够不够付一个租期的房租?"他想了想自己能贡献多少。

彼得点点头,这让他吃了一惊。

"如果你需要的话,我可以给你一百二十美元。"沙利提出来。

"我不需要,"彼得说,"不过谢谢你。"

沙利点点头,向维尔夫眨了眨眼睛。"我很高兴我家还有人有钱。"

"你的钱可比你所知的要多啊,"彼得拿出钱包,递给沙利一张同注分彩的赛马票。确切地说,是一张压中了赛马中前三名的三重彩。沙利看了看日期,是两天前的。

"这是你压的?"

"不,"彼得说,"是你压的,你都不记得了,是不是?"

他突然想起来了。进监狱前一天,他喝醉了,他给了彼得很多指示——怎么干迈尔斯·安德森那房子的活儿,怎么在海蒂之家煎鸡蛋,怎么找罗布来帮他铺罗巴克湖边小屋的地板,有空去看看贝丽尔小姐,还有喂拉斯普廷——在这些数不清的指示中,他模糊地记得让彼得去买个三重彩,说也许他在监狱的时候,那狗娘养的东西就能跑赢,这就是他的运气,这再次证明了,沙利一直以来都怀疑的恶神确实存在,这位恶神可能听见了他父亲悄悄做出的指示,他父亲在世时的所作所为为他赢得了接近恶神的有利位置,成了上帝所选的顾问、密友、作战部长。神奇般的是,沙利喝醉时得来的灵感,很明显打败了这份神的授意。

"在葬礼上我就该给你的,"彼得说,"不是你告诉我,我都不知道有人中奖了,也不知道是哪天的彩票,有几天我都忘了买。"

眼前发生的事,沙利还没缓过神来,他手里有一张价值三千美元的彩票,于是他冒出个问题:"我给你钱了吗?"

"什么钱?"

"买三重彩的钱。"

"谁知道呢。"彼得说,"管它呢。"

沙利清楚,他没有给儿子钱买彩票。"所以如果是用你的钱买的,那么赢钱的是你,这才合理啊。"

"如果不是有你的指示,我都不会跑去赌马场。"彼得指出。

"问题不在这。"

"有钱啦,"维尔夫插话进来,"你爸解释道德的意义时,我总是很高兴。遵循逻辑,赢得奖励。"

"我俩说话,你插什么嘴?"沙利说。

"我也不知道,"维尔夫承认,"我想我得下楼,独自站在冷风里。"

"好的,"沙利说,"去吧。"

父亲、儿子和孙子,听着他一瘸一拐地下楼,沙利仔细看着儿子,比之前任何时候都更加确定,他不能让彼得成为自己的救星。

"听着,这钱归你,"他说,"你有威尔,你还要付瓦克尔的医院账单,你会用得着的。"

"我不像你这么急需用钱,"彼得说,"我不欠任何人的钱。"

沙利思考着这几个词。在他人生的大部分时间里,他都能说出这句同样的话。而现在,他突然欠了一屁股的债。"我来告诉你吧,"妥协了的沙利说,"我们为什么不把这个叫作贷款呢?"

从后面的楼梯那儿,传来维尔夫洪亮的笑声,他停在了楼梯的拐角处等着,依然能听到他们的对话。"这就是你老爸,"他对着彼得喊道,"他宁可欠你钱,也不愿骗你的钱。"

沙利和彼得离开了那里,一小时后,他们会回来汇合,一起卸彼得的行李,他的那些东西还留在拉尔夫和薇拉车道上的拖车里。彼得把他剩下的东西和威尔的衣服,都打包装进行李箱。他把威尔留给拉尔夫照看,就和沙利一起去搬家了。谢天谢地,薇拉这时不在家,她开车去了斯凯勒温泉的老兵之家医院,因为头一天晚上罗伯特·哈尔西住院了。沙利还要利用这点时间找到罗布,他们还需要他帮忙,把家具搬上狭窄的楼梯。"祝你好运!"深信罗布不会再和他们有任何干系的彼得说。

"他会听我的。"沙利向儿子保证,但他自己一点也不确定。实际上,对于注定会遭到一顿羞辱的事情,他并不抱什么希望。但沙利可不是那种会当面直接道歉的人,他有种感觉,过去给罗布在白马酒吧买个巨无霸汉堡就能算作间接道歉的方法,这次也许不会奏效。也许他必须对他说,他为自己的行为感到抱歉。事实也确实如此。他并不否认自己欠罗布一声道歉,他只是不愿开公开道歉的先例,他讨厌开了这个口子后,会让自己陷于另一种后悔中。

要找到罗布,最好是从赌马场开始。这么说,不完全是因为罗布在那儿,更重要的是沙利能领好钱后,再赌上一把。现在不是赌1-2-3三重彩的时机。在这个无法用常理来思考的世界,一个星期中两次是有可能的,尤其在他没这么在意的时候。

那些穿冲锋衣的男人都回家了,但是乔可还在,他正从厚厚的眼镜片后面盯着赛马表。当沙利的影子出现在上面,他抬起头,从滑到了鼻子上的眼镜上方看过来,"终于自由了,终于自由了,"他说,"感谢万能的上帝。"

"这是个伟大的国家。"沙利附和道。

"有人说你出来了,"乔可合上他的赛马表,夹在胳膊下,"但我觉得难以置信。"

"不过这是真的,"沙利说,"事实表明,我还打对了那个警察。"

"巴顿还好吗?"

"法官吗?半死不活的。"

"你真走运,他以前可是个可怕的人物,他也许准备好了要去见上帝了。"

"你在附近没见到罗布吗?"沙利问他。

"自从你进去了,就再也没见过他,他老婆是叫伊丽莎白吗?"

沙利摇摇头。"布茨。"他突然意识到,伊丽莎白很有可能就是布茨的祖先。

"又高又胖的女孩?过去在廉价商店里工作的那个?"

"是的。"

"她今天早上被抓走了。"

"天啊,"沙利说,"为什么?"

"盗窃,她家里存了半个廉价店里的东西呢。"

沙利点点头。"每天都从商店里拿点什么小东西回家,这的确是她的习惯。"

"结果,他们盯了她足足一个月。"

"我希望他们还有比我住的那个更大点的牢房,布茨在我那间里根本转不过身来,"沙利说,然后给乔可看了看他的彩票,"顺便说一句,我终于赢了。"

拿到了天上掉下的馅儿饼,沙利感到精神振奋,他认为现在可能是去餐馆的好时机。现在已经过了一点了,在那儿吃午饭的人应该已经不多了。

还真是,当他走进海蒂之家,店里除了正在用海绵擦洗吧台的卡斯和消失了一个月后又回来的鲁夫之外,空无一人。露丝的缺席,加上鲁夫莫名其妙的回归,都让沙利感到迷惑。这仿佛又回到了过去,他看了看老海蒂的座位,确认她不在那儿坐着,确认过去这几天发生的事是不是一场梦。过去的这一个月里,他一直都在做梦,最后他的梦是以赢得了三重彩结束的。不过鲁夫确实就在那里,好吗,他两只手拿着块海绵块,一言不发地擦着烤炉。沙利挑了个附近的吧凳,以防一会儿他需要一个帮手。

"你回来了,鲁弗斯。"他小心地问道。

鲁夫没有转身,他从来都不转身。如果餐馆忙起来,门一开,每个坐在吧台的人都会斜过身体过来看看是谁来了,除了鲁夫,他更愿意面对自己的工作,而不是顾客。"这么点大的镇子,需要一位有色人种。"鲁夫说。

"你走的时候,我们就意识到了,"沙利向卡斯咧嘴一笑,卡斯饶有兴致地看着沙利进来,但她还在原地没有过去,"能来杯咖啡吗?还是你们都罢工了?"

"如果是和你有关的,我就应该罢工。"她一把抓起壶,告诉他,"难道没人告诉你,葬礼不是搞恶作剧的地方吗?"

昨天，当仪式进行到一半的时候，奥蒂斯发现了口袋里的橡皮鳄鱼，他发出一声尖叫，让教堂里除了海蒂之外的所有人都跳了起来。

"他本应该回家后，再发现那只鳄鱼的。"沙利承认。

壶里剩的咖啡够多了，可以给沙利倒上大半杯。"给你吧，"卡斯说，"就这些了，已经比你该得的多了。"

"别再重新做一壶了。"沙利告诉她。

"我才不会呢，"她向他保证，"下个星期开始，就是别人来做咖啡了。"

"说到别人……"

"她在后面呢，在收货呢，"卡斯解释道，"我们打了个赌。她说你今天没胆量来。胆量是我用的词，不是她的。"

"我希望大家别再拿我打赌了。"沙利说。这让他想起，他从大学退学的时候，就有人（谁）赌赢了。

"你和罗布和好了吗？"卡斯问道。

"我一离开这里，就去办那件事。"沙利告诉她。

"好的，"卡斯说，"大家喜欢拿你们这一对打赌呢。"

两人看着对方会心一笑。"你准备再待段时间吗？还是怎样？"

她摇摇头。"搬家的人星期一来，等这里的买卖结束了，维尔夫会把支票寄给我的。"

"寄到哪里去？"

"科罗拉多州的博尔德。"

"天呐，为什么去那儿？"

"为什么不呢？"

沙利耸耸肩。"好吧，那就去吧。"

"我会的。"

她这么肯定，让沙利感到很紧张。

"鲁夫回来了，是吧，鲁弗斯，"沙利说，"你不喜欢北卡罗来纳吗?"

擦完了烤炉,鲁夫把海绵块在放一旁,十分愤怒地说:"都是一群懒货。我的孙子们,他们认为,如果你工作,你就是个蠢货。他们他妈的几乎都不工作。只是悄悄做点偷鸡摸狗的事情。他们说,你脑子坏了吗?像个黑鬼一样干活,我告诉他们,我不知道你们是什么人,但我就是个黑鬼,是个能干活的黑鬼。"

沙利看着卡斯,她也惊呆了。鲁夫说的这些话,比他二十年来说的话都多。这话听着像是囊括了他二十年来的所有需求。

"工作没有问题,问题在于薪水。"他边说边把醋倒在烤炉上,一道烟升腾起来。

沙利身子向后倾,躲开这股浓烟。"薪水问题,还有工作环境。"

"还有浪费的时间。"卡斯加了一句。

"还有身上的疼痛。"沙利说。

"工作没有问题。"鲁夫重复道。也许一个人等了二十年才说出来的话,不会是玩笑话。擦完了烤炉,他倒了一杯水,一口喝光了,然后他从吧台后面慢慢走出来,把围裙扔进洗衣篮里。"你在科罗拉多要好好的。"他对卡斯说,说话的时候并没有看着她人。然后,他把空杯子往台子上一搁,就走了。

"你不觉得鲁弗斯今天抽风了吗?"当大门关上后,沙利说。

"没有,我没觉得。"卡斯告诉他。

沙利听见露丝的声音从餐馆后面传来,他转过凳子,等着她进来。"谁会住在后面的平房里呢?"他想起来问了一句。

"也许是露丝。"她说。

听到这话,沙利皱了皱眉头。

"她想把那个房子卖了。"

"那扎克怎么办?"

"现在他住在房子后面的拖车里。"

沙利还是头一次听到这样的安排,更加深了他的困惑。"什么拖车?"

"就是他们女儿一直住的那辆拖车。你应该劝她把后面这间公寓租给你。"她建议。

"我不这么想,"沙利咧嘴一笑,但这个可能性在他脑子里一闪而过。"我最好是和你一起去科罗拉多,那样更安全。"

"你在这里就够安全的了。"卡斯意味深长地说。

"什么意思?"

"意思就是,露丝已经和你结束了。意思就是,你终于失去了这镇上值得你拥有的为数不多的女人了。"

"还有别人吗?"

"好吧,"卡斯把双手一摊,"开个玩笑。"

"你觉得,如果露丝和扎克离婚,再嫁给我,她会过得更好吗?"

就在这时,露丝从后面进来了,卡斯躲过了这个问题。露丝仔细看了沙利片刻,然后看了看自己的手表。

"你欠我一美元。"卡斯告诉她。

"记到我账上吧。"沙利建议道。

露丝走到收银机前,打开最下面的现金抽屉,往里面放了一张折起的发票。"赊账那种好日子结束了,朋友。"

沙利耸耸肩,拿出一块钱,放到他喝空的杯子旁边。"也许,我开始付账了,我就能时不时地得到一整杯咖啡了。"

两个女人交换了一下眼神。"你能自己关门吗?"

"行,"露丝让她放心。"你现在是个自由人了。"

"我的哲学教授说,这世上就没有自由这回事。"沙利附和道。

"他这么说,是遇到你之前,还是遇到你之后呢?"露丝问道。

卡斯正百感交集地看着这个地方。

不知怎么地,沙利感到有点难过。"你星期一什么时候走?"

"很早。"

"多早?"

"六点,"她说,"也许七点。"

"需要人帮你打包吗?"

"搬家公司的人可以做这些,"她说,"我一根手指头都不用动。"

沙利耸耸肩。"我会过来的。"

"别来。"卡斯说,听着好像是认真的,然后沙利发现她的眼里已经满是泪水。

"到时给我寄明信片。"他说。

"寄到哪里?"

"白马酒吧,给我的信都寄到那里,气死狄尼。"

她从吧台后面走出来,两人抱在一起,卡斯在他耳边轻声说了句谢谢。"谢什么呢?"他说。

"我也不知道。"她承认。

"别这么看着我!"卡斯走了后,露丝警告他。

"怎么看你了?"

"就像我用出老千的方法得到了她的餐厅一样。"

"我不是这意思。"沙利意识到自己刚才的确看着像那个意思。"实际上,我正要问你生意怎么样呢。"

"现在还不好说,"她说,"我听说,有些常客早上去那边的甜甜圈店喝咖啡了。"

沙利点点头,有点不好意思。"他们会回来的。"

"如果不回来,就随他们去吧!"露丝神气地和他对视一下。

"买下这地方,你可是捡了个大便宜啊!"沙利稍微转变了下措辞,使得话听上去不那么伤人。

"很大的便宜,"露丝说,"以很低的价格,花文斯的钱,得到了这个地方。"

"这真是太划算了!"沙利承认。

"是啊,"露丝同意道,"这让我想到二十年前肯尼·罗巴克给你捡的那些便宜。"

沙利点点头,倒不是承认她的话有道理,而是领会了她的话里的火药味。"我希望你会为自己的决定感到心满意足,就和我一样。"沙利告诉她。

露丝忍不住笑了。"你的脑袋一定是花岗岩做的。"

"这倒也不错呢,"沙利说,"因为总有人踢它。"

"那也是你一直在不停地踢它!"她肯定地说,"你手脚灵活得很呢,你自己都不知道。"

然后,前门打开了,是杰妮,她穿着一件白色的服务员制服,跟露丝在杰瑞比萨店里当服务员时穿的那件一模一样,她不耐烦地拖着女儿走了进来。杰妮朝店里一瞥,观察到眼前的情况,关上了她身后的门,接着,她把小女孩和她随身携带的一只小狗玩偶安排在以前海蒂坐的那个卡座上。沙利觉得好像在哪里见过小女孩手里的这只玩偶,但他想不起来在哪儿见过。孩子正以一种奇怪的眼神,死死地盯着这只玩偶,好像怀疑绒布后面有一只真的小狗一样。"你就坐在这里,好吗?"杰妮对女儿说,"妈妈就在那儿,外婆也在,行吗?你可以看见我们,我们都不会离开你的。你就在这儿坐一分钟。"

然后,她向露丝的收银台走去。"她站起来了吗?"她小声说。

"没有,她还坐在那里呢。"

"难以置信,她在慢慢变好呢,"杰妮来到母亲身边,从冰箱里拿了一罐可乐,"餐厅已经正式交接了吧?"

"你自便啊。"露丝告诉她。

"我会的,"杰妮说,"还有,既然你这么好,我就告诉你吧,我看见老爸在巷子里停车,他马上就会到后门的,"她意味深长地看着沙利,"你好吗,沙利文先生?"

"非常好,"沙利肯定地说,"一切都在变得越来越好呢!"

"至少,你从监狱里出来了。之后,他们也会把我丈夫放出来。"杰妮说。很明显,她没意识到,这只是她一厢情愿的想法。

"最好不要!"露丝说着,眼睛朝小孩子的地方看过去。沙利也跟着望过去。午后的阳光洒在她的身后,在她金黄色的头发上形成一道光环,令人不安的是,小女孩很是瘦弱,看着很像老海蒂,这老太太在最后这几个月里,萎缩得俨然成了一个小孩子。"不要在我们的生活已经开始有起色的时候,把他放出来。"

"她昨天帮那老太太差不多拼好了一半的拼图呢。"杰妮说。这话让脑子里还想着老海蒂的沙利一片迷茫。

"什么老太太?"

"你的房东。"她说。她这么一说,沙利就想起来在哪里见过这只小狗玩偶了。然后她问他妈:"他还跟得上我们的节奏吗?"

"跟不上了。"露丝笑了。

杰妮似乎早就明白这点。"嗨,小傻瓜,妈妈现在要去工作了,你和外婆待在一起,好吗?外公马上就到。可以吗?"

"她会乖的。"露丝让她放心。

"你的意思是,她会更乖的,"杰妮说,"她跟着你要比跟着我更好。"

"你要迟到了!"露丝看了一眼钟。

"没关系,老板喜欢我!"

然后,三人都听到后门开了,他们等着扎克的出现,然而沙利没有转身。"我们都在这呢,笨蛋!"沙利喊道。其实,他挺高兴进来的这个人,是那种他始终会对其抱有反对态度的人。通常,他和女性单打独斗的话,他很难坚持自己的立场,尤其是几个女人联合起来对付他,就像露丝和杰妮现在这样,那时他就知道该收手了。"顺着有亮光的地方走!"

扎克走了进来,坐到沙利边上靠里的一只吧凳上,他没和任何人打招呼,直接开口问露丝道:"你准备怎么处理那台旧收银机?"

这算是向大家问好了。

"那玩意儿已经坏了,"露丝告诉他,"而且,它还要了一个老太太的命!"

似乎后面这句,要么是让他觉得和自己无关,要么就是他已经听说了海蒂的死因。"我认识斯凯勒温泉的一个人,他可能会出五百块买下这台收银机,现在没人再造这种按键了。"

露丝凶巴巴地看着自己的丈夫说:"就当是帮个忙!"

"好的。"扎克耸耸肩。

"从现在开始,从前门进来。"露丝对他说。

"爸,我不明白,你干吗要在意呢,"他女儿说,"你没看出来她就是想对某个人发飙吗?你进来之前,她正对着沙利发飙,如果我脾气好点,她也会对我发飙的!"

扎克又耸了耸肩。然后告诉妻子:"也许他甚至会出七百块。这家伙收藏收银机。各式各样的收银机他都收。"

"我去。"杰妮嘟囔着,向天花板翻了个白眼。

露丝认真地看着这两人,先是她丈夫,然后是她女儿,然后向沙利那个方向叹了口气说道:"遗传啊!"说完,她强颜一笑,这笑容看着那么大度,是这笑容让沙利爱了她这么久,让他把这份爱深埋在心里。当然了,卡斯说得没错,露丝值得他爱,只是他没有爱得那么强烈,他至今也没有。他为此感到惭愧,但也无法改变什么。他也意识到了另外两件事:首先,这是一种慷慨的表现,她这还是头一次承认杰妮不是他俩的孩子;其次,讽刺的是,这意味着他俩真的彻底结束了,这次是永永远远地结束了,以后可能只能做朋友了。

"好吧,我这就走。"扎克一直在说这句话,但没有从凳子上站起来,"我就是过来看看你这里怎么样了,看看你是不是需要什么。"

"没有什么需要的。"露丝说。她数完了抽屉里的钱,正把一卷卷一块、五块和十块的纸币用橡皮筋捆起来。

扎克似乎明白了这悲哀的窘境。他妻子并不需要他，也不需要坐在吧台前吧凳上的这个男人。

"好吧，"沙利说着小心翼翼地从凳子上下来，"那么现在我最好去找罗布。"

"你喜欢吃鹿肉吗？"扎克突然问道，这让沙利放松了警惕。

"谁？我吗？"他说，"不，我不喜欢。"

"我有一整个冰柜的鹿肉，所以就问一句，"扎克小心翼翼地说，"有些肋排真是不错，如果你要的话，免费送给你。"

"我有二十年没开火做饭了，扎克里，"沙利承认，"不过还是谢谢你。"

此刻，杰妮正在讨厌地咯咯咯地笑着。

"笑什么呢你？"露丝把收银机的抽屉一关，那架势似乎在说，女儿最好给出个说得过去的解释。

"我只是在想，这里只有我，有别人想要的东西。"她整了一下胸罩，以示强调。

"尽情享受吧你就。"她妈妈建议她。

"你知道这种小狗代表什么吗？"沙利出门的时候问小女孩，心想贝丽尔小姐是否已经告诉她了。

蒂娜那只斜视的眼睛找到他，她那只正常的眼睛还看着手里的狗。很奇怪，沙利感觉，自己是在和转世的老海蒂说话，正当他想着小女孩不会回答他的问题时，她用几乎无法听清的声音说："福来到。"

"对了，就是'福来到'！"沙利同意道。

罗布和布茨家的前门没有锁，因此大声地敲了下门，走了进去。有那么一瞬间，他以为自己走错了地方，因为罗布和布茨的家里总是挤满了茶几、台灯、大鱼缸，以及数不清的小玩意儿，这些东西都是布茨从廉价超市里偷出来的。他们家的墙上挂满了张贴画，有瀑布、悲伤的小丑、小狗，还有猫王。而现在，这间公寓和沙利自己的差不多了，墙上空空的，剩下的只有斯奎尔斯自己家的破旧沙发和老式电视机。

罗布坐在前厅的地板上，背靠着墙一动不动，那一瞬间，沙利还以为他死了。他穿着外套和工作靴，绒线帽子拉到了耳朵上，身旁放着一瓶雷鸟葡萄酒。他抬头看了一眼沙利，一脸茫然，然后又低下头看着自己穿着靴子的脚。

"哈罗，笨蛋。"沙利说。

"嗨。"罗布说。好像他就只能勉强说出这么一个单音节的词了。

沙利轻轻地拍了下他的头，他脏兮兮的绒线帽掉了下来："摘下帽子吧，你是在屋里呢。"

罗布拾起小毯子上的帽子，摸着它说："我希望我们还是朋友。"

"我们还是，罗布。"沙利肯定地对他说。

罗布又抬头看着他，满是怀疑的目光。

"你知道我希望什么吗？"沙利说。

"什么？"罗布看上去真的很好奇。

"我希望你能快点站起来，我们有很多活呢，我自己一个人干不了。"

罗布摇摇晃晃地站起来，踢翻了雷鸟酒的空瓶子："布茨被他们抓走了。"

沙利点点头。"我听说了。"

"你在牢里看到她了吗？"

"他们不会把男的和女的关在一起。"

"他们拿走了她偷回来的所有东西。"他又说，转眼看着这空空如也的房间。

"现在你有呼吸的空间了。"沙利说，但呼吸也不是他想推荐的。这地方还是闻着有股十磅重的死鱼的臭味。"我们去干活吧。"

"好的。"罗布同意了。

他们出了门。"你怎么拿到这辆卡尼莫的?"罗布边问边爬进了车里。

"是卡米诺,你个笨蛋,"沙利纠正他道,"我要告诉你多少次啊?"

罗布想了一会儿,换了个方式问。"你的卡车呢?"

"彼得在用呢。"

"他还在这里?"罗布问,很明显,听到这个消息他感到失望。

沙利转动钥匙打着了火,然后又熄了车子说:"嘿!"

罗布低头看着膝盖。

"看着我,"沙利坚持道,"他是我儿子,而你是我最好的朋友。你能接受吗?"

罗布点点头,抽了抽鼻子。

"不准哭,"沙利警告他,但直觉告诉他,他提醒得太晚了,"你听见了吗?"

"我不哭。"罗布说,但这是个他无法遵守的诺言。

沙利看着他,不相信地摇着头,叹了口气。他不用道歉就把这事摆平了,不过这样却更糟糕。"我就该在牢里待着不出来。"他边说边又打着了火。然后,他打开收音机,用来淹没他最好朋友的抽泣声。

因为找到罗布要比沙利预计的时间短得多,所以他决定弯到薇拉和拉尔夫住的银街上去,万一彼得还在那里呢。显然,他还在那里,因为那辆房车还停在车道上。不知什么原因,房车没有和沙利的卡车连在一起,而是停在了边上。房子的后门,也就是车库入口的那个门敞开着。因为没看见薇拉的车,所以沙利把埃尔卡米诺倒进来,停在了马路边,熄了火。

罗布打开副驾驶的车门,在路边的排水沟吐了起来,其实就是感恩节那天,沙利呕吐的地方。罗布吐得更多,很明显,是把整瓶的雷鸟都吐了出来。等他吐完了,他说:"我感到舒服多了。"

"肯定的。"沙利同情地说,但不愿去看他。

他们在车道上刚走了一半,就看到彼得从厨房门口倒着走出来,手里抓着弹簧床垫的一端提醒道:"这里有个台阶,爸爸。"

然后,拉尔夫出现了,他抓着床垫的另一端说:"我知道,放下一会儿吧。"

他们看到了沙利和罗布,拉尔夫看着松了口气,建议道:"就靠在门上吧。"

"你认识罗布·斯奎尔斯吧?"沙利问道。

"不认识。"拉尔夫说着伸出了手。罗布被沙利的介绍惊呆了,慢了整整两拍,才意识到发生了什么,他脸上写满了惊讶。同时,又对自己胸前衬衫的惨样感到尴尬。

"他是我最好的朋友,"沙利解释道,"不过他并非自来熟,会慢半拍儿。"

"你以前从来没有介绍过我。"罗布说。

"我当然介绍过了,"沙利说,"只是你忘了。"

"嗯,我反正不记得。"罗布解释。

"我刚才就是这么说的。"沙利指出。

"如果你介绍过,我会记得的。"罗布还不肯放弃。

沙利点点头,咧嘴向他一笑。"说说那句康乃馨牛奶的童谣。"

"我最喜欢咪咪了。"罗布充满自信地背诵起来,却发现自己记不起来了。

"你要不要和彼得打个招呼啊?"沙利建议。

"你好吗,桑丘?"彼得说。

"嗨!"罗布露出了愁容。

"你来抓住床垫的另一头,怎么样?"沙利建议,"拉尔夫看着累得不行了。"

"我是累得不行了,"拉尔夫承认,"我什么都不做也能累得不行。"

"那是因为你年纪大了。"沙利解释道。

"我还没你大呢,而你每天都还在干活呢。"

"实际上,他是看着我们干活。"彼得路过他们的时候,扭过头来说。彼得和罗布一起把床垫扛到房车上,罗布的脸色又变得有些苍白。

"你要不要喝杯咖啡,沙利?"拉尔夫问,"我有做好的咖啡。"

"好啊!"沙利说,"我们进屋去,坐下来,看着他们干活!外面可真冷啊!"

拉尔夫在前头领路。威尔在厨房里拿着个咖啡杯喝着什么,沙利拖过一把椅子,坐在孙子旁边。"喝的是什么?"

"热巧克力。"

"你要的话,我也可以给你做一杯。"拉尔夫说。

"咖啡就好了。"沙利说。

"一点儿也不麻烦,"拉尔夫说,"可可粉就在这里呢。"

"咖啡就好了。"

"两分钟,烧个水就好!"

"难怪薇拉总是觉得你烦呢,"沙利说,"给我一杯咖啡就行了。"

拉尔夫从滴水板上拿起咖啡壶,倒了杯咖啡:"需要加奶和糖吗?"

"不要,我就要清咖。"

"奶和糖就在这里!"拉尔夫指着奶和糖说道,他想要表示这一点也不麻烦。

沙利推了推威尔。"我还没喝到咖啡呢,本来到这会儿我都喝下三杯了。"

"给你,"拉尔夫把杯子放在沙利面前,拖过一把椅子,"我很高兴你跟你的朋友来了。也许在薇拉从斯凯勒回来之前,我们就都能干完活。装到车上的是客房里的床垫,这会惹毛她的。"

"他们可以睡我的床。"沙利建议。

"那你睡哪儿呢?"

"睡沙发。反正我睡得也不多。"

"我也是,"拉尔夫悲伤地说,"我猜一晚上我能起来二十次。"

"如果薇拉发现,你让彼得拿走了那张床,那你就没地方睡觉了。"

"我真希望我昨天晚上没睡着,"他说,"我们遇到入室抢劫的了。"

"真的?"

拉尔夫看上去很内疚。"就是那个车库,你永远也猜不到他们把什么偷走了。"

"嗯,我能猜到,"沙利提醒他,"是那部吹雪机。"

"是不是你干的?"拉尔夫瞠目结舌地问。

"不是我,但我知道是谁干的。"

"是谁?"

"是我从他那里偷来的吹雪机。别担心,我会再偷回来的。"

拉尔夫摇摇头,打量着威尔,孩子听见了他们所有的谈话。"你沙利爷爷是个很特别的人,是不是啊?"

威尔在两人之间来回看看,明显没有准备要对此发表看法。

"你还要不要再来一杯热巧克力啊?"拉尔夫问。

威尔摇摇头。

"你会不会让两个爷爷来参观你的新家啊?"

"还有薇拉奶奶。"

"是的。"沙利说。

这时，彼得和罗布回来了。"就差床单了，其他我们都干完了。"彼得说。"注意下面，桑丘！"他提醒罗布。

"我知道！"罗布回答他，语气听上去不情不愿的。沙利几乎能看出，为了适应现状——彼得是沙利的儿子，罗布是沙利最好的朋友——罗布那小小的脑袋是如何运转的。要掌握这个复杂的问题，还要花上他不少的时间。沙利能理解罗布现在的感受。

拉尔夫伸长了脖子在听着什么。"呃喔。"他说。

"怎么了？"

拉尔夫站起来走到窗前。"我怕的就是这个。"

"你要不要我来和她谈谈？"沙利主动说。

拉尔夫认真考虑了沙利的提议，他认为沙利勇敢又大度，不过最后他还是摇了摇头。"不用了，你们最好继续，威尔和我会没事的，是不，威尔？"

"那好，"沙利站起来，从厨房窗户望出去，"不管怎么样，他们都已经装好了。"

彼得和罗布正在用力拉拖车，要把它和沙利卡车后保险杠上的球形接头连起来。

一开始，沙利以为他的前妻薇拉只是走了过去，假装她的车道上什么也没发生，她那副样子似乎完全没认出自己的儿子，她的脸上是一副冷冰冰的、拒绝接受这一切的表情，直到她的余光里突然出现了罗布。她突然停下来，一动不动，然后转身盯着罗布。这时，她看着简直像是个刚从犯人里挑出杀死她父母的冷血凶手的女人。

"呃喔。"拉尔夫又说了一句。沙利已经向门口走去，用他那只没有受伤的腿跳跳着。因为他一直都坐着的，所以突然猛地站起来，他那只受伤的腿一时间还承受不了这么重的重量。

等他到了门外，彼得已经绕过拖车，抓住了他母亲，薇拉正在挣脱着，就像只戴着狗绳想要挣脱的狗。"赶他走，"她号叫着，

"赶他走。"

"妈。"彼得边说边试图把她的注意力引到自己这里,他把脸贴近她,好让她看不到后面。她已经挣脱了一只胳膊,指着罗布,好像还会有人弄不清楚她到底反对的是谁。

"把那个脏家伙赶走!"她尖叫着,仍用手指着。每次彼得抓住她的胳膊,强迫她放到身体两边,她都会突然挣脱另一只,又指过去。"为什么他还站在这里?"她大喊着,"赶走他!让他离过我的地方!"

罗布确实惊呆了,已经不知道要移动身体了。她手指指向的是谁,这是显而易见的,但不到黄河心不死的他,心想也许她指的是别人吧!因为他不记得以前见过这个女人。而且按照他的逻辑,他是被邀请才来到这里的。也许不是这个疯女人的邀请,但显然是被住在这里的其他人邀请来的。不过,以前他也确实有弄错的时候,觉得自己是受欢迎的,最后却被人赶了出去。但这次不同,这女人那样子好像是要对他赶尽杀绝似的。他甚至都没和她说过一句话,而她却对他勃然大怒,还鬼哭狼嚎地指着他。这女人他可从未见过啊!

直到沙利出现在薇拉和罗布·斯奎尔斯之间,她才看见了沙利。"薇拉,"他镇定地说,"住手。马上。"

"你要对此事负责,"她哽咽着,"是你把他带来我家的。你为什么……"——这时她在寻找合适的字眼——"非要玷污所有的东西?为什么不能离我们远点?"

"爸,"彼得恳求他,"走吧,我来处理这事。"

"好吧。"已然看够了的沙利说。"你是个疯子,薇拉!"他边做出再见的手势边说,"你一直都是,现在你是真的疯了!"

拉尔夫也过来了,无力地把手伸给妻子,而薇拉甩开他的手。"别碰我!"她哀号着,"你们谁也别碰我!"

"我没对她做什么啊!"罗布说。这时,沙利猛地把埃尔卡米诺驶离路边,罗布扭过头去盯着车道上还未结束的那一幕,在那里,彼得和拉尔夫正努力把沙利的前妻拉进屋里去。几个邻居也出来围观了。"我以前从来没有见过她。"

"忘了这件事吧,"沙利告诉他,"这和你没有任何关系。"

听到沙利这么说,罗布很高兴。他很高兴沙利告诉他,什么该记得,什么该忘记。"她那样子像是要杀了我!"他说。

"她想杀的是我,"沙利肯定地说,"不是你!"

罗布皱了下眉头。"那我希望她冲着你叫,我什么也没做,我甚至都没见过她。"

"我他妈的知道了,罗布,"沙利说,"我叫你把这事忘了。你可别告诉我你忘不掉!"

"我感觉不太舒服。"罗布说着把头靠向冰凉的窗户。

沙利没回到新公寓,而是开到了罗布家,他把他放下来后说:"睡上一觉!我过会儿再来接你。"

"什么时候?"

"过会儿,"他看出了罗布的怀疑,"我保证。"

然后,他违背了彼得的命令,违背了更理智的判断,又开车返回了银街。

他可不想真的重新出现在那里。彼得说的没错,没有沙利在,她更有可能消停下来。他本来只是想开车过来看一下,确保彼得和拉尔夫已经把她拽回了屋里。不知为什么,他不确定他们能办得到。他一直都认为薇拉有些神经质,但这次,他从她眼里看到一种以前没有见到过的疯狂,这让他有些害怕。当他转上银街的街角时,他满心希望会看到警车和聚集的人群。

不过没有警车,他前妻的房子前一片寂静。拖车还停在车道上,还没有连接起来,这说明,也许彼得需要人和他一起把拖车和球形接头连起来,他将车停到马路边,想了想,但是没有下车。如果彼得能在几分钟内现身,他就会帮他一把,否则,他就开回公寓,离开这个是非之地。

沙利注意到这条街的北端聚集了一小群人,一定是出了什么事。沙利很欣慰,不管这里发生了什么,都和他没有关系。在他记起那是罗伯特·哈尔西的房子前,他是这么想的。那房子所处的那个街区就是薇拉长大的地方,也就是现在人们不断聚集的地方。他努力想把这混乱的情况梳理清楚,这时候,他注意到自己的孙子威尔正害羞地站在薇拉房子的前门,他位于内外两扇玻璃门之间,里面那扇门敞开着。沙利向他挥挥手,孩子指了指街的那端。

沙利有多少年没去过罗伯特·哈尔西的老房子了?有三十年吗?他几乎认不出来这房子了。这房子曾经是这条街上最精致的一栋房子,现在却被人彻底遗忘了。斑驳的灰色木头露在外面,都无法辨别出最后一次粉刷的是什么颜色了,腐烂的门廊危险地倾斜着。沙利记得这房子的侧面曾经还有个门廊,但是很明显已经被人撬走了,现在后门敞开着。这房子的状况只比博登街上他父亲的房子好一点。

他从埃尔卡米诺上下来时,立马就被海蒂之家的一位常客认了出来。"这里发生了什么,巴斯特?"沙利用一种置身事外的语气问道,他觉得这通常不会是什么好事。

"是你老婆,沙利。"巴斯特说。很明显,他不想让他置身事外,无论是用词上还是别的什么。

"不可能!"沙利说着从这个人跟前走过,"我还单身呢。"

"沙利赶来救援啦!"当他借着摇摇晃晃的扶手,爬上倾斜的前廊台阶时,有人这么喊道。"上啊,沙利!"另外一个人叫道。然后大家都齐声喊着:"上啊,上啊,上啊,上啊!"这时,远处传来警笛的声音。

拉尔夫就站在门口,看着像是吓坏了。薇拉站在房间的中央,眼神还是那么疯狂,她拼命地撕着一本彩色杂志,彼得背对着这个画面,正在打电话。"没有,"他正在说,"没有人受伤。"

"我们回家吧,薇拉。"拉尔夫边说边伸手去拉她,就像是刚才在车道上那样。薇拉没有理会他,继续一页页地撕着杂志,并将撕烂的杂志扔到坐在破沙发上发呆的胖男人身上。"她没有权利(她有吗?)撕坏我的《花花公子》,"那人对沙利说,但这句话暗含着另一层意思,似乎是在说,道德上她有,但法律上没有。

薇拉又朝他扔过去一把纸。"肮脏!"她咆哮道,"你把污秽带进了我父亲的房子!你就是个肮脏的家伙!"

这时候,一个女人带着两个吓坏了的孩子从房子的后面出来。他们身上都裹着冬天的大衣,戴着帽子和手套,很明显是准备要搬家,但看得出他们很不乐意。她引导孩子们绕开薇拉,尽量远离她。沙利等他们出门后,才说:"薇拉。"

沙利的前妻对他视而不见,但彼得看到了他。他转过身来,电话听筒还在耳朵边,很明显还在通话。他脸上的表情仿佛在说,太棒了,还有比这更糟的事情吗?

"薇拉!"沙利又叫了一遍,这次她抬头看过来。

"这都是你的错。"她说。

"是的,我知道。"他不否认。"不过我们现在得走了,老姑娘。警察就要来了,你不想被抓走吧?"

听到沙利的话,有那么一会儿,她似乎真的在斟酌,然后看到了自己手里的《花花公子》,就又开始撕起来。她撕完一本,又抓起另一本来。也许《花花公子》是这胖子最喜欢的杂志,也许他的忍耐已经达到了极限,他向杂志冲过来,两人争夺着,他还没反应过来,薇拉就赢了。她又开始一页一页地撕起来了,这时,胖子两手一摊说:"又来了!"

"薇拉!"沙利说着向前迈了一步。

彼得说了句话,然后挂了电话。"爸,"他提醒沙利,"你只会让事情变得更糟的。"

"该死的。"沙利说。他认为让事情变糟的唯一方法就是让事态继续发展。"薇拉!"他又叫道。

他的前妻继续使劲地撕着杂志。

"薇拉,你要么立刻停止胡闹回家去,否则我就要动手了,"他又加了一句,"你知道我说到做到的。"

薇拉看着是遇到了些困难,她手里的杂志似乎太厚了,很难撕掉,但她没有要放弃的意思,而是使劲地拉扯着,她的脸因为用力过度而变得通红。

那么,沙利就只能说话算话了,他一巴掌打过去,力气比他想的还要大,沙利不知道薇拉还戴着假牙,这时候,假牙就像是拳击手嘴里的牙托一样,从她嘴里射出来,飞到了一把椅子下面。然后他后退一步,好像他才是那个被打的人似的,看着没有戴假牙的前妻,他完全呆住了。而薇拉似乎还没有注意到自己的假牙不见了,不过就在这一刻,除了假牙外,她身上其他的一切似乎都回魂了。她摔在地上,双膝跪地,开始痛哭,哭得两肩直抖。"看……看……你都干了些什么……沙利。"跪在地上的她,边哭边抬头看着他。

彼得吓得脸色惨白。他挪开椅子,找到了母亲的假牙。沙利注意到,拉尔夫把头扭了过去。

"天啊!"坐在沙发上的胖子说,"你没必要把她的牙齿打掉啊。"

当沙利把手伸向彼得,彼得把薇拉的假牙递给了他,沙利用他那条没有受伤的腿跪下来,受伤的那条腿正抽痛着,痛得他觉得快要晕过去了。薇拉依然跪在地上,她把脸埋在两只手里,沙利叫了她两次,她才抬起头来看他。"给你。"他说着把前妻的假牙递给她。

她接过假牙,恍惚了一会儿,然后慢慢把它戴上。

"我们马上要站起来了。"他告诉她,当看到薇拉没法站起来时,他扶着她,她没有挣扎,任沙利把她扶起来,她把头埋在沙利的肩膀上,小声地抽噎道:"我真恨你啊,沙利。"

"我知道,亲爱的。"他边说边带着她朝门口走去。彼得也跟到了门口,然后沙利就把薇拉移交给了他和拉尔夫。沙利这才注意到外面越来越近的警笛声,突然一声刹车声后,又安静了。他从窗户望出去,原来是辆救护车,后面紧挨着一辆巡逻车。沙利决定先待在原处不动,以免警察看到他后,立马就得出什么错误的结论。他很确定,从救护车上下来的两人,就是感恩节那天来到薇拉家的那两人,那天他们都以为他死了呢。

因此,他暂时在胖子的起居室里待了一会儿。这人还坐在沙发上一动不动,呆若木鸡。沙利在口袋里找出一张二十美元的纸币,递给这人。"赔你的杂志。"他说。

那人不悦地看着这张纸币。"她撕坏的可是凡娜·怀特那本!那是本收藏品!"

"凡娜·怀特是谁?"沙利说。

"《命运之轮》。"那人解释道。

沙利想起来了,这是在白马酒吧看的《人民法庭》之后的一个电视节目。"抱歉啊。"他说。

"在电视节目里露得不多,"那胖子承认,"没有露点!"

让沙利惊讶的是,薇拉的义愤此刻竟也在他身上升腾了起来。他很高兴薇拉没在场,没在她父亲的房子里听到这个肮脏的词。"如果我是你的话,我就不会去告她。"他说。

"好吧。"那人同意。"我们可不想跟邻居闹得不愉快。"

沙利走到窗前,往外面张望。薇拉正在被人像搀扶病人那样扶上救护车,看热闹的人群在慢慢散开,又过了几分钟,他走了出去。

拉尔夫坐在门廊的最高一级台阶上,为了稳住身体,他一只手抓着台阶的扶手。沙利挨着他坐下来,拉尔夫给他看了看自己的另一只手。这只手在不受他控制地颤抖着。"我只是有点紧张,沙利,"他说,"看我的手。"

"嗯,"沙利说,"一切都结束了。"

"我不懂,为什么人们不能好好相处呢,"悲伤的拉尔夫又重复着他爱说的那句话,"我就是不懂。"

沙利忍不住笑了。

"她父亲以前的确把这栋房子维护得很好,"拉尔夫说着打量着门廊上腐烂的地板,"我想,她看到房子变成这样,心一定碎了。"

"我知道。"沙利说,虽然他自己的经历与此截然不同。看着自己父亲的房子慢慢腐烂、慢慢肢解,他感到很高兴。不过,他承认无论是薇拉还是他自己对房子的这种态度,都是病态的。"你做得对。"拉尔夫说,也许他指的是沙利的那记耳光。

听到他这么说,沙利很高兴,因为他自己得出的是相反的结论。"你想去医院吗?"他问,"我捎你过去。"

"彼得和她在一起呢,我过去只会碍事,"拉尔夫边说边盯着自己的双手,"我这个样子也帮不上忙。"

沙利在口袋了摸了一会儿,找出乔可最近给他的药瓶,从里面拿出两粒。"吃一粒。"

"这是什么?"

"我也不知道,"沙利承认,"不过保证能让你平静下来。"

拉尔夫把药放进衬衫口袋里,沙利则干吞下了一粒。

"你怎么做到的?"拉尔夫说。

"我也不知道,"沙利说,"我就是做了。"

"我最好回家去,"拉尔夫说着撑着扶手站了起来,"也许威尔正盯着你给他的那只秒表看呢,他可能在想我们是不是都不要他了。"

刚才乱哄哄的时候,沙利把这孩子忘了。他想着孩子一个人在屋里的样子，他可能已经吓坏了，但还要努力说服自己不要害怕。沙利有点感受到了孩子所感受的恐惧，他又一次忘记了自己的孙子。这是薇拉和露丝都反对他的其中一件事——忘掉重要事情的能力。"你怎么能这样呢？"在他们相处的过程中，两个女人都曾无数次问过他这样的话。"你怎么能把人忘掉呢？"沙利知道这是个设问句，因此他从来没有回答过这个问题。如果真要他回答的话，他也许就会跟回答拉尔夫刚才在他干吞药片的时候问他怎么做到的那样，他不知道怎么做到的，但他就是能。

十五分钟后，沙利一个人坐在了白马酒吧吧台的一端，他已经半瓶啤酒下肚了，几乎可以确定的是，这才是他要喝的许多啤酒中的第一瓶。他等着乔可的药片开始生效，为了确保药效，他考虑再吃一片（这是第一个方案）；或者喝一小杯杰克·丹尼尔威士忌，以发挥第一粒药的药效（这是第二个方案）；或者靠信念（这是第三个方案），他已经坐在了吧台上，等着遇到能分散注意力的事儿。看到自己的前妻失去理智，看到她脸上呈现出的对自己发自内心的轻蔑，看到她被塞进救护车里带到医院去注射镇静剂，这些景象彻底击溃了沙利那套历经时间考验、长久建立起来的自我防御机制。此外，血液正在他的膝盖偾张。这种有节奏的疼痛，就像音乐一般即将达到高潮，整个乐队都在拨弦、吹奏、敲打着乐器，就等着钹响起，足以要他老命的那一刻。他觉得那个打击钹的狗娘养的家伙正从后排站起身来，两手各拿着一只，咧嘴笑着，准备着。很自然，那位手里拿着钹，朝他咧嘴笑着，报复性地拼命敲打出单音节的人，正是他的父亲。准备好，你个杂种，马上就要来了。大吉姆把乐器举过头顶，以获得最大的力量。你把这也称作音乐？沙利准备要问他这个问题。

"把哪个也称作音乐？"维尔夫坐到沙利旁边的吧凳上。

"我没和你说话。"沙利告诉他。

维尔夫仔细看了看他。"你这样子看着像是马上就要死了一样。"

"我刚吃了一粒药,"沙利告诉他,"等药效上来就没事了。"

维尔夫从凳子上下来说:"我要去小便,给我点杯可乐,加一片青柠。"

"好的。"

"等东西上来了,把钱付了。"

"好的。"

"还要一个鸡蛋。我到目前为止还没吃饭呢。我看忠诚的反对派们都聚在这里了。"维尔夫指着角落里的那张大桌子说,那里坐着包括萨奇·亨利和奥利·奎恩在内的八个人。

沙利几乎没有注意到。

"没人邀请我加入他们啊。"沙利说。

"也没邀请我,"维尔夫承认,"我猜是怕我们拒绝他们。"

沙利点点头。"我们中间有一人大概会。"

"看看还有谁回来了。"维尔夫指的是,正在吧台服务的杰夫。

沙利点点头。"他已经为我付了第一瓶啤酒的钱。"

"我马上就回来。"维尔夫说。

去男卫生间的路上,维尔夫碰上了正走进来的卡尔·罗巴克。卡尔的胳膊上搂着个二十好几的年轻女人,就美貌而言,她和托比·罗巴克不能比,不过也不是德州的那种货色。她头发很长,当卡尔·罗巴克提要替她把外套和别人的一起挂在靠近门的衣架上时,她说不用,她觉得冷。她紧紧将大衣裹在胸前的样子,让沙利感觉她里面也许什么也没穿。或许,只有和卡尔·罗巴克在一起的时候,她才这样。

"这有个人你肯定不想见。"当他们坐到沙利边上时,卡尔告诉她,"迪迪,这是沙利。沙利,这是可爱的迪尔德丽。"

这女孩仔细看着沙利,似乎对他很感兴趣。"我听说过你的很多事情呢。"她说。这似乎让卡尔·罗巴克很是惊讶,不过他想了想说:"哦,好吧。"

沙利觉得是乔可的药在起作用,因为这对话让他一头雾水。

女孩边盯着沙利,边依偎在卡尔的肩上,并向他的耳朵里悄悄说着什么甜言蜜语。

"就在我们进门的地方。"卡尔对她说。

"一起去?"

卡尔笑了,用鼻子蹭了蹭她,沙利意识到,他醉了。"你想让我和你一起去女孩的房间?"

"是女卫生间,你这只猪,"她打情骂俏地说道,"你也许会喜欢的。"

"我要和这人谈谈,"卡尔告诉她,"他是我的'牧师'。"

"好吧。"她用小女孩的嗓音说,然后又对沙利说,"他有很多要忏悔的呢。"

他们看着她向空着的女卫生间走去。当她消失在其中一个标有"座便器"标识的门后时,卡尔·罗巴克转过吧凳悄悄对沙利说:"你知道的,这种事情我是有经验的。"他看上去一副睡眼蒙眬的样子。

"哪种事情?"

"云雨之事!"卡尔解释道,"你也许会说我经验老到呢。"

"也许吧。"沙利同意。

"这方面,我一般不会加以夸饰。"卡尔接着说。

"如果我知道夸饰的意思,我也许会用上这词。"沙利说。

"夸张,"卡尔解释道,"就是言过其词的意思,难道你没上过学吗?"

"去你的!"沙利建议。

卡尔起劲地敲着吧台。"这是关键!"他欢快地说。"这个女孩是东海岸吹箫吹得最好的,她能把香槟瓶子的软木塞吸出来,她能把车轮上的螺母吸出来,她也许能让你到达高潮呢,沙利。"

沙利没理他。"你想知道什么令我难以置信吗?"

"什么?说说看。有问题都可以来问我,我什么都知道。"

"好,"沙利说,"我们先问些简单的问题吧。你为什么在"——他看了看墙上的钟——"下午一点醉成这个样子?"

"因为我很痛苦,"卡尔说,显然他是认真的,"你说对了,这个问题很简单,下一个问题。"

沙利摇摇头。"你痛苦?"

"我……很……痛苦,"卡尔重复道,"什么?你以为就你一个人痛苦?你以为这个镇子上就只有你痛苦吗?"

沙利拿出他的药瓶,放在他们中间的吧台上。"吃一粒吧。"他建议。其实,他膝盖的疼痛已经趋于稳定,但他不确定是药起作用了,还是眼前的这人分散了他的注意力。

卡尔一把推开药瓶。"这药能治心痛吗?"

"那么吹箫治心痛?"

"在那过程中,还真能治呢,"卡尔说,"这问题也简单,问我个难的问题。"

"好啊,"沙利说,"上星期,你那满嘴甜蜜的屁话都去哪儿了?你说要重新做人,说就要做爸爸了,再也不那么色眯眯的了?"

此刻,卡尔·罗巴克正冲他咧嘴笑着,假装很吃惊的样子,他的两根食指一起指向太阳穴,好像在接收心灵感应。"我就知道你会问这个问题!"他喊道,"实际上,我和那个吹箫皇后走进来的时候,你就想问我这个问题了。你就承认吧。那就是你认为的难题,是不是?"

沙利担心地喝了一大口啤酒。他以前见过卡尔·罗巴克这个样子,这意味着他将扔下颗重磅炸弹来,或者他认为是重磅炸弹的东西。沙利在回答之前,警惕地看着卡尔。"嗯,我不知道这问题有多难,"他说,"但是我觉得,你还没回答这个问题呢。"

"那我就来回答,"卡尔说,"那些甜蜜的屁话?你想知道那些甜蜜的屁话都去哪儿了?让我来告诉你吧。这些屁话都是某个叫沙利文的家伙成功地毁了我的婚姻之前的事,都是某个叫沙利文的家伙毁掉我的生活之前的事。"

沙利朝他眨眨眼睛,变得哑口无言,还隐隐地感到些内疚。的确,他对托比·罗巴克着迷很久了,而且如果他有机会的话,也许是会毁掉他们的婚姻。但他还没有机会呢。是不是有人在搬弄是非呢?"你知道吗?"沙利缓过神来说。

"不知道。什么?"卡尔依然咧嘴笑着。

"今天太多人对我说这种话了。我前妻刚才对我说,我要为她生活中所有的问题负责。我能预料到她会说这些胡言乱语,因为她就是个疯子。但你不是。如果你认为我毁了你的生活,那么你就比她病得还严重。"

"沙利。"杰夫从吧台那头喊过来。他做了个手势,让沙利放低嗓门。几个和奥利·奎恩和萨奇·亨利坐在同一张桌子的人,都朝他们这个方向看过来。

"沙利,沙利,沙利,"卡尔·罗巴克悲伤地摇摇头,"谁说是你了?"

沙利又一次一头雾水:"你说的,两秒之前说的。"

"没有,我没说,笨蛋,"卡尔举起一根手指,好像在调整事情发展的顺序一样,"往后倒,卡尔说了什么?"

"你说我毁了你的婚姻和你的生活。"沙利说着感觉越来越恼火了。

卡尔·罗巴克发出一声很大的叫声。"错啦!比尤拉蜂鸣器响了,你输了。告诉这个笨蛋卡尔说了什么,唐·帕多[①]!"然后,

[①] 美国 NBC 电视台主持人,曾主持 Truth or Consequences 电视问答节目。参赛者若在两秒钟内未答出或答错题目,则会响起蜂鸣器的声音。

他用电视节目里主持人的声音接着说,"罗巴克先生实际上说的是,某个叫沙利文的人毁了他的生活,毁了他的婚姻,这是他的原话。"

这时那个叫迪迪的年轻女人回来了,她坐到了卡尔旁边的凳子上,用手沿着他的大腿内侧摸去。

"看这,"卡尔兴奋地告诉她,指着沙利,"这总是让人兴奋!他就要开窍了。那儿,看见了吗?真相马上就要降临了。啊,我想他已经明白了,我们让他开窍了。"

现在两人都在朝他咧嘴笑着,沙利觉得尤其是那个女孩,她正色眯眯地看着他,而卡尔·罗巴克则看得他心里发毛,然后,卡尔突然背朝地面躺倒在地,吧凳压在了他的腿上。维尔夫这时候正好回来,扶着卡尔站起来,又扶起了凳子。"我离开你一分钟都不行,是不是?"维尔夫又胖又松的身躯嵌在了沙利和卡尔·罗巴克的凳子中间。

卡尔·罗巴克摸着刚才先着地的后脑勺,试着要爬上自己的吧凳。"你弄伤我了,沙利,"他说,"我受伤了。你把我的嘴唇打裂了,你让我很伤心。我努力要和你做朋友,但是我得到了什么?心痛啊。"

"我没打你的嘴唇,"沙利说,"我打的是你的下巴,是你自己咬裂了嘴。"

卡尔用舌头舔了舔嘴上的血。"哦,那么我猜这是我自己的错喽。"

奥利·奎恩手里抓着一把钱,来到吧台买单。他从收银台那儿打量着吧台那头的这群人——卡尔·罗巴克摸着嘴唇,那个叫迪迪的女孩检查着卡尔的头皮,维尔夫站着,沙利依然坐着,还和他打人时的姿势一样,掰着自己的右手。"沙利,你这老家伙动作还挺敏捷的。"奥利·奎恩开口说。他从收银机边上的小酒杯里取出一根牙签,用舌头把牙签衔在门牙间,发出吸溜吸溜的声音。"不过,你应该见见他老爸,那才是真家伙。"

"简直就是个传奇，"在屋子那头的萨奇·亨利也同意道，"手快，"他回忆着，"还聪明。他会等到警察局局长离开了再下手。"

"你他妈的一个字都别说。"维尔夫小声建议沙利。

"你要告他吗，罗巴克先生？"奥利·奎恩说。

"我肯定要告，"卡尔说，"但告的可不是他。"

警察局局长朝沙利点点头说。"今天真你走运。"

中午时分，贝丽尔小姐打着了福特汽车的火，把车倒出车库，往斯凯勒温泉的方向开去，她开上主街时，经过了格鲁伯太太的房子。她这位伤心的朋友正站在窗前，可怜地朝她挥着手。在最近的记忆中，贝丽尔小姐这还是头一次开车去什么地方，没带着格鲁伯太太。格鲁伯太太从来也不在意她们去哪里，只要有什么地方可以去，她就很开心了。因此，她的朋友无法理解她这一背叛友谊的行为，对此，贝丽尔小姐一点也没感到惊讶。如果不是因为担心好朋友在看到她的动静后，会伤到自己——看着福特驶出车道经过她家时冲出房子——贝丽尔小姐是不会打电话给格鲁伯太太了。

"我全都准备好了，"格鲁伯太太哀求道，"只要披上大衣、戴上头巾就可以了。"

但是贝丽尔小姐说不行。"今天我不太想要人陪着。"她尽可能耐心地解释，她希望这个理由足够充分，但她知道这还不够。

"我行的。"格鲁伯太太固执地向她保证。

"如果我到下午五点还没回来，你就叫人出来找我吧。"贝丽尔小姐心想，如果她又迷路了，或者碰到在车里出现类似头晕流鼻血这样的意外，是不是还真需要她在身边。

"你就是乱了套，"格鲁伯太太说，"我能看出来。"

"我会没事的，"贝丽尔小姐边向她保证边又残忍地加了一句，"而且就算我出事了，那也没什么。"

这就是她现在的感受。一早上电话铃响个不停，人们都想知道小克莱福去了哪里。实际上，电话铃从昨天开始就没停过，那个可怕的叫乔伊斯的女人就打了很多次，说她理好了行李箱，一直等着小克莱福来接她去巴哈马度周末，这可是他们计划了很久的假期。电话从焦急（"我想知道他去了哪里，一定是发生了什么糟糕的事情！"）变成了仇恨（"也许他以为就这么轻易算了，不会的，他可是保证过的！"）。仇恨是贝丽尔小姐招来的，她挺同情这个女人，所以告诉了她最有可能发生的情形——小克莱福逃跑了。今天早上的《斯凯勒温泉前哨报》有篇文章，暗示说有可能要对北巴斯储蓄与信贷中心展开调查，特别是要调查它与佛罗里达和得克萨斯几个信贷中心的关系。文章还暗示，巴斯镇上有些机构的巨额资产，也许在土地买卖和其他财产买卖的过程中被抬高了，没有实际的现金交易，只是一些纸面上的交易。这则报道引发一位阿尔巴尼的记者打来电话。还有《北巴斯周刊》那位总是喝得醉醺醺、总抢独家消息的编辑，也来询问情况，当这位贝丽尔小姐的老相识得知，他的同事已经问过了同样的问题时，他说了句见鬼，最后他向她道歉，表示打扰了她，还建议她，"对那些吸血鬼，一个字也别说。"除了报社打来的电话之外，还有信贷中心的副主任也焦躁不安地打来好几通电话，想知道小克莱福有没有和她联系。他没飞去巴哈马，这位女士说。他也不在家。她想让贝丽尔小姐明白，她必须马上和小克莱福通话，这话和昨天的一样，以前也是。"尽快。"这位女士说。贝丽尔小姐尽管完全不了解发生了什么，但她清楚的是，所有这些事加起来都表明，她的儿子完蛋了。

当布卢先生打电话来，告诉她安妮皇后椅修好了，就等着她去取时，她正要拔去电话线。"本来我会亲自给您送过来的，"他解释道，"只是我摔了一跤，摔裂了脚踝。"

贝丽尔小姐倒是很欣慰，自己能有个合理离开家的理由，离开这部电话机，所以她答应亲自开车去斯凯勒温泉取。

"我外孙会来帮你把椅子搬上车的,"布卢先生告诉她,又难过地加了一句,"如果我可以的话,我很想自己来搬。"

他告诉了她店铺的位置,他的店铺位于斯凯勒温泉商业区主街交叉口的一条路上。没有格鲁伯太太在一旁无休无止地唠叨,贝丽尔小姐轻而易举就找到了这家店铺。冬天的斯凯勒温泉看上去和巴斯镇一样落寞萧条,商店前面正好就有一个停车位。布卢先生年近六旬,他拄着拐,站在门口等着她,右脚的脚踝上缠着厚厚的棕色绷带,这让贝丽尔小姐想起大黄蜂的蜂巢来。"皮尔普斯太太,让您过来一趟,我感到很抱歉。"他说着领着她走进店铺。店里有个咖啡色皮肤、长着一头卷发的男孩子挨着收银机坐在柜台上,孩子的头发上还挑染了点红色,很是引人注目。他的后脚跟踢着柜台,一脸轻蔑地瞪着贝丽尔小姐和自己的外祖父。他看着大概十二三岁的样子,贝丽尔小姐对这个年龄的孩子可是了解得很呢。

"从那上面下来!"布卢先生对孩子说,当看到外孙闷闷不乐、无精打采的样子时,他又加了句,"身子站直了!"

"这是我的外孙,利昂。他放假了就来我这里帮我的忙。"布卢先生告诉贝丽尔小姐,他说话的样子却表明真相并非如此——这是个问题儿童,只要一有机会就会被送到一个相对安稳的环境。孩子看着外祖父的表情,仿佛在说,你在骗谁呢。

布卢先生把安妮皇后椅修得真不错。如果不说,没人看得出它被坐坏过。"别害怕坐上去。"他说着,对自己的手艺很自豪。

"真的吗?"

"都修好了。"他向她保证,"现在人们都不再相信坏了的东西还能修好。什么东西坏了,马上就扔掉。这是我很想要教这孩子懂得的道理,东西坏了能修好,有时候比新的还好呢。"

"新的才好呢!"孩子固执地说,"新的就是新的。"

"是吗?"他的外祖父说,"那么,把这把旧椅子搬到这位尊贵太太的旧车上去,放的时候小心点。"

"我可是什么都没弄坏过呢。"孩子提醒布卢先生。

"我的心被他弄碎了。"等外孙出了门,他说道,"他,他母亲,还有她的黑人男朋友。"

感受到他的怨恨情绪,贝丽尔小姐不知道是否应该同情他,不过她还是给予了同情。她的结论是,一颗不完美的心,被这世界击得粉碎。这种现象太普遍了,几乎让人模糊了是非对错。

在店门外,贝丽尔小姐看见孩子站在锁着的福特车边,看上去对自己被派了一个完不成的任务而非常气恼,再过一两年,他就会以同样的眼光来看待所有的任务。

"我们试试把椅子放到后座上去。"她拿出了能拿得出的所有热情对小孩子说。因为她个头不高,所以要从车子的后备厢里搬出任何笨重的东西,都很困难。

当她打开后座的车门,布卢先生的外孙看了看里面,又看了看这把椅子,再看了看这位想让他把椅子放进明显空间不够的后座上、长得像侏儒一样的老妇人。"放不下这破玩意儿的。"他说。

"试试看!"贝丽尔小姐对他说。

椅子放进去了。没留下太多空间,但还是留了一点空隙。很明显,之前的判断错误并没有影响到这孩子,他看着还是一副被利用了的感觉。在他这个情绪化的年龄阶段,他的一切想法都是对的,因为其他人都是蠢货。没有证据可以证明对方是对的。

贝丽尔小姐坐上车,在里面坐了片刻,想着自己的儿子,想他能跑多远。他小的时候曾让老克莱福感到过羞愧,老克莱福曾想努力教会儿子怎么自我防御,却从没成功过。就连和老克莱福轻轻地过招,都会让这孩子恐惧。老克莱福教他怎么举起手来保护自己的脸,但一等他瞄准了男孩柔软的下腹,轻轻打过去时,小克莱福的两只手就放了下来。当老克莱福轻轻扣住他的脸,给他示范他犯的错误时,小克莱福直接就不练了。他本来就没想过要学什么自我防御,他想让父亲来保护他,他想让父亲在他身边,跟着那群欺负他的混混从学校回家,然后狠狠揍他们一顿。

毫无疑问,这也是小克莱福希望从母亲那里得到的。他希望母亲在很多事情上,都站在他这一边。以他看待问题的方法看待事物。相信他。做她天上的明星。所以,用爱这个词来表达小克莱福的所求所想,也许并不为过吧。

沙利的孙子威尔花了好一会儿才意识到,桌子那儿坐着的两个人没穿衣服。因为桌子的中央,除了一堆皱巴巴的钱、一堆衣服,还有一支左轮手枪,最让威尔吃惊的是,还有一条笔笔直立着的小腿,脚上穿着棕色的尖头鞋,还有菱格图案的袜子,袜子上面的腿是粉色的,这让他想到,每当妈妈或奶奶放的洗澡水太烫时,他的腿就会变成这种颜色。腿的上面有些复杂的带子一样的东西,因为他把注意力都放在了这条腿上,所以没有立刻注意到两个没穿衣服的人。

"哦,看啊!"那女孩子尖叫着,她戴着顶绿色的遮阳帽,赤裸着上身,"有个小男孩!"这时,威尔才看到了裸体,他感到十分难堪。她的胸部看着不够自然,软塌塌的,好像里面的骨头碎了似的,威尔以前见过妈妈的胸部,那时的感觉和现在看见这女人的一样,好像女人的这些胸部都受过什么严重的伤,也许是曾经重重摔过一跤吧。他在原地没有动,戴着绿色遮阳帽的女孩向他挥挥手,胳膊伸出来。"他挺英俊的,是不是?"

"你离我孙子远点!"沙利建议她,他带着些醉意在椅子上转了个圈和拉尔夫打了个招呼。拉尔夫看到一个光着上身的女人坐在扑克牌桌上,就无意识地向后退了一步,然后又有意识地退了好几步,直到退出了房门,退到了酒吧里。"我们马上就完事了,"沙利边说边召唤着自己的孙子过来,"这是最后一副牌了。这些人已经把衬衫都输掉了。"

"能把门关上吗?"卡尔·罗巴克指着拉尔夫和威尔刚进来的那扇门说,"我感觉在这儿有点赤裸。"

"这就是偷了你吹雪机的那个混蛋。"沙利解释道,以此随便介绍了卡尔·罗巴克,自从沙利一拳把他从吧凳打到地上后,这几个小时里,他的下巴肿得很吓人。

很明显,卡尔站起来的时候,不是一点点赤裸,实际上他身上除了一双袜子,什么也没穿。他站起来走过去和拉尔夫握手时,他有那么一瞬间感到拉尔夫就要拔腿就跑了。"等你儿子把我老婆还给我,"卡尔向他保证,"我就把它还给你。"

"那是我的儿子,"等卡尔回到牌桌上,沙利提醒他,"拉尔夫的儿子是不会做出这种事的,是不是啊,拉尔夫?"

拉尔夫完全不明白眼前的一切。他看不懂这些光着身子的人,看不懂桌子中央这堆衣服,看不懂那支左轮手枪,也看不懂那只假肢。当然也肯定不明白他们所指的彼得的事情。他就好像是走错了地方,走到了一个诗歌朗诵会,自从彼得给他描述了诗歌朗诵会是怎么运作的之后,他就一直对这种朗诵会充满警惕,现在他还有些希望有人能开始背上一两句诗歌呢。要么就是这世界疯了,要么是这些人全都喝醉了,要么就是沙利中午给他的那粒药,把他带到了另一个星球,现在那药又开始起另一轮药效了。

"不用担心吹雪机的事了,"沙利说着又将注意力转移到了自己牌面朝下的牌上,"我现在已经差不多知道他把它藏在哪儿了。"

奥利·奎恩刚才仰着头张着嘴睡着了,当卡尔又坐回到桌边时,他发出一声呼噜声,醒来了。警察局长揉了揉眼睛。"她怎么没穿衣服?"看到女孩时,他问。拉尔夫和孙子进来的时候,沙利把卡尔·罗巴克的衬衫扔了过去,她把头套到了衬衫里。

"你是什么意思?她怎么没穿衣服?"卡尔·罗巴克说。

奥利开口了。"天啊,你也没穿衣服。"

"他妈的为什么不行呢?"卡尔说,"为什么今天就不能是我倾家荡产的一天呢?"

这话指的是"终极逃亡"项目的失败,卡尔早知道这事会黄的,这还指的是小克莱福,那个去了巴哈马度假,却欠所有人一个解释的蠢货。还有些人悄悄议论说,他没有去巴哈马,他只是消失了。

"我讲赛马那个故事的时候,你睡着了,"卡尔对警察局局长说,"现在你醒了,我可以接着把它讲完了。"

"再回去睡吧,"沙利对奥利·奎恩建议道,"没人想听他讲倒霉的故事。"

"十个身长,"卡尔·罗巴克从他刚才停下的地方又说了起来,"拐弯的时候,它领先了他妈的十个身长呢。"

奥利·奎恩似乎立刻迷上了这个故事。

"猜猜之后发生了什么。"卡尔接着说。

"它被看台上的狙击手开枪打死了。"沙利猜。

正准备接着讲的卡尔瞪着沙利。

"我长话短说吧,"沙利说,"卡尔的那匹马在比赛中被人超过去了,他觉得这种事情不可能发生在他身上,通常来说,这种事情也的确不常发生在他身上。"

卡尔转过来看着奥利·奎恩,那样子好像是一个刚刚被抢了独家新闻的记者。"超了十个身长,但它在最后不到两百米的时候放弃了。"他告诉警察局局长。

奥利·奎恩看着挺失望的,他像是还在等着故事的结尾,又好像更喜欢沙利那个狙击手的故事。

"你难道真的认为他以前看过跑马比赛?"沙利说,"他受不了自己的好运气没了,一分钟都受不了。"

"我输掉的那些钱还不够,"卡尔立马又回到牌上,"我必须把最后一分钱也输给巴斯最蠢的人。"

"我说过今天是沙利走运的日子。"奥利·奎恩提醒他们。他木讷地盯着桌子中央的这些东西,包括维尔夫的假肢,"这把枪是谁的?"

"是你的,"卡尔说,就在拉尔夫和威尔进来之前,他在警察局局长睡着的时候卸了他的枪,"是你的赌金。"

奥利·奎恩看了一下自己的空枪套,枪确实不见了。"我两小时前就应该突击搜查这个赌局的。"他说。

"如果能他妈的能打完手里这副,就没有必要了,"卡尔指出,然后对沙利说,"叫你的律师别占着茅坑不拉屎。"

维尔夫半睡半醒的样子,他把牌扔到桌子中间。"我喝醉的时候打得更好些。"说着喝了一口汽水。

"也好不到哪儿去!"沙利边对他说边又加了注。

"我们过来就是要告诉你,彼得已经到那边的公寓了,"拉尔夫说,"他说他就要开始卸车了。"

"好的,我这就过去,"沙利说,"再等一小会儿,好吗?我很快就结束了。"

"我们在外面等,"拉尔夫招呼威尔过来,"别太久了。"

离开了棋牌室,拉尔夫希望能带威尔去街上呼吸点新鲜空气,他抱着威尔坐上吧凳,点了一杯汽水。"对不起,不能让孩子坐在吧台上,"那胖胖的酒保对他说,"法律规定。"

"好的。"拉尔夫内疚地说。薇拉,此刻正在医院留夜观察,如果她看到眼前的场景,一定会问他有什么毛病,要把孩子抱到吧凳上。也许他会说他没动脑子。他很庆幸还好薇拉没有看到隔壁那间屋里发生的事情。否则,她会连着一个星期喋喋不休地批判这种堕落的行为,当然她说的都是对的。拉尔夫记下回头要提醒威尔,不要将今天所看到的事情告诉薇拉。"你站在那儿,"他对威尔说,"等那人把汽水拿过来。"

隔壁房间里传来喧闹声,还有拖椅子的声音,奥利·奎恩把左轮手枪放回了枪套,第一个从屋里出来,后面跟着沙利,他一手攥着一把钱,一手拎着维尔夫的假腿。他把假腿立在吧台上,把钱塞进他裤子前面的口袋里,又把威尔抱上了吧凳,正在这时,狄尼拿着汽水回来了。"他不能坐在吧凳上,沙利。"

沙利皱起眉头:"为什么不能?"

"这是违法的。"

"瞎说。"

"这他妈是违法的,沙利。"

"打扑克也违法啊!"沙利说,"你是说你不知道后面有人打牌?"

"别给我找碴儿,沙利,"狄尼警告他,"今天晚上你可得小心喽。你打了我其中的一个顾客。杰夫应该赶你们走的。你他妈的给我悠着点。"

沙利朝他点点头,"那么,"他朝向拉尔夫,拉尔夫已经从凳子站起来,站在了孩子前面,"也许我们最好坐到那边的桌子上去。以免这胖子发飙,伤及无辜。"

卡尔·罗巴克和那个叫迪迪的女孩都穿上了衣服,从棋牌室里出来。"再给我一粒那个神奇的药,"卡尔·罗巴克说,"我觉得你把我的下巴打烂了。"

沙利递给他乔可的那瓶药。"我实在说不出口,"他边说边看着卡尔的脸,他的下巴整个下午肿得跟长了个瘤似的,"但你说的可能没错。"

卡尔用他杯子里最后的一点杰克丹尼威士忌把药吞了下去,把杯子放在了沙利、拉尔夫和威尔的桌子中间,然后拉着那个女孩一下子瘫在了一把椅子上,把那女孩拉到了自己的腿上。"今天,简直糟透了!"他说。他这话说得这么肯定,沙利差点都要为他难过了。卡尔将女孩转过身,把脸埋进了两只乳房里,然后开始大声地抽噎起来。

"别让他开车,宝贝儿,"沙利提醒那女孩,"第二粒药真的有奇效呢。"

"我不会的。"她用认真又清醒的眼神和沙利对视了一下,这一下午她这么看了他好几次。她和这些男人们喝得一样多,但看着状态却好多了。沙利知道就是这个女孩子毁了彼得的婚姻,就是她在电话里和薇拉说了那些脏话。难怪她前妻会那么紧张焦虑呢。薇拉是那种在做爱时会闭上眼睛、采取传统体位的女人。对彼得结交迪迪这号人,也许她心里没有任何准备。很明显,就连卡尔·罗巴克也没有做好准备。"如果你见到彼得,代我向他问好。"她说。

"我会的。"沙利保证。

"你不会的,"卡尔·罗巴克说,他的声音从女孩的毛衣里传出来,"他不能两个女人都要吧。"

"卡尔习惯了把巴斯的所有女孩都据为己有。"沙利向她解释。

迪迪低头看着他。"他的心都碎了。还真有些甜蜜呢,你不觉得吗?"

"有一些吧。"沙利说。

"我打赌,以前从没有女孩子让你心碎过。"她说着眼睛又和他对视了一下。

"他也爱我老婆,"卡尔说,"所有人都爱托比,就是没人爱我。"

维尔夫出现在门口,手里拿着把倒着的扫帚作为拐杖,空荡荡的裤管一晃一晃的。"你要留着我的腿,是不是啊?"他对沙利说。

"你不需要腿,"卡尔·罗巴克转过身打量着他,"你需要一只鹦鹉。"

"我们要不要把这条腿还给他?"沙利问威尔。

威尔使劲地点点头。

沙利把维尔夫的假腿推到孩子面前。"你去。"

孩子的眼睛瞪得溜圆,他摇摇头,向后躲了躲。

"这又不是活的,"沙利啪啪地敲着,"是不是?"

"他不愿意,沙利。"拉尔夫说,他看着也是一副不愿意的样子。

"你可以告诉你弟弟,"沙利说,"你认为他会相信你吗?"

威尔又怕又渴望地盯着那条腿。这个想法很明显吸引了他,但是这条腿很明显让他恐惧。

"沙利——"拉尔夫又要说什么,但是沙利抬起了手阻止他说下去。过了一会儿,孩子伸出手,用两只手捧着维尔夫的腿,好像怀疑这里面装有这个人的液态生命,洒了一滴就会导致他丢掉一点生命似的。他们都这么看着孩子捧着那条腿走到维尔夫靠着门框站立的地方。迪迪抽了一下鼻子,沙利看过去,看见她正在哭泣,眼泪无声地滚下她的面颊。

维尔夫拉过一把椅子,从沙利的孙子手里接过了这条假腿。"谢谢。"他说着拉起了裤管,在他套上腿的时候,所有人都看着,连威尔也没有转过头去。"本来你那个坏爷爷要留着这条腿的,现在我又完整了。"

当沙利看着时,有那么一瞬间,他觉得站在那里的不是威尔,而是彼得,是他记得的那个小彼得,或许是沙利他自己,那个很久以前他记得的那个小沙利,那个有着一颗易碎的心的小沙利。

"老天啊,"卡尔·罗巴克轻声地说,"真是神奇的一天。"

■ ■ ■

等沙利来到那栋公寓的时候,拖车上的东西几乎都卸完了。里面就只剩下一张橡木书桌和一只高高的文件柜。彼得把拖车倒到了人行道上,把车停在了房子前门廊的下面,他在拖车和门廊最高那层台阶之间架起了一个斜坡。彼得出现在门廊上时,沙利正在拖车里使劲地往外拉着那张书桌。"过来抓着那一头。"沙利建议他。幸亏彼得已经把书桌的抽屉取下来了。

彼得从他跟前走过来到了书桌的另一端,但没有抬起桌子。"罗布呢?"

"回家了,"沙利说,"我想我应该给他放一晚上假。"实际上,他想过去叫上罗布,但是现在天有点晚了,而且罗布还可能没有缓过来。还有,他听说布茨已经被放出来了,沙利不愿见到罗布的老婆,尤其是在今天他经历了这么多事情之后。"你抓着那一头,抓还是不抓啊?"

"你喝醉了?"彼得猜。他在拖车这有限的空间里闻到了啤酒的味道。

"有一点点。"沙利承认了。

"这桌子挺重的。"彼得说。

"我能搬起我这头,"沙利向他保证,"你就操心你那头吧。"

彼得打量了他一会儿。"我有种感觉,我们又在为女人斗气。"

"我有种感觉,你是想如果等的时间够长,这桌子能自己跑上去,"沙利说,"快点。"

"好吧,"彼得说,"就让你自己累坏吧。"

当他们走上斜坡,走到门廊上时,彼得把他这头放下了。"至少让我在后面。"

"不要。"

"好吧。"

然后他们又将它搬起来,穿过了房门,移到了楼梯口。沙利在后面,彼得在前面一点一点地挪。

"等一下。"沙利说着感觉下脚下的步子。他知道,问题在于如何使用受伤的这条腿——是迈步向前,还是原地不动呢?原地不动吧,他决定了,因为那条好腿的膝盖可以弯曲,他必须要用这条好腿助推他。他们一次上一级台阶,他的手扣在桌边突出的地方,每上一级台阶,他就让桌腿在下面那级楼梯上停一下。他们只上了四五级台阶,即便是醉醺醺的状态,他依然觉得这个办法实在太蠢了。彼得和罗布完全可以在早上把这破玩意儿弄上楼去。只需要三十秒就能搞定,他们一次都不用停歇,更不用说每上一级台阶就停下来一次了。一年前沙利也不用停。更糟的是,他们这么慢的进程,还让彼得的工作难度增加了一倍,他每次抬起放下桌子的时候都要用力。沙利看见儿子在寒冷中浑身冒汗。"享受这过程?"当他们搬了一半的路程时,彼得问他。

"是的,我挺享受的。"沙利说着又向上抬了一级台阶。

"你知道你到底想证明什么吗?"

"我想,我们在为一个女人争执。"

"是的。"

沙利又喘了口气,他们又上了一级台阶。"嗯,那就为我祈祷吧,"他建议,"因为如果我失手了,我那玩意儿就遭殃了。"

今天早上还是空空荡荡的起居室,现在已经被一排排的箱子填满了,壁炉前、固定在墙上的书架前,以及墙角堆的全都是。两人一起把书桌搬到最里面的角落,彼得在那里给它留了一个位置。

"我以为夏洛特拿走了所有的东西。"沙利扫视着屋里的纸箱。

"她是拿走了所有的东西。"彼得说,"这些大多数是我的书。"

沙利努力理解彼得的话,这里肯定有七十个纸箱。隔壁房间里,淋浴的声音渐渐停息。声音停下来前,沙利并没有注意到这声音,或者没有想到这声音暗含的意思。他看着正倚靠着书桌站着的彼得。"迪迪向你问好呢。"他说。

听到此话,即便彼得感到吃惊,他也没表现出来。"我就怕她会出现。她向你扑过来了吗?"

"没有,不过她扑向卡尔。"

"她会的,"他又加了一句,"只是为了激怒我。"

"也许我该让她扑吧,"沙利说,"为了让她激怒你。"

隔壁又传来声音。"我最好告诉她你在这里。"

接着他们听到浴室门打开的声音,沙利有意扭过了头。他很想这就离开,当彼得尾随托比·罗巴克进卧室时,他就要这么做了。门后,他能听见急迫而秘密的交谈声。从起居室的前窗,他看见街对面 IGA 超市大大的招牌一闪一闪的,然后灯灭了,就在那个招牌变黑之前,沙利瞥见楼下街道上一道红色金属的闪光。

坐在巨大的橡木书桌上,他靠着墙闭上一会儿眼睛,享受着这片黑暗,尽管独处时膝盖的疼痛感加剧了,像是有人调高了音响的声音。那个下午和傍晚,乔可的药起了药效,再加上他找到的几件分散注意力的事情(啤酒、波旁威士忌、扑克牌、一位漂亮、半裸的年轻女人),让他差不多把薇拉和膝盖的事情全抛诸脑后了。膝盖的疼痛弱化为背景音乐,变成了柔和的弦乐。现在进行曲又上场了,但只是调弦试音阶段,还没有跟着低音鼓的韵律重重地踏下去。对此他心存感激,他已经累得承受不了进行曲般的疼痛了。

此外,他对其他一些事情心存感激。他终于时来运转了。他身上有三重彩的奖金,还有另外大约五百美元,都是下午打牌赢来的。他还不算摆脱了困境,但是明天他就能去见哈罗德·普罗克斯迈尔了,还他那一千五百美元的卡车钱,这样就能让他维持上几个月了。然后,他还有钱付还没有找到的新房子的一个租期的租金。如果他的好运还能持续的话,迈尔斯·安德森也许不会那么快就回来,发现他的工期落后了那么多。但是用不了几个星期,他们多多少少都能赶上来,因为现在罗布又回来干活了。彼得已经成功地让安德森相信所有的活都会干好的。也许聪明的做法是把整个安德森的项目都转交给彼得去做。如果下雪的话,他能负担起的。裤子口袋里有鼓鼓的一大沓钞票,那感觉真舒服啊!也许不论怎样,他都能负担得起。他还没有数有多少钱,也许他的财务状况要比自己了解得要好一些呢。

当他突然惊醒过来时,他看见起居室里超过半数的纸箱都开箱了,从地面一直到天花板的书架已经装满了书。托比·罗巴克光着脚,湿着头发,穿着牛仔裤和运动衫,正站在一把椅子上,往最上面的书架上摆彼得递给她的一部部大书。那些腾出来的空纸箱,在他和那两人之间形成了一道墙。是托比·罗巴克第一个注意到他醒来了。"沙利,"她说,"你怎么能像那样坐着就睡着了?"

实际上,他希望他没睡着,至少没有睡这么久。他是靠着墙就睡着了,现在脖子都僵硬了。"你好啊,罗巴克太太。"他使劲地拉伸抽筋的脖子。

她看了他一眼。"别叫我罗巴克太太,沙利,"她高兴地说,"你造的孽可是记录在案呢。"

"那是很久之前的事了。"他说着站了起来,试了试膝盖是否还疼。"而且,我也累得没法再造孽了。"

"这正是我的意思。别去批判那些还有力气的人。"她朝彼得看了一眼,彼得似乎看上去也没太多能量。不过他肯定有的,沙利心想。至少有两个女人是这么认为的。

"除了问候你好,我不记得我还说过别的,"沙利对她说,"如果你决定结婚,要告诉我,我会把新郎交给你的。"

"也别假装你赞成了,"托比·罗巴克说,"这样更不好。"

沙利试着弯了弯膝盖。"让我想想,我是不是理解了。我不该赞成,也不该不赞成,我到底该怎么办呢?"

"把这几个箱子拆了,"彼得建议道,"你后面的桌子上有把剪刀。"

"可别都扔了,"沙利拿起了剪刀告诉他,"我过几天也要搬家了。"

"我会留几个的,"彼得同意,"你觉得两个够不够?"

"我以前怎么不知道,你会被聪明的家伙迷倒。"沙利对托比·罗巴克说。

"他还有其他的品质呢,"她说,"如果只是聪明的话,我会喜欢上你的。"

大概半个小时后,他们干完了活,所有的书都摆上了书架,纸箱都拆开了叠成一摞,这间公寓又变得空荡荡的了。"你还需要添置些东西,是不是?"沙利问。

托比的声音从厨房里传出来:"比如锅碗瓢盆之类的,还有杯子和银器。"

"这些我都有,"沙利说,"可以明天拿过来给你。"

"那你用什么呢?"彼得问他。

"五年里,我没在家吃过一顿饭。"沙利诚实地说道。他穿上外套、戴上手套准备离开。

"多可怜啊!"托比在厨房门口说。

"没有啊,宝贝儿!"沙利走到窗前说。街上光线昏暗,但是他能辨认出卡尔·罗巴克的跑车还停在下面的马路边。

彼得也穿上了外套。"我送你下去,我反正要去锁拖车。"

沙利又环顾了一下房间,哪怕是空荡荡的,看着都是那么舒适。壁炉周围被书包围着。他们早上看这房子的时候,他在脑子里并没有想象过眼前的场景。"这地方会挺不错的,"他承认,"明天把你妈带来看看,这会让她舒服些。"

彼得点点头。"什么都不会像书那么让她放心。"

"那么她会喜欢这里的,这就是个她可以定期光顾的图书馆,"托比说,把图书馆这个词发成了"lie(谎言)-berry(果酱)"两个词的时候,沙利觉得彼得笑了一下。

沙利慢慢走下黑乎乎的楼梯,手抓着楼梯扶手,一次就只下一级台阶,两只脚都踩在同一级台阶后他才去走下一级。他心想,几个小时前,他到底着了什么魔,要把重重的橡木桌子抬上这个楼梯呢?另外,他又是着了什么魔,上个星期打了一个警察,今天下午又打了卡尔·罗巴克呢?对沙利来说,一直以来,生活中最大的谜,莫过于他自己的行为。

到了楼下,彼得开了下墙上的电灯开关,却毫无反应。"明天又多了一件事,"他抬头看着黑暗中拱形灯罩说,"谢谢你帮忙抬桌子。"

沙利点点头,有那么一分钟时间,他什么也没说。他慢慢意识到,彼得是能做到宽容待人的。沙利知道在搬书桌的事情上,自己并没有在帮忙,反而帮了倒忙。儿子只是善良罢了。也许这就是托比·罗巴克所指的其他的品质吧。"如果她要在这里过夜的话,我会把门锁好的,"沙利提醒他,"街对面停着的那辆红色的车是她丈夫的。"

"他跟踪我们一直跟到了阿尔巴尼,"彼得说,"我们去摩根敦的时候就一直跟着。"

"她和你一起去的?"

彼得没有说什么。

"这些事情都是怎么发生的?"沙利问道,他真的很好奇。

"很快。"彼得说,好像这个解释就足够了。这并不够。沙利从来没有和任何女人这么快就搞在一起过。

"那么,"沙利说,"小心卡尔,他还不知道发生了什么。"在这么一个狭窄黑暗的空间里对彼得说这些话,着实有些奇怪,不过从某些方面讲,这也更容易些。以往,都是儿子脸上的那种嘲讽、冷淡、自命不凡的表情,让他们的谈话进行不下去。而另一方面,他的声音倒是听着挺舒服的。"是他一直在到处留情,"沙利解释道,"他必须习惯角色对换了。"

沙利清楚地看到儿子耸了耸肩说:"这个角色以前也对换过,至少按照托比所说是那样。"

沙利想了想这话。"我怀疑。"他说。

"好吧,"彼得同意,"随你便吧。"

"她是个挺不错的女孩。"

彼得轻声一笑。"她是个挺不错的女人。你挺尊重她的。"

"是的。"沙利说,压低了嗓门。他很高兴,即便彼得真知道些什么,他也没有对托比·罗巴克和他过去的情史,表现出明显的兴趣。"明天你还拖车之前,去一趟博登街的房子吧,那里还有些家具,你想要什么,就拿什么。"

彼得说他会的。

"也许没什么你能用的,"沙利承认,"谁知道呢?"他把手放在门把手上,"我出去和咱们的朋友说上几句话,他会听我的。"

"帮我个忙,别说,"彼得告诉他,"你只会把事情弄得更糟。"

沙利意识到,他这话指的是,早些时候他没等救护车来,就动手打了薇拉一巴掌。整个下午,他的脑子里全都是那个可怕的场景,尽管被那么多精彩的项目——啤酒、扑克牌,还有光着上身的女孩子——包围着。"你觉得她会没事吧?"

"我不知道,"彼得承认,"他们要她今晚就待在斯凯勒的医院里,你了解她的,她的情况没有改善,只是更糟了。"

"也许你可以多帮她一些吧?"沙利试探着问他。

"不一定,"彼得说,"这世界没按她的模式转,她就受不了了。"

当然了,三十五年前沙利就得出了同样的结论,当然彼得不再能让母亲高兴或满意了,就像多年前沙利那样。不过,沙利当初没有尽全力,更多地去忍耐她,现在看来他当时还真有些怂。意识到你在逆水行舟是一回事,而在未尽全力前全然放弃则是另一回事。尤其当你被裹挟于其他乱七八糟的破事时。"不费吹灰之力就能让她再次发作。"沙利想到,薇拉只是看到罗布站在自家的车道上,就大发雷霆。也许是她知道了沙利在屋里,他侵入了她的家。污染了她的家,是她的原话。

"还有你不知道的事呢,"彼得说,"外公今早进医院了,他无法呼吸,带着氧气罩都不行。"

沙利想着罗伯特·哈尔西,回忆着他在感恩节那天的容貌,他心想,自己要在变成他那样之前,就一枪崩了自己。"等他死了,你是你妈的全部。"

"她有拉尔夫。"

"她不在意拉尔夫,你知道的。"

"我知道,"彼得说,"我担心的就是他。"

"他看着不太好。"沙利承认。

"他那身体真是千疮百孔,"彼得说,"我之所以还能开始新的生活,都是为了他,不是为我妈,他是个好父亲。"

"还有威尔呢。"沙利大胆地说。

"孩子的适应力强着呢,"彼得说,"看看我就知道了。"

"我在看着你呢。"沙利在黑暗说。

"好的,"他说,"如果这能让你放松,那我可以告诉你,楼上的事,不是认真的。"

沙利点点头。他也猜得八九不离十了。托比·罗巴克把图书馆发成"谎言和果酱"两个词的时候,彼得朝托比笑了一下,沙利就看出来了。彼得身上有太多薇拉的影子,他太注重教育了,所以是不会允许自己爱上一个把图书馆这个词都发错的人。

"我很高兴听到你这么说。"沙利说,他的确很高兴。

"我想你肯定会高兴。"彼得说。即便是在黑暗之中,沙利也能看见儿子正咧嘴笑着,也许这就是托比·罗巴克对于他的意义。他们父子俩曾为了一个女人争执过,而现在彼得赢了。

"我在想她丈夫,"沙利说,很惊讶地发现自己确实想到了卡尔,"我可不确定他能就这么饶了她。"

"他自己都没有脱离困境。"彼得说,"好像在斯凯勒还有什么女人。"

沙利哼了下鼻子。"卡尔的女人可是到处都是,不只是斯凯勒啊。"

"我说的不是卡尔。"

沙利沉思了一会儿,不过不管怎样,在黑暗中接受这样的信息要容易得多。就算活到一百岁,他也不会想到这种可能性,但是这些话是在黑暗中说出来的,两个人还挨得那么近,他觉得这一定是真的。"那为什么呢?"他最后说。

"什么为什么?"

"为什么要干你现在正在干的事?"

"我也不知道。"他儿子说,这一次,他回答得如此简单、直接,没有冷嘲热讽,也没有气愤。

"好吧,"沙利叹了口气,打开大门,"我得回家了。"

他刚走到门廊,准备下楼梯时,彼得说:"你今晚会路过博登街吗?"

"我没打算去,怎么了?"

"该喂狗了。"

"该死,我把它全忘了。"沙利承认道。

"记住别忘了。"

"它本来就不是我的狗。"沙利替自己辩了一句。

"好吧,"彼得带着他那种一贯的讥讽说道,"不是你的狗,关它的那个房子也不是你的房子。你是个完全自由的人。"

"你说得他妈的太对了,儿子,"沙利说,"别忘了锁上大门。"

沙利等听见门闩落下来,才穿过大街走到卡尔·罗巴克的车旁,车没有熄火,一直空转着,一股白烟沿着大街慢慢消散。等他走近后,卡尔把司机这面的车窗摇下一半问候道:"你好,蠢蛋。"

"你跟踪我到这来的?"沙利问道。

"是啊,"卡尔承认,"我还忘了带烟了,给我一支。"

沙利从烟盒里抖出一支香烟,卡尔取了一支。"一整包都给我。我得在这里待一会儿呢。"他说着在街灯苍白的光线下仔细看着沙利。他把烟扔到仪表盘上,光线昏暗,但沙利依然能看到卡尔肿着的下巴和他脸上丑陋的微笑。"你看着就像是个刚刚才发现生活很残酷的人。"卡尔大胆说。

黑乎乎的车里面有什么东西在动,卡尔低头往自己的怀里看了看。"没事,亲爱的,接着睡吧,"他说,"我马上就把窗户摇上去。"

车里传出咕哝声,一会儿又安静了。

"你得看看这个。"卡尔边轻声说边伸手打开了顶灯。灯只亮了一秒他就关上了,足以让沙利看清眼前的景象。一开始,沙利以为那个女孩迪迪只是头枕着卡尔的腿睡着了,但是灯亮后,他看见她嘴里含着卡尔软软的阴茎,就像婴儿含着个奶嘴一样。"爽吧?"卡尔说。

"可爱,"沙利说,"我希望她不要做噩梦。"

"你希望?"

"我要回家了,"沙利说,"我累了,看你这么糟糕的样子,没法和你说话。"

"你说得对。"卡尔说。

"别上楼。"沙利对他说。

"好的。"卡尔说。

"我是认真的!"沙利警告他。

"我知道你是认真的。"

"那就别去。"

迪迪坐了起来,揉了揉眼睛。"太冷了!"她打着哆嗦迷迷糊糊地说,"嗨,沙利。"

"看你都干了些什么。"卡尔说着摇上了车窗。

沙利本来想再警告卡尔一次的,但他已经累得不行了,都没力气让他再摇下车窗了。

去罗布家的路上,发生了一件古怪的事情。今天发生的这一系列奇奇怪怪的事情,都在他的脑海里回放,因此沙利转错了路,等他反应过来时,已经多开了一个街区,在那儿转了弯,这导致他完全失去了方向感。这个昏暗的街道就是他熟悉的街道,是他一生都居住的镇子上的一条街道,然而,尽管他对此如此熟悉,却突然有了一种不知身在何处的感觉。这些房子怎么会出现在罗布居住的街上呢?罗布和布茨租住的房子怎么就消失不见了呢?他眯着眼睛在黑暗中看着一栋栋路过的房子,确定罗布的房子马上就会出现,到时他又会恢复平静。但房子没有出现,他把车停在了马路中央,就这么坐着,还好现在是晚上,周围没有人看见他这副样子,免去了摇下车窗向人问路的耻辱。最后,他无计可施只能倒车,等他一直倒到十字路口,看到街上的路标时,他才明白自己走错了路。一分钟之后,他就把车停在了罗布和布茨的那栋两家合住的小房子边的车道上。沙利轻轻按了三下喇叭,短促有力,这是他叫罗布出来,给他布置第二天要干的活时,经常发出的暗号。布茨给斯凯勒的姐姐打了电话,被保释了出来。有人说她走出法院的时候还大发脾气。如果可能,沙利今晚可不想碰到她。

谢天谢地,是罗布圆圆的脑袋出现在了窗户上。过了一会儿,他穿着一件背心就出来了。靴子的鞋带还未系好,他就爬进了暖和的埃尔卡米诺里,不过在顶灯熄灭前,他的脸一直朝着别处。沙利打开了他这边的门,好让灯再亮起来,这时他看见罗布肿起来的一只眼睛。

"天啊,罗布!"他说着又关上了车门。

罗布耸耸肩膀。"我能怎么办呢,男人又不能打女人。"

"可你也不能让她们打你啊!"沙利和他争了一句。

"我没让她打,"罗布解释道,"她就是打了。"

"你应该躲开的。"沙利解释。

"我躲了,"罗布解释,"我躲的时候,她就用膝盖顶过来。"

"哦,"沙利叹口气,"那么我猜你做了能做的。"

罗布耸耸肩。

"明天早上在海蒂之家碰头吧。很早。六点半。我们第一件事就是要把博登街房子里的破玩意儿搬走。我真希望我们撬走地板之前就想到这事。"

罗布说他也希望。

"你明天准备来吗?把我说的话重复一遍?"

"早上六点半和你在海蒂之家碰头。"

沙利知道罗布会到的,这是罗布为数不多的几件可以靠得住的事情。"我会给你买早饭的。"他许诺。

"好的,"罗布说,"我一毛钱都没有。"

"我车子后面有把锤子,"沙利建议他,"我们可以进去,用锤子砸她脑袋,然后把她埋在树林里,就是上次你摔坏的那些砖块的下面。他们也许永远都找不到她。"

"我希望我们可以,"罗布说着下了埃尔卡米诺,"她又胖,长得又丑,人还凶。"

当罗布关上车门,沙利开始倒车时,罗布又拍了拍车门,好像他突然想起来什么似的。他又打开车门说:"她还小气。"

沙利不想在白马酒吧耽搁太长时间,进去之前,他透过前窗的啤酒灯箱往里面看了看。狄尼似乎只有两位顾客,维尔夫,这是可以想到的,还有乔可,他没有料到乔可也在。两人看到沙利进来钻进了男卫生间,都在吧凳上转了个圈。

过了一会儿,乔可就站在了沙利旁边,墙上挂着两个小便池,他对着其中一个拉开了裤子拉链,这让沙利很高兴,自己尽管很累,还是决定站着小便。

"有人告诉我,今天是你走运的日子。"对着小便池酝酿的时候,乔可主动说,而沙利则不满意地滴下最后几滴尿。

沙利想了一想,觉得他这话倒是不错,虽然听着有些勉强。

"正当镇子在走下坡路时,你的好运来了。"乔可指出。

"这镇子的好运在两百年前就没啦!差不多吧。"沙利说。

"的确是,"乔可一边承认一边还在等着自己的尿,"不过这次会要了它的命。现在一阵大风就能把我们都吹倒。我打赌主街上一半的房子一年之内都会被钉上木板封起来的。"

沙利耸耸肩,拉上裤子拉链,按下冲水按钮。和乔可说话总能让他感到轻松,可这次谈话却很奇怪。乔可出现在男卫生间里,就有些不大对头,不过沙利还不知道哪里不对劲。他俩以前也是这么肩并肩地往这两个小便器里撒尿。可能这次是因为乔可还没有尿出来吧,他想。

既然有人在,沙利就洗了洗手,然后在纸巾上擦干了手。

"如果你想干,可能会有不少活给你干呢。"乔可神秘地说。

"怎么回事?"

"我现在就认识个人,愿意出几千块钱,让你放火去烧了他的店铺。"

沙利考虑了一下这个工作机会,看着这位老相识,乔可并没有觉得自己刚才的建议有什么难堪的,倒是对自己一点尿都挤不出来,觉得尴尬无比。

"这家伙从哪儿知道我是做纵火生意的?"沙利最后说。

"那个。"乔可放弃了,拉上了裤子拉链。

"不,不是真的。"沙利坚持说。

乔可耸耸肩,和沙利对视了片刻,然后移开了眼睛。"他一定是从哪儿听说的。"

"一定是,"沙利同意,"恐怕我要让他失望了。"

"他会接受的,"乔可平静地说,"也许他会因为看错你,感到难过的。"

"我们换个地方去喝酒吧。"沙利说着慢慢坐到维尔夫边上的吧凳上,维尔夫和狄尼在吧台尽头聊得正欢。乔可刚才坐的凳子前面摆着不少啤酒,而维尔夫,沙利注意到,把汽水换成了啤酒。

"这里是怎么了?"维尔夫说。看到沙利走过来,狄尼变得一本正经的。实际上,他正生气地看着沙利,也不在意是不是要掩饰,他个人更倾向于酒吧里没有沙利这个人。

沙利仍被乔可的话搅得不安。他在回应前打量了下狄尼。"没什么,"他最后说,"这地方很好,特别友善,这是我最喜欢它的地方。"

"来一杯怎么样?"维尔夫用酒杯敲了敲自己的啤酒瓶,这是他俩经常喝的那个牌子。

"好喝吗?"

"我觉得好喝。"

"会让这一天安安稳稳地结束?"

"我们试试看。"

"好吧。"

狄尼走到吧台另一头,从冰箱里拿了一瓶啤酒回来。"你要不要个杯子,沙利?"

"我有权利来个杯子吗?"

狄尼递给他一只杯子,还有一封信。沙利说了声谢谢,然后又吞下了一粒乔可给他的药,喝了一口啤酒把药送了下去。第二粒药也许不是个好主意,不过他想自己离家不远。信上有斯凯勒温泉社区大学的标识,他在注册时填的地址是通过白马酒吧转交,这么做就是为了让狄尼生气。信封里是他秋季学期的成绩,除了哲学课之外,都是不及格,他的年轻哲学教授给了他一个"未修满学时"。"好消息啊,"沙利说着把信揉成一团,向吧台后面的垃圾桶里扔过去,"我上了系主任的名单了。"

维尔夫还在看着没有用过的玻璃杯,如往常一样,当他想要缓解紧张情绪时,总是会显得很焦虑。"你听说了吗?明天晚上,狄尼请了一支乐队呢。"

"什么日子?"

"除夕夜!"狄尼说着走过去从地上捡起纸团。"有些人喜欢在外面庆祝这个节日。"

实际上,沙利已经弄不清日子了。"我要预定吗?"

"还有免费的自助餐呢,"维尔夫插了一句话,"给所有的老顾客。"

"我订了七十五磅的鸡翅呢。"狄尼自豪地嘟囔着。

"吃了那该死的玩意儿,"沙利说,"整个镇子的人都会连着一个星期大便出血的。"

"那你就别吃,"狄尼说,正如沙利希望的,他立马就火了,"谁会在乎你沙利要什么?"

"没人在乎,"沙利承认,"二十年来我都希望别人能在这主街上开一家酒吧,让你这家伙没生意可做。"

"二十年?"狄尼说,"是不是四十年啊?我在这里四十年了。那时候你老爸和你现在一样,也是混蛋,那时候主街上有四家酒吧呢,现在就剩我唯一一家了。"

"唯一的混蛋?"沙利说。

"唯一的酒吧。"

"愚者生存。"沙利解释了狄尼说的话。

"还有二十分钟就要关门了。"狄尼说着走到吧台另一头自己的凳子那里。

"好啦,"沙利向维尔夫咧嘴一笑,"感谢上帝,他走了。"

他的手在口袋里摸着,拿出了所有的钱,放在了他们面前,然后开始清点钞票。这个景象尤为壮观,但沙利知道这些钱还不足以解决他的债务问题。等他整理好了钱,他数了五百美元,然后把钱推到维尔夫面前。

维尔夫看着面前的钞票说:"你确定吗?我知道你还有其他问题呢。"

"拿着,"狄尼从吧台一头建议他,"他什么时候还会再有这么些钱呢?"

"我希望有人给我一百美元,让我一枪崩了你,"沙利回击他,"实际上,如果能杀了你,我可以不收钱。"

"你听明天的天气预报了吗?"维尔夫问。

沙利承认他没有听到。

"预计要下大雪。"

沙利叹了口气,用手指拢了拢头发。

"见鬼,我以为这能让你高兴起来呢。一个月以来,你都在抱怨这天就是不下雪。"

这倒是真的,但是沙利不禁想到,他明天还有很多其他事情要做。去城外哈罗德汽车世界把雪铲安到卡车上,又是多出来的一件事。另外,反正他也要去见哈罗德,在他身上这些钱没有漏掉之前,他还掉一些债务。

"他早些时候就在这里。"提到哈罗德的名字时,维尔夫说。

"他一定听说我赢了三重彩了。"沙利猜测,他从来没在白马酒吧或任何酒吧看到过哈罗德。

维尔夫摇摇头。"他就坐在你坐的地方,喝了一杯杰克丹尼威士忌。"

"接下来你就要告诉我,他老婆和他一起在这里喝了一杯新加坡司令。"

"你知道他们雇的那个孩子德韦恩吗?红头发,总是用手抠鼻子的那个?"

沙利说他知道。

"他清空了他们的收银机跑了,"维尔夫说,"哈罗德应该是出来找他的,但是他又狠不了这个心。"

"这大概是第五次发生这样的事了吧!"沙利说。

维尔夫点点头。"你有没有注意到,人们一遍又一遍地做着同样的事情?"

"你不是指我们吧?"

"不是,我指别人,"维尔夫解释,"该死的,我们的生活中总是充满了惊喜。"

实际上,沙利今天也得出了同样的结论,每个人都充满了惊喜。一个月前,他还和维尔夫还都认为,不论是人还是事,都是可预见的,这简直太无聊了。但是,自从今天早上从牢里出来,一种奇怪的感觉就一直笼罩在沙利周围,所有的事情都发生了改变,在他不在的时候,生活的准则已经不知怎的被颠覆了。但正是这种超脱尘世的感觉让他时来运转，好像他回到的是他从来不认识的地方。这里外表看起来毫无变化，但最深处的内核却发生了改变。该怎么解释他在去罗布和布茨家迷路这件事呢？该怎么解释他刚才和乔可奇怪的对话呢？他溜出去后至今都还没有回来。虽然他已经筋疲力尽了，但他还是回到了白马酒吧，唯一的原因就是他想找回点平日的常态，来结束这一天。和维尔夫喝点酒，和狄尼吵两句，就可以恢复他内心的平静，驱赶走那种眩晕的感觉。

那么维尔夫呢，这个一向醉眼蒙眬，却最能看透他的人，此时正用一种古怪而又严肃的表情看着他。沙利那五百美元还摆在他面前。维尔夫看看像是准备好了要停止放纵的一个人，却遇见了一个希望能和他一起自由放纵生活的人。

"干吗？"沙利最后说，"你不会开始要批评我了吧？"

"不会，"维尔夫向他保证，"不过我要你帮我一个忙。"

"好的，"沙利说，"只要不是今晚就行。"

维尔夫看了看手表。"也许不是今晚，但不论是什么时候，我都希望由你来做。"他严肃地说。

"那就说吧，"沙利说，"你不说我怎么知道是做还是不做呢。"

"我就想让你知道我是认真的，"维尔夫继续说，"我知道，你知道我这人一直是管得住自己的嘴的，大多数情况是这样，不过这件事你得向我保证，如果你不保证，咱俩的友谊就此结束。"

沙利小心地打量着朋友。"我不会辞掉工作的。而且我也不会回大学上课，为了你都不行。我儿子下个学期就要开始在那里教书了，以我的运气，他们会让我上他的课的。"

听他这么说，维尔夫咧着大嘴笑着。"不是帮这个忙，是你房东太太的事情。"

沙利听到这个，舒了一口气。绕了这么大个圈子，也许最终轻而易举地就能办成这事。"只要我能为贝丽尔做的，我都能做。实际上，我很乐意为她做点什么。"

维尔夫还是用他近乎斗鸡眼的眼神严肃地看着他。"她对你也是这个感觉,所以在我的协助下她也替你做了件事。"

"什么事?"沙利说,尽管他心里已经有了个答案。

"博登街上的那栋房子又是你的了。"维尔夫说。

"她付了那些过期未付的房产税?"

"刚过一万美元。"

"你让她付了?"

"我鼓励她付的。"维尔夫强调道。

"你知道我不想要那个该死的房子。你明知道那房子就算当废品卖了,也不值多少钱,你还是让她付了。"

"至少值两万美元呢,也许更多。"维尔夫说。

"你简直是胡说八道。"

维尔夫摇摇头。"无忧宫的人已经出了两万的价格给我了。而且他们还会出更高的价。"

"为什么?"

"为了避免打官司啊!我看过了,他们铺的那条路,正好从你家的一个角落穿过。他们没有相应的地役权,所以我们可以起诉他们。那样他们就会给两倍的价格,甚至三倍。"他停下来,让沙利消化一下这些信息。"至少,两万块,你可以还给她钱,还可以还了你卡车的钱,重新开始。"

沙利想了想。重新开始还真是个让他心动的概念。他为什么就不信呢?又是大吉姆·沙利文,毫无疑问。这是他父亲的钱,是他不想接受的不义之财。

"这就是让你帮的忙,"维尔夫说,"她告诉你这事的时候,要感激她。因为她那个儿子,她这段时间都不会太好过。让她好过点。"

"不是那个——"沙利开始解释。

"我才不管是什么呢,沙利,"维尔夫说,"你得要按我说的做,否则咱俩就完了。"

有那么一会儿,两人谁也没说话。沙利能感觉到乔可的第二粒药开始发挥作用了,他感觉自己已经在模糊的边缘。身处这间酒吧,坐在这只吧凳上,身边坐着这位朋友,这个世界上再也没有比这里更舒服的地方,但是就在刚才,这一切又是多么陌生啊。圣诞节的彩灯悬挂在后面墙上的绳子上,一半在闪着光,另一半已经不亮了。狄尼坐在吧台的另一头,几乎看不到凳子的影子,他就像坐在在一个气垫上,这景象很神奇,就连维尔夫也在认真地盯着他看。白马酒吧也看着那么奇怪,他感到半小时前他在熟悉的街道上迷路时的那种恐惧感又向他袭来。他听到自己说了声,好吧,但这简直就像是另一个人在说话,一个远在天边的人。然后,突然之间,他又恢复了。

"好的,"维尔夫说,他显然非常满意,"现在告诉我,今天早上巴顿想要你干什么?"

沙利哼了一声。"他想知道我家那个老家伙把孩子弄到栅栏上那天发生的事情。"

维尔夫若有所思地点点头。"他一定是准备好离开这个世界了,"他最后说,仿佛他知道似的,"所以要料理些未尽的事宜。你和他说了些什么?"

"什么也没说,"沙利说,"就说这是个意外。"

维尔夫点点头。

"这不是实话。他一直都在摇那栅栏,直到那孩子抓不住,掉了下来。"

"你看见了吗?"

"我哥哥看见了,"沙利咧嘴笑了,"我看见的只是那孩子挂在那里,铁刺从下巴刺进去,从嘴巴里出来。"

维尔夫拿下眼镜,揉了揉眼睛。"我们都没疯掉,可真是个奇迹。"

"我们都疯了,"沙利说着从凳子上站起来,对这个判断,他自己也吃了一惊,"我认为是这样的。"

沙利瞥了一眼墙上的钟,还有不到五个小时,他就要在博登街的房子里和罗布碰面了。这让他想起一件事。"我要去喂我的狗,然后就回家。"

"你什么时候有了一条狗的?"

"我也不知道,"沙利说,"可是他们说我有。对了,你知道我儿子和卡尔老婆的事吗?"

"当然知道了。"维尔夫说。

"你怎么从来没说过呢?"

"因为我是这个镇子上唯一一个不传闲话的人。其实,我还挺惊讶的。我一直听说她在斯凯勒有个女友。"

"我猜我是最后一个知道这事的,"他说,"你觉得卡尔会没事的吧?"沙利问道,他自己也不确定为什么要这么问。

"不,我不觉得。"维尔夫说。

"他现在就停在彼得家的门口,"沙利说,"托比和他在楼上呢。"

"长着大胸的那个女孩子还和卡尔在一起?"

沙利说她还在。

"只要她和他一起,他就会没事的。"维尔夫说。

"我也这么想的,"沙利告诉他,"我就是要确定自己没想错。"

"反正这不关你的事。"维尔夫说。

沙利不得不承认,这真是生活给人的忠告啊!但彼得的嘲讽一直在脑中。狗不是他的。房子也不是。这些都不关他的事。其他很多事也一样。比如,薇拉,这个不再是他妻子的人,今天发了疯。还有和他结束了关系的露丝,他明白这次他们是彻底了结了,她已不再是他的情人了。还有那个已经死透了的大吉姆·沙利文。不知怎么的,对沙利来说,他一直活着。那个充满愤怒、恐惧和痛苦的沙利文一次次地现身,是他在今天下午早些时候,在沙利想要拉住他之前动手打了卡尔·罗巴克,也是他让雷默警官脸上的笑容消失了。

在门口,当沙利挣扎着穿上他厚厚的外套时,他闻到什么东西正散发出难闻的恶臭,这一次,既不是蛤蜊,也不是男卫生间,这个气味闻着像是命运。

凌晨一点半,除夕夜的凌晨。

银街上,拉尔夫站在马桶前,等着尿。他并不想尿尿,只是想在睡觉前再确认一下,好像如果他不警惕的话,他害怕的事情就会在半夜或是他疏忽的时候发生。此外,今天白天发生的事情依然笼罩着他。拉尔夫不是个喜欢嫉妒的人,但是他无法忘记他妻子今天投入沙利臂膀里的那一幕,她轻声密语地表达着对沙利深深的蔑视,发誓要永远恨他。他们互相拥抱着,看着真是天生一对。这让拉尔夫觉得,在自己的婚姻里,自己倒成了一个第三者。这些都令他的膝盖发软,所以他不得不走到外面门廊上呼吸些新鲜空气。

拉尔夫终于尿了出来,他觉得小便发烫,滴滴嗒嗒,还很疼痛。尽管之前肿瘤专家让他放心,但他还是查看了自己的尿流和便池里的液体,因为他害怕里面有血,不过还好没有。

今晚薇拉在医院里,彼得在他的新公寓里,拉尔夫就担负起了照看孙子的责任。因此,当他走出卫生间后,他又去看了一下威尔,他喜欢把这孩子当成是自己的孙子,尽管他知道他并不真的是。今天他明白了很多事情,其中之一是,他不得不和孩子真正的爷爷共同拥有这个孩子。这和彼得不一样,沙利对彼得并没有兴趣,但是今天当孩子在白马酒吧爬上沙利的膝盖时,拉尔夫清楚地看到了沙利眼里的爱。不过,拉尔夫也知道沙利会愿意和他共同拥有这个孩子的,他并不贪婪。当然了,拉尔夫始终相信,人们是可以和平共处的。

孩子换了个姿势，仍在睡着，平静安详地睡着。沙利送给他的秒表在几英寸外的床头柜上，发出令人安心的嘀嗒声。拉尔夫不止一次听到孩子在睡梦中害怕地哭着，不过威尔现在睡意酣然，呼吸均匀。拉尔夫能闻到床上方的空气里有他呼出的香甜的气味，他感到喉咙里充满了爱。整个晚上，自他们从镇中心的酒吧回家，除了谈论那条腿，威尔其他什么也没说。拉尔夫知道，摸了那条腿，再把它给瘸腿的律师送过去，是自己孙子做过的最勇敢的事情，这孩子充满了自豪感。难道威尔在维尔夫先生白色的假肢上找到了——什么？——慰藉。怎么会这样的？拉尔夫很好奇。

在他自己的房间，在这个他与薇拉共同居住多年的房间里，拉尔夫第一次自如地脱下衣服，抵制住了睡觉前再检查一次的冲动。薇拉一直都是个难以相处的女人，现在还是，但是他无法想象没有她的日子该怎么过，无法想象自己一个人睡这么大一张床；他也无法想象沙利的生活，无法想象他居然选择了这么一种生活。拉尔夫决定第二天一早要做的第一件事就是去医院把妻子接回家。他会更努力地哄她开心。她毕竟不是个糟糕的女人。

沙利把埃尔卡米诺开上主街，朝博登街的那栋房子开去。在那栋房子里，他曾度过多少漫漫长夜，等着兼职做看管人、全职在酒吧里斗殴的父亲，跌跌撞撞地带着红肿的脸回家。他是被酒吧里的那些硬汉用力扔出来的，所以无处可去的他只能回家，依然余怒未消的他，回到家里，回到他逃不掉的妻子身边，或许她是不知道能躲到哪里，或许她连如何躲也不知道；回到在等待良机的大儿子身边，他正做着汽车和摩托车的梦，梦着任何有轮子的东西能够带他奔向自由；回到还没有大到能做梦逃跑的小儿子身边，这个小儿子已经发下重誓，他每晚都要重复一遍，这个苛刻的誓言已经深深地铸进了这个孩子的血液里：永不原谅他的父亲。

沙利一直都忠实地恪守着这个誓言。他把埃尔卡米诺车停在路边，一瘸一拐地走上人行道，在这个过于安静的夜晚，前面等着他的很有可能只有伏击，这时候他感到自己的誓言，在啤酒、疼痛、止痛药以及恐惧的共同作用下又加强了，但他明白，也许忠诚地恪守任何誓言，都是不明智的，但和以往一样，他不愿意沉迷于悔恨之中。按照露丝的观点，他不愿原谅自己的父亲是不对的，实际上，只有那么一次他差一点就打破了誓言，那是在他哥哥的葬礼上。在教堂里，他的父母都让他大为吃惊。他身着黑色衣服的母亲，已经哭干了眼泪，她脸上的表情更接近于胜利而非悲痛。她似乎在说，这就是他干的好事，他站在她身边，弓着身子，靠在木头长椅上，哽咽着。

大吉姆穿着件既不合身、风格也不搭的格子西装，完全不适合参加葬礼。沙利自己穿着哥哥的旧运动外套，至少还是深色的。注意到父亲衣着的沙利，在悲伤之外感到了极度的羞耻。不过，父亲在教堂前排发出的撕心裂肺的哭声，看着如此的真诚，都差点撼动了沙利的誓言，但他在殡仪馆的所作所为，又将他打回了原形。父亲用一种明显喝过威士忌的醉醺醺的嗓音对每一位来到儿子棺木前的人说："过来看看他们对他都干了些什么！"他这么说，好像他才是这场车祸的受害者，好像帕特里克只是一个道具，是他大吉姆遭受损失的明证。这和他使那男儿被铁刺刺穿那天的表现一模一样。在那孩子被人从栅栏上救下来之前，大吉姆就已经成功地让看热闹的人群都同情他了。沙利意识到，大吉姆的丧子之痛只是源于他对自己的悲痛。几个月也许是几年来，沙利目睹了哥哥的变化，帕特里克变得越来越像父亲，只是他比父亲还要更残忍，更漠然，火气更大，更像个恶霸。虽然他只有十七岁，就已经常常喝得醉醺醺的。他和迎面驶来的那辆汽车相撞时，他处于醉酒状态。从某种意义上讲，大吉姆是在为他自己的"死亡"悲伤，于是沙利决定以后不再为此悲伤，在帕特里克死时如此，许多年后，在大吉姆寿终正寝时也是如此。

走到一半,沙利停下脚步,看着自己少年时居住的这栋房子,听着寂静的夜里的汽车声,它可能是从高速公路传来的,也可能不是。州际高速公路还在几英里之外,沙利记不得曾经听到过这些声音,就算是在寂静的夜晚也不曾听过。今天已经是他第n次感到头晕目眩了,就好像他原本的生活开始要服从新的规则了,就好像在他退学后,他年轻的哲学教授的话开始灵验了,事物正在消失,空间也正在缩小。很明显,有些人否定了"终极逃亡"乐园项目,也许乐园选址的那块巨大的沼泽地,已经随着卡尔·罗巴克建的房子一起消失不见了。也许随着这一切的消失,远处的州际高速公路就变得更近了吧!从哲学角度来看,为了填补这一大片空白,所有的事物都压缩了。这样一来,那些汽车的声音也就说得通了。沙利在最上面的一级台阶上停下侧耳倾听时,那个声音更响亮了。

按照露丝的想法,沙利不愿意原谅父亲是他失败的源头,以前她这个观点可谓极富说服力了,实际上,她也已经差不多说服了除了沙利之外的所有人。她没能说服他,也许正好解释了为什么他俩从来都不搭调。她说得很清楚,鱼和熊掌不能兼得,要么要她,要么就继续做一个顽固不化的人。有那么一段时间,她以一种微妙的方式瓦解着他的意志,而他没有抵触,有一次他们甚至还去养老院探望了大吉姆。但是沙利只能屈服到这里了,他知道如果他和露丝结婚了,最终她会让他带着鲜花去大吉姆的坟上探望的。到时候她会和他一起去,还要确保他留下了鲜花。那样的话,正义又在哪里?那样意味着大吉姆最终把他们全都骗了,因为一个叫作"原谅"的站不住脚的基督教教义的漏洞,他大摇大摆地走出法庭逃过一劫。去他的吧!绝不能这样!永远都不!

"去你的吧!"沙利一边在博登街这栋房子的前门大声说,一边怒气冲冲地推开门,这时,乔可的第二粒黄色药丸也为他撕开了通往过去的通道,他的头脑、心脏,还有灵魂都在剧烈地搅动着。

"去你的吧,老家伙!"这是他小时候就想说的几个词,甚至在现在,在这间空荡荡的房子里,依然听着不错。

大吉姆·沙利文在楼梯最下面的台阶站着,他正准备握着拳头上楼去,这时他又醉醺醺地转过身面对着站在门口的沙利,两人之间除了无尽的黑暗,什么也没有。他的脸上血肉模糊,脸上的肌肤被旧伤的缝针拉扯着,看着很不自然。鼻子在斗殴时被折断过好几次,已经不通气了,喘息声清晰可辨。他隔着两人之间的距离,向儿子咧嘴笑着,和沙利记忆中他踩空了梯子摔下来时的笑容一模一样。那天,有一道高高的铁丝网隔在他们中间,而现在呢,什么也没有。

"现在是你站起来并去验证的时刻了。"大吉姆说。

"我就在这里,老家伙。"沙利肯定地说。好多天来他第一次感觉到这么踏实。如果这就是命,那就来吧。"我们来打上几轮,就你和我。看看我们谁先认输。"

他父亲笑得更狰狞了。"过来吃药吧。"

沙利觉得周围有埋伏,他关上大门,这样就不可能后退了。除非他在地狱里教导过朋友,否则现在这里就只有剩下他们两个了。

两点钟的时候,贝丽尔小姐被什么声音吵醒了,远处好像有什么人拖着条沉重的铁链子走过地板。我们一生都戴着自己锻造的锁链生活。她想着,有些盼望是小克莱福穿着狄更斯小说里的戏服出现在自己的卧室门口。她在想,这是不是意味着她就要再次流鼻血了。于是,她从床上坐起来,把脚移到床边找拖鞋。站起身之前,她试着扭了扭脚趾,弯了弯手指。以前流鼻血之前,她的四肢末端都会有刺痛感,不过现在没有这种感觉。她站起来的时候,也没有晕眩恶心或者手脚不听使唤的感觉。

也许只是因为这难挨的一天还未结束,上天真是缺少慈悲之心啊!她找到睡袍,慢慢走进厨房,打开上面的灯,厨房明晃晃的,她相信就算是家里面真有一个戴着铁链叮当作响的幽灵,它也不敢冒冒失失地追她进入这个点着一百瓦灯泡的国度里。这个时间,也许喝茶并非什么好主意,不过她还是把烧水壶放在了炉子上,然后自己站在那里观察着,有点希望隔壁屋里的电话铃能响起。

她从斯凯勒温泉回来的时候,电话就一直响,她接了几个电话,然后就把电话线拔了。两个电话是记者打来的,他们现在把小克莱福不接电话称作是失踪。还有一个电话是储蓄与信贷中心的那个女人打来的,当贝丽尔小姐明确告知她,小克莱福确实没有联系过她,也未留下任何指示,她也不知道他的下落,至于他的打算,她更是不知情时,这女人听着不太相信。

当她从斯凯勒温泉回来时,她看见信箱里有一只她前天给亚伯拉罕·维尔夫利的那种马尼拉信封。原本信封里的内容,应该是让她宽心,让她愉悦的,可她怎么也高兴不起来。她在信封里看到一张手写的纸条,上面写着:因为没有找到您,我就大胆地自作主张从县办公室拿回了信封,他们还没完全走完手续。当然,如果您愿意,我们随时都可以重新递交,但是考虑到最近发生的事情,我必须强烈建议您,此刻不要把任何财产转移到您儿子的名下。我们讨论的第二件事情,已经按照您的指示全都办妥了。

正如马克·吐温曾经精准道出的"还不如那只老黄狗"①,她为了将内心和大脑相抵触的指令区隔开,为了让良心不再内疚,她想要做些正确的事情。无论公正和忠诚有多么重要,但人心几乎难以做到刚正不阿;因为在人的内心深处埋藏着喜欢和爱意,无论你是否能感觉到,它如天性一样纯洁,它始终占据着你,而不会左顾右盼,它嘲笑"应该"和"应当"这样的词汇。在人的内心深处,请求和解是不会遭受打压的,永远也不会;在人的内心深处,触犯

---

① 出自马克·吐温的长篇小说《哈克贝利·费恩历险记》。

道德的行为会使人付出沉重的代价；在人的内心深处，纠缠在一起的黑色树杈像厄运一样自天而降；在人的内心深处，繁荣一时，落寞就接踵而至。

当贝丽尔小姐又一次听到远处传来铁链在地上拖曳的声音时，她走上前去想弄个明白。她打开灯，从一个房间走到另一个房间，循着声音走到了与沙利共用的那个走廊上，她不知打开门这是否明智。但上帝可不喜欢胆小鬼，于是她把门开了一条缝。

走廊的灯亮着，就在她的房门外沙利上楼梯的地方，站着一只德国猎犬。它露着牙齿，脸歪向一边。她听到的发出声响的那条链子的末端连接着狗的脖子，它的脖子上戴着莱茵石颈圈，另一端则什么也没有绑。据她判断，走廊里只有这么一只狗，但她不愿意把门开大了以确定这点。"你是谁啊？"她问这只德国猎犬，听到她的声音，这只狗吓了一跳，突然抽搐了一下，就像被枪击中一样靠着楼梯扶手瘫倒下去，还没等贝丽尔反应过来，外面的门就开了，沙利出现了，手里还拿着一把螺丝刀。

"我给你把那边的台阶扶手拧紧了。"当贝丽尔小姐打开门，准备弄明白所有事情时，沙利告诉她。沙利似乎对楼梯上瘫倒着一只德国猎犬这件事并不惊讶，这或许表明这只狗就是他带来的，也可能不是。同样，他也未对房东太太凌晨两点钟爬起来感到惊讶。

实际上，贝丽尔小姐觉得，好像再也没什么能让他这位房客惊讶的了。他比以前任何时候都要消瘦，脸色也更加苍白，更像是个幽灵了，但不是狄更斯笔下的那种幽灵。"你介意让我进屋再脱靴子吗，贝丽尔小姐？"

"当然不介意，唐纳德。"她说着向后退了一步。

就在这时，那只狗发出一声长长的叹息，整个身子都倒在了地上。沙利和贝丽尔小姐两人都看着这只狗，沙利摇摇头。"对于宠物进家门，你有什么规定吗？"

"它叫不叫？"贝丽尔小姐问道。

"几分钟前它叫过,"沙利告诉她,不知什么原因,他的声音有些颤抖,"而且叫得也很及时,那时我正要迈步呢。"

贝丽尔小姐等着他详细描述一下刚刚的情况,但他并没有。他的脸色那么苍白,身体那么消瘦,轻飘飘的似乎犹如空气。

"我只能待一分钟。"他告诉她,说着一屁股坐到刚修好的安妮皇后椅上,椅子发出咯吱咯吱的抗议声,但它坚持住了,没有散架。布卢先生说得没错,这椅子确实是修好了。

"我正在煮茶,"她说,"你有兴趣来一杯吗?"

"不,我没兴趣!"他说着立马朝她咧嘴一笑,"我都告诉过你多少次了?"

"别人都会偶尔改变一下主意的。"她对他说,"我在想也许你也会的。"

沙利点着一支烟,似乎在考虑她的话。"你呢?"

他这个问题的沉思意味多过嘲讽,仿佛是感激贝丽尔小姐在面子上拒绝接受他的固执。门外的走廊上,狗链子叮当作响。

沙利瞥了一眼这个房间,这似乎还是第一次,他把一切都记在了心里。"老太太,我猜这屋里就只有你和我。"沙利说。毫无疑问,他是在指小克莱福不在家。

听到这话,贝丽尔小姐坐了下来。"我一个下午都在和他父亲谈论小克莱福的事情,"她承认,"我猜,我们让他失望了。承认这个,让我很痛苦,但是不管怎么说,我们成功地养大了一个儿子,他缺少……"她没有说完,因为她找不到一个词来表达儿子到底缺少什么,至少是一个不会进一步加深背叛的词。

"嗯,"沙利说,"至少你把他养大了。你尽力了。"

"不管怎么说,他从来也不是我天上的明星。"贝丽尔小姐承认,这是她第一次对着另一个活人说出这个让人悲伤的事实。这是在被奥黛丽·皮奇甩出挡风玻璃前不久的一个下午,老克莱福指责她的一点。那时候,沙利已经去参军,贝丽尔小姐已经接受了沙利会战死沙场的现实。她非常确定他会死的,并已经开始把责任分摊出去了。当然了,她将大部分责任归咎于那个野蛮、愚蠢的男人——孩子的父亲;还有一部分要归咎于沙利的母亲,这个女人,在自己受到非法虐待时,去教堂神灵前寻找到那么多的慰藉,好让她继续对丈夫感恩戴德。但还有其他人的责任,贝丽尔小姐把剩余的责任归咎于自己家。之前,她自己的丈夫和儿子去了博登街,把沙利赶下了他们家的饭桌,把他赶出了他们家,她原本不应该知道这些的,但她的确就是知道了。她还知道,丈夫和儿子这么做是出于嫉妒和害怕。

丈夫喜爱她,一部分是因为,他认为再也没有人能和他分享爱;另一部分是因为,他认为他给予她这份爱的前提是,她一旦接受这份爱,就不能再接受其他人施与她的爱了。意识到这一点是多么可怕的一件事啊!贝丽尔小姐一直都在试着要原谅他这一点,是奥黛丽·皮奇从她身边偷走了让她解释的机会,所以她就无法解释为什么原谅那么有必要了。

在他们最厉害的一次争吵中——在贝丽尔小姐这些年的寡居生活里,她一直不愿意记起却难以忘记的那次争吵——老克莱福指责她把"稀奇古怪的东西"带回家,不太合适。很明显,老克莱福几乎已经清楚地表达了自己的困扰。他站在起居室的中央,拿房间举起例子来,房间里到处都是非洲面具、伊特鲁里亚的灵船和两只虎头虎脑的福犬。"这就好像是生活在丛林里。"他一脸严肃地抱怨道。每当丈夫严肃的时候,贝丽尔小姐都会嗤之以鼻地笑出来,但这次她没有笑。她意识到,他的意思是,他和她在一起不幸福,他对自己的选择后悔了,他为这个既不会运球又不能保护自己的儿子责备她。除了这些,他还指责她不够爱这个孩子,反而对另一个无权得到她的爱的孩子疼爱有加;他还指责她把这个世界上稀奇古怪的东西都弄到家里来,搅得他们心烦意乱。她依然能看到他脸上那种顽冥不化、可怜兮兮、不以为然的表情,贝丽尔小姐意识到,这个在她丈夫身上只出现过一次的表情,已经潜移默化地烙刻在了小克莱福身上,这让她难以用一个母亲应该对待孩子的态度对待他。对她来说,小克莱福好像就是上帝派来的,时刻提醒她她父亲未说出的话——他后悔爱过她。"我认为你根本不知道什么是爱。"老克莱福暴躁地说,好像在表示,他对她的爱没有得到回报。直到那一刻,也还没有得到回报。

不过,他所说的部分内容属实——她的确不懂得爱。这神秘的爱究竟是什么,这是贝丽尔小姐整天、也许是她整个人生都在探寻的问题,它如此具有偏向性,如此不可预期,如此不求回报,它有能力把你变成一个傻瓜、一个坏人。"我知道"。多年前的那个下午,她对老克莱福。"爱,是愚蠢的东西。"

无论是那时还是现在,这就是她对这个话题的终极理解。毫无疑问,老克莱福以他自己的方式早就知道了这点,当他发现自己爱上她的时候,就意识到了。爱,任何人都无法说得清,道得明。

沙利被她那句"小克莱福不是她天上的那颗明星"吓住了,但他没有表现出来。现在他手指垂直地夹着一根烟,烟灰已经很长了,非常危险,而他还向前倾着身子,用另一只手解着鞋带。这个动作似乎耗去了他最后的一点力气。

贝丽尔小姐的烧水壶在厨房里发出了咕嘟咕嘟的声音,她站起身来,这时沙利说:"我听说你做了件事。"

贝丽尔小姐明白,他指的一定是博登街上的房子,她还明白这个话题看来是等不到天亮了。沙利正以她见所未见的表情看着她,这个表情比沙利之前任何时候的表情都更倔强、更危险。

"你多管闲事了。"他说。

"我知道,"贝丽尔小姐承认,"不过我是个老太太,这很正常吧!"

好长一段时间,他都没有说话,他眼神里还有着那股子倔强,但这股倔强在他熟悉的难为情的笑容中消失了。"不管怎样,"他说,"我原谅你了。"

"谢谢你,唐纳德。"她对他说。然后两人谁也没有再说一句话,公寓里面唯一的声音是厨房里传来的烧水壶急促的咕咕声。"你确定不来杯茶吗?"

他还是没有回答,她不清楚是因为她已经得到过回答,还是他完全被疲倦征服了,又或者他突然不知道自己到底想要什么了。

等她拿着自己的那杯茶回来的时候,他已经睡着了,头向后仰着,嘴巴大张着,打起了呼噜。这是她第一次没有隔着天花板,如此近距离地听到沙利如雷鸣般的呼噜声。他是在用一只脚去蹬掉另一只靴子的时候睡着的。

贝丽尔小姐在桌边找到了为沙利留的那只烟灰缸,把它放在了他的香烟下面,长长的烟灰正摇摇欲坠。当她从他脏脏的拇指与食指之间拿走香烟时,她注意到沙利是睁着眼睛睡着的,看到这她笑了。老房子泄漏了很多秘密,二十多年来她凭着声响掌握着楼上沙利的动态,她认为自己已经知道了关于房客的一切,但这倒是一件新鲜事。

外面寒冷的走廊里,那条狗的狗链又响起来了。当贝丽尔小姐打开门时,德国猎犬急忙要努力地站起来,它的身子一直都在抽搐,它绕着自己转了好几个圈,还踩到了自己的锁链,直到最后找到了平衡,那时它已是虚弱不堪。然后它站着并充满期待地看着她,好像在说它并没有白费力气。

"你也想进来吗?"她对狗说。

很明显,这只狗明白了她的意思,因为它稳稳地向她走过来,一声沉重的叹气后,又倒在了安妮皇后椅的下面,它短小的尾巴不知为啥抽动了一下,也许是因为心满意足吧!谁知道呢?